CUCKY CLUB 1-5

SAMMELBAND

DAVID SILVER

Copyright © 2019 David Silver

Cover-Bildrechte: DragosCondreaW, FXQuadro

Alle Rechte vorbehalten.

DER CUCKOLD CLUB

BAND 1

KAPITEL 1

»Peter ... Peter!«
Ich saß in meinem Büro, als mich der Ruf meiner Frau erreichte und erschrocken aus meinem Bürostuhl holte. Hastig zog ich meine Hose hoch und schloss das Browser-Fenster.

Während meine Frau Sandra mit dem Fahrrad zum Geburtstag einer Freundin gewesen war, hatte ich mich wieder einmal in die Welt der Pornos vertieft. Nach fünfzehn Jahren Ehe war unser Sexleben spärlich geworden.

Nicht, dass wir uns nicht mehr liebten. Ich konnte mir keine andere Frau an meiner Seite vorstellen. Zusammen hatten wir eine Familie gegründet und zwei tolle Kinder. Aber der Trott hatte sich schon länger eingestellt.

»Peter!«

Schnell hastete ich in den Flur und gab mit einem »Sandra« meine Anwesenheit preis.

»Du wirst nicht glauben, was ich gerade bei Anna erfahren habe. Eine Schande ist das. Eine Schande!«

Ich konnte meine Frau nur fragend anblicken und hoffen, dass sie mir diese Schande näher beschreiben würde. Vermutlich ging es am Ende wieder um irgendeinen belanglosen Tratsch. Was sollte man auch anderes erwarten, wenn sich eine Horde Frauen zum Kaffeetrinken trifft?

»Die machen im Anwesen der von Bartens einen Puff auf. Kann man das glauben? Nur fünfhundert Meter von uns entfernt. Einen Puff? Wie kann die Stadt das bloß zulassen?«

Sandra erschien vollkommen erbost. Angesichts dieser Neuigkeit, dann aber doch zurecht.

Das kleine Anwesen der von Bartens hatte jahrelang leer gestanden. Die Erbengemeinschaft lag im Streit. Vor drei Monaten hatten dann plötzlich Bauarbeiten begonnen. Endlich tat sich etwas. Alle in der Nachbarschaft freuten sich darüber und waren gespannt.

Es blieb allerdings ein Rätsel, wer die Villa gekauft hatte und zu welchem Zweck. Diese erstrahlte mittlerweile in einem frischen Anstrich und auch innen dürfte sich angesichts der vielen Handwerker einiges getan haben.

Das Anwesen war eine große Villa mit einem schönen großen Garten. Unser Haus lag am nächsten zur Villa. Für die 500 Meter mussten allerdings noch zwei scharfe Kurven absolviert werden. Zudem lag zwischen uns ein kleiner Wald.

»Peter?«, riss mich meine Frau wieder aus meinen Gedanken.

»Bist du sicher, kann ich mir nicht so ganz vorstellen. Die Stadt könnte dort einen Puff wohl nicht verhindern. Aber selbst für einen Puff scheint mir das ein wenig zu abgelegen zu sein?«

»Ich weiß nicht. Man hat bei der Stadt wohl einen Club mit Getränkeausschank und erotischen Shows angemeldet.«

»Ganz zu schweigen von den Kosten? Wollten die Erben nicht gut über eine Millionen Euro? Kann das wirklich rentabel für einen Puff sein?«

»Hm«, war die kurze Antwort meiner Frau.

»Woher kommt denn überhaupt die Info?«

»Die Frau von Annas Bruder arbeitet bei der Stadt. Neben einem Puff wurde auch über einen Swingerclub spekuliert. Egal was. Das können die doch nicht machen?«

»Ich weiß nicht. Das ist schon ziemlich abgelegen. Ich glaube, da hat die Stadt kaum eine Handhabe. Vermutlich ist man sogar froh, dass es so weit außerhalb gelegen ist. Immerhin haben wir schon zwei Puffs mitten in der Stadt.«

»Und alles nur wegen diesen verdammten Amis«, gab meine Frau zornig zurück.

Wir wohnten nur fünfzehn Kilometer von der amerikanischen Militärbasis Ramstein entfernt.

Natürlich beschäftigte uns das Thema weiterhin. Meine Frau war der Überzeugung, man müsse doch was machen. Aber es war schnell klar, dass wir da keine Möglichkeiten hatten.

Unklar blieb auch, was genau dort nun für ein Etablissement einziehen sollte.

So vergingen einige Monate. Wir bemerkten ein wenig erhöhten Straßenverkehr. Meine Frau gab dazu gelegentlich einen bösen Kommentar ab.

Wir mieden nun die Strecke und fuhren prinzipiell nur in die andere Richtung. Außerdem verboten wir unseren beiden Kindern, in die Richtung zu gehen. Das war kein großes Problem, da dort ohnehin nur Natur zu bewundern war.

KAPITEL 2

Im April war meine Frau für drei Tage ausgeflogen. Sie musste für ihre Firma auf eine Messe fahren. Ich blieb mit unseren beiden Kindern zurück. Ich sorgte dafür, dass etwas zu Essen auf den Tisch kam. Ansonsten waren Paul und Julia die meiste Zeit unterwegs und ich hatte viel Zeit für mich.

Ich nutzte die Abende für kleine Fahrradtouren. Ich bin leidenschaftlicher Rennradfahrer. Ein schöner Ausgleich für die langen Tage am Computer. Am zweiten Abend fuhr ich einen großen Bogen. Aus einem plötzlichen Impuls heraus, legte ich meine Route so, dass ich auf dem Rückweg das ehemalige Anwesen der von Bartens passierte.

Das Thema Puff hatte sich natürlich gelegt. Genaues wusste man nicht, aber jeder ging davon aus, dass dort tatsächlich ein Puff eröffnet hatte. Vor allem durch den leicht erhöhten Straßenverkehr bemerkte man dessen Existenz. Zu meiner Überraschung besonders abends und am Wochenende.

Mich hatte das Thema nicht ganz losgelassen. Während meiner routinemäßigen Besuche von Pornoseiten, stellte ich mir gelegentlich die Frage, was dort wohl ablaufen würde?

Ein Besuch kam für mich aber auf keinen Fall in Frage. Nicht nur weil es direkt in der Nachbarschaft lag, sondern auch, weil ich meine Frau niemals hintergehen könnte. Wir gehörten zusammen und das würde ich nicht für eine Stunde Spaß riskieren.

Auf meinem Rennrad hatte ich wieder ein ordentliches Tempo vorgelegt. Jetzt machte ich aber extra langsam. So rollte ich auf meinem Rad langsam am Anwesen vorbei und betrachtete in Ruhe das sich mir bietende Bild.

Als Erstes fiel mir auf, dass das Gebäude und der Garten wieder in einem hervorragenden Zustand waren. Alleine die Gartenpflege musste Unsummen verschlingen. Das konnte ein Besitzer nicht alleine schaffen. Wer sich so eine Villa leisten konnte, würde es wohl auch nicht selber erledigen müssen.

Zu meiner Überraschung standen auf dem Parkplatz rund 10 Autos. Ich habe da keine Erfahrungen, aber das schien mir für einen Puff an einem Mittwochabend recht viel zu sein.

An der Straße stand außerdem ein kleines Schild - Cucky Club. Ich konnte verstehen, dass man es Club nannte. Aber was sollte das *Cucky* bedeuten?

Zurück zu Hause erledigte ich ein paar dringend notwendige Hausarbeiten. Anschließend verzog ich mich in mein Büro. Mein Nachwuchs war noch beim Sport - beide spielten Fußball. Ich hatte also noch Zeit mich in Ruhe selber zu verwöhnen.

Das machte ich ein oder zwei Mal in der Woche. Sandra und ich hatten etwa jede zweite Woche Sex.

Cucky Club kam es mir wieder in den Sinn. Ich öffnete ein Inkognito-Fenster in meinem Chrome-Browser. Ich wollte meiner Frau keine unnötigen Spuren hinterlassen. Was würde Google zu einer solchen Suche ausspucken?

Mir fielen gleich ein paar Ergebnisse auf. Wifesharing Cuckold Club und Ähnliches deutete auf die sexuelle Natur hin. Mein englisch ist ausgezeichnet und das Wort Wifesharing ließ sich sehr leicht sexuell deuten. Das Wort Cuckold war auch mehrmals zu sehen. Sagte mir aber nichts.

Ich wollte danach suchen - stellte mir dann aber erst einmal eine andere Frage. Hatte der Club vor unserer Haustür vielleicht eine eigene Webseite? Ich arbeite selber im Onlinemarketing als Berater und war mir sicher, dass das horizontale Gewerbe heute sehr viel auf das Internet setzte.

Ich hängte an meine Suche zusätzlich den Namen unserer kleinen Stadt an. Mir fiel gleich das erste Ergebnis in die Augen. Das könnte der Club sein.

Ich klicke natürlich gleich auf den Link. Die Webseite des Clubs zeigte dann auch gleich ein großes Bild der Villa. Außerdem einige halbnackte Frauen und Männer. Bei den meisten Personen waren allerdings die Gesichter unkenntlich gemacht. Dafür hatte ich Verständnis. Wer würde schon mit diesem Gewerbe in Verbindung stehen wollen?

Es gab nur zwei Links auf der Seite. Einer führte zu einem »Mitglieder-Bereich«. Hier war aber eine Passwortangabe erforderlich.

Der zweite Link war für mich aber auch interessanter. ›Wer wir sind‹ war dieser betitelt. Interessiert klickte ich auf den Link.

Der Cucky Club wurde 2004 von Victoria und Robert Paulsen gegründet. Der Club bietet seinen Mitgliedern die Möglichkeit, ihre sexuellen Gelüste auszuleben.

Männer - Cuckolds - können ihren Frauen hier endlich die Möglichkeit bieten, ihre Sexualität neu zu entdecken. Ihre sexuellen Gelüste dank der Hilfe ihres Mannes bis zur Vollendung zu befriedigen. Auf eine Art und Weise, die ihnen ihr eigener Mann alleine nicht bieten konnte.

Dieses Spiel der Lust entfacht ein neues Feuer. Wir sind der Überzeugung, so schon einige Ehen gerettet zu haben.

Neben den aus Cuckoldress und Cuckold bestehenden Paaren, besuchen uns auch zahlreiche gutgebaute Bulls. Der Bull ist für die sexuelle Befriedigung der Frau zuständig. Wir legen aber Wert darauf, dass er auch außerhalb dieser Aktivität auf die Bedürfnisse der Frauen eingeht.

Jeden ersten Montag im Quartal bieten wir eine Einführungsveranstaltung für interessierte Paare. Kontaktieren sie uns hier. Eine Voranmeldung ist in jedem Fall notwendig.

Derzeit haben wir ausreichend Bulls. Neue Bulls werden daher nur auf Empfehlungsbasis aufgenommen.

Ich war verwirrt. Klang nicht nach einem Puff. Welcher Mann würde schon seine Frau mit in den Puff nehmen. Was sollte aber dieses Gerede vom Bull? Und was ist jetzt ein Cuckold? Alles etwas seltsam.

Wirklich informativ war der kurze Text auch nicht. Hatte man denn kein Marketing nötig, fragte sich der Marketingmensch in mir.

Also zurück zu Google. Ich versuchte es mit einer einfachen Suche - Cuckold. Die Wikipedia brachte dann endlich Licht ins Dunkel:

Als Cuckold (auch kurz als Cucki, Cuck oder Cux) wird vor allem in der BDSM-Szene ein Mann bezeichnet, der in einer festen Partnerschaft oder Liebesbeziehung durch den intimen Kontakt seiner Partnerin mit anderen Männern (Fremdgehen) sexuellen Lustgewinn erlangt. Dabei kann der Cuckold dominantes, voyeuristisches, masochistisches und/oder devotes Verhalten bevorzugen.

So langsam formte sich ein Bild. Damit hatte ich allerdings nicht gerechnet. Puff war vielleicht gar kein so verkehrtes Wort. Doch statt Männern fanden hier wohl eher Frauen ihre sexuelle Befriedigung. Verrückt!

Ich konnte meine neuen Erkenntnisse noch gar nicht so richtig verarbeiten. Dafür war ich zu überrascht. Statt weiter Überlegungen anzustellen, rief ich eine Porno-Seite auf und entschied mich für einen Lesben-Porno.

Am Donnerstag kam meine Frau von ihrer Messe zurück. Es drängte mich, ihr von meinen Erkenntnissen zu erzählen. Doch so ganz konnte ich den Mut dazu nicht aufbringen. Es war doch zu merkwürdig. Ehemänner die ihre Frauen Sex mit anderen Männern haben ließen? Eine seltsame Welt.

Doch diese seltsame Welt ließ mich nicht los. Zwischendurch schaute ich immer mal wieder auf die Webseite des Clubs. Vielleicht gab es neue Informationen über das Treiben dort? Es tat sich allerdings nichts.

KAPITEL 3

Ende April entdeckte ich auf meiner bevorzugten Pornoseite eine neue Kategorie in der Seitenleiste - Cuckold. Ich klickte neugierig auf den Link.

Im ersten Moment war nichts Besonderes zu entdecken. Die Vorschaubilder zeigten viele recht eindeutige Situationen. Nachdem ich die Bilder überflogen hatte, widmete ich mich den Titel-Texten.

›Paisly bekommt schwarzen Schwanz und Ehemann muss zuschauen‹

›Milf lutscht großen Schwanz‹

›Cuckold schaut Sara mit BBC zu‹

›Die ultimative Erniedrigung‹

Ich entschied mich für den Film ›Cuckold schaut Alexa mit BBC zu.‹ Mir gefiel das Vorschaubild. Ich hatte schon immer Filme bevorzugt, in der die Hauptdarstellerin blond ist, wie meine Ehefrau.

Zu sehen waren die Blondine, ihr Mann und ein Afroamerikaner mit beeindruckend großem Schwanz. Das war ich allerdings von Pornofilmen gewohnt. Gut bestückt zu sein, war sicherlich eine Grundvoraussetzung für männliche Pornodarsteller.

Nach einer kurzen Unterhaltung mit ihrem Mann begann die Blondine am schwarzen Schwanz zu lutschen. Schon nach kurzer Zeit wollte sie diesen aber in sich spüren. Wieder kam es zu einer Unterhaltung mit ihrem Mann.

»Ich weiß nicht, ob ich das akzeptieren kann«, warf ihr Mann ein.

»Du musst dich daran gewöhnen, dass ich große Schwänze brauche«, war ihre Ankündigung.

»War das ein Ultimatum?«

»Wenn du es nicht akzeptieren kannst, muss ich mir einen anderen Mann suchen, der es akzeptieren kann.«

»Ich möchte dich nicht verlieren«, kam leicht gequält zurück.

Damit war das Gespräch erst einmal beendet. Langsam begann der Schwarze seinen langen und dicken Penis in Alexa zu schieben. Schon erstaunlich, dass eine Frau solch einen großen Penis, so schnell komplett aufnehmen kann.

»Was meinst du mit, daran gewöhnen?«

»Ich möchte ehrlich mit dir sein. Er ist deutlich größer als du, deshalb mag ich auch schwarze Schwänze so sehr.«

Immer schneller wurden die Fickbewegungen. Es folgte ein Positionswechsel und Alexa legte sich auf einen Tisch.

»Warum riechst du nicht am Tanga deiner Frau«, forderte der Schwarze den Mann von Alexa auf, während er ihm den Tanga zuwarf. Ohne Widerworte folgte dieser der Anweisung.

»Warum holst du deinen Penis nicht hervor und befriedigst dich selber? Du hast meine Erlaubnis«, bekam er als Nächstes von seiner Frau zu hören.

Sofort holte ihr Mann seinen Schwanz heraus und begann sich zu befriedigen. Derweil war der Schwarze wieder bereit seinen Schwanz in Alexa einzuführen.

»Sei nur vorsichtig«, forderte Alexa ihn auf. »Ich bin nur seinen kleinen weißen Schwanz gewohnt.«

Ich beobachte noch drei Minuten lang den schnellen Fick, dann war es für mich soweit und ich spritzte ab. Erschöpft lehnte ich mich in meinem Bürostuhl zurück und schloss für einen Moment die Augen.

Verrückt, dachte ich. *Auf was für Ideen die Pornoindustrie kommt.*

Ich schloss das Browser-Fenster. Es war an der Zeit mich mit meiner Arbeit zu beschäftigen. In der kommenden Woche musste ich zu einem Kunden und seine Marketingpläne wieder geradebiegen.

Bei diesem einen Besuch blieb es allerdings nicht. Regelmäßig besuchte ich jetzt auch die Cuckold-Kategorie. Immer wieder schaute ich mir an, wie Frauen von großen Schwänzen genommen wurden. Wie sie die Männer anfeuerten und sich ganz hingaben. Ich bevorzugte weiterhin Blondinen, wie meine Frau es war.

Die Häufigkeit meiner Selbstbefriedigung steigerte sich ebenfalls leicht. Fast täglich machte ich es mir jetzt selber.

KAPITEL 4

Nach einem Samstagnachmittag voller Gartenarbeit war ich froh einen ruhigen Abend verbringen zu können. Die Kinder waren endlich im Bett. Sandra lag in meinen Armen und es deutete sich an, dass wir noch ein wenig Spaß haben würden.

Nach ersten Küssen verlagerten wir unser Spiel schnell in Richtung Schlafzimmer. Ich ging auf Nummer sicher und schloss unsere Zimmertür ab, während meine Frau sich im Bad noch kurz frisch machte.

Zuerst küssten wir uns nur, dann begann ich ihre Brüste zu kneten. Ich ließ meine Hand weiter nach unten zwischen ihre Beine wandern. Oralsex war eine Seltenheit bei uns geworden.

Es brauchte schon besondere Lust bei meiner Frau, dass sie mich so befriedigte. Umgekehrt war ich aber noch seltener zwischen ihren Beinen zu finden.

An diesem Tag war mir aber danach und so schob ich nach meiner Hand auch meinen ganzen Körper tiefer. Mein Blick richtete sich auf die Scham meiner Frau. Es ist eine wunderschöne Scham. Lange und fleischige Schamlippen. Ein toller Geschmack. *Warum lecke ich sie nicht öfters?*, ging mir durch den Kopf.

Meine Frau hatte in Erwartung meiner Aktivität bereits die Beine breitgemacht und schaute mich erwartungsvoll an. Nach einigen Zungenschlängen gab sie sich mir ungeniert hin.

Es wunderte mich, dass sie Oralsex nicht öfters von mir einforderte. Sie geht dabei nahezu wortwörtlich wie eine Rakete ab. Vielleicht befürchtete sie, dass ich im Gegenzug auch ihren Mund auf meinem Schwanz einfordern würde? Damit hätte sie sicherlich nicht unrecht.

Doch an diesem Tag war ich in Geberlaune. Während Sandra sich mir hingab, gab auch ich mich ihr voll hin. Mit Genuss vertiefte ich meine Zunge tief in ihre Spalte und nahm ihre Säfte auf.

Nach einiger Zeit nahm ich meine Hand zur Hilfe und stieß mit dieser tief in sie hinein. Meine Zunge widmete sich dazu ihrer Klit.

Meine Frau wurde noch ein wenig lauter. Unser Zimmer lag weit weg von den Kinderzimmern. Trotzdem könnte irgendwann doch der Punkt gekommen sein, an dem sie zu laut wurde. Meine Frau reagierte darauf und vertiefte ihr Gesicht in ein Kissen. Das gefiel mir nicht ganz, zu gerne hätte ich ihre Ekstase weiter beobachtet.

Ich spürte, wie ein weiterer Schwall ihres süßen Nektars hervorkam und meine Frau erzitterte. Einen Moment später blieb sie stillliegen. Ich hatte mein Werk vollbracht.

Sandra legte es nicht darauf an, sich ebenfalls mit ihrem Mund zu bedanken. Stattdessen bugsierte sie meinen Penis gleich an ihre Öffnung. Problemlos konnte ich komplett in sie hineingleiten.

Langsam begann ich meine Fickbewegungen - auf und ab. Mein Blick richtete sich dabei oft nach unten. Ich mochte es, zuzuschauen, wie mein Penis in meine Frau eindrang und anschließend wieder hervorkam.

Es reichte schon eine kleine Bewegung von meinem Po nach hinten, um meinen Penis fast ganz aus Sandra herauszuziehen. Während ich mir dieses Schauspiel anschaute, begannen in mir Gedankenspiele. Gedanken, die neu für mich waren.

In meiner Träumerei wurde aus meinem Penis, der große lange Schwanz eines anderen Mannes. Genauso wie ich es schon oft in Pornofilmen gesehen hatte.

Nicht nur länger, sondern auch mit einem größeren Umfang. Vor meinem inneren Auge konnte ich förmlich sehen, wie sich der Eingang meiner Frau um den Schwanz legte.

Immer schneller stieß ich jetzt in meine Frau. Meine Gedanken trieben meine Erregung immer weiter an - zu mir bisher unbekannten Ausmaßen. Meine Eichel war so empfindlich wie nie zuvor. Die Gefühle waren kaum zu ertragen und so spritzte ich dann auch ziemlich schnell in meine Frau ab.

Einen Moment blieb ich erschöpft auf ihr liegen und atmete tief durch. Dann drehte ich mich zur Seite.

»Das hast du wohl mal wieder dringend gebraucht«, kommentierte die süße Stimme meiner Frau und gab mir dazu einen Kuss.

KAPITEL 5

Neben meinem Rennrad nannte ich auch ein Mountainbike mein Eigen. Ich bin einfach ein fahrradverrückter Mensch. Das bekomme ich auch von meiner Familie zu hören, wenn ich vorm Fernseher die Tour de France oder den Giro verfolge. Ich mag es, mich mit letzter Anstrengung einen Hügel hochzukämpfen. Nehme auch gerne an Amateurrennen teil.

Meistens bevorzuge ich mein Rennrad. An einem Freitagnachmittag war mir wieder einmal nach meinem Mountainbike.

Meine Frau wünschte mir noch viel Spaß. Ihr Sportprogramm bestand aus Joggen, leichten Gewichten und schwimmen. Unsere sportlichen Interessen lagen nicht ganz auf einer Linie, aber im Ergebnis waren wir zwei äußerst fitte Menschen.

Von unserer Auffahrt fuhr ich rechts ab. Das hätte mich in der Tat Richtung Cucky Club geführt. Vorher ging allerdings noch ein kleiner Weg ab. Dieser bestand hauptsächlich aus Sand und teilweise aus Geröll und führte durch ein Wäldchen.

Ich machte einen großen Bogen und fuhr viele kleine

Seitenwege. Ausgebaute Straßen mied ich größtenteils. Der Sand und das ständige auf und ab der kleinen Hügel war ein guter Work-out für den ganzen Körper.

Nach einer Stunde machte ich eine kurze Pause und trank ein paar Schluck. Anschließend machte ich mich auf den Rückweg.

Wieder ging es durch das Wäldchen zwischen unserem Haus und dem Cucky Club.

Müsste man von hier aus nicht einen besseren Blick haben?

Auch wenn mir eine laute Stimme davon abriet, eine zweite Stimme war noch lauter und fordernder. Ich wich vom Weg ab und machte mich durch einen kaum erkennbaren Trampelpfad auf Abwege.

Links und rechts von mir war dichter Wald. Schon nach fünfzig Metern kam ich dann aber an den abrupten Rand des Waldes. Vor mir öffnete sich der Blick auf eine Wiese.

Über die Wiese hinweg, konnte ich das Anwesen der von Bartens sehen - das mittlerweile den Cucky Club beherbergte. Ich schätzte die Entfernung auf rund 200 Meter.

Ich lehnte mein Mountainbike gegen einen Baum. Ich konnte auch aus dieser Entfernung einige Menschen ausmachen. Daher war ich lieber vorsichtig und versteckte meinen Körper größtenteils hinter einem Baum und etwas Dickicht.

Ich stand auf einer kleinen Anhöhe und die Wiese war etwas abschüssig, sodass ich trotz kleiner Büsche und Hecken einen guten Blick hatte.

Hinterm Haus war eine große Terrasse sowie ein gut dimensionierter Pool.

Ich konnte sechs Menschen ausmachen. Zwei davon schwammen im Pool. Der Rest lag auf Liegen und genoss die warme Sonne. Wir hatten zwar erst Mai, aber es war mit 26 Grad einer der ersten richtig warmen Tage des Jahres.

Mein Blick fiel erneut auf die Körper. Die Entfernung war groß, aber ich glaubte, zwei Frauen zu erkennen. Ich konnte keine farblichen Unterschiede an ihren Körpern erkennen. Waren beide nackt?

Aus der Entfernung konnte ich leider kaum Details ausmachen. Zu gern hätte ich mehr gesehen. Da kam mir ein Gedanken - es wäre einen Versuch wert.

Ich ging zurück zu meinem Mountainbike und holte mein Smartphone aus einer kleinen Tasche. Mit diesem ging es zurück an meine Ausgangsposition.

Ich öffnete meine Kamera-App und hielt auf das Geschehen in der Ferne. Dann begann ich damit dieses heranzuzoomen. Das Ergebnis war trotz 4-fach Zoom eher enttäuschend. Immerhin war ich mir aber doch ziemlich sicher, dass die Damen FKK betrieben.

Am liebsten hätte ich jetzt mein Fernglas zur Hand. Dieses hatte ich vor zwei Jahren vom Hersteller geschenkt bekommen, als ich seine Marketingkampagne auf Vordermann gebracht hatte.

Es war aber ohnehin Zeit für mich, den Heimweg anzutreten. Ein letzter Blick und ich schwang mich wieder auf mein Mountainbike und trat den kurzen Rest meines Heimweges an.

KAPITEL 6

Seit 16 Jahren veranstaltete unsere Straße gemeinsam mit einigen Nebenstraßen ein Straßenfest. Dieses war ein geschlossenes Fest nur für Anwohner. Einer der Anwohner hatte einen Teil seines alten Bauernhauses in eine Party-Location ausgebaut. Diese konnte gemietet werden, stand für unser Straßenfest aber einmal im Jahr kostenlos zur Verfügung.

Jedes Jahr wurde das Planungskomitee von anderen Anwohnern übernommen. So musste sich jeder einbringen. In diesem Jahr waren meine Frau und ich mit an der Reihe.

Die Aufgaben waren nicht so kompliziert. Einladungen fertigmachen und Geld einsammeln, für die Kinderunterhaltung sorgen, Grillfleisch einkaufen und natürlich für reichlich Getränke sorgen.

Das Fest sollte Mitte Juli steigen. Wir waren gut im Zeitplan. Für die heutige Planungssitzung hatten wir uns bei Lydia und Helmut Berger getroffen. Wie immer gab es zur Sitzung auch Häppchen und Getränke. Gegen Ende unseres Treffens druckten Lydia und Helmut etwas herum. Irgendetwas schien ihnen noch auf dem Herzen zu liegen.

»Da ist noch etwas, dass wir euch gestehen müssen. Ein dummer Fehler und wir müssen uns überlegen, wie wir damit jetzt umgehen wollen«, begann Lydia ihre Erklärung.

Ich erwartete schon das Schlimmste, wurde dann aber doch überrascht, als Helmut für seine Frau weitersprach.

»Wir haben Tom die Einladungskarten verteilen lassen …«

Wieder verstummte er. Tom war ihr 11 Jahre alter Sohn und ein guter Freund unseres Sohnes. Wir konnten sie nur fragend anschauen und auf eine Fortsetzung hoffen.

»Wir haben ihm aufgetragen, alle in der Straße einzuladen. So hat er dann auch die Paulsens eingeladen?«

»Paulsen? Haben wir neue Anwohner, die ich noch nicht kenne?«, fragte meine Frau gleich interessiert nach. Neue Nachbarn waren immer für ein paar Monate höchst spannend und sorgten für Unterhaltung in Form von Tratsch.

»Jein … noch relativ neu und auch noch nicht persönlich kennengelernt. Es sind die Besitzer von diesem … ähm … Etablissement?«

»Oh«, kam von meiner Frau. Ich brauchte noch einen Moment, bis auch ich registrierte, was gemeint war. Auch die neuen Besitzer des Cucky Club waren eingeladen worden.

»Aber die kommen doch sicher nicht?«, fragte ich vorsichtig nach.

»Scheinbar schon. Zumindest wollen sie kommen, haben sich schon angemeldet und das Geld bezahlt. Ich weiß auch nicht, was wir machen sollen? Sollen wir sie ausladen? Wäre auch irgendwie komisch?«

Als Teil des Planungskomitees musste ich mich jetzt auch mit diesem Dilemma befassen. Da ich es uns aber nicht eingebrockt hatte, sah ich es zumindest innerlich auch belustigt und interessiert. Unser Straßenfest konnte durchaus ein wenig neuen Pfiff gebrauchen. Und nur zu gerne würde ich mir unsere entfernten Nachbarn einmal aus der Nähe anschauen.

»Am Ende sind es aber auch nur normale Menschen?«, warf ich daher ein.

»Ja«, warf unsere Gastgeberin gleich ein. »Wir können sich doch unmöglich ausladen?«

So ein wenig machte sie auf mich den Eindruck, als wenn sie an einer Ausladung gar nicht interessiert wäre. Seltsam.

Am Ende einigten wir uns darauf, sie vorerst nicht auszuladen und uns einmal umzuhören, was die weiteren Teilnehmer von unserem Problem hielten. Bei größerem Widerstand würden wir doch noch eine Ausladung in Angriff nehmen müssen.

»Das kann ja was werden«, kommentierte meine lachende Frau, als wir wieder zu Hause waren.

»Was?«

»Feiern mit Puff-Betreibern?«

»Wenigsten erfahren wir dann mal, was dort überhaupt abläuft«, antwortete ich. Natürlich wusste ich aber schon ganz genau, dass dort kein Puff betrieben wurde. Stattdessen durften sich dort vor allem Frauen vergnügen.

»Na, ich hoffe mal, dass sie zumindest keine Mitarbeiterin mitbringen. Ansonsten geht es für dich gleich wieder nach Hause. Das kann ich dir versprechen.«

»Du machst dir doch keine Sorgen, dass ich mit einer anderen Frau …«

Das Ende meines Satzes ließ ich offen. Hatte diesen aber mit einem offensichtlich gespielten beleidigten Tonfall vorgetragen.

»Mein Schatz«, war die Reaktion meiner Frau. Gleichzeitig legte sie ihre Arme über meine Schultern und zog mich an sich heran. Es folgte ein langer und tiefer Kuss. Dieser setzte sich in einem Zungenkuss fort.

Unsere Kinder verbrachten diese Nacht bei ihren Großeltern. Wir hatten also sturmfrei und ich hatte mir schon erhofft, wieder einmal bei meiner Frau landen zu können.

Für uns ging es weiter zum Sofa. Dabei begannen wir damit, uns langsam auszuziehen. Am Anfang unserer Beziehung war Sex außerhalb unseres Bettes nichts Ungewöhnliches gewesen. Mit den Kindern hatte sich dies zur extremen Seltenheit verändert.

Doch an diesem Tag sollten unsere Spiele zumindest auf dem Sofa beginnen. Es dauert nicht lange und wir hatten uns unserer Kleidung entledigt. Meine Frau lehnte sich in eine Ecke des Sofas und ich lag halb über ihr. So küssten wir uns, ehe ich mich langsam tiefer bewegte und mich ihren Brüsten widmete.

Die Brustwarzen meiner Frau sind sehr empfindlich und werden bei Erregung sehr groß. Oft hat sich auch im Alltag mit ihnen zu kämpfen, wenn sie sie nicht der ganzen Welt präsentieren möchte.

Mir gefiel es, an ihren harten Nippel zu knabbern und zu saugen. Sehr genau konnte ich dabei das Gesicht meiner Frau beobachten.

Das Gesicht meiner Frau konnte in jeder Lebenslage viel ausdrücken und ich hatte gelernt, es zu lesen. So konnte ich problemlos ihre Laune ablesen und mich darauf einrichten.

Beim Sex machte es mir aber am meisten Spaß. Ganz genau konnte man an ihren Gesichtsregungen ihre steigende Erregung ablesen. Hinzu kam ihr nicht zu überhörendes Stöhnen. Heute brauchte sie in ihrer Lautstärke keine Rücksicht nehmen.

Doch am schönstem war das große Finale. Wenn sie ihre Ekstase herausschrie und ihr Gesicht diese nicht zu beschreibende Ekstase gefolgt von großer Zufriedenheit und Erlösung zeigte.

Auch das wollte ich an diesem Tag erleben und ich wusste ganz genau, wie ich dies am besten bewerkstelligte - mit meinem Mund.

So wanderte ich langsam tiefer und kniete schließlich auf dem Boden vor ihr. Mit meinem Mund küsste ich langsam auf ihre Schenkel und um ihre Scham herum.

Meine Frau schaute mir dabei zu. Sie sagte zwar kein Wort, aber es war deutlich zu sehen, dass sie darauf hoffte, dass ich endlich den Weg an ihre Scham finden würde.

Ich wollte auch mich selber nicht mehr länger auf die Folter spannen und machte mich über die Schamlippen meiner Frau her. Saugte und leckte an ihnen. Diesmal nahm ich nicht meine Hände zu Hilfe, sondern ließ meinen Mund und vor allem meine Zunge alleine ihr Werk vollbringen.

Nachdem ich die Erregung meiner Frau bis an den Rand eines Orgasmus gebracht hatte, brauchte es nur noch ein wenig Bearbeitung ihrer Klit und sie kam zu ihrem ohrenbetäubenden Orgasmus.

Zufrieden schaute ich zu, wie ihr Gesicht dabei zuckte und mir anschließend bei geschlossenen Augen ein Lächeln schenkte.

Für uns war die Nacht damit noch lange nicht beendet. Mit einer Flasche Wein machten wir es uns im Schlafzimmer gemütlich. Ich hatte meine Frau wohl in Geberlaune versetzt. Endlich durfte ich auch ihren Mund wieder einmal auf meinem Schwanz spüren.

KAPITEL 7

Ich besuchte auch weiterhin täglich Pornoseiten. Es hatte sich mittlerweile eingebürgert, dass ich täglich einmal abspritzen musste.

Ich machte auch immer wieder Abstecher in anderen Porno-Genres. Lesbenpornos hatten es mir zum Beispiel auch angetan. Besonders häufig besuchte ich nun aber die Cuckold-Kategorie.

Neugierig wie ich war, klickte ich immer wieder auf besonders gewagte Filme. ›Ehemann schaut seiner heißen Frau zu, wie sie großen schwarzen Schwanz genießt‹ war ein solches Video, dass mich tiefer in die Welt der Cuckolds versinken ließ.

Hier stand der Mann neben dem Bett und schaut seiner Frau zu, wie sich diese verwöhnen ließ. In meiner Vorstellung stand ich neben dem Bett und schaute meiner eigenen Frau zu.

Für manch Unanständigkeit war ich aber nicht bereit. Noch nicht oder vielleicht auch nie? Das wusste ich natürlich noch nicht.

. . .

Nicht nur im Internet beschäftigte mich dieses Thema. In meiner Gedankenwelt spielte auch der Cucky Club immer wieder eine Rolle. Das Internet hatte mir bereits aufgezeigt, dass von einfachem Sex bis zu allerhand perversen Spielen, so ziemlich alles möglich war. Welche Spielarten wurden dort bevorzugt? Die Internetseite gab leider auch weiterhin nichts Neues preis.

Mir ging meine kleine Aktivität als Voyeur nicht aus dem Kopf und es drängte mich auf eine Wiederholung. Diesmal aber besser vorbereitet - also mit Fernglas.

An einem weiterem Freitagnachmittag Anfang Juni sollte es soweit sein. Es hatte sich über die Jahre eingebürgert, dass ich meine Arbeitswoche mit einer ausgiebigen Radtour beendete, bevor ich dann vor allem der Familie zur Verfügung stand.

Ich schmuggelte mein Fernglas in meine Fahrradtasche und machte mich mit meinem Mountainbike auf den Weg. Statt einer langen Tour sollte mein Weg aber direkt an meinen Beobachtungspunkt führen.

Vorsichtig pirschte ich mich an den Waldrand. Ich hatte mir diesen Tag für meine Aktivität ausgesucht, weil wieder warmes Wetter war - Pool-Wetter. Um den Pool herum gab es auch einige Aktivitäten.

Besonders ins Auge fielen mir zunächst zwei leicht abseitsstehende Personen. Eine Frau und ein Mann spielten Federball. Ich holte mein Fernglas hervor.

Nervös ging ich in die Hocke, in der Hoffnung so noch weniger sichtbar zu sein. Eine Entdeckung und mögliche Konsequenzen machten mir durchaus große Sorgen.

Gezielt richtete ich mein Fernglas auf die federballspielende Frau.

Sie war groß gewachsen - 1,80 Meter schätzte ich. Lange blonde Haare, wie meine Frau. Ihre Brüste waren hingegen deutlich größer. Um nicht zu sagen beachtlich groß. Ich stellte mir die Frage, ob sie wohl echt waren oder vielleicht nachgeholfen worden war?

Mit Verzückung beobachtete ich ihre Bewegungen. Dabei hüpften ihre Brüste immer ein wenig. Zwischen ihre Beine hatte ich keinen guten Blick. Sie schien mir aber unbehaart zu sein.

Ich setzte das Fernglas kurz ab, um meinen Blick schweifen zu lassen. Nicht zuletzt, um in meinem Versteck nicht plötzlich überrascht zu werden. Im Pool wurde geplanscht, einige Liegen waren besetzt und jemand brachte Getränke nach draußen. Es waren sicherlich zehn Personen draußen im Garten.

Zurück zur Blondine. Da sie stand und in meine Richtung ausgerichtet war, konnte ich sie am besten beobachten.

Wieder taten mir es ihre großen Brüste an. Ich spürte, wie sich trotz meiner Nervosität etwas in meiner Hose regte.

Ich wollte bereits aktiv werden und meinen Schwanz auspacken, als jemand vor die Blondine trat. Es war ihr Federballpartner. Damit nahm er mir leider die Sicht. Zum Glück drehten sie sich etwas und ich konnte meine Beobachtung von der Seite fortsetzen.

Die beiden waren in einen Kuss vertieft. Dank meines Fernglases konnte ich genau beobachten, wie sie sich gierig küssten.

Die Hände des Mannes lagen auf der Schulter der unbekannten Schönen. Langsam drückte er sie zu Boden und sie ließ es geschehen.

Damit fiel mein Blick erstmals auf das Gemächt des Mannes. Und das Wort Gemächt erschien mir in diesem Moment wirklich angebracht. Ein Penis wie ich ihn bisher nur in Pornofilmen zu sehen bekommen hatte. Er war bereits steif. Ich bin nicht sonderlich gut im Schätzen, aber dies konnte durchaus ein 20 Zentimeter-Penis sein.

Ich konnte sehen, wie sie einige Worte wechselten, während die Frau mit ihren Händen sein Glied umfasste. Aufgrund ihrer Körpergröße hatte sie auch relativ große Hände. Meine Frau hätte diesen Penis sicherlich nur mit zwei Händen umfassen können.

Ein paar Mal wichste sie den Penis und ich sah, wie sie auf ihn spuckte. Wieder wurden Worte gewechselt und sie begann ihn mit ihrer Zunge abzulecken.

Das Schauspiel hatte mich für eine Weile in seinen Bann gezogen. Nun bemerkte ich aber, wie mein eigener Schwanz schon fast schmerzhaft gegen meine Hose drückte.

Während ich meine Beobachtung fortsetzte, versuchte ich mit einer Hand, meine Hose zu öffnen. Das zog sich etwas hin, war dann aber endlich geschafft. Es war schon fast erlösend, als ich meinen Penis in die Hand nehmen konnte. Langsam und vorsichtig begann ich mich zu befriedigen. Ich wollte nicht sofort kommen, sondern mein Dasein als Voyeur noch einen Moment genießen.

Meine Sorge vor Entdeckung begleitete mich dabei weiterhin. Nun war es aber nicht mehr nur Nervosität. Die Angst vor Entdeckung trieb zusätzlich auch meine Erregung an.

Ich beobachte das Geschehen weiter. Die Blondine leckte weiterhin am Riesenschwanz. Zwischendurch nahm sie ihn aber immer wieder in den Mund und blies zwei- oder dreimal.

Sie dürfte mittlerweile den ganzen Schwanz abgeleckt haben. Statt nun einen Blowjob zu starten, widmete sie sich aber nun seinem Hodensack. Leckte auch diesen und massierte ihn mit ihrem Mund.

Für die weiteren Gäste war das Schauspiel gut zu beobachten. Sie gaben diesem, aber nur wenig Beachtung. Es war für sie wohl kein so ungewöhnlicher Anblick.

Zufrieden stellte ich fest, dass die Blondine nun endlich mit ihrem Blowjob gestartet hatte.

Ihre Lippen pressten sich eng um den großen Schwanz. Sie musste sich schon Mühe geben, um den kompletten Umfang aufzunehmen. Weit mehr beeindruckte mich aber, wie viel sie aufnehmen konnte.

Meine Frau hatte kein Problem damit, meinen Schwanz komplett zu verschlingen, aber das war auch deutlich weniger. Die Unbekannte schien mir hingegen ständig mehr aufzunehmen. Von den 20 Zentimetern waren es sicherlich 15. Ich glaubte aber auch, zu erkennen, dass sie damit an ihrem Limit angekommen war.

Der Mann gab sich dabei keine Mühe, weiter in sie hineinzustoßen. In einigen Filmen hatte ich beobachtet, wie Frauen geradezu in den Mund gefickt wurden und dabei sogar würgen mussten. Für mich kein sonderlich erregender Anblick. Hier ließ der Mann die Frau einfach machen. Vermutlich war es auch so schon Genuss genug.

Bei all dieser Beobachtung war meine eigene Hand weiterhin aktiv. Ich hatte größte Mühe mich zurückzuhalten. Ein unüberlegter Moment und ich wäre sofort gekommen. In meinem bisherigen Leben hatte ich noch nicht versucht, mich so lange so nahe am Höhepunkt zu halten. Es war ein seltsames Gefühl und für sich selber genommen hatte es auch etwas Erregendes.

Die Blondine nahm nun ihre Hand zu Hilfe. Scheinbar wollte sie ihr Werk zu Ende bringen. Zunächst waren ihre Wichsbewegungen noch schnell, dann wurden sie plötzlich ganz langsam.

An ihren Augen und der Haltung des Mannes glaubte ich zu erkennen, dass er gekommen war und sie sein Sperma direkt geschluckt hatte.

Bei allen Versuchen meinen Orgasmus zu verzögern, diese Erkenntnis machte es unmöglich, mich länger zurückzuhalten. Mein Schwanz spritzte ab und ich hatte Mühe ihn weit weg von meinem Körper zu halten. Ich wollte meiner Frau keine verräterischen Spermaspuren liefern.

Der Mann packte die Blondine und hob sie hoch. Mit schnellen Schritten rannte er Richtung Terrasse und unter den Schreien der Frau waren sie einen Moment später mit einem großen Sprung im Pool verschwunden. Das Wasser spritze in alle Richtungen. Das sorgte aber nur für Gelächter von den weiteren Gästen.

Mit meinem Orgasmus war meine Befriedigung erfolgt und meine Angst vor Entdeckung wieder größer. Langsam schlich ich mich zurück und machte mich auf den Heimweg.

KAPITEL 8

Mein kleines Voyeurerlebnis beschäftigte mich das ganze Wochenende. Mehrmals musste ich mich davonstehlen, um zu masturbieren und die Szene vor meinem inneren Auge wieder aufleben zu lassen.

Erst nach einigen Tagen griff ich erstmals wieder auf Pornofilme als Stimulationshilfe zurück. Ansonsten war ich in diesen Tagen sehr beschäftigt. Es galt die letzten Arbeiten vor unserem Urlaub zu erledigen. Die Sommerferien begannen Mitte Juni und wir würden gleich zu Beginn für zehn Tage in Urlaub gehen.

In diesem Jahr ging es für uns zum dritten Mal auf ein Kreuzfahrtschiff. Wir hatten diese Art des Urlaubes zu schätzen gelernt. Wir konnten verschiedene Häfen erleben und für die Kinder gab es an Bord ein spezielles Programm, so, dass wir auch einmal zu zweit Unternehmungen durchführen konnten.

Finanziell war es für uns kein Problem, den Kindern eine eigene Kabine zu spendieren. Das führte wie so oft dazu, dass wir im Bett besonders aktiv waren.

Gleich am ersten Abend wurde es amourös. Es hatte sich über die Jahre zu einer kleinen Tradition entwickelt, dass Sandra mich an diesem Tag mit besonderer Wäsche bezirpste. Während ich auf unserem Balkon mein Glas Wein genoss, zog sie sich im Bad um.

Es war wieder eine Kombination aus BH und Tanga mit viel Spitze geworden. Diesmal in einem hell leuchtenden Blauton. Dazu ein Babydoll in einem dunkleren Blau. Abgerundet wurde das umwerfende Outfit von hochhackigen Pumps.

Ich blieb noch einen Moment in der Balkontür stehen, um meine Frau in Ruhe zu betrachten. Oft war sie etwas Scheu bei der Zurschaustellung ihrer Reize. In der trauten Zweisamkeit dieser Urlaubsmomente war sie hingegen etwas lockerer und schien meine Bewunderung zu genießen. Sicherlich half dabei auch der Wein nach.

Sie drehte sich einmal um ihre eigene Achse und sah mich erwartungsvoll an. Ein Kompliment war fällig.

»Wunderschön«, war mein erstes Wort. »Oder vielleicht drückt es geil doch besser aus«, fügte ich nach einer kurzen Pause verschmitzt an.

Ich machte die wenigen Schritte zu meiner Frau und nahm sie in den Arm. Wir küssten uns lange und ließen unsere Zungen miteinander spielen. Eine Aktivität, die ich liebte und wir öfters machen sollten.

Schnell fanden wir uns auf dem Bett wieder. Doch dies war auch einer der Momente, in dem wir uns viel Zeit bei unserem Liebesspiel gaben. Es gab keinen Grund zur Eile und ich wollte mein Geschenk nicht zu schnell auspacken.

So war ich als erster meiner Kleidung beraubt und meine Frau ging vor mir auf die Knie. Mein Schwanz verschwand in ihrem Mund.

Für einen Moment streiften meinen Gedanken zurück in die Heimat. Als ich die Unbekannte im Garten des

Cucky Club beobachtet hatte, wie sie den großen Schwanz geblasen hatte. Damit konnte ich meiner Frau leider nicht dienen. Sie schien sich daran aber nicht zu stören.

Die Gedanken hatten mich noch einmal richtig in Fahrt gebracht und ich musste meine Frau etwas bremsen. Ich wollte nicht zu früh kommen.

Es war an der Zeit meine Frau von ihrer Kleidung zu befreien und sich zu revanchieren. Zum wiederholten Male in den letzten Wochen fand sich mein Mund zwischen ihren Beinen wieder. Sonst eher eine Aktivität, die nur ein paar Mal im Jahr vorkam.

Im Gegensatz zu mir ließ sich meine Frau gleich vollkommen gehen. Vielleicht davon abgesehen, dass sie versuchte, ihre Lautstärke einzuschränken. Die Wände auf einem Schiff lassen dann doch einigen Lärm durch. Klar war auch, dass ich sie so zum Orgasmus bringen würde. Die Erfahrung zeigte, dass sie nur durch einen Penis nicht kommen würde.

Nach einigen Minuten erzitterte Sandra unter ihrem Orgasmus und blieb zufrieden liegen. Ich betrachtete sie einige Momente zufrieden. Nun war ich an der Reihe. Während ich meinen Penis in Position bringen wollte, unterbrach mich meine Frau.

»Petcr, heute nicht so«, waren ihre einzigen Worte. Sie schob sich tiefer und nach wenigen Augenblicken nahm sie meinen Schwanz wieder in den Mund.

Ich beobachtete erregt wie sie mich zum zweiten Mal an diesem Abend mit ihrem Mund verwöhnte. Ich spürte, dass es nicht lange dauern würde bis auch ich meinen Höhepunkt erreichte.

Viele Gedanken hatte ich in diesem Moment nicht. Ich konnte nur zuschauen wie meine Frau mich verwöhnte. Kurz bevor ich explodierte, kam mir in den Sinn, dass ich meine Frau warnen sollte. Gelegentlich kam ich zwar in den Genuss eines Blowjobs. Mein Sperma wollte meine Frau aber nicht in ihrem Mund haben.

»Sandra, ich komme gleich sofort ... Sandra! Jetzt!«

Normalerweise wechselte meine Frau schon nach der ersten Warnung von ihrem Mund auf ihre Hand. Diesmal schaute sie mich nur mit großen Augen an und fuhr einfach fort. Auch meine weiteren Warnungen blieben ohne Reaktion.

Natürlich hätte ich auch selber aktiv werden können und meinen Schwanz zurückziehen können. Für eine solche Rücksichtnahme war ich aber viel zu erregt. Ich hatte meinen Teil mit der Warnung erledigt.

Die Tatsache, dass meine Frau mich in ihrem Mund kommen ließ, fachte meine Explosion noch einmal an und ich spürte, wie mein Sperma förmlich herausspritzte.

Meine Frau verschwand anschließend im Bad. Mit einem Lächeln auf dem Gesicht stellte ich mir eine Frage. Hatte sie geschluckt oder spuckte sie mein Sperma aus? Eindeutige Spuckgeräusche gefolgt von Wasser und einem Gurgeln beantworteten meine Frage dann aber relativ schnell.

»Ich liebe dich«, waren die ersten Worte meiner Frau, als sie zurück in meinen Armen war.

Ich küsste sie und erwiderte ihre Worte.

»Ich liebe dich auch mein Schatz. Ich habe mit dir einen tollen Fang gemacht. Mehr als ich mir jemals erträumen konnte.«

Jedes meiner Worte war dabei absolut ernst gemeint und ich war mir sicher, auch meiner Frau ging es nach 15 Jahren Ehe nicht viel anders. Natürlich hatte sich ein wenig Trott in unser Leben eingeschlichen. Mit Blick auf viele Freunde hätten wir es aber kaum besser erwischen können. Nicht wenige waren bereits geschieden. Bei anderen hatte man nicht wirklich das Gefühl, dass sich hier die große Liebe des Lebens getroffen hatte.

Unser 10-tägiger Urlaub war wieder sehr schön. Manchmal etwas stressig, aber die meiste Zeit konnten wir genießen. Meine Frau beglückte mich noch einige weitere Male, wenn auch nicht mit einem Blowjob.

KAPITEL 9

An einem Freitag kamen wir aus unserem Urlaub zurück in die Heimat. Erschöpft ging es früh ins Bett.

Am nächsten Tag machten sich Frau und Kinder früh aus dem Haus. Julia und Peter würden Freunde treffen. Meine Frau besuchte ebenfalls eine Freundin und würde sicherlich unsere Urlaubserlebnisse noch einmal durchsprechen.

Ich hatte entsprechend sturmfrei. Zunächst wollte ich mich an den Computer setzen. Ein paar E-Mails überprüfen und anschließend nach 10 Tagen vielleicht wieder den Weg auf eine Pornoseite finden.

Bevor ich das tat, überlegte ich es mir aber anders. Zweimal hatte ich den Cucky Club an einem Freitag beobachtet. Was würde dort wohl an einem Samstagnachmittag los sein?

Ich packte also mein Fernglas ein und machte mich mit meinem Mountainbike auf den Weg. Dieser war innerhalb weniger Minuten absolviert.

Wieder ging ich auf meine gewohnte Position. Die

pralle Sonne hatte wieder viele Gäste an den Pool gelockt. Große Aktivität war allerdings nicht zu erkennen.

Ich beobachtete wie zwei Männer den Rest mit Getränken versorgten. Ein weiterer Mann holte einen Grill hervor. Ich hatte ja auf etwas mehr als eine Grillparty gehofft. Auch wenn mir die meist nackten Frauenkörper schon zu gefallen wussten.

Dann sollte ich aber doch etwas zu sehen bekommen. Ein weiterer Mann kam auf die Terrasse - ein Schwarzer. Durch die amerikanische Militärbasis sah man in unserer Gegend relativ zahlreiche Amerikaner mit den unterschiedlichsten kulturellen Hintergründen.

Der Mann begrüße die Runde und gesellte sich zu einer Frau mit brünetten Haaren. Diese hatte bisher alleine eine Doppelliege belegt. Sofort begannen sie sich zu küssen und mit seinen großen Händen massierte er den Busen der Frau.

Nach einigen Minuten ließ die Brünette von ihm ab und drehte sich um. Sie rief dem Mann am Grill etwas zu. Dieser kam daraufhin zu ihr herüber. Kurz gaben sie sich einen Kuss. Dann kniete er sich vor sie und begann ihre Scham zu verwöhnen. Er verdeckte meinen Blick, aber ich war sicher, dass er seine Zunge und seinen Mund voll einsetzte.

Der schwarze Mann stand ebenfalls wieder auf und stellte sich an die Kopfseite. So konnte die Frau seinen Schwanz ergreifen. Sie wichste ihn ein paar Mal. Er war zuvor bereits halbsteif und fuhr schnell zur vollen Größe aus. Wieder ein großer Schwanz, stellte ich nüchtern fest.

Kurz nahm sie den Schwanz noch in den Mund, dann stieß sie den Mann zwischen ihren Beinen zurück. Schnell war der Schwarze wieder auf der Liege und zwischen ihren Beinen. Auch er verdeckte mir wieder die Sicht. Seine Auf- und Abbewegungen waren aber recht eindeutig.

Es versteht sich von selber, dass auch ich zu diesem Zeitpunkt bereits meinen eigenen Schwanz in der Hand hielt. Hätte ich einen perfekten Blick auf den Fick gehabt, hätte ich vermutlich auch meinen Orgasmus bereits erlebt gehabt.

Der weiße Mann stand mittlerweile neben der Liege. Auch sein Penis war mittlerweile steif. Schon fast erleichtert stellte ich fest, dass er etwa genauso groß war, wie ich. Nach all den großen Schwänzen bei meinen Beobachtungen sowie in Pornovideos, war es schön, sich einmal normal fühlen zu dürfen.

Der Blick des Mannes war auf den Fick gerichtet. Im Gegensatz zu mir dürfte er einen perfekten Blick haben. Genauso wie ich musste er sich allerdings mit der Hand befriedigen.

Die Frau warf ihm zwischendurch immer wieder einen Blick zu. Es wurde auch Worte gewechselt. Schließlich nahm sie seine Hand von seinem Penis. Ein paar Mal wichste sie ihn mit ihrer Hand, dann verschwand auch diese und sein Penis stand nur noch steif ab.

Auf der Liege fand ein kleiner Positionswechsel statt. Nun sollte es im Doggy-Style weitergehen. Leider wurde mir dabei auch weiterhin kein besserer Einblick gewährt.

Zwischendurch schaute die Brünette immer wieder nach hinten - zu ihrem Stecher. Ihre Erregung war ihr dabei zusehends abzulesen. Ein letztes Aufbäumen interpretierte ich als erfolgreichen Orgasmus.

Einen kurzen Moment sackte sie erschöpft auf die Liege, dann drehte sie sich um. Scheinbar wollte sie ihr Werk mit einem Blowjob beenden. Es dauerte nicht lange und mir schien an den Reaktionen des Mannes klar zu erkennen zu sein, dass er in ihren Mund abspritzte.

Wie schon die Blondine schien auch die unbekannte

Brünette kein Problem mit dem Schlucken von Sperma zu haben - ganz anders als meine Frau.

Sie leckte den Penis noch sauber und der Schwarze ließ sich schließlich auf die Liege nieder. Die Unbekannte stand kurz auf und gab dem Mann einen Kuss. Kurz fanden ihre Hände seinen Penis, dann wurde er von ihr offensichtlich weggeschickt. Er verschwand im Haus, während sie sich wieder auf der Liege niederließ und sich dicht an den Schwarzen kuschelte.

Auch ich war in der Zwischenzeit bereits gekommen. Etwa zeitgleich mit dem Mann. Diesmal hatte ich vorgesorgt und mein Sperma mit einem Taschentuch entsorgt. Ich hatte meine Beobachtung aber nicht sofort einstellen wollen. Nun schien es mir aber an der Zeit den Rückweg anzutreten.

Langsam fuhr ich mit meinem Mountainbike nach Hause. Das Erlebte ließ mich noch nicht los und ich spürte, wie sich in meiner Hose schon nach wenigen Minuten wieder etwas regte.

Das kann doch nicht sein?, schoss mir auf halben Weg plötzlich durch den Kopf. *Das war doch nicht? Doch, der weiße Mann, der die Frau geleckt hatte, das musste ihr Ehemann sein.*

Hatte ich gerade beobachtet, wie ein Ehemann dabei zusah, wie seine Frau von einem langen schwarzen Schwanz gebumst wurde?

Ich weiß nicht, warum ich solange für diese Erkenntnis gebraucht hatte. Vielleicht war ich während meiner Beobachtung zu sehr mit anderen Dingen beschäftigt. Nun spürte ich aber, wie mein steifer Penis schmerzvoll gegen meine Hose drückte.

Ich beschleunigte mein Tempo und trat ordentlich in die Pedale. Ich dürfte zu Hause noch genug Zeit haben, um mich noch einmal selber zu befriedigen. Einen kurzen

Moment spielte ich sogar mit dem Gedanken umzudrehen und noch einmal zum Voyeur zu werden.

Zu Hause ließ ich mein Mountainbike in der Einfahrt stehen und machte mich gleich auf den Weg in mein Büro. Computer an, Hose runter und ehe ich mich versah, hatte ich meinen Schwanz in der Hand.

Kurz schaute ich auf die Seite des Cucky Club. Dort gab es aber auch weiterhin nichts Neues zu erfahren. Weiter ging es auf eine Pornoseite und in die Cuckold-Kategorie.

Ich schaute schnell das aktuelle Angebot durch und mein Blick blieb an einem Text hängen. ›Cuckold schaut seiner Frau mit BBC zu.‹ Das passte perfekt zu meiner heutigen Beobachtung.

Das Video begann ganz langsam. Die Frau begrüßte ihren Mann, der von der Arbeit nach Hause kam. Sie küsste ihn kurz und kündigte an, dass gleich noch Besuch kommen würde.

Der Besuch kam dann in Form eines kräftig gebauten Afroamerikaners. Vor den Augen ihres Mannes begann die Frau ihn zu küssen.

Zunächst gefiel dem Ehemann dieses Schauspiel nicht. »Schatz, das kannst du doch nicht machen«, quengelte er. »Schatz?«

»Sorry Liebling, ich brauch auch mal etwas Großes zwischen meinen Beinen.«

»Aber? Aber?«

»Ich liebe dich ... liebst du mich nicht auch?«

»Natürlich, aber ...«

»Dann gönnst du mir es doch sicherlich, auch einmal einen großen Schwanz zu spüren. Endlich einmal zum Orgasmus gefickt zu werden? Ganz ausgefüllt zu werden?«

Dem Mann war anzusehen, dass er erkannte, dass er

seiner Frau nicht alles bieten konnte. Zumindest soweit seine schauspielerische Leistung reichte.

»Danke«, kam leise von seiner Frau und sie küsste ihn kurz. Dann drehte sie sich wieder dem Besucher vor und gab ihm einen langen Zungenkuss.

Anschließend führte sie ihn an seiner Hand Richtung Schlafzimmer. Zögernd folgte ihr Ehemann.

Im Schlafzimmer machten sich die beiden ziemlich schnell übereinander her. Nach wenigen Momenten war der große schwarze Schwanz bereits im Mund der Frau verschwunden.

Diese konnte den Schwanz trotz seiner Größe recht problemlos komplett in ihrem Mund verschwinden lassen. Für eine Pornodarstellerin vielleicht keine so ganz überraschende Qualität, mutmaßte ich.

Einige Minuten lang gab sie sich dem Penis hin. Zwischendurch war immer wieder kurz ihr Mann zu sehen, wie er die Szene vor seinen Augen nur schwer ertragen konnte. Sich aber scheinbar doch langsam damit arrangierte, denn mit einer Hand massierte er durch seine Hose seinen Penis.

»So eine geile Frau hast du hier. Ich werde es ihr für dich schön besorgen«, kündigte der Afroamerikaner in Richtung des Ehemannes an.

»Oh Gott ja«, war die Reaktion seiner Frau. Diese ließ sich aufs Bett schmeißen und in Windeseile hatte sie sich ihrer Kleidung entledigt.

Ich schätzte ihr Alter auf 25. Entsprechend knackig war sie noch. Bei den Brüsten hatte sie vielleicht nachgeholfen, aber der Anblick gefiel mir trotzdem.

Ohne große Umschweife setzte der Schwarze seinen großen Schwanz an ihre Öffnung an. Dort verharrte er noch einen kurzen Moment. Die Kamera zeigte noch einmal den

Ehemann, der gebannt auf die Szene schaute. Dann drang der Penis ganz langsam in seine Frau ein.

Ich kannte in diesem Moment kein Halten mehr und spritzte ab. Zu sehr hatte mich der Einblick des großen eindringenden Penis erregt.

Ich schloss das Browserfenster und lehnte mich erschöpft zurück. Mein Abspritzen stellte sich als guter Zeitpunkt heraus. Nur fünf Minuten später kam meine Frau nach Hause.

Nur selten fanden sich solche Videos mit zuschauenden Ehemänner unter den neuen Cuckold-Videos. Doch immer öfter wählte ich sie aus, wenn ein Neues zur Wahl stand.

Sie erregten mich derzeit einfach besonders. Über das Warum dachte ich nicht groß nach. Wie bei anderen vergangenen Pornovorlieben sah ich es einfach als eine Phase an. Irgendwann verlor der Reiz des Neuen dann meist seinen Reiz.

KAPITEL 10

Die nächsten Tage waren für mich arbeitsreich. Zudem ging es in die heiße Phase für die Vorbereitungen für das Straßenfest.

»Hast du das Grillfleisch bestellt?«, fragte mich meine Frau. Ich bejahte ihre Frage. Ich hatte mich außerdem um die letzten Getränke gekümmert. Meine Frau übernahm die Organisation der Kinderunterhaltung.

»Gut«, antwortete sie mir und setzte sich neben mich auf das Sofa. Ihr Kopf lehnte an meiner Schulter.

»Ich bin froh, wenn wir die Organisation hinter uns haben. Nächstes Jahr sind wir auch noch dabei, aber danach haben wir erst einmal wieder lange unsere Ruhe.«

»Ja«, stimmte mir meine Frau zu. Ich legte meinen Arm um ihre Schulter. Sandra nahm diese wieder weg und legte sich gleich lang auf das Sofa. Ihr Kopf lag in meinem Schoss. Von hier aus konnte sie zu mir hochschauen.

»Ich hoffe mal, es wird kein Desaster«, gab sie mit einem sorgenvollen Blick von sich.

»Warum? Weil wir die Organisation übernehmen? Das

Straßenfest funktioniert seit Jahren problemlos. Da kann nichts schiefgehen.«

»Bisher war auch noch kein Puff-Pärchen zu Besuch«, gab sie zu bedenken.

»Tja, ein wenig Leben kann unsere kleine Gruppe hier vielleicht gebrauchen«, gab ich schmunzelnd zurück.

»Ich hoffe Mal, dass es nicht zu viel Leben wird. Es hat sich aber wohl schon rumgesprochen und bisher gibt es keine erkennbaren Absagen. Wird schon schiefgehen.«

»Na, dann ist ja gut«, kommentierte ich nur kurz. Was hätte ich zu dem Thema schon beitragen sollen? Immerhin hatte ich doch deutlich mehr Informationen. Wie sollte ich aber meine Frau darüber informieren? Und wollte ich ihr wirklich erzählen, dass sich dort Ehefrauen von gut bestückten Männern beglücken lassen konnten?

»Vielleicht können sie uns ja ein paar Tipps fürs Bett geben?«, witzelte meine Frau.

Ich war durch diesen Spruch peinlich berührt. War sie der Meinung, dass wir Nachholbedarf hatten? War ich ihr vielleicht nicht genug? Das würde sie dann zur idealen Cucky Club-Besucherin machen. Innerlich schmunzelte ich kurz auf - welch absurde Überlegungen.

Nun hatte ich nicht nur in Pornos große Schwänze gesehen, sondern auch im echten Leben, wenn auch nur durch ein Fernglas. Nein, es war wirklich besser, wenn sie nicht wusste, was wirklich dort ablief. Ich konnte nur hoffen, dass es dazu auf unserem Fest nicht zu viele Details geben würde.

Später saß ich noch kurz am PC. Es wollte mir nicht mehr aus dem Kopf gehen. War ich nicht genug für meine Frau?

Bin ich zu kurz?, war meine etwas bestürzte Frage.

Nun hatte ich in Pornos große Schwänze gesehen. Das

zählte aber nicht. Jeder vernünftige Pornoproduzent würde sich sicherlich die schönsten und größten Exemplare aussuchen. Das dürfte die Standardvorgabe sein, um in dieser Branche als Mann Erfolg zu finden.

Außerdem hatte ich im Cucky Club auch Männer mit normalen Schwänzen gesehen - kleineren Schwänzen. Was war eigentlich normal?

›Penis Größe Durchschnitt‹ gab ich nervös in die Google-Suchbox ein. Ich war einen Moment verwundert, wie unterschiedlich die Penisgröße in den einzelnen Ländern ausfiel. Der durchschnittliche deutsche Penis sollte demnach 14,48 Zentimeter lang sein.

Ich war nicht wirklich zufrieden mit meiner Penislänge. So sollte es laut Artikel aber über der Hälfte der deutschen Männer gehen. Natürlich gab man sich auch Mühe zu betonen, dass es nicht auf die Länge ankommt. Viele weitere Faktoren entschieden über den Spaß am Sex. Aber konnte ich meiner Frau wirklich alles bieten?

Ich wollte jetzt antworten. Ich wollte wissen, wie lang mein eigener Penis war. Wie schnitt ich im Vergleich zum deutschen Durchschnittspenis ab? Ich holte ein Maßband und zog meine Hose inklusive Unterhose runter. Ich masturbierte kurz und ließ meinen Penis steif werden.

Als ich der Meinung war, meine normale Größe erreicht zu haben, legte ich das Maßband an. Von der Wurzel bis zur Spitze sollte man messen.

10 Zentimeter? 10,2 Zentimeter?

Ich hielt mir das Maßband vor meine Augen. Gute 10 Zentimeter konnte ich meiner Frau nur bieten? Ich hatte mit 12 oder vielleicht sogar 13 gerechnet. Das Ergebnis enttäuschte mich. War ich wirklich genug für meine Frau?

Ich legte das Maßband zur Seite und blickte auf meinen immer noch steifen Schwanz hinab.

Bisher hat es ihr immer gereicht. Wir sind glücklich. Was soll‹s?

Ein wenig Zweifel blieben zwar, diese wollte ich dann aber zerstreuen. Meine Frau saß im Schlafzimmer auf unserem Bett. Ich gab mir Mühe sie zu verführen und sie ging auf meine Avancen ein.

Zwanzig Minuten später lagen wir erschöpft nebeneinander im Bett. Wir beide hatten unserem Orgasmus erlebt, stellt ich zufrieden fest.

Doch dann kamen wieder leichte Selbstzweifel auf. Es war nicht mein Penis, der meine Frau ihren Orgasmus besorgt hatte. Diesmal hatte ich meine Hände zum Einsatz gebracht und ihr es mit diesen besorgt.

Ich war mir unsicher. Hatte sie überhaupt schon jemals einen Orgasmus nur durch meinen Penis erlebt? Ich erinnerte mich an unsere ersten Jahre zurück, noch bevor wir verheiratet waren. Damals hatten wir fast täglich Sex. Oft endete es mit meinem Orgasmus. Ich glaubte damals auch, dass ich Sandra ebenfalls befriedigt hatte. Aber war das wirklich der Fall? Im Gegensatz zu uns Männern, war es Frauen ein einfaches ihren Orgasmus vorzutäuschen.

Aber was sollte ich machen? Meine Frau hatte sich nie beschwert und wir waren glücklich. Vielleicht wusste sie auch einfach nicht, was ihr entging? Ich würde den Teufel tun und sie darauf ansprechen.

Was sie nicht weiß, macht sie nicht heiß, war mein Motto.

KAPITEL 11

In den zwei Tagen vor dem Straßenfest mussten wir noch einmal ordentlich flitzen. Dann war der große Tag endlich gekommen.

»Ich bin froh, wenn ich heute Abend endlich im Bett liege«, gab ich gleich am Morgen zu.

»Oh, na komm. Spätestens wenn das Grillen durch ist, können wir auch unseren Spaß haben.«

Zusammen mit Helmut und Lydia beschäftigte uns das Fest den ganzen Tag. Letzte Vorbereitungen waren zu treffen. Eine Hüpfburg wurde aufgeblasen, das Grillfleisch abgeholt und die Getränke kaltgestellt.

Um 18 Uhr begann dann das Straßenfest ganz traditionell mit einem Spaziergang durch die komplette Nachbarschaft. Auf unserem großen Bogen passierten wir sogar den Cucky Club. Auch wenn unsere neuen Anwohner mit uns feiern würden, ihr Club schien trotzdem geöffnet zu sein, wie die zahlreichen Autos dort verrieten.

Das Besitzerpärchen fiel mir gleich als erstes in unserer Gruppe auf. Neue Gesichter gab es nicht so oft.

Victoria und Robert Paulsen machten erst einmal einen ganz normalen Eindruck. Wer hätte schon vermutet, was für ein Geschäft die beiden betrieben?

Ich schätzte ihr Alter auf leicht über 40 Jahre. Victoria Paulsen geizte nicht mit ihren Reizen und hatte auch einiges vorzuzeigen. Da wäre nicht zuletzt ihr großer Vorbau. Ihr Dekolleté war durch einen tiefen Ausschnitt zu bewundern. Es war gerade noch züchtig genug für den Anlass. Ihre langen pechschwarzen Haare und braungebranntes Äußeres rundeten das Bild einer sehr schönen Frau ab, die wusste, wie sie sich in Szene setzte.

Ihren Mann Robert schätzte ich schon etwas näher an die 50 Jahre. Davon abgesehen, dass ihm die Haare fast komplett verlassen hatten, sah auch er sicherlich nicht schlecht aus. Genauso wie seine Frau machte auch er einen sportlichen Eindruck.

Gleich zu Beginn unseres Spazierganges hatten sie sich zu einer Gruppe an der Spitze unseres Zuges gesellt und unterhielten sich unter anderem mit den Bergers.

Sandra und ich bildeten den Abschluss unseres kleinen Umzuges. Mit Warnwesten bekleidet, stellten wir sicher, dass Autofahrer uns vorsichtig passierten.

»Bisher verhalten sie sich ganz normal.«

»Wie bitte?«, antwortete ich meiner Frau irritiert.

»Puffmutti und ihr Mann?«

»Äh, ja, scheint so. Was sollten sie auch machen?«

»Die Titten sind aber nicht echt«, kommentierte Sandra weiter.

Ich wusste nicht so recht, wie ich darauf eingehen sollte. Sandra war schon immer für bissige Kommentare gut gewesen. Das war nicht wirklich gehässig gemeint.

Also sagte ich gar nichts und hakte bei meiner Frau ein. So liefen wir Hand in Hand weiter. Zwischendurch machte unser Trupp kurze Pausen. Nach einer dieser Gelegenheiten fanden sich Victoria und Robert plötzlich mit uns am Ende wieder.

»Hallo«, erklang als Erstes die Stimme von Victoria. Sexy und rauchig säuselte sie ihre Begrüßung. *Welch eine sexy Stimme*, ging es durch meinen Kopf. Wir erwiderten die Begrüßung.

»Wie ich gehört habe, seid ihr unsere nächsten Nachbarn?«

»Soweit man bei 500 Metern von Nachbarn sprechen kann«, warf ich ein.

»Ja, gut, man geht nicht mal eben schnell zum Zucker holen rüber«, antwortete eine lachende Victoria.

Ich versuchte in ihr, die Puffmutti zu sehen, wie Sandra sie genannt hatte. Ihr Club fiel vielleicht eher in den Swinger-Bereich, aber trotzdem hätte ich keine so normalen Menschen erwartet.

Es dauerte nicht lange und ich war mit Helmut in ein Fußballgespräch verwickelt. Wie sich zeigte, waren wir beide große Kaiserslautern-Fans. Wir schwelgten ein wenig in den großen alten Zeiten von Kalli Feldkamp und natürlich der deutschen Meisterschaft unter Otto Rehhagel.

Wir erreichten schließlich unser Ziel. Damit begann für Sandra und mich wieder die Arbeit. Ich kümmerte mich zusammen mit Helmut vor allem um den Grill.

Nachdem ich den größten Teil der Meute versorgt hatte, konnte ich eine kurze Pause einlegen. Ich beobachtete, wie sich Victoria Paulsen wieder zu meiner Frau gesellte. Sie unterhielten sich angeregt. Aus der Ferne konnte ich ihr Gespräch nicht mithören, meine Fantasie begann aber mit mir durchzugehen.

»Dein Mann hat auch nur einen kleinen?«, fragte Victoria sie.

»Na ja, vielleicht nicht groß«, antwortete meine Frau.

»Nicht groß? Oder vielleicht doch eher klein? Ich

verstehe, dass du deinen Mann liebst, aber deshalb kann man sich ja trotzdem etwas Größeres wünschen.«

»Hm, vielleicht ...«

»So einen richtig langen dicken Schwanz. Lass dich einmal davon ausfüllen und du weißt, was ich meine. Du wirst es nicht mehr missen wollen. Aber vielleicht ist es das, dass dir Sorgen macht?«

»Was?«

»Nicht mehr darauf verzichten zu können. Wenn du einmal einen richtigen Schwanz in dir gespürt hast, der kleine Schwengel deines Mannes wird ...«

Ich schüttelte mich. Was waren das wieder für Gedanken? Zumal an diesem Ort. Ich blickte noch einmal zu meiner Frau rüber. Sie unterhielt sich noch immer angeregt mit Victoria. Vielleicht tauschten sie auch nur Rezepte aus, überlegte ich und lachte innerlich ein wenig über mich selber.

Noch einmal löste ich Helmut am Grill ab, dann war dieser Teil des Abends erledigt. Damit konnte auch ich langsam entspannen.

Ich gönnte mir ein erstes Bier und gesellte mich zu meiner Frau. Nur zu gerne hätte ich sie nach ihrem Gespräch mit Victoria ausgefragt, aber wir saßen an einem Tisch mit weiteren Gästen.

Wie jedes Jahr spielte einer der Gäste den DJ und auf einer kleinen Tanzfläche fanden sich immer wieder Pärchen ein. Mit jeder Stunde stieg auch der Alkoholpegel an. Manche waren aus den vergangenen Jahren bereits als Schluckspechte bekannt, andere hielten sich sehr zurück.

Ich war irgendwo in der Mitte. Ich trank gerne ein Bier, genauso wie guten Wein oder einen edlen Whisky. Letzteres stand allerdings nicht zur Auswahl. Gegen Mitternacht war ich leicht angetrunken und legte mit meiner Frau ein kleines Tänzchen hin.

Nach Mitternacht begann sich das Feld langsam zu lichten. Die Kinder waren bereits im Bett. Als Mit-Organisatoren mussten wir bis zum Schluss bleiben.

Es war bereits 2 Uhr, als wir uns endlich auf den Heimweg machen konnten. In einer kleinen Gruppe von zehn Personen ging es zu Fuß los. Ich unterhielt mich mit einem Nachbarn. Haus für Haus schrumpfte unsere Gruppe zusammen. Ich blieb zur Verabschiedung noch kurz am Haus meines Gesprächspartners stehen, bevor ich mich wieder auf den Weg machte.

Meine Frau war bereits 50 Meter voraus. Sie lief allerdings nicht alleine, sondern in Begleitung von Victoria und Robert Paulsen. Wir waren die letzten verbliebenen vier Personen.

Ich konnte auch aus dieser Entfernung erkennen, dass meine Frau und Victoria eine lebhafte Diskussion führten. Sie blickten sich kurz zu mir um, dann wechselte Victoria ein Wort mit ihrem Mann und dieser blieb stehen und wartete auf mich.

Mein Blick war nach vorne gerichtet und beobachtete die Unterhaltung meiner Frau. Gleichzeitig verwickelte mich Robert in ein Gespräch. Es ging wieder um Fußball und ob wir nicht zusammen ein Spiel anschauen sollten. Zudem stand im nächsten Sommer die Weltmeisterschaft an.

Wir hatten also reichlich Gesprächsthemen und der eigentlich gar nicht so lange Weg zog sich durch unser langsames Tempo dann doch hin. Ich versuchte im Blick zu behalten, wie sich meine Frau mit Victoria unterhielt. Um welche Themen es wohl diesmal ging?

Ich war froh, als wir endlich unser Haus erreicht hatten.

»Bis bald«, waren die fröhlichen letzten Worte von Victoria Paulsen.

Nachdem sich unsere Haustür verschlossen hatte, schaute ich meine Frau fragend an. »Bis bald?«

»Ja, die Paulsen rücken für die Bergers in das Organisationskomitee nach.«

»Oh. Okay.«

Man war immer für zwei aufeinander folgende Feste, Teil des Komitees und wurde dann ausgetauscht. So war immer jemand mit Erfahrung aus dem Vorjahr dabei. Nun blieben die Paulsens uns also erhalten und wir würden mit ihnen zusammen das nächste Straßenfest organisieren müssen.

Aber eigentlich würde für die nächsten Monate nichts anstehen. Die Organisation würden wir erst im neuen Jahr in Angriff nehmen. Warum also bis bald?

Wir machten uns auf den Weg in unser Schlafzimmer. Ich holte uns noch zwei Flaschen Wasser, während sich meine Frau bereits im Bad bereitmachte. Als ich schließlich aus dem Bad trat, hatte sie sich für mich ordentlich in Schale geworfen und trug das Baby-Doll von unserem Kreuzfahrturlaub.

Ich hatte zwar nicht damit gerechnet, an diesem Abend noch bei ihr zu landen, aber das Angebot nahm ich nur zu gerne an.

Ich küsste meine Frau und diese kicherte zurück.

»Was?«

»Tut mir leid, aber diesen Abend werde ich so schnell nicht vergessen.«

Ich schaute sie fragend an.

»Wie sich herausgestellt hat, ist der Puff gar kein Puff.«

Mit einem fragenden »Aha« versuchte ich, mich ein

wenig überrascht zu geben. Vielleicht würde ich nun erfahren, was die Gespräche mit Victoria ans Licht gebracht hatten.

»Mehr so ein Swinger-Club, aber nur für feste Mitglieder.«

»Hm. Dann waren deine Gespräche mit Victoria wohl interessant.«

»Ja«, kicherte Sandra erneut. Der Alkohol hatte sie ein wenig gesprächig gemacht. »Frauen stehen dort im Mittelpunkt.«

»Frauen?«, tat ich erneut ahnungslos.

»Ja, die können sich dort beglücken lassen.«

Mit diesen Worten packte Sandra meinen Schwanz und wichste ihn leicht. Ich stöhnte leicht auf.

»Ein Puff für Frauen?«, stellte ich mich dumm.

»Nein. Einzelfrauen werden nicht aufgenommen. Nur Pärchen ... und einzelne Männer.«

Ganz langsam wichste Sandra mich weiter. Dass sie so Hand anlegte, war fast genauso selten wie ein Blowjob.

»Einzelne Männer?«, fragte ich wieder nach.

»Ja«, kicherte Sandra erneut. Vielleicht hatte sie doch mehr getrunken, als ich dachte? »Ähm ... gutbestückte Einzelmänner.«

»Oh.«

Mein Oh war weniger eine Reaktion auf ihre Antwort und vielmehr eine Reaktion auf meine Frau. Sandra hatte sich runtergebeugt und umspielte meinen Penis mit ihrer Zunge.

Nach einer Minute ließ sie wieder von mir ab. Sie schaute mich kurz nachdenklich an, dann setzte sie sich auf mich. Bevor ich reagieren konnte, hatte sie meinen Penis in sich eingeführt.

Es war schon eine halbe Ewigkeit her, dass Sandra auf mir geritten war. Gierig schaute ich ihr dabei zu.

Sandra begann mich zunächst langsam zu reiten, wurde dann aber schnell wilder und mein Schwanz rutschte aus ihr heraus. Schnell führte sie ihn wieder ein und ritt mich weiter.

»Na, komm du Kleiner, bleib drin«, schimpfte sie leise auf meinen Penis, als dieser zum dritten Mal herausrutschte.

Er gehorchte diesmal. Vielleicht war Sandra auch einfach vorsichtiger. Drei Minuten später spritzte ich in sie ab. Erschöpft blieben wir aufeinanderliegen.

Nachdem ich mich etwas erholt hatte, konnte ich nicht anders, als ihre Worte zur Sprache zu bringen. Vielleicht hätte ich es besser gelassen?

»Klein?«

»Was?«

»Du findest meinen Penis klein?«

»Nein, nein, das war nur so ... so dahingesagt«, beeilte Sandra mich zu beruhigen.

Ich schaute sie daraufhin ernst an. »Hey, wir sind immer ehrlich zu uns.«

»Vielleicht hat das Gerede von Victoria mich einfach nur durcheinandergebracht. Ihre offene Art über Sex zu sprechen, war interessant und lustig. Gut für einen schönen Abend, aber dann ist auch gut gewesen. In ihrer ständigen Schwärmerei von großen Schwänzen ...«

»Ihr Frauen ...«

»Wir Frauen, ja. Wir unterhalten uns halt gerne.«

»Hm. Du hast ihr aber nicht?«

»Was nicht?«

»Gesagt wie meiner ... wie lang meiner ...«

»Sorry, ich habe es nicht ausgeplaudert. Sie wusste es irgendwie. Meinte, sie hätte die Erfahrung, um Männern ihre Länge anzusehen.«

»Und?«

»Und was?«

»Was hat sie mir angesehen?«

Sandra druckste kurz rum, aber ihr wurde klar, dass sie um eine Antwort nicht herumkommen würde.

»12, vielleicht 13 Zentimeter?«

»Aha.« In meinen Gedanken hatte ich natürlich meine eigene Messung - 10,2 Zentimeter.

»Ich denke, die sind es bestimmt. Vielleicht auch 14? Victoria meinte, das wäre etwa die Durchschnittslänge. Aber ich bin ja bekanntlich nicht so gut im Schätzen.«

Da hatte Sandra recht und zeigte es gelegentlich bei ihren Einparkkünsten. Das Einschätzen von Entfernungen war nicht ihre Stärke.

Ich behielt meine eigene Messung lieber für mich.

»Ich liebe dich Schatz, so wie du bist.«

»Ich liebe dich auch.«

Das waren die letzten Worte. Friedlich schlief Sandra an meiner Seite ein.

Ich war hingegen noch länger wach. Mich beschäftigte natürlich vor allem wieder meine eigene Penislänge. Zu meinem Glück hatte Sandra nicht realisiert, wie wenig es wirklich war. Dabei sollte ich es wohl besser belassen? Nicht, dass sie sich dann auch einen Liebhaber wünscht.

In meiner Vorstellung sah ich, wie Sandra von einem großen Schwanz genommen wurde. Ich bemerkte wie sich zwischen meinen Beinen etwas tat. Langsam stellte sich mein Schwanz wieder auf.

Ich schlich mich langsam zur Toilette. Während ich mir vorstellte, wie Sandra von einem anderen Mann genommen wurde, wichste ich mich selber.

Warum hat man solche Gedanken? Warum erregt mich die Vorstellung, dass meine Frau von einem anderen Mann genommen wurde?

Seit ich den Cucky Club und die wahren Vorgänge dort entdeckt hatte, hatte mich der Gedanke zunehmend erregt.

Mit diesen Gedanken schlief ich ein. Ich hatte aber auch den Entschluss gefasst, der Sache am nächsten Tag weiter auf den Grund zu gehen.

KAPITEL 12

Der Sonntag gehörte der Familie. Außerdem mussten wir uns noch ein wenig erholen. Am Montag setzte ich mich zunächst in mein Büro und arbeitete einige Anfragen ab und telefonierte mit einem Kunden.

Kurz vor Mittag kam dann aber doch wieder das Thema Cuckold in meinen Gedanken hoch. Ich beschloss, mich noch ein wenig schlauer zu machen.

Als Erstes versuchte ich es mit einer Suche nach »Cuckold«. Dabei kam aber wenig Relevantes zu Tage.

Vor Jahren war ich in einem Marketingforum aktiv gewesen. Damals waren Foren noch sehr beliebt gewesen - in der Zeit vor Facebook. Vielleicht gab es die Möglichkeit sich mit anderen auszutauschen?

Ich versuchte es also mit einer Suche nach »Cuckold Forum« und siehe da, es gab einige Foren zur Auswahl. Recht wahllos wählte ich eines aus und klickte mich durch die vielen Unterforen und Diskussionen. Ich hätte nicht erwartet, dass sich so viele Menschen mit diesem Thema beschäftigten.

Ich las mich durch viele verschiedene Diskussionen

und nahm viele neue Erkenntnisse mit. Manches war interessant und lehrreich - anderes eher erschreckend.

Ich nahm insbesondere mit, dass es doch viele Männer gab, die ihrer Frau gerne beim Sex mit einem anderen Mann zusahen. Nicht selten waren es dann in er Tat besserbestückte Männer, die an die Stelle des Ehemannes traten.

All diese Gedanken waren schon erniedrigend. Und doch empfand ich dabei auch wieder Lust. Ich stellte mir wieder vor, wie meine Frau von einem großem - einem wirklichem großem - Schwanz genommen wurde. Wie es ihr besorgt wurde - bis zum Orgasmus. Das hatte ich ihr vermutlich noch nie geben können. Einen Orgasmus alleine durch meinen Schwanz oder Hilfe von Mund, Händen oder Spielzeug.

Sandra rief mich zum Essen und ich schloss schnell alle Fenster. Wirklich relevant war das alles sicherlich ohnehin nicht. Meine Frau liebte mich zu sehr, als dass sie mit einem anderen Mann das Bett teilen würde.

KAPITEL 13

Für den Moment beruhigte sich das Thema erst einmal wieder. Ich war durch einen neuen Kunden voll eingespannt. Für diesen erstellte ich ein umfassendes Onlinemarketingkonzept.

Der letzte Tag im Juli war ein Sonntag und meine Frau überraschte mich.

»Peter?«

»Wir müssen morgen früh zu den Paulsens?«

»Was?«, kam von mir überrascht zurück. Hatte meine Frau da gerade angekündigt, dass wir in den Cucky Club mussten?

»Die Bergers kommen auch«, kam in einem entschuldigenden Tonfall zurück. »Die Kasse muss noch übergeben werden. Lydia hat mich angerufen. Sie hätte nicht gewusst, wie sie die Einladung der Paulsen ablehnen könnte.«

»Aber wir können doch nicht? Wer weiß, was dort getrieben wird?«

Ganz so entrüstet war ich nicht. Eher machte ich mir Sorgen, meine Frau in solch einen Club zu lassen.

»Was soll da schon an einem Montagvormittag los sein?«

Da hatte sie nicht ganz unrecht. Vermutlich wurden wir an einem Montagvormittag eingeladen, weil wir dann keinen Gästen begegnen würden.

»Müssen wir wohl hin«, lenkte ich ein. Natürlich war ich aber auch sehr gespannt, einen Blick in das Innere des Clubs werfen zu dürfen.

Eine nervöse Nacht später war es dann auch schon so weit.

»Lass uns zu Fuß gehen«, forderte Sandra mich auf. Es war ein schöner und sonniger Vormittag - 500 Meter durch die Natur waren kein Problem.

»Schon beachtlich, was sie aus dem Anwesen gemacht haben.«

Ich stimmte meiner Frau zu. Die große Villa erstrahlte in neuem Glanz und auch das Drumherum machte einen äußerst gepflegten Eindruck.

Wir versuchten es mit dem Haupteingang. Dort fand sich eine Klingel. Nervös übernahm ich das Drücken.

Wir mussten kurz warten, dann öffnete uns Robert Paulsen die Tür.

»Hallo, kommt rein«, begrüßte er uns freundlich. Ganz so, als wenn Freunde zu Besuch kamen.

Im Eingangsbereich fand sich eine kleine Garderobe. Durch das warme Wetter hatten wir aber nichts abzulegen. Robert führte uns durch einen kleinen Flur in einen großen Saal. Ich konnte zwei Theken und viele Sitzgelegenheiten entdecken. Außerdem eine große Tanzfläche vor einer kleinen Bühne. Es hätte auch ein ganz normaler Nachtclub sein können.

Wir durchquerten den Raum durch einen weiteren Flur. Die meisten Türen waren geschlossen. Ich konnte durch eine halboffene Tür, eine kleine Wellnessoase inklusive Whirlpool entdecken.

Für uns ging es einmal quer durch das Haus. Unser Weg endete auf der mir gut bekannten Terrasse. Dort saßen bereits Victoria Paulsen und Helmut Berger.

»Hallo, schön, dass ihr kommen konntet«, begrüßte uns Victoria überfreundlich. Sie stand auf und gab uns jeweils ein kurzes Küsschen auf die Wange.

»Setzt euch doch. Kaffee?«

Wir stimmten zu und Victoria schickte ihren Mann zum Kaffee holen.

»Lydia konnte nicht kommen?«, fragte meine Frau in Richtung von Helmut Berger.

»Oh, nein, sie kommt gleich. Musste vorher noch etwas erledigen.«

Die Atmosphäre schien angespannt zu sein. Irgendwie hatte man das Gefühl, dass etwas in der Luft lag. Nur Victoria Paulsen war nichts anzumerken. Sie schien bester Laune zu sein.

Der Mann von Victoria brachte uns den Kaffee. Auch Lydia Berger stieß zu unserer Gruppe hinzu. Sie machte einen leicht abgekämpften Eindruck. Vielleicht hatte sie den Weg auch zu Fuß hinter sich gebracht? Wir begannen mit der Übergabe der Kasse und anderen Formalitäten.

Ich hatte mit all dem allerdings wenig zu tun. Zuletzt war Helmut für die Kasse zuständig und die Frauen kümmerten sich um die Übergabe.

»Ah, bevor ich es vergesse. Während der Rest die Auszählung durchführt, bräuchte ich kurz die kräftigen Arme eines Mannes. Könnte dein Peter uns vielleicht kurz aushelfen?«

Zu meiner Irritation hatte Victoria die Frage nicht an mich, sondern in Richtung meiner Frau gestellt.

»Sicher«, kam von ihr nur kurz zurück.

»Danke, kommst du?«

Ich stand auf und folgte Victoria zurück in die Villa. Mit einem Arm hakte sie bei mir ein.

»Eine schöne Frau hast du da an Land gezogen.«

»Äh, ja«, antwortete ich irritiert.

»Okay, kannst du die drei Säcke hier nach oben bringen? Einfach die Treppe hoch und am Ende des Flures kannst du sie abstellen.«

»Klar, kein Problem.«

Es waren immerhin 25 kg schwere Säcke. Ich konnte schon verstehen, dass sie die nicht mal so eben selber tragen konnte. Aber hätte ihr Mann das nicht übernehmen können?

»Danke. Findest du hinterher alleine zurück zur Terrasse?«

»Natürlich.«

Damit machte sich Victoria auf den Rückweg. Ich blickte auf den ersten Sack und schnappte ihn mir.

25 kg sind schon nicht zu verachten. Vor allem war der Sack auch etwas unhandlich. Aber innerhalb einiger Sekunden war ich die Treppe hoch und auf dem Weg ans Ende des Flurs. Hier stellte ich den Sack ab.

Ich wollte mich sofort auf den Rückweg machen, als mich etwas davon abhielt. Hatte ich da nicht etwas gehört?

Ich horchte noch einmal genauer und war mir jetzt sicher ein Stöhnen zu hören. Eindeutig ein Stöhnen sexueller Natur.

Zwei Schritte in einen Seitengang und die Quelle war gefunden. Eine Tür stand einen Spalt weit offen. Vor meinen Augen vergnügte sich ein Paar.

Der Mann war muskulös und braun gebrannt. Sein Gesicht war zwischen den Beinen der Frau verschwunden. Diese hatte ihre Hände in seine Haare verkrallt und stöhnte laut und ohne jede Hemmung.

Der Mann begann damit sich langsam hochzuarbeiten

und küsste über ihren Körper. Saugte kurz an ihrer Brust und schob sich dann noch etwas höher. Ich konnte genau beobachten, wie ihre Zungen wild miteinander spielten.

»Fick mich, fick mich endlich!«, kam ein wenig verzweifelt von der Frau. Sie hatte es offensichtlich eilig und sehr nötig.

Der Mann lehnte sich zurück. Ohne Hand an zu legen setzte er seinen Peniskopf an die Spalte der Frau an.

»Dann komm doch«, grinste er selbstgefällig.

Langsam schob sich die Frau ihm entgegen und spießte sich so auf seinem Schwanz auf. Als sie ihn ganz in sich aufgenommen hatte, hielt sie kurz inne und atmete sichtlich durch.

Der Mann packte nun ihr Becken. Ein paar Mal stieß er vorsichtig in sie hinein. Doch schnell steigerte sich sein Tempo und es entwickelte sich ein wilder Fick.

Als Folge hatte die Frau ihr Stöhnen zu einem Geschreie gesteigert. Ich blickte mich kurz um. Die Luft schien rein zu sein. So gab ich meinem eigenen Verlangen nach und packte meinen eigenen Schwanz aus. Sofort begann ich mit schnellen Masturbationsbewegungen.

Der wilde Fick setzte sich in unterschiedlichen Geschwindigkeiten fort. Mit einem wilden Schrei kündigte die Frau schließlich ihren Orgasmus an. Dieser war nicht weniger wild als der bisherige Sex zwischen den Beiden.

Auch ich konnte mich bei diesem Anblick nicht mehr halten. Plötzlich und unerwartet spritzte es aus mir hervor. Selten hatte ich mit einer solchen Kraft abgespritzt. Mein Sperma schoss dreimal ab und landete an der Tür. Auch mein Peniskopf war verschmiert.

Zeit mich zurückzuziehen, und zu schauen, wo ich meinen Penis säubern konnte. Ich drehte mich nach links und erschrak.

An der Ecke stand Victoria Paulsen. Sie hatte sich an

die Wand gelehnt und beobachtet mich in aller Seelenruhe. In meiner Erregung hatte ich alle Vorsicht vergessen und mich nur auf das Schauspiel vor meinen Augen konzentriert.

Am liebsten wäre ich im Erdboden versunken. Schnell drehte ich mich weg. Ich wollte meinen Penis verstauen, auch wenn ich damit meine Hose verschmieren würde.

»Hey, nicht so schnell. Erst saubermachen«, flüsterte Victoria mir zu. Sie hatte schnelle kurze Schritte zu mir gemacht und stand bereits neben mir. Sie drückte mir ein Taschentuch in die Hand.

»Bitte erst meine Tür und dann deinen Schwanz.«

Welche Wahl hatte ich schon? Ich ging leicht in die Hocke. Mein Sperma trocknete bereits, war aber noch zu erkennen. Vorsichtig wischte ich es weg. Ich wollte das weiterhin sehr beschäftigte Pärchen nicht auf mich aufmerksam machen.

Victoria hatte hingegen anderes im Sinn. Ungeniert stieß sie die Tür auf.

»Hallo Tanja. Hallo Tom. Lasst euch von uns nicht stören. Wir machen nur schnell die Tür sauber.«

Sie ließen sich aber doch stören und ich fühlte mich plötzlich im Mittelpunkt.

»Neue Mitglieder?«, fragte Tanja interessiert.

»Kandidaten«, antwortete Victoria.

»Aber eindeutig ein Cucky.« Ich spürte bei diesen Worten förmlich den Blick von Tanja auf meinem Schwanz. Er war mittlerweile zusammengeschrumpft und lugte nur noch ein klein wenig aus meiner Hose hervor.

»Komm, lass uns dem Cucky eine kleine Show bieten.«

Mit diesen Worten setzte sich Tanja auf den großen Schwanz ihres Partners. Ich kam nicht umhin einen verstohlenen Blick zu ihnen zu werfen. Es folgten weitere

Blicke und ich spürte, wie mein Atem bereits wieder schwerer wurde.

Trotz meiner Entdeckung und der Worte von Tanja und Victoria direkt neben mir. Ich konnte es nicht verhindern. Mein Schwanz stellte sich langsam wieder auf. Als ich mich wiederaufrichtete, war auch er wieder voll ausgefahren.

»Schöner Anblick«, fragte mich Victoria in einem leicht süffisanten Tonfall.

Ich wollte einfach nur noch schnell meinen Schwanz sauberwischen und dann endlich dieses Spektakel hinter mir lassen. Bei aller Erregung war mir die Situation doch vor allem sehr peinlich.

»Du kannst dir gerne noch eine zweite Erlösung gönnen. Tanja und Tom mögen Zuschauer. Stimmt`s?«

»Ja, kann gerne reinkommen«, kam es von Tanja zurück.

»Ich lass dich alleine. Du findest den Weg ja sicherlich.«

Ehe ich reagieren konnte, hatte Victoria bereits den Rückweg angetreten. Ich stand ein wenig wie der sprichwörtlich »begossene Pudel« da - vollkommen unschlüssig.

Vor meinen Augen ritt Tanja auf ihrem Tom. Mein Penis pulsierte förmlich bei diesem Anblick.

»Komm rein. Schau es dir aus der Nähe an.«

Ich war noch immer unschlüssig. Blickte zurück, aber Victoria war verschwunden. Aber was war mit meiner Frau? Als Betrug empfand ich das Zusehen nicht und mit Masturbation hatte sie kein Problem. Ich konnte nur hoffen, dass sie mich nicht erwischte. Das wäre einfach nur verdammt peinlich.

Ich stellte mich neben das Bett. Von hier konnte ich genau beobachten, wie der große Schwanz immer wieder in Tanja hereinschnellte.

»Hose runter und schön den kleinen Schwanz wichsen oder gefalle ich dir nicht?«

Automatisch folgte ich ihrer Aufforderung und schob meine Hose inklusive Unterhose runter. Meine Hand fand meinen Schwanz. Langsam, vorsichtig und noch etwas unsicher begann ich mich zu befriedigen.

»Magst du es, großen Schwänzen bei der Arbeit zuzuschauen?«

Ich blieb stumm.

»Ich habe dich etwas gefragt ... Cuckold. Magst du es, großen Schwänzen bei der Arbeit zuzuschauen?«

Die Stimme von Tanja war diesmal etwas bestimmter geworden. Sie erwartete eine Antwort. Ich sah keine andere Wahl, als ihr diese zu geben. So kam von mir ein leises »ja«.

»Hab ich mir gedacht. Du solltest Mitglied werden. Schon alleine aus Rücksicht auf deine Frau. Es ist doch nicht fair ihr solch ein Prachtstück vorzuenthalten. Welcher Ehemann wäre so egoistisch? Sicherlich kein guter.«

Mit ihren letzten Worten ließ sie den kompletten Penis aus sich herausgleiten und schwenkte ihn mit ihrer Hand aufreizend hin und her.

Ich konnte nicht anders, als auf diese Szene zu starren. Lang und dick war er.

»Stell ihn dir in deiner Frau vor. Wie er langsam hineingleitet und deine Frau schön dehnt. Sie richtig geil macht und es ihr ordentlich besorgt ... ja, sehr schön. Spiel an dir.«

Ich hatte meine Masturbation beschleunigt und Tanja schien dies zu gefallen. Sie änderte kurz die Position und ließ sich nun Doggy-Style nehmen. So sah ich nun ihre großen Brüste herabhängen.

Da ich gerade erst gekommen war, brauchte ich etwas länger.

Für das große Finale hatten die beiden noch einmal die

Position geändert. Tom wichste sich jetzt selber und spritzte dann auf ihren Busen ab.

Das hatte natürlich zur Folge, dass ich genau verfolgen konnte, wie sein Sperma in großem Bogen auf ihren Oberkörper flog und sich dort verteilte. Es schien kein Ende nehmen zu wollen. Ich schaute mir das Schauspiel fasziniert an und spritzte dazu selber ab. Diesmal nutzte ich aber gleich das Taschentuch.

Ich atmete noch einmal tief durch und begann damit meinen Penis wieder zu verstauen.

»Hey«, bekam ich auf dem Weg zur Tür vom Bett zu hören und drehte mich noch einmal um.

»Präge dir unser kleines Erlebnis gut ein. Denk darüber nach und stell dir vor, du hättest nicht mir, sondern deiner Frau zugeschaut. Das wäre sicherlich noch viel geiler!? Meinem Rüdiger gefällt es immer wieder, wenn er mir zuschauen darf ... Bis bald.«

Damit drehte sich Tanja wieder ihrem Tom zu. Ich sah noch, wie sie seinen Penis mit ihren Lippen säuberte, während ich um die Ecke verschwand.

Ich ging noch um eine weitere Ecke und blieb einen Moment stehen. Ich musste kurz durchschnaufen und mich beruhigen. Mein Herz pumpte noch immer wie wahnsinnig vor sich her.

Das war zweifellos das verrückteste Erlebnis meines bisherigen Lebens. Es war aber wohl auch das geilste Erlebnis, das ich bisher erleben durfte. Doch zum Nachdenken blieb jetzt keine Zeit. Ich war schon lange verschwunden. Es war überfällig, den Rückweg anzutreten.

Schon zuvor war ich an den Vorgängen in diesem Gebäude interessiert gewesen. Auf dem Rückweg zur Terrasse schaute ich mich aber noch genauer um. Vor allem meine Ohren spitzte ich. Es waren aber keine weiteren eindeutigen Geräusche zu hören. Das war an einem Montagvormittag vermutlich auch nicht so ungewöhnlich.

Auf den letzten Metern zur Terrasse stießen dann plötzlich Victoria und meine Frau hinzu.

»Ah, fertig? Alles erledigt?«, fragte Victoria mich sofort. Wieder in einem leicht süffisanten Tonfall.

»Ja«, war meine kurze Antwort.

»Schön. Danke. Ich habe Sandra kurz unsere Pläne für unsere Wellness-Oase gezeigt. Wenn wir schon einmal eine Expertin vor Ort haben.«

Meine Frau arbeitete bei einer Firma, die Wellnessbereiche plante, baute und teilweise auch betrieb.

»Ja, da hast du die richtige Expertin an der Hand. Über das Thema kann sie sich stundenlang auslassen.«

Ich war einfach nur froh das Gespräch in diese Richtung zu lenken. Nicht, dass meine Frau doch plötzlich fragte, warum ich solange weg gewesen war.

Zurück am Pool waren die Bergers bereits verschwunden. Ich sprach es nicht an, nahm aber an, dass sie auf dem Heimweg waren.

Victoria zwang uns noch eine Tasse Kaffee auf. Weder meine Frau noch ich schafften es, sie davon abzuhalten. Ich spürte, dass auch meine Frau lieber den Heimweg antreten wollte.

Nach dieser Tasse Kaffee war es dann aber endlich soweit. Victoria führte uns durch den Garten zurück nach vorne.

Wir blieben ein paar Mal stehen und Victoria und meine Frau unterhielten sich über Gestaltungsmöglichkeiten. Zweifelsohne war es ein traumhafter Garten. Wirklich begeistern konnte ich mich Gärten allerdings nicht.

Verborgen von der Straße sahen wir einen zweiten Parkplatz. Hier standen immerhin sechs Autos. Bei einem blauen Volkswagen stutzte ich einen Moment, verwarf dann aber meinen Gedanken gleich wieder. Die Bergers fuhren einen solchen Wagen. Sie waren aber schon längst wieder zu Hause.

Sandra und ich brachten den Heimweg recht still hinter uns. Meine Frau hatte meine Hand ergriffen und ich genoss die Sonne im Gesicht.

Mit jedem Schritt, den wir zwischen uns und den Cucky Club brachten, fühlte ich, als wenn eine Last von mir fallen würde. Ich war froh, als wir zu Hause waren und ich mich in mein Büro verkriechen konnte.

Meine Frau arbeitete nur 20 Stunden die Woche und konnte sich ihre Zeit recht frei einteilen. An diesem Tag blieb sie zu Hause. Während ich arbeitete, fuhr sie mit den Kindern raus. Neue Sommerkleidung war gefragt.

Alleine zu Hause blieb mir wieder viel Zeit zum Nachdenken. So grübelte ich über meine neuesten Erlebnisse.

Diesmal war ich aus nächster Nähe Voyeur gewesen. Nicht nur das, sondern diesmal wurde auch ich beobachtet.

Ich bekam die wilde Lust von Tanja zu sehen. Woher kam diese? War es der große Penis? War es der Sex mit jemand anderem, als ihrem eigenen Ehemann? Warum genügte er ihr offensichtlich nicht? Warum akzeptierte ihr Mann dieses Arrangement?

Was unweigerlich zu einer weiteren Frage führte: Genügte ich meiner Frau? Als wirklich schlecht hatte ich unseren Sex eigentlich nie erachtet. Ich hatte in ihr aber auch noch nie die Ekstase und Lust gesehen, wie sie Tanja heute gezeigt hatte. Lag es an mir? Lag es an meiner Frau?

Ich spürte, wie sich zwischen meinen Beinen zum dritten Mal an diesem Tag etwas rührte. Meine Gedanken hatten mich wieder auf Touren gebracht.

Ich konnte nicht anders, als mich ein drittes Mal an diesem Tag zum Abspritzen zu bringen. Wobei nicht mehr viel rauskam. Zunächst schlüpfte ich zurück in die Beobachterrolle. Sah Tanja noch einmal zu, wie sie auf Tom ritt. Dann war es jedoch meine Frau, der ich zuschaute. Ich ließ sie vor meinem inneren Auge auf Tom reiten. Sah ihr zu, wie sich ihr Gesicht vor Lust verzerrte.

Wie hatte ich nur in so kurzer Zeit, so pervers werden können?

KAPITEL 14

Bei uns kehrte wieder ein wenig Ruhe ein. Ich arbeitete viel und die freie Zeit verbrachten wir mit den Kindern und genossen die Ferienzeit.

An einem Mittwoch war ich zu einem Kunden nach Köln gefahren. Der Termin war bereits am Vormittag und so kam ich bereits am späten Nachmittag zurück.

Zu meiner Überraschung gab ich mir quasi die Klinke mit Victoria in die Hand. Sie grüßte mich kurz und machte sich dann auf den Heimweg.

»Was hat die denn hier gemacht?«

»Kaffee trinken und ein wenig Tratschen«, war die wenig befriedigende Antwort meiner Frau.

»Mehr nicht?«

Insgeheim war meine Sorge, dass sie ihr von meiner kleinen Beobachtung erzählen könnte.

»Du weißt ja, wie wir Frauen sind«, war die nicht weniger inhaltsleere Antwort meiner Frau. Ich beließ es dabei.

KAPITEL 15

Am Abend lagen wir nebeneinander im Bett. Beide hatten wir unser Tablet in der Hand. Meine Frau las ein Buch - sicherlich irgendeinen ihrer Liebesromane. Ich wiederum recherchierte für meine Arbeit.

Mich ließ allerdings der Besuch von Victoria nicht los.

»Was wollte Victoria hier jetzt wirklich?« , ich noch einmal nach.

»Tratschen. Das sagte ich doch.«

»Meinst du wirklich, wir sollten mit ihr verkehren. Wirft das nicht ein schlechtes Licht auf uns? Und was ist, wenn die Kinder herausfinden, womit sie ihr Geld verdient?«

»Bist du es nicht immer, der sagt, man solle nicht so viel auf die Meinungen anderer Leuten geben?«

Dagegen konnte ich schwer argumentieren. Ich fand wirklich, dass man sich nicht immer darüber scheren sollte, sondern sein Leben leben sollte, wie es einem selber gefällt. Allerdings war ich selber eher schlecht als recht darin, nach diesem Grundsatz zu leben.

»Hm«, war meine Reaktion.

Victoria schaute mich nachdenklich an.

»Ich muss dir etwas erzählen - dir gestehen. Versprich bitte, nicht böse zu werden.«

»Okay?«, antwortete ich ganz langsam.

»Als wir bei den Paulsens zu Besuch waren, da warst du eine Weile weg. Da hat mir Victoria ja ihre Pläne für einen Wellnessbereich vorgestellt?«

»Ja?«, fragte ich, als Victoria kurz verstummte.

»Das war nicht alles ... wir haben auch noch etwas Anderes gesehen.«

Ich spürte, wie mein Herz zu pumpen begann. Ich erwartete - oder besser befürchtete - dass sie mich gesehen hatten.

»Wir haben ein Pärchen beobachtet ... beim Sex. Da war plötzlich diese Tür und sie stand einen Spalt offen. Victoria ist stehengeblieben und ... ich konnte nicht anders als kurz einen Blick zu riskieren ... und dann ... der Blick ist etwas länger geworden. Ich ... es tut mir leid.«

Die Geschichte meiner Frau erinnerte mich fatal an meine Eigene. Victoria war kein schlechter Mensch - da war ich mir ziemlich sicher. Aber sie schien doch ein wenig verschlagen zu sein. Wir schienen für sie nur Spielbälle zu sein.

Je länger ich darüber nachdachte, je klarer wurde mein Bild. Victoria hatte ein eindeutiges Ziel. Sie wollte uns zu Club-Mitgliedern machen.

»Peter?«, fragte meine Frau nach einigen Sekunden meiner Stille.

Was sollte ich ihr nun sagen? Ich hatte kein Problem damit gehabt, ihr mein Erlebnis vorzuenthalten. Wenn ich es ihr jetzt aber nicht beichten würde, wäre es dann doch gleichzusetzen mit einer Lüge. Das war nicht die Art, wie wir unsere Ehe führten. Wir gaben uns unsere Freiräume. Nicht alles musste unbedingt gesagt werden. Es gab aber rote Linien und ohne Diskussion wusste jeder ziemlich genau, wo diese lagen.

»Sandra ... ich muss dir da auch etwas erzählen ... beichten. Ich hatte ein ähnliches Erlebnis wie du. Auch eine aufstehende Tür ... ebenfalls nur einen Spalt und ein sich vergnügendes Pärchen.«

Für einen Moment war es still.

»Hm«, kam von Sandra und dann lachte sie. »Ich glaube, Victoria will uns zu Club-Mitgliedern machen.«

»Den Eindruck habe ich auch.«

»Das erklärt einiges«, fuhr Sandra fort. Ließ allerdings offen, was dies erklärte?«

»Erklärt?«

»Sie redet gerne und viel über Sex ... und ... ähm ... na ja ... über die Vorzüge gut ausgestatteter Männer.«

»Verstehe«, kam von mir traurig zurück.

»Hey«, kam von meiner Frau zurück. »Noch hast du mir immer gereicht.«

Damit wollte sie mich vielleicht besänftigen. Doch das kleine Wort *noch* traf mich tief. Seien es die vielen Pornos, meine Momente als Voyeur und nicht zuletzt meine hautnahe Beobachtung im Cucky Club. Ich war verunsichert. In mir kamen zunehmend Zweifel auf, dass ich meine Frau die ganz große sexuelle Erfüllung bieten konnte.

»Was ist los?«, fragte mich meine Frau. Sie merkte, dass mich etwas beschäftigte.

»Bei deiner Beobachtung ... da ... hatte der Mann, war er auch gut ausgestattet?«, kam es von mir leicht stotternd zurück.

Sandra schaute mich nachdenklich an und antwortete dann mit einem einfachem »ja«.

»Würdest du nicht gerne einmal ... so etwas erleben?«

»Schatz, ich liebe dich und du liebst mich. Das ist das Wichtigste.«

Oh Gott, ging es mir durch den Kopf. Das war für mich schon fast ein Wink mit dem Zaunpfahl, dass sie schon gerne einmal würde. Ich war sozusagen das große Hindernis.

»Es ist spät, lass uns schlafen.« Damit beendete meine Frau die Diskussion.

An Schlafen konnte ich aber noch nicht denken. Meine Frau wollte einen großen Schwanz erleben. Da war ich mir jetzt sicher oder redete es mir zumindest ein.

Zumindest in meiner Fantasie wollte ich es auch erleben. Doch umsetzen durften wir es nicht. Der Gedanke machte mir Angst. Was wenn meine Sandra einen richtigen Mann finden würde? Könnte ich sie an ihn verlieren?

KAPITEL 16

Die nächsten Tage ignorierten wir das Thema. So wirklich wusste wohl keiner von uns, wie wir damit umgehen sollten. Sicherlich war es auch Angst, die uns das Thema ignorieren ließ. So lange wir uns damit nicht beschäftigten, konnte sich am Status quo nichts ändern.

Am nächsten Morgen zeigte sich meine Frau überraschend anhänglich. Ich durfte mich an mehreren Küssen und einigen Umarmungen erfreuen. Außerdem brachte sie mir einen frischen Kaffee. Auch die Worte »ich liebe dich« fielen mehrmals.

Alleine wäre dies alles nicht ungewöhnlich gewesen. In dieser Anhäufung aber hingegen verdächtig. Ich konnte mir aber keinen Reim darauf machen.

Meine Frau ging um 10 Uhr zur Arbeit. Sie würde erst gegen Abend wiederkommen. Kurz nachdem sie das Haus verlassen hatte, läutete es an der Tür.

»Eh, hallo?«, waren meine unbeholfenen Worte,

nachdem ich der Besucherin die Tür geöffnete hatte. Vor mir stand Victoria.

»Hallo.«

»Willst du mich nicht reinbitten«, folgte noch einer Sekunde des Schweigens.

»Sandra ist nicht da«, beeilte ich mich zu sagen.

»Das macht nichts. Nein, das passt eigentlich ganz gut. Ich wollte mit dir sprechen.«

»Mit mir?«, brachte ich mehr sorgenvoll als fragend heraus.

Victoria wartete nicht länger auf eine Antwort und drängte mich quasi ins Haus.

»Warum setzen wir uns nicht auf die Terrasse. Das Wetter ist heute so schön. Und hättest du für mich vielleicht einen kühlen Orangensaft?«

Ich geleitete Victoria durchs Haus. Anschließend holte ich ihr den Orangensaft, während es für mich nur ein Wasser gab.

»Wie geht es dir?«, fuhr Victoria schließlich fort, als auch ich mich endlich setzen konnte.

»Gut«, antwortete ich erneut vorsichtig.

»Gut? Hm? Auch von deinem kleinen Erlebnis erholt? Tanja war ganz begeistert und hat gleich empfohlen, dich in den Club aufzunehmen.«

»Das ist es!?«, fragte ich etwas lauter als geplant.

»Was?« Fragte Victoria unbeeindruckt.

»Du möchtest uns in deinen Club locken. Mich zu einem dieser Cuckolds machen?«

»Ich mache nur Angebote. Vielleicht helfe ich auch dabei neue Sichtweisen zu ermöglichen. Die Entscheidung liegt dann alleine bei euch. Erzähl mir nicht, dass dich der Gedanke nicht immer wieder erregt hat. Das war ja nun wirklich nicht zu übersehen.«

»Sandra ist meine Frau. Ich kann sie doch nicht rumvögeln lassen!«

»Wir haben das 21. Jahrhundert. Man kann selber entscheiden, was man möchte. Es gibt genug offene Beziehungen.«

»Aber es wäre nur eine Frage der Zeit, bis sie sich in einen dieser Kerle verguckt.«

»Das ist unwahrscheinlich. Nach zehn Jahren als Cuckold hat mein Mann mich auch nicht verloren. Ganz im Gegenteil. Ich finde, unsere Beziehung hat viel gewonnen.«

»Robert ist ...?«

»Robert ist mein Cuckold. Es hat schon seinen guten Grund, aus dem wir den Club gegründet haben. Auf so eine Idee kommt man ja nicht ohne ein gewisses Interesse am Thema«, gab Victoria lachend zu.

»Und jetzt soll ich auch ...?« Irgendwie war ich in diesen Momenten nicht in der Lage die Sätze zu Ende zu führen. Vielleicht wollte ich es einfach nicht aussprechen.

»Wie gesagt, ich will gar nichts. Ich mach nur Angebote. Die Frage ist doch, was wollt ihr? Mach mir doch nichts vor. Der Gedanke macht dicht an. Das war ja nicht zu übersehen. Und ein guter Ehemann würde seiner Frau ein solches Erlebnis auch gönnen. Darf sie nicht einmal in ihrem Leben richtig durchgebumst werden?«

»Ich glaube nicht, dass Sandra das könnte - das wollte. Sie liebt mich.«

»Und du liebst sie. Das steht ja außer Frage. Ich liebe auch meinen Robert und er liebt mich. Sex ist Sex und Liebe ist Liebe.«

»Ich könnte sie verlieren.«

»Du glaubst, dass du sie verlieren könntest. Das gehört zum Cuckold-Dasein dazu. Robert hat auch lange gebraucht, bis er gelernt hat, dass er mich nicht verlieren wird. Die Mischung aus Angst und Lust macht die Anfangszeit zu etwas ganz Besonderem.«

»Hm ... ich bin meiner Sandra genug«, antwortete ich trotzig.

»Meinst du? Nichts für ungut, aber wie viele Ehefrauen erzählen ihren Männern, dass sie seinen Schwanz ein wenig zu klein finden? Gut, ein bisschen viel zu klein finden? Sich gerne mal wollüstig mit einem richtigen Kerl austoben würde. Von einem dicken langen Schwanz gedehnt und erkundet werden möchten?«

Ich blieb still. Victoria stand auf und schaute mich von oben hinab ab.

»Ich muss los. Vielleicht schaust du einmal in die Schublade deiner Frau. Dort könntest du etwas Interessantes finden.«

Victoria drehte sich um und ging. Ich konnte ihr nur fragend hinterherblicken. Mir fehlte die Kraft aufzustehen und sie hinauszubegleiten. Unser Gespräch lag wie eine schwere Last auf mir.

KAPITEL 17

Ich brachte unsere Gläser zurück ins Haus. Unschlüssig blieb ich an der Treppe stehen.

Was sollte die Andeutung auf die Schublade meiner Frau?

Meine Neugierde war natürlich geweckt. Ich würde ungern die Schubladen meiner Frau durchwühlen. So wirklich schlimm war es aber auch nicht.

Ich brauchte eine Antwort und so ging es mit schnellen Schritten die Treppe hinauf. Immer zwei Stufen mit einem Schritt. In unserem Schlafzimmer blieb ich kurz stehen.

Meine Frau hatte einige Schubladen. Dazu gehörten ein Nachtschränkchen sowie eine Kommode. Als Erstes schaute ich schnell in ihr Nachtschränkchen. Dort schien mir aber nichts Spannendes zu sein.

Die oberste Schublade ihrer Kommode beherbergte vor allem Socken und Strümpfe.

Eine Etage tiefer wurde es schon spannender. Hier fand sich ihre Unterwäsche. Wirklich Spannendes gab es hier aber auch noch nicht.

Ganz unten lagerte meine Frau ihre spezielle Unterwäsche. Die Wäsche, die sie anzog um sich besonders sexy zu fühlen und ich zu sehen bekam, wenn sie mich verführen wollte. Dazu gehörten ausgewählte Höschen, BHs, Babydolls und Ähnliches.

Ich begann auf der linken Seite und schob ihre Wäsche hin und her. Das Ergebnis war nicht überraschend. Hervor kam ihr Vibrator.

Ihr kleiner pinker Freund war mir wohl bekannt. So wie ich masturbieren durfte, konnte natürlich auch sie bei Bedarf Hand anlegen. Ich bekam ihn aber nur äußerst selten selber aktiv zu sehen.

Gut, der kleine pinke Freund war ein klein wenig länger als ich. Aber meine Frau musste ihn ja auch noch irgendwo festhalten.

Ich schob den Vibrator zurück in die hintere Ecke. Schob noch kurz weiter. Da war doch noch etwas?

Mit meiner Hand zog ich es hervor. Ein langer schwarzer Dildo kam zum Vorschein. Der war neu und man sah es ihm auch an.

Leicht geschockt machte ich zwei Schritte nach hinten und ließ mich auf das Bett nieder. Den Dildo hatte ich noch immer in der Hand.

Wie lang war dieser wohl? Auf jeden Fall deutlich länger, als ich bestückt war. Und dazu auch noch dick. Es war mir ein wenig unangenehm, aber ich versuchte ihn mit einer einzigen Hand zu umfassen. Diese reichte aber nicht ganz. Auch beim Umfang konnte ich nicht mithalten.

Ich brauchte Antworten - musste es genau wissen. Nach einigen Sekunden war ich zurück mit einem Maßband. Zunächst wollte ich die Länge wissen. Der Dildo hatte eine Art kleinen Standfuß. Von dort bis zur Spitze waren es 22 Zentimeter.

Mir blieb die Spucke förmlich weg. Meine Frau hatte diesen Riesen in der Hand gehalten. Das würde ihr eine gute Vorstellung davon geben, wie wenig ich ihr zu bieten hatte. Würde sie mich jetzt nicht auf jeden Fall zum Cuckold machen wollen? Könnte sie wirklich darauf verzichten?

Ich stellte den Dildo auf die Kommode und bemerkte, dass der Fuß als Saugnapf fungierte. Zurück auf unserem Bett schob ich meine Hose runter.

Mein Penis hatte sich bereits aufgestellt. Den direkten Vergleich vor Augen zu sehen, erschreckte mich noch einmal. Ich spürte aber auch, wie mein Schwanz dabei zuckte. Bei aller Sorge und Angst meiner Frau nicht zu genügen, meine gleichzeitige Erregung war nicht zu leugnen.

Mit dem großen schwarzen Dildo vor meinen Augen begann ich langsam mich zu befriedigen. Ich konnte meinen Blick nicht vom Dildo abwenden. In meiner Vorstellung sah ich meine Frau vor mir. Sie stieß ihn tief in sich. Konnte ihn gar ganz in sich aufnehmen.

»Schneller«, »tiefer« und »nimm mich« waren Worte, die sie in meinen Gedanken aussprach.

So dauerte es nicht lange und ich spritze in hohen Bogen auf unseren Teppich ab. Schnell beeilte ich mich, dies wieder zu säubern und ließ den Dildo wieder verschwinden.

Später saß ich in meinem Büro. Eigentlich wollte ich arbeiten. Meine Gedanken waren dafür aber zu durcheinander. So war ich nicht wirklich produktiv.

Woher stammte der große Dildo? Hatte meine Frau ihn gekauft? Vielleicht heimlich? Victoria hatte sie wohl ebenfalls bearbeitet. War sie ihr erlegen und musste doch etwas Großes in sich spüren.

Vor allem fühlte ich mich aber etwas unterlegen. Mein

Schwanz im Vergleich zu diesem Riesen. Das war schon ein Unterschied.

Es half alles nichts. Mir blieb nur eine Wahl. Ich musste meine Frau zur Rede stellen.

KAPITEL 18

Am Abend fasste ich mir ein Herz und sprach meine Frau auf meinen Fund an.

»Victoria war heute hier«, begann ich das Gespräch.

»Oh, wollte sie zu mir?«

»Nein, ich glaube nicht. Sie wollte wohl zu mir.«

»Aha? Sie wollte dich bearbeiten? Stimmt‹s?«, kam von meiner sichtlich belustigten Frau.

»Ja … scheint dir nichts auszumachen?«

»Sollte es?«

»Ich weiß nicht. Vielleicht ein bisschen?«

»Sie will dich ja nicht ins Bett mit einer anderen Frau lotsen. Dann wäre die Hölle los. Das kann ich dir versprechen.«

»Ich darf also nicht, aber du schon?«

»Wer sagt das?«, sagte meine nun plötzlich böse werdende Frau.

»Ist das nicht das Ziel hier?«

»Wenn es dein Ziel ist. Meines ist es nicht.«

»Hm«, war meine kurze Antwort. Sollte ich den Dildo zur Sprache bringen?

»Peter. Wir sind solange verheiratet - glücklich verheiratet. Haben eine tolle kleine Familie. Victoria spielt mit uns. Warum spielen wir nicht mit und haben unseren Spaß dabei?«

»Wie soll das denn gehen?«

»Na ja, findest du ihre Erzählungen nicht ein klein wenig erregend? Hat dir das Zuschauen im Cucky Club keine Lust bereitet? Ich muss zugeben, dass es meine Gedanken immer wieder in Lust versetzt hat. Deine nicht?«

»Doch schon.«

»Also lass sie doch Reden? Was wir machen, ist doch unsere Sache? Vielleicht lässt sie uns ja auch noch einmal zuschauen?«

Sandra fasste mit ihrer Hand an meine Hose.

»Oh oh, hat dich unser kleines Gespräch ganz spitz gemacht?«

Auf diese rhetorische Frage war keine Antwort notwendig. Zumal sie offensichtlich war. Mein Steifer drückte einmal mehr gegen meine Hose.

»Komm«, forderte mich meine Frau auf und geleitete mich an ihrer Hand in Richtung Schlafzimmer. »Ich muss dir noch etwas zeigen.«

Meine Frau platzierte mich auf dem Bett. Mein Blick auf die Kommode gerichtet. Einen Moment später hielt sie den schwarzen Dildo in der Hand - der mir bereits gut bekannt war.

Sandra stellte den Dildo auf der Kommode ab - genauso wie ich früher am Tag.

»Ich kenn den schon«, gab ich zu.

»Was? Woher?«

»Victoria. Sie hat mir gesagt, ich würde etwas in deiner Schublade finden. Sei mir nicht böse«, endete ich mit einem bittenden Blick.

»War ja klar«, stöhnte Sandra auf. »Sie hat dir sicherlich nicht erzählt, woher das Ding kommt.«

»Nein?«

»Sie hat es mir geschenkt.«

»Oh.«

»Keine Sorge, da war es noch in Plastik eingepackt. Sie hat mich dazu bekommen, es vor ihren Augen auszupacken. Angeblich eine Originalnachbildung von einem Cucky Club-Mitglied.«

Bei dieser Nachricht ging mein Blick noch einmal zum Dildo.

»Aber? Bist du sicher? Der ist so?«

»Groß?«, beendete Sandra meine Frage. »Das hat sie zumindest behauptet. 22 Zentimeter stand auf der Verpackung.«

»Dann will sie dich mit dem ... dem Ding überzeugen?«

»Jein. Sie meint, der wäre für dich«, gab Sandra kleinlaut zu.

»Für mich?«

Warum für mich? Was sollte ich denn mit einem Riesen Plastikpimmel?

»Sie meint, so würdest du sehen, was du mir vorenthältst.«

»Tue ich das?«

»Was?«

»Dir etwas vorenthalten?«, fragte ich kleinlaut nach.

»Schatz. Du bist alles was ich brauche, um glücklich zu sein.«

»Ich liebe dich auch. Aber Liebe ist Liebe und Sex ist Sex ...«

»Oh, hör auf. Hat Victoria dir das auch vorgefaselt!?«, fuhr mir meine Frau ins Wort.

Sandra stieß mich aufs Bett und setzte sich auf mich. Wir begannen uns zu küssen und langsam zu entkleiden.

Ehe ich mich versah, verschwand mein Schwanz im Mund meiner Frau. Nach kurzem Saugen setzte sie ihren

Körper wieder in Bewegung und ehe ich mich versah, platzierte sie ihre Scham über meinem Kopf.

Die 69 hatten wir früher ein paar Mal ausprobiert. Das war aber mindestens zehn Jahre her - vermutlich mehr. Vielleicht noch vor den Kindern?

Mir gefiel die Position. Natürlich weil ich die Zunge meiner Frau nur zu gerne an mir spürte. Ich befriedigte sie aber auch gerne mit meiner Zunge.

Ich machte mich sogleich ans Werk. Zu meiner Überraschung war Sandra bereits sehr feucht. Hatte sie unser Gespräch vielleicht erregt?

Es dauerte nicht lange und ich spürte, wie ich einem Orgasmus näherkam. Aber auch Sandra spürte dies und ließ von mir ab. So war es an mir sie bis zum Orgasmus zu lecken. Anschließend platzierte sie sich direkt auf mir und ließ mich in sich hineingleiten.

Mein Blick glitt kurz rüber zum schwarzen Dildo. Sandra bemerkte meinen Blick.

»Hier spielt die Musik.«

Ich schaute meine Frau an - insbesondere wie mein Schwanz in sie hineinglitt. Ich stellte mir vor, dass es der große Dildo wäre.

»Hast du ihn ausprobiert?«, fragte ich zaghaft.

»Nein, ich weiß nicht. Er ist so groß ...«

Um mir besser bildhaft vorstellen zu können, wie er in meine Frau hineinglitt, schaute ich noch einmal zum Dildo rüber.

Ehe ich mich versah, sprang Sandra von mir herunter. Sie ergriff den Dildo und kam mit ihm zurück aufs Bett.

»Ist es das, was du willst? Willst du diesen dicken langen Schwanz in mir sehen? Soll ich ihn tief in mir versenken? Mich ordentlich damit vögeln? Sag es mir. Sag es mir!«

Nach dieser kleinen Tirade schaute ich meine Frau unsicher an.

»Ich möchte nur, dass du glücklich bist. Befriedigt bist?«

Sandra warf den Dildo zur Seite. Er landete polternd auf dem Boden. Sie stieg wieder auf mich. Nach einem kurzen wilden Ritt spritze ich in sie ab.

Nach einer Dusche lag meine Frau später neben mir im Bett. Ich nahm sie in den Arm.

»Alles in Ordnung?«, fragte ich sie. Insbesondere mit Blick auf ihre kleine Tirade.

»Ja.«

»Aber?«

»Ich muss nachdenken. Können wir das Gespräch vertagen?«

»Natürlich.«

Nachdenken? Worüber? Ich zerbrach mir den Kopf. Machte wilde Spekulationen. Ging es nur um den Dildo oder vielleicht um mehr?

KAPITEL 19

Für uns begann am nächstem Montag eine besonders anstrengende Woche. Die Schwester von Sandra würde heiraten. Entsprechend musste sie aushelfen. Polterabend am Mittwoch und Standesamt und große Feier am Freitag beschäftigten auch mich.

Der Polterabend sollte im Garten ihrer Eltern stattfinden. Meiner Frau und mir viel es unter anderem zu für Getränkenachschub zu sorgen. Dabei blieb es nicht aus, dass auch wir immer wieder zum Mittrinken aufgefordert wurden.

Natürlich lehnten wir oft ab oder hatten Getränke ohne Alkohol parat. Gegen Mitternacht waren aber auch wir leicht angetrunken.

Unsere Tischnachbarn waren kurz an der frischen Luft. Das gab uns ein wenig Zweisamkeit.

Sandra setzte sich auf meinen Schoss. Ihre Arme legte sie um meinen Hals. Es folgten ein paar kurze Küsse.

Lachend schaute sie mich an.

»Was ist so lustig?«

»Ich kann dich spüren.«

»Was?«

»Deinen Schwanz«, flüsterte sie mir ins Ohr. »Welcher der Männer fickt mich in deinen Gedanken?«

»Keiner«, beeilte ich mich zu sagen. Das war auch die Wahrheit. Der knackige Po meiner Frau war mehr als ausreichend, um mich auf Touren zu bringen.

»Hm ... als ich am Samstag mit meiner Schwester unterwegs war, gab es spannendes zu hören.«

Wieder kicherte meine Frau. Ich wartete geduldig ab.

»Ihr Zukünftiger ist ziemlich gut bestückt«, raunte sie mir zu.

Ihr Noch-Verlobter war 1,90 Meter groß. Vielleicht war er halbwegs proportional bestückt?

»Aber nicht nur er. Lisa hat über ihren neuen Freund geschwärmt. Fast 20 Zentimeter meint sie ... wenn sie von unserem Blacky wüssten?«

»Blacky?«

»Der Dildo ... immerhin 22 Zentimeter.«

Sandra rutschte auf mir hin und her. Damit rieb sie an meinem Penis und steigerte meine Erregung. Ihr verschlagener Gesichtsausdruck machte klar, dass sie ganz genau wusste, was sie mit mir trieb.

»Willst du ihn in mir sehen?«

Der Blick von Sandra durchdrang mich. Wollte ich Blacky in ihr sehen? Und ob ich wollte. Doch ich hatte Angst vor den Folgen.

Angst, dass es alle Schleusen öffnen würde. Blacky würde ihr zeigen, was ihr entging. Erst Blacky und dann ein Besuch im Cucky Club, um einen echten Blacky zu erleben?

»Na, was ist? Macht dich der Gedanke nicht auch geil? Mmm. So geil?«

Womit mir klar war, was meine Frau wollte. Sie wollte den Dildo ausprobieren. Noch einmal spürte ich, wie sie durch ihre Bewegungen meinen Penis massierte.

»Oh Gott«, entfuhr es mir.
»War das ein Ja?«
»Ja.«
»Hm, okay.«

Ich sah, wie an der Tür unsere Tischnachbarn langsam wieder zurückkamen.

»Ich liebe dich«, waren die letzten Worte meiner Frau, bevor sie von meinem Schoss rutschte.

Es dauerte eine Weile, bis ich unser Gespräch vergessen hatte und mein Steifer sich wieder beruhigt hatte.

KAPITEL 20

Um 2 Uhr konnten wir uns endlich vom Polterabend verabschieden. Wir überließen den jungen Menschen das Feld.

Zu Hause ließ ich meiner Frau den Vortritt im Bad. Als ich schließlich zurück in unser Schlafzimmer kam, traf mich der Schlag.

Vor mir auf dem Bett lag meine Frau. Ihr Busen und ihre Scham waren unbedeckt. Ein Babydoll bedeckte den Rest notdürftig.

Zwischen ihren Beinen lag der große schwarze Dildo - Blacky.

»Machst du dein Versprechen wahr? Fickst du mich? Mit Blacky?«

Ich spürte, wie es in meiner Unterhose sofort zuckte. Mein Penis sagte ja. Ich blieb einen Moment unschlüssig stehen. Dann hatte meine Lust obsiegt. Langsam kletterte ich zu Sandra aufs Bett.

Der Dildo stand zwischen den Beinen meiner Frau und ragte weit auf. Konnte dies wirklich eine maßstabsgetreue Nachbildung sein? Warum war die Welt so ungerecht?

Sandra beugte sich kurz vor und zog mir die Unterhose runter. Ich befreite mich anschließend gänzlich von ihr.

Ein wenig fehlte mir der Sichtschutz. Mein Penis war erigiert, stand hart und steif ab. Doch Blacky - der Dildo - stand zwischen den Beinen meiner Frau. Der direkte Vergleich war beeindruckend, fast furchteinflößend und auch ein wenig deprimierend. Ein Schwanz dieser Größe - ob Plastik oder echt - damit konnte ich nicht mithalten.

»Nimm ihn«, kam fast unhörbar von meiner Frau. In ihren Worten konnte ich aber ihre Gier heraushören. Erneut zuckte mein Penis - diesmal in Freiheit.

Ich folgte der Aufforderung meiner Frau und nahm den Dildo in die Hand. Es war nicht das erste Mal, aber vor den Augen meiner Frau war es trotzdem gewöhnungsbedürftig. Irgendwo auf dieser Welt lief angeblich ein Mann mit diesem Penis herum.

Sandra ergriff meine Hand. Gemeinsam führten wir den Dildo an ihre Öffnung. Sie war feucht und schmierig. Ich schaute sie überrascht an.

Meine Frau erkannte meinen fragenden Blick und deutete mit ihren Augen auf ihr Nachtschränkchen. Dort stand eine Dose - wohl ein Gleitgel? Sie war bestens vorbereitet, ob hierfür auch Victoria verantwortlich war?

Gemeinsam führten wir Blacky ein. Ganz langsam und nur ein paar Zentimeter.

»Warte«, kam von Sandra. Ich blickte auf und sah ihr verzerrtes Gesicht. »Ganz langsam ... ganz langsam rein und raus ... noch nicht tiefer.«

Sie lehnte sich jetzt zurück und überließ mir die Arbeit alleine.

Ich richtete meine Augen wieder zwischen ihre Beine. Ihre Schamlippen umschlossen den Dildo. Nicht anders dürfte es in ihr aussehen. Blacky dürfte sie ausfüllen und ihr so vielleicht ganz neue Gefühle ermöglichen? Dinge, die ich nicht konnte?

Langsam zog ich den Dildo heraus und wieder herein. Immer und immer wieder. Sandra stöhnte leicht. Ihre Hände begannen ihre Brüste zu massieren.

Unmerklich stieß ich tiefer in sie hinein. Als ich den Dildo zur Hälfte in Sandra versenken konnte, hielt ich kurz inne.

»Alles okay?«, fragte ich sie.

»Oh Gott, ja«, kam die sichtlich erregte Antwort.

»Wir haben jetzt die Hälfte geschafft?«

»Gut, das reicht für heute.«

»Okay.«

»Fick mich jetzt. Fick mich mit Blacky!«

Ich setzte meine Bewegungen fort. Raus und wieder rein. Immer bis etwa zur Hälfte des Dildos. Sandra ließ sich immer mehr gehen und auch mein Penis hüpfte immer wieder.

Bisher hatte ich beide Hände benutzt. Nun versuchte ich, mit einer Hand auszukommen. Meine freie Hand fand den Weg an meinen eigenen Schwanz. Auch ich brauchte Erlösung.

Die Langsamkeit war schon lange verschwunden. Immer schneller fickte ich Sandra. Immer lauter schrie sie auf und bewegte sich wild hin und her - nur gut, dass wir in dieser Nacht sturmfrei hatten.

»Ja, ja ... fick mich, fick mich ... schieb mir das große Ding rein ... das ist so gut ... so geil.«

Die Lustausrufe von Sandra waren vielleicht nicht sonderlich originell, kamen aber offensichtlich direkt aus ihrem Lustzentrum. So obszön erlebte ich sie sonst nicht. Das sagte für mich wirklich viel darüber aus, wie sexuell erregt sie war. Wie gut ihr dieser große Dildo gefiel.

Mir ging es nicht viel anders. Nur mit Mühe konnte ich

ein vorzeitiges Abspritzen verhindern. Allerdings vermied ich es, zu sprechen.

Schließlich explodierte Sandra in einem großen Finale. Von ihrer Scham wanderten meine Augen zu ihrem Gesicht. Dieses zeigte Verzückung, Glückseligkeit und Erleichterung.

Mir ging es bei diesem Anblick nicht anders und nur Sekunden nach meiner Frau kannte ich kein Halten mehr und spritze meinen Saft auf die Bettdecke ab.

Erschöpft legte ich mich neben meine Frau. Wir schauten uns wortlos an und küssten uns kurz. Anschließend schliefen wir eng umschlungen ein.

KAPITEL 21

Am nächsten Morgen schliefen wir aus. Es war fast 10 Uhr, als wir aufwachten. Es gab aber keinen Grund zur Eile. Die Kinder waren bei meinen Schwiegereltern untergebracht.

Mein Blick fiel nach links. Auf dem Boden lag der Dildo. Wir hatten ihn nicht mehr verstaut.

Was würde die vergangene Nacht bedeuten? Würde sie etwas verändern, jetzt wo Sandra einen solchen Riesen in sich gespürt hatte?

»Blacky?«, lachte meine Frau und hob den Dildo auf. Sie schien kein Problem mit dem Verlauf unserer Nacht zu haben.

»Komm.« An ihrer Hand zog sie mich hoch und weiter in Richtung Bad. Blacky landete dort im Waschbecken. »Ich mach ihn später sauber.«

Kurz stellte Sandra die Dusche ein. Einen Moment später standen wir gemeinsam unter dieser. Für eine lange Minute genossen wir einfach nur das erfrischende Wasser. Ich hatte meine Augen geschlossen und genoss das kühle Nass. Zwar war ich in der vergangenen Nacht nicht sturzbesoffen gewesen, aber ich trank selten mehr als zwei oder drei Gläser.

Ich spürte die Lippen von Sandra auf meinen. Einen Moment später drückte ich sie an die Wand und wir ließen unsere Zungen spielen. Ihre Hand fand den Weg zwischen meine Beine. Schnell hatte sich mein Penis aufgerichtet und war einsatzbereit.

Sandra schob sich die Wand hoch und umklammerte mich. Langsam führte sie meinen Schwanz in sich ein.

»Vorsichtig. Ich bin noch ein wenig ... wund? Da unten.«

Meine Lust hätte nun zu einem wilden Fick gereicht, aber so blieb ich vorsichtig. Wenn Blacky dort reingepasst hatte, sollte mein Schwanz nicht sonderlich viel kaputt machen können?

Während ich Sandra hoch und runter schob, küssten wir uns wieder. Zwischendurch schob Sandra ein »ich liebe dich« ein. Wir sagten uns dies durchaus immer wieder, aber in letzter Zeit häufte es sich.

War es vielleicht ein verdeckter Hinweis? Egal ob Blacky oder gar ein anderer Mann, unsere Liebe hatte bestand?

Unser langsamer Fick wurde nun doch wild und ich spürte, wie mein Penis zu zucken begann. Gleich würde ich kommen. Vor meinen Augen sah ich wieder, wie Blacky meine Frau ausgefüllt hatte. Welch große Lust es ihr bereitet hatte.

Nach unserer Dusche legten wir uns im Bademantel noch einmal aufs Bett. Wir konnten den Tag ruhig angehen lassen. Ich lehnte mit meinem Rücken an der Kopfseite. Sandra lag in meinen Armen mit ihrem Kopf an meiner Brust.

»Wie war nun letzte Nacht?«, fragte sie mich.

»Interessant?«

»Sollte ich in Zukunft besser alleine mit ... Blacky?«

Es hatte ihr also gefallen, war mein erster Gedanken dazu. Sie wollte wieder etwas Großes in sich spüren. Konnte ich ihr dies wirklich verübeln? Es war doch vorhersehbar. Vielleicht war es besser, wenn ich mitspielte?

»Kannst du ... wir können ihn aber auch mal wieder mitspielen lassen.«

»Dann macht es dir nichts aus?«

»Was?«

»Das er ... so groß ist?«

Oder anders gesagt, dass ich nicht wirklich gut bestückt bin?

»Es war schön, zu sehen, wie du die Lust genossen hat. Dich hast total gehen lassen«, gab ich zu. »Blacky ist groß, aber das gehört wohl dazu?«

»Wozu?«

»Dich in dieser vollkommenen Ekstase betrachten zu dürfen. Die ... die ...« Ich verstummte, wollte ich diesen Satz wirklich zu Ende führen?

»Die?«, fragte Sandra sofort nach.

»Die habe ich bei dir noch nie zuvor gesehen. Nie so intensiv. Ganz besonders nicht durch meinen Schwanz.«

Nun war es raus - ausgesprochen.

»Oh, Schatz ich liebe dich. Du hast mir über die Jahre so viel Liebe und Lust bereitet.«

Sandra drehte ihren Kopf. Ihre Hand ergriff meine Wange. Sie küsste mich kurz.

»Aber nicht so viel wie Blacky?«

»Dir hat Blacky doch auch Spaß gemacht«, wehrte Sandra eine Antwort ab. »Wir haben zukünftig nur ein wenig mehr Abwechslung im Bett.«

Ich beließ es dabei. Ich wollte meiner Frau diese Lust nicht vorenthalten. Außerdem hatte sie recht. Mir hatte der Anblick Lust bereitet. Ich wollte ihn genauso wiedererleben. Nur wenige Dinge waren schöner, als meine Frau in dieser Ekstase zu sehen.

Vielleicht bedeutete die Entwicklung auch, dass wir wieder mehr Sex hatten? An diesem Gedanken hatte ich in den letzten Wochen Gefallen gefunden. Ich hatte kein Problem damit täglich zu masturbieren. Doch der warme Körper meiner Frau war ein ganz anderes Erlebnis.

KAPITEL 22

Das Spiel mit Blacky wiederholte sich am Freitag nach der Hochzeit. Diesmal allerdings unter weniger Alkoholeinfluss. Meine Frau war sogar ganz nüchtern. Sie hatte sich als Fahrerin angeboten.

Das änderte aber nichts daran, dass sie sich mit Blacky total gehen lassen konnte. Vielleicht ließen ihr die Gefühle auch gar keine andere Wahl? Wieder kam mir die Aufgabe zu, sie mit Blacky zu ficken.

Als ich zusätzlich wieder selber Hand an mir anlegen wollte, hielt meine Frau mich auf. Stattdessen bugsierte sie uns in eine 69.

Jetzt lutschte sie an meinem Schwanz, während ich den Dildo in sie stieß. Das war für mich eine unglaublich erregende Erfahrung.

Natürlich mochte ich den Blowjob. Dazu vor meinen Augen die Scham meiner Frau, die sich wieder eng um den Dildo schlang.

Immer schneller fickte ich sie und hörte ihre Lustschreie. Kurz ließ sie von meinem Penis ab, um sich ganz ihrem Orgasmus hingeben zu können. Anschließend machte sie sich gleich wieder über mich her und es dauerte nicht lange und auch ich spritzte tief in ihren Mund ab.

Das war sicherlich eines meiner schönsten sexuellen Erlebnisse der letzten Jahre gewesen.

KAPITEL 23

Spätestens nach dieser Nacht war Blacky ein fester Bestandteil unseres Liebeslebens. Doch dabei blieb es nicht.

Es war ein Freitagabend als meine Frau mich einmal mehr überraschte. Es war kurz vor Mitternacht. Im Haus herrschte Ruhe und der Nachwuchs schlief bereits tief und fest.

Als Sandra mir in unser Zimmer folgte und hinter uns die Tür abschloss, war mir gleich klar, dass wir noch Spaß haben würden.

Ich war aber überrascht, als sie dann den Fernseher anmachte.

»Schatz, ich habe uns da einen Film ausgesucht«, kündigte sie an und legte sich halbnackt in meine Arme.

Technisch waren wir perfekt ausgestattet. Über ein Tablet konnte meine Frau unseren Fernseher bedienen und einen Film aus dem Internet streamen.

Zu meiner Überraschung hatte sie sich einen Film auf einer Pornoseite ausgesucht. Nach einigen Momenten erschien dieser auf unserem Fernseher.

»Interessant«, kommentierte ich amüsiert.

»Hey, Pornos sind nicht nur für Männer«, kam die gespielt beleidigte Antwort mit einem breiten Lachen zurück.

»Ich beschwere mich nicht«, gab ich lachend zu.

Schnell zeigte sich, dass meine Frau bei der Auswahl wohl nicht ganz ohne Hintergedanken vorgegangen war. Schwarze Männer mit langen Schwänzen nahmen weiße Frauen hart ran. Aus eigener Erfahrung wusste ich, dass es von diesem Typ Porno mehr als reichlich Auswahl gab.

Ich spürte, wie sich bei mir etwas rührte und zog meine Unterhose runter. Sandra machte keine Anstalten nach meinem Schwanz zu greifen und so wollte ich selber Hand anlegen.

»Halt. Stopp.«

Meine Frau ergriff meine Hand, als sie gerade ihr Ziel erreicht hatte und entfernte sie wieder. Stattdessen umschling sie nun doch selber mein steifes Glied. Das gefiel mir natürlich auch besser - zumindest zunächst.

Die Minuten vergingen und die Action vor uns auf dem Bildschirm nahm richtig Fahrt auf. Die Hand meiner Frau nahm hingegen keine Fahrt auf. Sie umschling weiter meinen Penis. Manchmal fuhr sie hoch und wieder runter und wichste mich so. Doch es war so unglaublich langsam, dass ich noch weit von einem erlösenden Orgasmus entfernt war. Gleichzeitig fühlte sich mein Schwanz aber so an, als wenn er jeden Augenblick bersten könnte.

Was konnte ich nur tun, um endlich zum Abschuss zu kommen? Ich versuchte, mit meiner Frau anzubandeln und sie zu küssen. Holte mir aber eine Abfuhr. Sie wollte weiterhin den Film schauen.

Der Porno bestand aus einer Abfolge von kürzeren Szenen. Immer 5 bis 10 Minuten, schnell geschnitten und mit wechselnden Protagonisten. Eine Geschichte gab es, wie bei den meisten Pornos, nicht.

Ich konnte es kaum noch aushalten. Mein Penis wurde immer empfindlicher. Doch meine Frau ließ mich nicht explodieren. Stattdessen kommentierte sie zwischendurch die Szenen.

»Jetzt nimmt der die Kleine hart ran ... schau dir den großen Schwanz an ... oh, wie geil ... schöner Ritt ... was für ein Prachtexemplar.«

Nur, um eine kleine Auswahl zu nennen. Der Film sollte immerhin 60 Minuten langgehen. Mit der letzten Szene begann Sandra plötzlich mich schneller zu wichsen und als im Film zum letzten Mal abgespritzt wurde, durfte auch ich endlich kommen.

Vollkommen erschöpft und glücklich blieb ich liegen.

»Jetzt durfte ich dich auch einmal so glücklich und zufrieden sehen.«

»Wie ich, laut dir, nach meinen Orgasmen mit Blacky ausschaue«, erklärte sie nach meinem fragenden Blick weiter.

»Vielleicht bin ich auch einfach froh, dass eine Stunde Folter vorbei ist«, antwortete ich amüsiert.

»Der Weg ist das Ziel«, kam die lachende Antwort zurück.

Die ganze Entwicklung um den Cucky Club und unser Sexleben hatte sich in den letzten Tagen noch einmal verändert. Spätestens seit wir das erste Mal Blacky zum Einsatz gebracht hatten. Die Stimmung war gelöster. Wir sprachen ein klein wenig offener über Sex. Vielleicht sah ich große Schwänze - oder zumindest Blacky - auch weniger als Bedrohung an. Ich hatte trotzdem noch meinen Spaß mit meiner Frau.

So hatte ich auch kein Problem damit, als meine Frau mich fragte, ob ich Blacky holen könnte. Als guter Ehemann wollte ich sie nicht ohne ihre eigene Befriedigung schlafen schicken.

KAPITEL 24

*A*m Montag begann für uns die schönste Woche des Jahres. Das war zumindest die Beschreibung, die ich mir dafür vor vier Jahren hatte einfallen lassen. Jedes Mal wenn ich sie wieder benutzte, gab es von meiner Sandra ein böses »Peter!«. Allerdings schwang dabei auch ein Lachen mit.

Was ist die schönste Woche des Jahres? Wenn meine Eltern bei uns mit ihrem Wohnwagen vorfahren und mit unseren beiden Kindern für eine Woche auf große Fahrt gehen.

Natürlich konnte ich meine Arbeit nicht ganz ignorieren, aber wir hatten wieder einige Pläne für die Woche. Gleich am späten Montagnachmittag überraschte mich meine Frau aber mit einem eigenen Plan.

»Peter?«, fragte sie zögerlich und sichtlich nervös.

»Sandra?«, fragte ich zurück. Sie atmete einmal tief durch.

»Ich habe für dich einen Termin gemacht«, kam sie heraus.

»Termin? Muss ich wieder zum Friseur?«

»Nein ... der Termin ist im Club ... im Cucky Club.«

»Was? Du willst doch nicht ... doch nicht etwa?«, fragte ich schockiert. Meine erste Annahme stellte sich aber als falsch heraus.

»Nein, ich bleibe zu Hause. Nur du.«

»Ich verstehe nicht?«

»Dich hat es doch schon einmal angetörnt, dort zuzuschauen. Ich dachte, wir wiederholen das noch einmal. Und wenn du dann schön geil nach Hause kommst, dann toben wir uns ein wenig aus.«

Welch seltsamer Vorschlag? Er würde aber sicherlich funktionieren. Vorausgesetzt ich würde nicht vollkommen verausgabt aus dem Club zurückkommen.

»Die Idee stammt aber wohl nicht von dir?«, fragte ich nach.

»Na ja ... also ...«, druckte Sandra herum.

»Victoria?«

»Ja«, kam leise zurück.

»Du weißt, dass der Vorschlag Hintergedanken hat?«

»Natürlich, aber ich dachte, wir sind uns einig, dass wir der Herr unserer eigenen Entscheidungen sind?«

»Schon, aber, wenn wir immer wieder einen Schritt weitergehen.«

»Wo immer wir hingehen, es wird der Weg sein, den wir gemeinsam gehen wollen.«

Das war jetzt eine Antwort, die so ziemlich alles offenließ. Vielleicht wollte meine Frau doch schon mehr, als sie zugeben wollte? Mit Blick auf meine eigene Gedankenwelt, wäre es nur zu verständlich, wenn auch sie sich vorstellen würde, wie sich ein großer Schwanz für sie anfühlen würde. Ein echter warmer großer Schwanz.

Ich gab allerdings meine kleine Gegenwehr auf. Zu verlockend war ein weiterer Besuch im Cucky Club.

Um Punkt 18 Uhr wurde ich dort erwartet. Nervös machte ich mich auf den Weg. Zu meiner Überraschung standen dort bereits mehrere Fahrzeuge. An einem Montagabend hätte ich weniger Besucher erwartet.

Robert Paulsen öffnete mir die Tür. Er führte mich die wenigen Meter in den großen Saal. Hier waren bereits einige Menschen versammelt. Paare, genauso wie einzelne Frauen und Männer. Es war etwas seltsam. Fast jeder stand für sich, kaum jemand schien sich zu kennen.

Nach zwei Minuten trat dann Victoria in den Raum. Sofort zog sie die Blicke auf sich. Sie umgab immer eine besondere Aura.

»Willkommen im Cucky Club. Das ist heute unser monatlicher Informationsabend für Interessierte. Wir zeigen euch, was der Club zu bieten hat. Geben aber auch mehr Einblicke in Cuckold-Beziehungen. Natürlich bekommt ihr auch die ein oder andere erotische Szene zu sehen.«

»Was ist also ein Cuckold? Jeder Cuckold ist in einer festen Beziehung. Er muss nicht unbedingt verheiratet sein, hier im Cucky Club nehmen wir aber nur Mitglieder auf, die zumindest bereits seit längerer Zeit ein Paar sind.«

»Der Cuckold gewinnt sexuelle Lust daraus, dass seine Frau ihre sexuelle Lust mit anderen Männer befriedigt. Dabei kann er Zuschauer sein, er kann auch auf die ein oder andere Art und Weise beteiligt sein. Er kann aber auch zu Hause sitzen und die Kinder hüten.«

»Zentral ist die sexuelle Befriedigung der Frau. Auch der Bull erlangt seine Befriedigung. Wer ist der Bull? Der glückliche Mann, der anstelle des Cuckolds, die Frau beglücken darf.«

»Der Bull ist meist gut bestückt. In der Regel besser als der Cuckold. Ein Cuckold muss aber nicht unbedingt einen kurzen Schwanz haben. Es können auch mehr als 10 Zentimeter sein. Bei uns reichen einige Cuckolds an den bundesdeutschen Durchschnitt von 14 Zentimeter heran. Wir hatten auch schon einen Cuckold mit überdurchschnittlichen 16 Zentimetern.«

»Cuckold-Sein spielt sich sehr viel im Kopf ab. Wie bereits gesagt, geht es auch dem Cuckold um den Lustgewinn der Frau. Daraus entsteht dann für ihn selber ein großer Lustgewinn. Der Anblick oder auch nur Gedanke, wie sich ein großer starker Penis tief in seine Frau bohrt und ihr Lustschreie entlockt. Das ist für ihn der Kern.«

»Der zweite große Punkt ist die Angst.«

»Angst seine Frau nicht mehr befriedigen zu können. Ihr nicht mehr zu genügen. Vielleicht sogar sie zu verlieren. Es mag sich komisch anhören, aber diese Angst steigert seine Lust noch einmal.«

»Es ist wie ein süßsaurer Bonbon. Es ist der Gegensatz von Angst und Lust, der für den Cuckold zu einer explosiven Mischung wird.«

»Aber genug geredet. Jedes Paar, jede Frau und jeder Cuckold, kann und wird für sich selber herausfinden, was ihm diese Welt bietet und wie weit er sie erkunden möchte.«

»Folgt mir bitte auf eine kleine Tour. Nur eine Warnung vorweg. Wir werden jetzt nackte Tatsachen sehen.« Victoria kündigte dies mit einem leichten Lächeln an. »Ich möchte aber von euch keine nackten Tatsachen sehen. Ihr seid noch keine Mitglieder. Es bleibt also alles schön verpackt - das gilt insbesondere für die Männer. Wenn ihr schön artig seid, gibt es dann vielleicht eine Sondergenehmigung von mir.«

Victoria teilte uns in zwei Gruppen auf. Die Frauen wurden von ihrem Mann Robert geführt, während Victoria uns Männer durch den Club führen würde.

Es fing ohne große Aufregung an. Teilweise hatte ich

das Anwesen bereits gesehen. Allerdings konnten wir diesmal in weitere Räume einen ersten Blick werfen. Wir sahen eine Umkleide, Zimmer mit Betten und den im Bau befindlichen Wellness-Bereich.

Mir kam wieder einmal der Gedanke, wie dies alles finanziert wurde. Der Club konnte doch unmöglich so profitabel sein, dass sich ein solches Anwesen finanzieren ließ? Die Kosten der Mitgliedschaft mussten exorbitant sein? Das würden wir uns nie leisten können - zum Glück?

Unser Weg führte in einen Wintergarten. Dieser grenzte direkt an die Terrasse. So hatten wir einen guten Blick auf den Pool. Wir sahen draußen einige Männer und Frauen. Nackt baden, schien hier fast Standard zu sein. Nicht nur ich, genoss den Blick der nackten Brüste.

Ich blickte kurz nach rechts und sah, wie Victoria uns amüsiert beim Starren beobachtete. Sie zwinkerte mir kurz zu, so als wolle sie sagen »typisch Männer« oder vielleicht doch eher »ich habe euch alle im Sack?«

»Wenn ihr noch ein wenig mehr Action sehen wollt, dann solltet ihr mir jetzt weiterfolgen.«

Wer wollte das nicht und so setzten wir unseren Weg fort. Dieser führte in die mir ebenfalls bereits bekannte 1. Etage. Auf dem Weg die Treppe hinauf begegneten wir der Frauengruppe. Kurze Grüße, aber mir schienen die Frauen einen eher nachdenklichen, vielleicht auch erregten Anblick abzugeben.

Auch hier oben gab es einige Türen. Eine kannte ich bereits gut. Victoria platzierte jeweils zwei Männer vor einer Tür. Erst auf ihr Kommando hin durften wir gemeinsam eintreten und hatten uns auf einen Stuhl zu setzen. Keinesfalls war es uns erlaubt zu sprechen. Wir waren nur Beobachter.

. . .

Hinter der Tür erwarteten uns drei Personen. Auf dem Bett saß ein gutgebauter Mann. Auf einem Sessel saß ein zweiter Mann. Auf seinem Schoss saß eine Frau.

Ich und der Mann neben mir nahmen unsere Plätze ein. Wir saßen gut einen Meter auseinander. Hinter uns schloss sich die Tür.

Kurz hatten die drei Personen uns angeschaut, dann ignorierten sie uns. Die Frau vertiefte sich in einen Kuss. Zwischendurch flüsterte sie mit dem Mann. Ihre Worte waren aber nicht verständlich. Das änderte sich nach zwei oder drei Minuten.

»Bitte Baby, ich muss diesen großen Schwanz spüren.«

Die Frau schaute zu dem Mann auf dem Bett rüber. Dieser hatte damit begonnen sich langsam auszuziehen. Gerade in diesem Moment kam sein bestes Stück zutage und es war in der Tat groß.

Der Mann auf dem Sessel schaute die Frau an.

»Ich weiß nicht, Schatz. Ist der nicht zu groß für dich?«

»Oh, mach dir da keinen Kopf. Ich weiß schon was da unten reinpasst. Bitte, bitte? Ich brauch das jetzt. Ich bin schon ganz nass. Hier, spürst du das?«

Mit ihren letzten Worten hatte sie seine Hand ergriffen und unter ihren Rock geführt.

»Oh, Baby, klatschnass«, antwortete er.

Wieder küsste sie ihn. Zwischen ihren Küssen bat sie ihn immer wieder. »Bitte ich muss ihn spüren ... ich bin so heiß ... ich brauch einen großen Schwanz ... bitte Schatz.«

Die ganze Szene vor unseren Augen war ganz offensichtlich gespielt. Ihre Worte waren ein wenig hölzern vorgebracht. Für die große Leinwand reichte ihre Leistung sicherlich nicht. Sie war aber mehr als ausreichend, um mich in Fahrt zu bringen.

»Willst du es nicht auch sehen? Wie er tief in mich stößt? Mich ordentlich durchbumst.«

Zu diesen Worten ritt sie kurz auf ihrem Mann und rieb mit ihrem Po an seinem Schritt. Ihn erregte dies sichtlich.

»Komm Schatz, sag es. Sag, dass ich ihn ficken darf. Sag, dass ich ihn bumsen darf?«

»Schatz?«, kam von ihm zurück. Noch einmal rieb sie an seinem Schwanz.

»Sag es. Du willst es doch sehen?«

»Oh Gott, Schatz, bitte, ja, mach es. Lass dich von seinem großen Schwanz vögeln.«

Damit war der Bann gebrochen. Sie küsste ihn noch einmal und stand dann auf. Sekunden später kniete sie vor dem Bett. Sie schaute noch einmal zurück und lächelte ihren gequält wirkenden Mann an. Dann nahm sie den großen Schwanz in ihren Mund.

Ich blickte mich kurz verlegen um. Neben mir sah ich, wie die Hand meines Begleiters in seinem Schritt lag. Ihn ließ die Show wohl ebenfalls nicht kalt. Leider durften wir unser bestes Stück aber nicht auspacken. Das hatte Victoria sehr deutlich gemacht.

In diesem Moment öffnete sich die Tür und ich schreckte kurz zusammen. Herein kam Victoria.

Wortlos ging sie auf die andere Seite. Sie setzte sich auf die Armlehne und flüsterte dem Mann der Frau etwas ins Ohr. Dieser schaute sie kurz an, fast dankbar und erfreut. Dann öffnete er seine Hose und zog sie ein Stück herunter.

Hervor kam ein deutscher Durchschnittspenis. Sofort begann er sich zu befriedigen. Die Blicke richteten sich wieder auf das Schauspiel auf dem Bett. Die Frau beschäftigte sich noch immer intensiv mit dem Penis und blies ihn.

Nach einigen Minuten holte der Mann sie schließlich aufs Bett. Sie küssten sich, er widmete sich ihren Brüsten und schließlich begann er sie mit seiner Zunge zu verwöhnen.

Victoria stand auf und kam wieder auf unsere Seite

rüber. Sie setzte sich auf den Schoss meines Begleiters. Sie unterhielten sich leise. Ich konnte das Flüstern aber nicht verstehen. Auch weil die Frau ihre Erregung mittlerweile lautstark mitteilte.

Wieder gab es auf dem Bett einen Positionswechsel. Der Mann bewegte sich wieder höher. Ich konnte von hinten sehr genau beobachten, wie er sein bestes Stück an ihre Öffnung ansetzte. Meine Augen wichen keinen Augenblick von diesem Anblick. Langsam dehnte sie sich und gewährte ihm Einlass.

Stück für Stück drang er tiefer in sie ein, bis er schließlich vollkommen in ihr verschwunden war. Dann begann er mit langsamen Fickbewegungen.

Der Anblick hatte mich so sehr in seinen Bann gezogen, dass ich von Victoria vollkommen überrascht wurde. Sie ließ sich plötzlich und unerwartet auf meinen Schoss nieder.

Ein kurzer Blick nach rechts zeigte, dass nun auch mein Begleiter masturbieren durfte. War ich der nächste Glückliche?

Ich spürte, wie der Hintern von Victoria auf mein steifes Glied drückte. Nur knapp konnte ich ein Aufstöhnen unterdrücken.

»Schön oder?«, fragte Victoria mich. Ich blieb ihr eine Antwort schuldig, aber die hatte sie wohl auch nicht erwartet.

Victoria umschlang meinen Hals und lehnte sich nach hinten, um mir einen ungestörten Blick zu ermöglichen. Gleichzeitig konnte sie mir gut ins Ohr flüstern und machte davon auch reichlich Gebrauch.

»Schau dir an, wie er mit seinem dicken Schwanz schön tief in sie stößt.«

Das war mir schon aufgefallen und vor allem hatte es

mir auch Gefallen. Die Worte von Victoria törnten mich nur noch mehr an.

Die Frau auf dem Bett umschlang mit ihren Beinen den Po des Mannes. So als wolle sie versuchen ihn noch tiefer in sich hineinzuziehen. Dabei stöhnte sie vollkommen hemmungslos.

»Mmm, geil. Stell dir deine Frau an ihrer Stelle vor. Wie sie sich so tief nehmen lässt. Kein Vergleich zu Blacky.«

Ich realisierte es in diesem Moment nicht. Doch später wurde offensichtlich, dass sie den Namen unseres Dildos von meiner Frau erfahren hatte. Sie hatten sich öfters getroffen, als ich wusste und Victoria hatte jedes Mal die Zeit genutzt, um meine Frau von den Vorzügen einer Cuckold-Beziehung zu überzeugen.

Während Victoria so auf meinem Schwanz herumrutsche, brauchte es bei mir wenig Überzeugungsarbeit. Ich hoffte nur, dass sie bald aufstehen würde und auch ich endlich Hand anlegen durfte.

Auf dem Bett gab es derweil einen Positionswechsel. Die Frau wurde nun Doggy-Style genommen. Eine Position die meine Frau und ich nur zu Beginn unserer Beziehung probiert hatten. Zehn Zentimeter waren zu wenig, um in dieser Position noch tief hineinzustoßen.

»Schön von hinten. Immer schön gegen den Po knallen. Ist das nicht ein geiles Geräusch? Wenn du es erst vom Po deiner Frau hören darfst? Das wäre geil, oder?«

Victoria wusste genau, wie sie mich treffen konnte. Kurz stellte ich mir wirklich vor, wie Sandra so genommen wurde. Mir gefiel die Position und es stimmte mich traurig, ihr dies nicht bieten zu können.

Auf dem Bett wurde nun erneut die Position gewechselt. Der Mann legte sich flach hin und die Frau ritt ihn nun. Ihr Gesicht zeigte in unsere Richtung. Ganz genau beobachtete ich, wie der Schwanz erneut in ihr verschwand. Diesmal ohne den kleinsten Widerstand.

Sofort begann sie wild auf ihm zu reiten. Ihre Brüste hüpften wild hin und her. Vor allem aber ihr Gesicht hatte es mir angetan. Es zeigte ihre Verzückung und totale Erregung. Dies ließ sie auch durch ihr Stöhnen und laute »ja«-Rufe raus.

»Was ein wilder Ritt«, kommentierte Victoria. Ich wartete darauf, dass sie mich fragte, ob ich dies nicht auch von meiner Frau sehen wollte. Doch sie blieb stumm. Trotzdem stellte ich mir diese Szene vor. Welch totale Ekstase würde mir wohl das Gesicht meiner Frau bieten?

Immer lauter stöhnte die Frau und auch beim Mann regte sich etwas. Fast zeitgleich explodierten sie. Ich hörte, wie auch die beiden weiteren Beobachter zu ihrem Orgasmus kamen. Nur mir hatte Victoria diesen nicht vergönnt.

Mit ihrer Hand drehte sie meinen Kopf zurück auf das Bett.

»Schau«, war ihr einfaches Kommando. Langsam hob die Frau ihr Becken an. Der Schwanz flutschte heraus und der Mann zog seinen Körper etwas höher. So konnte sich die Frau wieder zwischen seinen Beinen auf das Bett niederlassen. Sie lehnte sich mit dem Rücken gegen seinen Unterkörper.

Ich konnte sehen, wie es zwischen ihren Beinen glitzerte. Sie spreizte ihre Beine noch etwas weiter und etwas Weißes kam zum Vorschein - das Sperma. Langsam lief es aus ihr in Richtung Bettdecke heraus.

»Schön oder?«

Ich konnte mir diesen Anblick nur unsicher und verwirrt zu Gemüte ziehen. Natürlich war ich noch immer erregt. Aber war dies nicht falsch? Nicht nur Sex mit einem anderen Mann. Sie hatte ihn auch in sich Abspritzen lassen. Kein Kondom genutzt?

Und doch erregte mich dieser Anblick so unglaublich. Er war das schmutzige Ende eines perversen Spiels.

»Komm«, forderte sie mich auf. Auch unser zweiter Begleiter wurde von ihr aufgefordert das Zimmer zu verlassen.

Für uns ging es zurück nach unten. Wir waren die Letzten. Der Rest vergnügte sich bereits bei Sekt und weiteren Getränken. Auch mir wurde gleich ein Glas gereicht. Es hatten sich wieder Grüppchen gebildet.

Ich stand allerdings alleine und lauschte den Worten. Hörte begeisterte Männer und Frauen, genauso wie vorsichtigere Stimmen.

»Ein paar Kandidaten sind sicherlich dabei«, raunte mir Victoria zu.

»Scheint so«, gab ich zu.

»Wir nehmen aber nicht jeden«, kam zurück. Sie bemerkte meinen fragenden Blick und fuhr fort.

»Unsere Hürden sind nicht extrem, aber eine gewisse Selektierung erwarten auch unsere bestehenden Mitglieder. Es muss keine Modellfigur sein, aber hübsch darf sie schon sein. Die Männer müssen natürlich vor allem ein Cuckold sein. Es muss sie geil machen, ihre Frau von einem schönen Stecher begatten zu lassen. So wie bei dir.«

Ich schaute Victoria ein wenig böse an.

»Oh, nun sei nicht eingeschnappt, nur, weil ich ausspreche, wovon du träumst. Wie oft hast du dir in den letzten Wochen vorgestellt, deiner Frau mit einem anderen Mann zuzusehen? Wie oft hast du dich gefragt, ob du das Recht hast, deiner Frau diese Erfahrung vorzuenthalten?«

Ich senkte meinen Blick. Wie recht sie doch hatte. Ich war in ihrem Spinnennetz gefangen und sah keinen Ausweg mehr.

»Du bist ein Cuckold und deine Frau ist eine Hotwife!«

Hotwife - von dem Begriff hatte ich bereits gelesen. Es war die Bezeichnung für die Partnerin eines Cuckolds. Eine Frau, die ihre erotischen und sexuellen Bedürfnisse mit anderen Männern auslebte.

»Für heute reicht es für dich. Wir haben dich lange genug auf die Folter gespannt und dein Schwanz lechzt sicherlich nach Erlösung. Sandra wartet zu Hause auf dich.«

Victoria führte mich zur Tür. Den Heimweg musste ich allerdings nicht zu Fuß antreten. Sie trug ihrem Mann auf, mich nach Hause zu fahren.

Wir wechselten auf der kurzen Fahrt kein Wort. Ich war mit meinen eigenen Gedanken beschäftigt und er respektierte wohl, dass ich Ruhe brauchte.

KAPITEL 25

Bevor ich die Haustür aufschließen konnte, flog sie bereits auf und Sandra stand in der Tür. Ihr Blick erwartungsvoll und doch auch ein wenig unsicher.

Wir umarmten uns stumm. Dann spürte ich, wie ihre Hand nach unten wanderte und sich in meinen Schritt legte. Sie begann mich dort leicht zu massieren. Sofort regte sich wieder etwas und Blut schoss in mein bestes Stück.

Sandra lehnte sich etwas zurück und lächelte mich an.

»Hat Spaß gemacht?«, fragte sie sanft. Es war aber weniger eine Frage als schon eine halbe Antwort. Aus ihrer Sicht war das Signal zwischen meinen Beinen wohl Antwort genug.

»Wir reden morgen, okay? Jetzt will ich dich nur spüren?«

Dieser Plan war mir mehr als recht. Willig ließ ich mich an ihrer Hand in unser Schlafzimmer ziehen.

Die Beschreibung »sie trieben es wie Tiere« trifft die nächsten Stunden wohl am besten. Bei mir hatte sich genug Lust für drei Orgasmen aufgestaut und Sandra war völlig von der Rolle.

Sex, Pausen und zahlreiche Positionswechsel prägten

diese Zeit. Zwischendurch genehmigten wir uns einen Wein. Später durfte ich einen Blowjob erleben und diesmal schluckte Sandra sogar. Ich war im siebten Himmel.

Sandra war nicht prüde, aber so gierig nach Sex und meiner Nähe hatte ich sie noch nie erlebt. Vielleicht hatte dieses Cuckold-Ding noch eine weitere schöne Seite?

Befriedigt und zufrieden, aber auch völlig erschöpft, schlief ich ein.

KAPITEL 26

Am nächsten Morgen wachte ich alleine im Bett auf. Ich hörte meine Frau unter in der Küche. Genauso wie die Stimmen unserer Kinder.

Schnell machte ich mich im Bad halbwegs präsentabel. Anschließend ging es nach unten.

Meine Frau saß mit Julia und Paul am Frühstückstisch. Das Radio spielte aktuelle Musik. Gemeinsam lachten sie und blödelten herum.

Ich blieb in der Tür stehen. Noch hatten sie mich nicht entdeckt.

Konnte ich solche Augenblicke gefährden? War die sexuelle Lust es wert, Mitglied im Cucky Club zu werden, wenn damit vielleicht unsere Zukunft als Familie auf dem Spiel stehen würde? Was, wenn meine Frau dort etwas Besseres finden würde? Jemand der ihr die höchste sexuelle Lust bot und gleichzeitig auch noch ihr Typ Mann war?

Meine Gedanken spielten verrückt. Es war aber nicht nur Angst und Sorge, sondern auch Lust. Lust an neuen Erlebnissen. Wohl auch Lust an der Gefahr, der von ihnen ausging. Ich hatte das Gefühl bisher nur einen kleinen Einblick in diese Welt bekommen zu haben.

Ich schüttelte mich innerlich. Jetzt war nicht der Zeitpunkt für solche Gedanken.

Es wurde ein wunderbarer Morgen mit der ganzen Familie. Statt zu Arbeiten entschieden wir uns kurzfristig für einen Tag im Freibad.

Am Abend kehrte endlich wieder Ruhe ein. Die Kinder waren in ihre Zimmer verschwunden. Ich saß alleine auf der Terrasse und schaute gedankenverloren in die Ferne.

Der Tag hatte mir wenig Zeit zum Nachdenken gelassen. Doch bald würde Sandra wohl das Thema Cucky Club wieder ansprechen.

Ich wurde das Gefühl nicht los, dass sie wirkliches Interesse hatte. Sie konnte dabei eigentlich auch nur gewinnen. Schließlich war sie es, die sich dann endlich von richtigen großen Schwänzen nehmen lassen durfte. Mich hätte sie dann trotzdem noch - quasi als Ersatz oder zweite Wahl?

Es war nicht einfach, sich mit diesem Thema zu beschäftigen. Meine Ängste kamen dabei immer hoch. Angst meiner Frau sexuell nicht mehr zu genügen, wenn sie einmal von einem anderen Mann verwöhnt wurde. Und dann noch einen Schritt weiter. Angst meine Frau - meine Familie - zu verlieren.

Gleichzeitig spürte ich aber auch eine Lust auf dieses sexuelle Experiment. Die Vorstellung meine Frau mit einem anderen Mann zu sehen, war für mich unglaublich erregend.

»Schatz?«

Sandra tauchte überraschend neben mir auf und holte mich aus meinen Gedanken in die Realität zurück. Vor mich stellte sie ein Glas ab.

»Dein guter Glenfiddich.«
»Uhm, danke.«

Ich hatte es vorgezogen, meiner Frau nicht zu erzählen, dass sie Flasche 200 Euro gekostet hatte. Sie wusste aber, dass ich ihn nur zu besonderen Gelegenheiten trank.

Damit war mir auch sofort klar, was nun anstand. Das gestern angekündigte Gespräch über den Cucky Club.

»Wir müssen reden«, begann sie, legte dann aber erst wieder eine Pause ein.

Ich wartete einfach nur ab. Nahm das Glas in die Hand und genehmigte mir einen kleinen Schluck.

»Ich denke, wir sollten dem Club eine Chance geben.«

Als sie mit dieser Bombe herausplatzte, wollte ich gerade mein Glas zurückstellen. Es wäre mir fast aus der Hand gefallen. Ich hatte eine offene Diskussion erwartet. Aber sicherlich nicht, dass sie ihre Karten gleich so offen auf den Tisch legen würde.

»Oh«, platzte mir gleich heraus.

»Du willst nicht?«, kam zurück. Vielleicht ein wenig enttäuscht?

»Nein, doch, ich weiß nicht. Ich hätte nicht gedacht, dass du schon eine so klare Meinung hast?«

»Ich habe mich viel damit beschäftigt. Vor allem damit was uns der Club bieten kann. Uns beiden. Natürlich auch mir«, gab sie dann doch noch zu.

»Das wäre?«

»Mehr Lust? Mehr Erregung? Erotik? Machen wir uns nichts vor. Viel mehr als Standard-Sex hatten wir die letzten Jahre nicht mehr. Die letzten Wochen waren ... anders. Interessanter. Erregender?«

»Das kann ich nicht abstreiten. Aber hast du keine Angst?«

»Natürlich. Ich habe einiges über diese Welt gelesen. Mir von Victoria viel erzählen lassen. Gefahren gibt es wohl einige. Aber ich glaube, zusammen sind wir stark genug, um diese abzuwehren und stärker daraus hervorzugehen.«

Ich schnaufte durch.

»Was ist ... wenn ich dich verliere?«

»Peter. Wir gehören zusammen. Ich weiß, dass Verlustängste zum Cuckold dazugehören. Genauso wie die Lust? Ich bin mir aber sicher. Dieses Erlebnis wird uns nicht gefährden. Ganz im Gegenteil - es wird uns noch stärker zusammenschweißen.«

»Wird es das? Vielleicht ... ich kann schon deine Wünsche verstehen. Ich kann dir nicht alles bieten, was du verdient hast. Blacky hat das wohl perfekt aufgezeigt.«

Resigniert senkte ich meinen Kopf. Sandra stand auf und kam zu mir. Sie hob meinen Kopf an und küsste mich. Setzte sich auf meinen Schoss und vergrub ihren Kopf an meiner Seite.

»Ich liebe dich. Vergiss das nie. Verstanden?«

»Ich liebe dich auch«, antwortete ich. »Und weil ich dich Liebe gibt es wohl nur eine Antwort?«

Sandra richtete sich auf und schaute mich an.

»Wir geben dem Club eine Chance. Werden es drauf ankommen lassen und es einmal ausprobieren. Aber jeder von uns, kann jederzeit die Reißleine ziehen und das ... Experiment für beendet erklären?«

»Einverstanden«, war die kurze Antwort von Sandra. Anschließend bedankte sie sich mit einem Kuss bei mir.

Es wurde ein langer und leidenschaftlicher Kuss. Dieser setzte sich später in einer ebenso leidenschaftlichen Nacht fort. Ganz so, als wenn mich Sandra für meine Zustimmung belohnen wollte. Oder vielleicht einfach nur, mit Blick auf zukünftige Erlebnisse, besonders erregt war.

KAPITEL 27

Sandra wollte mit Victoria besprechen, wann und wie es zum Cucky Club-Besuch kommen würde. Am Mittwoch war Sandra mit den Kindern einkaufen. Letzte Besorgungen bevor bald die Schule wiederbeginnen würde.

Victoria nutzte diese Gelegenheit für einen Besuch. Für mich lag die Vermutung nahe, dass sie von Sandra informiert worden war, dass sie mit mir alleine sprechen konnte.

»Ich freue mich, dass ihr es probieren wollt«, eröffnete sie das Gespräch. »Eine gute Entscheidung - für euch beide.«

»Meinst du? Oder eine gute Entscheidung für dich und deinen Club?«

»Oh, wir freuen uns immer über passende neue Pärchen. Keine Frage. Aber falls deine Frage mehr aufs Finanzielle abzielt. Da macht es keinen so großen Unterschied. Der Club-Beitrag beträgt nur 100 Euro pro Monat. Sandra hat es scheinbar nicht erzählt, aber für gute Nachbarn gibt es die ersten drei Monate kostenlos.«

Das machte natürlich keinen Sinn. So konnte sich der

Club unmöglich finanzieren. Da bräuchte es schon hunderte Beitragszahler.

»Okay, danke«, war trotz meiner Bedenken, meine kurze Antwort.

»Gut. Kommen wir zu Sandras erstem Club-Besuch. Freitag würde gut passen. Wie schaut es bei euch aus?«

Es war an mir selber, meine Zukunft als Cuckold zu besiegeln. Ich sollte hier jetzt dem Terminvorschlag zustimmen.

»Das passt«, brachte ich mit leicht zittriger Stimme hervor.

»Gut. Keine Sorge, Peter«, fuhr Victoria in einem fürsorglichen Tonfall fort. »Wir werden uns gut um deine Sandra kümmern.«

»Wir?«

»Ich, mein Mann und die ganze Club-Mannschaft. Und natürlich der von Sandra ausgesuchte Bull.«

»Und ich?«, fragte ich nach. Mir schwante Böses.

»Deine Zeit wird kommen. Aber noch nicht am Freitag. Da muss Sandra den Weg alleine gehen.«

»Aber? Nein! So geht das nicht. Wir gehören zusammen!«

»Peter«, fuhr Victoria ganz ruhig fort und ignorierte meine leicht aufbrausenden Worte. »Das ist auch für Sandra nicht einfach. Ganz besonders beim ersten Mal. Vertrau mir. Ich habe viele Paare auf diesem Weg begleitet. Sandra hält das ebenfalls für eine gute Idee. Auch sie blickt ängstlich und nervös auf das erste Mal.«

»Habe ich eine Wahl?«, fragte ich resignierend.

»Natürlich. Immer. Das ist doch das Schöne am Cuckold-Dasein? Man möchte es nicht und gleichzeitig möchte man es trotzdem unbedingt.«

Wie recht sie hatte. Wenn ich die Wünsche von Sandra

ignorierte und nur auf mich selber schaute - was würde ich wollen?

Dazu konnte ich nur ihre Erklärung wiederholen. Ich hatte Angst und wollte es nicht. Ich empfand Lust und Aufregung und wollte es unbedingt.

»Es bleibt dann bei Freitag?«, fragte Victoria.

»Ja.«

»Gut. Ich hole Sandra ab und begleite sie auf ihrem Weg. Wir fahren sie auch wieder zurück. Du musst dir also keine Sorgen machen.«

Mit einem »okay« gab ich meine Zustimmung und pustete einmal tief durch.

»Erleichternd wenn man eine Entscheidung getroffen hat? Keine Sorge. Auch du wirst auf deine Kosten kommen. Ich bin sicher, dass Sandra dich am Freitag nicht ohne ein wenig Spaß einschlafen lässt.«

Damit schien das Thema für Victoria erledigt zu sein. Stattdessen unterhielten wir uns noch ein wenig über gänzlich andere Themen. Sie zeigte sich zum Beispiel an meiner Arbeit interessiert. Zum ersten Mal entwickelte sich zwischen uns eine normale Unterhaltung.

KAPITEL 28

Ich unterhielt mich später mit meiner Frau über den Besuch von Victoria. Es war für mich nicht mehr wirklich überraschend, dass sie bereits informiert war.

Sie war aber sichtlich erfreut, dass ich meine Zustimmung gegeben hatte.

»Hältst du es wirklich für die richtige Idee, alleine hinzugehen?«, fragte ich noch einmal nach.

»Ich denke schon. Um meine Sicherheit brauchst du dir wirklich keine Sorgen zu machen und ... na ja ... es ist beim ersten Mal vielleicht einfacher, wenn du nicht dabei bist?«

»Wenn du meinst«, kam von mir zweifelnd zurück.

»Hey, ich verspreche dir, dass ich dir hinterher in jeder Einzelheit erzähle, wie der Abend abgelaufen ist. Deal?«

»Okay, Deal.«

Dieses Zugeständnis erfreute mich wirklich. Bisher hatte ich mir dazu noch keine Gedanken gemacht, aber es erschien mir auch das Mindeste zu sein.

Die Zeit bis Freitag verbrachte ich mit steigender Nervosität. Meine Gefühle durchliefen eine Achterbahnfahrt. Von

Angst und Sorge hin zu Erregung und Lust und zurück zum Start.

Ich war froh, als wir endlich Freitagabend hatten. Sandra schickte mich zu den Kindern. Sie wollte sich in Ruhe vorbereiten.

Gegen 20 Uhr war es dann soweit. Ein Auto fuhr auf unsere Auffahrt. Wenige Minuten später klingelte es an der Tür und ich öffnete Victoria die Tür.

Die Kinder zeigten zum Glück wenig Interesse und ließen sich nicht blicken. So bekamen sie ihre Mutter zum Glück nicht zu sehen. Sie sah atemberaubend aus.

Schon am Vormittag war sie beim Friseur gewesen. Jetzt stöckelte sie in einem dunkelroten Kleid die Treppe hinunter. Dieses endete kurz über ihren Knien. Auch ihre Brüste waren schön in Szene gesetzt.

»Wunderschön«, kommentierte Victoria.

»Du siehst atemberaubend aus«, gab ich unumwunden zu und umarmte Sandra. Ich wollte sie noch kurz küssen, aber sie wehrte meinen Versuch ab. Sie wollte ihren Lippenstift erhalten.

»Sei vorsichtig«, gab ich ihr mit auf den Weg.

»Bin ich ... ich liebe dich. Bis später.«

»Ich liebe dich auch, Schatz. Hab Spaß.«

Hab Spaß - was für eine auffordernde Wortwahl. Ich war froh, als sich die Tür schloss. Ich beobachtete, wie das Auto unsere Auffahrt verließ und in Richtung Club bog. Was hatte ich nur getan?

KAPITEL 29

*E*s dauerte nur fünfzehn Minuten und ich lief mit einem Steifen durch die Gegend.

Ich verzog mich vor den Fernseher und versuchte mich dort abzulenken. Wirklich erfolgreich wurde ich damit aber nicht.

Wie lange sollte der Abend überhaupt dauern? Wann konnte ich Sandra zurückerwarten? Ich ärgerte mich, diese Frage überhaupt nicht gestellt zu haben. Dazu war ich viel zu aufgeregt gewesen.

Die Zeit verstrich und ich wurde immer unruhiger. In meiner Vorstellung sah ich meine Frau bereits mit einem anderen Mann. Sie küssten, sie streichelten sich und schließlich endeten sie in einem Bett und liebten sich.

Durch meine Hose knetete ich meinen steifen Schwanz. Fast hätte dies alleine schon ausgereicht, um mich explodieren zu lassen.

Sandra war fast zwei Stunden weg, als es an der Tür klingelte. Ich hatte zuvor gar kein Auto gehört. Sofort flitzte ich los und riss die Tür auf.

Statt meiner Sandra stand dann allerdings nur Victoria vor der Tür.

»Hallo, da bin ich wieder. Enttäuscht?«

»Was bringt dich schon wieder hier her?«, fragte ich irritiert. »Alles in Ordnung mit Sandra?«

»Ja, keine Sorge. Ich bin hier, um auf dich aufzupassen und dir zur Seite zu stehen.«

»Was? Ich verstehe nicht.«

»Das erste Mal ist immer besonders schwierig für den angehenden Cuckold. Da ist ein wenig Aufsicht nicht verkehrt. Vielleicht auch ein Gespräch? Ich hoffe mal, du hast noch nicht selber Hand angelegt?«

»Nein?«

»Gut, Sandra will ja nachher auch noch was von dir haben. Und wenn du schön geil bist, macht die Geschichte ihrer Nacht gleich doppelt viel Spaß.«

»Wann darf ich sie denn zurückerwarten?«

»Später? Das liegt ganz an ihr und dem Partner ihrer Wahl. Manchmal geht es recht schnell. Andere verbringen gleich die ganze Nacht miteinander. Sandra fällt aber glaube ich nicht in diese Kategorie. Nicht beim ersten Mal. Als ich mich vorhin auf den Weg hierher gemacht habe, hatte sie aber zumindest schon ihre Wahl getroffen?«

»Ihre Wahl?«

»Den Bull ihrer Wahl für ihr erstes Mal als Hotwife. Der Mann, der dich zum Cuckold machen wird. Gut gebaut und gut bestückt. Aber das dürfte Sandra bald selber herausfinden. Sie hat eine gute Wahl getroffen.«

Mir lief es eiskalt den Rücken runter. Wer war wohl ihr Typ? Wie traf man überhaupt eine solche Wahl?

»Falls dir etwas auf dem Herzen liegt, fühl dich frei Fragen zu stellen. Ansonsten hätte ich gegen einen Wein nichts einzuwenden. Laut Sandra habt ihr einen schönen trockenen Rotwein?«

Ich holte Sandra ihren Rotwein und genehmigte auch mir ein Glas. Ich überlegte, ob ich Fragen an sie hatte. Ich war mir aber nicht sicher, ob ich sie überhaupt stellen wollte. In meiner Entscheidungslosigkeit verzichtete ich dann lieber darauf.

Stattdessen unterhielten wir uns darüber, wie Sandra und ich uns kennengelernt hatten.

KAPITEL 30

*E*s war fast Mitternacht, als wieder ein Auto auf den Hof fuhr.

»Wartest du bitte in eurem Schlafzimmer«, forderte mich Victoria auf.

Ich schaute sie überrascht und leicht herausfordernd an.

»Keine Sorge, deine Sandra kommt gleich hoch. Ich möchte nur kurz mit ihr sprechen. Alleine.«

Was konnte ich schon machen und so überließ ich Victoria das Feld.

Oben setzte ich mich auf unser Bett und wartete. Die Zeit kam mir ewig vor und mein Blick fiel immer wieder auf meinen Wecker. Gleichzeitig lauschte ich mit einem Ohr, ob Sandra endlich die Treppe hochkam.

Als ich schließlich Schritte hörte, begann mein Herz zu rasen und ich spürte meinen Penis förmlich pulsieren. Wie würde meine Frau mir gleich gegenübertreten? Wie war ihr Abend verlaufen? Hatte sie es tatsächlich getan? Hatte sie sich mit einem anderen Mann vergnügt und mich zum Cuckold gemacht?

DIE QUALEN DES CUCKOLDS

BAND 2

KAPITEL 1

Es war fast Mitternacht, als wieder ein Auto auf den Hof fuhr.

»Wartest du bitte in eurem Schlafzimmer«, forderte mich Victoria auf.

Ich schaute sie überrascht und leicht herausfordernd an.

»Keine Sorge, deine Sandra kommt gleich hoch. Ich möchte nur kurz mit ihr sprechen. Alleine.«

Was konnte ich schon machen und so überließ ich Victoria das Feld.

Oben setzte ich mich auf unser Bett und wartete. Die Zeit kam mir ewig vor und mein Blick fiel immer wieder auf meinen Wecker. Gleichzeitig lauschte ich mit einem Ohr, ob Sandra endlich die Treppe hochkam.

Als ich schließlich Schritte hörte, begann mein Herz zu rasen und ich spürte meinen Penis förmlich pulsieren. Wie würde meine Frau mir gleich gegenübertreten? Wie war ihr Abend verlaufen? Hatte sie es tatsächlich getan? Hatte sie sich mit einem anderen Mann vergnügt und mich zum Cuckold gemacht?

Die Schritte kamen näher und Sandra trat in die Tür.

Dort blieb sie für einen Moment stehen und blickte auf mich.

Sie sah in dem dunkelroten Kleid genauso atemberaubend wie vor ein paar Stunden aus. Ihr Gesicht war leicht gerötet. Vielleicht vor Aufregung? Gänzlich anders sah ihre Frisur aus. Ihr langes blondes Haar hing glatt hinab. Offensichtlich war sie frisch geduscht.

Sandra zog ihre Stöckelschuhe aus und schob sie zur Seite. Dann setzte sie sich wieder in Bewegung. Ich saß noch immer auf dem Bett. Durch meinen Kopf gingen weiterhin eine Vielzahl von Empfindungen. Ich war erregt und schockiert zugleich. Wir hatten dies tatsächlich getan? Ich hatte es wirklich zugelassen? Nach 15 Jahren Ehe hatte ich meine Frau einem anderen Mann überlassen?

Ein nur schwer erträglicher Gedanken. Trotzdem spürte ich meinen Schwanz sehr deutlich. Hart und empfindlich drückte er gegen meine Hose, als wenn er um Befreiung bitten würde.

Sandra erreichte mich. Kurz blieb sie vor mir stehen und schaute auf mich herab, dann setzte sie sich auf meinen Schoss. Ihre Schenkel schlossen sich um mich. Ihre Scham trennte nur wenig Stoff von meinem Penis.

Einen kurzen Moment schauten wir uns in die Augen. Ich versuchte, den Gemütszustand von Sandra zu erkunden. Ich glaubte dort Zufriedenheit, aber auch Unsicherheit zu entdecken. Vielleicht war es auch mehr Befriedigung als Zufriedenheit?

Noch immer hatten wir kein einziges Wort gewechselt. Wie fängt man ein solches Gespräch auch an? *Hallo Schatz, da bin ich wieder. Habe mich ordentlich durchrammeln lassen. Das war ein geiler Hengst von Mann.* Wohl eher nicht.

Sandra beugte ihren Kopf weiter vor und ich verlor ihre

Augen aus dem Blick. Ich spürte ihren Atem dicht an meinem Ohr.

»Danke. Ich liebe dich.«

Das waren ihre ersten Worte zu mir. *Danke?* Ging es durch meinen Kopf. *Danke, dass ich Spaß haben durfte? Danke, dass ich endlich mal einen richtigen Schwanz ficken durfte?*

Als guter Ehemann antwortete ich natürlich mit einem »ich liebe dich auch.« Trotz meiner schwierigen Gedanken waren diese Worte so ehrlich wie immer gemeint.

Sandra legte ihren Kopf an meine Schulter. So blieben wir für einige Sekunden stumm sitzen. Dicht aneinandergedrückt.

Langsam wurde Sandra aktiv und rutschte auf mir hin und her. Ihr Schoss rieb dabei unweigerlich an meinem Penis.

»Ich spüre da etwas. Da möchte, glaube ich, etwas in die Freiheit entlassen werden.«

Diese Worte brachte sie mit einem leichten Lächeln heraus.

»Ich glaube, ich hatte dir etwas versprochen?«

Sandra stand auf und zog mich mit hoch. Gemeinsam entkleideten wir uns. Interessiert musterte ich den nackten Körper von Sandra. Doch Spuren ihrer außerehelichen Aktivität waren nicht zu entdecken.

Dafür war bei mir etwas umso deutlicher zu sehen. Mein Schwanz war hart und ragte steil in die Höhe. Sandra schaute mich mit einem wissenden Grinsen an. Ihre Hand strich einmal leicht über meinen Schwanz und sofort machte dieser einen freudigen Sprung.

»Ich glaube, ich muss vorsichtig sein«, stellte Sandra fest. »Sonst spritzt du mir schon ab, bevor ich mit meiner Geschichte angefangen habe.«

Damit hatte sie zweifelsfrei recht. Ein paar Mal

pumpen, hätte sicherlich ausgereicht. Das spürte ich genau - schon fast schmerzlich. Am liebsten hätte ich einfach selber Hand angelegt und mir Entspannung verschafft.

Doch genauso gespannt war ich auf die Geschichte von Sandra. Wie war ihr Abend verlaufen? Hatte sie wirklich Sex mit einem anderen Mann gehabt? Oder war dies alles nur ein böser Traum?

Wir legten uns aufs Bett. Sandra lehnte sich mit ihrem Körper an mich. Ihre harten Nippel zeigten ihre eigene Erregung auf. Ihre Hand suchte meine Schenkel und hielt sich leicht abseits von meinem Penis. Ganz als wolle sie nicht riskieren, dass ich vorzeitig käme. Das erregte mich nur mehr und war schon fast Folter.

»Wo fange ich nur an?«, begann sie. »Am besten am Anfang? Victoria hat mich ja abgeholt. Wir sind dann zum Club gefahren. Ich kann dir sagen, so nervös war ich nur selten zuvor. Ich glaube, nur an unserem Hochzeitstag war es noch mehr. Da war ich aber auch ein nervöses Wrack.«

Die letzten Worte kamen mit einem nervösen Lächeln hervor. Musste sie in diesem Moment wirklich diesen Tag hervorholen. Einer der schönsten Tage in meinem Leben?

»Ich bin also nervös in den Cucky Club eingetreten. Zum Glück mit Victoria an meiner Seite. Zu meiner Überraschung waren schon zahlreiche Gäste da. Der Saal in der Nähe vom Eingang war gut gefüllt. Ein DJ hat Musik gespielt, die Theken waren besetzt und ein Buffet war aufgebaut. Um ehrlich zu sein, tat mir die kleine Menschenmasse ganz gut. Es nimmt die Aufmerksamkeit von der eigenen Person. Man ist nur einer unter vielen.«

Sandra stoppte ihre Erzählung für einen Augenblick. Ihre Augen richteten sich auf meinen Schambereich. Ihre Finger wanderten von meinem Schenkel zu meinem Schwanz. Langsam strich sie nur mit ihrem Zeigefinger über die Unterseite meines Gliedes. Ich fühlte mich bis zum Bersten erregt. Wunderte mich, dass nicht schon diese kleine Berührung ausgereicht hatte.

»Ich glaube, dein Kleiner ist gespannt auf das Ergebnis dieser Nacht. Was meinst du? Ob ich deinen Besitzer zum Cuckold gemacht habe?«

Ihre letzten Worte waren sehr offensichtlich in Richtung meines Schwanzes gerichtet. *Kleiner* hatte sie ihn genannt. Herabwürdigend und erniedrigend. Leider auch ein korrekter Fakt. Ob er ihr nach dieser Nacht jemals wieder Freude bereiten würde? Und warum zum Teufel war ich trotz all dieser Erniedrigung so erregt wie nie zuvor in meinem Leben? Das ist doch nicht normal?

»Victoria nahm mich an die Hand und führte mich durch den Raum. Stellte mich verschiedenen Gästen als neues Mitglied vor«, fuhr Sandra ihre Erzählung fort. »Wie sich zeigte, war ich nicht der einzige Neuling. Wie Victoria mir erklärt hat, veranstaltet man einen solchen Abend in der Regel einmal im Monat.«

»Aber natürlich waren nicht nur Neulinge da, sondern auch Cuckolds, erfahrene Hotwifes und reichlich Männer. Bulls nennt man die wohl? Jeder der Bulls möchte gerne der Erste einer Hotwife sein. Es wird dich sicherlich freuen zu hören, dass das Interesse an deiner Frau reichlich war.«

Wieder stoppte Sandra kurz. Sie nahm meinem Penis zwischen zwei Finger und pumpte dreimal ganz langsam.

»Bitte«, kam über meine Lippen, bevor ich darüber nachgedacht hatte. Sandra quittierte dies mit einem zufriedenen Lächeln.

»Geduld, mein Schatz. Du willst doch sicher die ganze Geschichte hören? ... Wo war ich ... ah ja, Bulls. Das Interesse an den Neulingen war groß. Ich glaube, wir waren zu sechst. Victoria hat mir einige vorgestellt. Nette aber nervöse Unterhaltungen. Die Bulls hatten es sichtlich schwer sich zurückzuhalten. Immer durfte nur einer mit uns sprechen. Sie waren richtige Gentleman. Haben sich vorgestellt und nett unterhalten.«

Wieder stoppte Sandra kurz. Sie machte einen nachdenklichen Eindruck.

»Und dann stellte Victoria mir Hugo vor.«

Eine weitere Erzählpause folgte. Es lag etwas in der Luft und mir war sofort klar, was dies sein würde. Sandra hatte gerade den Namen des Mannes genannt, der mich zum Cuckold gemacht hat.

»Du hast es wirklich getan?«, fragte ich mit leiser und unsicherer Stimme.

»Pst. Einfach zuhören.« Zu diesen Worten legte Victoria einen Finger auf meine Lippen. Bedeutete mir damit noch einmal, dass ich stumm bleiben sollte.

»Hugo ist groß gewachsen. Sicherlich einen Kopf größer als du. Er stellte sich nur kurz vor und forderte mich dann zum Tanzen auf. In dem Moment wusste ich, dass ich meine Wahl getroffen habe.«

Das war nicht verwunderlich. Sandra liebte es zu tanzen. Ich eher weniger. So wirklich lag mir der Rhythmus nicht im Blut. Ihr zu Liebe ließ ich mich aber immer mal wieder zu einem Tänzchen überreden. Nicht verwunderlich, dass er sie damit hatte überzeugen können.

»Irgendwie schien jeder gemerkt zu haben, dass ich meine Wahl getroffen hatte. Victoria hielt etwas Abstand. Kein weiterer Bull wurde vorstellig und Hugo wich nicht mehr von meiner Seite.«

Sandra wichste ein paar Mal meinen Penis. Machte dabei aber einen eher gedankenverlorenen Eindruck. Ganz als wenn sie an diesen Moment noch einmal intensiv zurückdachte. Als wäre es etwas Besonderes für sie gewesen. So einfach hatte sie sich umgarnen lassen. So schnell war ich in den Hintergrund gerutscht. *Ich - ihr Ehemann.* Diese Gedanken quälten mich jetzt doch zusehends.

»Wir tanzten und unterhielten uns. Hugo ließ mich nicht von seiner Seite. Nebenbei stellte er mir weitere Mitglieder vor. Ich war aber so nervös, dass ich mir kaum einen Namen merken konnte. Kein Wort wurde über das Ziel des Abends verloren. Das fand ich erst seltsam, aber vermutlich steht dahinter auch eine Taktik?«

»Irgendwann nahm Victoria mich dann zur Seite. Mir war schon aufgefallen, dass sich der Saal leicht geleert hatte. Sie fragte mich mit einem wissenden Blick, ob ich meine Wahl getroffen hatte. Ich schaute noch einmal auf Hugo zurück und nickt dann. Für Worte war ich zu nervös, aber Victoria wollte es von mir hören und forderte mich dazu auf, es auszusprechen. Sie sagte es einmal vor und ich sprach ihr nach. *Ich möchte von Hugo genommen werden, zur Hotwife gemacht werden und meinen Mann damit zu einem Cuckold machen.*«

»Ich hab das nicht ganz so flüssig rausgebracht. Trotzdem war es irgendwie befreiend«, gestand mir Sandra und schaute mich anschließend unsicher an. »Bis dahin habe ich immer wieder über einen Abbruch nachgedacht. Irgendwie konnte ich das Gefühl nicht abschütteln, dich doch ein wenig zu betrügen. Vielleicht war es einfach nur meine eigene Lust, die jetzt mehr in den Vordergrund rückte. Die Aussicht auf ... Sex.«

Kurz hatte Sandra gestoppt und dann ein einfaches »Sex« angefügt. In meiner Vorstellung hatte sie etwas ganz anderes sagen wollen. *Aussicht auf einen großen harten Schwanz* zum Beispiel. Eine deftigere Wortwahl wollte sie mir wohl nicht zumuten.

»Victoria führte mich zurück zu Hugo und legte meine Hand in seine. *Es wird Zeit*, waren ihre Worte an Hugo. Sein Blick erkundete mein Gesicht und er war wohl zufrieden mit dem, was er dort entdeckte. *Wollen wir?*, fragte er mich. Ich nickte kurz und damit war es beschlossen. An seiner Hand wurde ich aus dem Saal geführt. Unser Weg führte zur Treppe. Still ging es hinauf. Zielgerichtet ging es zu einem der Zimmer.«

Statt meines Schwanzes kraulte Sandra mir nun vorsichtig meine Hoden. Ich konnte mich gar nicht mehr daran erinnern, wann sie dies das letzte Mal getan hatte.

»Die Tür schloss sich hinter uns und für einen Moment sahen wir uns stumm an. Hugo nahm mich in den Arm und gab mir einen kurzen Kuss. Es folgte ein zweiter und dritter Kuss. Die Küsse wurden länger und intensiver. Seine Zunge schob sich mir entgegen ... unsere Körper drängten sich dicht aneinander ... seine Hände packten meinen Po und drückten mich noch näher an ihn und dann ... und dann spürte ich ihn zum ersten Mal ... sein ... sein großes ... großes Glied ... Penis.«

Mit ihren letzten Sätzen war die Laune von Sandra sichtlich umgeschlagen. Nur mit Mühe und unter schluchzen brachte sie die Worte hervor und stoppte ihre Erzählung schließlich ganz.

Es zerriss mir das Herz sie so zu sehen. Es war genauso meine Schuld wie ihre. Auch ich hatte sie in die Arme eines anderen Mannes getrieben. Ich hatte meine Zustimmung gegeben. Ich hatte mich daran aufgegeilt.

»Hey, hey«, brachte ich meine ersten Worte seit langer Zeit hervor und zog Sandra höher und dicht an mich. Damit verließen ihre Hände erstmals meinen Schambereich. Ich drückte sie an mich und legte einen Arm um sie.

»Alles okay?«, fragte ich sie sanft.

»Ich hab es wirklich getan«, gestand sie mir unter Tränen. »Ich habe einen anderen Mann gefickt. Was bin ich für eine Schlampe? Meinen Mann so zu betrügen? Für immer und ewig sollte es doch sein?«

»Du hast mich doch nicht betrogen«, versuchte ich, sie zu beruhigen. »Ich wollte es doch genauso. Ich war ...

dumm. Habe mich von meiner Erregung leiten lassen und wollte dich von einem anderen Mann nehmen lassen. Welcher Ehemann macht so etwas Dummes mit seiner Traumfrau. Nein ... ich bin genauso schuld.«

Sandra beruhigte sich wieder. Drückte sich aber gleichzeitig noch näher an mich. Ich gab ihr einen Kuss an die Schläfe. Sie sah dies wohl als Startschuss für mehr und drehte sich weiter zu mir und gab mir einen Kuss.

Die Hände meiner Frau fuhren wieder über meinen Körper. Mein Penis hatte sich zwar leicht beruhigt, war aber nach wie vor steil aufgerichtet. Sandra pumpte wieder einige Male.

»Nimm mich ... mach mich wieder zu deinem Weib«, waren ihre auffordernden Worte. Nur zu gerne setzte ich diese Forderung in die Tat um. Seit Stunden war ich erregt und lechzte nach Erlösung.

Ich schob Sandra in die Mitte und drehte mich dann auf sie. Setzte meinen Schwanz an ihrer feuchten Spalte an. Bei allen Selbstzweifeln, die sie zu haben schien, an Erregung schien es auch ihr nicht zu mangeln.

Vorsichtig führte ich meinen Penis ein. Erst in diesem Moment kam mir der Gedanke, dass dort erst vor Kurzem ein anderer Mann aktiv gewesen war. Zumindest war das zu vermuten. Noch war mir Sandra einen Teil ihres Abends schuldig geblieben.

Mein Blick führte nach unten und dann wieder nach oben. Sandra bemerkte meinen fragenden Blick und interpretierte diesen auf ihre Art.

»Keine Sorge. Wir haben ein Kondom benutzt.«

Zu meiner Schande muss ich gestehen, dass ich mir darüber überhaupt keine Gedanken gemacht hatte. Gleichzeitig waren ihre Worte aber die eindeutige Bestätigung. *Sie hatte Sex mit einem anderen Mann gehabt. Sie hat mich zum Cuckold gemacht.*

Diese Erkenntnis machte mir in diesem Moment wenig aus - ganz im Gegenteil. Mit schnellen Bewegungen stieß ich immer wieder tief in meine Frau. Versenkte meinen Schwanz immer wieder ganz in ihr.

War etwas anders? Fühlte es sich anders an? Musste ein großer Schwanz meine Frau nicht ausfüllen? Dehnen? Ich spürte keine Veränderung. Vielleicht, weil ich sie auch bisher nur bedingt ausfüllen konnte? Wie sich für sie wohl ein wirklich großer Schwanz anfühlen musste. Einer, der sie wirklich ausfüllen konnte?

Die Stunden des Wartens und meine Gedanken trieben mich weiter an. Ich spürte, dass ich nicht lange zum Abspritzen brauchen würde. Innerlich ärgerte mich dies. Ich wollte meiner Frau mehr bieten, als einen Fünf-Minuten-Fick.

»Komm, schneller. Fick mich. Nimm mich«, forderte Sandra mich erneut auf.

Das gab mir den Rest. Ich stöhnte auf und spritze tief in Sandra ab. Machte noch einige letzten Bewegungen und blieb dann auf ihr liegen. Für einen Moment vergrub ich meinen Kopf an ihrer Schulter. Wollte ihr nicht in die Augen.

»Tut mir leid«, waren meine ersten Worte, nachdem ich mich wiederaufrichten konnte und neben Sandra rutschte.

»Wofür?«, schaute sie mich irritiert an.

»Für ... so schnell.«

»Keine Sorge«, kam von ihr zurück. »Ich bin heute schon auf meine Kosten gekommen.«

Mit einer Hand fasste sie an meine Wange und drehte meinen Kopf zu ihr. Einen langen Moment schauten wir uns an. Dann küsste Sandra mich.

»Ich liebe dich«, kam sanft und überzeugend über ihre Lippen.

»Ich liebe dich auch«, war meine Antwort.

Sandra kuschelte sich wieder an mich. Gab mir noch einen Kuss.

»Möchtest du den Rest auch noch hören?«

Den Rest? Wollte ich hören, was sie mit diesem Mann - Hugo - getrieben hatte? Wie er sie gefickt hat? Sie genommen hat? Seinen großen Schwanz in sie gestoßen hat?

Ich hatte gerade erst abgespritzt, aber ich spürte, wie sich schon wieder etwas regte. Natürlich wollte ich den Rest hören. Darauf hatte ich stundenlang gewartet.

»Wir müssen heute nicht«, war hingegen meine Antwort.

»Ich hab es dir vorher versprochen«, gab Sandra zurück. Dann fiel ihr Blick auf meinen Schritt. Sie umfasste mein bereits wieder halbsteifes Glied. »Ich glaube, er möchte es auch hören.«

Die Aussicht auf die Erzählung und der Griff ihrer Hand ließen meinen Schwanz erneut zu seiner vollen Größe anschwellen. Sandra beugte sich zu ihm herab und nahm ihn in den Mund. Blies ihn für eine Minute. Dann kam sie wieder zu mir hoch und ich musste mit ihrer Hand vorliebnehmen.

»Ich denke, du bist bereit für den Rest«, zwinkerte sie mir zu. Jetzt wieder in einer besseren Laune.

»Wo waren wir stehengeblieben? Hugo hat mich geküsst und ich habe ihn zurückgeküsst. Habe mich treiben lassen und es genossen. Das kann ich nicht abstreiten. Und dann hab ich das erste Mal seinen Penis gespürt ... noch durch seine Hose und mein Kleid, aber doch deutlich spürbar. Er ist ... relativ groß ... das war mir gleich klar.«

»Es war wohl offensichtlich, dass ich für mehr bereit war. Hugo stoppte unser Zungenspiel und führte mich zum Bett. Seine blauen Augen schauten mich gierig an. Das übertrug sich auf mich. Ich ... wollte es in diesem Moment unbedingt.«

»Er ließ die Träger meines Kleides, über meine Schultern rutschten und mit einem Schlag stand ich halbnackt vor ihm. Hugo ließ seine großen Hände über meine nackte Haut streichen. Knetet meine Brüste durch meinen BH hindurch. Wir küssten uns erneut.«

»Wir standen noch immer vorm Bett. Hugo nahm meine Hände und führte sie an seinen Schritt. Ließ mich durch den Stoff seiner Hose hindurch seinen Penis spüren. Machte mir noch einmal Lust auf mehr.«

Sandra stoppte kurz und schaute mich an. Ich hatte das Gefühl, dass sie sich wieder leicht schuldig fühlte. Ich wollte nicht, dass sie ihre Erzählung wieder stoppte, und versuchte, sie daher mit Worten zu beruhigen und zur Fortsetzung zu bewegen. Das war in diesem Moment vor allem Eigennutz. Ihre Erzählung war das Erregendste, dass ich je erleben durfte. Mein Schwanz fühlte sich bereits wieder zum Bersten an. Ich musste jetzt auch den Rest erfahren. Musste hören, wie Hugo sie genommen hatte.

»Okay«, antwortete Sandra auf meine Aufforderung zur Fortsetzung. Gleichzeitig begann sie ganz langsam meinen Schwanz zu pumpen. Offensichtlich darauf bedacht, mich nicht verfrüht kommen zu lassen.

»Wir standen also neben dem Bett. Ich bereits halbnackt. Meine Hände spürten seinen steifen Schwanz durch den Stoff seiner Hose. Seine Hände waren derweil auf meine Schultern gewandert und drückten auf diese. Er wollte, dass ich mich vor ihm hinknie. Ich ließ dies geschehen. Seine Hand umfasste anschließend meinen Kopf und richtete meinen Blick nach oben zu ihm aus. Öffne meine Hose, forderte er mich auf.«

»Er hat eine schöne Stimme. Eine maskuline Stimme. Ich musste seiner Aufforderung Folge leisten.«

»Ich war nervös, aber auf meine Aufgabe fixiert. Öffnete erst seinen Gürtel, dann seinen Reißverschluss und zog dann die Hose runter. Sofort schwang mir sein Schwanz ... sein großer Schwanz entgegen. Zu meiner Überraschung trug er keine Unterwäsche.«

Wieder machte Sandra eine kurze Pause und schaute mich an.

»Soll ich ihn beschreiben«, fragte sie mich unsicher.

»Ja, bitte«, war meine halbgestöhnte Antwort.

»Er war lang ... groß ... er war schön«, gab Sandra unumwunden zu.

»Viel größer als ich?«, fragte ich zu meiner eigenen Überraschung.

Als Antwort bekam ich ein einfaches »ja«. Das hätte mir zu schaffen machen sollen. Hat es auch und trotzdem spürte ich, wie noch ein wenig mehr Blut in meinen Schwanz schoss. Er noch ein wenig härter und empfindsamer wurde und die Berührung von Sandras Fingern genoss.

»Mit seinen Händen führte Hugo meinen Kopf noch näher an ihn heran«, fuhr Sandra ihre Erzählung fort. »Dann forderte er mich auf ihn zu küssen und ich ... ich zögerte nicht und schob meinen Kopf langsam vor und gab ihm einen einzigen Kuss. Anschließend schaute ich zu Hugo hoch. Er nickte mir nur auffordernd zu und so richtete sich mein Blick wieder nach unten. Ich gab ihm weitere Küsse. Küsste ihn von der Eichel bis zur Wurzel herab und dann ...«

Wieder machte Sandra eine kurze Pause und holte spürbar Luft. Doch diesmal schien es mir mehr als nur Angst oder Sorge vor ihrer Erzählung zu sein. Diesmal war auch sie erregt.

»Dann?«, fragte ich auffordernd und drängend nach.

»Ich hab mit meiner Zunge von seiner Wurzel bis zum

Kopf zurückgeleckt und wie von selber hat dieser den Weg in meinen Mund gefunden. Meine Zunge hat seinen Kopf umrundet und ich hab ihn ein wenig tiefer aufgenommen. Es war schwierig ... er war so groß ... zu groß für mich.«

»Hugo hat mich für einige Minuten einfach machen lassen. Ich glaube, ihm hat mein Blowjob gefallen, auch wenn ich nur einen Teil aufnehmen konnte.«

»An diesem Punkt ... ich ... meine Finger hatten schon den Weg zwischen meine Beine gefunden ... unter mein Kleid.«

Das Geständnis ihrer eigenen Erregung brachte Sandra sichtlich nervös und verlegen hervor. Ich gab ihr einen kurzen Kuss, um ihr zu zeigen, dass es in Ordnung war. Und natürlich auch, damit sie ihre Erzählung fortsetzte.

»Nach einer Weile zog mich Hugo wieder hoch und aufs Bett. Zwischenzeitlich hatte er sich schon seines Hemdes entledigt. Wir küssten uns wieder und dann zog er meinen BH runter und meine Brüste bekamen seine Aufmerksamkeit. Er saugte und knabberte an ihnen. Dann schmiss er mich förmlich weiter aufs Bett und ich lag in der Mitte. Seine Augen schauten meinen Körper gierig hinab. Es ... es war schön, so angeschaut zu werden. Begehrt zu werden.«

Verlegen senkte Sandra wieder ihren Blick. Diese persönlichen Details über ihre Gefühle fielen ihr sichtlich schwer. Trotzdem erzählte sie diese. *Nur für mich?*, wunderte ich mich.

»Dann war es soweit«, setzte Sandra ihre Erzählung fort und pumpte gleichzeitig meinen Schwanz ein klein wenig schneller. »Erst befreite Hugo mich von meinem BH, dann folgte mein Höschen. Für einen kurzen Moment vergruben sich seine Lippen in meine Scham. Ich war aber schon mehr als bereit ... *Kondom?*, fragte er mich und ich konnte nur mit einem Nicken antworten. Wie angewurzelt lag ich da und beobachtete wie er das Kondom über seinen Schwanz rollte.«

»Sicherlich Magnum«, fügte Sandra mit einem gelösten Grinsen an. So langsam schien sich ihre Anspannung zu lösen. Vielleicht war sie auch froh, langsam zum Ende ihrer Geschichte zu kommen.

»Dann setzte er seinen Schwanz an meiner Öffnung an. Rieb mit ihm noch einmal hoch und runter. Spuckte in seine Hände und verteilte seine Spucke auf seinem Penis. Dann setzte er ein zweites Mal an und drang in mich ein. Zunächst nur sein Kopf. Ich spürte, wie er mich genau beobachtete. Selber konnte ich meinen Blick nicht von seinem Penis abwenden. Langsam drang er tiefer in mich ein.«

Sandra stoppte kurz ihre Erzählung. Sie schob ihren Körper das Bett hinab. Ihr Kopf war damit etwa auf Höhe meines Schambereiches. Für ein paar Sekunden nahm sie meinen Schwanz in ihren Mund. Im Gegensatz zu Hugo verschwand der Großteil von mir in ihrem Mund. So geölt, nahm sie wieder eine Hand zur Hilfe und begann mich wieder zu masturbieren. Ihre zweite Hand schob sie zwischen ihre eigenen Beine.

»Soweit alles in Ordnung? Willst du den Rest hören? Willst du hören, wie ich von dem großen Schwanz eines anderen Mannes genommen wurde?«

Die ganze Erzählung war für Sandra schon ungewöhnlich ordinär. Doch mit diesen vulgären Worten hatte sie mich noch einmal überrascht. Innerlich rief ich laut »ja« und mir wurde langsam bewusst, dass sie tatsächlich auf eine Antwort wartete. Mich fragend anblickte und ihre Erzählung pausiert hatte.

»Ja«, kam leise über meine Lippen.

»Ja?«, kam fragend von Sandra zurück. »Du willst

hören, wie ich von einem großen harten Schwanz ordentlich durchgevögelt wurde? Sag es!«

Mit diesen Worten wurde Sandra lauter und eindringlicher. Ihre Erregung schwang förmlich mit und war an ihrer Stimme abzulesen. Gleichzeitig hatte sie ihre Masturbation für einige Sekunden beschleunigt.

Ich fühlte mich von ihr herausgefordert. Sollte ihr vielleicht noch einmal die Bestätigung geben, dass ich es auch so wollte. Ein Teil von mir hätte am liebsten gesagt »nein, danke«. Männer können sicherlich verstehen, warum ich das nicht konnte. Mein eigener Schwanz war schließlich bis zum Bersten angespannt und wartete nur darauf sich endlich entladen zu dürfen. In diesem Moment war ich im wahrsten Sinne des Wortes *schwanzgesteuert*.

»Erzähl es mir ... erzähl mir, wie du von dem großen Schwanz genommen wurdest ... bitte.«

Das schien Sandra zu reichen. Zumindest schaute sie mich zufrieden an und ihre Hand machte wieder ein wenig schneller.

»Langsam drang er immer tiefer in mich ein«, setzte Sandra ihre Erzählung zu meiner Erleichterung und Freude fort. »Immer ein wenig heraus, um dann jedes Mal ein Stückchen tiefer in mich vorzustoßen. Das Hindernis war nicht nur seine Länge. Auch sein Umfang war bemerkenswert. Er hat mich richtig schön ausgefüllt ... wie Blacky.«

Auf den Namen Blacky hatte sie ihren großen Dildo getauft. Diesen hatte sie von Victoria bekommen. In den letzten Wochen war er bereits vermehrt zum Einsatz gekommen und dürfte sie auf dieses Erlebnis gut vorbereitet haben.

»Blacky ist schön, aber ... ein echter und warmer Schwanz ... das ist doch etwas Anderes. Und wenn er dann auch noch so groß wie Blacky ist.«

Ich weiß nicht, ob es unbedacht oder mit voller Absicht war, aber ihre Worte erinnerten mich einmal mehr an meine eigene Unzulänglichkeit.

»Irgendwann hat Hugo mich ganz ausgefüllt. Seinen Schwanz ganz in mir versenkt. Dabei hat er viel Geduld mit mir gezeigt. Wir küssten uns kurz. Dann war es aber mit der Geduld zu Ende.«

Noch einmal machte Sandra eine kurze Pause. Die Bewegungen ihrer Hand beschleunigten sich jetzt stetig. Für mich ein Anzeichen, dass wir zum Ende der Erzählung kamen.

»Hugo nahm mich wild. Ich war auch kaum zu bändigen. So laut war ich wohl noch nie zuvor. Ich konnte mich nicht zurückhalten. Ließ mich völlig gehen. Meine Welt reduzierte sich auf diesen Fick.«

»Ich weiß nicht, ob das normal für die Bulls im Club ist, aber Hugo hatte ziemlich gute Steherqualitäten. Die meisten Männer hätten sicherlich schon längst abgespritzt ... doch er ... er ließ mir den Vortritt. Meine Erinnerung ... ah ... an meinen Orgasmus ist verschwommen ... es war lang ... und geil ... so geil.«

Sandra pumpte jetzt nicht nur meinen Schwanz wie wild, sondern masturbierte auch sich selber mit großem Tempo. Dadurch kam ihre Erzählung ins Stocken. Auch ich hatte Mühe mich zurückzuhalten. Ich wollte noch nicht kommen. Wollte jedes ihrer Worte auskosten. Meine Hände hatten sich dazu in die Bettdecke verkrallt. Ich spürte aber schon, wie mein Penis empfindsamer wurde. Ein Zeichen, dass es gleich so weit war. Ich war nur noch Sekunden vom Abspritzen entfernt.

»Ich kam ... und kam ... irgendwann merkte ich ... dass ich in Wirklichkeit schon einen zweiten Orgasmus hatte ... und dann spritzte Hugo ab. Zwar nur ins Kondom, aber ich konnte spüren, wie sein großer Schwanz in mir zuckte. So geil ... so geil.«

Mit diesen Worten von ihr konnte ich es nicht mehr aufhalten. Mein Schwanz zuckte und mein Sperma flog in großem Bogen auf meinen Bauch. Sandra beobachte dies und auch sie kam deutlich hörbar zu ihrem Höhepunkt.

Erschöpft und völlig fertig sackte ich zurück ins Bett. Ich spürte noch, wie Sandra sich wieder nach oben zu mir schob und eine Bettdecke über uns legte. Doch zu Reaktionen war ich nicht mehr fähig. Mit Sandra an meiner Seite war ich schon bald in einen tiefen Schlaf gefallen.

KAPITEL 2

Man sollte meinen, dass auf die ganze Aufregung eine unruhige Nacht gefolgt wäre. Doch das Gegenteil war der Fall. Ich schlief und schlief. Als ich wieder zu mir kam, war es bereits 10 Uhr. Das Bett neben mir war bereits leer.

Ich brauchte einen Moment, um noch einmal die Erlebnisse der vergangenen Nacht Revue passieren zu lassen. *Ich habe tatsächlich meine Frau in die Arme eines anderen Mannes geschickt? Sie mit meiner Zustimmung fremdficken lassen?*

Ich wusste nicht, was ich davon halten sollte. Was ich von mir halten sollte? Was machte das aus mir? Natürlich einen Cuckold, aber war ich noch ein guter Ehemann? Oder war ich gerade deshalb ein guter Ehemann? Weil ich meiner Frau das habe erleben lassen, was ich ihr selber nicht bieten kann?

Diese Gedanken begleiteten mich unter die Dusche. Machten mich halb wahnsinnig. Es schien keine Antworten zu geben. Ich mag es eigentlich schwarz-weiß. Gut oder böse, ja oder nein. In meiner Arbeit sammle ich Fakten und Statistiken und mach auf dieser Basis eine informierte

Entscheidung. Das ist ganz einfach und simpel. Die Werbung kostet uns pro Neukunde 10 Euro und jeder Neukunde ist uns 15 Euro wert. Einfache Mathematik. Natürlich lohnt sich der Werbedeal.

Aber hier war die Lage anders. Ich hasse es. Ich hasse es, meine Frau in die Arme eines anderen Mannes zu treiben. Ich hasse es, ein Cuckold zu sein. Und trotzdem liebte ich es. Liebte die Vorstellung, dass sie sich von einem anderen Mann nehmen ließ. Sogar der Gedanke ein Cuckold zu sein, hatte seinen Reiz. Auch wenn mir noch nicht so ganz klar war, was dies genau bedeutete. War es einfach nur, dass ich meine Frau außerehelichen Sex haben ließ? Und was war mit mir?

Antworten gab es vorerst keine. Meine Dusche war beendet und von unten kam der Ruf »Frühstück ist fertig«. Meine Frau hatte bereits Brötchen geholt und die Kinder waren vermutlich ohnehin schon länger wach.

Ich arbeite von zu Hause. Das macht es einfach, auch am Wochenende zu arbeiten. Sandra mochte das überhaupt nicht und erklärte das Wochenende daher regelmäßig zum Familienwochenende. Dann galt absolutes Arbeitsverbot - zumindest was bezahlte Arbeit angeht. Der Garten macht sich natürlich auch nicht von alleine.

Und so war an diesem Samstag ein Arbeitseinsatz in unserem Garten angesagt. Ganz zu ihrem Unwillen durften unsere Kinder für eine Weile auch mit anpacken. Nach einem kurzen Murren lief es dann ganz gut. Der Rasen war gemäht, Unkraut entfernt und die Terrasse wieder auf Hochglanz.

Zur Belohnung wurde gegrillt. Natürlich übernahm ich den Platz am Grill. Paul wusste mit seinen zehn Jahren auch schon, wo er hingehört - natürlich zu seinem Vater an den Grill.

Schon die Gartenarbeit hatte meine Gedanken von der vorhergehenden Nacht abgelenkt. Das blieb auch in den nächsten Stunden so, als aus dem Grillen ein Spieleabend wurde. Nur selten und ohne größeren Tiefgang gingen meine Gedanken zurück auf die vergangene Nacht. Die Familienzeit tat mir sichtlich gut und auch Sandra war bester Laune. Vielleicht war es auch ein Signal an uns. Egal was passiert war, wir sind noch immer eine kleine glückliche Familie.

Erschöpft aber mit guter Laune ging es abends ins Bett. Ich lag bereits im Bett, als Sandra von unserem Bad in unser Schlafzimmer trat. Sie war vollkommen nackt. Selbst wenn sie mich verführen möchte, trägt sie normalerweise noch Wäsche.

Mein Interesse war natürlich geweckt. Sandra trat ans Bett heran und schlug die Bettdecke zurück. Ohne ein Wort entledigte sie mich meiner Unterhose. Mein Schwanz war natürlich bereits mit Leben geweckt. Den Rest erledigte Sandra mit einem Blowjob. Von unten schaute sie mit gierigen Augen zu mir auf.

Sandra kletterte auf mich. Ich beobachtete wie sie meinen Schwanz in sich versenkte und mit einem langsamen Ritt begann. Meine Erregung schoss weiter in die Höhe.

»Schneller«, forderte ich Sandra auf. Doch sie lächelte mich nur wissend an und änderte nichts an ihrem langsamen Tempo. *Was hat eine einzige Nacht mit einem anderen Mann aus meiner Frau gemacht?*

Mir war es genug der Quälerei und ich drehte den Spieß um. Rollte mit meiner Frau zur Seite. Jetzt lag sie unten und ich gab das Tempo vor.

»Jaaa, fick mich«, forderte Sandra mich nun auf. »Nimm deine Ehefrau hart ran.«

Ich wurde immer schneller. Ihre Worte taten ihr Übriges. Erinnerten sie mich doch auch daran, was ich meine Ehefrau am Vortag hatte machen lassen.

So dauert es nicht lange und ich spritzte in Sandra ab.

»Und was ist mit mir?«, fragte sie mich anschließend leicht vorwurfsvoll. Was mich auch wieder an die Steherqualitäten von Hugo erinnerte.

Notgedrungen legte ich Hand an und befriedigte Sandra mit meinen Fingern. Konzentrierte mich dabei alleine auf ihre Klit. Küsste sie dazu und saugte an ihrem Busen. So konnte ich mit einigen Minuten Verspätung dann doch noch ihren Orgasmus nachliefern.

Über ihren Besuch im Cucky Club sprachen wir in den nächsten Tagen nicht. Aber irgendwie war zwischen uns eine neue Energie spürbar. Wir küssten uns deutlich häufiger und ich brachte auch einmal mehr die Worte »ich liebe dich« heraus. Auch im Bett ging es weiter heiß her.

Ich hatte Angst vor ihrem Besuch im Club gehabt. Vor allem Angst sie zu verlieren oder ihr nicht mehr zu genügen. Stattdessen schien sich das genaue Gegenteil einzustellen. Unsere Liebe war größer denn je und auch der Sex häufiger und besser. War dieses neue Abenteuer vielleicht eine Win-win-Situation für uns?

KAPITEL 3

Die komplette nächste Woche sprachen wir nicht ein einziges Mal über den Cucky Club. Ich wusste nicht, wie ich das Thema starten sollte. War mir nicht einmal sicher, ob ich darüber reden wollte. Es war eine schöne Woche, warum daran etwas kaputt machen?

Natürlich war das nur die Ruhe vor dem Sturm. Ein Teil von mir wusste das natürlich. Der Cucky Club lag schließlich nur 500 Meter die Straße runter. Ganz aus unserem Leben zu verdammen war also unmöglich. So war es wenig überraschend, als ich am Sonntagnachmittag Victoria am Telefon hatte.

Sie wollte allerdings nicht mit mir sprechen, sondern verlangte nach Sandra. Als guter Ehemann übergab ich ihr das Telefon. Sandra verschwand damit in unserem Schlafzimmer. Mithörer schienen nicht erwünscht zu sein.

Ich wurde sofort unruhig. Was wollte Victoria? Tagelang hatte ich das Thema Cucky Club ignoriert. Es langsam in den Hintergrund geschoben. Jetzt holte es mich mit einem Schlag wieder ein.

Ich stand unten an der Treppe und überlegte, ob ich mich nach oben schleichen sollte. Vielleicht könnte ich an der Tür lauschen? Doch ich konnte mich beherrschen. Sandra würde mir hinterher sicherlich erzählen, was es zu besprechen gab.

Die Zeit verging und mein Blick ging immer öfters Richtung Uhr. Das Gespräch schien länger zu dauern. Das war jetzt nicht gänzlich ungewöhnlich für Sandra. Mit ihrer Mutter oder ihren besten Freundinnen konnte sie auch schon einmal schnell eine Stunde telefonieren. Das würde mir ohne guten Grund nicht passieren.

Meine größte Sorge oder Hoffnung war natürlich, dass Victoria Sandra ein zweites Mal in den Club locken wollte. Ich versuchte, meine Gefühle zu ergründen. Wenn Sandra wieder aus unserem Schlafzimmer hervorkam, wollte ich ihr nicht gänzlich orientierungslos gegenübertreten.

Unverändert erregte mich die Vorstellung, wie sich meine Frau von einem anderen Mann nehmen ließ. Genauso zweifelte ich daran, wie ich als vermeintlich guter Ehemann, so etwas zulassen konnte. Und dann auch noch explizit an große Schwänze in meiner Frau dachte, die ihr sicherlich Erlebnisse boten, zu denen ich nicht fähig war.

Ich war so tief in meine Gedanken versunken, dass ich Sandra erst bemerkte, als sie sich neben mir auf das Sofa niederließ.

»Was wollte Victoria?«, fragte ich neugierig.

»Sie hat mich eingeladen.«

»Eingeladen?«

»Zum Schwimmen. Morgen.«

»Okay?«

Ich hatte eigentlich eine weitere Erklärung erwartet. Die blieb mir Sandra aber erst einmal schuldig. »Nur schwimmen?«, fragte ich nach. Ich musste es einfach wissen.

»Ich weiß nicht.«

Mein Atem stockte. Da war doch mehr, als Sandra mir bisher verraten hatte.

»Du weißt nicht?«

»Ich weiß nicht, ob mein Mann mich noch einmal fremdficken lässt?«

Sandra blickte mich ernst an. Wieder diese deutliche Wortwahl. Das kannte ich von ihr nicht.

Die Frage war natürlich an mich gerichtet. Was wollte sie von mir hören? Mir schienen beide Türen für mich offen zu stehen. Auch eine Ablehnung. Ein Ende unseres kleinen Cuckold-Abenteuers. *Nein, das erlaubt dein Mann nicht.* Mehr hätte es von mir vielleicht nicht gebraucht. Stattdessen blieb ich erst einmal stumm - unfähig eine Entscheidung zu treffen.

Ich spürte die Hand von Sandra auf meinem Bein. Sie schob sich hoch in meinen Schritt und entdeckte dort meinen steifen Penis. Sandra setzte einen wissenden Blick auf und zog eine Augenbraue hoch.

»Er hat im Gegensatz zu dir, wohl eine klare Meinung.«

Was sollte ich dazu sagen? Erregte mich der Gedanke an eine Wiederholung? Daran bestand nun wirklich kein Zweifel. Das machte es aber noch lange nicht zu einer guten Idee.

Sandra öffnete meinen Reißverschluss und holte meinen Schwanz hervor. Sie pumpte kurz und nahm ihn dann in den Mund. Es folgte ein kurzer aber intensiver Blowjob. Meine Gedanken beschäftigten sich vor allem mit dem Augenblick. Schon wieder durfte ich ihre Oralsexqualitäten erfahren. Das war in der Tat die positive Seite dieser Entwicklung.

»Ich geh morgen schön schwimmen«, holte mich Sandra zu unserem Ausgangsgespräch zurück. »Vielleicht ergibt sich mehr, vielleicht auch nicht. Wer weiß schon, was dort am Montag überhaupt los ist? Vielleicht sind wir auch nur zu zweit und planschen ein bisschen herum? Später komme ich dann nach Hause und wir zwei haben unseren Spaß. In Ordnung?«

Wie hätte ich dem widersprechen können? Mich interessierte vor allem mein bevorstehender Orgasmus.

»Okay?«, wiederholte Sandra ihre Frage und ich antwortete mit dem gleichen Wort und gab meine Zustimmung. Innerlich ächzte ich dabei. Und trotz all meiner Bedenken, nur Sekunden später explodierte ich. Mein Sperma spritzte unkontrolliert auf mein T-Shirt. Das schien Sandra aber nur zu amüsieren. Sie kam hoch und gab mir einen Kuss. »Danke«, war ihr Schlusswort zu dieser Angelegenheit.

Trotz meiner Bedenken war ich doch auch ein wenig hoffnungsfroh. Immerhin durfte ich mir Hoffnung machen, am Montag wieder atemberaubenden Sex mit meiner wunderschönen Frau zu haben. Win-Win?

KAPITEL 4

Am nächsten Morgen wachte ich früh auf. Sandra lag noch schlafend neben mir. Ich musterte sie genau. Sie lag so friedlich neben mir. In wenigen Stunden würde sich vielleicht zum zweiten Mal, ein großer Schwanz in ihren Mund drängen.

Schon bei diesen Gedanken merkte ich, wie sich etwas zwischen meinen Beinen regte. Ich den Ereignissen des Tages erregt entgegenschaute. Hoffte ich, dass sich an einem Montag kein Mann finden würde? Oder fürchtete ich diesen Fall?

Ich beschloss, den Tag mit einer kalten Dusche zu beginnen. Irgendwie musste ich diesem Wahnsinn entkommen. Ich kümmerte mich um den Kaffee und setzte mich in mein Büro. Als Erstes galt es E-Mails zu lesen. Anschließend wollte ich die Werbestatistiken der vergangenen Woche begutachten. Irgendwelche Kleinigkeiten waren immer zu justieren oder genauer zu analysieren. So brachte ich mich zumindest vorübergehend auf andere Gedanken.

Von meinem Büro konnte ich hören, wie der Rest der Familie sich regte und langsam Leben ins Haus kam.

Normalerweise hätte ich jetzt zusammen mit Sandra

gefrühstückt. Manchmal kamen sogar die Kinder dazu. Doch dieser Montag entwickelte sich leider nicht so, wie ich mir das erhofft hatte.

Erst gab es einen frühen Anruf von einem potenziellen Neukunden. Er hatte ein paar Fragen zu meinem Vertragsangebot. Dann stellte ich fest, dass die Werbekampagne bei einem anderen Kunden gestoppt worden war. Angeblich ein Verstoß gegen Richtlinien.

Während ich mich darum kümmerte, kam meine Frau zu mir ins Büro. Sie trug ein leichtes Sommerkleid und hatte eine kleine Tasche dabei.

»Ich mach mich auf den Weg ... schwimmen mit Victoria.«

Mehr Details gab es von ihr nicht. Die Möglichkeit, dass mehr passieren könnte, wurde von ihr nicht angesprochen. Stattdessen gab es zum Abschied nur einen Kuss für mich.

Ich blieb in meinem Bürosessel zurück und schloss meine Augen für einige Sekunden. *Meine Frau ist auf dem Weg zu einem zweiten Abenteuer*, ging es durch meinen Kopf. In meiner Hose wurde es sogleich wieder eng. Doch für Befriedigung war keine Zeit. Das Problem meines Kunden hatte Vorrang.

So war ich den Rest des Vormittages beschäftigt. Immerhin konnten mich die Gedanken an meine Frau, so nicht gänzlich verrückt machen.

Gegen Mittag kümmerte ich mich als guter Vater natürlich darum, dass etwas auf den Tisch kam. So ungewöhnlich war das nicht, da ich von zu Hause arbeitete. Den Nachmittag verbrachten unsere Kinder bei Freunden. Damit hatte ich sturmfrei. Außerdem waren alle drängenden Kundenprobleme gelöst. Trotzdem verzichtete ich auf Selbstbefriedigung. Ich wollte Sandra nicht vorgreifen.

Es war 15 Uhr, als sie nach fast fünf Stunden endlich

wieder nach Hause kam. Ich hörte ihren Schlüssel in der Tür und machte mich sofort auf den Weg zur Tür. Gierig darauf zu erfahren, wie ihre Zeit im Cucky Club verlaufen war.

»Hallo Schatz«, begrüßte ich sie und goss mir ein Glas Wasser ein. Ich wollte nicht zu wissbegierig erscheinen und hoffte, dass Sandra selber starten würde.

»Hallo Liebling«, war ihre Antwort. Dazu gab es einen Kuss in meinen Nacken.

Ich drehte mich zu ihr um. Meine Augen erkundeten wieder ihr Äußeres. Doch auch diesmal war ihr nicht anzusehen, was sie erlebt hatte.

Sandra drängte sich dicht an mich. Ihre Hand wanderte in meinen Schritt und entdeckte einmal mehr meinen harten Schwanz.

»Wo sind die Kinder?«, war ihre erste Frage. Ich informierte sie darüber, dass wir unsere Ruhe hatten. »Gut«, quittierte sie dies und zog mich mit nach oben.

Schnell waren wir nackt und lagen auf dem Bett. Ich schaute Sandra erwartungsvoll an.

»Du möchtest etwas hören?«, zog sie mich auf. Ich ging darauf nicht ein und wartete einfach ab.

»Ich war schwimmen, lag am Pool und habe mich gesonnt.«

Das war der für mich weniger spannende Teil. Aber erst jetzt dachte ich darüber nach, dass bei meinen Beobachtungen dort FKK angesagt war. Ob auch Sandra, ihren Körper dort mehreren anderen Männern und Frauen präsentiert hatte? Sich von ihnen hatte anstarren lassen? Die Vorstellung hatte etwas. Es war nur schwer vorstellbar, dass meine Sandra plötzlich so frei sein könnte. Aber ich hätte es noch weniger für möglich gehalten, dass sie mit einem anderen Mann ins Bett steigen würde.

»Wir waren allerdings nur zu zweit ... zumindest am

Anfang. Es war wirklich schön. Der Pool hat bei diesem Wetter wirklich gutgetan.«

Sandra hatte meinen Schwanz kurz gewichst. Jetzt setzte sie sich wieder auf mich und ließ mich in sie eindringen.

»Gegen Mittag kam dann doch etwas Leben auf. Zwei weitere Frauen trafen ein und dann ... dann war auch Hugo wieder da. Er wollte mich unbedingt ein zweites Mal treffen.«

Das hörte sich nicht gut an. Hugo würde doch nicht mehr von meiner Sandra wollen? Ich konnte sie keinesfalls verlieren.

»Wir lagen mit dem Rest am Pool. Schwammen einige Runden und planschten im Pool. Die Unterhaltungen waren interessant. Die anderen Frauen waren auch noch recht neu. Wie es scheint, ist der Montag speziell Anfängern vorbehalten. Da herrschen im Club wohl strengere Regeln. Victoria hat mich dazu aber nicht näher aufgeklärt.«

»Hugo war nicht der einzige Mann, aber mir war klar, dass ich ihn ein zweites Mal haben musste.«

Die Worte von Sandra waren überraschend ehrlich und ohne jegliche Schuldgefühle vorgetragen. Gleichzeitig beschleunigte sie ihren Ritt auf mir.

»Sein Schwanz war auch beim zweiten Mal großartig. Erst blies ich ihn wieder, dann wurde wieder gefickt. Diesmal in mehreren Positionen. Es war schön, einmal richtig tief von hinten genommen zu werden. Seine Schenkel an meinen Po klatschen zu lassen.«

Jetzt waren ihre Worte fast verträumt vorgetragen. Doggy-Style war eine Position, die es auch mir angetan hatte. Leider war sie für meinen Penis nicht gut geeignet. Dabei kamen zu meinem Leidwesen wertvolle Zentimeter nicht zu ihrem Einsatz.

»So fickte er mich zum Höhepunkt. Dabei blieb es aber nicht. Nach einer kurzen Pause trieben wir es noch ein zweites Mal. Wieder spürte ich seinen dicken Schwanz in mir pulsieren, als er selber gekommen ist.«

Mittlerweile vollführte Sandra einen wilden Ritt auf mir. Wollte mich offensichtlich zum Abspritzen bringen.

»Es war so geil, so einen großen geilen Schwanz zu spüren«, waren ihre letzten Worte. Das brachte mich über die Schwelle und diesmal durfte mein Schwanz in ihr pulsieren. Ob sie davon aber auch etwas spürte, erschien mir fraglich.

KAPITEL 5

Zweimal war meine Frau jetzt im Cucky Club gewesen. Zweimal war ich anschließend mit heißem Sex belohnt worden. Auch dazwischen gab es die eine oder andere schöne gemeinsame Zeit.

Klagen konnte ich daher eigentlich nicht. Wenn man davon absieht, dass ich es meine Ehefrau mit anderen Männern treiben ließ. Trotzdem nagte die Situation weiter an mir. War das wirklich richtig für uns? Und jetzt hatte Sandra schon ein zweites Mal diesen ominösen Hugo gewählt. Der im Gegensatz zu mir gut tanzen konnte. Wenn er nun ihr Auserwählter war, würde das nicht die Gefahr erhöhen, dass sie sich in ihn verliebte?

Keinesfalls wollte ich meine Frau verlieren. Der Gedanke war unerträglich. Ich musste das Gespräch mit ihr suchen, so schwer es mir auch fiel.

Dieses Gespräch zögerte ich allerdings noch etwas heraus. Erst am Donnerstag brachte ich ein »wir müssen reden« heraus. Worte die wohl jeden Ehepartner nichts Gutes erwarten lassen. Entsprechend bekam ich von Sandra auch ein unsicheres »okay« zu hören.

»Über dieses Cuckold-Ding müssen wir reden«, fing ich

an und suchte nach den richtigen Worten. »Bist du sicher, dass es die richtige Entscheidung für uns war?«

»Ich dachte schon?«, kam fragend von ihr zurück. »Hatten wir die letzten zwei Wochen nicht viel Spaß?«

»Sicherlich, aber ...«

»Ja? Bitte, sei ehrlich. Was macht dir Sorgen?«

»Was ist, wenn du dich verliebst? Du hast jetzt zweimal mit diesem Hugo und ... und ...«

»Oh, Schatz. Du wirst mich nie verlieren. Nie. Es hat Spaß gemacht mit Hugo. Er war nett und zuvorkommend. Ein richtiger Gentleman und ein Tiger im Bett ...«

»Du hilfst gerade nicht, meine Zweifel zu zerstreuen«, warf ich in ihrer kurzen Redepause ein.

»Aber er muss so sein«, kam als simple Antwort von Sandra zurück. »Er muss so sein, das gehört dazu.«

»Ich verstehe nur Bahnhof«, gab ich zurück.

Sandra sah mich nachdenklich an.

»Du bist doch ein Cuckold?«, fragte Sandra mich unsicher. »Und ... na ja ... Cuckolds finden es natürlich schön, ihre Frau mit einem anderen Mann zu sehen. Einem starken Mann. Erst durch ihre Furcht erleben sie die Agonie der Angst, ihre Frau an ihn verlieren zu können. Was das Cuckold-Erlebnis erst zu etwas Besonderem macht. Ist das nicht so?«

Sie beschrieb recht genau meine Gefühlslage. Sollte es wirklich so sein? Musste es so sein?

»Vielleicht?«

An dieser Stelle wurde unser Gespräch vom Telefonklingeln unterbrochen. Meine Schwiegermutter war dran. Es würde also länger dauern. Unser Gespräch nahmen wir an diesem Tag nicht wieder auf.

KAPITEL 6

Am Freitagvormittag war ich alleine zu Hause. Sandra war arbeiten und die Kinder unterwegs. Ich saß in meinem Büro und versuchte vor dem Wochenende noch einiges abzuarbeiten. Dabei wurde ich von einem Läuten unterbrochen.

Ich machte mich auf den Weg zur Haustür. Schon im Flur sah ich die auffällige Figur von Victoria Paulsen. Ihre langen, glatten und pechschwarzen Haare sowie ihre wie immer deutlich in Szene gesetzten Brüste.

»Hallo?«

»Hallo Peter, darf ich reinkommen?«

»Natürlich, aber Sandra ist nicht da.«

»Ich weiß«, gab sie unumwunden zu.

»Aha?«

Ich führte Victoria ins Wohnzimmer und wir setzen uns.

»Was führt dich hierher?«, fragte ich vorsichtig.

»Ich habe gehört, dass du dir Sorgen machst? Wir dachten, ich könnte dir vielleicht ein paar Fragen beantworten. Sorgen nehmen. Was hast du auf dem Herzen?«

Sollte ich mein Herz wirklich gegenüber Victoria

Paulsen ausschütten? War es das, was Sandra wollte? Offensichtlich hatten sie dieses Treffen abgesprochen. Aber konnte ich Victoria vertrauen? Sie hatte uns doch in diese Geschichte reingezogen. Vorsicht war angebracht.

»Ich weiß nicht, ob wir auf dem richtigen Weg sind. Ob wir für den kurzfristigen Lustgewinn nicht unsere Ehe aufs Spiel setzen. Unsere Familie. Vielleicht sollten wir dieses Spiel beenden.«

»Ich verstehe deine Sorgen. Ich durfte sie schon oft miterleben. Es ist immer wieder ein Erlebnis, euch Männer ... euch Cuckolds ... winden zu sehen. Gehört dazu. Wirst du mit Leben müssen. Und ehrlich gesagt, ohne wäre es auch etwas seltsam. Was wäre denn die Alternative? Lässt deine Frau durch die Weltgeschichte ficken und wenn dich jemand fragt, ob es dir nichts ausmacht, kommt ein einfaches ›nö‹ zurück. Stellst du dir so Liebe vor? Natürlich macht es dir etwas aus. Du hasst es ... und du liebst es.«

Die Worte von Victoria waren hart und direkt vorgetragen. Ihr Tonfall änderte sich jetzt aber, wurde sanfter.

»Peter. Deine Sandra hat viel Spaß gehabt. Und wie ich höre, hast du auch viel Spaß gehabt. Dass sie nicht einfach irgendeinen Mann ranlässt, ist doch klar. Wir Frauen brauchen auch ein wenig geistige Verbindung. Besonders am Anfang.«

»Und ehrlich gesagt, treffen mich deine Sorgen auch persönlich. Ich lege großen Wert darauf, dass wir im Cucky Club Paare einander näherbringen. Sie noch enger zusammenschweißen. Wenn es zu Trennungen kommt, dann liegt es nicht am Club. Es kann auch umgekehrt laufen. Die Frau bekommt nicht die volle Befriedigung von ihrem Mann und sucht sich hinter seinem Rücken einen Ersatz. Da ist unsere Lösung doch sehr viel eleganter?«

Womit wir wieder bei meiner eigenen Unzulänglichkeit

waren. Wir hatten guten Sex, aber es gab dabei natürliche Grenzen.

»Ihr seid jetzt Mitglieder im Cucky Club und ich hoffe, dabei bleibt es auch. Es ist schön ein paar Freunde dabei zu haben. Sandra und ich verstehen uns blendend und wir beide kommen doch auch ganz gut zurecht. Wenn wir euch erst richtig eingeführt haben, dann integrieren wir dich auch noch besser.«

»Richtig eingeführt?«

»Ja, Robert und ich betreiben den Club ja schon ein paar Tage länger. Da können wir mittlerweile auf viel Erfahrung zurückgreifen. Erkennen schnell, was wir einem Paar zumuten können. Für den Moment kommt Sandra noch alleine, aber natürlich möchten wir dich auch bald im Club begrüßen dürfen. Du bist schließlich genauso Mitglied. Nicht ohne Grund habt ihr Cuckolds es in den Namen unseres Clubs geschafft.«

»Du möchtest deiner Frau doch sicherlich auch irgendwann einmal zusehen«, fügte Victoria augenzwinkernd an. Damit hatte sie mein Interesse geweckt. Das spürte auch Victoria sofort. »Alles zu seiner Zeit. Es gibt nur ein erstes Mal. Das sollte man nicht überstürzen. Genieße den Weg dorthin. Wie man so schön sagt, der Weg ist das Ziel.«

Für einige Minuten driftete unser Gespräch zu Allerweltsthemen ab. Victoria war eine gebildete Frau und konnte zu allem etwas sagen. Es hatte wirklich etwas freundschaftliches und damit auch Entspannendes. Dann wurde es Zeit für ihren Aufbruch.

»Würdest du Sandra bitte ausrichten, dass sie jetzt jeden Montag kommen darf. Sie muss sich nicht ankündigen. Die Tür steht ihr immer offen.«

»Nur montags? Euer Einführungstag?«

»Ja, nur montags. Auch für Sandra ist dieser Weg nicht einfach. Er ist schön aber hat definitiv auch für die Frau seine Herausforderungen. In ihre neue Rolle muss auch sie erst hineinwachsen.«

Für einen Moment wunderte ich mich, was da noch kommen sollte. Unser Postbote kam allerdings weiteren Nachfrage n in die Quere. Während er auf unsere Auffahrt fuhr, verabschiedete sich Victoria und trat den Heimweg an.

KAPITEL 7

Meine Unterhaltung mit Victoria ging mir nicht aus dem Kopf. Meine Ängste hatte sie kaum reduzieren können. Dafür hatte sie aber mein Interesse geweckt. Bald würde ich meine Frau hautnah mit einem anderen Mann erleben dürfen. Bei diesen Gedanken regte sich sofort etwas in meiner Hose.

Ich befreite meinen Schwanz von seinem Gefängnis und setzte mich an meinen Computer. Schnell war ein Cuckold-Porno gefunden. Ich hatte extra ein Video ausgewählt, in dem der Mann seiner Frau zuschaute.

Dazu stellte ich mir in Gedanken vor, wie der Anblick von Sandra mit einem anderen Mann wäre. Durch Blacky hatte ich bereits eine Vorstellung, wie eng sich ihre Öffnung um seinen Penis winden würde.

Wild masturbierend kam ich bereits nach wenigen Minuten. Die ersten Minuten danach holte mich mein schlechtes Gewissen ein. Was würden nur Freunde und Bekannte von uns halten? Ich wäre sicherlich das Gespött aller. Welcher Mann lässt seine Frau einfach so mit anderen Männern ficken? Wenn wir zumindest Swinger wären und ich auch mit anderen Frauen Spaß hätte. Das war bisher kein einziges Mal zur Sprache gekommen. Bei aller Lust für andere Frauen, mein Interesse an wirklichem sexuellen Kontakt hier sich in Grenzen. Dies war kein Schritt, den ich mir für mich vorstellen konnte. Meine Sandra war alles, das ich brauchte.

Nach einer halben Stunde hatte sich mein schlechtes Gewissen dann schon wieder zurückgezogen. Stattdessen zeigte mein Penis wieder mehr Interesse. Mittlerweile war das Haus aber wieder mit Leben gefüllt.

Ich stand jetzt vor der schwierigen Aufgabe, meiner Frau die Botschaft von Victoria zu übermitteln. Sie war jetzt jeden Montag ein gern gesehener Gast im Cucky Club.

Erst am Abend im Bett fanden wir die Zeit für ein Gespräch. Sandra machte den Anfang.

»Wie war es mit Victoria?«, fragte sie offen und bestätigte damit auch von ihrer Seite, dass ihr Besuch abgesprochen war.

»Nett? Sie hat ... sie hat mich gebeten dir etwas auszurichten.«

»Ja?«, fragte eine hoffnungsfrohe Sandra.

»Ja ... du kannst jetzt jeden Montag in den Club kommen ... ohne Absprache und Vorankündigung.«

»Oh, Schatz. Ich liebe dich. Du bist so süß und verständnisvoll.«

»Ich? Was hat das denn mit mir zu tun?«

»Victoria scheint zufrieden mit unserer Entwicklung zu sein. Ich war mir nicht sicher, ob du - ob wir - schon so weit sind. Deshalb das Gespräch mit Victoria. Sie wollte wissen, ob du schon bereit dafür bist.«

»Bereit, meine Frau jeden Montag nach Lust und Laune mit anderen Männern ficken zu lassen«, gab ich sarkastisch zurück.

»Ja«, war die ernste Antwort von Sandra. Meinen Sarkasmus ignorierte sie dabei völlig.

»Wo soll das nur hinführen?«, stöhnte ich auf.

»Wir haben doch Spaß? Warum genießen wir es nicht einfach?«

Eine Antwort erwartete Sandra nicht. Schon mit ihren Worten hatten ihre Hände den Weg in meine Unterhose gefunden. Wenig später drang ich in sie ein und durfte einmal mehr den Sex mit meiner Frau genießen.

KAPITEL 8

*D*as Wochenende wurde nach unserer Unterhaltung wieder zur Familienzeit. Am Samstag ging es zum Vergnügen unserer Frauen nach Mannheim zum Shoppen. Am Sonntag stand unter anderem eine Fahrradtour an.

Am Abend lagen Sandra und ich im Bett. Einmal mehr zeigte sie sich von ihrer amourösen Seite. Kroch zu mir ins Bett und drückte ihren Busen an meine Seite. Wir küssten uns und einen Moment später hingen ihre Brüste über mir. Ich liebkoste ihre Knospen und saugte an ihren Nippeln. Sandra gefiel das sichtlich.

»Komm, leg dich hin«, forderte ich sie auf. Ich wollte meine Frau ficken. Wollte ihr vielleicht auch zeigen, dass auch ich ein Mann bin. Schon am nächsten Tag würde sie vermutlich wieder Gast im Cucky Club sein. Sandra bestätigte meine Vermutung.

»Heute nicht, mein Schatz. Das bekomme ich morgen schon genug. Heute möchte ich etwas Anderes ausprobieren.«

»Was?«, fragte ich sichtlich interessiert.

Die Hand von Sandra packte meinen Schwanz und pumpte ein paar Mal auf und ab.

»Einen Blowjob mit ... ähm ... mit schlucken?«, fügte sie verlegen an.

»Okay, aber du musst nicht ... nur, wenn du willst? Du hast doch noch nie?«

Natürlich wollte ich das. Aber als gute Ehemann wusste ich natürlich auch, wie ich darauf zu reagieren hatte.

»Nein, ich will es ... vielleicht ist es am besten, wenn ich es mit dir ausprobiere ... ich ... im Cucky Club ist Hugo bisher immer in das Kondom gekommen ... aber ich würde gerne mal ... die anderen Frauen machen es wohl auch ... und ... ich dachte, du solltest mein Erster sein?«

Ich fühlte mich auf ein Testsubjekt reduziert. Aber was soll ich mich beschweren. Ich mochte ihre Blowjobs und durfte sie noch immer viel zu selten erleben. Es war schön, ihre Lippen eng um meinen Schwanz zu spüren. Es hatte etwas Verbotenes. Um ehrlich zu sein, war es sogar noch anregender als ein Fick. Vielleicht weil ihre Lippen dabei wirklich eng an meinem Schwanz saugen konnten. Es fühlte sich deutlich intensiver an.

»Wenn du das möchtest?«

»Und es stört dich nicht, wenn ich im Cucky Club auch ...«

»Nein«, log ich sie an. Stören war vielleicht auch ein zu großes Wort. Der Gedanke, andere Männer in ihren Mund abspritzen zu lassen, war zumindest gewöhnungsbedürftig. Dass sie es dann auch noch schlucken würde. Aber das machte es dann auch nicht mehr aus. Immerhin durfte ich das Gleiche erleben.

Sandra machte sich auf den Weg nach unten. Nahm meinen Peniskopf in den Mund und grinste mich an. Meine Erregung schnellte noch einmal in die Höhe.

Mit einer Hand pumpte Sandra jetzt meinen Schwanz. Ihre zweite Hand kraulte dazu meine Hoden. Gleichzeitig durfte mein Schwanz ihren Mund erkunden. Kann das Leben viel besser werden? Ich war förmlich im siebten Himmel und war ihr willenlos ausgeliefert. Gab mich ihr ganz hin und explodierte schließlich in einem großen Orgasmus.

Zweimal spritzte ich groß ab. Es folgte ein weiterer kleiner Abspritzer. Ich beobachtete genau die Reaktionen meiner Frau. Der Geschmack von Sperma war ihr nicht ganz neu. Gelegentlich hatte sie mich schon in ihren Mund abspritzen lassen. Doch schlucken war bisher nicht drin gewesen. Immer hatte sie mein Sperma ausgespuckt.

»Hm ... interessant«, gab sie hinterher zu.

»Aha?«

»Eigentlich ganz einfach. Ich weiß nicht, was mich bisher davon abgehalten hat. Und auch viel sauberer«, fügte sie fröhlich an. »Und ich glaube, dir hat es auch Spaß gemacht.«

»Ja ... irgendwie ... nimm es mir nicht böse ... aber ... das war der beste Blowjob, den ich bisher von dir erleben durfte.«

»Aber nicht nur, weil ich ...«

»Nein, nein.«

»Gut. Ich muss zugeben, seit ich von dem Cucky Club erfahren habe ... mein Interesse an Sex wurde geweckt ... ich mache mir mehr Gedanken, wie ich etwas besser machen kann. Immerhin muss ich jetzt mit einer Horde Frauen um die Aufmerksamkeit von Männern konkurrieren.«

»Autsch«, kommentierte ich gespielt verletzt.

»Oh ... Schatz ... stell dich nicht so an ... als wenn du nicht genug davon profitieren würdest.«

Ich lachte Sandra fröhlich an und gab ihr einen Kuss.

Das war meine Antwort und ersetzte Worte wie zum Beispiel »du hast so verdammt recht«.

KAPITEL 9

Diesmal wollte Sandra erst am Abend in den Club gehen. Einerseits war das Wetter leicht regnerisch und der Pool daher nicht erstrebenswert. Andererseits gab Sandra offen zu, dass die Auswahl an Männern am Abend größer sein sollte.

»Wenn ich es ein drittes Mal mit Hugo treiben würde, dann machst du dir wieder Sorgen. Diesmal soll es ein anderer sein. Und ehrlich gesagt, möchte ich auch verschiedene Männer erleben.«

Ich beobachtete, wie Sandra sich fertig machte. Sie putzte sich einmal mehr heraus. Schien aber nicht ganz zufrieden zu sein.

»Alles so einfach«, stöhnte sie abwertend über die Auswahl ihrer Kleidung. »Wir müssen bald mal wieder shoppen gehen. Nur wir zwei - ohne die Kids.«

Irgendetwas fand sich dann doch und auch Schminke hatte Sandra reichlich im Hause.

»Du bist wunderschön«, bewunderte ich das Endergebnis.

»Danke Schatz.«

Später am Abend sollte Sandra von Robert Paulsen

wieder nach Hause gefahren werden. Mir oblag es allerdings, sie zum Cucky Club zu fahren. Ich fuhr meine Frau zu ihrem dritten Abenteuer im Cucky Club. Das war so verdammt falsch und doch wurde es gleich wieder eng in meiner Hose.

Ich blieb mit laufendem Motor vorm Club stehen. Der Parkplatz war bereits leicht gefüllt. An einem Montagabend war wohl doch einiges los.

»Schatz?«, riss Sandra mich aus meinen Gedanken.

»Ja?«

»Warte nicht auf mich. Ich versuche, es nicht zu spät werden zu lassen. Aber es wird schnell Mitternacht und ich bin dann sicherlich zu Müde für mehr. Okay?«

»Wenn du meinst.«

Die Hand von Sandra fand wieder den Weg in meinen Schritt und legte sich auf meinen Steifen.

»Ich glaube, da freut sich jemand für mich«, kommentierte sie lächelnd. Kurz knetete sie meinen Schwanz durch meine Hose und ich konnte ein leichtes Stöhnen nicht unterdrücken. »Tu dir keinen Zwang an Schatz, wenn du Entspannung brauchst, dann weißt du sicherlich am besten, wie du sie bekommst. Okay?«

»Okay, Schatz.«

Sandra stieg aus dem Auto aus und ich verabschiedete sie mit einem »viel Spaß«. Was für dumme Worte, als wenn ich eines unserer Kinder zu einer nachmittäglichen Spieleverabredung bringen würde.

»Den werde ich haben«, kam sicher von Sandra zurück.

Ich beobachtete, wie sie im Club verschwand und machte mich auf den Heimweg.

Wieder war ich alleine mit meinen Gedanken und hatte viel Zeit für mich. Was würde sie diesmal erleben? Ein Blowjob mit Schlucken schien in jedem Fall Teil ihrer Pläne zu sein.

Es wurden unruhige Stunden für mich. Immerhin lief ein Fußballspiel und lenkte mich zumindest phasenweise ab.

Sandra hatte mir aufgetragen nicht auf sie zu warten. Natürlich ignorierte ich dies. An Schlaf war überhaupt nicht zu denken. Dafür war ich viel zu aufgedreht.

Stattdessen holte ich meinen Schwanz heraus und masturbierte zur Vorstellung von Sandra mit einem anderen Mann. Wie sie an seinem Schwanz saugte und sich von ihm hart nehmen ließ.

Mit kurzen Pausen wiederholte sich dieses Spiel dreimal. Wobei ich beim letzten Mal nur noch Tröpfchen abspritzte.

Das Warten auf Sandra nahm trotzdem kein Ende. Kurz nach Mitternacht hörte ich dann ein Auto auffahren. Einige unverständliche Worte waren zu hören und das Auto fuhr wieder davon. Zwei Minuten später schlich Sandra in unser Schlafzimmer, verschwand kurz im Bad und anschließend zurück in unser Schlafzimmer. Vorsichtig schob sie sich neben mich ins Bett.

»Alles in Ordnung?«, fragte ich sie.

»Alles okay, schlaf«, war ihre kurze Antwort. Dazu gab es einen kurzen Kuss.

Mit diesem Mund hat sie heute Abend wohl einiges angestellt, ging durch meinen Kopf. Ein wenig Ekel schwang da auch mit. Vermutlich hatte sie an einem Schwanz gesaugt und ihn in sich abspritzen lassen und dann das Sperma geschluckt. Trotzdem spürte ich, wie mein Schwanz ein viertes Mal hart werden wollte. Ich war aber zu müde und schlief bald ein.

KAPITEL 10

Natürlich hoffte ich darauf, dass ich wieder eine Erzählung ihres Abends bekommen würde. Doch am Dienstag gab es von Sandra kein Wort zu ihrem Abend im Cucky Club. Selber war ich zu stolz, um nachzufragen. Es hatte doch etwas Peinliches, meine Frau danach zu fragen, wie es mit einem anderen Mann gewesen war.

So verlebten wir einige ruhige Tage. Wir waren allerdings auch familiär viel eingebunden und hatten wenig Zeit für uns. Meine Neugierde wurde dabei natürlich nicht kleiner.

»Am Montag bist du wieder ... im Club?«, fragte ich sie am Freitagabend.

»Ja«, kam als simple Antwort zurück.

»Du hast gar nicht gesagt, wie es am letzten Montag war?«

»Schön«, kam wieder kurz angebunden zurück.

»Aha?«, versuchte ich, ihr mehr zu entlocken.

»Schatz du erfährst bald mehr. Ich habe eine kleine Überraschung für dich, aber heute nicht, okay?«

Ich schmollte ein wenig, aber antwortete trotzdem mit

einem »okay«. Sandra lenkte mich anschließend mit Küssen von diesem Thema ab. Wieder einmal liebten wir uns intensiv. Diesmal mit Fick und Blowjob bis zum Ende.
Kann das Leben nicht schön sein?

KAPITEL 11

Zu meinem persönlichen Unglück würde ich auch das nächste Cluberlebnis meiner Frau nicht direkt im Anschluss hören dürfen. Am Montag würde ich mich auf den Weg nach München machen. Am Dienstag und Mittwoch stand der Besuch einer Konferenz an. Erst spät am Mittwochabend würde ich zurück in der Heimat sein.

»Ich hab für dich noch eine sexy Überraschung geplant. Damit du dich heute Abend im Hotel nicht langweilst«, kündigte Sandra an. Weitere Auskünfte wollte sie mir aber nicht geben. Ich sollte jedoch mein Smartphone griffbereit halten.

Am frühen Nachmittag fuhr ich los. Viel Verkehr ließ mich erst fünf Stunden später in München ankommen. Mein Hotelzimmer im Konferenzhotel bot mir einen schönen Blick über den Englischen Garten.

Normalerweise treffe ich mich am Vortag einer Konferenz immer mit anderen Bekannten aus der Branche. Wir gehen zusammen etwas Essen und genießen dabei das ein oder andere kühle Getränk. An diesem Abend wusste ich aber nicht so recht, was ich machen sollte. Ich war doch lieber alleine mit meinem Smartphone und wartete auf die Überraschung meiner Frau.

Ich schrieb Sandra, dass ich gut angekommen war und kurz etwas Essen gehen würde. Es war fast 20 Uhr, als ich zurück auf meinem Zimmer war. Per WhatsApp teilte ich dies auch Sandra mit. Meine Hoffnung war natürlich, dass ich damit meine Überraschung bekommen würde. Was könnte es nur sein? Vielleicht Telefonsex? Den hatten wir noch nie gehabt.

Ich lag halbnackt auf dem Bett und versuchte, mich mit dem Fernsehprogramm abzulenken. Um 20:30 Uhr meldete mein Smartphone endlich eine Nachricht.

Mach dich bereit mein Schatz. :-) Die nächsten zwei Stunden geht es für dich auf eine kleine Reise in den Cucky Club. Während ich mich gleich anderweitig vergnügen werde ;-) wird Victoria dir erzählen, wie mein letzter Montag im Club verlaufen ist. Viel Spaß. Ich liebe dich.

Es war mir unangenehm, mir die Geschichte von Victoria erzählen zu lassen. Aber meine Erregung siegte. Schnell hatte ich mich auch meiner letzten Kleidung entledigt.

Hallo Cucky, hier ist Victoria. :-)

Wie ich höre, warst du bisher immer sehr interessiert an den Erlebnissen deiner Frau. Das zeichnet dich als guten Cuckold aus. Sie ist dir aber noch den vergangenen Montag schuldig geblieben. Das hat einen guten Grund. Wir haben da etwas vorbereitet. Damit fühlst du dich in München nicht ganz so einsam.

Über die nächsten zwei Stunden wirst du von mir einige Nachrichten bekommen. Sei gespannt.

Am letzten Montagabend war wie immer viel bei uns los. Die Bulls wissen natürlich, dass es der Anfängertag ist. Sie haben ihren Spaß daran, den Neulingen zu zeigen, wie viel Spaß Sex wirklich machen kann.

Das war mal wieder ein Schlag mitten ins Herz.

Natürlich zeigten sich einige auch an Sandra interessiert. Sie ist ja auch eine Schönheit. Eine perfekte MILF. Und deine Frau zeigte sich an den Bulls nicht weniger interessiert.

Zu deinem Glück konnte ich Sandra davon überzeugen, dir ein kleines Geschenk zu machen. Wir haben sie mit einem kleinen Mikrofon präpariert. Ihre Gespräche wurden also aufgezeichnet. Du kommst in den nächsten Stunden in den Genuss einiger Ausschnitte hiervon. Am Anfang war Sandra noch etwas nervös, aber langsam schien sie das Mikrofon zu vergessen.

Möchtest du das erste Audio-File hören? Dann antworte jetzt mit »ja«.

Ich war extrem angespannt und nervös. Ich traute mich gar nicht, meinen Schwanz anzufassen, aus Sorge sofort zu kommen. Meine Frau in einer solche Situation zu hören, und so mitzuerleben, das hatte ich mir nicht erträumt. Das war eine Überraschung.

Natürlich musste Victoria dabei wieder ihr eigenes Spiel treiben. Bisher hatte ich noch kein Wort zurückgeschrieben. Jetzt zwang sie mich aber dazu und so schickte ich ein »ja« zurück. Natürlich wollte ich mir die Erlebnisse von Sandra nicht entgehen lassen.

Nach einigen Sekunden erschien ein Ladebildschirm und eine Audio-Datei wurde auf mein Smartphone geladen. Mir ging das natürlich zu langsam. Ungeduldig wartete ich ab und startete sie sofort, als endlich fertig geladen war.

»Was sagt der erste Rundumblick? Was Leckeres dabei?«, hörte ich die Stimme einer selbstsicheren Victoria.

»Ich weiß nicht«, kam von Sandra zurück. »Hübsch

sind sie ja alle.«

»Und gut bestückt«, fügte Victoria an. »Komm, ich stell dich vor.«

Es folgten Schritte und es war zu hören, wie Sandra einer Gruppe vorgestellt wurde. Es fielen die Namen Rüdiger, Pedro und Jonas. Außerdem war bereits eine Frau bei der Gruppe - Bettina.

»Hallo schöne Frau«, war von Rüdiger zu hören. Weder hinter Stimme noch Name konnte ich mir einen Bull vorstellen. Und dann dieser platte Anmachspruch.

Pedro hatte einen deutlichen Akzent. Wie sich später herausstellte, war er Latino und in Rammstein stationiert.

Jonas schien eher stillerer Natur zu sein. Er klang auch deutlich jünger. Bettina wiederum, schien wie Sandra, ebenfalls eine Anfängerin zu sein. Eine sehr wortgewandte und selbstsichere Frau.

Wenn zunächst auch noch recht vorsichtig, so brachte sich Sandra doch allmählich ins Gespräch mit ein. Zum Teil blieb ihr gar keine andere Wahl, weil sie zu Beginn vom Rest ausgefragt wurde. Schnell wandte man sich aber wieder allgemeineren Themen zu.

Um ehrlich zu sein, hätte ich so Allerweltsgespräche nicht erwartet. Es war einfaches Party-Small-Talk und kein Sex-Talk. Stattdessen wurde gelacht und man hatte seinen Spaß. Mir wäre das Gegenteil lieber gewesen. Wenn es einfach nur Sex gewesen wäre, hätte es das Risiko reduziert, das Liebe entstehen könnte.

Wirklich spannend wurde es nicht. Zwischendurch gab es Getränke und Häppchen. Außerdem gab es einige Zeitsprünge. Jemand hatte wohl einige Stellen rausgeschnitten und das Gespräch deutlich gekürzt. Ob mir nun Dinge bewusst vorenthalten werden sollten oder es einfach nur auf ein sinnvolles Maas gekürzt werden sollte, blieb für mich offen.

Nach fünfzehn Minuten fand der Zusammenschnitt ein Ende. Als wenn sie die Zeit gestoppt hätte, dauerte es nur dreißig Sekunden, bis Victoria mir die nächste Nachricht schickte.

Das war Teil 1. Dabei war schon der Bull zu hören, den deine Frau ausgewählt hat. Du möchtest Teil 2 hören? Dann gebe jetzt deinen Tipp ab. Welcher der Drei hat deine Frau letzten Montag gebumst?

Das kann doch nicht ihr Ernst sein?, ging durch meinen Kopf. Natürlich war es aber ihr voller Ernst. Ich wollte diese Reise nicht stoppen. Wollte mehr erfahren und ihren Besuch weiter miterleben dürfen. Es war bisher noch nicht sonderlich feurig geworden. Aber da musste doch noch einiges kommen?

Wen würde sie wohl wählen? Optisch konnte ich sie nicht beurteilen. Rüdiger ging mir auf den Geist. Ich hoffte, dass er es nicht sein würde, und schloss ihn daher aus.

Jonas oder Pedro? Es gab wenig das für den ein oder anderen sprach. Aber ich vermutete, dass ein Latino für meine Frau schon einen Reiz haben könnte. Außerdem spielte er den Bad Boy in der Gruppe. Das spricht Frauen doch auch an? Einmal mehr das ziemliche Gegenteil von meiner eigenen Person.

Pedro?, schrieb ich also nach einiger Bedenkzeit zurück.

Der sexy Latino soll es also sein? Dann schauen wir mal, was aus deinem Wunsch wird.

Natürlich musste Victoria es gleich wieder verdrehen. Mein Wunsch war es nun wirklich nicht. Oder? Meine Gedanken wurden unterbrochen. Die zweite Datei wurde geladen und nach kurzer Wartezeit konnte ich weiterhören.

Es begann damit, dass sich meine Frau entschuldigte und sich frisch machen wollte. Was passiert, wenn sich eine Frau auf den Weg zur Toilette macht? Sie bekommt Begleitung. In diesem Fall folgte ihr Bettina. Ich hörte, wie sich eine Tür öffnete und schloss. Sie hatten wohl ihr Ziel erreicht.

»Schon jemanden ausgesucht?«, fragte Bettina meine Frau. »Also, wenn es dir nichts ausmacht? Ich hätte gerne Jonas.«

»Jonas?«

»Ja. Ich hatte schon das Vergnügen mit Rüdiger und Pedro. Irgendwie ... na ja es macht mir jedes Mal Spaß einen neuen Bull erleben zu dürfen. Sie haben alle ihre Eigenheiten und nur eine große Gemeinsamkeit.«

»Gemeinsamkeit?«

»Ihren großen Schwanz«, kicherte Bettina zurück und Sandra lachte mit.

»In der Tat«, gab sie zu. »Ich habe bisher nur Hugo erlebt. Wegen mir kannst du gerne Jonas haben. Ich hab meine Wahl noch nicht getroffen.«

»Da kann ich dich ja noch beratschlagen ... lass mich überlegen ... beide haben ihre Qualitäten ... Rüdiger ist ... ist halt ein Rüdiger. Durch und durch deutsch. Macht irgendwas mit Versicherungen.«

»Das merkt man«, kommentierte meine Frau unter gemeinsamen Kichern. »Und Pedro?«, fragte sie ernster aber sichtlich interessiert hinterher.

»Der hat Feuer im Blut ... was jetzt auch wieder etwas stereotypisch ist ... aber, wenn er mit dir durch ist, kannst du nur noch breitbeinig den Heimweg antreten. Ausdauer, Kraft und Power hat der Mann. Und sein Schwanz ...«

Wieder wurde gekichert.

»Mal ehrlich«, fuhr Bettina fort. »Im Vergleich zu den Schwänzen hier, können unsere Männer doch einpacken.«

»Na ja«, warf meine Frau ein.

»Wen würdest du denn wählen, wenn du mal wieder richtig durchgevögelt werden möchtest? Von einem richtigen Mann genommen werden willst? Da braucht es doch schon einen richtigen Schwanz und kein Schwänzchen.«

Sag es nicht, sag es nicht, ging durch meinen Kopf.

»Okay ... die großen Schwänze haben schon ihre Vorteile, aber ...«

Ich musste an mir halten, um nicht abzuspritzen.

»Aber? Kein aber. Ich liebe meinen Christian. In den letzten drei Monaten hat mir der Club aber die Augen geöffnet. Soviel Spaß hatte ich schon lange nicht mehr. Es wird Zeit für die nächste Stufe.«

»Nächste Stufe?«

»Na ja, aktuell dürfen wir nur am Montag kommen. Mit Glück werden wir an anderen Tagen eingeladen. Da gibt es sicherlich noch eine Menge zu entdecken und zu erleben. Zahlreiche Bulls, die sich am Montag nicht blicken lassen, warten noch auf uns. Ich bin zumindest bereit für das ein oder andere neue Abenteuer ... mit schönen großen Schwänzen.«

Sandra brummte nur eine Antwort, als wenn sie über die Worte von Bettina nachdenken musste.

»Und beim Thema große Schwänze. Wir sollten uns auf den Weg zurück zu unseren Jungs machen. Sonst klaut uns die noch eine notgeile Konkurrenz.«

Kurz hörte ich noch ein weiteres gemeinsames Lachen, dann fand auch dieses Video sein Ende. Eine Minute später gab es wieder eine Nachricht von Victoria.

War das nicht interessant? :-)

Ich starrte einige Sekunden auf den Bildschirm. Offensichtlich erwartete sie eine Antwort. Mehr als ein einfaches »ja« traute ich mich nicht. In Wirklichkeit war ich weiterhin extrem angespannt und wollte mehr hören.

Große Schwänze haben schon etwas für sich. Das dürfte deine Frau jetzt gerade auch wieder selber erleben.

Aber bleiben wir bei letzter Woche. Die Mädels hat es

natürlich zurück in die Arme ihrer Bulls getrieben. Die Männer waren schnell aufgeteilt. Du scheinst deine Frau ja bestens zu kennen. Sie hat sich tatsächlich für deinen Tipp - Pedro - entschieden. Glückwunsch. :-)

Eigentlich hätte sie sich mit ihm gleich auf ein Zimmer geschlichen. Da hat Bettina aber dazwischengefunkt und sie als Zuschauer in ihr Zimmer eingeladen. Möglichst viele Zuschauer scheint genau ihr Ding zu sein. Ich hab dir mal einen kurzen und knappen Zusammenschnitt davon erstellt. Wir warten doch alle auf den Hauptakt? ;-)

Ich wartete darauf, dass mir eine weitere Audio-Datei zum Download angeboten wurde. Es kam aber nichts.

Wir warten doch alle auf den Hauptakt?

Mir schien das zunächst eine rhetorische Frage gewesen zu sein, aber offensichtlich wollte Victoria mich auch weiterhin zu einem Teil ihres Spieles machen. Welche Wahl blieb mir schon? Natürlich schrieb ich »ja« zurück. Sekunden später begann der Download.

Was würden Bettina und der eher ruhige Jonas für eine Show bieten? Schnell zeigte sich, dass Bettina auch beim Sex zur redseligen Sorte gehörte. Eine kleine Auswahl ihrer Worte:

Tiefer.
Schneller, schneller.
Ja, fick mich. Fick mich ordentlich durch.
Zeig meinem Cucky was ein richtiger Schwanz kann.
Schau dir das an Christian, schau dir das an.
Da kann dein kleiner Pimmel nicht mithalten.
Oh, Gott, oohhh, jaaaaa.

Am Tonfall von Bettina war deutlich ihre zunehmende Ekstase abzulesen. Sie schien in ihrer Rolle gänzlich aufzugehen.

Aus ihren Worten ließ sich außerdem ablesen, dass ihr Mann scheinbar dazugestoßen war. Er durfte sich von ihr einiges anhören. Die Wortwahl von Bettina war alles andere als nett. Ich schob das mal auf den Eifer des Gefechts. Ich hatte noch keine Frau erlebt, die so abging wie Bettina. Vielleicht lag es aber auch am geschickten Zusammenschnitt von Victoria.

Unsere Bettina. Geht ab wie eine Rakete. ;-)

Du bist so sprachlos? Keine Hand frei zum Schreiben? :-)

Haha, schrieb ich ihr daraufhin zurück. Immer noch besser als ein »ja«.

:-) Soll dir ja auch Spaß machen. Wir machen das hier ja auch nur für dich. Da will ich dich auch nicht unnötig auf die Folter spannen. Den Hauptakt werden wir dir in voller Länge liefern. Deine Frau ist nicht ganz so redselig wie Bettina. Vielleicht kommt das ja noch. Daher wird es von mir zwischendurch gelegentliche Kommentierungen geben. Du solltest dein Smartphone also griffbereit halten. Für deinen Schwanz sollte ja eine Hand mehr als ausreichen. ;-) Und eine besondere Überraschung haben wir für dich auch noch parat.

Bevor es losgeht, habe ich noch eine letzte Frage für dich. Du darfst noch einmal Schätzen. Wie viele Orgasmen durfte deine Frau mit Pedro erleben. Und wie oft ist Pedro gekommen.

Ich hätte einfach irgendwelche Zahlen nennen können. Meine Antworten schienen keine wirkliche Relevanz zu haben. Mein Ehrgeiz wollte aber schon nahe am Ergebnis liegen.

Pedro: 2. Sandra: 3

Das schien mir ein ganz seriöser Tipp zu sein.

Zumindest hast du schon einmal erkannt, dass unsere

Bulls Wert auf die Befriedigung der Frau legen. Schaun wir mal, wie nahe du dran bist.

Damit meine Kommentare zur richtigen Zeit kommen, starte die Audio-Datei bitte direkt nach Ende des Downloads.

Damit begann der Download der letzten Audio-Datei. Diesmal zog sich der Download in die Länge. Am Ende durfte ich feststellen, dass mich zwei Stunden erwarteten. Das gab den beiden viel Spielraum.

Es ging langsam los. Ich hörte einige Minuten nur Kussgeräusche. Dann raschelte und rumpelte es. Man schien sich erster Kleidungsstücke zu entledigen.

Es folgte weitere Küsse. Außerdem hörte ich das Bett. Dies schien ihr neuer Spielort zu sein.

Bis hierhin hatte nur Pedro gesprochen und den »heißen« Körper meiner Frau über den grünen Klee gelobt.

»Oh, jaaa«, hörte ich erstmals Sandra sprechen.

Jetzt wird sie von seiner Zunge verwöhnt, schrieb mir Victoria mit einer ersten Kommentierung.

Vor meinen Augen spielte ich die Szene nach. Für Pedro musste irgendein Latino herhalten. Ich hatte keine Ahnung, wie er wirklich aussah.

Jetzt fickt er sie mit seinen Fingern ... und lässt sie diese ablecken. Die eigenen Säfte sind auch nicht so schlecht. :-)

Das hatte ich bei meiner Frau noch nicht versucht. Bestenfalls hatte sie sich selber schmecken können, wenn ich sie nach dem Oralsex küsste.

Nimm ihn in dein gieriges Maul. Ja. Schön tief. Da geht noch was. Ja, du geile Maus. Tiefer.

Das hörte sich ganz nach Blowjob an. Ich hörte auch die typischen Geräusche. Dann klatschte es zweimal laut. Was war das?

Klatsch, klatsch. Auf jede pralle Pobacke einmal. Das wird schöne rote Handabdrücke gegeben haben. :-)

Das hätte ich mal mit meiner Frau wagen sollen. Mit Pedro quiekte sie nur laut auf. Mehr Laute ließ ihr gut gefüllter Mund wohl nicht zu.

So setzte sich der Blowjob einige Minuten fort. Mal wurde geblasen, dann geleckt und auch ein »lick my balls« ließ eindeutige Rückschlüsse auf die aktuelle Aktivität zu.

Schön tief und saugen. Gleich kommt es ... aah ... schön schlucken.

Damit durfte ich mir anhören, wie meine Frau erstmals das Sperma von einem anderen Mann aufgenommen hatte. Bedenken hatte ich in diesem Moment nicht. Ganz im Gegenteil. Ich konnte mich nicht mehr aufhalten. Meine Handbewegungen wurden noch einmal schneller. Dann spürte ich wie mein Sperma durch meinen Penis schoss und in einem schönen Bogen auf meinem Bauch landete.

Das gab meiner Erregung natürlich einen deutlichen Dämpfer. Zunächst blieb ich nur erschöpft liegen. Dann raffte ich mich wieder auf.

Na, das war doch lecker, hatte mir Victoria zwischenzeitlich geschrieben.

Verpasst hatte ich nichts. Nach dem Blowjob schien eine kurze Pause zu herrschen.

Jetzt geht es langsam dem Höhepunkt entgegen. Der zweite Bull für deine Frau. Yippie.

Langsam wurden meine Frau und Pedro wieder aktiver.

Oh ja, saug an ihnen, war von Sandra zu hören. Es folgte eine kurze Diskussion über Kondome. Pedro akzeptierte sofort, dass sie ein Kondom benutzen wollte. Er hatte auch gefragt. Er verzichtete aber nicht auf den Hinweis, dass es ohne Kondom schöner wäre. Sie würde ihn noch besser spüren und das Abspritzen wäre ein echtes Highlight. Sandra blieb aber standhaft.

Jetzt geht‹s los. Runde 1. :-)

Die Vorfreude von Victoria schien nicht viel kleiner als

meine Eigene zu sein. Ich war zwischenzeitlich wieder gierig nach mehr. Meine Hand hatte ein zweites Mal den Weg zwischen meine Beine gefunden und tat wieder ihren Dienst.

Sandra ließ es deutlich hören, wie der große Schwanz in sie eingeführt wurde.

Ja. Langsamer. Jaaa. Weiter, weiter. Ohh.

Ehrlich gesagt war es für mich ein wenig beschämend und peinlich. Solche Laute hatte ich ihr noch nie entlocken können. Diese Gier nach Sex war förmlich spürbar.

Das war schon belastend. Das waren Dinge, die ich meiner Frau selber geben wollte. Wie hatte sie es nur all die Jahre ohne dieses Erlebnis auskommen können? Mein Glück war wohl, dass sie gar nicht wusste, was ihr vorenthalten wurde. Das war jetzt natürlich Geschichte.

Okay, Trommelwirbel. Deine Überraschung.

Ich war relativ ahnungslos, was ich hatte erwarten dürfen. Wurde dann aber doch überrascht. Ein Bild?

Was glaubst du, was du da zu sehen bekommst?

Ich schaute genau hin. Ließ das Bild das ganze Display ausfüllen. Zoomte die Mitte noch etwas näher heran. Zweifel kamen nicht auf. Dort auf dem Bild war meine Frau zu sehen. Wenn auch nur ein bestimmter Körperteil - ihr Schambereich. Den hatte ich noch nie auf einem Foto gesehen. Das alleine wäre aber noch keine Aufregung wert gewesen.

Sandra war nicht alleine auf dem Bild. In ihre Öffnung drängte sich ein großer leicht dunkler Penis. Sah ich hier den Schwanz von Pedro in meiner Frau?

Meine Erregung machte große Sprünge. In Sekunden war ich von gut erregt zu abspritzbereit gesprungen. Ich hatte nicht nur das Bild. Nebenbei bekam ich auch weiterhin noch ihren Fick zu hören. Die Momente, als dieses Bild gemacht worden sein musste.

Für meine Frau schien es auch mit großen Schritten auf den Orgasmus zuzugehen. Pedro schien auch gut dabei zu sein.

Ich pumpte zwar noch wild. Bemühte mich aber, meinen Orgasmus noch ein wenig hinauszuzögern. Wollte ihrem Spiel noch bis zum Ende zuhören.

Meine Frau brüllte schließlich ihren Orgasmus förmlich heraus. Ich folgte ihr auf dem Fuß und spritze ein zweites Mal an diesem Abend ab.

Das war doch was?, kam nach einer Minute von Victoria.

Ich verabschiede mich damit langsam. Werde mal schauen, was deine Frau heute so getrieben hat. Dir bleibt noch eine weitere Runde. Deine Sandra kann aber auch nicht genug bekommen. :-)

Damit durfte Pedro am Ende dreimal und Sandra nur zweimal kommen. Das Ergebnis also genau umgekehrt zu deinem Tipp, aber auch nicht so verkehrt. Deine Frau wollte nun mal unbedingt einmal eine gute Ladung Sperma probieren und schlucken. Schön, dass du ihr dabei nicht im Weg standest. Ich habe mich in dir nicht getäuscht. Du bist ein vorbildlicher Cuckold. ;-) Schönen Abend noch.

Damit war die Textunterhaltung beendet. Wobei ich nur wenig beigesteuert hatte. Sandra und Pedro regten sich zudem langsam wieder. Aktuell küssten sie sich allerdings nur. Ich plünderte daher erst einmal die Minibar und genehmigte mir ein Bier.

Natürlich hörte ich mir auch den Rest noch an. Noch einmal wurde gefickt. Diesmal wohl unter anderem in Doggy-Style und mit meiner Frau reitend.

Trotz allem war ich froh, als auch diese Datei an ihr Ende kam. Ich fühlte mich völlig ausgelaugt und ausgepumpt.

KAPITEL 12

Nach meinem Anreisetag standen für mich jetzt noch zwei Konferenztage an. Außerdem ging es am ersten Abend auf eine Party. Wie immer gab es viele bekannte Gesicht zu sehen. Einige Kunden waren zu treffen und an manchen Stellen auch die Fühler nach neuen Kontakten auszustrecken. Das lenkte mich immer wieder für längere Phasen ab.

Am Dienstag telefonierte ich kurz mit Sandra. Sie fragte mich ganz direkt, wie mir ihre Überraschung gefallen hatte.

»Anders ... interessant ... schön. Danke«, war meine Antwort.

»Victoria meint, du hättest daran auch heute Morgen sicherlich noch einmal deinen Spaß gehabt?«

»Ich genieße und schweige«, antwortete ich.

»Ich liebe dich«, kam von einer lachenden Sandra zurück. Das gab ich natürlich umgehend zurück.

»Wenn du wieder zu Hause bist, müssen wir noch über die ein oder andere Sache sprechen. Mit Victoria.«

»Aha?«

»Über die nächsten Schritte?«

»Nächsten Schritte?«

»Ja. Du möchtest doch sicherlich auch einmal selber dabei sein, wenn ich ... ähm ... wenn ich Sex mit einem anderen Mann habe. Das gefällt euch Cuckolds wohl besonders?«

Was sollte ich dazu sagen. Das ließ sich nicht abstreiten. Ich ließ es aber lieber unkommentiert. »Schaun mer mal«, war meine kaiserliche Antwort.

Spät am Mittwochabend war ich zurück in der Heimat. Müde setzte ich mich aufs Sofa. Sandra an meiner Seite. Es gab ein paar Küsse. Wir sprachen kurz darüber, wie die Konferenz verlaufen war.

»Und wie war meine Überraschung? Hat sie Spaß gemacht?«

Diese Frage hatten wir eigentlich schon geklärt. Aber Sandra schien ganz freudig zu sein und mehr hören zu wollen.

»Ja, danke.«

»Was hat denn Spaß gemacht. Nicht so einsilbig. Wir müssen schon darüber sprechen können. Auch wenn es dir schwerfällt. Was war dein Highlight?«

»Okay«, gab ich fast zitternd zurück. »Das Bild.«

»Was am Bild?«

Sie wollte es aber auch verdammt genau wissen und förderte mit ihrem Gefrage einen kleinen Ausbruch hervor.

»Wie der verdammt große Schwanz eines anderen Mannes in deiner Muschi gesteckt hat. Sie schön ausgefüllt hat und sicherlich tief in dir dringesteckt hat. Verdammt noch mal! Wie du dich, wie eine Schlampe von einem anderen Mann hast durchnudeln lassen!«

Sandra blieb ganz ruhig. Sie gab mir einen Kuss auf den Mundwinkel.

»Ich glaube, so geht es uns beiden Schatz. Es ist so aufregend oder? So verboten?«

»Sandra«, stöhnte ich auf. »Ich weiß auch nicht. Es ist so ... ich will es nicht und doch macht es mich so geil und ich muss es haben ... so falsch und ... was machen wir hier bloß? Was ist in uns gefahren?«

»Wir genießen das Leben. Lass uns schauen, was Victoria am Freitag zu erzählen hat. Dann schauen wir, wie es weitergeht. Okay?«

Ich nickte zustimmend. Gleichzeitig hatte ich aber auch noch einen anderen Gedanken. Dieser würde Sandra aber wohl kaum gefallen. *Vielleicht sollten wir unter diese Dummheit einen Schlussstrich ziehen?*

KAPITEL 13

Über die nächsten zwei Tagen verstärkte sich in mir die Meinung, dass wir das Thema Cucky Club begraben sollten. Natürlich hatte es unser Sexleben enorm belebt, aber das konnte doch nur in einer Katastrophe enden.

Natürlich bekam ich trotzdem den Anblick meiner Sandra mit dem dicken Schwanz nicht aus dem Kopf. Ich befürchtete, dass sich dieses Bild für immer festgebrannt hatte. Zumal ich es jederzeit wieder hervorholen konnte. Bild und Audio-Dateien waren auf meinem Smartphone gespeichert.

Am Freitagmorgen eröffnete mir Sandra, dass das Gespräch mit Victoria um einen Tag verschoben worden war. Die frei gewordene Zeit nutzte ich für meine freitägliche Fahrradtour. Wieder mit dabei, war mein Fernglas. Meine letzte Aktivität als Voyeur war schon eine Weile her. Zum Abschied könnte ich vielleicht noch einmal einen Blick riskieren.

Es war allerdings noch früh. Ich machte pünktlich

Wochenende und kündigte Sandra eine längere Tour an. Diese gab mir einen verständnisvollen Blick, als wenn ich diese nach all der Aufregung dieser Woche, gut gebrauchen könnte.

Statt direkt zum Cucky Club machte ich dann auch erst auf eine ordentliche Runde. Mühte mich einige kleine Hügel hoch und ließ es ordentlich rollen. Nach zwei Stunden bog ich in den Weg auf meinen Beobachtungsposten ein. Meine Aufregung war spürbar. Ich versuchte, mich zu beruhigen. Nur ein kurzer Blick und dann ab nach Hause. Dieser Teil meines Lebens sollte bald ein Ende finden.

Ich trank noch schnell einen Schluck und holte dann das Fernglas hervor. Das spätsommerliche Wetter hatte es wirklich gut mit uns gemeint. Entsprechend belebt war es auf der Terrasse. Auch wenn es erst Nachmittag war, fanden sich dort sicherlich bereits 20 bis 25 Personen.

Ich ließ mir Zeit und beobachtete in aller Ruhe. Schaute mir jede Person genauer an. Vielleicht fand sich ja ein bekanntes Gesicht? Vor allem nach einem Latino hielt ich Ausschau. Es gab aber keine Person, die mir nach Pedro aussah.

Alle Gäste waren unterschiedlich stark bekleidet. Von ganz nackt bis normal gekleidet. Nur Badekleidung fand sich nicht. Wer im Pool planschen wollte, macht dies nackt.

Natürlich ließen mich die vielen nackten Frauen nicht kalt. Bei mir rührte sich schon wieder etwas. Doch zur Abwechslung hatte ich die Kraft, noch keine Hand anzulegen. Das lag vor allem daran, dass ich auf einen interessanteren Anblick hoffte.

Den sollte ich dann auch bekommen. Damit hatte ich nun wirklich nicht gerechnet. Nur das plötzliche Erscheinen meiner Frau, hätte mich wohl noch mehr erregt.

Es waren gleich drei Personen die mich so erregten und

an meiner Sehkraft zweifeln ließen. Den Anfang machte Victoria Paulsen. Sie war keine Überraschung, aber so hatte ich sie noch nie sehen dürfen.

Nackt stellte sie ihre ganze Weiblichkeit zur Schau. Mein Blick fiel sofort auf ihre Brüste. Ich durfte bereits einige Male ihren tiefen Ausschnitt bewundern. Jetzt hingen ihre großen Brüste in der Luft und widerstanden jeglicher Schwerkraft. Ich war mir sicherer denn je, hier hatte sie nachhelfen lassen. Das machte den Anblick für mich nicht weniger ansprechend.

Auch der Rest ihres Körpers war mehr als einen Blick wert. Lange Beine, natürlich rasiert und ihre langen pechschwarzen Haare. Dazu war sie schön braun gebrannt. Es zeichneten sich keinerlei weiße Linien ab. Sie dürfte oft nackt an ihrem Pool liegen.

Ich genoss den Anblick und konnte nicht davonlassen, meinen Schwanz durch meine Hose zu massieren. Dann schlug meine Erregung in einen Schock um.

Ich hatte zwar gesehen, dass auf Victoria noch weitere Personen folgten. Doch zunächst hatte ich ihr die ganze Aufmerksamkeit geschenkt. Nun fielen die zwei weiteren Personen in meinen Fokus.

Ich hatte vieles erwartet, aber nicht das. Auf die Terrasse traten zwei unserer Nachbarn - die Bergers. Lydia Berger war ebenso nackt, während Helmut in normaler Sommerkleidung auf die Terrasse trat.

Mit den Bergers hatten wir das letzte Straßenfest organisiert. Sie waren in Form ihres Sohnes daran schuld, dass auch Victoria und Robert Paulsen eingeladen wurden. Wäre das nicht passiert, dann wäre meine Welt jetzt nicht so auf den Kopf gestellt.

Hatte Victoria auch sie in den Cucky Club verführt? War auch Lydia eine Hotwife und Helmut ein Cuckold?

Nachdem ich schon die nackte Victoria genau gemustert hatte, folgte nun natürlich auch Lydia. Ich würde es meiner Frau nie wagen zu erzählen, aber ihr frecher Pixie-Schnitt in häufiger wechselnden Farben, hatte es mir schon etwas angetan. Und das wo ich normalerweise Frauen mit langen Haaren bevorzuge. Vielleicht passten diese kurzen Haare einfach gut zur schlanken und fast zerbrechlich wirkenden Lydia. Entsprechend klein fielen dann auch ihre Brüste aus.

Lydia nahm auf einer Doppelliege Platz, während ihr Mann sich auf einen Stuhl daneben setzte. Nach fünf Minuten wurde dann aufgelöst, warum er nicht neben seiner Frau lag. Victoria hatte eine kleine Runde um den Pool gedreht und verschiedene Gäste kurz begrüßt, anschließend legte sie sich neben Lydia.

Damit begann für mich die Zeit des Wartens. Ich überlegte, ob ich masturbieren sollte. Doch so schnell wollte ich mich nicht auf den Heimweg machen. Ich hoffte, dass man mir noch etwas Spannenderes bieten würde.

Natürlich wurde es trotzdem nicht langweilig. Immerhin gab es eine ganze Reihe nackter Frauen zu beobachten. Mein Blick ging allerdings immer wieder zurück auf Victoria und Lydia. Sie unterhielten sich miteinander. Manchmal wurde auch Helmut Berger mit in das Gespräch eingebunden. Er versorgte sie zudem mit Getränken.

Nach einer halben Stunde wurde ich dann für meine Geduld belohnt. Den Anfang machte eine Frau auf einer Liege neben ihnen. Zu ihr gesellte sich ein Mann. Die Frau holte seinen Schwanz hervor und blies ihn, als wenn es das Normalste der Welt wäre. Der Rest ignorierte es nicht, aber schaute nur leicht interessiert zu. Von meinen bisherigen Beobachtungen wusste ich, dass so etwas nicht gänzlich ungewöhnlich war.

Auch die Blicke von Victoria und Lydia richteten sich darauf. Sie wechselten einige Worte und Victoria überraschte mich einmal mehr. Von hinten beugte sie sich an Lydia heran und küsste ihr in den Nacken. Küsste sich langsam weiter und drehte ihren Kopf. Es folgte ein Zungenkuss.

Ich hab schon immer gerne Lesbenpornos geschaut. Doch dies war das erste Mal, dass ich zwei Frauen live beim Küssen zuschaute, wenn auch nur durch ein Fernglas.

Der Kuss dauerte nicht lange. Doch Gründe für eine Enttäuschung gab es keine. Nach einigen Worten von Victoria machte Lydia sich auf den Weg nach unten. Ihr Weg endete zwischen den Beinen von Victoria.

Dass sie mir damit auch den Blick versperrte, machte mich halb wahnsinnig. Aber es war nicht schwierig, sich vorzustellen, was dort gerade passierte. Die Zunge von Lydia Berger - unsere Nachbarin - steckte tief in der Scham von Victoria Paulsen.

Wow, ging durch meinen Kopf. Mit einer Hand hatte ich längst meine kurze Hose runtergezogen und meinen Schwanz hervorgeholt. Die zweite Hand wurde natürlich für das Fernglas gebraucht. Ich wollte keine Sekunde verpassen.

Immerhin hatte ich freie Sicht auf das Gesicht von Victoria. Ihr war die stetig steigende Lust deutlich abzulesen. Nicht in Form von Lustschreien. Es war einfach ein immer zufrieden werdender Blick.

Gelegentlich warf ich kurze Blicke auf den Blowjob, aber mein Hauptinteresse galt Victoria. Sie war für mich das große Rätsel - ein Mysterium. Ihr würde ich mich am Samstag stellen müssen.

Der Anblick erregte mich sehr. Es dauerte nicht lange und ich spritzte ab. Anschließend zog ich meine Hose wieder hoch. Trotzdem schaute ich mir das Schauspiel weiter an. Nach kurzer Zeit kam auch Victoria. Ich erwartete, dass sie sich vielleicht bei Lydia revanchieren würde.

Doch diese stand nur auf, gab ihrem Mann einen Kuss auf den Mund und sprang dann in den Pool. Auch neben ihnen hatte der Blowjob ein Ende gefunden. Am Pool des Cucky Club war wieder Ruhe eingekehrt.

Kurz rang ich mit mir. Entschied mich aber dann doch dafür, den Heimweg anzutreten. Ich hatte nicht das Gefühl, dass sich so schnell wieder etwas Spannendes entwickeln würde.

Unsere Nachbarn sind auch Mitglieder im Cucky Club!? Diese Erkenntnis beschäftigte mich den restlichen Tag sehr. Gedanken an das lesbische Liebesspiel machten mich auch weiterhin halb wahnsinnig vor Lust. Unglücklicherweise fand ich aber keine Möglichkeit, mir Entspannung zu verschaffen. Immer wieder hatte ich mit meinem harten Schwanz zu kämpfen und musste diesen verstecken.

Zusätzlich belastete mich noch ein weiteres Thema. Ich konnte mit meiner Frau nicht über meine Entdeckung sprechen. Wie hätte ich ihr erklären sollen, woher ich von ihrer Mitgliedschaft wusste? Ich würde mich sicherlich nicht als notgeiler Voyeur outen.

Ich überlegte, ob ich Helmut Berger zur Rede stellen sollte. Vielleicht konnten wir uns gegenseitig helfen. Aber wer wusste schon, ob er nicht gleich zu seiner Frau laufen würde? Und von dort ginge die Botschaft vermutlich schnell weiter zu Sandra.

KAPITEL 14

Am Samstag stand das angekündigte Gespräch mit Victoria an. Ich überlegte, wie ich das Thema Cucky Club für uns beenden konnte. Auch wenn ich gleichzeitig immer wieder mit einem Steifen zu kämpfen hatte. Das Thema ließ mich doch nicht ganz kalt. Natürlich hatte es mir auch einige interessante Erlebnisse beschert. Doch irgendwo mussten Grenzen gesetzt werden. Vielleicht würde das Abenteuer Cucky Club für uns gut gehen, aber war es das Risiko wert?

Sandra war mit den Kindern einkaufen gefahren. Sie war gerade zehn Minuten unterwegs, als es an der Tür klingelte. Ich hatte soeben in meinem Bürosessel Platz genommen und wollte mir mit einem Porno endlich die notwendige Entspannung verschaffen.

Vor der Tür stand Victoria Paulsen. Vermutlich hätte es mich nicht überraschen sollen, dass sie mich wieder alleine aufsuchte. Ich wieder einmal hinters Licht geführt wurde.

»Victoria? Was ein Zufall. Sandra ist leider vor ein paar Minuten einkaufen gefahren.«

»Wie dumm«, grinste sie mich an. »Aber wir können uns ja auch erstmal alleine unterhalten.«

Sie drängte an mir vorbei ins Haus. Mir blieb keine andere Wahl als mich auf das Gespräch einzulassen. Ich würde ihr nur kurz meine Entscheidung mitteilen.

»Das waren spannende Wochen?«, begann sie das Gespräch. Ich brummte nur kurz auf.

»Die Erkundung einer solch neuen Welt ist gar nicht so einfach oder? Und ziemlich aufregend. Aber ihr habt ziemlich gute Fortschritte gemacht.«

»Fortschritte?«, fragte ich leicht herablassend. »Meine Frau fickt sich durch ein Rudel Männer ...«

»Und hat ihren Spaß daran ... genauso wie du«, antwortete Victoria kühl. »Genauso übrigens dein kleiner Piepmatz.«

Mit diesen Worten fuhr ihr Blick zwischen meinen Schritt. Dort zeichnete sich mein steifer Penis ab. *Verdammt.*

»Victoria. Bei allem Respekt für euren Club ... für uns ist das glaube ich nicht das Richtige.«

»Glaubst du? Hm. Dann lass uns doch ergründen, warum du das glaubst und aus welchen Gründen ich das für Bullshit halte.«

Insgeheim hatte ich ja auf einen leichten Schlussstrich gehofft. Doch das würde Victoria wohl nicht zulassen. Meine Pläne hatten allerdings auch Sandra an meiner Seite vorgesehen. Sie war zwar nicht eingeweiht und hatte wohl auch kein Interesse an einem Ende, ich war mir aber sicher, dass sie meine Wahl akzeptieren würde. So blieb mir die Hoffnung, dass sie bald zurückkehren würde.

»Ich wüsste nicht, was mir am Club liegen sollte. Mir bietet er gar nichts. Ganz im Gegenteil, mir wird nur etwas genommen.«

Genommen wurde mir nicht nur meine Frau, sondern

auch meine Männlichkeit. Statt mich daran aufzugeilen, sollte ich Männern die meiner Frau nachstellten, eins auf die Nase geben. Das wäre männlich.

»Ich glaube, du hast erst am Anfang dieser Woche eine schöne Überraschung bekommen. Ein nettes Hörspiel inklusive Bild.«

»Während im Club haufenweise Cuckolds live und hautnah zuschauen dürfen. Herzlichen Glückwunsch.«

»So fängt es nun mal an«, lachte Victoria lauthals über mein Klagen.

»Was ist da so witzig«, fauchte ich zurück. Langsam beruhigte sie sich wieder.

»Du redest davon, den Cucky Club zu verlassen und beklagst dich gleichzeitig, dass im Gegensatz zu dir, andere Cuckolds ihren Frauen zuschauen dürfen. Das sollte dir doch zu denken geben? Peter du bist ein Cuckold. Einmal Cuckold, immer Cuckold. Das kann man nicht so einfach wieder ablegen. Die Lustschreie deiner Frau und das Bild mit dem Schwanz von Pedro in ihr, das würde dich den Rest deines Lebens begleiten.«

»Zumindest hätte ich noch meine Sandra ... meine Ehefrau!«

»Die hast du doch jetzt auch ... und das in einer deutlich glücklicheren Variante. Wie stellst du dir das vor. Soll sie jetzt den Rest ihres Lebens mit deinem Penis auskommen? Mit Verlaub, glaubst du wirklich, dass sie das glücklich machen wird?«

»Damit werde ich wohl leben müssen«, gab ich bitter zurück. Doch in mir gab es auch große Zweifel. Vielleicht würde ich genau das Gegenteil von dem Erreichen, das mein Ziel war. Sandra durfte an einer neuen Welt kosten. Könnte sie darauf wieder verzichten?

»Um noch einmal einen Schritt zurückzumachen. Natürlich wirst du deiner Frau zuschauen dürfen. Das ist nur eine Frage der Zeit. Wir sind ja nicht herzlos. Es heißt ja auch Cucky Club und nicht Hotwife Club oder Bull Club. Ich bin unter anderem heute hier, um darüber zu sprechen, unter welchen Rahmenbedingungen dies erfolgen wird.«

Ich kann nicht behaupten, dass dies mein Interesse nicht weckte. Die Aussicht war verlockend und spürbar erregend für mich.

»Dazu muss ich erst einmal etwas klarstellen«, fuhr Victoria fort. »Unsere Philosophie sieht natürlich vor, dass alle drei Gruppen - die Hotwifes, Bulls und Cuckolds - ihre Befriedigung erhalten. Diese sieht nur deutlich unterschiedlich aus. Natürlich hätten wir dich gleich am ersten Abend deiner Frau zuschauen lassen können. Das möchte natürlich fast jeder Cuckold. Aber auch hier gilt - der Weg ist das Ziel. Das ist wie Weihnachten. Die Vorfreude ist das Schönste. Und das erste Mal der eigenen Frau zuschauen zu dürfen ist unvergleichlich. Das lässt sich nicht wiederholen - nur steigern.«

»Steigern?«, fragte ich nach, bevor ich darüber nachdenken konnte. Während ich das Wort aussprach, begann bereits mein Ärger. Ich wollte doch kein Interesse zeigen.

»Nach oben gibt es kaum Grenzen. Das ist alleine dem Paar überlassen. Ich will hier jetzt nicht vorgreifen. Das würde ja die Spannung nehmen. Im Falle deiner Frau würde sich zum Beispiel Analsex als eine mögliche Steigerung anbieten. Den hat sie dir ja bisher verweigert. Der Cucky Club könnte das sicherlich ändern. Nur wenige Frauen in unserem Club lassen sich nicht gerne tief in den Arsch ficken.«

Ich hatte Sandra im Laufe der Jahre drei- oder viermal auf Analsex angesprochen. Ihre Ablehnung war aber immer recht deutlich, sodass ich es schon lange aufgegeben hatte. Ganz so wichtig war es mir auch nicht. Trotzdem kam es alle paar Wochen vor, dass ich mir bewusst ein Pornovideo mit Analszene anschaute.

»Das ist nur ein Minibeispiel und bietet noch viel Steigerungspotenzial. Wie gesagt, ist bei uns wenig Tabu, wenn keiner der Beteiligten seine Ablehnung kundtut. Nur wenn es in den privaten Bereich geht, werden wir sehr vorsichtig. Wir würden uns nie erlauben unsere Mitglieder privat bloßzustellen oder zu Schaden. Auch Kinder sind natürlich tabu. Das versteht sich von selbst. Aber es gibt einen Fetisch, bei dem sich die Hotwife vom Bull schwängern lässt. Wer das in unserem Club wagt, fliegt raus. Da machen wir keine Kompromisse. Das ist alles andere als fair dem Kind gegenüber.«

Das leuchtete ein und war vernünftig. Ließ aber einen verdammt großen Spielraum für allerlei Schweinereien. Die meisten davon dürfte ich mir kaum vorstellen können. Wie Werbung für den Club erschienen mir diese Worte daher nicht.

»Was?«, fragte ich mit genervter Stimme eine lachende Victoria.

»Du bist ein Cuckold - keine Frage. Du hast den Ritt deines Lebens vor dir. Ich bin so gespannt. Wir werden so viel Spaß haben.«

Wiederum klang das wenig nach Werbung für einen Verbleib im Club.

»Da freust du dich zu früh. Mit Sicherheit ...«

Meine Worte wurden vom Klingeln der Haustür unterbrochen. Wer konnte das sein? Vermutlich war Sandra mit den Kindern zurück. Das würde dann dieses unsägliche Gespräch hoffentlich beenden.

Victoria lächelte freundlich und wies mit ihrer Hand in Richtung Haustür. Ganz als würde sie mir den Auftrag erteilen wollen, mich darum zu kümmern.

Wie erwartet stand Sandra vor der Tür.

»Hallo? Wo sind die Kids?«, fragte ich sie unsicher.

»Bei meinen Eltern«, kam knapp zurück. »Pedro? Kommst du?«

Meine Augen wurden groß. Neben Sandra trat ein Muskelpaket mit kurz geschorenen Haaren und brauner Haut. *Der Pedro?*

Er war jünger, als ich erwartet hatte. Kratzte gerade erst an der 30 Jahre-Marke.

»Hallo«, begrüßte er mich bestimmt aber freundlich.

»Äh, hallo?«

Sandra führte ihn an einer Hand ins Haus. Ehe ich mich versah, hatte sie auch meine Hand ergriffen und zog auch mich mit. Victoria saß noch auf dem Sofa und flötete eine Begrüßung an die Zwei.

Victoria setze sich mit Pedro auf das zweite Sofa. Ich stand nur dumm und noch völlig durcheinander daneben.

»Warum holst du uns nicht etwas zu trinken?«, schlug Victoria mir vor.

Wie auf Autopilot führte ich diese Aufgabe aus. Ein Bier für Pedro und Wein für Victoria und Sandra. Im letzten Moment kam mir der Gedanken, dass ich auch mich bedenken sollte und so gab es noch ein zweites Bier.

Ich stand einen Moment neben dem Tisch. Victoria klatschte dann auf den Platz neben sich und bedeutete mir damit, mich zu ihr zu setzen.

»Schön, dann kann es ja endlich losgehen«, kommentierte Victoria.

»Warum überspringen wird nicht das Gerede und schauen uns das Objekt der Begierde einmal an. Sandra?«

Meine Frau schaute mich unsicher an. Mehr als einen unsicheren Blick konnte ich ihr aber auch nicht anbieten. Wollte ich ihr auch überhaupt nicht anbieten. Schließlich steckte sie wieder einmal mit Victoria unter einer Decke.

»Sandra«, kam noch einmal von Victoria, dann wurde

sie aktiv. Vor meinen Augen öffnete sie zuerst den Gürtel von Pedro, ließ den Reißverschluss folgen und zog dann die Hose herunter. Pedro stieg aus der Hose und entledigte sich selber seines T-Shirts. Zum Vorschein kam sein muskelbepackter Oberkörper mit zahlreichen Tattoos. Passend zu unserer sehr unchristlichen Aktivität fand sich darunter auch ein Kreuz.

Noch einmal blickte Sandra auf mich und unsere Augen schauten sich kurz an. Sie lächelte verlegen und schaute sofort weg. Noch einmal ging sie in die Knie und befreite Pedro von seinen Boxershorts. Sofort schwang sein halbsteifes Glied hervor.

Ich atmete automatisch tief durch. Spürte, wie mein Puls nach oben ging. Mein Blick war an seinem Schwanz festgeklebt.

Erst durch einen Kuss auf meine Wange merkte ich, dass Sandra zu mir rübergekommen war. Sie zog mich vom Sofa hoch und begann auch mich zu entkleiden. Ich war erstarrt und ließ sie gewähren. Konnte kaum klare Gedanken fassen. Meine Augen suchten erneut den Penis von Pedro. Er war noch immer halbsteif, aber trotzdem schon sichtlich größer als meiner.

Als Sandra mich von meiner Unterhose befreite, kam ich langsam wieder zu mir. Automatisch bewegten sich meine Hände in meinen Schambereich und wollten meinen Penis vor neugierigen Blicken schützen. Meine Manneskraft hatte bereits ihre volle Härte erreicht.

Victoria schob meine Hände mit einem »wir sind hier doch unter uns« aus dem Weg. Anschließend wurde ich wieder zurück auf das Sofa gedrückt.

So saß ich gegenüber von Pedro und beobachtete, wie meine Sandra sich wieder zu ihm gesellte.

Victoria beugte sich dicht an mein Ohr und flüsterte mir zu. »Schau genau hin. Hast du so etwas Geiles schon einmal gesehen?« Vor meinen Augen küssten Pedro und meine Frau sich. Zunächst war Sandra dabei sehr vorsichtig und zurückhaltend. Ich sah, wie sie ein paar Mal zu mir rüber schaute. Anschließend wurden ihre Küsse immer ein Stück wilder.

Als dann auch noch die Hand von Sandra den Schwanz von Pedro fand, spürte ich meinen Penis zucken. Pedro revanchierte sich mit dem Kneten von Sandras Brüsten. Konnte dies aber nur durch den Stoff ihrer Bluse bewerkstelligen. Im Gegensatz zu uns waren die Frauen noch vollkommen bekleidet.

Mit stoischer Ruhe, fixiertem Blick und sicherlich auch einem kleinen Schock, beobachtete ich, wie meine Frau den Kuss beendete, mich zufrieden anblickte und dann ihren Kopf in den Schoss von Pedro senkte. *Sie würde doch nicht?*

Doch sie tat genau das, was ich befürchtet hatte. Der Schwanz von Pedro fand den Weg in den Mund meiner Ehefrau.

Ich wollte irgendetwas sagen, irgendetwas machen. Aber was? Vielleicht wäre es die richtige Wahl gewesen, das Spiel zu beenden und unsere Besucher hochkant aus dem Haus zu schmeißen. Doch das hätte auch bedeutet, dass mir dieser Anblick genommen werden würde. Wieder einmal war ich zwischen zwei Welten gefangen. Der gute Ehemann würde Pedro meine Frau entreißen. Der Cuckold hingegen, würde wohl noch deutlich mehr sehen wollen.

Ich spürte die Hand von Victoria auf meinem Schenkel. Sofort zuckte mein Schwanz. In mir hatte sich wieder eine große Erregung aufgestaut. Es würde nicht viel für eine Entladung brauchen.

»Schau wie sie versucht, möglichst viel von seinem Schwanz in ihren Mund zu stopfen. Es ist nur eine Frage der Zeit, bis sie auch größte Schwänze bewerkstelligen kann.«

Sandra pausierte ihren Blowjob und schaute zu mir auf. Meine Erregung war mehr als deutlich. Zu meiner Überraschung und meinem Unwillen stand sie auf und kam zu mir rüber. Setzte sich wieder an meine Seite.

»Schatz?«, begann sie. Es war genau der Tonfall, den sie anschnitt, wenn sie unbedingt etwas von mir wollte, etwas erwartete. Ihre Hand umfasste gleichzeitig meinen Schwanz. Ich stöhnte kurz auf. Sehr zur Freude meiner Frau, die meine Reaktion mit einem zufriedenen Lächeln wahrnahm.

»Ist es nicht schön, ein Cuckold zu sein? Mein Cuckold zu sein? Der Club ist wirklich das Beste, was uns passieren konnte. Was meinst du?«

Ihre Hand knetete kurz meinen Schwanz durch.

»Bekomm ich keine Antwort?«, quengelte sie.

»Ich«, setzte ich an. Gerade in diesem Moment wichste Sandra mich einmal und ich musste stoppen. Nur mit Mühe konnte ich einen Orgasmus zurückhalten. Das wäre mir hier vor den Augen von Pedro und Victoria viel zu peinlich gewesen.

»Richtig geil, oder?«

Sandra erinnerte mich in ihrer Aufregung mehr an einen aufgeregten Teenager, als an eine 37 Jahre alte Ehefrau und Mutter.

Ich atmete tief durch. Mein gequälter Blick ging auf die rechte Seite. Dort saß Victoria und schaute mich zufrieden und selbstsicher an. Sie beugte sich zu mir vor und flüsterte mir etwas zu.

»Nun sag schon ja. Akzeptiere wenigstens deine Niederlage wie ein Mann. Du bist jetzt ein Cuckold.«

Victoria genoss meine Qual. Das hätte mich erschrecken sollen. Mich den richtigen Pfad erkennen lassen sollen. Stattdessen akzeptierte ich diese Qual. Ich genoss sie sogar. Ich spürte, wie Sandra nur leicht auf meinen Schwanz drückte, dann war es um mich geschehen.

»Ja«, keuchte ich auf und ein erster Spritzer schoss aus mir hervor. »Ja!! Ich bin ein Cuckold. Ich bin dein Cuckold.«

Ich brauchte einige Sekunden, um mich zu beruhigen. Zurück auf den Boden zu kommen. Was hatte ich nur getan? Hatte ich mein Schicksal damit besiegelt?

Zumindest Sandra war mit meinen Worten sehr zufrieden. Sie lag in meinen Armen und küsste mich auf den Mund. Zwischen ihren Küssen bedankte sie sich. Es dauerte einige Minuten, bis sich die Lage wieder beruhigt hatte.

Unsere beiden Gäste hatten uns still gewähren lassen. Als Sandra sich wieder von mir schob, übernahm Victoria wieder das Kommando.

»Wo wir das jetzt geklärt haben, ist noch eine Frage offen. Möchte unser Neu-Cuckold seiner Frau heute zum ersten Mal bei einem Fick zuschauen?«

Ich blieb stumm. Immerhin hatte ich gerade abgespritzt. Das gab mir für kurze Zeit vollkommen klare Gedanken. Trotzdem wollte ich es unbedingt. Es war nur die Peinlichkeit dieser Situation, die mich es nicht aussprechen ließen. Auch wenn es nur eines einfachen »ja« bedürft hätte. Der Meinung war auch Victoria.

»Ja oder nein?«, fragte sie ungeduldig.

»Schatz?«, kam von der anderen Seite.

Ich schloss meine Augen und sprach ein leises »ja« aus.

»Gut«, kam von Victoria. »Dann gibt es nur eine Bedingung. Du musst deiner Frau genehmigen, die Bulls zukünftig ohne Kondom ficken zu dürfen.«

»Was?«, kam erschrocken und relativ laut von mir. »Das ist nicht akzeptabel! Das geht nun wirklich nicht.«

»Okay«, kam kurz angebunden von Victoria zurück. »Sandra, Pedro, viel Spaß. Ich warte hier mit Peter.«

Ich bekam einen enttäuschten Blick von meiner Frau zugeworfen. Trotzdem stand sie auf und ergriff die Hand von Pedro. Dann entschloss sie sich, noch einmal zu Victoria zu gehen. Kurz flüsterten die beiden. Dann nickte Sandra akzeptierend. An ihrer Hand führte sie Pedro Richtung Treppe. Das Ziel konnte nur unser Schlafzimmer sein.

Ich sah ihnen geschockt und mit halb offenem Mund hinterher. *Sandra würde einen anderen Mann in unserem Ehebett ficken.*

»Tja, du hättest jetzt an der anderen Hand sein können, aber du wolltest ja unbedingt ein Kondom«, kommentierte Victoria süffisant. Sie hatte offensichtlich auch weiterhin ihren Spaß. Immerhin war damit geklärt, dass sie wohl wirklich ein Kondom benutzen würden.

Sandra und Pedro waren mittlerweile verschwunden. Ich war mucksmäuschenstill und versuchte zu hören, ob sich oben schon etwas tat. Ob sich vielleicht rhythmische Geräusche einstellten. Victoria wiederum beobachtete mich interessiert.

»Ihr habt euer Schlafzimmer wohl schalldicht isoliert?«

Das vielleicht nicht, aber unser Schlafzimmer hatte dicke Wände.

»Warum hört man nichts?«

»Keine Sorge, die vergnügen sich sicherlich schon. Aber Sandra weiß, wie sie mit ihrem Cuckold umspringen muss.«

Ich schaute Victoria fragend an.

»Möchtest du wissen, was sie mich gerade gefragt hat, bevor sie sich auf den Weg gemacht hat?«

»Bitte?«, kam aus mir hervorgeschossen.

»Sie wollte meine Meinung dazu hören, ob sie die Schlafzimmertür schließen soll oder offenstehen lassen soll, sodass du zumindest aus der Ferne zuhören kannst. Worauf ich ihr eine einfache Frage gestellt habe.«

»Ja?«

»Hat er das verdient? Nun wir wissen jetzt wohl, wie ihre Antwort dazu ausfällt.«

Gequält stöhnte ich auf. Wie hatte dieser Tag, nur derart schiefgehen können. Ich fühlte mich, als wenn ich in einen Abgrund gestürzte wäre. Aus diesem war jetzt kein Entrinnen mehr.

»Warum?«, fragte ich leise. Es war mehr rhetorisch, aber Victoria antwortete mir trotzdem.

»Jede Frau hat andere Vorstellungen zur perfekten Beziehung zu ihrem Cuckold. Doch diese innere Qual ist das Schönste. Gerade am Anfang. Herrlich.«

Einen Moment hatte mir Victoria wohl eher unbeabsichtigt, einen Einblick in ihre eigene Gedankenwelt gewährt.

»Ihr seid doch fast alle gleich ... nein, nein, ich will nicht«, äffte sie einen verzweifelten Mann nach. »Ich bin so geil, so geil, macht was ihr wollt«, ließ sie als Gegenbeispiel folgen.

Das beschrieb ziemlich genau mein Gefühlsleben. Ich war hin- und hergerissen. Am Ende entschied meine Erregung - mein Schwanz - wohin die Waage gerade kippte.

Wie konnte ich dieser Welt jetzt noch entkommen? An diesem Tag war die Lage hoffnungslos. Ich brauchte Ruhe um darüber nachzudenken.

»Und ... warum ... ich meine sonst versucht ihr doch mehr?«

»Mehr?«

»Um euren Willen zu bekommen?«

»Warum wir nicht versucht haben, dich davon zu überzeugen, heute schon den nächsten Schritt zu machen und deine Frau ohne Kondom ficken zu lassen?«

»Ja«, kam leise von mir zurück.

»Sandra hätte es vielleicht gemacht. Aber auch wenn ich mich wiederhole - der Weg ist das Ziel. Du wirst ihr schon selber mitteilen, wenn du es nicht mehr aushalten kannst. Wann du unbedingt dabei sein möchtest. Das sind immer wunderbare Momente ... vor allem für die Frau. Aber auch für euch Cuckolds hat das sicherlich immer etwas sehr Befreiendes.«

Ich versorgte Victoria und mich mit Getränken und Knabberzeug. Auch sie wusste nicht genau, wie lange man sich oben vergnügen würde.

Es war fast eine Stunde vergangen, als sich endlich etwas regte. Pedro und Sandra kamen gemeinsam wieder runter. Beide offensichtlich frisch geduscht. Sandra war bereits angezogen. Pedro sammelte seine Kleidung im Wohnzimmer auf. Hatte dieser Tag endlich sein Ende gefunden?

Victoria würde Pedro mitnehmen. Sandra kündigte an, unsere Kinder wieder von meinen Eltern einzusammeln.

»Es wäre nett, wenn du in der Zwischenzeit unser Schlafzimmer auf Vordermann bringen könntest. Neues Bettzeug vor allem. Du hast dir für heute Nacht noch eine schöne Belohnung verdient.«

Damit war ich wieder alleine zu Hause. Ich atmete einmal tief durch. Dann machte ich mich auf den Weg nach oben. Ich wollte diese Aufgabe erledigt haben, bevor Sandra mit den Kindern zurück sein würde. Außerdem war ich neugierig auf unser Schlafzimmer. Musste einen Blick auf das Bett werfen.

Die Tür zu unserem Schlafzimmer war geschlossen. Ich

trat ein und blickte mich um und schnupperte an der Luft. War das der Geruch von Sex? Ich riss erst einmal ein Fenster offen. Dann machte ich mich daran das Kopfkissen und die Bettdecke abzuziehen.

Fast hätte ich es übersehen. Doch zwischen unseren beiden Matratzen hing irgendetwas fest. Ich hob das kleine Objekt an und erstarrte dann. Zwischen zwei Fingern hielt ich ein Kondom. An einem Ende war es verknotet. Im Innerem war reichlich weißliche Flüssigkeit. Das Sperma von Pedro. Er hatte einen ordentlichen Schuss abgespritzt, musste ich anerkennend akzeptieren. Naturgemäß war das Kondom auch relativ groß.

Vorsichtig brachte ich es Richtung Bad und ließ es im Mülleimer verschwinden.

Sie haben es wirklich in unserem Ehebett getrieben.

Ich war an diesem Tag gedanklich zu erledigt, um mir Gedanken über die Geschehnisse zu machen. Dafür machte Sandra später ihre Ankündigung war und ließ es in unserem Bett richtig krachen. Sie »saugte« mich förmlich aus. Es war einfach nur geiler und hemmungsloser Sex. Das toppte noch einmal den häufigen und guten Sex der letzten Wochen.

Das Thema Cuckold kam zwischen uns an diesem Tag nicht mehr zur Sprache. Dazu gehörte auch das Techtelmechtel mit Pedro in unserem Ehebett. Bildhaft spukte es aber immer wieder in meinem Kopf herum.

KAPITEL 15

Der Sonntag galt ganz der Familie. Meine Schwiegermutter hatte Geburtstag und so waren wir dort zu Besuch.

Spät am Abend eröffnete Sandra mir dann die Pläne für Montag. Zu meiner Überraschung hatte Victoria angefragt, ob ich es zeitlich einrichten könnte in den Club zu kommen.

»Ich?«

»Ja«, war die simple Antwort von Victoria.

»Und du?«

»Mal schaun, ich denke, ich werde mich erst gegen Abend auf den Weg machen.«

Damit stand schon einmal die klare Ansage, dass wir weiterhin Mitglieder im Club waren. Das sie weiterhin die Vorteile der Mitgliedschaft in Anspruch nehmen wollte. Nach Samstag hatte ich allerdings auch nichts Anderes erwartet. Für den Moment sah ich auch für mich keine andere Möglichkeit, als es zu akzeptieren.

KAPITEL 16

Ich hatte nichts Wichtiges auf meinem Schreibtisch. Am Morgen erledigte ich einige anfallende Kleinigkeiten, dann nahm ich mir als Selbstständiger die Freiheit den Rest des Tages frei zu machen.

Pünktlich gegen 10 Uhr wurde ich im Cucky Club erwartet. Ich war höchst aufgeregt und natürlich auch ein klein wenig erregt.

»Viel Spaß«, wünschte mir Sandra zum Abschied. Wir hatten nicht darüber gesprochen, was mich erwarten würde. Ich hatte mich nicht überwinden können zu fragen.

Die 500 Meter zum Club legte ich zu Fuß zurück. Auf dem Parkplatz standen auch zu dieser frühen Stunde und zum Wochenstart bereits sechs Autos.

Robert Paulsen erwartete mich bereits an der Tür. Als ich hereintreten wollte, fuhr ein weiteres Auto auf den Hof.

»Lass uns kurz warten.«

Aus dem Auto stiegen zwei Männer. Sie wurden mir als Anton und Thomas vorgestellt.

»Neu?«, fragte Anton mit Blick auf mich und in Richtung von Robert Paulsen.

»Jep, noch ein ziemlicher Frischling.«

Robert führte uns einmal komplett durch den Club. Wir traten auf die Terrasse heraus. Am Pool lagen bereits zwei nackte Schönheiten.

Victoria stand neben zwei Männern und gab ihnen Anweisungen. Sie kümmerten sich um ein Blumenbeet.

»Da ist ja der Rest«, begrüßte sie uns fröhlich. »Robert würdest du bitte Anton und Thomas in ihre Arbeit einweisen.«

Die Angesprochenen machten sich auf den Weg und ich blieb alleine mit Victoria zurück.

»Warum machen wir nicht einen kleinen Spaziergang?«, fragte sie in meine Richtung. Sie wartete aber nicht auf meine Antwort, sondern lief los. Ich blieb automatisch an ihrer Seite.

»So eine schöne Villa. Ich bin noch immer jeden Tag überglücklich, dass wir uns dieses Schmuckstück zulegen konnten.«

»Es ist schon was Besonderes«, gab ich zu.

»Macht auch viel Arbeit«, fuhr sie fort.

»Das kann ich mir gut vorstellen. Sandra und ich haben schon mit unserem Garten viel zu tun.«

»Ja ... zum Glück haben wir viele helfende Hände.«

»Aha?« Mir schwante Böses.

»Was glaubst du, warum du hier bist?«

»Um? Ich soll?«

»Richtig. Gartenarbeit. Nun schau nicht so. Wir sind ja keine Unmenschen. Nach getaner Arbeit gibt es natürlich eine Belohnung. Und ich kann mir wirklich Schlimmeres vorstellen, als meine Arbeit neben nackten Frauen zu erledigen?«

Ich musste diese Nachricht noch verarbeiten und ließ mich ohne nachzudenken von Victoria zurück Richtung Terrasse führen.

»Robert, kümmerst du dich um Peter?«

»Natürlich.«

Ich blieb bei Robert stehen, während Victoria in der Villa verschwand. Harken, Unkraut jäten, umgraben. Wir arbeiteten gemeinsam um die Terrasse herum und brachten sie auf Vordermann.

Ich funktionierte wieder einmal vor allem auf Autopilot. Konnte kaum fassen, was ich hier tat. Natürlich gab es auch positive Seiten. Nur wenige Meter von uns entfernt fanden sich einige nackte Frauen. Mittlerweile waren sie zu viert. Außerdem hatten sich zwei Männer zu ihnen gesellt.

Ich wartete nur darauf, dass sie uns jetzt auch noch einen Fick oder zumindest Blowjob bieten würden. Das hatte ich von meiner Voyeur-Position schon an dieser Stelle beobachtet. Doch diesen Gefallen tat man uns nicht.

Immerhin versorgte uns Robert mit Getränken. Außerdem machten wir um halb Eins eine ausführliche Mittagspause. Robert und Anton warfen gemeinsam den Grill an. Zuerst wurden die Damen und ihr Besuch versorgt. Anschließend kamen wir dran.

Mit sechs Männern - oder genauer mit sechs Cuckolds - saßen wir gemeinsam an einem Tisch. Das hatte ich mittlerweile verstanden. Am Montagmorgen eine Gruppe Cuckolds zur Gartenarbeit bestellen. Kein Wunder, dass der Cucky Club immer so makellos aussah.

Zwei Stunden lang hatten sich unsere Gespräche vor allem um die zu erledigende Arbeit gedreht. Jetzt war die Stimmung gelöster und ich lernte den Rest näher kennen. Ich unterhielt mich vor allem mit Gastgeber Robert sowie Anton und Thomas.

Erst ging es um die Feinheiten des Grillens, dann kamen wir zum Fußball und die startende Saison. Robert und ich waren Fans von Kaiserslautern. Erneut würde sich Kaiserslautern durch die 2. Bundesliga quälen müssen.

Thomas war Bayern-Fan und Anton hielt nichts vom Fußball.

Das Thema Cuckold wurde noch immer ignoriert. Das änderte sich, als eine weitere Frau auf die Terrasse trat.

»Hallo Schatz«, begrüßte sie Thomas und gab ihm einen kurzen Kuss auf die Wange. Dann entschwand sie auf die andere Seite der Terrasse und gesellte sich zu den restlichen Frauen und Männern.

»Schöne Frau«, kommentierte Anton nach einigen Sekunden. Da hatte er sicherlich recht. Stefanie hatte noch etwas sehr jugendhaftes und unbeschwertes an sich. Wie ich später erfuhr, war sie erst 28 Jahre alt. Thomas selber auch nur ein Jahr älter. »Die Bullen müssen ganz geil auf sie sein«, fügte er nach einigen Sekunden an.

»Ja«, seufzte Thomas auf. »Vor zwei Wochen habe ich das erste Mal ... zugesehen.«

»Das wird ein Erlebnis gewesen sein«, kommentierte Anton und klopfte ihm auf die Schulter. »Ich erinnere mich noch gut an mein erstes Mal. Auch wenn es schon drei Jahre her ist. So etwas vergisst man nie wieder.«

»Ja«, bescheinigte ein in sich grinsender Robert.

»Wie lange ist es denn bei dir her?«, fragte Anton in Richtung Robert.

»Puh. Eine gefühlte Ewigkeit. Lass mich überlegen. Ich war damals 28 - also vor 19 Jahren. Da haben wir bald Jubiläum ... damals war aber alles noch ein wenig anders. Ziemlich anders. Wir hatten über eine Anzeige ein Pärchen für eine gemeinsame Nacht gefunden.«

»Du durftest auch ran?«, fragte ein faszinierter Anton.

»Ja ... damals noch«, kam von einem nachdenklichem Peter zurück.

»Und wie schaut es bei unserem Frischling aus?«, kam nun in meine Richtung.

»Also ... ich ... bisher ...«

»Er hat noch nicht«, übernahm schließlich Robert das Antworten für mich.

»Uh«, kam sofort von Anton.

»Aber deine Frau hat doch sicherlich schon?«, fragte ein irritierter Thomas.

»Alle Cuckolds sind verschieden«, unterrichtete Robert in Richtung von Thomas. »Nur einigen ist es beschieden, ihrer Frau schon beim ersten Mal zuzuschauen. Da gehörst du zur Minderheit. Bei uns im Club dürfte es nur rund 20 Prozent der Cuckolds sein.«

»Ja«, sinnierte Anton. »Ich durfte auch erst beim zweiten Mal dabei sein.«

»Peter darf jetzt auch. Er muss nur noch eine kleine Zustimmung geben und sträubt sich wohl noch?«

»Wo ist das Problem?«, fragte einmal mehr Anton.

»Möchtest du es ihnen erklären?«, fragte Robert.

»Meine Frau soll ohne Kondom«, gab ich leise zu.

Statt Worten schallte mir erst einmal von allen Seiten Gelächter entgegen.

»Kondom?«, fragte ein kopfschüttelnder und lachender Anton.

»Was?«, fragte ich gekränkt. »Ohne geht doch nicht? Das ist doch ...«

»Alle Bulls im Club werden regelmäßig beim Arzt vorstellig und müssen einschlägige Untersuchungen über sich ergehen lassen, falls das deine Sorge ist.«

»Natürlich, aber auch ... sie ist meine Frau ... und ... und ...«

»Es gibt nichts Schöneres als die frischgefickte Pussy der eigenen Frau. Wenn dann auch noch das Sperma eines Bulls hervorquellt ... wie dem auch sei. Warten wir mal ab, wann du deine Zustimmung gibst.«

Wann, nicht ob. Ganz offensichtlich hatte er keinerlei Zweifel daran, dass es nur eine Frage der Zeit war. Nach unseren Gesprächen und ihren Enthüllungen über ihre eigenen Frauen, lechzte ich auch mehr denn je danach. Doch ich musste standhaft bleiben. Würde ich es zulassen, wäre ich wahrscheinlich für immer in dieser Welt verloren. Davon würde es nie einen Weg zurückgeben.

Dabei machte ich mir gar keine Gedanken über meine Frau und ob sie auf diese Welt verzichten konnte. Meine Sorge galt alleine mir. Würde ich einmal aus nächster Nähe meine Frau mit einem anderen Mann erleben, würde ich mich davon wohl kaum wieder befreien können. Die Folgen waren kaum abschätzbar.

»Da stehen unserem Peter aber noch einige Überraschungen vor«, gab Anton in Richtung von Robert zu bedenken. »Wenn er erstmal richtig ran soll. Das wird interessant.«

»Anton, du kennst unsere Regeln. Nicht vorgreifen.«

»Ja, ja«, grinste dieser zurück. Doch auch Robert schien sich über die Andeutungen zu amüsieren. Ich war wieder einmal ahnungslos. Auch Thomas zeigte Interesse und war wohl auch noch in vielen Punkten im Ungewissen.

Nach unserer Mittagspause arbeiteten wir noch eine Stunde weiter. Dann fand unser Arbeitseinsatz sein Ende.

Wir wurden zurück in die Villa geführt. Über die letzten Stunden war viel Schweiß geflossen und wir durften jetzt erst einmal duschen. Anschließend wurde ich in einen weißen Bademantel eingekleidet. Von Robert bekam ich die Anweisung auf Unterwäsche zu verzichten. Meine Kleidung verschwand in einem kleinen Spind.

Unser Weg führte einmal durch die komplette Villa. In diesem Bereich war ich zuvor noch nicht gewesen. An einem Durchgang fand sich ein Schild mit der Aufschrift »Cucky Bar«. Daneben fand sich ein weiteres Schild im

Stoppschildlook mit der Aufschrift »No Bulls allowed« - keine Bulls erlaubt.

Tatsächlich hatten wir eine kleine Bar erreicht. Es gab eine Theke, verschiedene Fernseher und reichlich Sitzgelegenheiten. Der Raum war bereits leicht gefüllt. Von 20 Personen trugen 8 ebenfalls einen Bademantel. Der Rest trug normale Straßenkleidung. Dazu gehörten auch Anton und Robert. Thomas war für mich das einzige bekannte Gesicht in einem Bademantel.

Anton und Thomas hatten für Robert und mich Plätze freigehalten. Wir setzten uns zu ihnen auf ein Sofa. Ich saß zwischen Anton und Robert.

Thomas saß ganz rechts neben Anton. Dieser klopfte uns beiden auf die Schulter. »Viel Vergnügen.«

»Was kommt jetzt wieder für eine Schweinerei?«, stöhnte ich auf.

»Oh«, kam von Anton. »Hübsche Frauen in leckeren Dessous sind sicherlich keine Schweinerei ... hm ... wenn ich es mir so überlege, dann seid ihr beiden eigentlich für die Schweinerei zuständig.«

Klare Antworten würde ich wohl nie von einem anderen Clubmitglied erhalten. Daran musste ich mich wohl gewöhnen. Aber stattdessen warf man mit Andeutungen immer noch zusätzliche Fragen auf. Immerhin kam jetzt Victoria in Begleitung einer Frau herein. Vielleicht würde ich jetzt mehr erfahren.

»Liebe Cuckolds, einmal mehr begrüße ich Antonia zu einer ihrer beliebten Dessousshows.«

Diese Ankündigung wurde von den meisten Cuckolds mit einem kurzen und lauten Grölen gefeiert.

»Bevor wir starten, seien die Regeln für unsere Neulinge erklärt. Einige unserer heißen Ehefrauen werden gleich die Dessous vorführen. Euch kommt es dann zu, zu entscheiden, welche Dessous eurer Frau stehen würden.

Wie immer ist alles bei unserer reizenden Antonia ausreichend vorrätig. Eure Frauen sind über die Show informiert und wären sicherlich enttäuscht, wenn ihr mit leeren Händen nach Hause kommt.«

»Wenn ihr euch für einen Kauf entschieden habt, dann hebt einfach die Hand und eine meiner netten Helferinnen kommt zu euch und wird sich um alles Weitere kümmern«, ergänzte Antonia. »Um Größenangaben müsst ihr euch keine Gedanken machen. Die haben wir für euch schon eingesammelt.«

»Wie ich sehe, haben wir wieder reichlich Bademantelträger unter uns«, fuhr Victoria fort. »Manche von euch sehen es als Belohnung. Ich bin ja davon überzeugt, dass eure Damen nur die Hoffnung haben, euch in eine ordentliche Kauflaune zu versetzen. Wie dem auch sei. Wie immer gilt, für die Dauer der Show dürft ihr nach Herzenslaune masturbieren. Einzige Regel, ihr müsste euren Bademantel öffnen und den Blick für eure glücklosen Cuckold-Freunde freigeben.«

Ich war wie betäubt. Hatte ich da gerade richtig gehört?

Immerhin saßen mit Thomas und Anton zwei Personen ohne Bademantel neben mir. Da musste ich das Masturbieren nicht direkt miterleben. Ob da überhaupt jemand mitmachen würde?

»Liebe Cuckolds«, übernahm nun Antonia wieder das Wort. »Damit kann die Show endlich beginnen. Den Anfang macht unsere reizende Maria mit einem Set aus Triangel BH und String.«

Hereinstolziert kam eine schwarzhaarige Schönheit. Die von ihr vorgeführte Wäsche verbarg gar nichts. Netzoptik gab sowohl den Blick auf ihre Nippel, als auch auf ihre Scham sehr freigiebig preis.

»Hier dürft ihr euch auf Handwäsche einstellen …« fuhr Antonia fort. Von ihren weiteren Worten nahm ich wenig wahr. Meine Augen klebten an dem Anblick vor mir fest. Ich spürte, wie sich unter meinem Bademantel sofort etwas regte.

Zudem flog auf der anderen Seite eine Hand hoch. Eine Helferin kam zu ihm rüber und nahm die Bestellung entgegen.

»Ha«, kam von Anton neben mir. »Da wird Maria ihrem Jürgen wieder einmal reichlich Wäsche entlocken.«

Ich brauchte einige Sekunden, um seine Worte zu verstehen. Der Mann auf der gegenüberliegenden Seite war wohl der Ehemann unseres Modells.

»Hier haben wir die süße Stefanie in einer bezaubernden Korsage - ebenfalls in Schwarz.«

Herein kam tatsächlich die Ehefrau von Thomas. Süß war gar kein Ausdruck.

»Die Korsage wird von uns inklusive Overkneestrümpfen und Slip angeboten. Strapse haben es ja den meisten Männern angetan. Da ähnelt ihr Cuckolds euch zur Abwechslung mal mit den Bulls. Diese Korsage ist durch viele Verschlüsse etwas umständlich anzuziehen. Eure Damen werden also gerne eure Hilfe in Anspruch nehmen. Das wird die meisten von euch wohl nicht sonderlich stören.«

Kurz wendete ich mich ab und sah mich um. Diesmal waren vier Hände in die Höhe geschossen.

»Hoch mit der Hand«, raunzte Anton an Thomas neben sich.

»Was ist?«, kam dieser wieder zu sich. Sein Blick war zuvor vollkommen in seine Frau vertieft.

»Das ungeschriebene Gesetz lautet, kaufe alles was deine eigene Frau vorführt. Zumindest wenn du die nächsten Tage ein glücklicher Cuckold sein möchtest.«

Zaghaft ging die Hand von Thomas in die Höhe. Er hatte mir zwar einige Erfahrungen voraus, aber auch für ihn war es die erste Dessousshow. Zur Abwechslung war die Erklärung von Anton aber mehr als logisch.

Während Bestellungen angenommen wurden und Stefanie sich noch einmal drehe und wendete, ging mein Blick noch einmal durch den Raum. Für einen kurzen Moment blieb mein Blick hängen und wendete sich dann erschrocken ab, ging schnell zurück auf den Anblick von Stefanie.

In einer Ecke der Bar waren für einen kurzen Augenblick zwei Cuckolds in mein Blickfeld geraten. Diese beiden Cuckolds in Bademänteln machten von unserer Erlaubnis gebrauch. Sie hatten den Blick auf ihren Penis freigemacht und masturbierten.

»Bei all den leckeren Anblicken, vergiss nicht deiner Sandra was Hübsches zu kaufen.«

»Miriam zeigt uns das Gleiche noch einmal. Statt in Schwarz aber diesmal in Aubergine. Sehr schön für alle rothaarigen Damen, wie unsere Miri hier.«

Wieder gingen Hände hoch und Bestellungen wurden entgegengenommen.

Es folgten weitere Vorstellungen. Ich sah einen weiteren Cuckold masturbieren und schaute sofort wo anders hin. Langsam wurde ich nervös. Noch einmal wurde ich darauf hingewiesen nicht mit leeren Händen nach Hause zu kommen.

Dann trat erneut Stefanie als Modell auf. Wie meine Frau war auch sie blond. Jetzt trug sie eine recht verspielte weiße Reizwäsche. Ich wusste sofort, dass ich einen Kauf tätigen würde.

»Wir haben hier eine sexy Corsage mit bügelverstärkten BH-Cups. Vorne findet sich eine raffinierte Schnürung. String und Strümpfe gehören natürlich auch hier zum Paket.«

Meine Hand ging hoch. Statt einer der Damen kam

allerdings Victoria zu mir rüber und nahm die Bestellung auf.

»Gute Wahl«, lobte sie mich. »Wäre doch auch etwas Hübsches, um deiner Frau ein erstes Mal zuzuschauen? Weiß hat ja auch etwas Jungfräuliches und wäre daher ideal für dein Debüt.«

Victoria war für ihre Worte leicht in die Hocke gegangen. Sie klopfte mir jetzt leicht aufs Bein.

»Ich bin mir sicher, dass sich unter diesem Bademantel ein harter Schwanz verbirgt. Du musst dich wirklich nicht schämen ihn hier zu zeigen und dir Erlösung zu verschaffen. Du bist hier schließlich in bester Gesellschaft.«

Mit ihren Worten hatte sie meinen Kopf genommen und zur Seite geschoben. Weitere Cuckolds masturbierten jetzt. Ich konnte nicht verstehen, wie sie sich hier so gehen lassen konnten.

Gut - ganz so verständnislos war ich dann doch nicht. Mein empfindlicher Schwanz sendete auch an mich recht eindeutige Signale. Sein Verlangen war recht eindeutig. Doch noch hatte sich mein Gehirn nicht ganz abgeschaltet. *Peinlich, peinlich, peinlich*, war die eindeutige Sendung von dort zu einem solchen Verhalten.

»Hab ich mich beim ersten Mal auch so schwergetan«, fragte ein belustigter Anton. »Jungs«, fuhr er fort. »Genießt den Augenblick. So eine Situation erlebt man nicht jeden Tag. Wenn ich hier im Bademantel sitzen würde ...«

Seine Meinung war recht eindeutig.

»Genauso geht das«, folgte nach einigen Sekunden. Ein Blick zur Seite zeigte mir, dass Thomas seinen Bademantel geöffnet hatte. Seine Hand hielt seinen Schwanz in der Hand. Einen Tick größer als meiner. Aber wohl keine Größenordnung, die irgendeine Frau in diesem verdammten Club sonderlich interessieren würde.

Thomas begann langsam. Ließ aber schnell seine Hemmungen fallen.

»Du bist der Letzte«, flüsterte mir Robert zu.

»Was?«

»Der letzte mit geschlossenem Bademantel.«

Ich blickte mich um. Robert hatte recht. *Soll ich?,* ging durch meinen Kopf. Ich atmete tief durch und spürte, wie jede Pore meines Kopfes nach Entspannung schrie. Diese seltsame Situation erregte mich. Dieses perverse neue Leben voll seltsamer Abenteuer.

Ich beobachtete, wie ein paar Meter entfernt ein Cuckold abspritzte. In diesem Moment war es um mich geschehen. Das brauchte ich auch.

Langsam schob ich den Bademantel auseinander. Meine Hand fasste an meinen Schwanz. Es war verrückt. Hier unter einer Horde Männer zum Anblick der Modells zu masturbieren. Aber mein Schwanz hatte wieder einmal über die Vernunft gesiegt.

Auf und Ab. Langsam tat meine Hand ihr Werk. Weder von Robert, noch von Anton kam ein Wort. Mein Blick richtete sich starr auf das jeweilige Modell.

Meine Hand wurde stetig schneller. Ich drückte meinen Körper tief in das Sofa und merkte schnell, dass ich bald kommen würde. Ich schloss meine Augen und atmete tief durch.

»Hier haben wir noch einmal die hübsche weiße Corsage ...«

»Augen auf«, warf Robert ein und ich folgte einfach der Anweisung, ohne nachzudenken.

»... diesmal führt Sandra uns diese vor.«

Ich schreckte förmlich zusammen. Vor meinen und zahlreichen weiteren Augen posierte meine Frau. Sie drehte und wendete sich. Doch ihr Blick war alleine auf mich gerichtet. Genauso war mein Blick auf sie fixiert.

Schon nach wenigen Sekunden merkte ich, wie mein Schwanz zu pulsieren begann. Dreimal spritzte es ab und mein Sperma landete auf meiner Hand.

Das blieb auch Sandra nicht verborgen. Sie lächelte mich wissend und zufrieden an. Dann verschwand sie so schnell wieder, wie sie erschienen war.

»Hübsche Frau«, kommentierte Anton.

Mein Blick ging nach unten, auf meine spermaverschmierte Hand. Ich wischte sie im Bademantel ab.

Damit war die Dessousshow beendet. Robert führte mich zurück zu meiner Kleidung. Schon wenige Minuten später war ich auf dem Heimweg. Auch diesmal würde ich die 500 Meter zu Fuß bewältigen.

Es überraschte mich nicht, dass ich Sandra zu Hause nicht antraf. Es war mittlerweile später Nachmittag und sie schien sich ihr Vergnügen noch im Cucky Club zu suchen.

Ich war hingegen völlig erschöpft von diesem anstrengenden Tag. Nicht nur vom Arbeitseinsatz, sondern auch von dem das folgte. Ich kümmerte mich noch um das Abendessen für die Kinder und lag dann früh im Bett.

Später wachte ich wieder auf. Sandra war zu mir ins Bett gekrabbelt und schmiegte sich an mich.

»Schlaf weiter«, flüsterte sie mir zu. Ein kurzer Blick zur Seite zeigte, dass wir fast Mitternacht hatten.

KAPITEL 17

Wieder erfuhr ich nicht, wie es Sandra im Cucky Club ergangen war. Zwei Tage lang erwähnten wir den Montag nicht einmal. Dann musste ich aber doch nachfragen.

»Ich weiß nicht, warum ich es dir immer erzählen soll«, antwortete Sandra. »Du musst dich nur kurz äußern und du bekommst einen deutlich eindrucksvolleren Blick auf das Geschehen. Da werden Worte nie mithalten können.«

»Das kann nicht passieren«, gab ich schon fast traurig zurück.

»Du musst nicht einmal etwas sagen. Ich hab dir vorhin eine Überraschung in deinen Schrank geräumt. Schau doch einmal nach.«

Ich öffnete die Doppeltür meiner Schrankseite. Sofort blieb mein Blick hängen. Dort lagen die weißen Dessous, die Sandra vor meinen Augen vorgeführt hatte.

»Es ist ganz simpel«, fuhr Sandra fort. »Leg mir die Dessous am nächsten Montag einfach raus und ich weiß, wie deine Entscheidung gefallen ist. Keine Worte nötig. Ich verstehe, dass das für dich nicht einfach ist. Aber ich bin mir sicher, dass wir hier auf dem richtigen Weg sind. Um ehrlich zu sein ... so nahe habe ich mich dir schon lange nicht mehr gefühlt.«

Ich sah, wie Sandra eine Träne herunterkullerte und nahm sie tröstend in den Arm.

»Versprich mir darüber nachzudenken«, verlangte sie von mir.

Als Antwort kam ein leises »okay« über meine Lippen, gefolgt von einem »gib mir Zeit«.

Drei Wochen lang passierte gar nichts. Abgesehen davon, dass es Sandra auch weiterhin jeden Montag in den Cucky Club zog. Erzählungen gab es für mich aber keine. Sandra ging am Abend in den Club und legte sich gegen Mitternacht zu mir ins Bett. Am Dienstagmorgen lebten wir unser Leben ganz normal weiter.

Im Prinzip hätte ich damit die Cuckold-Welt ignorieren können. Ich hätte einfach nur den Montagen meiner Frau keine Beachtung schenken dürfen.

Natürlich funktionierte das nicht. Besonders an jedem Montag malte ich mir aus, was Sandra dort mal wieder treiben würde. Außerdem hatte ich noch das Bild und die Audio-Dateien von ihr mit Pedro. Noch immer kamen diese wieder zum Einsatz.

Ein immer größerer Teil von mir wollte »ja« sagen. Wollte dieses Leben akzeptieren. Vor allem wollte ich meine Frau mit einem anderen Mann sehen. Zuschauen wie sie wirkliche und totale Ekstase erleben durften. Nicht zu vergessen, der Anblick eines großen Schwanzes, der tief in ihr steckte.

Es war wieder einmal Sonntag und wir standen damit vor

dem nächsten Montag. Ich erwartete nicht, dass sich in dieser Woche etwas ändern würde.

Am Sonntagabend wollte Sandra joggen gehen und warb darum, dass ich sie begleitete. Nach mehrmaliger Aufforderung durch sie stimmte ich schließlich leicht widerwillig zu. Sandra schien das nicht weiter zu stören.

Für einen Moment hatte ich erwartet, dass wir jetzt Richtung Cucky Club joggen würden. Dass wir dort eine überraschende Abbiegung nehmen würden und im Club landen würden. Am Ende nur für einen Zweck. Mich meine Frau beim Sex mit einem anderen Mann erleben zu lassen und damit mein Schicksal zu besiegeln.

Aber nein, es ging in die andere Richtung. Doch schon nach 200 Metern stoppten wir. Oder besser gesagt, Sandra stoppte uns.

»Warte«, raunte sie mir zu. Gleichzeitig zog sie mich zur Seite. Eine Hecke diente uns als kleiner Sichtschutz.

»Was?«, fragte ich zurück.

Ich folgte dem Blick von Sandra. Dieser war auf zwei Männer gerichtet, die auf der Auffahrt der Bergers standen. Einer von ihnen rauchte eine Zigarette.

»Was ist?«, fragte ich noch einmal in Richtung von Sandra. Sie bedeutete mir aber nur, leise zu sein.

Irritiert wartete ich und blieb mit ihr in Deckung. Schließlich war die Zigarette aufgeraucht und die beiden Männer klingelten an der Haustür. Nach wenigen Sekunden wurde ihnen geöffnet und sie verschwanden im Haus.

»Oh mein Gott«, bekam ich von einer sichtlich aufgeregten Sandra zu hören.

»Erfahre ich jetzt langsam, was dies soll?«

»Die sind aus dem Club!«

»Wer?«

»Die beiden Männer ... die gerade im Haus der Bergers

verschwunden sind. Die sind im Club ... zwei Bulls. Was machen die hier?«

Mir ging jetzt natürlich ein plötzliches Licht auf. Durch meine Beobachtungen als Voyeur wusste ich bereits, dass unsere entfernten Nachbarn ebenfalls Mitglieder im Cucky Club waren. Wie auch immer sie da hineingeraten waren. Doch dies konnte und wollte ich Sandra noch immer nicht gestehen. Ich behielt meine Voyeur-Tätigkeit lieber für mich.

»Komm, komm«, wie Sandra mich an und zog mich weiter. Dabei blieb sie leicht geduckt.

»Sandra? Was machst du? ... Nein.«

Mein »Nein« erklang, als sie auf das Grundstück der Bergers einbog. Langsam und vorsichtig näherten wir uns dem Haus. Doch ihr Ziel war nicht die Haustür. Stattdessen bog sie nach links in den Garten.

»Bist du verrückt?«, fragte ich, als wir die Hausecke erreichten.

Doch Sandra setzte ihren Weg unbeirrt fort. Auch von mir gab es nur wenig Gegenwehr. An ihrer Hand ließ ich mich weiterziehen. Folgte ihr weiter um das Haus herum.

Wir erreichten schließlich die Rückseite des Hauses. Mittlerweile war es recht dunkel geworden. So reichten einige Büsche und Sträucher, um uns zu verbergen. Zumindest hoffte ich das.

Das sich uns bietende Bild war erst einmal nicht sonderlich interessant. Helmut Berger saß in einem Sessel. Die beiden Gäste auf einem Sofa. Von Lydia Berger war nichts zu sehen. Man schien sich zu unterhalten. Worte konnten wir aber nicht verstehen. Was sollte das hier?

Ich versuchte Sandra zurückzuziehen. Diese dumme Aktion sollten wir besser beenden. Doch sie blieb standhaft. Ich traute mich nicht sie mit Worten zu überzeugen. Zu groß war meine Sorge vielleicht doch gehört zu werden.

Dann tat sich aber doch etwas. Lydia Berger trat in das Wohnzimmer. Mein Atem stockte. Ich hatte sie zwar schon einmal nackt beobachtet, aber in der richtigen Verpackung kann der Anblick einer Frau noch einmal etwas ganz Besonderes sein. Das war hier sicherlich der Fall.

Doch als erstes vielen mir ihre Haare auf. Sie hatte wieder einmal die Farbe gewechselt. Jetzt war es wasserstoffblond. Die Reizwäsche war komplett in Schwarz. Das begann mit einer schwarzen Seidenstrumpfhose, ging weiter mit Strapsen und Strapsgürtel und endete mit einem ebenfalls schwarzen BH. Es wirkte edel und trotzdem sehr verspielt. Auf den zweiten Blick entdeckte ich dann auch noch ihre High Heels. Natürlich ebenfalls in Schwarz.

Sofort richteten sich alle Blicke auf Lydia und sie wurde begrüßt. Diese stolzierte aufreizend zu den drei Männern. Als erstes zu ihrem Mann. Es gab einen kurzen Kuss und ein paar Worte wurden gewechselt. Helmut verabschiedete sich mit einem Lächeln.

Dann führte ihr Weg zum Sofa. Die beiden Männer rückten zur Seite und ließen sie zwischen sich sitzen.

Natürlich hatte ich mittlerweile eine klare Vorstellung davon, was ich hier jetzt zu sehen bekommen würde. Ich war aufgeregt, nervös und voller Vorfreude. Ein Blick zu Sandra brachte ein verlegendes Lächeln von ihr hervor.

»Schau«, flüsterte sie und mein Kopf drehte sich zurück. Lydia küsste nun einen der beiden Männer - ein Schwarzer. Sie hielten sich nicht lange auf und begannen gleich mit einem wilden Zungenspiel.

Der zweite Mann zog derweil den BH von Lydia unter ihre Brüste. Er war groß, fast dürr und sehr blass. Kurz knetete er sie durch, dann verschwand sein Gesicht zwischen ihren Brüsten. Es war nicht zu sehen, aber er würde wohl an ihren Nippeln saugen.

Dieses Spiel setzte sich eine Weile fort. Nach einigen Minuten wurden die Rollen getauscht.

»Wer ist das?«, fragte ich leise in Richtung von Sandra. Langsam hatte ich meine Stimme wiedergefunden. Der Schock über diese Situation war überwunden.

»Ich bin mir nicht ganz sicher ... der Schwarze wird glaube ich TJ genannt. Der andere heißt, glaube ich, Adam.«

Lydia machte sich jetzt an der Hose von TJ zu schaffen. Nach einigen Versuchen ragte sein Schwanz hervor. Sofort stülpte Lydia ihren Mund über diesen.

Ich hatte seinen Penis nur kurz in seiner vollen Länge sehen dürfen. Jetzt war er in unserer Nachbarin verschwunden. Das im wahrsten Sinne des Wortes. Ich konnte es nicht ganz genau erkennen, aber ich hatte den Eindruck, dass sie ihn wirklich vollständig aufnehmen konnte.

Das faszinierte mich. Ob jede Frau einen solchen Riesen schaffen konnte, ob meine Frau das konnte?

Die Situation im Wohnzimmer unserer Nachbarn entwickelte sich jetzt stetig weiter. Der Schwarze war nun aufs Sofa gestiegen und stand breitbeinig vor Lydia. Sein Schwanz steckte wieder tief in ihr. Er fickte sie damit jetzt förmlich in den Mund.

Durch seine Beine hinweg konnte ich nur die untere Gesichtshälfte von Lydia sehen. Aber einen solchen harten Fick in den Mund, ob das für die Frau angenehm war?

»Wow«, hörte ich leise von Sandra. Auch sie schien dieser Anblick nicht kalt zu lassen. Ob sie sich vorstellte, dies eines Tages selber machen zu können?

Adam hatte Lydia in der Zwischenzeit von ihrem String befreit. Sein Gesicht vergrub sich tief in ihrer Scham.

Es folgte ein Positionswechsel. Adam setzte sich aufs Sofa. Lydia kniete vor ihm. Jetzt bekam er wohl einen Blowjob. TJ bewunderte diesen Anblick kurz und zog an ihren Nippeln. Dann stand er vom Sofa auf und stellte sich hinter Lydia.

Damit war wieder die Sicht genommen. Aber es war offensichtlich, dass sein Schwanz in sie eindrang.

In diesem Moment wurde auch meine Sandra aktiv. Ihre Hand fuhr über meine Jogginghose. Sofort entdeckte sie meinen Steifen.

»Oh, gefällt dir das«, kommentierte sie das Auffinden und knete meinen Schwanz leicht durch die Hose hindurch.

So vergingen wieder einige Minuten bis zum nächsten Stellungswechsel. Zwischendurch viel mein Blick immer mal wieder kurz auf Helmut Berger. Er saß jedoch stoisch in seinem Sessel und schaute nur zu. Ich hätte zumindest erwartet, dass er sich selber Entspannung verschaffte. Doch nichts passierte.

Dafür schien Sandra aber der Meinung zu sein, dass ich Entspannung brauchte. Unter meinem leisen Protest zog sie mir meine Jogginghose ein Stück runter. Es folgte meine Unterhose. Damit stand ich als Voyeur im Garten meiner Nachbarn und präsentierte meinen Schwanz. Sandra umgriff ihn und begann mich langsam zu wichsen.

Dazu hatte sie sich hinter mich gestellt. So ließ sie mich auch ihre Brüste spüren. Diese drückten mit ihren deutlich spürbaren Nippeln gegen meinen Rücken.

Trotz all dieser Ablenkung verlor ich den Anblick vor unseren Augen nie ganz aus dem Blick. Durch die Scheiben war nun auch deutlich das Gestöhne von Lydia zu hören.

»Die haben ihren Spaß«, flüsterte Sandra mir ins Ohr.

Vor unseren Augen erfolgte derweil ein erneuter Positionswechsel. TJ saß nun auf dem Sofa. Lydia ritt dazu wild auf seinem Schwanz. Das war endlich eine wirklich gute Position für uns zwei Voyeure. Nun konnten wir ganz genau beobachten, wie der Schwanz von TJ immer wieder tief in Lydia verschwand.

Adam stand dazu seitlich von Lydia. Diese versuchte, ihn bestmöglich oral zu verwöhnen. Das war bei ihrem zusehends wilder werdenden Ritt natürlich nicht einfach.

»Geil oder?«, äußerte sich erneut Sandra von hinten. Ich blieb stumm, aber war selber von diesem wilden Fickspiel vollkommen gefangen.

Kräftig umfasste die Hand von Sandra noch immer meinen Schwanz. Ich spürte, wie sie mich schon nahe an einen Orgasmus gebracht hatte. Meine Lust würde bald explodieren. Zusätzlich zu ihrem Spiel mit meinem Schwanz schob sie ihre zweite Hand unter mein T-Shirt. Zielstrebig suchten ihre Finger meine Nippel.

Es war das erste Mal, dass sie mich dort so berührte. Nippelspiele sind doch für Frauen? Doch jetzt überraschten mich meine Brustwarzen. Offensichtlich hatte ich hier eine mir noch unbekannte erogene Zone vorzuweisen.

Kurz rieb Sandra nur mit ihrem Finger über meinen Brustwarzen. Dann kniff sie sanft in meinen Nippel. Wiederholte dies ein paar Mal. Schließlich ließ sie ihre Fingernägel über meine Brustwarzen und insbesondere Nippel fahren.

Das hätte jetzt eigentlich ausgereicht, um mich zum Höhepunkt kommen zu lassen. Doch gleichzeitig wurde ihr Pumpen meines Schwanzes weniger. Mein Atem schien meinen herannahenden Orgasmus frühzeitig verraten zu haben. Sandra schien noch Pläne mit mir zu haben.

Auch im Wohnzimmer kam man langsam zum Höhepunkt oder zumindest zum ersten Höhepunkt ihrer Aktivitäten. Es war deutlich zu sehen, dass TJ und Adam kurz vor ihrem Orgasmus standen.

Den Anfang machte TJ. Mit einem auch draußen hörbaren Schrei und deutlich Zuckungen kam er in Lydia.

Dabei war sein Schwanz tief in ihr versenkt. *Ohne Kondom*, ging mir kurz durch den Kopf.

Anschließend machte TJ den Blick frei, ließ sich neben Lydia aufs Sofa fallen. Mein Blick führte mich sofort zu Adam. Lydia nahm seinen Schaft noch einmal tief in ihren Mund. Gleichzeitig wichste Adam ihn immer schneller.

Schließlich kam auch er. Auch diesen Anblick kannte ich bisher nur aus Pornofilmen. Er spritzte sein Sperma in das Gesicht von Lydia ab.

»Wie geil«, kommentierte eine entzückte Sandra.

Dem konnte ich nur zustimmen, auch wenn ich auf Worte verzichtet. Stattdessen war ich vollkommen auf den Anblick vor meinen Augen fixiert. Zusätzlich spürte ich, wie Sandra mich wieder schneller wichste.

»Oh, du Schlampe, hm. Lecker«, kommentierte sie den nächsten Anblick.

Vor unseren Augen war die ehrenwerte Lydia Berger damit beschäftigt das Sperma in ihrem Gesicht aufzusammeln. Mit ihren Fingern schob sie es in ihren Mund.

Als sie damit fertig war, schien ihr Hunger aber noch nicht gestillt zu sein. Diesmal schob sich ihr Finger in ihre feuchte Spalte. Aus dieser lief bereits Sperma heraus. Sie sammelte jetzt auch dieses auf und schleckte ihre Finger genüsslich ab. Dabei feuerten TJ und Adam sie mit Worten an.

»Schleck du Luder«, kam erneut von Sandra.

War das noch meine Frau? Die letzten Monate hatten sie verändert - hatten uns verändert. Obszönitäten und Frivolitäten kamen häufiger vor.

Nicht, dass mich diese Gedanken in diesem Augenblick lange beschäftigt hätten. Es war eher so, dass ich mich an ihren Worten sogar noch weiter aufgeilte.

Noch einmal beschleunigte Sandra ihre Wichsbewegungen. Ihre zweite Hand kniff mehrmals in meine Brust, dann reichten wenige Worte, um mich endgültig kommen zu lassen.

»Komm, mein Cuckold. Komm. Spritz ab für mich.«

Das tat ich dann auch in einer regelrechten Explosion.

Anschließend hing ich leicht in den Seilen. Zum Glück stützte Sandra mich.

Als ich mich wieder beruhigt hatte, wurde mein Blick wieder klarer. Wir beobachteten wie Lydia die Hände von TJ und Adam nahm und sie aus dem Wohnzimmer führte. Ihre Kleidung blieb dort zurück. Nach wenigen Sekunden ging dann ein Licht im 1. Stock an. Das Schlafzimmer von Lydia und Helmut Berger. Der Spaß sollte für sie wohl noch nicht zu Ende sein.

Helmut saß die ganze Zeit über in seinem Sessel. Jetzt stand er auf. Er blickte sich kurz um, dann sammelte er die Kleidung von TJ und Adam ein. Fein säuberlich stapelte er sie auf einem Stuhl. Auch den String seiner Frau sammelte er ein. Behielt ihn aber bei sich.

Anschließend ging er zu einem kleinen Schrank. Dort goss er sich ein Getränk ein. Vielleicht Scotch oder Whisky. Mit diesem ließ er sich dann aufs Sofa nieder. Genau dort, wo es vor wenigen Minuten noch seine Frau getrieben hatte. Genüsslich und in kleinen Schlucken begann er zu trinken. Zwischendurch führte er den String seiner Frau an seine Nase und roch daran.

Einen Punkt registrierte ich in diesem Moment nicht mehr. Er war aber sicherlich seltsam. Selbst jetzt holte er seinen Schwanz nicht heraus, um sich selber endlich Entspannung zu verschaffen.

»Komm«, flüsterte Sandra mir zu und zog mich zurück. Unsere Zeit als Zuschauer war beendet.

Natürlich wurde aus unserem Joggingplan nichts mehr.

Stattdessen ging es auf geradem Weg zurück nach Hause und in unser Schlafzimmer. Hier waren wir schnell von unserer Kleidung befreit. Ehe ich mich versah, drückte Sandra mich aufs Bett und bestieg mich. Doch statt meinen Schwanz in sie eindringen zu lassen, drückte sie mir ihre Scham zunächst ins Gesicht.

Zu diesem Zeitpunkt hatte ich schon längst wieder einen Steifen. Entsprechend gierig machte sich mein Mund an die Arbeit.

Später beglückte mich Sandra erneut. Es wurde zwei wilde Stunden mit reichlich Positionswechseln.

KAPITEL 18

*E*s wurde eine unruhige Nacht für mich. Die Ereignisse hatten sich innerhalb kurzer Zeit wieder einmal überschlagen. Das unsere Nachbarn auch Mitglieder im Club waren, hatte ich zwar bereits gewusst. Das Schauspiel, dass sie uns diesmal geboten hatten, wie vollkommen enthemmt Lydia Berger vor den Augen ihres Mannes gleich zwei andere Männer *gefickt* hatte.

Das ging mir so schnell nicht aus dem Kopf. Es war aber auch schwer zu verarbeiten. Vor ein paar Monaten lebte ich noch in meiner kleinen Welt mit Ehefrau, zwei Kindern und netten Nachbarn. Und jetzt?

Dabei konnte ich mich nur wenig beklagen. Nach außen hatte sich mein Leben nicht verändert. Der Sex mit Sandra war besser und häufiger denn je. Im Grunde genommen gab es nur einen diskutablen Punkt. Ich ließ meine Ehefrau mit anderen Männern schlafen.

Das war es aber noch nicht alleine. Auch wenn es mich quälte, sie sich mit anderen Männern treffen zu lassen. Es törnte mich auch an - erregte mich.

An diesem Montag musste Sandra früh aus dem Haus.

Es regnete in Strömen und sie brachte daher die Kinder zur Schule. Anschließend fuhr sie direkt zu ihrer Arbeit.

So sahen wir uns erst am Montagabend wieder. Ein anderer Gedanke hatte mich in der Zwischenzeit beschäftigt. Wie sollte unsere Zukunft aussehen? Mit oder ohne Cucky Club?

Natürlich wusste ich nicht, wie Sandra reagieren würde, wenn ich ihr mitteilen würde, dass ich unsere Mitgliedschaft beenden wollte. Doch bevor dieses Thema aktuell wurde, musste ich erst einmal selber kritisch überlegen, wo ich stand. Entsprechend wenig Arbeit schaffte ich an diesem Montag.

In meiner Entscheidung war ich ziemlich zwischen weitermachen und aufhören hin- und hergerissen. Das Erlebnis vom Vortag mit unseren Nachbarn ließ mich natürlich auch nicht unbeeindruckt. Die Szenen spielten sich immer wieder vor meinen Augen ab.

Nach einem gemeinsamen Abendessen mit der ganzen Familie hatten wir um 19 Uhr endlich Zeit für uns. Ich goss uns beiden einen Wein an. Sandra eröffnete das Gespräch dann mit einer Frage.

»Hast du etwas dagegen, wenn ich gleich noch in den Club gehe?«

Es war Montag. Der einzige Tag in der Woche, an dem sie nach eigenem Belieben in den Club kommen durfte. Was schon ein Thema für sich war und bei mir viele Fragezeichen auslöste.

»Sandra«, begann ich langsam. »Ich hab heute viel nachgedacht ... und ich bin zu einem Ergebnis gekommen.«

Ich war nervös und musste einmal tief Luft holen. Sandra schaute mich erwartungsvoll an. Ihr Blick lag irgendwo zwischen Hoffnung und Angst. Auch sie spürte wohl, dass eine wichtige Entscheidung anstand.

»Ich bin mir nicht sicher, was ich vom Cucky Club halten soll. Es gibt so viele Dinge, die mir Angst machen. Viele Fragen, die offen sind. Aber ich kann auch nicht behaupten, dass es kein ordentlicher Ritt war. Ein Abenteuer ... als du bei der Dessousshow plötzlich vor mir standest. Das war ein unglaublicher Moment.«

Noch einmal musste ich pausieren. Ich spürte, wie ich leicht erzitterte.

»Sandra, ich denke, wir sollten Mitglieder bleiben. Sollten diese Welt weiter erkunden ...«

Ich verstummte. Ich hatte es ausgesprochen. Bis zur letzten Sekunde war ich mir unsicher gewesen, ob ich diese Worte wirklich über meine Lippen bringen würde. Doch jetzt war es geschehen. Ich spürte, wie eine große Last von mir abfiel.

Sandra stand auf und setzte sich neben mich. Gab mir einen langen und sanften Kuss. Einen liebenden Kuss.

»Ich liebe dich und ich bin mir sicher, dass das die richtige Entscheidung für uns sein wird. So schwierig es manchmal vielleicht auch sein wird. Ich bin so froh, dass du auch dieser Meinung bist.«

In den Augen von Sandra standen fast Tränen.

Für zwei oder drei Minuten saßen wir einfach nur da. Dicht aneinandergedrängt umarmten wir uns. Dann richtete sich Sandra wieder auf.

»Gib mir zehn Minuten Vorsprung, okay? Dann kannst du mir ins Schlafzimmer folgen.«

Ich bestätigte ihre Anweisung mit einem einfachen »okay« und Sandra entschwand sofort nach oben. Am Vorabend hatte ich zwar schon viel gegeben, aber sofort spürte ich, dass für eine weitere Nacht noch genug Saft in mir steckte. Vor allem mit Blick auf die jüngsten Ereignisse.

Gebannt schaute ich immer wieder auf die Uhr. Nach Ablauf von zehn Minuten machte ich mich auf den Weg. Statt sofort einzutreten, klopfte ich an und wurde von Sandra hereingebeten.

Als ich Sandra erblickte, stockte mir sofort der Atem. Vor mir hatte sich Sandra in der weißen Reizwäsche von der Dessousshow aufgebaut.

»Schatz, wir beide wissen, wofür diese weiße Wäsche gedacht ist. Sie ist für unser erstes gemeinsames Mal. Das erste Mal, wenn du dabei bist. Ich wünsche mir das sehr. Es wäre etwas sehr besonderes, ein sehr intimes Erlebnis, dass ich gerne mit dir teilen würde. Aber am Ende ist es alleine deine Entscheidung.«

»Ich habe daher eine einfache Frage an dich. Soll ich diese hübsche weiße Corsage anbehalten oder soll ich mich umziehen?«

Wow, ging durch meinen Kopf. *Jetzt will sie es aber wissen.*

»Anbehalten oder ausziehen?«, wiederholte Sandra noch einmal die Wahlmöglichkeiten.

Sollte es das jetzt sein? Ich war schon erregt die Treppe hinaufgegangen, da hatte ich schon einen sexy Abend erwartet. Das hier toppte es dann aber noch einmal deutlich. Mein Penis quittierte das mit einem erwartungsvollen Zucken. Nachdem gerade erst eine Barriere gefallen war und ich unsere Mitgliedschaft akzeptiert hatte, sollte ich jetzt noch einen Schritt weitergehen. Zittrig und stotternd begann ich zu sprechen.

»Ich ... aahn ... ich ... an ... anbehalten.«

DIE LUST DES CUCKOLDS

BAND 3

KAPITEL 1

Ich hatte lange überlegt. Am Ende hatte ich Sandra meine Entscheidung mitgeteilt. Wir sollten Mitglieder im Cucky Club bleiben. Diese Entscheidung machte mir Angst. Ich war mir nicht sicher, was dies für uns und unsere Ehe bedeuten könnte. Ich malte mir die schlimmsten Szenarien aus. Könnte Sandra mich für einen dieser Männer verlassen? Sich in ihn verlieben? Ich hatte ihr viel zu bieten, doch im Bett konnte ich an einer wichtigen Stelle nicht mithalten.

In den letzten Monaten war vieles auf mich eingeprasselt. Immer tiefer wurden wir in diese neue Welt gezogen. Die Lust an diesem neuen Spiel hatte uns immer tiefer in eine gänzlich andere Welt gesogen. So weit, dass ich nicht Nein sagen konnte. Ich wollte es Sandra nicht wegnehmen. Selber wollte ich aber auch nicht verzichten.

Für Victoria Paulsen waren Sandra und ich sicherlich eine leichte Beute. Zuweilen zierte ich mich. Am Ende obsiegte aber die Lust über die Vernunft. Ich traute ihr nicht so recht über den Weg. Sie hatte das Gefühl, dass sie ihre Finger noch stärker im Spiel hatte, als ich vermutete. Trotzdem konnte ich ihren Angeboten nicht widerstehen.

Sandra tat sich im Vergleich zu mir wesentlich einfacher. Natürlich war sie auch die deutlich Größere. Für sie gab es viel Sex mit gut bestückten Männern. Diese konnten nicht nur durch ihre Schwanzlänge überzeugen, sondern wussten auch genau, wie sie eine Frau beglücken konnten.

Zwar machte Sandra deutlich, dass ihre Liebe zu mir wesentlich wichtiger war, als zukünftige Besuche im Cucky Club. Doch ich war mir sicher, dass er ihr fehlen würde. Wir schienen an einem Punkt angekommen zu sein, an dem ein Zurück immer schwieriger wurde.

Davon möchte ich mich selber gar nicht ausnehmen. In dem Wissen, dass sich meine Frau mit anderen Männern beglückte, fand ich eine zunehmend größer werdende Lust. Unvergesslich war meine Nacht in München. Victoria hatte mich über die wilde Nacht meiner Frau auf dem Laufendem gehalten.

Dieser Weg hatte uns ein weiteres Mal an einen neuen Punkt geführt. Vieles hatten wir schon als Cuckold und Hotwife erleben dürfen. Doch ein besonderes Erlebnis stand noch offen. Vielleicht das ultimative Erlebnis für jeden Cuckold. Noch war ich nicht zum Zuschauer geworden. Hatte meine Frau nicht direkt mit einem anderen Mann erleben dürfen.

Es war wohl nicht zuletzt der Wunsch oder besser die Lust nach diesem Erlebnis, die meine Entscheidung für den Cucky Club am Ende unabdingbar gemacht hatte. Ich musste es einfach einmal erlebt haben. Darauf konnte ich nicht mehr verzichten.

Nach meiner Entscheidung für den Cucky Club ging es an diesem Abend plötzlich ganz schnell. Sandra zog sich in unser Schlafzimmer zurück. Nach zehn Minuten sollte ich ihr folgen.

Gebannt schaute ich immer wieder auf die Uhr. Pünktlich machte ich mich auf den Weg. Statt sofort einzutreten, klopfte ich an und wurde von Sandra hereingebeten.

Als ich Sandra erblickte, stockte mir sofort der Atem. Vor mir präsentierte sich meine Frau. Sie trug die weiße Reizwäsche von der Dessous-Show in der Cucky Bar.

»Schatz, wir beide wissen, wofür diese weiße Wäsche gedacht ist. Sie ist für unser erstes gemeinsames Mal. Das erste Mal, wenn du dabei bist. Ich wünsche mir das sehr. Es wäre etwas sehr besonderes, ein sehr intimes Erlebnis, dass ich gerne mit dir teilen würde. Aber am Ende ist es alleine deine Entscheidung. Wenn du dich noch nicht bereit fühlst, ziehe ich sie wieder aus.«

»Ich habe daher eine einfache Frage an dich. Soll ich diese hübsche weiße Korsage anbehalten oder soll ich mich umziehen?«

Wow, ging durch meinen Kopf. *Jetzt will sie es aber wissen.*

»Anbehalten oder ausziehen?«, wiederholte Sandra noch einmal die Wahlmöglichkeiten.

Sollte es das jetzt sein? Ich war schon erregt die Treppe hinaufgegangen, da hatte ich noch eine gemeinsame Nacht mit meiner Frau erwartet. Das hier toppte es dann aber deutlich. Mein Penis quittierte das mit einem erwartungsvollen Zucken. Nachdem gerade erst eine Barriere gefallen war, und ich unsere Mitgliedschaft vollends akzeptiert hatte, sollte ich ohne Verzögerung auch noch gleich den nächsten Schritt machen. Zittrig und stotternd begann ich zu sprechen.

»Ich ... aahn ... ich ... an ... anbehalten.«

KAPITEL 2

Sandra warf sich ein offenherziges Kleid über und nahm mir damit den Blick auf die Dessous. Ihr Outfit wurde von schwarzen Stilettos komplettiert.

Schon wenige Minuten später saßen wir in unserem Auto und fuhren Richtung Club. Sandra rief auf der Fahrt unsere Nachbarin an, und bat sie, sich um unseren Nachwuchs zu kümmern.

Ausgerechnet unsere Nachbarin, die wir am Abend zuvor noch selber in Aktion beobachtet hatten. Die ich als Voyeur schon im Club gesehen hatte. Auch sie waren dort Mitglieder. Es war nur eine Frage der Zeit, bis sie auch über unsere Mitgliedschaft erfahren würden. Ich empfand das als äußerst peinlich, auch wenn sie genauso davon betroffen sein würden.

Ich parkte unser Auto absichtlich außer Sichtweite der Straße. Durch eine Dummheit wollte ich mich nicht der ganzen Nachbarschaft outen. Vermutlich würde ich sonst schnell als Puffgänger gelten. Das war wohl noch immer die vorherrschende Einschätzung zum Cucky Club.

Für einen Moment blieben wir nebeneinander im Auto sitzen. Wir beide brauchten wohl noch einen Augenblick, bevor wir den nächsten Schritt unseres Abenteuers in Angriff nehmen konnten. Sandra machte den ersten Schritt und beugte sich zu mir rüber. Sie küsste mich.

Mit einem »Danke« unterbrach sie ihren Kuss. Setzte diesen dann aber fort. Gleichzeitig hatte sie eine Hand in meinen Schritt geschoben und bekam meinen harten Schwanz zu spüren. Dieser verriet mich recht eindeutig. Schon die ganze Fahrt hatte er gegen sein Gefängnis gedrängt. Jetzt erregte Sandra mich noch zusätzlich.

Es hätte sicherlich nicht lange gedauert und ich wäre explodiert. Doch Sandra brach den Kuss ab und ihre Hand verschwand von meinem Körper.

»Komm«, forderte sie mich auf. »Auf ins Abenteuerland.«

Man konnte Sandra zwar auch eine leichte Nervosität ansehen. Doch ihre Vorfreude und Lust lagen deutlich im Vordergrund. Bei mir war es anders. Ich befand mich auf einer Achterbahnfahrt der Gefühle. Mein Schwanz pulsierte vor Lust. Er freute sich ganz offensichtlich auf das Kommende. Gleichzeitig hatte ich Angst und Sorge vor diesem Erlebnis.

Für ein Zurück war es aber zu spät. Dazu hätte ich auch nicht die notwendige Kraft aufbringen können. Trotz aller Angst trieb mich meine Lust vorwärts. Auf eine seltsame Art und Weise ließ meine Angst sogar meine Lust in neue Höhen schnellen. Meine Gefühle spielten verrückt.

An der Hand von Sandra ließ ich mich zum Eingang führen. Wir klingelten und ausgerechnet Victoria öffnete uns die Tür. Vermutlich hatte Sandra sie über unser Kommen in Kenntnis gesetzt.

Victoria war gut gelaunt und zeigte uns ein breites Grinsen. Sie umarmte Sandra zur Begrüßung und gab mir einen Klapps auf die Schulter.

»Ich freue mich für euch«, verkündete sie laut.

Wir folgten Victoria in den Saal. Hier fand eine kleine Party statt. Ich zählte immerhin rund 30 Personen. Für einen Montag erschien mir dies eine stattliche Zahl zu sein.

»Warum suchst du dir nicht in Ruhe jemanden aus?«, fragte Victoria in die Richtung meiner Frau. »Peter und ich machen es uns hier solange gemütlich.«

Und so entschwand meine Sandra auf die andere Seite, während Victoria und ich uns auf ein Sofa niederließen.

Minutenlang wechselten wir kein Wort. Ich vergaß sogar, dass sie direkt neben mir saß. Mein Blick verfolgte gebannt meine Sandra. Welchen Bull würde sie für unser erstes gemeinsames Erlebnis aussuchen?

Ich hatte erwartet, dass es jetzt ganz schnell gehen würde. Doch Sandra ließ sich Zeit. Sie begrüßte Herren und Damen und führte angeregte Gespräche.

Als sie mit einer Dame im Gespräch war, zeigte sie plötzlich mit einem Finger auf mich. Sie winkte sogar kurz und ihre Gesprächspartnerin musterte mich und lachte Sandra dann freundlich an.

Ich wäre am liebsten im Erdboden versunken. Saß jedoch wie festgenagelt auf dem Sofa.

»Deine Sandra lässt sich Zeit, aber Vorfreude ist ja bekanntlich die schönste Freude«, meldete sich schließlich Victoria zu Wort. Ich blickte kurz auf sie und richtete meinen Blick dann wieder auf das Geschehen an der Bar.

Sandra und ihre Gesprächspartnerin waren mittlerweile mit drei Männern im Gespräch. Allesamt gut gebaut und sichtlich interessiert an den Frauen. Würde sie einen von ihnen wählen?

»Wen sie wohl wählen wird für dein erstes Mal?«, sinnierte Victoria neben mir und griff damit meinen eigenen Gedanken punktgenau auf. »Wen würdest du wählen?«

Ich blickte noch einmal auf Victoria, blieb jedoch

stumm. Sie würde doch wohl keine Antwort erwarten? Doch sie ließ nicht locker.

»Na, komm. Von all den Männern, die du bisher im Cucky Club erleben durftest. Wer wäre deine Wahl?«

Doch ich blieb noch immer stumm. Darauf wollte ich keine Antwort geben.

»Es muss kein Anwesender sein«, triezte Victoria mich weiter. »Denk in Ruhe darüber nach und treffe deine Entscheidung. Wer soll es sein?«

Auch wenn ich weiterhin stumm blieb, so hatten in mir doch die Gedankenspiele begonnen. Ich stellte mir die drei Gesprächspartner meiner Frau vor, wie sie sich mit ihr Vergnügen würden. Wer von ihnen würde wohl Sandra gefallen? Bisher verteilte sie ihre Aufmerksamkeit noch recht gleichmäßig.

»Wenn dir die Drei nicht gefallen, wer darf es sonst sein? Hugo? Rüdiger? Pedro?«

Als sie den Namen von Pedro nannte, musste ich unwillkürlich an meine Zeit in München zurückdenken. Ich hatte in Audio-Form zuhören dürfen, wie sich meine Frau mit ihm im Cucky Club vergnügte. Doch der Höhepunkt war mein erster kleiner Blick auf meine Frau mit einem anderen Mann gewesen. Victoria hatte mir ein Foto geschickt, dass den Schwanz von Pedro in meiner Frau zeigte.

»Oh«, stöhnte ich plötzlich erschrocken auf. Victoria hatte durch meine Hose einmal kurz auf meinen Schwanz gedrückt.

»Ich wollte nur wissen, ob du deinen Spaß hast«, begründete sie diesen Schritt. »Bist ja so still.«

»Sandra wird sich schon jemanden aussuchen«, meldete ich mich leicht verärgert zu Wort.

»Natürlich wird sie das. Aber deshalb können wir uns hier ja trotzdem nett unterhalten. Also, wer wäre deine

Wahl? Wem möchtest du dabei zuschauen, wie er deine Frau nimmt? Tief in sie stößt und sie zur Ekstase bringt?«

Mit ihren Worten trieb Victoria mich weiter an. Ich hoffte, dass meine Sandra bald eine Wahl treffen würde.

»Pedro?«, ließ ich halb fragend meine Antwort verlauten. Mit dieser Antwort würde ich zumindest meine Ruhe vor dieser Frage erhalten. Ich hatte mir die Audio-Dateien immer wieder angehört und auch das Foto war ein Dauergast bei meiner Selbstbefriedigung geworden.

»Gute Wahl«, gab Victoria zu. »Pedro ist ein richtig guter Bull. An dem werdet ihr eure Freude haben.«

Victoria stand auf und ich schaute ihr entgeistert hinterher. Sie ging geradewegs auf Sandra zu. Sie wechselten ein paar Worte und ich konnte deutlich beobachten, wie die Augen meiner Frau kurz größer wurden. Dann klatschte sie kurz in die Hände und schenkte mir ein großes Lächeln. Anschließend verschwand sie alleine aus dem Saal.

Victoria kam indes zu mir zurück. Ich war bereits aufgestanden und rätselte darüber, was ich gerade beobachtet hatte. Was ging hier vor?

»Gute Neuigkeiten«, verkündete Victoria. »Sandra freut sich über deine Wahl und ist schon auf dem Weg zu Pedro.«

»Was?«, rutschte mir entgeistert heraus. Einmal mehr fühlte ich mich wie der Spielball von Victoria. Mit voller Absicht hatte sie mich den Bull meiner Frau wählen lassen. Den Mann, mit dem ich sie das erste Mal beim Sex beobachten würde.

Ich wollte Victoria Widerworte geben. Doch was hätte ich erreichen können? Möglicherweise hätte sie daran sogar ihren Spaß gehabt. Sehr viel mehr Sorgen machte mir, was meine Frau von dieser Aktion halten würde. Welcher Mann sucht schon den Schwanz aus, mit dem er seine Frau ficken lässt. Es fühlte sich besonders erniedrigend an.

Meine eigene Erregung störte sich an all diesen Dingen jedoch nicht. Ich spürte meinen Schwanz in meiner engen Hose. Er wollte endlich seinem Gefängnis entkommen.

»Na, komm«, forderte Victoria mich auf. »Sonst sind Sandra und Pedro mit ihrer Nummer schon durch, wenn wir ankommen.«

So schnell würden sie wohl nicht sein. Doch es dürstete mich jetzt nach mehr. Ich wollte dabei sein.

Victoria führte mich die Treppe hoch. Vor einer der vielen Türen blieben wir stehen.

»Noch einige letzte Anweisungen. Du hast Sandra und Pedro nicht zu stören. Finger weg von deinem Schwanz. Du bekommst früh genug die Erlaubnis Hand anzulegen. Wenn du einmal gekommen bist, ist der Abend für dich zu Ende. Wir möchten dich ja beim ersten Mal nicht gleich überfordern. Du verlässt dann bitte das Zimmer und machst dich auf den Heimweg. Keine Sorge, wir kümmern uns darum, dass deine Sandra sicher nach Hause kommt. Alles verstanden?«

Ich hatte mir dieses Erlebnis ein wenig anders vorgestellt. Ich war jedoch in keiner Position, um darüber zu verhandeln. Mein Ziel war es endlich das Zimmer betreten zu dürfen.

»Verstanden«, antwortete ich mit leiser Stimme.

»Gut. Viel Spaß.«

Victoria öffnete die Tür. Sofort fielen Pedro und Sandra in mein Blickfeld. Sie lagen bereits auf dem Bett und küssten sich. Es war ein ungewohnter Anblick. Es war deutlich zu sehen, wie sie ihre Zungen spielen ließen.

Meine Frau küsst einen anderen Mann!

Ich war wie angewurzelt stehen geblieben. Erst als Victoria mich vorwärts schob, setzte ich mich wieder in Bewegung. Sie bedeutete mir, auf einem Sessel Platz zu nehmen. Selber ließ sie sich auf die breite Lehne des Sessels nieder und stütze sich an mir ab.

Sandra und Pedro mussten uns gehört haben. Sie schenkten uns aber zunächst keinerlei Aufmerksamkeit. Erst als ich saß, bemerkte ich wie Sandra ein paar verstohlene Blicke in meine Richtung warf. Sie schenkte mir ein kurzes Lächeln. Darin war auch ein wenig Unsicherheit zu sehen. Natürlich war dies auch für sie eine neue Situation.

Vor meinen Augen begann Pedro meine Frau zu entkleiden. Ganz als wenn sie nur auf mein Ankommen gewartet hätten. Schnell kamen ihre Brüste zum Vorschein. Pedro massierte sie kraftvoll. Sein Mund widmete sich ihren Nippeln. Saugte, leckte und biss sogar leicht zu. Sandra stöhnte mehrmals leicht auf.

Nur mit Mühe konnte ich stillhalten. Der Drang mir in den Schritt zu fassen war groß. Und sei es nur, um meinen Penis durch die Hose ein wenig zu massieren. Doch ich hielt mich an die Anweisungen von Victoria. Ich wollte nicht riskieren, dass dieses Spiel vorzeitig beendet wurde. Ich wollte es jetzt durchziehen.

Mehrere Minuten widmete Pedro sich den Brüsten meiner Frau. Zwischendurch küssten sie sich immer wieder kurz.

»Du hast wundervolle Brüste.«

»Deine Nippel sind perfekt.«

Pedro stellte sich als kleiner Charmeur heraus. Sandra hörte diese Komplimente nur zu gerne und ich wusste genau, dass jedes von ihnen stimmte.

Der Bull meiner Frau entledigte sich seines Hemdes. Schon zuvor war klar, dass er einen äußerst muskulösen Körper hatte. Doch der Anblick raubte sogar mir fast den Atem. Ein Wunder, dass die Frauen beim Anblick seiner Muskeln nicht scharenweise in Ohnmacht fielen. Dazu war sein schwarzer Körper auf Brust, Rücken und an den Oberarmen von großflächigen Tattoos übersäht. Rein optisch wirkte er wie der perfekte Bad Boy.

Sandra warf einen weiteren kurzen Blick auf mich und schob sich dann das Bett herunter. Langsam und deutlich hörbar öffnete sie den Reißverschluss. Mit Pedros Hilfe schob sie die Hose nach unten und befreite ihn hiervon.

Dafür hatte ich aber keine Augen. Mein Blick fiel auf seine Unterhose. Deutlich zeichnete sich sein bestes Stück ab. Oben lugte sogar der Kopf heraus und wollte in die Freiheit entkommen.

Schnell hatte Sandra ihn auch von seiner Unterhose befreit. Sein Penis schwang in die Freiheit und ragte in die Höhe.

Zum ersten Mal sah ich seinen Penis in seiner vollen Pracht. Auf dem Foto, das ich bereits zu sehen bekommen hatte, steckte das meiste in meiner Frau. Jetzt durfte ich seine volle Länge bewundern.

Lang war er und gleichzeitig auch mit einem guten Umfang ausgestattet. Ich konnte bei diesem Anblick nur vor Neid erblassen.

»19 Zentimeter«, flüsterte Victoria mir ins Ohr. Das war fast doppelt so lang, wie ich meiner Sandra bieten konnte.

Was habe ich nur getan? Wie kann sie sich jemals wieder mit mir zufriedengeben?

Mein Herz rutschte mir sprichwörtlich in die Hose. Am liebsten hätte ich einen Rückzieher gemacht. Doch dafür war es zu spät. Sandra hatte in den letzten Wochen bereits diese neue Welt erleben dürfen. Wie würde sie auf solche Erlebnisse jemals wieder verzichten können?

Für einen kurzen Moment hatte sich meine Lust verkrochen. Die Angst hatte sich deutlich in den Vordergrund geschoben. Das änderte sich aber mit einem Schlag wieder, als ich beobachten durfte, wie meine Sandra seinen

Schwanz mit ihren Händen umschlang. Langsam wichste sie ihn ein paar Mal.

Ihr Kopf senkte sich herab. Ich erwartete schon einen Blowjob, doch Sandra schob nur ihre Zunge hervor und umspielte seinen Peniskopf. Kreisrund führte sie ihre süße Frauenzunge um ihn herum. So gab sie mir die Möglichkeit dieses Schauspiel sehr genau zu beobachten.

Doch irgendwann wollte sie dann doch mehr und begann damit mehr in ihren Mund aufzunehmen. Langsam schob sich der Schwanz von Pedro in meine Sandra rein. Ihre Lippen lagen eng an ihm und begannen zu saugen.

Der Blowjob sollte sich mit reichlich Abwechslung in die Länge ziehen. Zwischendurch leckte Sandra immer wieder von der Wurzel bis zur Spitze.

Eines war aber schnell offensichtlich. Sie konnte nicht die ganzen 19 Zentimeter aufnehmen. Ich schätzte, dass bei leicht über der Hälfte für sie Schluss war.

Pedro genoss sichtlich das Spiel an seinem Penis. Gelegentlich ergriffen seine Hände den Kopf von Sandra, doch meistens ließ er sie einfach nur machen. Weniger zurückhaltend war er hingegen in seiner Wortwahl.

»Schön tief meine geile Maus. Ein Stück geht noch. Komm. Sehr gut. Keine Sorge über kurz oder lang bekommst du alles in dein Mäulchen hinein. Ich sorge dafür, dass du genug Übung bekommst.«

Wenn das nicht blendende Aussichten waren? Sandra schien es zu gefallen. Dank ihres gefüllten Mundes konnte sie nicht sprechen, doch ein Grunzen hörte sich nach Zustimmung an. Zumindest war dies meine Interpretation. Auffallend war auch, dass Pedro nach seinen ersten Worten jetzt etwas herrischer wurde. Er nahm das Geschehen in die Hand und übernahm die dominante Rolle.

Für Fragen danach, ob wir uns immer noch auf dem rechten Weg befanden, hatte ich mittlerweile wenig Bedarf.

Ich lebte meine eigene Lust aus. Mein Penis schmerzte schon fast vor Erregung. Ich konnte deutlich spüren, wie sensitiv er in der Zwischenzeit geworden war.

Wie von selber schob sich eine meiner Hände in meinen Schritt und drückte kurz zu. Sofort durchfuhr ein erregender Schauer meinen Körper.

»Wenn du dich nicht beherrschen kannst, da ist die Tür«, raunte Victoria mir bestimmt zu. Gleichzeitig ergriff sie meine Hand und entfernte sie von meinem besten Stück.

Für einen kurzen Augenblick verließen meine Augen das Schauspiel vor mir und ich drehte meinen Kopf zu Victoria. Sie schaute mich entschieden an und schenkte mir dazu ein kurzes Lächeln.

»Keine Sorge, du kommst noch früh genug zu deinem Spaß.«

Der Blowjob hatte ein Ende gefunden. Pedro hatte Sandra zu sich hochgeholt und befreite sie von ihren letzten Kleidungsstücken.

»Schön geil meine Schöne?«, kommentierte er einen Griff an ihre Scham. Hervor kam seine Hand mit leicht glitzernder Feuchtigkeit. Sandra nickte verschämt.

Ihr Liebhaber warf sie aufs Bett und beugte sich über sie. Erst gab es wieder Küsse. Langsam arbeitete er sich ihren Körper hinab und landete zielstrebig zwischen ihren Schenkeln. In aller Ruhe widmete er sich ihrer Scham mit Zunge und Fingern. Langsam begann er sie mit seinem Mittelfinger zu ficken. Sandra quittierte dies mit einer Mischung aus jauchzen und stöhnen.

»Wenn sein Hammer zuschlägt, darfst du ihn auspacken und selber Hand anlegen«, flüsterte Victoria mir ins Ohr.

Die leicht kryptischen Worte von Victoria waren leicht zu interpretieren. Wenn der Fick vor meinen Augen begann, durfte ich mich endlich selbstbefriedigen. So peinlich und erniedrigend dies auch erscheinen mag. Ich fieberte diesem Moment entgegen. Nicht nur, dass ich endlich ein Ventil für meine Erregung brauchte. Genauso wollte ich endlich meine Frau im entscheidendem Akt beobachten. So heiß das Vorgeplänkel auch gewesen war, es war sicherlich kein Vergleich mit dem, was kommen würde.

Pedro tat mir den Gefallen und hielt sich nicht länger auf. Langsam schob er sich den Körper von Sandra wieder hinauf. Dabei schob sich sein Schwanz durch die Furche meiner Frau. Ihr konnte man sichtlich ansehen, wie sie schon alleine hierdurch erzitterte.

Noch einmal küssten sie sich, dann ließ Pedro von ihr ab und richtete sich auf. Seine Arme umfassten die Kniebeugen von Sandra und hoben sie leicht an. Freihändig setzte er sein bestes Stück an die Spalte meiner Frau an. Im nächsten Moment steckte bereits sein Peniskopf in ihr.

Meine Augen waren gebannt auf das Schauspiel gerichtet. Pedro ließ sich Zeit. Das war sicherlich auch notwendig. Langsam schob er sich tiefer in meine Sandra.

Ich fragte mich, ob sie Pedro ganz in sich aufnehmen könnte. Es sollte einige Minuten dauern, doch zu meiner Überraschung klappte dies recht problemlos.

Mit langsamen Bewegungen begann nun endlich der Fick.

»Worauf warten wir denn noch?«, säuselte Victoria mir ins Ohr.

Ich hatte das Schauspiel vor meinen Augen so gebannt geschaut, dass ich nicht realisiert hatte, dass damit auch ich endlich zu meiner Befriedigung kommen durfte.

Kurz blickte ich auf Victoria und dann zu meiner Sandra. Es war der Höhepunkt der Peinlichkeit mir hier die Hose runterzuziehen und selber Hand anzulegen. Aber welche Wahl hatte ich schon?

Ich ergab mich in mein Schicksal und öffnete meinen Reißverschluss. Hob dann meinen Po ein wenig an und schob meine Hose zusammen mit meiner Unterhose bis zu meinen Füßen runter.

Zumindest mein Schwanz erfreute sich an der neu gewonnenen Freiheit. Deutlich waren die ersten Lusttropfen auf meinem Penis zu erkennen.

Die meisten Männer sollen mit der rechten Hand masturbieren. Bei mir kam schon immer die linke Hand zum Einsatz. Auch in diesem Moment legte sich meine Hand wieder an ihren gewohnten Ort. Es reichte fast, um ihn ganz von der Eichel bis zur Wurzel in meiner Hand verschwinden zu lassen.

Vorsichtig begann ich mit langsamen Auf- und Abbewegungen. Ich merkte sofort, wie erregt ich war. Vorsicht war angebracht, um nicht vorschnell zu kommen.

Während meine Hand ihre neue Tätigkeit aufnahm, waren Sandra und Pedro vor allem mit sich beschäftigt. Von Sandra bekam ich einige ganz kurze Blicke. Doch sie konzentrierte sich zunehmend auf ihren Liebhaber.

Über die letzten Minuten war auch ihre Lust spürbar gestiegen. Das merkte man vor allem daran, dass auch sie ihre Zurückhaltung stetig ablegte und ihre Lust immer freier herausließ. Vor allem ihrem Stöhnen war dies anzumerken.

Pedro tat sich da deutlich leichter. Er konzentrierte sich ganz auf seine Partnerin. Immer wieder versenkte er seinen Penis tief in meine Frau. Das Tempo wiederum variierte er sehr geschickt. So kamen weder er selber noch meine Frau zu einem schnellen Orgasmus.

Was es mir nicht unbedingt einfacher machte. Bei all meiner Lust und dem Drang nach meiner Befriedigung. Ganz sicherlich wollte ich hier nicht der Dumme sein und als Erster kommen. Ich wollte schon ein wenig mehr Standfestigkeit beweisen. Und natürlich wollte ich auch von dem Schauspiel vor meinen Augen etwas haben.

Einmal mehr durfte ich das Können von Pedro bewundern. Noch einmal beschleunigte er das Tempo. Stieß mit schnellen Stößen in meine Sandra hinein und ließ sie als Erste kommen. Das hatte ich meiner Frau in dieser Form noch nie bieten können.

In diesen Momenten schien ich ganz vergessen zu sein. Von meiner Frau waren nur noch wilde Lustschreie zu hören.

Mir ging es allerdings nicht sehr viel anders. Meine Hand flog mittlerweile auf und ab. Ich spürte, wie ich mit schnellen Schritten auch meinem eigenen Orgasmus sehr nahekam.

Vor meinen Augen kam es in der Zwischenzeit zu einem kurzen Positionswechsel. Nach einigen Küssen ging es Doggystyle weiter. Rhythmisch klatschte Pedro gegen Sandras Po.

Das war der Moment, in dem es zu viel für mich wurde. Ich versuchte noch kurz, mich zurückzuhalten, doch es war hoffnungslos. Mein Sperma spritzte in die Luft und landete auf meinem Penis und meiner Hand.

Für einen kurzen Augenblick hatte ich meine Augen geschlossen und war ein Stück in den Sessel gesackt. Als ich wieder Richtung Bett schaute, blickte ich direkt in die Augen meiner Frau.

Sie muss meinen Orgasmus genau beobachtet haben. Dafür bekam ich von ihr ein Lächeln. Mir war die Situation einmal mehr peinlich. Ich war froh, als sich unsere Blicke wieder trennten.

»Einmal putzen?«, fragte Victoria von der Seite und hielt mir ein Taschentuch hin. Ich nahm dieses und reinigte mich bestmöglich.

»Zeit zu gehen«, forderte sie mich als Nächstes auf. Wie

zuvor angekündigt, sollte ich mich nach meinem Orgasmus auf den Heimweg machen.

Ich war durcheinander und meine Lust war für den Moment verflogen. Schnell zog ich meine Hose wieder hoch und ließ mich von Victoria Richtung Tür führen. Von dort warf ich einen letzten Blick auf Sandra und Pedro.

Diese waren wieder vollkommen mit sich selber beschäftigt. Sandra kam ihrem zweiten Orgasmus sichtlich näher und Pedro klatschte immer schneller gegen ihren Po. Als Victoria die Tür schloss, bekam ich von ihm einen Schrei zu hören, der sich verdächtig nach einem Orgasmusschrei anhörte.

In meiner Vorstellung spritzte er seinen Saft in diesem Moment in meine Frau ab. Das war für mich ein seltsamer Gedanke.

Ist es nicht pervers, andere Männer dies mit meiner Frau tun zu lassen? Daran sogar Lust zu empfinden? Was ist aus uns nur geworden? Was ist aus mir geworden? Was für ein Mensch bin ich?

Ich hatte weder Antworten noch Lösungen. Ließ mich stattdessen wortlos von Victoria zu meinem Auto führen. Sicherlich waren meine Gedanken auch durch meine vorübergehend befriedigte Lust beeinflusst.

»Vermutlich wirst du es dir zu Hause noch einmal selber machen wollen. Immerhin war das für dich heute ein besonderes Erlebnis. Ich würde davon abraten. Erfahrungsgemäß dürfte deine Frau spätestens morgen früh über dich herfallen. Wäre doch schade, wenn du dann nicht mehr performen könntest?«

Mit diesen Worten verabschiedete Victoria sich. Ich war Müde und wollte nur noch in mein Bett. Kaum vorzustellen, dass ich wirklich noch Lust auf mehr haben würde.

Als ich bei uns auf den Hof fuhr, bemerkte ich erschrocken, dass im Wohnzimmer Licht brannte. Ich brauchte einen Moment, um zu erkennen, dass es sicherlich unsere Nachbarin war. Sie spielte die Babysitterin für unsere Kinder.

Nervös blickte ich mich im Auto um. Wie könnte ich ihr nur erklären, dass ich ohne meine Frau nach Hause gekommen war?

Bevor ich mir weitere Gedanken machen konnte, öffnete sich bereits die Haustür. Ich machte mich gezwungenermaßen auf den Weg. Kurz begrüßte Lydia mich und erklärte, dass die Kinder keine Probleme gemacht hätten. Bevor wir weitere Worte wechseln konnten, hatte sie sich schon verabschiedet und war auf dem Weg nach Hause.

Keine Frage nach Sandra?, wunderte ich mich. War aber natürlich froh diesem entgangen zu sein.

Ich schleppte mich hoch in unser Schlafzimmer. Nach einem kurzen Aufenthalt im Bad warf ich mich erschöpft ins Bett.

Hier musste ich das Erlebnis des Abends noch einmal Revue passieren lassen. In meinen Gedanken sah ich ein weiteres Mal, wie Pedro immer wieder tief in meine Sandra stieß.

Unweigerlich musste sich dabei etwas in meiner Unterhose regen. Mein Glied verlangte nach einer zweiten Erlösung. Nur mit Mühe konnte ich dieses Verlangen bändigen. Neben den Worten von Victoria half hierbei auch meine große Müdigkeit. Schnell war ich in einen tiefen Schlaf verfallen.

KAPITEL 3

Nach einigen Stunden Schlaf wachte ich wieder auf. Sandra lag neben mir. Sie musste sich irgendwann in unser Schlafzimmer geschlichen haben. Ich erleichterte mich kurz und lag anschließend wach im Bett. Durch das Fenster konnte ich den Sonnenaufgang beobachten.

Noch einmal beschäftige mich unser neues Sexleben. Aus mir war über die letzten Monate ein Cuckold geworden. Das musste ich mir eingestehen. Sicherlich hätte ich die Möglichkeit gehabt, dies aufzuhalten. Doch mein Wille war schwach, meine Lust umso größer.

Schon seltsam. Ich konnte mir nicht erklären, woher diese Lust kam. Wie konnte es mir Erregung bereiten, meine Frau mit anderen Männern poppen zu lassen? Selbst wenn ich nicht dabei sein durfte, bereitete es mir Lust.

Willig hatten wir uns in diese neue Welt einführen lassen. Wir waren einfache Opfer gewesen. Gestern hatte Victoria mich recht offensichtlich hinters Licht geführt und mich den Bull für meine Frau auswählen lassen. Ich wusste nicht, ob Sandra in den Plan eingeweiht war, aber Victoria hatte sicherlich ihren Spaß daran gehabt.

Das warf einige Fragen auf. Ich war nicht ganz blind gewesen. Mir war schon aufgefallen, wie Victoria uns in diese Welt eingeführt hatte. Doch lag vielleicht mehr dahinter? Waren wir die Beute in ihrem Spinnennetz? Was würde als Nächstes kommen? Hatte sie noch mehr auf Lager oder war dies jetzt unser neues Leben?

Bei allen offenen Fragen in Richtung von Victoria. Ich sah keine Möglichkeit, diese Welt wieder zu verlassen. Selbst wenn sich Sandra oft ihre Befriedigung im Club holte, auch zu Hause hatte sich unser Sexleben deutlich verbessert. Es hatte zugenommen und war abwechslungsreicher geworden. Am Ende schien es nur Gewinner zu geben.

Ich stöhnte leicht auf und regte mich.

»Uh.«

Langsam wurde ich wach. Die Sonne erleuchtete unser Zimmer. Ich war wohl noch einmal eingeschlafen.

Sandra hockte zwischen meinen Beinen und war der Grund für meine Erregung. Ihre Zunge umspielte meinen Penis.

»Guten Morgen«, begrüßte sie mich vergnügt. Im Anschluss ging sie direkt zu einem Blowjob über. Nur mit Mühe brachte ich meine eigene Begrüßung heraus.

Ich war sprichwörtlich im siebten Himmel. So dürfte sie mich gerne öfters wecken.

Nach einigen Minuten verließen ihre Lippen meinen Penis. Stattdessen ließ Sandra sich auf mir nieder und begann einen ganz langsamen Ritt auf mir.

Schnell genug um meine Erregung hochzuhalten und langsam genug um mich nicht über die Klinge springen zu lassen.

Ich legte meine Hände auf die Schenkel meiner Frau und schaute zu wie ihre Brüste leicht hüpften.

»War gestern Abend nicht wunderbar?«, meldete sich Sandra zu Wort.

»War gut«, brachte ich heraus und stöhnte kurz auf. Was hätte ich sonst antworten können? Meine Gefühle waren zwar eher zwiegespalten, aber genauso wie am Vorabend trieb mich auch in diesem Augenblick die Lust an.

»Ich liebe dich«, folgte von Sandra.

»Ich liebe dich auch, mein Schatz.«

»Pedro hat mich gestern noch richtig hart genommen.«

Dieser harte Themenschwenk erwischte mich kalt.

»Er hat einen schönen langen Schwanz.«

Langsam fickte Sandra mich schneller.

»Kann mich richtig tief ficken.«

Ich stöhnte kurz auf.

»Es ist einfach wunderbar einen Schwanz so tief in sich zu fühlen. So ausgefüllt zu sein.«

Sandra erhöhte ihr Tempo noch einmal.

»Du hast eine gute Wahl getroffen.«

»War es schön zuzuschauen? Hat es meinen Cuckold schön geil gemacht?«

»Oh Gott. Jaaaa«, schrie ich heraus und spritzte in meine Frau ab.

Erschöpft blieb ich liegen. Sandra gab mir noch einen kurzen Kuss und verschwand dann im Bad.

Für uns begann damit der ganz normale Tagesablauf. Die Kinder mussten zur Schule und wir hatten unsere Arbeit. Sonderlich produktiv wurde ich an diesem Tag allerdings nicht. Immer wieder musste ich an die vorherige Nacht zurückdenken.

Auch die Worte meiner Frau beschäftigten mich. Sie war

ein wenig offener geworden. Schmutzige Worte hatte ich bisher nie von ihr zu hören bekommen. Jetzt hatte sie mir sogar gestanden, wie viel Spaß ihr unser neuer Sexleben machte. Nicht weniger beschäftigte mich, dass sie sich für meine Bull-Wahl bedankt hatte. Was mochte sie nur von mir denken?

Am Abend saßen wir gemeinsam vor dem Fernseher. Sandra lag in meinen Armen.

»Gestern Abend war schön?«, sprach sie den Vortag in einer Werbepause an.

»Ja«, gab ich einsilbig zurück.

»Wie war es für dich?«

»Schwierig?«

»Aha?«

»Es war natürlich auch ... geil. Aber ... es ist auch gewöhnungsbedürftig, dich so mit anderen Männern zu sehen.«

»Victoria sagt, das ist normal für euch Cuckolds.«

»Mag schon sein.«

»Du musst aber nicht dabei sein?«

Die Frage, ob wir überhaupt Mitglieder sein wollten, schien zweifelsfrei beantwortet zu sein. Jetzt schien es nur noch um die konkrete Art und Weise zu gehen.

»Will mein Cucky gerne wieder dabei sein? Sehen wie sein Schatz wieder von einem dicken Schwanz genommen wird.«

Mit diesen frivolen Worten griff Sandra einmal mehr zwischen meine Beine.

»Scheint mir so?«, gab sie die halbe Antwort, als sie meinen erigierten Schwanz erfühlte.

»Es ... hat schon was.«

»Ich verstehe sehr gut, was ich davon habe. Aber was hast du davon?«

Während dieser Worte hatte Sandra meine Hose geöffnet und ein Stück nach unten gezogen. Meine Unterhose gleich dazu.

»Was hast du davon?«, wiederholte sie ihre Frage und wichste mich dabei.

»Ich weiß nicht. Das ist schwer zu beschreiben.«

»Versuch es.«

Zur Hand von Sandra gesellte sich dabei auch ihr Mund und begann mit einem langsamen Blowjob.

»Es ist ... irgendwie erregend. Es sollte es nicht sein, aber es ist es. Gleichzeitig ist es aber auch erniedrigend. Vielleicht auch gerade deswegen so interessant. Man geht zur Abwechslung nicht konform mit den gesellschaftlichen Regeln.«

»Erniedrigend? Warum das?«

»Deine Frau bumst einen anderen Mann und hat einen Riesenspaß dabei. Fickt ihn, weil er zwischen den Beinen mehr zu bieten hat. Und zu allem Überfluss erregt es dich selber auch noch. Wenn das nicht erniedrigend ist?«

»Und trotzdem hast du dich dafür entschieden?«

»Manchmal denke ich, das war ein Fehler, aber dann überwältigt mich wieder die Lust. Und ... na ja ... ich kann schon verstehen, dass du manchmal etwas mehr brauchst.«

»Wir bleiben also dabei?«

»Ja«, antwortete ich leise.

»Danke«, kam ebenso leise von Sandra zurück. »Ich ... ich würde es akzeptieren, wenn du es anders gewünscht hättest. Du ... wir sind mir zu wichtig. Aber für den Moment macht mir diese neue Erfahrung viel Spaß. Es ist schon etwas Anderes, von einem großen starken Schwanz hart genommen zu werden. Das ist anders als zwischen uns.«

»Ich bin zu klein.«

»Was? Nein, das wollte ich damit nicht sagen. Wir

haben lange genug unseren Spaß gehabt. Es ist nur … einfach nur harter und hemmungsloser Sex? Ich kann mich dem Bull ganz hingeben. Mich einfach nur hart durchnehmen lassen. Das ist kein Vergleich mit uns beiden. Zwischen uns ist es immer anders, und ich glaube, so wird es auch immer bleiben. Mehr als nur Sex. Liebe und Zärtlichkeit?«

»Hm.«

»Skeptisch?«

»Nein. Schöne Worte. Danke. Ich wünschte nur, ich könnte dir, dass alles selber geben.«

»Wenn du nicht wärst, würde es wohl nur halb so viel Spaß machen«, gab Sandra zu.

»Inwiefern?«

»Ich … hm. Wie soll ich sagen … Okay, ich sage es einfach frei raus. Es macht mir Spaß dich ein wenig zu quälen? Vielleicht nicht das richtige Wort … deine Lust an meinem Sex mit anderen Männern anzutreiben. Vielleicht ist es meine Schuld, dass du dich erniedrigt fühlst? Vielleicht sollte ich vorsichtiger sein?«

Ich blieb für einen Augenblick stumm. Sandra wichste meinen Schwanz weiter und schaute mich erwartungsvoll an.

»Nein, das ist nicht notwendig. Irgendwie gehört es wohl zu diesem Spiel dazu. Wenn du von den harten Schwänzen sprichst, dann ist das schon erniedrigend. Ein wenig trifft es mich mitten in meine Männlichkeit, aber …«

»Ja?«

»Aber es treibt meine Lust auch an.«

»So ist das wohl bei euch Cuckolds. Victoria meint, ich sollte da nicht so zimperlich sein. Ich würde dir damit einen Gefallen tun.«

»Victoria«, lachte ich kurz auf. »Die hat doch ihren Spaß an uns.«

»Meinst du?«

»Gestern hat sie mich so lange getriezt bis ich Pedro für dich erwählt habe.«

»War doch eine gute Wahl.«

»Ich traue ihr nicht.«

»Ich glaube nicht, dass sie uns etwas Böses möchte. Sicherlich hat sie hier und da ihre Finger im Spiel, aber wir können noch immer unsere eigenen Entscheidungen treffen.«

»Und sie weiß sehr genau, wie sie uns zu den richtigen Entscheidungen führt.«

»Ich muss dir etwas gestehen. Sei bitte nicht böse.«

»Was?«

»Vorgestern war kein Zufall.«

»Vorgestern? Du meinst gestern?«

»Ähm. Na ja, das war vielleicht die Folge.«

»Raus damit.«

»Es war kein Zufall, dass wir unseren Nachbarn zuschauen durften.«

»Was? Natürlich war das … du? Nein.«

»Doch. Ich. Victoria hat mich eingeweiht, dass unsere Nachbarn auch im Club sind. Sie hat auch den Vorschlag unterbreitet, dass wir ihnen einmal zuschauen sollten. Victoria hat dann die Absprache mit Lydia und Helmut getroffen. Und ich habe dafür gesorgt, dass wir pünktlich joggen gehen.«

»Dann wissen Lydia und Peter das wir …«

»Ja.«

»Oh Gott.«

»Peinlich? Erniedrigend? Unsere Nachbarn wissen, dass Peter Neumann seine Frau fremdficken lässt. Wie findet mein kleiner Cuckold das?«

Mit einem Schlag hatte Sandra umgeschaltet. Zu ihren Worten wichste sie mich deutlich schneller. Ich versuchte, mich zu beherrschen, doch dadurch wurde meine Explosion nur größer und mein Stöhnen lauter.

Sandra hatte im letzten Moment ihren Mund über meine Schwanzspitze gestülpt und so durfte ich in sie abspritzen.

»Scheinbar gefällt es dir«, übernahm sie anschließend die Antwort für mich.

KAPITEL 4

Für ein paar Tage kehrte bei uns wieder Ruhe ein. Ich wartete auf Sandras nächsten Besuch im Cucky Club. Es schien jedoch keine Eile zu geben.

Mit besonderem Interesse beobachtete ich unsere Nachbarn. Ich wusste schon länger, dass sie Mitglieder im Club waren. Doch jetzt hatte ich erfahren, dass auch sie Bescheid wussten.

Wir waren keine direkten Nachbarn. Zwischen uns war eine größere Lücke. So sah ich sie nur, wenn ich an ihrem Haus vorbeifuhr. Am Mittwoch standen sie im Garten. Sie grüßten mich wie immer. Was mochten sie nur von mir denken?

Am Donnerstag kam meine Frau mit einer überraschenden Nachricht nach Hause. Sie hatte Lydia Berger beim Einkaufen getroffen. Wir waren für Samstag zum Grillen eingeladen.

Ich sah sie für einen Moment geschockt an. Man sollte meinen, es wäre nichts Besonderes. Sie waren schließlich nichts Anderes als wir – Cuckold und

Hotwife. Trotzdem erschien es mir äußerst peinlich, ihnen gegenüberzutreten. Menschen die ich schon lange kannte und für die ich bisher der liebevolle Ehemann gewesen war.

»Sie wissen Bescheid?«, fragte ich zur Sicherheit nach.

»Ja.«

»Dann müssen wir da wohl durch.«

»Es ist doch nicht schlecht. Wir haben dann zwei gute Bekannte, die diese Welt schon besser kennen. Uns vielleicht helfen können.«

»Ich weiß. Es ist nur so …«

»Erniedrigend?«

»Ja.«

»Aber das magst du doch?«, kam leicht süffisant zurück und ihre Hand suchte einmal mehr meinen Schritt auf. Dort fand sie sich in diesen Tagen sehr oft wieder.

Sofort reagierte mein Penis mit Freude und stellte sich auf. Sandra und mich verzog es für die nächste halbe Stunde in unser Schlafzimmer.

Dabei merkte ich durchaus, dass sie einige Veränderungen durchmachte. Sie war mit mir sehr viel fordernder, und wusste, was sie wollte. Oralsex schien jetzt zum Standardrepertoire unseres Sexlebens zu werden. Egal ob es ein Blowjob ihrerseits war oder ich mich mit meiner Zunge zwischen ihren Beinen wiederfand. Daneben wurde Sandra aber im Bett auch gesprächiger. Dirty Talk hatte es bei uns zuvor nie gegeben.

Kurzum konnte ich wirklich nicht behaupten, durch ihre Club-Besuche kürzer zu kommen. Das Gegenteil war eindeutig der Fall.

Samstagnachmittag machten wir uns zu Fuß auf den Weg zu unseren Nachbarn. Es sollte ein Nachmittag inklusive

Kinder werden. Daher erwartete ich, dass das Thema Cucky Club nicht auf den Tisch kommen würde.

Wir brachten noch einen Kartoffelsalat mit und die Bergers hatten reichlich eingekauft. Schnell war der Grill angeschmissen. Das war auch hier noch Männerarbeit. Mit einem Bier in der Hand standen Helmut und ich am Grill. Die Kinder waren ständig um uns herum.

Ich brauchte einige Minuten, aber gewöhnte mich langsam an die Situation. Unsere Nachbarn ließen sich nichts anmerken. Es wurde eine fröhliche Stunde mit viel Fleisch, ein wenig Salat und einem weiteren Bier.

Die Kinder spielten erst im Garten. Dann wollte Paul unbedingt sein neues Fahrrad vorzeigen und zusammen mit Tom lief er zu unserem Haus. Julia folgte ihnen. Wir hatten ihr verboten, ihr Smartphone mitzunehmen, und offensichtlich konnte sie ohne dieses nicht lange auskommen.

So saßen wir plötzlich alleine und ohne Schutz mit unseren Nachbarn zusammen. Ich war mittlerweile bei meinem dritten Bier und bemerkte diese neue Situation zunächst nicht. Ich unterhielt mich mit Helmut über die Bundesliga.

Langsam merkte ich, wie Lydia und meine Frau sich sehr angeregt unterhielten. Sie lachten dabei immer mal wieder laut auf. Sie verhielten sich wie zwei Tratschtanten.

Ich verlagerte meine Aufmerksamkeit für einen Augenblick von Helmut auf unsere Frauen. Wollte versuchen, mitzuhören, worüber sie sprachen.

Wir saßen einige Meter auseinander und sie unterhielten sich nicht sonderlich laut. Außerdem lief im Hintergrund Musik. Ich konnte wenig Sinnvolles verstehen. Doch die Worte, die bei mir ankamen, ließen mich innerlich hochschrecken.

»Großer ... verpacken ... Schwanz ... geil ... nicht so oft ... langer ... Cucky ... schön lang.«

Die Worte, die bei mir ankamen, ließen recht deutlich werden, in welche Richtung sich die Unterhaltung verschoben hatte.

Während ich versucht hatte unsere Frauen zu behorchen, war auch Helmut verstummt. Ich wandte mich ihm wieder zu und bemerkte seinen Blick auf mich. Es war ein verständnisvoller Blick.

»Frauen«, ließ er humorvoll verlauten. »Haben immer nur das Eine im Kopf.«

Ich schaute ihn mit offenem Mund an. Damit war der Bann gebrochen.

Unsere Frauen gaben sich in der Folge deutlich weniger Mühe leise zu sein. So konnte ich weitere Wortfetzen verstehen. Lydia erzählte von ihren Erlebnissen im Club und wie sie in diese Welt hineingeraten waren. Im Gegenzug zeigte sich auch meine Sandra sehr offen. Ganz zu meiner eigenen Scham konnte ich mithören, wie sie von unserem ersten gemeinsamen Mal am Montag erzählte.

Immer wieder wurde gelacht und gekichert.

»Er schleckt gerne ... der hat einen großen ... muss ihn auch mal wieder ranlassen ... ist glaube ich zwei Wochen her.«

»Helmut!?«, rief seine Frau plötzlich aus. »Wann hast du mich das letzte Mal gefickt?«

»Vorletzte Woche.«

»Ah, dann hatte ich ja recht.«

Und damit ging es zurück zum Tuscheln mit meiner Frau. Ich erlaubte mir einen Seitenblick auf Helmut. Er schien in seiner Cuckold-Beziehung weniger Glück als ich zu haben. Zwei Wochen ohne Sex schienen derzeit zwischen Sandra und mir undenkbar zu sein.

»Man lebt und leidet«, kommentierte Helmut meinen Blick.

Zum Glück fuhren in diesem Moment zwei Fahrräder

vor und bewahrten mich vor weiteren Gesprächen. Ich war trotzdem froh, dass damit der Bann zwischen uns gebrochen war.

Später am Abend lag ich neben Sandra im Bett. Einmal mehr war die Stimmung sexuell aufgeladen. Besonders Sandra wollte noch aktiv werden.

Sie schob meinen Kopf zwischen ihre Beine. Ich sollte meine Zunge einmal mehr dort spielen lassen. Das war früher eine Seltenheit gewesen. Doch langsam gewöhnte ich mich daran und wurde sicherlich auch besser darin. Im Gegenzug durfte ich mich zudem auch häufiger über Blowjobs meiner Frau freuen. Insofern hatte ich gute Gründe mir Mühe zu geben.

»Kaum zu glaube, dass Lydia ihren Helmut seit zwei Wochen nicht mehr rangelassen hat«, eröffnete sie nebenbei das Gespräch.

»Er kann einem schon leidtun. Kann man für ihn nur hoffen, dass er heute Nacht wieder mal ran darf.«

»Oh, wohl nicht. Lydia wollte in den Club.«

»Dann bin ich froh, dass ich nicht Helmut bin«, gab ich zu und schaute zu Sandra hoch.

»Na ja, wenn du dich nicht so häufig selbstbefriedigen würdest ... dann hätten wir vielleicht zusammen noch ein wenig mehr Spaß.«

Da mochte sie recht haben. Aber wenn wir mittlerweile auch sehr regelmäßig Sex hatten, so brauchte ich doch regelmäßig meine zusätzliche Entspannung. Das war mit dem Club und unserem mehr an Sex auch nicht weniger geworden. Wohl eher noch mehr. Aber da hatte sie zum Glück keinen genauen Einblick.

»Helmut darf sich nicht einfach selbstbefriedigen«, fuhr meine Frau fort. Das brachte ihr von mir einen fragenden Blick ein. Meine Zunge stellte ihr Spiel, an ihrer zunehmend feuchter werdenden Spalte, aber nicht ein.

»Er braucht erst die Erlaubnis von Lydia«, kündigte sie als Nächstes an und lachte dabei. »Wie gesagt, vielleicht hältst du dich auch ein wenig zurück. Ist doch auch schöner, wenn du in mich abspritzt? Jetzt wo ich auch gerne schlucke.«

Vielleicht sprach da auch der ein oder andere Schluck Wein. Aber Sandra zeigte sich einmal mehr ungewohnt offen. Sie nannte eine weitere positive Änderung des Clubs. Sie hatte plötzlich keine Abscheu vor Sperma mehr. Früher hatte sie mich nur ungern in ihren Mund abspritzen lassen und schlucken kam gar nicht in Frage.

»Na ja, nicht, dass ich mir Hoffnungen machen würde, dass du dich ein wenig Enthaltsamer zeigen könntest. Jetzt sicherlich nicht mehr, wo du mich mit einem anderen Mann gesehen hast. Da hast du eine weitere Fantasie für deine Masturbiererei.«

Sandra fand ihre Worte lustig, doch ihn ihnen steckte sicherlich auch viel Wahrheit. Selbst wenn ich es ihr zu liebe wollte und ich würde für sie vieles tun. Der Drang selber Hand anzulegen, würde einfach zu groß sein. So oft erlebte ich mich in diesen Tagen mit einem Steifen. Ich war fast ein wenig sexsüchtig geworden.

Ich war noch immer zwischen ihren Beinen aktiv. Gab mir Mühe sie zu befriedigen. Ich hätte mich noch nie als sonderlich eigennützigen Liebhaber betrachtet. Doch in den letzten Wochen hatte ich vermehrt Gefallen daran gefunden, meiner Frau Lust zu bereiten. Sei es mit ihrem großen Dildo Blacky oder mit meiner Zunge. Letzterer war mein bestes Werkzeug geworden, um sie in Ekstase zu versetzen.

Auch in diesem Augenblick war ihr die zunehmende

Erregung anzusehen. Immer wieder war ein zufriedenes Stöhnen zu hören.

»Lydia und Helmut sind Voll-Mitglieder im Club. Sie sind schon seit einigen Jahren dabei. Vielleicht sind wir auch irgendwann Voll-Mitglieder? Dann kann ich zu jeder Tages- und Nachtzeit vorbeischauen und ein wenig Spaß haben.«

Sandra lachte bei »wenig Spaß« zufrieden auf. Sie fand diese Untertreibung offensichtlich lustig.

Damit war aber die Zeit für Gespräche vorbei. Sandra gab sich nun voll meiner Zunge hin. Ich hatte ihr auch keine andere Wahl gelassen und mich über ihre Klit hergemacht.

Mehr denn je ließ meine Frau sich gehen. Ein weiteres Zeichen für ihre offener werdende Sexualität.

Nach ihrem Orgasmus kam ich hoch zu ihr und wir küssten uns.

»Das habe ich jetzt gebraucht«, gestand sie mir hinterher.

»Wie so oft in diesen Tagen«, gab ich lachend zu bedenken.

»Als wenn es bei dir anders ist«, kam zurückgeschossen und Sandra umgriff mein steifes Glied. Ich gurrte zufrieden auf.

»Ich bin ja nicht Helmut«, warf ich ein.

»Der kommt heute auch noch zum Schuss.«

»Doch?«

»Laut Lydia schon. Es sollte eine Überraschung werden.«

»Er kann mir erzählen, was er will. Aber wenn er zwei Wochen lang nicht selber Hand angelegt hat, sollte er über einen Arztbesuch nachdenken.«

»Mein geiler Cuckold würde das für seine heiße Ehefrau nicht zustande bringen?«

»Noch bin ich ein Mann«, warf ich zurück. »Wenn er will, dann will er.«

Dazu deutete ich auf mein bestes Stück.

»Ein wenig Enthaltsamkeit würde dir wirklich nicht schaden. Dann hättest du mehr Energie für mich.«

»Ich zeig dir, wie viel Energie in mir steckt.«

Mit diesen Worten übernahm ich das Zepter und warf Sandra auf das Bett. Einen Moment später war ich bereits zwischen ihren Beinen und schob mich langsam in sie hinein.

Sandra schien mit dieser Entwicklung äußerst zufrieden zu sein. Ihr grinsender Blick war da ziemlich eindeutig.

»Nimm mich. Nimm dein Eheweib«, räumte letzte Zweifel an ihrer Lust aus.

Ich war voller Erregung. Wie wild stieß ich immer wieder in sie hinein. Sandra verschränkte ihre Beine hinter mir und drückte mich noch näher an sich heran. In Rekordzeit spritzte ich ab.

»Das war schnell«, resümierte meine Frau. Sie schien sich daran aber nicht sonderlich zu stören.

KAPITEL 5

Für den Moment lief unser Leben wieder in normalen Bahnen. Zumindest was für unser neues Leben die Normalität darstellte. Dazu gehörte jetzt am Montag der Besuch von Sandra im Cucky Club. Diesmal allerdings ohne mich.

Es folgte eine arbeitsreiche Woche. Bei mir lag zu diesem Zeitpunkt jede Menge Arbeit auf dem Tisch. Vielen Unternehmen war aufgefallen, dass die Weihnachtszeit immer näher rückte und man machte sich halbwegs frühzeitig Gedanken über Marketingpläne.

So verging die nächste Woche wie im Flug. Natürlich nahm ich mir zwischendurch immer wieder ein wenig Zeit für meine eigene Selbstbefriedigung. Auch mit Sandra hatte ich in manchen Nächten meinen Spaß.

Schnell waren wir am nächsten Montag angekommen und ein weiteres Mal machte sich meine Sandra alleine auf den Weg in den Cucky Club.

Es war nicht einfach gewesen, ihr so direkt mit einem anderen Mann zuzuschauen. Doch jetzt schien Funkstille zu sein und ich begann diesen Anblick zu vermissen. In meinen Gedanken spielte ich meine Zuschauerrolle immer wieder von Neuem durch.

Zu gerne hätte ich Sandra darauf angesprochen. Doch dazu konnte ich mich nicht überwinden. Das Eingeständnis war mir zu groß.

Dafür durfte ich mir beide Male von Sandra in vielen Einzelheiten erzählen lassen, wie ihr Bull sie hart genommen hatte. Wie sein großer dicker Schwanz tief in sie gestoßen war und sein Saft abgespritzt hatte. Sie ließ wirklich keine Einzelheit aus.

»Macht das mein Cucky ganz geil«, fragte sie während einer dieser Erzählstunden. Dabei strich sie ganz sanft und vorsichtig nur mit einem Finger über meinen steifen Schwanz. Dieser pulsierte sofort und machte einen kleinen Sprung.

»Magst du es, wenn ich dir erzähle, wie ich andere Männer vögle?«

Ich bejahte diese Frage. In meiner Anspannung und Erregung hätte ich ihr zu so ziemlich jeder Frage meine Zustimmung gegeben.

»Möchtest du ein zweites Mal dabei sein?«

»Oh, Gott. Bitte. Ja«, brach es aus mir heraus. Dieser Wunsch hatte sich in mir aufgestaut.

Sandra lachte kurz auf und ließ meinen Penis tief in ihrem Mund verschwinden. Nach wenigen Sekunden sprudelte mein Sperma aus mir heraus und ich beobachtete wie Sandra dieses ohne Bedenken schluckte.

»Ich plane dann wohl besser unser nächstes Abenteuer im Club«, gab Sandra einige Minuten später mit einem Augenzwinkern bekannt.

Auch wenn ich in diesem Moment befriedigt war, so gab es in mir doch auch ein klein wenig Vorfreude auf das nächste Erlebnis.

Ich hatte erwartet, dass ich sie schon am nächsten

Montag in den Club begleiten würde. Doch Sandra ging auch die dritte Woche in Folge alleine in den Club. Dafür kam sie anschließend mit Neuigkeiten nach Hause.

»Hallo, mein Lieblings-Cuckold. Gute Neuigkeiten. Am Mittwoch geht es für uns beide in den Cucky Club.«

»Aha?«

»Ich habe mit Victoria über unser zweites Mal gesprochen. Sie hat sich gleich angeboten, die Organisation zu übernehmen.«

»Wir brauchen eine Organisatorin?«, antwortete ich mit einem mulmigen Gefühl. Mein Vertrauen in Victoria war begrenzt. Sie hatte sicherlich auch diesmal wieder eine Überraschung für uns parat. Bisher konnte ich mich über das Ergebnis dieser Überraschungen vielleicht nicht beklagen. Im ersten Augenblick waren sie aber selten eine einfache Herausforderung.

»Warum nicht? Victoria weiß am besten Bescheid, wie dieses Spiel abläuft. Was ihr Cuckolds braucht und wir Hotwifes lieben.«

»Manchmal erkenne ich dich kaum wieder«, gab ich lachend aber mit einer kleinen inneren Unruhe zu bedenken.

»Warum?«

»Du bist so sexuell geworden. So offen?«

Sandra nahm meinen Schwanz in ihre Hand und massierte ihn kurz.

»Ich ficke jetzt regelmäßig einen anderen Mann - nicht immer meinen Mann. Da muss man wohl etwas offener werden«, gab sie lachend zu bedenken. »Wir haben da eine Tür in eine neue Welt aufgestoßen und ständig gibt es Neues zu entdecken. Man weiß gar nicht wohin man sich wenden soll.«

»Und was wird Victoria uns diesmal Neues präsentieren?«

»Ich weiß es nicht. Sie wollte es nicht verraten. Aber sie war sehr zuversichtlich, dass es dir besonders gut gefallen würde.«

Das machte mich nun nicht unbedingt zuversichtlicher. Meine Neugier wurde dadurch aber nicht kleiner. Genauso wie Sandra fand auch ich mich zunehmend im Bann des Cucky Club. Im Gegensatz zu meiner Frau konnte ich darüber aber weniger offen sprechen. Der Peinlichkeitsfaktor war auch gegenüber ihr recht hoch.

»Vielleicht versuchst du mal, bis Mittwoch ohne Orgasmus auszukommen? Ich bin mir sicher, du brauchst dann all deine Manneskraft.«

Mit diesen Worten ließ auch ihre Hand von meinem Penis ab und ließ ihn unbefriedigt zurück. Einen Moment später war das Licht aus und wir lagen friedlich nebeneinander im Bett.

Am liebsten wäre ich aufgesprungen und hätte es mir im Bad doch noch selber gemacht. Doch diese Blöße wollte ich mir gegenüber Sandra auch nicht geben und so blieb ich enthaltsam.

KAPITEL 6

Am Mittwoch machten wir uns gemeinsam fertig. Ich schaute zu, wie Sandra sich zwischen ihren Beinen frisch rasierte. Die Vorfreude war ihr deutlich anzumerken.

Bei mir selber würde ich weniger von Vorfreude sprechen. Es war mehr sexuelle Anspannung. Wobei doch zumindest eines meiner Gliedmaßen sicherlich auch mit reichlich Vorfreude auf den Abend blickte.

Pünktlich machten wir uns auf den Weg. Auch diesmal sollte unsere Nachbarin die Babysitterin spielen. Sie wünschte uns mit einem Augenzwinkern viel Spaß.

Kurze Zeit später stellte ich unser Auto auf dem Parkplatz des Cucky Club ab. Diesmal gab es von Sandra nur einen kurzen Kuss. Die Tür wurde uns diesmal von Robert Paulsen geöffnet.

Nach kurzer Begrüßung informierte er meine Frau, dass Victoria im Wintergarten auf sie wartete. Ich wiederum sollte Robert folgen. Er führte mich in die Cucky Bar. Hier war ich erst einmal gewesen. Das war zur Dessous-Show, als ich meiner Frau die weißen Dessous gekauft hatte. Diese hatte sie dann bei meinem bisher ersten und einzigen Einsatz als Zuschauer getragen.

Wir waren nicht alleine. Mit uns waren weitere zehn Cuckolds in der Bar. Robert organisierte uns ein Bier. Ich schaute mich währenddessen um. Auf einem großen Fernseher liefen die Vorberichte zur Champions League.

Worüber unterhält sich eine Gruppe Cuckolds? Fußball. Als wenn es das Normalste der Welt wäre, drehten sich die Gespräche um das bald startende Spiel und andere Alltagsgeschichten.

Ich hielt mich zurück und spitzte vor allem meine Ohren. Dabei belauschte ich das Gespräch zwischen zwei anderen Cuckolds.

Sie unterhielten sich recht freimütig darüber, mit wem sich ihre Frau an diesem Abend vergnügen würde. Diskutierten dabei nach welchem Bull sie hinterher vollkommen erschöpft und zufriedengestellt zurück nach Hause kommen würde.

Solche Gespräche empfand ich als reichlich surreal. Wie konnte man nur so offen über ein so sensibles und privates Thema sprechen?

Hier und da brachte auch ich mich in die Diskussion ein. Am Ende war ich aber froh, als es mit Robert wieder aus der Cucky Bar herausging.

»Seltsam bei den Gesprächen zuzuhören?«, fragte er mich mit einem verschmitzten Lächeln.

»Ja.«

»Man gewöhnt sich dran. Irgendwann bist du vielleicht auch selber dazu bereit und legst die Scheu ab. Aber da ist jeder unterschiedlich. Manche brauchen das sogar und andere winden sich lieber in Scham. Wir sind alle verschieden. Vielleicht abgesehen von unserer großen Gemeinsamkeit.«

»Die wäre?«

»Wir lassen unsere Frauen dicke Schwänze bumsen«, gab er laut lachend zurück. Das hatte ich wohl verdient. Es war nicht meine schlauste Frage gewesen. Vielleicht auch verständlich. Im Club versammelte sich mein Blut oft in einem anderen Körperteil.

Robert führte uns die Treppe in den ersten Stock. Kurz blickte ich auf die Tür, durch die wir das letzte Mal getreten waren. Wo ich Sandra mit Pedro beobachten durfte. Das erste Mal meine Frau mit einem anderen Mann erlebt hatte. Es war schon ein paar Wochen her, doch vor meinem inneren Auge konnte ich es noch immer, fast wie einen Film abspielen.

Doch diesmal stoppten wir bereits eine Tür früher. Es öffnete sich ein kleiner Raum. Victoria saß dort bereits auf einem Sofa.

»Hallo Peter, setz dich zu mir«, begrüßte sie mich freudig. »Robert, öffnest du bitte die Gardine, dann kannst du wieder in die Bar gehen und dein Fußballspiel schauen.«

Ich setzte mich wie geheißen neben Victoria. Robert machte sich währenddessen an einer Gardine zu schaffen. Hinter dieser verbarg sich ein Fenster. Dieses bot einen Blick in das Nachbarzimmer.

Ich blickte auf drei Personen. Auf dem Bett lag ein nackter Mann. Neben ihm saß eine ebenfalls nackte Frau auf der Bettkante. Sie hatte sich allerdings nicht zu dem Mann ausgerichtet, sondern sprach mit einer Frau, die auf einem Sessel saß - meine Sandra.

Irritiert schaute ich kurz zu Victoria. Sie lächelte mich zufrieden an.

»Keine Sorge. Sie können uns nicht sehen«, erklärte sie mir. Da auf der anderen Seite niemand auf uns reagierte, stimmte dies wohl. Ich vermutete auf der anderen Seite einen Spiegel, wie man es aus Polizeifilmen kennt.

Innerlich war ich aber schon einen Schritt weiter.

Durch mich schossen die wildesten Gedanken. Was würde Victoria diesmal in das Sexleben mit meiner Frau neu einbringen? Wie so oft in der letzten Zeit machte mir dieser Ausblick Angst und erregte mich gleichzeitig.

Um ehrlich zu sein, hatte ich bei dem Anblick vor mir, bereits sehr genaue Vorstellungen. Genauer gesagt eine große Hoffnung. Ich hatte nichts dagegen einzuwenden, meine Frau einmal mit einer anderen Frau erleben zu dürfen. Egal ob nun wie hier mit einem Mann als Dreier oder nur als Duo.

Diesen Anblick hatte mir Victoria einst als Voyeur gewährt, auch wenn sie davon nichts wusste. Das war ein kleines Geheimnis für mich alleine.

Natürlich hatte ich noch nie mit Sandra über diese Möglichkeit gesprochen. Ich hatte keinerlei Ahnung, wie sie dazu stehen könnte. Aber mittlerweile musste ich wohl so ziemlich alles für möglich halten.

»Ich denke, wir spannen dich nicht länger auf die Folter«, ließ Victoria verlauten. Kurz beugte sie sich nach links und legte einen Schalter um. Sofort hörte ich die Stimme meiner Frau erklingen. Wir konnten dem Geschehen nicht nur zusehen, sondern würden auch mithören dürfen.

»Ich weiß nicht. Tut das nicht weh«, hörte ich Sandra sagen.

Was soll an Lesbensex wehtun?, wunderte ich mich.

»Beim ersten Mal schon ein wenig. Du bist ja quasi Jungfrau. Aber mit jedem Mal wird es besser. Man muss einfach gut vorbereitet sein. Sich langsam an die Größe herantasten.«

In meinem Gesicht hingen lauter Fragezeichen. Nach Spaß unter zwei Frauen hörte sich das nicht an. Aber ich war ratlos, worum es ging und schaute noch einmal zu

Victoria rüber. Diese hatte für mich nur ein breites Grinsen übrig.

»Ich weiß nicht Jutta?«, kam unsicher von Sandra. Damit gab sie der unbekannten Schönen immerhin einen Namen.

Ich liebe Sandra über alles und so viel Spaß ich sie auch mit anderen Männern haben ließ, fremdgehen würde ich sicherlich nie. Trotzdem kam ich nicht umhin den Anblick anderer Frauen zu genießen. Jutta fiel vor allem durch ihre großen Brüste auf. Selbst als ahnungsloser Mann hatte ich die starke Vermutung, dass sie hier hatte nachhelfen lassen.

»Vorbereitung ist alles. Heute bekommst du von mir kostenlos den Anfängerkurs. Lehne dich zurück und hab deinen Spaß. Und wenn es dich geil macht, du hast ja zwei gesunde Hände.«

Bei ihren letzten Worten musste Jutta grinsen. Sie hatte offensichtlich Spaß an ihrer Rolle.

»So mein Großer. Jetzt kommen wir endlich zu dir.«

Mit diesen Worten wandte sie sich dem Mann zu. Genau genommen drehte sie sich seinem Schwanz zu. Ich hatte den Eindruck, dass sie auch diesen mit der Bezeichnung *Großer* ansprechen wollte. Dieser war zwar nur halbsteif, aber sein Potenzial war bereits deutlich sichtbar.

Ohne Umschweife umgriff Jutta ihn und ließ ihn in ihrem Mund verschwunden. Schnell war zu beobachten, wie er zu wachsen begann.

Ich war zwar weiter über die Situation irritiert, trotzdem reichte es zu einem Steifen in meiner Hose. War meine Frau jetzt auch zur Zuschauerin degradiert worden?

Vor unseren Augen saugte Jutta am Schwanz. Zwischendurch warf sie Sandra ein Lachen zu. Setzte sich dann auf und beginn einen kurzen wilden Ritt.

Ich hätte zu gerne meine Hose geöffnet und selber Hand angelegt. Vor Victoria wollte ich mir diese Blöße aber nicht geben. Stoisch schaute ich zu, während es in mir arbeitete.

Jutta beendete den kurzen Fick und krabbelte hoch zum Kopfende. Dort öffnete sie die Nachttischschublade und holte eine Tube heraus.

»Ein wenig Schmiere ist nie verkehrt«, erklärte sie in Richtung meiner Frau. »Ich könnte mittlerweile aber auch ohne.«

Bei ihrer nächsten Handlung ging mir endlich ein Licht auf. Sie drückte ein wenig Gel aus der Tube auf ihre Finger. Anschließend spreizte sie ihre Arschbacken mit einer Hand, während die andere ihr Poloch suchte. Hier verschmierte sie das Gel.

Analsex!?, fuhr es durch mich. *Sie zeigen Sandra, wie man ... ?*

Automatisch fuhr mein Kopf kurz zu Victoria. Sie lächelte mich auch diesmal an, blieb dabei aber nicht stumm.

»Was meinst du? Ob deine Sandra das gefallen wird?«

Da war ich mir alles andere als sicher. Ich konnte es mir zumindest nicht vorstellen. Aber was von all dem um mich herum, hätte ich mir vor einem Jahr in meinen kühnsten Träumen für möglich gehalten? Alles schien möglich geworden zu sein.

Allerdings hatte sie meine wenigen kleinlauten Anfragen recht eindeutig verneint und deutlich gemacht, dass sie sich keinen Analsex vorstellen könnte. Niemals.

»Ich weiß es nicht«, gab ich zu.

»Alleine ihre Entscheidung. Aber wir können ja ein wenig nachhelfen und ihr zeigen, wie viel Spaß es machen kann«, unkte Victoria. *Nachgeholfen* wurde hier wohl oft.

Jutta war noch immer mit ihrem Poloch beschäftigt. Schmierte es ein und führte erst einen und dann zwei Finger ein. Sie ließ sogar noch einen dritten Finger folgen.

»Ein wenig Vordehnung ist nie verkehrt.«

Noch einmal nahm sie die Tube zur Hand. Diesmal ließ sie das Gel aber direkt auf den Schwanz ihres Bulls träufeln.

»Auch deinen Partner solltest du gerade zu Beginn gut einschmieren.«

Mit diesen Worten verteilte sie das Gleitmittel auf dem Penis und wichste ihn dabei kurz.

»Bei den Stellungen gibt es viele Möglichkeiten. Viele Bulls nehmen dich gerne hart von hinten. Aber die wissen auch genau, dass man am Anfang langsam starten muss. Da muss dir nicht bange sein. Wenn du lieber die Kontrolle behalten möchtest, dann beginne mit der Reiterstellung.«

Diesen Worten ließ Jutta Taten folgen und brachte sich in Stellung. Von meiner Position aus konnte ich genau verfolgen, wie sie den Schwanz an ihr Poloch ansetzte. Vorsichtig gewährte sie zunächst nur dem Kopf Einlass.

»Fang mit einem kleinen Stück an. Überdehne nicht gleich. Gewöhne dich an den Eindringling. Wichtig ist, dass du dein Poloch entspannst. Ansonsten kann es unnötig schmerzhaft werden.«

Langsam ließ Jutta den Penis tiefer in sich hineingleiten. Es dauerte nicht lange und er steckte ganz in ihr.

»Was soll ich sagen? Ich liebe es in den Po. Kann nicht genug davon bekommen. Das Training zahlt sich aus. Mittlerweile ist es ein Kinderspiel geworden.«

Jutta setzte sich wieder in Bewegung und begann langsam auf dem Schwanz zu reiten. Ich genoss stumm den Anblick. Meine Augen hatte sich daran festgesaugt. Selbst für meine eigene Frau hatte ich keinen Blick. Statt einem Video durfte ich diesen Anblick endlich live aus nächster Entfernung verfolgen.

Doch dieser Anblick war nicht von Dauer. Jutta und ihr

Partner drehten sich auf dem Bett und richteten den besten Blick auf Sandra aus.

»Ist das nicht geil?«, fragte Jutta in Richtung meiner Frau.

Ich kannte Sandra gut genug und ihre Verunsicherung war eindeutig zu erkennen. Aber ihre harten Brustwarzen waren durch den dünnen Stoff ihres Kleides ebenfalls unverkennbar. Wie immer es auch in ihr aussah, das Erlebnis erregte sie in jedem Fall.

Auf dem Bett stand ein Positionswechsel an. Jutta ließ sich von hinten nehmen. Das nahm mir die komplette Sicht auf das Schauspiel. Dafür bekam ich aber zu hören, wie ihr Partner rhythmisch auf die Pobacken von Jutta klatschte - immer wieder tief in sie stieß.

»Hey!«, erklang es plötzlich von Victoria. »Finger weg.«

Meine Hand hatte sich verselbstständigt und sich in meinen Schritt bewegt. Dort wollte sie meinen Penis zumindest ein wenig massieren. Das sollte wohl nicht sein. Verschämt trat meine Hand den Rückzug ein und mein Blick blieb starr geradeaus gerichtet.

So konnte ich beobachten, wie Sandra mit einer Hand ihren Busen massierte, während sie sich wollüstig auf die Lippen biss. In meiner Erregung war ich offensichtlich nicht alleine, auch ihre Lust schien sie zu übermannen.

Das galt allerdings nicht nur für Sandra und mich. Auch Jutta war mittlerweile nur noch mit sich selber beschäftigt. Immer schneller ließ sie sich in den Po ficken und feuerte ihren Bull sogar verbal an.

Zum Abschluss bekam ich noch einmal mehr zu sehen. Wieder ritt sie auf ihrem Partner. Diesmal allerdings falsch herum. So konnte ich ihr Gesicht beobachten. Sie schien keine Zurückhaltung zu kennen. Ließ ihren Gefühlen freien Lauf.

Neben der analen Stimulation ließ ihr Bull eine Hand

an ihren Klit spielen. Dabei war er auch selber einem Orgasmus offensichtlich bereits sehr nahe. Ein Aufstöhnen deutete an, dass er in Jutta abspritzte. Diese stellte ihren Ritt ein und ließ sich zu ihrem eigenen Höhepunkt fingern.

Erschöpft blieben die beiden nebeneinanderliegen. Nach einer kurzen Erholungspause verabschiedete sich ihr Bull und verließ das Zimmer.

»Na, was meinst du? Ausprobierwürdig?«, fragte eine neugierige Jutta.

»Ich weiß nicht? Vielleicht?«

»Ich wusste doch, dass ich dein Interesse geweckt habe«, ging Jutta sofort auf das kleine Eingeständnis ein. »Einfach ausprobieren und ein eigenes Urteil bilden. Es gibt genug Hilfsmittel und bevor du einen Bull ranlässt, kann man ja zu Hause mit dem eigenem Cucky üben.«

Bei den letzten Worten hatte sie ein breites Grinsen im Gesicht.

»Na, wäre das nicht was? Cucky?«, flüsterte Victoria mir von links ins Ohr.

Ich war bereits bis in die Spitzen erregt, das wurde jetzt noch einmal gesteigert. Das wäre in der Tat etwas für mich.

»Ich habe ein Geschenk für dich«, verkündete Jutta und holte ein Paket hervor. »Alles was man für den Anfang benötigt. Ein gutes Gleitgel und ein paar Buttplugs in unterschiedlichen Größen.«

»Buttplugs?«

»Um deinen Po vorzubereiten. Ist wie ein Stöpsel«, ließ Jutta verlauten und hielt einen der Buttplugs in der Hand. Im Internet hatte ich bereits einige Exemplare zu sehen bekommen. Dies war eine ziemlich kleine Variante.

»Wenn du möchtest, kannst du ihn gleich ausprobieren?«

»Also, ich weiß nicht.«

»Na komm«, quengelte Jutta und ließ den Buttplug hin- und herschwenken.

»Hier?«

»Ja.«

Jutta ergriff die Arme von Sandra und zog sie vom Sessel hoch. Einen Moment später fand sie sich auch schon auf dem Bett wieder, ihr Kleid wurde hochgeschoben und ihr Tanga zur Seite gedrückt.

»Möchtest du dich selber einschmieren oder soll ich das übernehmen?«

»Selber«, kam schnell zurück.

Jutta ließ ein wenig Gleitgel auf die Hand meiner Frau tropfen. Diese machte sich langsam und unsicher an ihr Werk.

»Schmier erst einmal ein wenig um deine Rosette. Ja, genau so. Und jetzt vorsichtig mit dem Zeigefinger eindringen. Du musst deine Rosette entspannen. Das ist wichtig. Sehr schön. Lass ihn nur ein Stück reingleiten.«

Es fehlte nicht viel und meine Hose wäre aufgeplatzt. Gut vielleicht fehlte eine bessere Bestückung, aber es wurde bei diesem Anblick verdammt eng. Ich bekam zu sehen, wie meine Frau sich ihren Zeigefinger in ihren Po einführte und sich dann langsam zu ficken begann. Das war für mich unglaublich und nur ein weiterer Beweis, wie radikal uns der Cucky Club verändert hatte. Ich konnte kaum glauben, was ich das zu sehen bekam.

»Vielleicht noch ein zweiter Finger?«, schlug Jutta vor und Sandra folgte dieser Aufforderung vorsichtig.

»Tut nicht so weh, oder?«

»Ein wenig?«

»Keine Sorge, das Beste kommt noch. Heute musst du dich mit dem Kleinem hier begnügen, aber wenn du erst einmal einen richtigen, warmen Schwengel zu spüren bekommst. Das muss man einfach lieben.«

Jutta verteilte derweil das Gleitgel großzügig auf dem Buttplug.

»Möchtest du?«, fragte sie Sandra und hielt ihr das präparierte Spielzeug hin.

Meine Frau nahm es an und schaute es noch vorsichtig an.

»Einfach langsam einführen, wenn du den größten Umfang hinter dir hast, spürst du, wie es flutscht und er sitzt bombenfest.«

Sandra setzte den Buttplug an und ließ ihn ein kleines Stück eindringen.

»Wieder entspannen«, mahnte Jutta an. Langsam drückte Sandra weiter und der Buttplug verschwand immer tiefer in ihr.

»Uh«, quittierte sie den Moment, als der angekündigte größte Umfang in ihr verschwand und der Rest reinfluschte. Heraus schaute nur noch ein kreisrunder Bömpel.

»Perfekt«, kommentierte Jutta und klatschte einmal mit der flachen Hand auf den Bömpel. Meine Frau quittierte dies mit einem weiterem Aufquiecken.

Während Sandra offensichtlich noch nicht so recht wusste, was sie davon halten sollte, war Jutta bereits damit beschäftigt sie präsentabel zu machen. Schnell war ihr Tanga wieder in Position und ihr Kleid verdeckte den Anblick des Buttplugs.

»Was? Ich kann doch nicht?«, kam von Sandra, als sie von Jutta Richtung Tür geschoben wurde.

»Warum nicht? Ich geh so auch gerne mal einkaufen«, kam von Jutta zurück.

Zu weiteren Widerworten schien meine Frau nicht fähig zu sein.

Zurück blieben ein leeres Zimmer und Victoria und ich im kleinen Zuschauerraum. Noch musste ich das Gesehene verarbeiten. Wobei es dabei zugegebenermaßen diesmal keinen Schock oder größere Schwierigkeiten für mich gegeben hatte. Abgesehen davon, dass sich meine Erregung nach dem Willen von Victoria stauen sollte, hatte ich das Schauspiel durch und durch genossen.

»So«, kam von Victoria. »Dann kommen wir wohl langsam zu dir und deiner hoffentlich neuen Aufgabe.«

»Neue Aufgabe?«

»Jutta hat es doch schon erklärt«, gab eine freudige Victoria zurück. »Wer hat den passenden Schwanz um den Po seiner Frau auf einen Bull vorzubereiten? Ein Cuckold.«

Das war zwar ein wenig erniedrigend, aber zugleich auch eine interessante Aussicht. Ich war mir aber noch nicht sicher, wie es um die Zustimmung meiner Frau stand.

»Sandra wartet unten schon auf dich. Ich bin sicher, sie hat es eilig nach Hause zu kommen. Dann kann sie endlich ihren Po von diesem neuen Objekt dort befreien. Vielleicht kannst du ja Bonuspunkte sammeln und sie lässt dich erst ran und nimmt es hinterher heraus?«

Damit machten wir uns auf den Weg nach unten. Sandra stand an der Bar und trank einen Wein. Victoria trug mir auf, schon zum Auto zu gehen, während sie noch kurz mit ihr sprach.

Fünfzehn Minuten musste ich warten, dann schritt Sandra unsicher den Weg entlang und schaute mich sichtlich verlegen an. In ihrer Hand hielt sie eine Plastiktüte.

Wortlos setzten wir uns ins Auto und ich fuhr die kurze Strecke zurück. Schnell war unsere Nachbarin von ihrem Babysitter-Job erlöst. Für uns ging es direkt ins Schlafzimmer.

Sandra setzte sich betont vorsichtig aufs Bett und starrte kurz auf den Boden. Dann richteten sie ihren Blick auf mich.

»Du hast zugesehen?«, fragte sie mich unsicher. Offensichtlich hatte Victoria sie darüber am Ende doch noch aufgeklärt. Ich bejahte ihre Frage.

»Dann ... dann weißt du was ... in meinem Po ... steckt?«

Auch diese Frage beantwortete ich mit einem einfachem und vorsichtigem »ja«.

Meine Antwort war Sandra sichtlich unangenehm. Mir hingegen gefiel der Rollentausch. Zur Abwechslung war es einmal nicht ich, der sich winden musste.

Ganz im Gegenteil - ich war erregt und wollte zum Zuge kommen. Und das wie Victoria mir empfohlen hatte, bevor Sandra sich vom Buttplug befreien konnte. Das hatte etwas Verruchtes, dass sehr anziehend auf mich wirkte.

Mit diesem Ziel vor Augen kniete ich mich vor meine Frau und begann sie zu küssen. Es brauchte ein wenig um Sandra von ihren Gedanken abzulenken, doch dann war auch ihre Erregung zurück. Immerhin hatte auch sie Jutta hautnah zusehen müssen. Das hatte auch bei ihr Spur hinterlassen. Diese ließen sich leicht erwecken.

Schnell waren unsere Zungen in das Spiel eingebunden und meine Hand suchte ihren Busen. Durch den dünnen Stoff ihres Kleides knetete ich diesen und spürte, wie ihre Nippel hart wurden.

»Schatz«, brachte eine sichtlich erregte Sandra hervor. »Lass mich nur eine Minute ins Bad, dann bin ich bereit für dich.«

»Nein«, gab ich klar und eindeutig zurück. Dafür fing ich mir von Sandra einen bösen Blick ein. Sie wusste genau, warum ich sie nicht ins Bad lassen wollte. Der Buttplug sollte drinbleiben.

Damit war aber auch ihr letzter Widerstand gebrochen. Schnell begann ich sie von ihrem Kleid zu befreien. Sofort ließ ich ihren Tanga folgen.

Kurz ließ ich meine Zunge mit ihrer Spalte spielen. Ich

wollte ihre Erregung noch ein wenig steigern, um sicher zu sein, dass sie es sich nicht doch noch anders überlegte.

Mit einem Stöhnen signalisierte sie mir, dass ich mein Ziel erreicht hatte. Für mich der Moment den Buttplug einmal genauer in Augenschein zu nehmen.

Direkt vor meinen Augen schaute der kreisrunde Bömpel aus ihrem Poloch hervor. Ich konnte nicht anders, als ihn anzufassen.

»Schatz?«, meldete sich erneut eine unsichere Sandra zu Wort. Davon ließ ich mich aber nicht aufhalten. Kurz drückte ich auf den Buttplug, dann zog ich ihn einen Millimeter heraus, nur um ihn anschließend wieder zurückzudrücken.

Dieses kleine Spiel schien Sandra nun doch zu gefallen. Durch die minimale Bewegung konnte sie den Buttplug noch ein wenig intensiver spüren. Spürte, dass dort etwas war, was nicht dort sein sollte.

Während ich dieses Spiel fortsetzte, ließ ich gleichzeitig meine Zunge wieder mit ihrer Spalte spielen. Ließ ihre Erregung so weiter ansteigen.

Dabei wurde ich immer mutiger und zog stetig ein wenig mehr am Buttplug. Aus dem leichten Drücken und Ziehen wurde über die nächsten Minuten ein kleiner Fick.

Jedes Mal wenn ich den Buttplug ein Stück herauszog, meldete sich Sandra durch verschiedene Laute. Immerhin war gleich zu Beginn, immer der größte Umfang zu bewältigen. Das war gewöhnungsbedürftig, auch wenn es ein relativ schmaler Buttplug war.

Mit dieser Bearbeitung und meiner flinken Zungen dauerte es nicht langsam und sie explodierte in einem Orgasmus. Ich schob uns anschließend weiter aufs Bett und wir küssten uns wieder.

»Du Schuft«, kam auf eine belustigt vorwurfsvolle Weise von meiner Frau. Im Anschluss setzte sie unseren

Kuss fort und begann damit, auch mich endlich von meiner Kleidung zu befreien.

Nach dem Erlebnis im Club und dem Spiel mit meiner Frau brauchte es am Ende nur einen ganz kurzen Fick um auch mich endlich zu erlösen.

»Da war wohl einer geil?«, kam spöttisch von Sandra und wir mussten beiden lachen. Wieder einmal hatte ein Abend viele unerwartete Wendungen genommen.

Schnell machte ich mich im Bad bettfertig. Sandra ließ sich betont Zeit. Scheinbar wollte sie sich des Buttplugs ohne meine Anwesenheit entledigen.

»Und?«, fragte ich in die Stille, als sie endlich in meinen Armen lag.

»Und?«, fragte sie genauso zurück.

»Wie war›s?«

»Interessant?«

»Wiederholungswürdig?«

»Ich weiß nicht. Ich kann mir das so schwer vorstellen. Da hinten von ... na ja von einem so großen Schwanz ... das ist irgendwie beängstigend.«

»Deshalb sollten wir uns langsam herantasten«, brachte ich hoffnungsfroh hervor.

»Aha? Du willst mich dort, doch nur endlich selber ficken. Ihr Männer.«

»Warum nicht?«

»Mal schaun ... vielleicht?«, gab sie keck zurück. »Wenn der Buttplug passt, sollte ich mit dir auch zurechtkommen.«

Diese Worte ließ ich unbeantwortet. Zeigten sie mir doch meine eigene Unzulänglichkeit auf. Aber vielleicht würde sie mir zur Abwechslung doch einmal von Nutzen sein?

KAPITEL 7

In den nächsten Tagen hätte ich nur zu gerne den Buttplug ein zweites Mal im Hintern meiner Frau gesehen. Dieses Bild ging mir nicht aus dem Kopf. Es schien mir aber nicht ratsam, sie direkt darauf anzusprechen. Ich glaubte, es war besser, wenn sie sich erst einmal an den Gedanken Analsex gewöhnte.

Am Samstagabend lagen wir zeitig im Bett. Sandra hatte sich für mich hübsch gemacht.

»Du hast die Wahl«, begann sie mit ihrer aufgelegten erotischen Stimme. »Möchtest du am Montag mit in den Club kommen und mich ein zweites Mal mit einem anderen Mann erleben? Oder ...«

»Oder?«, fragte ich neugierig. Die erste Variante klang schon ziemlich verlockend, was konnte da schon als Steigerung kommen?

»Oder du darfst heute selber ran. An meinen Popo ran.«

Mit diesen Worten strich sie sich sinnlich über ihren Po. Meinte sie, dass, was ich glaubte?

»Ich weiß, das ist eine schwere Wahl. Beides so verlockend für meinen Schatz. Besonders der Montag oder?

Aber der ist noch soweit hin und du könntest heute schon auf deine Kosten kommen.«

»Sandra«, kommentierte ich quengelnd ihre aufreizenden Worte. Sie hatte ganz offensichtlich ihren Spaß an meiner schwierigen Entscheidung. »Nur, dass ich das richtig verstehe. Ich dürfte heute ... also ... dich in den Po?«

»Ficken? Ja«, beantwortete sie meine offene Frage recht eindeutig. Ihre Offenheit mochte auch mit dem ein oder anderem Glas Wein zusammenhängen.

Während ich auf dem Bett saß, fanden ihre Hände meinen Schritt und rieben durch meine Unterhose über mein steifes Glied. Dieser hatte eine recht eindeutige Meinung zur richtigen Entscheidung. Er würde immer die sofortige Belohnung bevorzugen.

Mit ihrem Reiben machte Sandra es mir schwer, überhaupt eine andere Entscheidung zu erwägen. Dabei wäre ich schon sehr gerne wieder Zuschauer gewesen. Das war ein so enormes Erlebnis gewesen, auch wenn ich ein wenig ängstlich auf eine Wiederholung schaute.

Aber die Möglichkeit in diesem Moment selber als erster Mann ihre anale Jungfräulichkeit nehmen zu dürfen, wie hätte ich da Nein sagen können?

»So gerne ich Montag auch dabei wäre ...«

»Männer«, gab Sandra lachend zurück und lockerte die Stimmung damit auf.

Anschließend ging Sandra in die Offensive und küsste mich. Es wurde ein langer Kuss und wir begannen damit uns unserer Kleidung zu entledigen. Ich widmete mich zwischendurch ihren entblößten Brüsten.

Nur noch in ihrem Tanga drehte Sandra sich schließlich um und krabbelte das Bett langsam hoch. Dabei warf sie mir über ihren Rücken einen verführerischen Blick zu. Dafür hatte ich aber nur kurz einen Blick. Stattdessen brannte sich mein Blick an ihrem Po fest. Kaum verdeckt durch ihren Tanga, zeigte sich dort der Bömpel des Buttplugs.

»Ich habe mich in Erwartung deiner Entscheidung schon einmal vorbereitet«, klärte Sandra mich auf. Ich war für sie wohl leicht zu durchschauen.

Gierig folgte ich ihr und riss den Tanga runter und legte den Anblick komplett frei. Ich konnte es nicht lassen und fasste den Buttplug einmal mehr an.

»Man gewöhnt sich dran«, erklärte Sandra. »Es fühlt sich zwar noch seltsam an, aber das macht es auch irgendwie interessant. Anders. Neu.«

Sandra drehte sich zu mir und gab mir einen kurzen Blowjob. Dann hatte sie plötzlich das Gleitmittel in der Hand und verteilte es auf mir.

Anschließend ging sie vor mir in der Doggy-Style-Position in Stellung. Ihr Po reckte sie dabei besonders in die Höhe.

»Zieh den Buttplug bitte vorsichtig raus und dann kannst du langsam loslegen. Sei bitte vorsichtig.«

Ich tat wie mir geheißen und zog den Buttplug heraus. Ihre Rosette war sichtbar gedehnt und schien für einen Augenblick offen stehen zu wollen.

Vorsichtig setzte ich an ihrem Poloch an und drückte ganz leicht. Nur langsam kam ich voran, doch dann steckte plötzlich mein Peniskopf in ihr. Nur langsam wagte ich mich weiter vor. Auch wenn es relativ einfach war. Schon nach kurzer Zeit steckte ich ganz in ihr.

»Bleib so für einen Augenblick«, bat mich Sandra und drückte sich noch näher an mich heran. Bewegte dazu ihren Hintern verführerisch hin und her.

Ich schaute dabei einfach nur gebannt nach unten. Konnte kaum glauben, wo mein Schwanz steckte und sein durfte.

Dann durfte ich sie endlich langsam ficken. Am Anfang

waren wir dabei noch sehr vorsichtig. Doch ich wurde stetig schneller.

Es war ein wirklich besonderes Gefühl. Nicht nur weil es mein erster Analsex war. Ich hatte noch nie so etwas Enges spüren dürfen. Das brachte bei mir völlig neue Gefühle hervor.

Das hatte aber nicht nur positive Auswirkungen. Ich stand auch schnell kurz vor einem Orgasmus. Versuchte mich daher verzweifelt zurückzuhalten.

Dies gelang mir aber nur mehr schlecht als recht. Mein immer wieder sehr langsames Tempo blieb auch Sandra nicht verborgen. Über ihre Schulter hinweg interpretierte sie meinen Gesichtsausdruck.

»Das macht dich geil?«

Mit diesen Worten kannten wir beide kein Halten mehr. Ich stieß in sie und Sandra stieß mir immer wieder entgegen. Zwei Minuten später konnte ich mich nicht mehr halten und spritzte ab.

»Wie war‹s«, fragte ich anschließend.

»Schön«, gab sie zu. »Aber ich brauch noch einige Übung, bevor ich da was größeres Ranlassen kann«, fügte sie augenzwinkernd an.

Das war eine Aufgabe, der ich mich gerne annehmen würde.

KAPITEL 8

Mit meiner Entscheidung am Samstag war auch die Gestaltung meines Montages besiegelt. Während Sandra sich im Club vergnügte, durfte diesmal ich den Babysitter spielen.

Zunächst hoffte ich darauf, dass sie mir über ihren Abend erzählen würde. Doch als sie mich zu unserem zweiten Analsex aufforderte, hatte ich einen wichtigeren Auftrag zu erledigen.

Das änderte sich auch in den nächsten zwei Wochen nicht. Fast jeden zweiten Tag vergnügten wir uns miteinander und jedes Mal durfte ich ihren Po nehmen. Dabei probierten wir auch weitere Stellungen aus.

Es schien, als wenn unser Sexleben eine weitere Bereicherung gefunden hatte. Zumindest dachte ich das zunächst. Doch dann teilte Sandra mir mit, dass dies bald nur noch einseitig sein sollte.

»Das kann doch nicht dein Ernst sein?«, brach es aus mir heraus.

Ich konnte kaum glauben, was sie mir eröffnet hatte. Sie wollte mir meinen neu gewonnenen Spaß wieder wegnehmen. Sobald das erste Mal ein Bull ihren Po genommen hatte, sollte für mich dort Schluss sein.

»Wie kannst du so etwas nur machen? Wie kommt man auf so eine Idee? Hat Victoria dich auf diesen Trip gebracht?«

»Alle Frauen im Club machen das so«, gab sie ruhig zurück.

»Das ... das ... warum?«

»Um mit ihrem Bull etwas Besonderes teilen zu können.«

»Das ist nicht okay. Das akzeptiere ich nicht.«

»Okay«, kam ruhig zurück.

»Okay?«

»Ja. Das ist unsere Entscheidung oder genau genommen jetzt eher deine Entscheidung. Solange du kein grünes Licht gibst, kommt kein Bull mit seinem Schwanz an meinen Po ran. Auf der anderen Seite, wenn du dein okay gibst ... du wärst auf jeden Fall als Zuschauer dabei.«

»Das wird nie passieren.«

Als Reaktion bekam ich darauf von Sandra nur ein Schulterzucken.

KAPITEL 9

Unser Gespräch über Analsex wurde in den nächsten Tagen nicht erneut zur Sprache gebracht. Stattdessen kam ich weiterhin zum Zuge. Dabei erlebte ich allerdings einige Überraschungen.

So zog ich den Buttplug ein paar Tage später heraus und stellte fest, dass es nicht der Gleiche war. Sandra hatte ein größeres Modell verwendet.

Dieses Spiel wiederholte sich in den nächsten zwei Wochen noch zweimal. Ohne Vorankündigung fand ich jeweils einen größeren Buttplug vor.

Natürlich war mir ihr Ziel klar. Es war ihre Vorbereitung auf den großen Moment. Doch diesen durfte es nicht geben. Es wäre das Ende für mein eigenes Vergnügen.

Ausgerechnet in diesen Tagen fand Sandra Gefallen an Pornofilmen. Über unseren Login auf der Webseite des Cucky Club hatten wir plötzlich Zugriff auf eine Vielzahl von Pornofilmen. Allerdings boten diese nur eine übersichtliche Abwechslung. In allen Filmen spielte Analsex eine tragende Rolle.

Ich grummelte innerlich über diesen offensichtlichen Versuch, mich zu beeinflussen. Äußerte mich jedoch nicht.

Schließlich durfte ich, während die Filme liefen, meine Frau von hinten nehmen.

Natürlich blieb dabei nicht aus, dass mein Blick abwechselnd zwischen Fernseher und meinem eindringenden Schwanz wanderte. Naturgemäß waren die männlichen Pornostars alle gut bestückt. Ich hatte also einen sehr direkten Vergleich, zwischen dem was ich Sandra zu bieten hatte und womit sich die Frauen im Film vergnügten. Das Gleiche könnte Sandra im Club haben.

Dieser Anblick stimmte mich in meiner Entscheidung jedoch nicht um. Er ließ mich aber schon davon träumen, wie Sandra von einem Bull im Club genommen wurde.

Spät an einem Abend nach einer erneuten Runde Analsex brachte ich das Thema von mir aus wieder zur Sprache.

»Ich werde dir nie dafür grünes Licht geben können«, gab ich zu.

»Wir werden sehen. Ich habe nicht vor ständig zu fragen. Wenn du bereit bist, wirst du zu mir kommen«, kam selbstbewusst zurück. Ich schüttelte zweifelnd mit dem Kopf.

Während ich Sandra vor allem auf diese neue Spielart erkunden durfte, ging sie jede Woche in den Cucky Club und tobte sich dort aus. Von ihren Abenteuern erzählte sie mir mal mehr oder weniger. Wenn sie aber loslegte, dann wurde daraus schnell eine kleine Schwärmerei.

Während ich sic mit meiner Zunge verwöhnte, sprach sie davon, wie es für sie gewesen war, dort von einem prächtigen Schwanz genommen zu werden. Der immer wieder tief in sie vorstieß.

Nachdem ich mich zwischenzeitlich an den reichlichen

Analsex gewöhnt hatte, waren diese Momente meine neuen Höhepunkte.

Zwar ging Sandra bei ihren Erzählungen nicht auf meinen Penis ein. Doch ihre Schwärmereien über die Bestückung ihrer Partner machte dies auch unnötig und war zumindest für meine Gefühle deutlich genug.

Dabei war ich ihr nicht böse. Auf eine seltsame Art und Weise steigerte es nur noch meine Lust. Ich mochte es besonders, wenn sie in ihren Erzählungen schmutzig wurde.

Das steigerte sich, je näher sie an einen Orgasmus kam. Es war wohl einer der Gründe, aus denen ich mein Zungenspiel stetig perfektionierte. Es galt Sandra bei ihren Erzählungen schnell auf Touren zu bringen, sie dann aber für eine gute Zeit auf dieser Höhe zu halten, ohne sie den letzten Schritt gehen zu lassen.

Aus den Erzählungen ergab sich, dass Sandra immer wieder unterschiedliche Partner hatte. Einzig Pedro war ein immer wiederkehrender Bull. Er war auch der einzige Mann, mit dem ich bisher Sandra hatte zuschauen dürfen.

Das hätte ich Zugern endlich ein zweites Mal erlebt. Tat mich aber schwer, es zur Sprache zu bringen. Es war mir noch immer sehr unangenehm, dass ich daran so viel Lust empfand. Es erschien vollkommen falsch zu sein. Gänzlich gegen die gesellschaftlichen Konventionen einer Ehe.

KAPITEL 10

Es war ein Dienstagabend Ende Oktober. Mein Nachbar Helmut hatte mich zum Fußballschauen eingeladen. Kaiserslautern spielte im DFB-Pokal. Zu viert saßen wir bei ihm zu Hause vor dem Fernseher. Neben mir waren auch Robert Paulsen und Thomas eingeladen. Letzterer war wie ich, einst auf der Einführungsveranstaltung im Cucky Club gewesen. Später hatte ich ihn bei meinem Einsatz im Garten wiedergetroffen.

Bei Bier und Snacks drehten sich unsere Gespräche um Fußball, unsere Jobs und Allerweltsthemen. Ein Thema ignorierten wir jedoch komplett - den Cucky Club.

Das änderte sich, als unsere Gastgeberin Lydia Berger nach Hause kam. Kurz gab sie ihrem Gatten einen Kuss. Doch meine Augen schauten vor allem hinter sie. Links und rechts von ihr stand jeweils ein Mann.

Es waren für mich keine Unbekannten. TJ und Adam waren es gewesen, die ich zusammen mit meiner Frau vom Garten unserer Nachbarn aus beobachtet hatte. Vor den Augen ihres Mannes hatte sie sich mit den beiden vergnügt. Am Ende hatte sich dies als ein abgekartetes Spiel gewesen.

Es sollte dabei helfen mich tiefer in den Cucky Club zu ziehen. Das hatte am Ende perfekt funktioniert.

Kurz wurden wir begrüßt, dann verschwand das Trio nach oben. Es dauerte nicht lange und durch das Haus erklang ein eindeutiges Stöhnen.

Kurz und lautlos wurden einige Blicke ausgetauscht. Doch zunächst meldete sich niemand zu Wort. Dabei waren unsere Diskussionen rund um das Spiel bereits weitgehend verstummt. Jeder hörte zumindest mit einem Ohr zu.

Immerhin versorgte uns Helmut weiterhin mit Bier. Wir hatten uns bereits eine Stunde vor Anpfiff getroffen und so langsam verlangte mein Bierkonsum seinen Tribut. Ich war nicht nur angetrunken, sondern musste mich auch dringend erleichtern.

Noch vor Anpfiff hatte Robert diesem Bedürfnis nachgehen müssen. Dabei hatte unser Gastgeber gleich verkündet, dass wir die Toilette oben benutzen müssten. Unten gab es eine Verstopfung.

Das machte mir jetzt Probleme. Wollte ich mich wirklich auf den Weg nach oben machen. Ich würde damit auch direkt zu den Stöhnlauten von Lydia laufen. Jeder in der Runde würde sich dazu sicherlich seinen Teil denken.

So blieb ich sitzen und versuchte meinen Harndrang zu unterdrücken, was im Zweifel eher das Gegenteil hervorbrachte. Es wurde unangenehm.

Dankenswerterweise machte Thomas den Anfang. Noch kurz vor dem Halbzeitpfiff verschwand er für einige Minuten nach obcn.

Als er zurückkam, gab ich mir einen Ruck und stand auf. Ohne nach links oder rechts zu schauen, machte ich mich auf den Weg. Die Treppe schlich ich leise hoch.

Das Bad war drei Türen weiter. Doch gleich aus der ersten Tür erklang das laute Stöhnen. Nachdem ich diesem bereits seit einer Weile zuhören musste, wie hätte ich anders können, als einen Blick zu riskieren?

Wieder einmal bekam ich etwas zu sehen, auf das ich nicht vorbereitet war. Natürlich hatte ich gewusst, dass Lydia sich hier mit zwei Männern vergnügte. Das war nicht zu überhören. Das *Wie* war für mich aber ein neuer erster Anblick. Auch diesen kannte ich nur aus Filmen.

Meine Nachbarin saß auf dem Schwanz von TJ, während Adam sie von hinten nahm. DP - doppelte Penetration.

Ich blieb an der Tür stehen und verfolgte dieses Spiel. Wie hätte ich auch anders können? Durch meine Hose knetete ich meinen Schwanz. Kurz überlegte ich, ob ich ihn hervorholen sollte. Ich hielt das für gefährlich, doch dies hielt mich nur einige Sekunden zurück.

Schnell war ich kurz vorm Abspritzen. Das ging auch Lydias Liebhabern nicht anders. Kurz nacheinander spritzten sie ab. Nur wenige Sekunden später erklang von Lydia der laute Ruf »Helmut«.

Sofort hörte ich von unten Bewegung. Ohne meinen Schwanz wieder einzupacken, verschwand ich zwei Türen weiter im Bad.

Die kleine Aufregung hatte mir einen Teil meiner Erregung genommen. Mit Mühe schaffte ich es, mich zumindest ein wenig zu erleichtern.

Mit Sorge überlegte ich, ob die Luft vor der Tür rein sein würde. Doch ich hatte keine wirkliche Wahl. Meine Rückkehr war längst überfällig.

Leise öffnete ich die Tür und schlich Richtung Treppe.

»Hm, sehr gut Schatz. Schön ausschlecken«, erklang von der geöffneten Schlafzimmertür.

Sofort spürte ich wieder, wie sich mein Penis meldete. Einen kurzen Blick könnte ich sicherlich riskieren.

Während Adam und TJ seitlich auf dem Bett saßen,

verwöhnte Helmut sie mit seiner Zunge. Lydia führte dabei seinen Kopf. Ihr schien es sichtlich zu gefallen.

Wieder konnte ich nicht anders, als meinen Schwanz zu kneten. Meine Lust war groß. Mein innerer Drang zu einem Orgasmus überwältigte mich. Ich hatte keine andere Wahl als meine Hose ein zweites Mal zu öffnen.

Während ich vorsichtig meinen Blick umherstreichen ließ, meldete sich Lydia immer wieder zu Wort.

»Schön lecken ... schön tief ... sehr gut Schatz ... schön sauber lecken.«

Erst mit ihren letzten Worten ging mir ein Licht auf. Helmut würde doch nicht etwa? Doch ein Kondom hatte TJ nicht genutzt und er hatte eindeutig in sie abgespritzt. Zeit für eine ordentliche Dusche hatte Lydia auch nicht gehabt, mal davon abgesehen, dass ich das Badezimmer blockiert hatte.

Völlig durcheinander von dieser Enthüllung spritzte ich meinen Saft ab. Mit ordentlich Kraft schoss es aus mir heraus und landete am Türrahmen.

Als ich meinen Blick wiederaufrichtete, viel dieser auf Lydia. Sie blickte mir direkt in die Augen - ich war entdeckt. Ihre Lippen umspielte ein Grinsen.

Sofort trat ich den Rückzug an. Schnell ging es die Treppe herunter. Gleichzeitig ließ ich meinen Penis verschwinden. Thomas und Robert konzentrierten sich auf die beginnende zweite Halbzeit. Keiner kommentierte meine lange Abwesenheit.

Wenig später kam auch Helmut wieder runter. Er ließ sich nichts anmerken. Vielleicht wusste er nichts von meiner Beobachtung. Ich hoffte es zumindest.

Gleichzeitig kam ich nicht umhin ihn zu beobachten. Wie hatte er das nur tun können? War er bisexuell?

Bei mir schüttelte es sich schon alleine bei dem Gedanken, an das, was er getan hatte. Wozu ihn Lydia sogar lautstark gerufen hatte.

Es dauerte nicht lange und wir hörten von oben erneut das Stöhnen von Lydia. Offensichtlich schien auch dort die zweite Halbzeit begonnen zu haben.

Man zeigte sich dabei durchaus ausdauernd. Doch vor dem Ende unserer zweiten Halbzeit erklang erneut ein Ruf. »Helmut!«

Dieser machte sich unverzüglich auf den Weg nach oben. Ich konnte nicht anders, als unruhig Hin und Her zu rutschten. Nur zu gut konnte ich mir vorstellen, was er ein zweites Mal machen würde. *Pervers.*

KAPITEL 11

Ich war froh, als das Spiel sein Ende gefunden hatte und verabschiedete mich schnell nach Hause. Von oben war eindeutig zu hören, dass Lydia eine dritte Runde eingeläutet hatte.

Zwar wusste ich mittlerweile, dass unsere Nachbarn bereits seit einigen Jahren in diese Cuckold-Spiele involviert waren. Doch hatte ich mir nicht vorstellen können, wie tief sie dabei gesunken waren. Oder wie sehr sich Helmut erniedrigen ließ.

Den Fehler Sandra von meiner Beobachtung zu erzählen, machte ich natürlich nicht. Ich würde den Teufel tun und sie sicherlich nicht auf weitere dumme Gedanken bringen. Es reichte schon, dass sie von mir erwartete, auf das gerade neu gewonnene Analsex-Vergnügen zu verzichten.

Während ich am nächsten Tag meiner Arbeit nachging, war der komplette Rest der Familie ausgeflogen. Kurz nachdem Sandra zu ihrer Arbeit gefahren war, klingelte es an der Tür.

Ich machte mich auf den Weg durchs Haus. Schon von Weitem sah ich, wer von unserer Haustür stand.

»Hallo Lydia«, begrüßte ich sie.

»Guten Morgen, Peter. Hast du einen Moment für mich?«

»Mm, okay.«

Zusammen gingen wir ins Wohnzimmer. Lydia setzte sich dort sofort.

»War ein gutes Spiel gestern, hat mir Helmut erzählt. Kaiserslautern ist in die nächste Runde gekommen?«

»Ja«, gab ich kurz angebunden zurück.

»Aber nicht nur auf dem Feld gab es ein interessantes Spiel zu beobachten?«, fuhr sie verschmitzt fort.

»Lass den Scheiß und komm zur Sache«, gab ich leicht erzürnt zurück. Was wollte sie hier?

»Wie du meinst. Ich dachte, du hättest vielleicht ein paar Fragen?«

»Dazu, was du deinen armen Mann antust?«

»Er tut nichts, was er nicht freiwillig macht.«

»Steht er auf Männer?«

»Nein. Das ganz sicher nicht«, gab sie lachend zurück. »Ich alleine bin sein Universum.«

»Er ist dir hörig?«

»Vielleicht ein wenig - in sexueller Hinsicht. Am Ende trifft er aber auch hierbei noch immer seine eigenen Entscheidungen.«

»Warum zum Teufel würde jemand so etwas machen?«

»Warum zum Teufel nicht?«

»Das ist ekelhaft?«

»Aha? Und du störst dich daran, wenn deine Frau deinen Saft schluckt? Weil ist ja ekelhaft?«

»Das ist was ganz Anderes!«

»Ist es auch - wird ja kein Muschisaft beigemischt«, gab eine grölend lachende Lydia zurück.

Bei diesen Worten stand mir der Mund offen. So hatte ich unsere Nachbarin noch nie erlebt. In den letzten Monaten hatten sich unsere beiden nächsten Nachbarn als völlig andere Menschen entpuppt. Hinter der bürgerlichen Fassade fanden sich kleine Sex-Monster.

»Ach komm. Nun sei nicht so ernst«, forderte sie mich auf. »Wie zwei erwachsene Menschen ihren Spaß miteinander haben, ist doch ihre Sache. Du bist doch sonst auch ein offener Mensch.«

»Ihr werdet schon wissen, was ihr macht«, gab ich zweifelnd zurück. Unrecht hatte sie sicherlich nicht. Am Ende war es ihre Sache, wenn Helmut das machen wollte, dann war das seine Entscheidung.

»Und? Was hat Sandra zu deiner Entdeckung gesagt?«

Ich schaute Lydia besorgt an und gab mich damit preis.

»Ah, du hast es ihr lieber nicht erzählt? Wolltest dein Mädchen lieber nicht auf dumme Gedanken bringen?«

Ich rutschte unruhig hin und her. Wie konnte ich nur so durchschaubar sein?

»Das ist deine Sache«, fuhr sie fort. »Von mir wird sie es nicht erfahren.«

Das beruhigte mich dann doch. Eigentlich seltsam, denn ich hätte es ohnehin nie im Leben gemacht.

»Und wie schaut es an der Analsex-Front aus?«

»Sie hat dir ... davon erzählt?«

»Natürlich. Sie wollte meine Meinung dazu wissen.«

»Und? Was hast du ihr erzählt?«

»Ich war ehrlich«, gab sie zu. »Beim ersten Mal war es trotz Vorbereitung nicht einfach. So ein Bull im Vergleich zu meinem Helmut. Das ist schon ein Unterschied wie Tag und Nacht«, lachte sie. »Aber, wenn erst einmal der Anfang gemacht ist. Ich möchte es nicht mehr missen. Aber das durftest du ja gestern selber begutachten.«

Vor meinem inneren Auge sah ich die Szene noch

einmal. TJ und Adam hatten sie gleichzeitig genommen. Ob Sandra sich dies auch wünschte? Hatte Lydia ihr hiervon vielleicht sogar vorgeschwärmt?

»Und wie hat Sandra sich geäußert?«

»Sie freut sich darauf. Das ist ein wenig wie Weihnachten. Die Vorfreude und Anspannung wächst stetig und man hofft, dass der große Tag endlich kommen möge. Natürlich hat sie auch ein wenig Sorge, vor dem, was sie erwartet. Aber im Grunde genommen wartet sie nur darauf, dass du endlich grünes Licht gibst.«

»Warum sollte ich das machen? Verzichten?«

»Weil du der Cuckold bist?«, fragte eine gespielt irritierte Lydia. »Das ist es, was ihr macht. Und das ist sicherlich auch einer der Hauptgründe, aus dem Helmut das tut, was du beobachten konntest. Ihr wollt eure Frauen glücklich machen. Wollt ihnen das bieten, dass ihr selber nicht zu bieten habt. Das ist für mich persönlich der Kern. Natürlich gibt es für jeden noch ein paar andere Faktoren. Manch einer liebt die Erniedrigung. Andere sind im Herzen einfach nur Voyeure. Aber im Kern geht es erst einmal nur um die Frau.«

Damit verabschiedete sich Lydia. Mir hatte sie einmal wieder viele neue Eindrücke gegeben. Vieles war zu verarbeiten. So kam ich die nächsten Stunden kaum zum Arbeiten. Immer wieder versank ich tief in meine Gedanken.

Verstehen konnte ich Helmut noch immer nicht. Genauso wenig wollte ich auf den neu gewonnenen Analsex verzichten.

Ich kam allerdings auch nicht drum herum, am Nachmittag beim Anblick von Anal-Pornos zu masturbieren. Dabei war Sandra in meinem Kopf die Protagonistin, die hart, tief und ausfüllend genommen wurde. So, wie ich es ihr nicht bieten konnte. Dazu würde sie es mit einem Bull erleben müssen.

KAPITEL 12

Nicht nur meine Beobachtung, sondern auch den Besuch von Lydia ließ ich gegenüber Sandra unerwähnt. Das hätte nur Fragen aufgeworfen.

Seit ein paar Wochen war ich nicht mehr im Cucky Club gewesen. Ich hatte schon die Vermutung, dass Sandra mich extra auf die Folter spannte. Vielleicht auf diesem Weg meine Zusage zum Analsex erreichen wollte. Besonders Victoria traute ich zu, sie in diese Richtung zu beeinflussen. Doch gleich am nächsten Montag, nach meinem Erlebnis bei unseren Nachbarn, sollte ich sie endlich wieder in den Club begleiten.

Es würde erst mein zweites Mal sein, dass ich ihr mit einem anderen Mann zuschauen durfte. Oft hatte sie sich mittlerweile ohne meine Anwesenheit vergnügt und gelegentlich hinterher davon vorgeschwärmt. Ich war mehr als bereit für eine Wiederholung.

Bereitwillig half ich Sandra am Montagabend, sich für den Cucky Club fertigzumachen. Mir konnte es nicht schnell genug gehen. Sie war hingegen ganz Frau und wollte unbedingt perfekt aussehen.

Dazu verpackte sie sich wieder in Reizwäsche. Strapse hatten in immer reichlicheren Ausführungen Einzug in ihren Kleiderschrank genommen.

Gegen 20 Uhr waren wir endlich im Club. Ein paar Gäste tummelten sich an der Bar. An ihrer Hand zog Sandra mich diesmal mit an die Bar. Eine Reihe von Männern und Frauen ließen es sich dort gut gehen. Sandra bestellte mir ein Bier. Selber wählte sie einen Rotwein.

Ich wusste mit der Situation nicht so recht etwas anzufangen. Immerhin wurde ich als ihr »Mann« vorgestellt. Doch so richtig wusste ich mich nicht in die Gespräche einzubringen. Welche Themen bespricht man mit jemanden, der vielleicht schon in einigen Minuten die eigene Ehefrau vögelt?

Das wurde anders als Sandra mir Hugo vorstellte. Er war in der Versicherungsbranche tätig. Wie sich herausstellte, war auch ich für seinen Arbeitgeber tätig. Unterstützte das Unternehmen schon seit zwei Jahren bei verschiedenen Marketingaktivitäten. Hugo leitete das Regionalbüro und so hatten wir schnell einige Themen für ein loses Gespräch.

In meiner Nervosität brauchte ich lange bis mir ein Licht aufging und ich erkannte, wen ich hier vor mir hatte. Hugo - der erste Bull meiner Frau.

Das musste er sein. Er war groß gewachsen, wie sie ihn beschrieben hatte. Ich war mir nicht mehr sicher, ob sie auch von Versicherungen gesprochen hatte. Aber wie viele Hugos konnte es schon im Cucky Club gegen? Soweit war der Name nicht verbreitet.

Weitere Personen kamen hinzu. Den Anfang machte Victoria. Sie stellte mir Jutta persönlich vor. Natürlich hatte ich sie noch zu gut in Erinnerung. Sie hatte meine Frau auf den Anal-Trip gebracht. Dafür dankte ich ihr innerlich.

Nach meinem zweiten Bier war ich etwas lockerer geworden. Ich beobachtete vor allem, wie Sandra mit den verschiedenen Bulls sprach. Sie hatte dabei ihren Spaß und lachte viel.

Ich musste dabei meinen Argwohn herunterschlucken. Es war immer noch gewöhnungsbedürftig, zu sehen, wie andere Männer sie in den Arm nahmen oder sie sich an sie schmiegte. Das sollte eigentlich meine Rolle sein. Ein wenig Angst sie an einen dieser Männer verlieren zu können, schwang immer in meinen Gedanken mit.

Gleichzeitig war ich aber auch schon in gespannter Erwartung, auf das, was an diesem Abend noch kommen sollte.

Ich hatte mich einen Moment umgeschaut, als ich zurück zu Sandra schaute, stand sie bereits vor mir.

»Schatz«, säuselte sie, »möchtest du mit nach oben kommen?«

Ein Blick neben sie, zeigte, dass sie Hugo an einer Hand führte. Ich konnte nur stumm nicken. Mein Mund war wie ausgetrocknet.

Vergnügt nahm sie mich in ihre freie Hand und so ging es zu dritt Richtung Treppe und ein Stockwerk nach oben.

»Das wird ein Spaß«, hörte ich von hinten. Direkt in unserem Gefolge fand sich Jutta. Auch sie hatte einen Bull an der Hand. Ihre zweite Hand war ebenfalls belegt. Ich vermutete aber, dass dies ihr Mann war - ihr Cuckold.

Wir gingen im ersten Stock den Flur ganz bis zum Ende und dann um eine Biegung noch ein Stück weiter. Geführt von Sandra ging es in ein großes Zimmer. Ich wollte die Tür hinter mir schließen, doch Jutta war uns auf dem Fuße gefolgt und drängte mich weiter nach vorne. Erst hinter ihr schloss sich die Tür. Damit waren wir insgesamt sechs Personen.

Das war wohl kein Zufall, schloss ich sofort aus der Anordnung des Zimmers. An beiden Enden des Zimmers stand jeweils ein großes Bett. An den beiden anderen Wänden standen Sessel und Sofas.

»Ich bin gleich bei dir«, wurde Hugo von Sandra nach einem Kuss eröffnet. Er setzte sich aufs Bett und begann sich zu entkleiden.

Sandra führte mich auf die andere Seite und drückte mich auf einen Sessel. Anschließend setzte sie sich auf meinen Schoss. Drückte dabei auf meinen bereits harten Schwanz.

»Mein Schatz, alles gut?«

»Ja«, flüsterte ich zurück und bekam dafür einen kurzen Kuss.

»Ich möchte, dass du dich gleich auszieh st. Komplett. Auch die Socken. Ich möchte sehen, wie dich mein Anblick geil macht. Dein Schwanz sich steil aufstellt, wenn Hugo mich nimmt. Mein kleiner versauter Cucky Spaß daran hat, wie ich mit anderen Männern ficke. Ja?«

»Okay«, gab ich leise und mit zittriger Stimme zurück. Von Sandra gab es dafür ein Lächeln und diesmal einen langen und zärtlichen Kuss.

»Du darfst beim Zuschauen so viel masturbieren, wie du möchtest und so oft kommen wie du willst. Hab deinen Spaß. Aber eine Regel gibt es.«

»Welche?«

»Bei jedem Orgasmus möchte ich dich hören. Ein schönes lautes ›ich komme, ich komme, ich komme‹«

»Sandra?«, gab ich erschrocken zurück.

»Du musst nicht kommen, wenn du nicht möchtest«, gab sie zurück und küsste mich noch einmal und stand dann auf.

Sie machte einen Schritt Richtung Bett, drehte sich dann aber noch einmal um und kam zu mir zurück.

»Und sei nett zu Jutta und schau ihr auch ein wenig zu. Ich weiß doch, wie gern du sie beim Analsex bewunderst.«

Damit machte sie sich endgültig auf den Weg Richtung Bett. Dort fiel sie praktisch in die Arme von Hugo und gab ihm einen langen Kuss.

Irritiert und durcheinander schaute ich ihnen zu, dann ließ ich meinen Blick kurz schweifen. Jutta war ebenfalls bereits mit ihrem Bull beschäftigt. Ihr Mann schaute ihr dabei zu. Er war bereits nackt und hielt sein Glied in der Hand. Es war ähnlich groß wie meines. Noch masturbierte er aber nicht.

Meine Augen wanderten zurück zu Sandra. Sie hatte sich bereits ihres Oberteiles entledigt. Kurz trafen sich unsere Augen und sie bedeutete mir, mich ebenfalls auszuziehen. Dann wendete sie sich wieder Hugo zu.

Trotz all dieser erniedrigenden Umstände drückte mein Penis einmal mehr schmerzlich gegen meine Hose. Meine Erregung konnte ich nicht leugnen. Langsam begann ich mich auszuziehen. Ich zog es in die Länge, doch nach zwei Minuten folgten unweigerlich meine Socken als letztes Kleidungsstück. Jetzt saß ich nackt im Sessel.

Von Sandra brachte mir dies ein Lächeln und einen Kuss in die Luft ein. Sie trug mittlerweile nur noch ihre Reizwäsche und war damit beschäftigt Hugo zu entkleiden.

Das ermöglichte mir kurze Zeit später einen ersten Blick auf seinen Penis. Zwar nicht ehrfürchtig, aber doch fasziniert und vielleicht auch ein wenig neidisch, schaute ich auf das Objekt von Sandras Begierde.

Hungrig stürzte sie sich sogleich darauf und ließ einen guten Teil in ihrem Mund verschwinden. Sie hatte mir schon bei ihren Erzählungen stolz mitgeteilt, wie viel besser sie in ihren Blowjobs geworden war. Hier durfte ich selber sehen, wie viel mehr sie von Hugo in sich verschwinden lassen konnte. Viel fehlte nicht mehr.

Doch auch wenn sie ihren Spaß mit Hugo hatte, ihre Blicke wanderten immer wieder zu mir.

Hugo drehte sie ein Stück weiter und die Beiden vergnügten sich fortan in der 69.

Dabei blieb es aber nicht lange. Hugo drehte den Spieß um und Sandra lag unten. Anschließend begann er damit sie zu verwöhnen. Nicht nur oral, sondern er küsste sie am ganzen Körper, beschäftigte sich mit ihren Brüsten und streute lange Zungenküsse ein. Er gab sich als ihr Liebhaber große Mühe sie zu verwöhnen.

Für mich wäre einfacher Rein-Raus-Sex sicherlich einfacher gewesen. So gab er Sandra viel von dem, dass auch ich ihr gerne bot und genauso gut bieten konnte.

Diese Spiele hatten dann doch aber endlich ein Ende. Weiter ging es in der Missionarsstellung. Genau beobachtete ich, wie er seinen Schwanz ansetzte und ganz langsam in Sandra eindrang. Diese tat sich überraschend leicht und schnell war er mit seiner ganzen Pracht in ihr verschwunden.

Es folgte äußerst zärtlicher Sex. Bei langsamen Fickbewegungen ließen sie ihre Zungen wieder miteinander spielen.

»Ich komme, ich komme, ich komme.«

Irritiert schaute ich auf. Die lauten Ausrufe waren von meinem Gegenüber gekommen - dem Mann von Jutta. Ich sah noch, wie sein Penis ein letztes Mal abspritzte. Anschließend lehnte er sich sichtlich zufrieden zurück.

Für einen Moment hatte ich auch wieder einen Blick für Jutta. Sie und ihr Partner trieben es Doggy-Style. Das gab einen wunderbaren Blick auf ihre großen Brüste. Ich mochte es besonders, wenn sie in dieser Position weit nach unten hingen und damit besonders groß wirkten. Als

Zuschauer von Pornovideos war dies eindeutig eine meiner Lieblingspositionen.

Ein Stöhnen lenkte meine Aufmerksamkeit aber wieder wichtigerem zu. Sandra und Hugo hatten einen Positionswechsel vorgenommen. Jetzt ritt sie verkehrt herum auf ihm. Das hatte für Sandra den Vorteil, dass sie den Raum überblicken konnte.

Ich beobachtete, wie sie von Jutta ihren Blick auf mich schwenkte. Zufrieden lachte sie mich an. Dann hob sie eine Hand und machte einige Bewegungen durch die Luft. Ihre halb geöffnete Faust machte Auf- und Abbewegungen.

Ich brauchte einen Augenblick, um zu realisieren, was sie mir damit sagen wollte. Sie forderte mich auf zu masturbieren.

Mein Blick fiel auf meinen Schwanz. Erregt stand er steil ab. Auch, ohne ihn zu berühren, konnte ich jetzt spüren, dass er sehr berührungsempfindlich sein würde.

Mein Blick führte mich zurück zu Sandra. Gleichzeitig merkte ich, wie meine rechte Hand langsam zu meinem Penis kroch und ihn umschloss.

Alleine dies reichte für einen kleinen wohligen Schauer. Es wäre für mich ein leichtes gewesen, in Rekordgeschwindigkeit zu kommen. Doch ich wollte gar nicht kommen. Ich konnte unmöglich laut »ich komme« schreien. Das wäre mir viel zu peinlich gewesen.

Trotzdem brauchte ich Erleichterung und unter dem zufriedenen Blick von Sandra begann ich mit ganz leichten Masturbationsbewegungen. Schnell genug für ein paar gute Gefühle, aber nicht zu schnell für einen Orgasmus mit lauter Verkündung.

Sandra schien mein Anfang aber mehr als zufriedenzustellen. Ihr Ritt wurde zwar immer wilder, trotzdem richtete sich ihr Blick oft auf mich. Das machte es mir nicht unbedingt einfacher, aber ich gab mein bestes und versuchte mich zu beherrschen.

Damit war ich das absolute Gegenstück zu Sandra. Sie wurde im lauter und wilder. Ihr Po jagte hoch und runter. Immer wieder versenkte sie den Schwanz von Hugo tief in sich und stöhnte dazu laut auf.

Das war schon ein gewöhnungsbedürftiger Anblick. Meine bisherigen Einblicke in den Cucky Club hatten mich sie so noch nicht erleben lassen. Ich hätte es nicht für möglich gehalten, dass sie sich so vollkommen gehen lassen konnte.

Das hinterließ auch bei mir Spuren. Es erregte mich unheimlich.

Es dauerte nicht lange und Sandra kam zu einem lauten Orgasmus. Erschöpft rutschte sie von Hugo herunter. Doch schon nach wenigen Sekunden Pause wendete sie sich ihm wieder zu. Ein weiteres Mal verschwand sein Penis in ihrem Mund.

Es dauerte nicht lange und auch Hugo kam. Doch statt sie schlucken zu lassen, zog er seinen Schwanz heraus und ließ seinen Saft durch die Luft spritzen. Dieser verschmierte mit mehreren großen Spritzern ihr Gesicht. Sogar ihre Haare bekamen einiges ab.

Ich hätte nie gedacht, dass meine Sandra dies mit sich machen ließ. Doch statt auf Hugo zu schimpfen, lachte sie erst ihn zufrieden an und schaute dann in meine Richtung. So hatte ich sie ebenfalls noch nie gesehen. Ihr Gesicht voll Sperma. Mit ihrer Zunge leckte sie einmal um ihre Lippen. Dann sammelte sie das weitere Sperma mit ihren Fingern ein und ließ es auf diesem Weg in ihrem Mund verschwinden. Ihr Blick war dabei vor allem auf mich gerichtet. Ich musste tief durchatmen, um meinen drohenden Orgasmus zurückzudrängen.

Erschöpft lagen die Beiden anschließend nebeneinander. Scheinbar brauchten beide eine kleine Pause.

»Ich komme, ich komme, ich komme.«

Ein zweites Mal flog mein Blick auf die andere Seite des Raumes. Der Mann von Jutta hatte seinen zweiten Orgasmus verkündet. Seine Frau wurde von ihrem Bull hart genommen und machte sich ebenfalls laut bemerkbar.

Das alles machte es mir nicht unbedingt einfacher. Natürlich drängte es mich immer mehr nach meiner eigenen Erlösung. Immer wieder kam ich einem Orgasmus gefährlich nahe. Konnte mich nur so gerade noch beherrschen und wieder ein kleines Stück runterfahren. Doch jedes Mal wurde dies schwieriger.

Jutta wechselte noch einmal die Position. Von meiner Position konnte ich gut beobachten, wie ihr Bull diesmal in ihr Poloch eindrang.

Das ließ mich für einige Zeit meine Frau vergessen. Meine Aufmerksamkeit wurde ganz von diesem Anblick beansprucht. Genau beobachtete ich, wie ihr Bull langsam tiefer eindrang und schließlich mit dem Fick begann. Ihre Rosette legte sich eng um seinen Schwanz.

Wie konnte Sandra nur erwarten, dass ich selber für immer darauf verzichten sollte?

Ein Schlürfen lenkte meinen Blick wieder auf die andere Seite. Sandra gab Hugo einen weiteren Blowjob. Hatte dabei aber wieder nur Augen für mich. Sie hatte ganz genau beobachten können, wie meine Aufmerksamkeit für einige Minuten auf Jutta fixiert gewesen war.

Hugo war bereit für eine weitere Runde. Sandra richtete sich gleich in der Doggy-Style-Position aus. Allerdings zum Bettende hin ausgerichtet. So hatte sie auch diesmal den ganzen Raum im Blick.

Kurze Zeit später hörten wir das rhythmische Klatschen von Hugo auf den Po von Sandra. Diese stöhnte wohlig auf.

»Ich komme, ich komme, ich komme.«

Ein drittes Mal hatte sich der Mann von Jutta seinen Orgasmus verkündet. Im Gegensatz zu mir schien ihm da jede Scham zu fehlen. Ganz im Gegenteil, er machte einen äußerst zufriedenen Eindruck.

Meine Hand ging noch immer der gleichen Arbeit nach und hielt mich beständig nahe am Orgasmus. Mittlerweile konnte ich sogar gelegentlich ein irritiertes Aufstöhnen nicht unterbinden. Ein paar Mal schloss ich in höchster Not meine Augen oder versuchte in meiner Vorstellung an weniger verwerfliche Dinge zu denken. Doch all diese Versuche hatten nur eine sehr kurze Wirkung.

Mein Blick war mittlerweile auf Hugo und Sandra fixiert. Vor allem ihre Gesichtsausdrücke faszinierten mich. In ihnen konnte man ihre ungehemmte Lust ablesen.

Spürbar war auch, dass beide einem Orgasmus wieder deutlich näherkamen.

Lautlos bewegten sich die Lippen meiner Frau. Ganz so, als wenn sie mir etwas sagen wollten, doch ich wusste damit nichts anzufangen.

Einmal mehr kam ich meinem eigenen Orgasmus wieder gefährlich nahe. Innerlich bereitete ich mich bereits auf die nächsten Abwehrmaßnahmen vor, um auch diesmal nicht über die Klippe zu springen. Es würde einmal mehr knapp werden.

Mein Blick kreuzte sich noch einmal mit Sandra. Voller Lust schaute sie mich an.

»Komm für mich. Sag es, mein Schatz. Komm für mich!«, forderte sie mich schreiend auf. Dabei war sie selber schon halb in ihrem Orgasmus.

In diesem Augenblick war für mich jede Hoffnung verloren. Ein erster Spritzer meines Spermas schoss hoch in die Luft.

»Oh«, stöhnte ich auf, gefolgt von einem »ich komme.«

Damit folgte ich eher unabsichtlich den Anweisungen von Sandra. Ich sagte es schließlich auch nur einmal, statt dreimal und dazu auch nicht sonderlich laut. Meine Worte waren eher Ausdruck meiner Überraschung.

So starrten Sandra und ich uns gegenseitig an, während wir uns gleichzeitig in unserem Orgasmus wanden. Das hatte etwas Besonderes - etwas sehr Intimes, dass ich in diesem Moment mit meiner Frau teilen durfte.

Als ich wieder zu Sinnen kam, lagen beide Pärchen nebeneinander auf ihrem jeweiligen Bett. Erschöpft lagen sie in ihren Armen. Gelegentlich wurden Küsse ausgetauscht.

Nach meinem Orgasmus hatte bei mir für kurze Zeit bedauern geherrscht. Dies schien alles so falsch zu sein. Und dann musste ich Sandra auch noch in den Armen eines anderen Mannes sehen. Doch das änderte sich schnell wieder. Mein Penis zeigte bereits wieder meine langsam zurückkehrende Erregung an.

Doch für diesen Abend waren die Spiele beendet.

KAPITEL 13

»Es tut mir leid«, eröffnete Sandra mir, als wir endlich im Bett lagen.

»Warum?«

»Ich hätte dich schon viel früher wieder mit in den Club nehmen sollen. Das hier ist unsere Reise. Gemeinsam.«

»Okay«, gab ich einsilbig zurück. Nur ungern hätte ich ihr eingestanden, wie sehr ich mich danach gesehnt hatte.

»Ich dachte mir, es wäre schön für dich, Hugo kennenzulernen. Einmal in Aktion zu sehen. Immerhin war er mein Erster.«

»Das war okay.«

»Nur okay?«

»Gut, das war schön ... toll ... geil.«

»Für mich auch«, grinste sie zurück.

»Manchmal denke ich, der Cucky Club macht uns jeden Tag ein wenig mehr zu Perversen.«

»Wie kommst du dazu?«

»Ich lasse meine Frau mit anderen Männern vögeln. Reicht das nicht?«

»Und du schaust ihr dabei gerne zu.«

»Das macht es nicht gerade besser.«

»Aber geiler.«

»Was ist nur aus dir geworden? So kenn ich dich gar nicht.«

»Wie?«, gab sie stirnrunzelnd zurück.

»So offen beim Thema Sex. Vulgär?«

»Mir wurden die Augen geöffnet. Uns wurden die Augen geöffnet?«

»Ich weiß nicht.«

Sandra schmunzelte leise.

»Lachst du mich jetzt aus?«

»Nein. Ich finde dich einfach nur süß.«

»Süß?«

»Ja. Dich macht das alles nicht weniger geil als mich. Und es hat dich auch nicht so viel weniger verändert. Aber wenn ich das richtig verstehe, dann seid ihr Cuckolds halt so.«

»Wie sind wir denn?«

»Unentschlossen. Mal findet ihr das total geil und dann wiederum windet ihr euch in Selbstmitleid.«

»So verkehrt finde ich es nicht, dass Ganze auch einmal kritisch zu hinterfragen. Das war heute schon wieder so eine komische Aktion.«

»Was? Die Beteiligung von Jutta?«

»Das auch, aber dass sollte mich wohl nicht mehr überraschen. Nein, ich meinte dieses ›ich komme‹.«

»Das müssen wir wohl auch noch ein paar Mal üben. Du hast es nur einmal gerufen«, erklärte sie mit einer aufgesetzten Zuckerschnute. Irgendwie fühlte ich mich in diesem ganzen Gespräch von ihr nicht so ganz ernst genommen.

»Keinmal wäre auch vollkommen okay«, gab ich leicht böse zurück.

»Schatz«, säuselte sie und rieb ihren Kopf an meiner Schulter. »Wir müssen das sicherlich nicht oft machen und es ist am Ende deine Entscheidung, aber für mich ist es schon etwas Besonderes. Eine Möglichkeit für mich an deiner Erregung noch etwas mehr teilzuhaben. War es nicht schön, als wir am Ende zusammengekommen sind?«

»Das könnten wir auch ohne diese Worte.«

»Nicht wirklich. Für mich ist es ein Signal loszulassen. Es wäre schön, wenn du beim nächsten Mal etwas freier damit umgehen könntest. Juttas Mann hatte damit ja auch keine Probleme. Hey, wir sind da alle am rumferkeln, machen die paar Worte da wirklich noch etwas aus?«

Da hatte sie sicherlich nicht ganz unrecht. Rein logisch betrachtet, war es am Ende ziemlich egal, ob ich mich am Geschreie beteiligte. Wesentliches würde das nicht mehr ändern.

»Wobei ich zugeben muss, dass ich deine Ausdauer nur bewundern konnte«, kicherte Sandra.

»Aha?«

»Du hast schon einen angestrengten Eindruck gemacht, wie du da masturbiert hast und auf keinen Fall kommen wolltest.«

»Das war hart«, gab ich lachend zurück.

»Hart war da eindeutig etwas.«

Damit griff Sandra zwischen meine Beine und begann mich leicht zu masturbieren.

»Noch Lust auf einen letzten Blowjob?«, fragte sie entspannt.

»Immer.«

»Okay, aber du musst etwas für mich tun.«

»Was?«

»Wenn du kommst, möchte ich eine Ankündigung. Du kennst die Worte, die ich hören möchte.«

»Sandra.«

»Blowjob. Ja oder nein?«

Ihre schneller gewordenen Handbewegungen ließen

mir dabei wenig Wahlmöglichkeiten und so gab ich meine Zustimmung.

Sofort machte Sandra sich ans Werk. Nicht nur ihre Lippen, sondern auch ihre Zunge gab sich mir voll hin. Gleichzeitig masturbierte ihre Hand mich weiter. Sie schien es eilig zu haben.

Unsere Augen trafen sich und mir entfuhr ein leises »oh«. Meine Hände verkrampften sich im Bettlaken. Ich wollte endlich kommen und doch wollte ich diese Worte eigentlich nicht sagen, auch wenn wir jetzt unter uns waren.

»Ich komme, ich komme, ich komme.«

Am Ende war ich gegenüber ihrem Blowjob chancenlos. Ich musste kommen. Eine Ankündigung mit Worten erschien nur fair und war nichts Neues. Dass ich jetzt ausgerechnet diese zwei Worte dreimal wiederholte, hatte aber sicherlich für Sandra eine große Symbolkraft. Sie hatte mich in der Hand.

KAPITEL 14

»Ich komme, ich komme, ich komme.«
Diese Worte wurden in den nächsten Tagen ein häufiger Bestandteil unseres Sexlebens. Immer wieder folgte ich Sandras Aufforderung und ließ diese Worte verlauten. Sei es ein Blowjob, Handjob, Analsex oder einfach nur die gute alte Missionarsstellung.

Ihr Ziel war mir dabei durchaus klar. Sie sah es als eine Desensibilisierungsmaßnahme. Würde sie mich dies häufig genug rufen lassen, so würde ich es irgendwann auch vor anderen machen. Dann schon fast automatisch.

Ihren vollen Einsatz zeigte sie nicht zuletzt dadurch, dass sie diese Worte ebenso oft bei ihren Orgasmen verlauten ließ.

»Viel zu tun«, kam Sandra am späten Montagvormittag in mein Arbeitszimmer.

»Ja, einiges. Der neue Kunde hat viele Extrawünsche.«

»Was doch nicht unbedingt verkehrt ist? Mehr Geld für dich.«

»Ja«, stimmte ich ihr lachend zu.

»Ich will dann auch nicht lange stören. Ich wollte dir nur kurz sagen, dass ich eben schnell in den Club bin. Ich brauch unbedingt einen schnellen harten Fick.«

»Okay«, gab ich langgezogen zurück.

»Keine Sorge. Ich bin zuletzt immer so geil, du bekommst deinen Teil auch noch ab.«

Und so verschwand Sandra in Richtung des Clubs. Das war Teil unserer Montage geworden. Es war nichts Ungewöhnliches mehr. Mir gab es aber immer viele Dinge zum Nachdenken. Meine Produktivität an Montagen war sicherlich schon einmal höher gewesen.

Es dauerte keine Viertelstunde und es klingelte an der Haustür. Victoria Paulsen besuchte mich einmal mehr. Mit Blick auf ihre vergangenen Besuche brachte dies bei mir gemischte Gefühle hervor. Irgendetwas Neues schien sie immer im Schilde zu führen.

Wir begrüßten uns kurz und setzten uns dann ins Wohnzimmer. Ich wartete einfach darauf, was sie mir zu sagen hatte.

»Sandra ist gerade im Club«, verkündete sie als Erstes.

»Ich weiß.«

»Und - was fühlst du dabei?«

»Was soll ich dabei schon fühlen?«, gab ich böse zurück. Was war das für eine Frage.

»Macht es dich geil? Neidisch? Verärgert? Dein Schwänzchen wird doch sicherlich ein paar Signale aussenden.«

Ich versuchte, als Antwort einfach nur belanglos mit den Schultern zu zucken. Mir war klar, dass ich ihr keine Lügen auftischen konnte. Sie konnte mich zu einfach durchschauen. In den vielen Jahren als Club-Betreiberin hatte sie reichlich Erfahrungen gesammelt.

»So seid ihr«, fuhr sie fort. »Aber das hast du ja mittlerweile oft genug erleben müssen. Da erzähle ich dir nichts Neues.«

»Und was erzählst du mir Neues? Was ist deine nächste Schweinerei?«, fuhr ich sie an. Dabei wurde ich aber nicht übermäßig laut.

»Ich dachte, wir sollten einfach mal wieder reden. Es hat sich ja einiges getan. Trotzdem muss Sandra immer noch auf deine Analsex-Einwilligung warten.«

»Da kann sie lange warten«, gab ich zurück.

»Vielleicht, aber sie hat ja durchaus auch Zeit. Früher oder später erkennt ihr Cuckolds dann schon von selber, was am besten für eure Frau und euch selber ist?«

»Ihr betont doch immer so, dass es unsere Entscheidung ist. Nein heißt Nein.«

»Solange bis es ein Ja wird«, gab sie amüsiert zurück. »Aber das ist nicht meine Angelegenheit.«

»Ist es nicht? Dafür scheinst du es aber ziemlich häufig zu deiner Angelegenheit zu machen«, ätzte ich zurück. »Du hast doch deinen Spaß daran, uns immer tiefer in diese verdammte Welt zu reiten.«

»Und trotzdem hast du an dieser verdammten Welt so viel Spaß und Lust«, gab sie trocken zurück und ignorierte meine scharfe Stimme.

»Raus damit«, stöhnte ich auf. »Was führst du diesmal im Schilde? Sag es einfach.«

»Hey, als Betreiberin des Cucky Club sehe ich es durchaus als meine Pflicht an, dass es allen Mitgliedern gut geht und sie auf ihre Kosten kommen. Ich kenne diese Welt wie meine Westentasche. Das gilt nicht nur für die Bulls und Hotwifes, sondern natürlich auch für euch Cuckolds. Immerhin seit ihr unsere Namensgeber.«

»Das beantwortet meine Frage nicht.«

»Erst einmal wollte ich mit dir reden. Ich habe von

Lydia gehört, du hast bei deinem Besuch ein paar Beobachtungen gemacht?«

»Oh nein, nie im Leben. So ein Perverser wie Helmut bin ich nicht.«

Victoria quittierte meinen kleinen Ausbruch zunächst mit einem herzhaften Lachen.

»Was?«

»Helmut hätte vielleicht vor ein paar Jahren ähnliches gesagt. Nein, damit möchte ich nicht sagen, dass dein Weg auch dahin führen muss. Jeder Cuckold ist anders. Jede Beziehung zwischen Hotwife und Cuckold kann sehr unterschiedlich sein. Und das alles ist auch in ständiger Veränderung.«

»Veränderung? Es geht wohl immer tiefer in die ... na ja, nennen wir es ruhig Scheiße.«

»Ach komm, du hast auch deinen Spaß und kommst auf deine Kosten. Aber da ist schon was dran. Man erlebt etwas Neues. Das ist immer toll und anregend. Versaut. Man macht es immer wieder und wieder. Irgendwann ist es zur Normalität geworden und man braucht eine neue Aufregung. Den nächsten Kick. Das ist wohl so. Das heißt aber nicht, dass es keine roten Linien gibt. Man sollte sich bloß heute nicht so sicher sein, wo sie eines fernen Tages liegen werden.«

Zur Abwechslung war Victoria einmal ehrlich mit mir gewesen. Und es beschrieb gut die Situation, in die ich mit Sandra immer tiefer reinrutschte. Ihre nächsten Stationen waren ganz offensichtlich Analsex mit einem Bull und mein Orgasmus-Schrei. Aber was würde danach kommen?

»Aber vergessen wir Helmut. Er und Lydia leben ihre Beziehung als Cuckold und Hotwife auf ihre Weise. Sie haben durchaus noch das ein oder andere Geheimnis. Wichtiger seid doch ihr beide und eure Beziehung. Wie steht es um die? Ich habe ja hauptsächlich Kontakt mit

Sandra, aber ihr scheint es ziemlich gut zu gehen. Wie schaut es bei dir aus?«

»Warum sollte es Sandra auch nicht gut gehen. Kann ja ficken, so viel sie möchte«, gab ich sarkastisch, aber nicht böse zurück.

»Ja«, gab Victoria zu. »Für die Gesellschaft ist es vielleicht kein großes Thema – ein Tabu. Aber ein ordentlicher Fick macht auch uns Frauen glücklich. Ich hoffe, darin aber keine Beschwerde zu hören. Laut Sandra kommst du schließlich auch deutlich öfters zum Zuge als in der Vergangenheit.«

»Das ist wohl wahr. Im Gegensatz zu den letzten Jahren hat sich da einiges geändert.«

»Win-Win-Win.«

»Scheint so.«

»Womit wir bei einem vielleicht heiklen Thema wären.«

»Aha?«, horchte ich auf.

»Es mag vielleicht nicht überraschen, aber was euren Sex angeht, nun ja Sandra und ich sprechen viel darüber und ich bin da relativ gut im Bilde.«

Das war zwar etwas peinlich, aber so sind Frauen wohl. Zumindest in meiner Vorstellung.

»Da gibt es zwei Probleme. Beim Analsex ... ich verstehe, dass er dir gefällt. Aber leider gefällt er dir ein wenig zu gut.«

»Was? So bekommt sie meinen Verzicht nicht!«

»Nun warte doch mal ab. Also dieses Gespräch ist nicht mit Sandra abgesprochen. Du musst ihr keine Vorhaltungen machen. Sie würde dir das nie sagen, aber als Freundin sollte ich das machen. Also ... ich kann verstehen, dass für dich der Analsex etwas Besonderes ist. Das war er auch für Sandra - am Anfang.«

»Was ist damit?«

»Ihr Poloch ist natürlich recht eng. Deshalb machst du ja auch den Anfang, bevor dann ein Bull ran darf, aber es zeigt sich leider, dass es für dich immer noch zu eng ist. Denk mal darüber nach, wie ausdauernd du sie in ihre Pussy fickst und wie schnell du anal zum Ende kommst.«

»Und?«, kam von mir schulterzuckend zurück. Die Beobachtung ließ sich nicht bestreiten, aber war das wirklich von Bedeutung.

»Man kann das Verstehen«, fuhr Victoria fort. »Dein ganzes Leben hast du dich daran gewöhnt, beim Ficken viel Platz zu haben. Die ungewohnte Enge macht dir Schwierigkeiten. Aber wo bleibt da der große Spaß für Sandra?«

Ich grummelte vor mich hin.

»Ich möchte dir das nur als Information übermitteln. Wie du damit umgehst, ist deine Sache. Da ist aber noch eine zweite Sache. Die ist auch ähnlich gelagert. Sandra würde sich wünschen, dass du mehr abspritzt.«

»Mehr? Wo ist das Problem?«, fragte ich ratlos.

»Ist es ein Problem, wenn sie deinen Saft mag?«, fragte Victoria zurück. »Sie berichtet, dass du mal mehr oder weniger stark abspritzt. Im Vergleich zu früher eher weniger. Um ehrlich zu sein, kann ich mir gut vorstellen, wo das Problem liegt.«

»Und das wäre?«

»Du masturbierst zu viel.«

»Was!?«

»Wenn du am Nachmittag schon vor Geilheit abspritzt, dann ist am Abend für deine Frau natürlich nur noch eine kleinere Ladung da.«

Darauf viel mir nun so gar keine Antwort ein. Perplex saß ich da und schaute Victoria an. Die Logik war simpel und leuchtete mir ein, aber was sollte die Lösung sein. Man konnte von mir doch wohl schlecht Verzicht erwarten, während sich Sandra regelmäßig mit anderen Männern vergnügte.

»Das ist natürlich auch ein Teufelskreis. Wenn du jetzt auf Masturbation verzichtest und deine Sandra so mit deinem Sperma beschenken kannst, dann wirst du ihr am Abend noch erregter gegenübertreten und natürlich auch noch schneller abspritzen. Die perfekte Lösung kann ich dir da leider nicht anbieten. Zumindest noch nicht.«

Ich hörte die Tür zur Garage. Die Kinder waren von der Schule zurück. Ein Glück für mich. Damit wurde dieses Gespräch beendet. Was sollte ich von diesem halten? Victoria hatte offen und vielleicht sogar relativ ehrlich gesprochen. Auch wenn ich für Letzteres sicherlich nicht meine Hand ins Feuer gelegt hätte. Irgendetwas führte sie immer im Schilde. Eine Lösung hatte sie mir aber nicht präsentiert.

KAPITEL 15

Sandra kam am späten Nachmittag nach Hause. Victoria hatte ihr zuvor bereits von ihrem Besuch erzählt. Offensichtlich aber wenig zum Inhalt unseres Gespräches kundgetan. Entsprechend bohrend waren die Fragen meiner Frau.

Ich wusste nicht so recht, was ich ihr erzählen wollte. Am Ende wusste Sandra aber, wie sie mich zum Reden bekommen konnte. Zunächst musste sie mich ein wenig in Stimmung bringen. In eine erotische Stimmung. Dazu packte sie kurzerhand meinen Penis.

In der Folge erzählte ich ihr manches und ließ andere Dinge aus. Vor allem vom Schluss unseres Gespräches sprach ich. Immerhin ging es dabei um Informationen, die Victoria vermeintlich von Sandra erhalten hatte. Das waren einerseits meine angeblich zu schnellen Orgasmen und andererseits meine dank reichlich Masturbation eher kleinen Abspritzer.

Sandra gab ganz offen zu, dass sie diese Einschätzung so an Victoria weitergegeben hatte. Zu einem wirklichen Ergebnis kamen wir hingegen nicht.

. . .

So vergingen die nächsten Wochen. Sandra setzte ihre Ankündigung dabei in die Tat um und nahm mich jede zweite Woche mit in den Cucky Club.

Das war für mich jedes Mal wieder ein neues Highlight. Das konnte ich nicht abstreiten. Dabei war ich nicht der einzige Zuschauer. Auch Sandra beobachtete mich gerne, wenn ich beim Zuschauen wieder einmal masturbierte. Sie verwies mehrmals darauf, dass es für sie eine wichtige Verbindung zu ihrem Ehemann war.

Immerhin verlangte sie von mir dabei kein »ich komme« zu verkünden. Das war aber weiterhin ein sporadischer Bestandteil unseres heimischen Vergnügens. Hier war es mir mittlerweile relativ egal geworden.

An den Montagen, an denen ich Sandra nicht zuschauen durfte, war ich trotzdem zweimal Gast im Club. Vielleicht weniger Gast, sondern eher angeforderter Mitarbeiter. In beiden Fällen übernahm ich den Dienst hinter der Bar. Es war nach der Gartenarbeit erst mein zweiter Einsatz im Club. Dabei waren viele Posten von uns Cuckolds besetzt.

Es war ein wenig gewöhnungsbedürftig hinter der Bar zu arbeiten und dabei zu erleben, wie sich Frauen und Männer auf der anderen Seite vergnügten und früher oder später nach oben verschwanden.

Die Gespräche waren dabei durchaus interessant. Vieles war nur Smalltalk. Doch so manches Mal durfte ich mithören, wie ein Bull eine Hotwife bezirpste. Ich konnte verstehen, dass sie diesem Charme schnell erlagen.

KAPITEL 16

Am Nachmittag des 1. Dezember - ein Samstag - saßen Sandra und ich vor dem Fernseher. Die Kinder waren über Nacht bei meinen Eltern untergebracht. Draußen war es nasskalt. Der Winter stand bevor. Wir hatten uns einen Glühwein gegönnt. Es war eine schöne und entspannte Atmosphäre und meine Frau lag in meinen Armen.

Unsere Ruhe wurde vom Türklingeln jäh unterbrochen. Sofort verkündete Sandra, dass dies Victoria sein müsste. Einen bevorstehenden Besuch hatte sie mir allerdings nicht angekündigt. Das war schon Grund genug nichts Gutes zu befürchten. Zumindest nichts, dass ich gleich zu Beginn als etwas Gutes ansehen würde.

Victoria war allerdings nicht alleine. Sie kam in Begleitung ihres Mannes - Robert - und Lamar. Letzteren hatte ich bereits gesehen, aber noch nicht mit ihm gesprochen. Von Sandra wusste ich, dass er der bevorzugte Bull von Victoria war.

Nach einer kurzen Begrüßung saßen die Drei auf unserem großem L-förmigen Sofa. Sandra und ich versorgten sie mit Getränken.

»Wunderst du dich, warum wir hier sind?«, fragte Victoria mich sehr direkt. Mein fragender Blick war aufgefallen.

»Ein reiner Höflichkeitsbesuch ist es wohl nicht?«

»Ach, wir sind auch hier, weil wir freundliche Menschen sind. Wir möchten euch an etwas teilhaben lassen.«

»Und das wäre?«

»Heute üben wir Selbstbeherrschung.«

Mit diesen Worten stand Victoria auch gleichzeitig auf. Ihren Mann wies sie an, ihr beim Entkleiden zu helfen.

Zweifellos war Victoria eine schöne Frau. Auch mit ihren knapp über 40 Jahren konnte sie noch einen knackigen Körper vorweisen. Bei ihren Brüsten hatte sie offensichtlich ein wenig nachgeholfen.

Es war nicht das erste Mal, dass ich sie nackt zu sehen bekam. Doch aus dieser Nähe und so im Detail war mir dies noch nicht möglich gewesen.

»Gefallen sie dir?«, ließ Victoria verlauten und wog ihre Brüste dabei mit ihren Händen. Eine Antwort auf diese sicherlich rein rhetorische Frage blieb ich jedoch schuldig.

Während unsere Gäste es sich auf unserem großen Sofa bequem machten, saßen Sandra und ich auf unserem Zweisitzer.

Nachdem sich mein Blick sich an Victoria sattgesehen hatte, bemerkte ich auch Robert und Lamar wieder. Beide hatten sich ebenfalls entkleidet.

Wie alle Bulls im Club war Lamar gut bestückt. Sein langer und schwerer Schwanz tat sich schwer mit der Schwerkraft und hing leicht nach unten.

Robert kannte ich natürlich seit Beginn dieser neuen Lebenserfahrung. Doch nackt sah ich ihn an diesem Tag zum ersten Mal. Im Grunde genommen war er gut gebaut.

Natürlich fehlten ihm zu Lamar ein paar entscheidende Zentimeter.

»Komm Schatz«, zog Sandra mich vom Sofa hoch und begann damit mich zu Entkleiden. Anschließend befreite sie sich selber von ihrer Kleidung.

»Hm«, erklang von Victoria und ihr Blick wanderte zwischen meine Beine. Dort baumelte nichts mehr, sondern stand bereits steil ab.

»Meinst du nicht, dass es überfällig ist, deinen Peter endlich von diesem Urwald zu befreien?«

Dabei lag der Blick von Victoria eindeutig auf meinem Schambereich. Zu ihren Worten fuchtelte sie außerdem mit einer Hand in der Luft.

»Eigentlich schon. Das wäre schön. Was meinst du Schatz?«

Im Cucky Club schien keine oder sehr wenig Schambehaarung die Mode zu sein. Meine Sandra achtete mittlerweile genau darauf, sich regelmäßig davon zu befreien. Doch muss ich ehrlich zugeben, dass ich ein wenig an meiner Behaarung hing. Nicht zuletzt war sie für mich ein Zeichen meiner Männlichkeit. Ohne sie wäre mein Penis Blicken schutzlos ausgeliefert. Seine Größe im Vergleich zu den Bulls wäre noch offensichtlicher.

Zumindest waren das meine eigenen Empfindungen. Logisch betrachtet, war das sicherlich ein wenig übertrieben.

»Ich weiß nicht«, gab ich kleinlaut meine Unsicherheit zu.

»Schatz? Das wird toll. Weißt du meine nackte Pussy beim Lecken nicht auch zu schätzen?«

Ein paar Mal hatte Sandra schon fallen lassen, dass sie sich, mich unten rum auch ganz nackt vorstellen könnte. Die Vorteile waren nicht von der Hand zu weisen. Doch so recht konnte ich mich nicht überwinden.

»Komm«, übernahm Sandra kurzerhand die Entscheidung und zog mich erneut vom Sofa hoch. »Kommst du mit Victoria?«

Zu dritt ging es in unser Badezimmer. Ich sollte mich in die Badewanne stellen und die beiden Frauen wollten die Arbeit übernehmen.

Genauer gesagt, war es vor allem Victoria, die in Aktion trat. Ehe ich mich versah, hatte sie meinen Schwanz in der Hand und verteilte Rasierschaum.

Es war das erste Mal seit unendlich langer Zeit, dass eine andere Frau mich dort berührte. Und dann war es auch noch eine wunderschöne und vor allem nackte Frau. Ich spürte, wie mein Schwanz gleich noch ein wenig Empfindsamer wurde.

Gleichzeitig schaute ich unsicher und irritiert auf Sandra.

»Genieße es, so lange es anhält«, grinste diese mich an. Sie schien sich daran nicht zu stören.

Ganz offensichtlich befreite Victoria nicht zum ersten Mal einen Mann von seiner Schambehaarung. Innerhalb weniger Minuten war ich von ihr komplett befreit.

Auf dem Weg zurück nach unten mussten wir zunächst durch unser Schlafzimmer. Hier blieb ich kurz stehen. In einem bodenlangen Spiegel hatte ich den perfekten Blick auf meine neue Nacktheit.

»Süß«, kommentierte Victoria süffisant. Ein weiteres Mal nahm sie meinen Schwanz in die Hand. Diesmal pumpte sie ihn sogar leicht. Ich konnte mich vor Erregung nicht wehren. Auch wenn ich mir unsicher war, ob Sandra dies auch noch egal wäre.

»Jetzt sieht man endlich, wie groß - Tschuldigung - klein, er wirklich ist. Da ist doch mehr als verständlich, dass wir Frauen uns gelegentlich nach großen starken Bulls sehnen? Könntest du das deiner Sandra wirklich versagen?«

Victoria hatte diese erniedrigenden Worte nur leise in mein Ohr geflüstert. Sandra war noch mit Aufräumarbeiten beschäftigt.

Ich blieb stumm. Darauf gab es keine Antwort. Zumindest keine Antwort, die ich laut geben wollte. In einem war ich mir sicher. Aus unserem neuen Leben würden wir nicht mehr entkommen können. Ich konnte Sandra unmöglich ihre neu gewonnene Lust wegnehmen.

Vermutlich würde sie es auf mein Verlangen sogar versuchen. Ich hielt unsere Liebe für so stark. Doch selbst wenn sie es schaffen würde, konnte ich mir kaum vorstellen, dass ein Teil von ihr mich dafür nicht auch hassen würde.

Nicht dass ich alles auf Sandra schieben möchte. Oft genug hatte auch ich selber Gefallen an unserem neuen Leben gefunden. Selbst in diesem Augenblick größter Peinlichkeit war ich erregt und genoss den festen Griff von Victoria um ein hartes Glied. Ein wenig Erniedrigung störte mich nicht. Immerhin war es diesmal nur zwischen Victoria und mir.

»Na, ihr beiden? Wollen wir wieder nach unten?«

An den Händen der beiden Frauen wurde ich wieder nach unten geführt. Durfte wieder auf dem Zweisitzer Platz nehmen. Zu meiner Irritation war es allerdings nicht Sandra, die sich neben mich setzte, sondern Victoria.

Sandra begab sich hingegen auf die andere Seite und setzte sich zwischen Robert und Lamar.

Ein letztes Mal blickte sie zu mir und schenkte mir ein Lächeln, dann drehte sie sich zu Lamar und vertiefte sich in einen Kuss mit ihm.

Es dauerte nicht lange und ihre Hände suchten ihren Weg über seinen muskulären Körper. Lamars Hand wiederum beschäftigte sich mit den Brüsten von Sandra. Gleichzeitig war aus ihrem ersten zahmen Kuss ein wilder Zungenkuss geworden.

»Robert. Warum bereitest du Sandra nicht vor?«

Dieser ließ sich auf den Boden gleiten und drückte die Beine meiner Sandra auseinander. Zielstrebig führt sein Weg an ihre Scham und er begann meine Frau zu lecken.

Ich hatte nicht erwartet, dass ich jemals einen anderen Cuckold zwischen den Beinen meiner Frau sehen würde. Das irritierte mich im ersten Moment schon. Störte mich auch ein wenig. So wirklich wusste ich nicht warum. Eine Gefahr ging von Robert schließlich nicht aus. *Vielleicht weil ich glaube, dass dies mein Job sein sollte?*

Victoria hatte sich derweil noch ein wenig Näher an mich herangeschoben. Ihre Hand fuhr über meine Beine und kam auf meinem Schwanz zum Liegen. Einmal mehr umschloss sie diesen. Dazu begann sie mit leichten Auf- und Abbewegungen.

Noch mehr als zuvor genoss ich die Hand einer anderen Frau. Es war ungewohnt anders. Das machte es wohl zu etwas Besonderem.

Ich bemerkte, wie Sandra zu uns rüber sah. Sie störte sich nicht daran. Das beruhigte mich.

»Das reicht, glaube ich Robert.«

Dieser beendete nach dieser Aufforderung seine Arbeit und lehnte sich zurück.

Lamar schob Sandra in eine Ecke des Sofas und setzte sogleich seinen langen Schwanz an die Spalte meiner Frau an. Ohne weiteren Aufschub schob er ihn rein. Auf großen Widerstand traf er dabei nicht.

»Robert, gönn dir auch ein wenig Entspannung. Aber wehe du kommst! Das gilt auch für dich.«

Den letzten Satz hatte sie in meine Richtung abgesetzt. Ich konnte sie nur zweifelnd anschauen. Ich konnte mir nicht vorstellen, dass ich lange ohne Orgasmus auskommen würde. Dafür erregte mich die fremde Hand, in Verbindung mit dem fremden Mann über meiner Frau, doch zu sehr.

Nur selten im Leben habe ich mich über etwas so sehr getäuscht. Der Nachmittag sollte für mich das reinste Martyrium werden.

Das würde vermutlich nicht jeder so sehen. Ich selber sehe es auch nicht immer so. Man muss es selber erlebt haben. Wie so oft in diesen Tagen war ich da auch selber sehr zwiegespalten. Je nach Stimmung viel meine Meinung in die eine oder andere Richtung.

Was war mein Martyrium? Vor meinen Augen hatte meine eigene Frau ihren Spaß mit Lamar. Sie küssten sich, leckten sich und fickten in jeglicher nur erdenklichen Position. Zumindest jede die auf einem großen Sofa denkbar war und das waren überraschend viele. Ob Doggy-Style, reitend oder die gute alte Missionarsstellung - die beiden hatten viel zu stöhnen.

Lamar stellte sich als äußerst ausdauernd heraus. Das war ich von den Bulls bereits gewohnt. Sie konnten ihren Orgasmus nicht nur gekonnt herauszögern, sondern waren auch relativ schnell für eine zweite oder dritte Runde bereit.

An diesem Punkt kommt mein Martyrium ins Spiel. Die erste halbe Stunde dieses Spieles war ich frohen Mutes und hatte meinen Spaß. Ich durfte mich nicht nur an Lamar und meiner Frau erfreuen, sondern wurde gleichzeitig auch von Victorias Hand verwöhnt.

Diese wichste mich mal schneller und mal langsamer. Schon früh war ich bereit zum Abspritzen. Doch dies war mir nicht vergönnt.

Ich war zu Victorias Spielball geworden. Nach Belieben heizte sie mich an und brachte mich nahe an einen Orgasmus. Ich war durchaus bereit ihre Aufforderung zu ignorieren und einfach zu kommen. Doch das wusste sie gekonnt zu verhindern. Für sie schien ich ein offenes Buch zu sein.

Dies zog sich über den gesamten Nachmittag hinweg. Sandra hatte einige Orgasmen und Lamar durfte mehrmals abspritzen. Ich wurde hingehalten. Dieses Schicksal teilte ich mit Robert. Wobei er selber Hand anlegen musste und der Anweisung von Victoria trotzdem Folge leistete. Das hätte ich sicherlich nicht gemacht.

Gegen Abend sah ich von hinten, wie Lamar meine Frau ein weiteres Mal hart nahm. Noch einmal spritze er in sie ab. Anschließend machte er einen Schritt zur Seite und gab mir den Blick auf meine Frau wieder frei.

Vor mir lag eine durchschwitzte Sandra. Doch mein Blick viel vor allem auf ihren Schambereich. Ihre Öffnung stand noch leicht auf. Dort und um ihre Schamlippen herum, war noch deutlich das zahlreiche Sperma von Lamar zu sehen.

Ich hatte Sandra als Zuschauer schon frisch gefickt gesehen. Doch dies toppte die bisherigen Anblicke noch einmal. Es war eine neue Stufe. Dazu der Schweiß, ihr zerzaustes Haar und ihr erschöpfter aber zufriedener Blick. Es wirkte unglaublich versaut.

Sandra musste ein paar Mal durchatmen. Ihre Beine zogen sich zusammen. Dann richtete sie ihren Blick auf mich. Von meinen Augen wanderte er zu meinem Schwanz. Dieser wurde noch immer von Victoria kontrolliert.

»Möchtest du endlich kommen?«, fragte Sandra mich.

»Bitte«, hörte ich mich selber sagen. Ich konnte nicht anders. Ich brauchte es endlich. Wieder einmal hatte Victoria mich an den Rand einer Erlösung getrieben. Doch das letzte Stück erlaubte sie mir auch diesmal nicht.

»Dann komm und fick mich«, antwortete Sandra. Gleichzeitig verschwand die Hand von Victoria.

Ich spürte mein erregtes Glied. Die lange Zeit der Masturbation hatte es empfindlich gemacht.

Langsam stand ich auf. Mein Blick auf mein Ziel gerichtet. Die spermaverschmierte *Muschi* meiner Frau.

In den letzten Monaten hatte sie sich mit vielen Bulls vergnügt. Doch bevor wir uns anschließend vergnügt hatten, war sie immer bereits frisch geduscht.

Jetzt sollte ich sie also das erste Mal frisch gefickt nehmen. Ich musst unweigerlich an meinen Nachbarn Helmut denken. An ihn würde seine Frau in diesem Moment wohl noch ganz andere Erwartungen haben.

Erst als ich zwischen den Beinen von Sandra kniete und mein Schwanz nur Zentimeter von ihrer Öffnung entfernt baumelte, fiel mir etwas Anderes auf. Es war das erste Mal, dass ich selber Sandra vor Zuschauern nehmen sollte.

Unter anderen Umständen wäre mir dies vielleicht unangenehm gewesen. Doch ich war viel zu erregt, um mich daran zu stören.

Ich setzte meinen Schwanz an und noch einmal trafen sich unsere Blicke.

»Nimm mich hart«, kam leise über die Lippen von Sandra.

Ich ließ mich kein weiteres Mal bitten und mit einem Stoß versenkte ich meinen Schwanz komplett in ihr. Feucht, glitschig und alles andere als eng. So empfand ich diesen Moment.

Diese schmutzigen Gedanken erregten mich nur noch mehr. Sofort begann ich einen wilden Fick.

Die Befriedigung meiner Frau war dabei ganz sicherlich nicht mein Ziel. Ein Stöhnen kam auch nicht über ihre Lippen. Stattdessen spornte sie mich an.

»Härter! ... Fick mich! ... Na los, ich will dich ganz spüren! ... Bist du schon ganz drin!? ... Mehr! ... Tiefer!«

Um ehrlich zu sein, gab sie mir nicht unbedingt den

Eindruck, dass ich einen guten Job machte. Ständig verlangte sie nach mehr.

Nach fünf Minuten fand mein Gastspiel ein schnelles Ende. Ich war nach der langen Stimulation einfach zu erregt. Ich kam und spritze in meine Sandra ab. Kurz atmete ich durch, dann zog Sandra mich an sich ran und küsste mich. Es wurde ein liebevoller Kuss.

»Ich liebe dich«, bekam ich in einer kurzen Kusspause zu hören. Sandra hatte dies vollkommen ernst vorgetragen. Nach unserem Nachmittag erschien mir dies ein wenig surreal. Doch wichtiger war mir das Wissen, wie ernst es ihr damit war. Mir ging es nicht anders. Diese Frau wollte ich nie gehen lassen.

Kurze Zeit später machten sich unsere Gäste auf den Weg.

KAPITEL 17

Hintereinander duschten wir. Anschließend erledigte ich noch einige Dinge in meinem Büro. Sandra machte uns ein leichtes Abendessen und wir endeten später wieder auf unserem Sofa. Wieder lag Sandra in meinen Armen.

»Ich hoffe, das war heute Nachmittag für dich okay?«, fragte sie, als eine Werbepause begann. Bis zu diesem Zeitpunkt hatten wir den Nachmittag nicht erörtert.

»Sollte er das nicht sein?«, fragte ich zurück.

»Na ja, ich war mir nicht sicher. Ich meine ... vielleicht war es zu viel? Ich fand es schön, aber was ist mit dir?«

»Was könnte ich denn nicht schön gefunden haben?«, fragte ich zurück.

»Wir haben dich ziemlich auf die Folter gespannt?«

»Das war hart. Gemein? Ihr hättet mich ruhig ein wenig früher kommen lassen können.«

»Edging.«

»Was?«

»So nennt man das. Es ist die Kontrolle über den Orgasmus. Für eine lange Zeit wird der Mann in der Nähe gehalten, darf aber nicht über die Klippe springen. Das soll das

Vergnügen am Orgasmus steigern, wenn er dann endlich gewährt wird. Der Weg ist das Ziel.«

»Ich weiß nicht, ob das geklappt hat. Es war aber okay.«

»Wir hatten auch andere Gründe.«

»Aha?«

»Das Zuschauen macht dir doch bei entsprechender Lust mehr Spaß? Außerdem kann dir ein wenig Orgasmuskontrolle nicht schaden. Der Teil hat aber nur bedingt funktioniert. Am Ende hast du nur fünf Minuten gebraucht.«

»Tut mir leid.«

»Muss es nicht. Ich war schon gut durchgefickt«, gab Sandra grinsend zurück und trank einen weiteren Schluck Wein.

»Wie viel Orgasmen hast du gehabt? Vier?«

»Fünf«, gab sie keck zurück.

»Wie war es denn für dich?«, fragte sie nach einem Moment der Stille. »Also ... ich war ja noch ... voller Sperma.«

»Gewöhnungsbedürftig? Nach eurem Spiel mit mir konnte ich aber nicht mehr warten.«

»Mein kleiner geiler Bock«, lachte sie.

Wir küssten uns, schauten uns verliebt an, streichelten uns und lagen uns gegenseitig in den Armen. Zu mehr reichte unsere Kraft an diesem Abend aber nicht mehr.

KAPITEL 18

Die nächsten Wochen vergingen schnell. Ich hatte noch einiges zu tun vor Weihnachten. Ständig war sicherzustellen, dass die Marketingkampagnen meiner Kunden optimal liefen. Für viele war es die wichtigste Zeit des Jahres.

Ich bekam aber trotzdem reichlich Entspannung. Dafür sorgte vor allem Sandra. Sie war jeden Montag im Cucky Club. Außerdem lud Victoria sie immer noch an einem zweiten Tag ein – meistens am Mittwoch. An jedem Montag nahm Sandra mich mit in den Club.

Es war an einem Mittwoch, als sie ohne mich im Club war. Sandra kam nach Hause. Ich sollte mich nackt aufs Bett legen. Dann legte sie für mich einen kleinen Striptease hin.

Nackt setzte sie sich schließlich auf meinen harten Schwanz und begann ihn zu reiten. Zuvor hatte ich noch ihre glänzende Scham gesehen. Ein zweites Mal fickte ich meine noch sperma-gefüllte Frau. Vor Weihnachten sollte noch ein drittes Mal folgen.

Ich wusste nicht so recht, was ich davon halten sollte. Wobei ich mich in der Vergangenheit an meinem eignen

Sperma nicht gestört hatte. Das taten auch die Bulls nicht. Wenn es jedoch von einem anderen Mann kam, das war schon etwas Anderes. Wild. Verrückt. Pervers.

Es gab noch eine zweite Folge des Samstagabends - Edging. Sandra schien Gefallen daran gefunden zu haben, mich auf die Folter zu spannen. Meistens legte sie selber Hand an. Im Club übernahm aber Victoria diese Rolle noch einmal und spannte mich den ganzen Abend auf die Folter. Erst zu Hause durfte ich meine Erregung entladen und fiel praktisch über Sandra her.

Ich muss zugeben, dass ich daran zunehmend Gefallen fand. Eine andere Hand als meine eigene fühlte sich immer aufregender an. Außerdem war eine sehr leichte Form des Dominierens. Ich gab meinen Orgasmus in die Hand meiner Partnerin. Gleichzeitig war mir aber klar, dass es nur eine Frage der Zeit war.

Um mich im Unklaren zu lassen, durfte ich manchmal erst am Ende kommen, während ich andere Mal gleich zu Beginn oder in der Mitte schon das erste Mal kommen durfte. Das machte es noch ein wenig Aufregender. Ich wusste nie, wann ich meine nächste Erlösung finden würde.

Derweil umtrieb mich noch ein anderer Gedanke. Ein Problem, mit dem ich mich jedes Jahr aufs Neue rumschlagen musste. Was schenkt man seiner Frau zu Weihnachten? Die Kinder waren einfach, die hatten ihre Wunschlisten, aber was war mit Sandra?

»Du kennst mich am besten. Ich bin sicher, du findest ein tolles Geschenk.«

Das war die Antwort auf meine Frage. Keine Hilfestellung.

Zu allem Übel verkündete Victoria dann auch noch, dass Sandra ein absolut großartiges Geschenk hatte. Natürlich fragte ich sie nach mehr Informationen, doch außer weiteren Lobhudeleien war nichts aus ihr herauszubekommen.

Damit wuchs der Druck natürlich noch einmal an. Mein eigentlicher Plan war ein kleines Geschenk vor den Kindern und schöne Reizwäsche später gewesen. Doch das schien mir zu einfallslos zu sein.

»Ich wüsste da was«, verkündete Victoria. »Etwas, dass Sandra sich sehnlich wünscht. Sie fragt mich oft, wie es ist. Das steigert ihre Sehnsucht dann aber nur noch weiter. Es würde kein Geld kosten, aber es würde sie sehr glücklich machen.«

»Was soll das sein?«, fragte ich.

»Analsex mit einem Bull.«

»Aber?«

»Aber du müsstest etwas aufgeben? Macht es nicht gerade das zu einem großartigen Geschenk?«

Natürlich machte es das zu einem großartigen Geschenk. Gleichzeitig wurde es dadurch für mich aber auch zu einem sehr teuren Geschenk. Das war mir selbst für meine geliebte Frau zu viel. Da musste sich eine bessere Lösung finden.

KAPITEL 19

Schneller als gedacht war Weihnachten da. Die Geschenke lagen wie jedes Jahr unterm Baum.

Nach einem schnellen Essen waren die Kinder schnell bedient. Wir hatten uns schon lange angewöhnt, kurzen Prozess zu machen, das hielt die Quengeleien im Rahmen. Spielekonsole und Smartphone waren die beiden großen Geschenke.

Von mir gab es für Sandra ein Buch und Parfüm. Dazu kamen ein leises Flüstern und die Ankündigung, dass es später noch weitere Geschenke geben würde. Am Ende war es dann doch Reizwäsche geworden. Die hatte ich Sandra – abgesehen von der Dessous-Show - schon lange nicht mehr geschenkt.

Damit war Sandra an der Reihe. Sie machte aus ihrem Geschenk ein großes Geheimnis. Für die ganze Familie sollte es sein. Es war das letzte Geschenk unter unserem Weihnachtsbaum.

Ich überließ unseren Kindern das Auspacken. Sie öffneten das längliche Paket nur zu gerne. Hervor kam ein rund fünfzig Zentimeter langes Kreuzfahrtschiff.

»Gib Papa den Brief«, forderte Sandra sie auf und mir wurde ein Umschlag ausgehändigt. »Laut vorlesen bitte.«

Das tat ich dann auch. Zu meiner Überraschung hatte Sandra deutlich tiefer als ich in die Tasche gegriffen und uns zu Weihnachten einen Urlaub geschenkt. Daher auch das Kreuzfahrtschiff.

»In zwei Tagen?«, fragte ich irritiert.

»Keine Sorge, ich habe schon alles geplant. Wir können so im Auto zum Flughafen düsen.«

»Ich will mich nicht beschweren.«

Vor allem wollte ich mich über eine Besonderheit ihrer Urlaubsplanung nicht beschweren. Die erste Woche würden wir mit den Kindern durch die Karibik schippern. Dann würde es für sie aber alleine zurück in die Heimat gehen. Meine Eltern würden sie am Flughafen in Empfang nehmen. Für Sandra und mich blieb dann noch eine zweite Woche in der Karibik.

Das war ein ziemlich guter Grund mit besonderer Freude auf die nächsten zwei Wochen zu blicken.

Allerdings zweifelte ich damit auch ein wenig an der Qualität meiner Geschenke. Sandra hatte mir eine Woche Urlaub mit ihr alleine geschenkt, was hatte ich ihr zu bieten?

Als die Aufregung nach Mitternacht endlich abnahm und die Kinder im Bett lagen, führte auch unser Weg ins Schlafzimmer. Hier holte ich meine Geschenke für Sandra hervor. Ich hatte die Reizwäsche bei Antonia gekauft. Sie hatte damals auch die Reizwäsche-Show im Club durchgeführt. Zwischenzeitlich hatte Sandra sich bei ihr mit weiterer sexy Unterwäsche eingedeckt. So war ich relativ sicher, dass die Größen passen würden.

Ich hatte mich nicht lumpen lassen und ein paar hundert Euro ausgegeben. Sandra ließ es sich nicht nehmen und führte mir meine Geschenke vor.

»Oh, dieses rot wird Pedro gefallen. Er liebt mich in Rot.«

»Weiß - wie eine unschuldige Jungfrau.«

»Leder«, bemerkte sie das letzte Stück. Ein Korsett mit Strapsen und allem was dazu gehört. Die Besonderheit war in der Tat, dass es aus Leder war. Antonia hatte es mir vehement aufgeschwatzt und ich kam nicht umhin diese Entscheidung für goldrichtig zu halten. Sandra sah umwerfend aus.

»Soll dich deine Frau ... Hotwife ... Herrin ... härter rannehmen«, scherzte Sandra.

Sandra küsste mich. Ihre Hand fasste mir in meinen Schritt. Damit spürte sie meinen harten Schwanz. Leicht knetete sie ihn durch, während wir uns weiterküssten.

»Ich habe da noch etwas für dich«, ließ ich verlauten, ehe ich es richtig durchdacht hatte. Doch ich war in diesem Moment so verliebt, wie am ersten Tag. Als aus uns ein Paar geworden war. Ich erinnerte mich an den Herzschmerz, als wir uns kurz danach für drei Wochen nicht sehen konnten. Wir telefonierten damals jeden Tag.

Diese Liebe war es, die mich ihr jetzt ein weiteres Geschenk machen ließ. Es war nicht meine Lust. Gespannt schaute Sandra mich an.

»Du wünscht dir, von einem Bull endlich anal genomm...«

Weiter kam ich nicht. Sandra sprang regelrecht auf mich drauf und fällte mich wie einen Baum. Zum Glück stand das Bett hinter mir.

»Ich liebe dich«, rief sie aus. »Ich wusste, dass du für mich darauf verzichten würdest.«

Ich hatte eigentlich gehofft, mit ihr noch einen Deal zu machen. Einmal im Monat Analsex oder zumindest an besonderen Gelegenheit. Diese Chance hatte sie mir bereits genommen. Es gab kein Zurück mehr.

Doch noch war es nicht soweit. Noch hatte sich kein Bull mit ihrem Po vergnügt und an diesem Abend kam ich einmal mehr zu meinem Vergnügen. Der Gedanke, dass es vielleicht schon das letzte Mal war, brachte mich dabei schnell zum Abspritzen.

Sandra wischte meine anschließende Entschuldigung lapidar zur Seite. Bald werde sie auch in ihren Po ausdauernd gefickt.

Später lag ich erschöpft neben Sandra. Sie schlief bereits. Mein Blick lief über ihre Rundungen und blieb an ihrem Po hängen.

Ein wenig wehmütig dachte ich daran, was mir in Zukunft verwehrt bleiben würde. Auf der anderen Seite war ich aber auch gespannt, wie Sandra einen Bull erleben würde. Vielleicht war er ihr doch zu groß und sie würde reumütig zu mir zurückkommen?

Ich schmunzelte. Das würde wohl kaum passieren.

KAPITEL 20

Zwei Tage später ging es mit dem Flieger von Frankfurt nach Miami. Im Hafen erwartete uns unser Schiff. Es war ein wahrhafter Ozeanriese. Deutlich größer als unsere bisherigen Kreuzfahrtschiffe. Es war aber auch das erste Mal, dass wir nicht auf ein deutschsprachiges Schiff gingen.

Ich hatte eine hübsche Balkonkabine erwartet. Stattdessen stand ich plötzlich in einer großen Suite. Irritiert schaute ich Sandra an. Sicherlich konnten wir uns mehr als einen Urlaub im Jahr leisten, aber diese Suite musste sehr teuer sein.

»Ich habe einen richtig guten Preis bekommen«, erklärte sie später unter vier Augen auf meine Frage.

»Aha?«

»Ein hochrangiger Mitarbeiter der Reederei ist im Cucky Club«, erklärte sie mit einem Grinsen.

Wir hatten eine Balkonkabine gebucht und waren von ihm auf eine Luxus-Suite hochgebucht worden. Ich wollte nicht meckern und beschloss den geschenkten Luxus zu genießen. Es war ja auch nur recht und billig, dass auch ich aus dem Cucky Club so manchen Nutzen zog.

Ein Nachteil hatte die Suite jedoch. Unser Nachwuchs schlief nicht in einer komplett eigenen Kabine, sondern ein Zimmer weiter. Das machte unsere nächtlichen Eskapaden vergangener Kreuzfahrten unnötig schwierig.

Am Ende kam ich in der ersten Urlaubswoche bei Sandra nur zweimal zum Zuge. Darüber konnte ich aber mühelos hinwegschauen. Es war ein wunderbarer Familienurlaub. Außerdem würde ich Sandra die zweite Woche für mich alleine haben. Ich war mir sicher, dass wir viel Zeit im Bett verbringen würden.

KAPITEL 21

Am Ende der Woche brachten wir unsere Kinder zum Flughafen. Es wurde vom Personal dafür gesorgt, dass sie zum richtigen Flieger kamen. Der Flug führte direkt zurück nach Frankfurt, wo meine Eltern sie in Empfang nehmen würden.

»Freiheit!«, grinste ich Sandra an, als wir aus dem Flughafengebäude traten. Daraufhin lachte sie herzhaft auf und verschluckte sich sogar. Es brauchte eine Weile, bis sie ihren anschließenden Schluckauf bewältigt hatte.

Wir bummelten noch eine Weile durch die Stadt. Meine Stimmung war blendend. Die Laune von Sandra würde ich hingegen zwar nicht als schlecht bezeichnen, sie war aber relativ still. Ich schob das auf die Sorge um unsere Kinder. Bei so einem Direktflug konnten sie aber kaum verloren gehen. Ich hatte da keine Bedenken.

Am späten Nachmittag ging es für uns zurück auf das Schiff. Bald sollte dieses ablegen. An der Hand von Sandra ging es in Richtung unserer Suite. Unsere Einkäufe wollten verstaut werden. Außerdem hatte ich noch meine ganz eigenen Pläne für die nächste Stunde.

Zurück in unserer Suite druckste Sandra rum und schien jetzt doch sichtlich nervös zu sein.

»Peter?«

»Ja?«

»Ich habe da etwas gemacht und ich weiß nicht, ob du mir böse sein wirst.«

»Aha?«

»Es hat mit uns zu tun. Unser neues Leben als Cuckold und Hotwife.«

»Bist du in den letzten Tagen mit einem Mann ins Bett gesprungen«, scherzte ich.

»Nein, aber …«

Weiter kam Sandra nicht. Es klopfte an der Tür. Sofort machte Sandra sich auf den Weg und öffnete die Tür.

Ich hatte den Zimmerservice erwartet. Sie waren in den letzten Tagen wirklich sehr bemüht um uns gewesen. Ein Vorteil unserer Luxus-Suite. Stattdessen klappte mein Mund auf und ich schaute mit Sicherheit so entgeistert, wie noch nie zuvor in meinem Leben.

In der Tür stand Victoria. Hinter ihr kamen ihr Mann Robert und unsere Nachbarn Helmut und Lydia ins Zimmer. Das Gefolge wurde von den Bulls Lamar, Pedro und Tom komplettiert.

Alle sieben fanden problemlos Platz in unserer geräumigen Kabine. Ich konnte nur ungläubig zuschauen wie die Begrüßungen erfolgten. Ich schüttelte automatisch einige Hände. Als Pedro schließlich meine Sandra in den Arm nahm, mit seinen Händen ihren Hintern packte und ihr einen tiefen Zungenkuss gab, war es um mich geschehen. Ich nahm Reißaus. Hinter mir schlug ich die Kabinentür zu.

Dies sollte meine Woche werden. Ich hätte meine Sandra jetzt küssen und anschließend auf unser Bett schmeißen sollen. Doch sie schien Pedro zu bevorzugen.

An der erstbesten Bar bestellte ich mir einen Whisky.

Was hast du nur gemacht Sandra? Was haben wir gemacht? Was habe ich lüsterner Dummkopf zugelassen?

CUCKOLD AUF HOHER SEE

BAND 4

KAPITEL 1

Alles lief nach Plan. Peter und Sandra übertrafen meine Erwartungen bei Weitem. Sie ausgehungert nach richtigem Sex. Er ist bereit, sich für die Lust seiner Frau zum Cuckold machen zu lassen.

Unsere neue Villa war ein Traum geworden. Als Lydia und Helmut mir von dem abgelegenen Gebäude in ihrer Nachbarschaft erzählten, musste ich gleich meine Ohren spitzen. Hätten sie gewusst, dass dies sofort mein Interesse weckte, wären sie wohl nicht so freizügig gewesen. Sie machten sich Sorgen in ihrer Nachbarschaft enttarnt zu werden.

Ich beruhigte sie, so gut ich konnte. Aber natürlich bestand trotzdem immer ein Restrisiko von unliebsamen Entdeckungen. Ich hatte zuweilen den Eindruck, dass dies die Beiden seit unserem Umzug in die Villa sogar zusätzlich stimulierte.

Die Häuser am Ende der Straße lagen bereits ein gutes Stück auseinander. Lydia und Helmut mussten auf dem Weg zu uns in die Villa, nur noch das Haus eines Nachbarn passieren - Peter und Sandra Neumann.

Wenn man so viele Jahre wie ich in diesem Geschäft ist,

dann sucht man die Abwechslung. Es ging für mich schon immer um mehr als nur Geld. Am Anfang waren auch mein Robert und ich nur ein typisches Paar aus Hotwife und Cuckold. Wobei sich diese Begriffe damals erst langsam entwickelt haben und in Deutschland ziemlich unbekannt waren. Das hat sich erst in den letzten Jahren geändert - dem Internet sei Dank. Uns hat das viel neue Kundschaft beschert.

Mit der Club-Gründung hat sich alles geändert. Es war damals noch kein Geschäft. Wir waren einfach nur eine Gruppe gleichgesinnter. Schnell hat sich gezeigt, dass ich die Führung übernehmen sollte. Führen liegt wohl in meinem Blut. So fiel der Club quasi ungeplant in meine Hände.

Heute läuft der Cucky Club fast von selbst. Vor allem neue Mitglieder finden sich leicht. Wir können bei der Auswahl sehr wählerisch sein. Mit der Villa versorgen wir diese optimal. Was mich zurück zur Abwechslung bringt.

Schon immer hatte ich Spaß daran neue Paare in diese Welt einzuführen. Ich sage ihnen immer, dass es nur ein erstes Mal geben wird und sie es genießen sollen. Ich beneide sie um jedes der vielen ersten Male, dass sie erleben werden. Für Robert und mich liegen diese schon lange hinter uns. Dafür darf ich in meiner Rolle als Club-Chefin die ersten Male durch die Reaktionen unserer Neulinge immer wieder aufs Neue erleben.

Daraus hatte sich im Laufe der Jahre eine kleine Kunst entwickelt. Auf diese war ich durchaus stolz.

Ich passierte das Haus von Peter und Sandra regelmäßig. Konnte sie dabei gelegentlich im Garten beobachten. Optisch passten sie bei uns gut rein. Ich musste aber noch herausfinden, ob sie auch der richtige Typ Mensch für unseren Club waren.

Das Straßenfest war perfekt, um die beiden und den

Rest der Nachbarschaft auszukundschaften. Ich bekam von Lydia eine Einladung überreicht. Ihrem Sohn wurde dafür die Schuld in die Schuhe geschoben.

Es war interessant die Nachbarschaft kennenzulernen. Vor allem war es witzig, ihre neugierigen Blicke zu erleben. Von Lydia kannte ich die Gerüchte um unseren Club. Schnell konzentrierte ich mich auf Peter und Sandra. Ich hatte bei ihnen gleich ein gutes Gefühl. Mit diesen beiden würde ich viel Spaß haben, da war ich mir sicher.

Sie waren so einfach in die Falle zu locken. Oder vielleicht besser ausgedrückt, sie ließen sich sehr einfach zu ihrem Glück führen.

Das Straßenfest war eine gute Gelegenheit, um ein Treffen im Club zu vereinbaren. Peter ließ sich dort so einfach zum Zuschauer machen. Willig schaute er Tom und Tanja zu. Wichste seinen kleinen Schwanz vor lauter Geilheit. Danach war ich mir erst recht sicher, in ihm einen weiteren perfekten Cuckold-Kandidaten gefunden zu haben. Sandra zeigte sich nicht weniger interessiert, als ich ihr einen ähnlichen Einblick ermöglichte.

Wenn man so lange wie ich in diesem Bereich unterwegs ist, dann weiß man genau, wie man vorgehen muss. Man darf nicht ungeduldig werden. Zeit löst viele Probleme. Sind die Gedanken im Cuckold und der Hotwife erst einmal gesät, dann arbeiten sie in ihnen. Lassen sich nicht mehr zurücknehmen und kriechen immer wieder hervor.

Ich hatte es ohnehin nicht eilig. Peter und Sandra waren auch für mich etwas Besonderes. Immerhin Nachbarn des Clubs. Da wollte ich nichts falsch machen. Durch ihre Augen durfte ich einmal mehr miterleben, wie sich die vielen ersten Male anfühlten. Ich war aber auch gleich optimistisch, dass sich hier eine wirklich gute Nachbarschaft entwickeln könnte.

Wenn es darum geht Neulinge in unsere Welt zu holen, werde ich gerne kreativ. Manchmal auch bewusst ein wenig gemein. Ich hielt es für das Beste, wenn der Cuckold schon früh einen kleinen Einblick in seine Rolle erhielt.

Die sah bei jedem Pärchen ein wenig anders aus. Über die Jahre habe ich wahnsinnige Unterschiede erlebt.

Manch einem reichte es, wenn die Frau loszog und ihren Spaß hatte. Er wartete dann meist gespannt zu Hause und hoffte auf eine ausführliche Berichterstattung über die Eskapaden seiner Frau. Wollte wirklich jede Einzelheit wissen.

Das steigerte sich dann langsam. Die Erzählungen reichten vielen bald nicht mehr aus. Man wollte selber als Zuschauer dabei sein. Sehen wie die Frau genommen wurde.

Hier ungefähr hören die meisten Cuckold-Beziehungen in der Realität auf. Einige kommen mit diesem Lebensstil nicht klar. Doch aus Erfahrung kann ich sagen, dass sich immer ein paar finden, die auch das Undenkbare ausleben. Die es immer weitertreiben müssen. Das ist wie eine Sucht nach neuen sexuellen Erfahrungen.

Cuckolds in einem Keuschheitsgürtel? Das ist gar nicht so selten. Sauber lecken der Ehefrau nach dem Fick? Das ist schon ein klein wenig extravaganter. Die Motivation dahinter ist durchaus interessant. Gelegentlich steckt dahinter eine latente Bisexualität. Zumeist ist es aber die Erniedrigung. Das Ergeben gegenüber der eigenen Frau und für manche auch gegenüber dem Bull.

Für wenige steigert sich das Ganze noch weiter ins Extreme. Das kann zum Beispiel ein sehr eindeutiges Tattoo sein. Für Cuckolds bieten sich die Symbole für Mann und Frau an. Einmal das Venussymbol für die Frau und das Marssymbol mit nach rechts oben ausgerichtetem Pfeil für den Bull. Für den Cuckold zeigt ein Pfeil nach unten rechts. Gerne auch verkürzt. Passend zu dem kleinen Schwanz, der zwischen seinen Beinen baumelt.

Für Hotwifes gibt es auch einige Tattoo-Varianten. Ganz schick kann ein simples »Queen of Spades«-Tattoo sein. Hier wird das aus Kartenspielen bekannte Pik-Symbol mit dem Buchstaben Q ergänzt. Q für Queen oder zu deutsch Königin. Wobei ich selber meinen Körper unbefleckt bevorzuge.

Natürlich gibt es Fälle, die noch ein Stück weitergehen. Alles ist möglich und ich habe schon vieles erlebt, auch wenn es nur Einzelfälle sind. So hatten wir eine Hotwife, die ein Vergnügen daran hatte, ihren Mann zu verweiblichen. Von Reizwäsche bis zu Stöckelschuhen musste oder durfte er alles tragen.

Für uns im Club war das damals ganz praktisch. Bevorzugte sie doch ihren Mann als Dienstmädchen einzukleiden.

Aber kommen wir zurück zu Peter und Sandra. Wer sieht den armen Peter jetzt schon auf Stöckelschuhen herumwackeln? Irgendjemand ist bestimmt dabei, der es sich zumindest wünscht. Aber das sind Ausnahmefälle. Man weiß nie wieweit man das Spiel treiben kann. Wo die Grenze erreicht ist. Und wenn sie erreicht ist, kann sie in einem Jahr schon wieder ganz woanders liegen. Das ist der Fluch des Kicks nach Neuem.

Für Peter und Sandra hatte ich noch einige Pläne. Wie weit sich diese aber erfüllen ließen, lag ganz alleine an ihnen. Jeder hat sein persönliches Limit. Für Peter und Sandra war dies eindeutig ihre Liebe. Diese würden sie sich nie nehmen lassen.

Es ist doch interessant zu sehen, wie sich eine Cuckold-Beziehung auf die Liebe auswirkt. Im Club haben wir hier durchgehend positive Erfahrungen gemacht. Die Liebe verfestigt sich. Vermutlich auch, weil man nach diesen

Erfahrungen kaum noch Geheimnisse voreinander bewahren muss.

Für unsere gemeinsame Woche auf dem Kreuzfahrtschiff kam ich also mit großen Hoffnungen auf das Schiff. Vielleicht ließ ich mich von meiner Vorfreude zu sehr blenden und war zu siegessicher. So brauchte ich einen Moment, um die Aufregung von Peter zu verarbeiten. Bevor ich reagieren konnte, war er bereits über alle Berge.

Das war natürlich ein unschöner Beginn für die schönste Zeit des Jahres. Doch Peter war nicht der erste Ehemann, den ich so erlebt hatte. Meine Routine setzte nach der ersten Aufregung ein. Es galt Peter zurück an die Seite seiner Frau zu holen. Sobald das erledigt war, würden wir ihn ein Stück tiefer in die Cuckold-Welt holen. Ein Entkommen konnte es weder für ihn noch für Sandra geben. Sie waren zu tief drin, um auf diesen Lebensstil jetzt noch verzichten zu können.

KAPITEL 2

Unsere Kinder waren auf dem Heimweg und Sandra und ich auf dem Rückweg in unsere Luxus-Suite. Unsere Kinder waren auf dem Heimweg. Sandra und ich zurück in unserer Luxus-Suite. Nachdem wir uns eine Woche lang zurückhalten mussten, sollte endlich unsere Zeit gekommen sein. Ich konnte es kaum abwarten mit Sandra ins Bett zu hüpfen.

Doch diese hatte offensichtlich ganz andere Pläne für unsere zweite Urlaubswoche. Darin spielte ich scheinbar nur eine untergeordnete Rolle. Statt des Zimmerservice standen plötzlich Victoria und ihr Gefolge in unserer Suite. Neben ihrem Mann Robert waren dies unsere Nachbarn Helmut und Lydia, sowie die Bulls Lamar, Pedro und Tom.

So viel zu einer spaßigen Woche zu zweit mit viel - sehr viel - Sex. Nur meine Frau und ich, so hatte ich es mir erhofft.

Als Pedro dann auch noch meine Frau in den Arm nahm und sie küsste, wurde es zu viel für mich. Er packte ihren Hintern und gab ihr einen tiefen Zungenkuss.

Ich rannte aus unserer Suite und suchte das Weite.

Hinter mir hörte ich, wie unsere Kabinentür laut zuschlug, schenkte dem aber keine Beachtung. Ich lief ziellos durch die Gänge und bog wahllos links und rechts ab.

Mein Weg endete an einer stillen Bar. Nach einem langen Tag an Land strömten die Passagiere in die Restaurants. An dieser Bar war noch wenig los. Ich bestellte einen Whisky.

Was hast du nur gemacht Sandra? Was haben wir gemacht? Was habe ich lüsterner Dummkopf zugelassen?

Schnell hatte ich den ersten Whisky hinuntergekippt und ein zweiter stand vor mir. Ich beobachtete die vorbeihuschenden Menschen. Vor allem die Paare. Glücklich waren sie. So sollte es im Urlaub sein. Wenige Minuten zuvor hatte ich mich noch ähnlich glücklich gefühlt.

Ich trank meinen zweiten Whisky langsamer. Ich liebte Whisky und war es gewohnt ihn zu genießen. Einen guten Whisky konnte ich nicht verschwenden.

Natürlich hatten mir unsere Cuckold-Spielereien viel Spaß bereitet. Das konnte ich gar nicht abstreiten. Es hatte mich nicht nur erregt, meine Frau mit anderen Männern zu wissen oder gar selber zuschauen zu dürfen. Allzu oft war ich auch selber Nutznießer unseres neu in Schwung gekommenen Sexlebens.

Endlich regelmäßige Blowjobs und dann durfte ich meine Sandra sogar in Analsex einführen. Sehr viel mehr hätte ich mir nicht wünschen können. In den nächsten sieben Tagen hatte ich hiervon vieles ausleben wollen. Doch meine Frau schien andere Pläne gemacht zu haben.

Ich bestellte mir zu meinem dritten Whisky gleich ein Bier dazu. Das brachte mir vom Barkeeper einen fragenden Blick ein. Er verzichtete aber auf eine Nachfrage.

Ich musste an die vielen neuen Erlebnisse der letzten Monate zurückdenken. Ich hätte mir vor einem Jahr niemals träumen lassen, wohin unser Sexleben sich entwickeln könnte. Positiv gesagt, war bei uns im Bett mehr los denn je.

Meine Erlebnisse als Voyeur waren interessant gewesen, aber noch harmlos. Eine meiner Lieblingserinnerungen war meine Nacht in München. Ich besuchte eine Konferenz. Am Abend saß ich alleine in meinem Hotelzimmer. Über das Telefon durfte ich zuhören wie sich meine Frau mit einem anderen Mann vergnügte. Es war das dritte Mal für sie. Doch zum ersten Mal durfte ich ein Stück weit dabei sein, wenn auch nur als Zuhörer.

Das reichte mehr als aus, um meine Erregung in ungeahnte Höhen zu treiben. Zum Schluss bekam ich noch ein Foto zu sehen. Es war der Schwanz von Pedro, tief versenkt in meine Frau.

Bei diesen Gedanken wunderte ich mich, was Sandra in diesem Moment tat. Pedro war jetzt ebenfalls an Bord. Steckte sein Schwanz womöglich schon in ihr. Ebenso tief wie auf dem Foto?

Mein Atem ging schneller. Unwillkürlich schaute ich kurz nach unten. Mein Schwanz hatte sich mit Blut gefüllt und pulsierte leicht.

Du kleiner Idiot da unten. Das ist jetzt nicht der Moment für dich.

Wenn ich jetzt nichts unternehme, dann werde ich es nie schaffen. Wer weiß wohin mich das noch führen wird. Ich war sogar so dumm und habe Sandra zugestanden, zukünftig auf Analsex mit ihr zu verzichten.

Nein, mein Kleiner! Bleib unten! Sonst wird aus mir ein zweiter Helmut.

Ich hatte nur einen sehr ungenauen Einblick in das Sexleben unserer Nachbarn bekommen. Aber ganz offensichtlich gingen ihre Spielereien noch ein gutes Stück weiter.

Den absoluten Höhepunkt hatte ich als ihr Gast erlebt.

Da möchte man in aller Ruhe ein Fußballspiel schauen und dann so etwas. Lydia ruft nach ihrem Helmut und lässt sich von ihm lecken. Direkt nachdem sie frisch gefickt wurde.

Dagegen mutete es schon fast als Geringfügigkeit an, dass er seine Frau nur selten ficken durfte. Kein Vergleich dazu, wie viel Spaß ich mit meiner Sandra haben durfte. *Der Arme.*

»Peter«, erklang eine Stimme neben mir und eine Hand legte sich auf meine Schulter. Ich blickte zur Seite. Ausgerechnet Helmut war mein Entdecker.

»Helmut.«

»Wir haben dich schon überall gesucht.«

»Jetzt hast du mich gefunden.«

»Warum hast du dich aus dem Staub gemacht?«

»Ist die Frage ernst gemeint?«

»Ähm? Ja?«

»Das sollte meine Woche werden ... unsere Woche.«

»Ein schöner Urlaub mit viel Spaß.«

Es wurde für mich schnell offensichtlich, dass Helmut mich nicht verstand. Es wurde Zeit ein paar eindeutigere Worte zu wählen.

»Statt Pedro sollte ich gerade meine Frau ficken!«

Der Barkeeper schaute vorsichtig zu uns rüber. Wie die meisten Menschen an Bord sprach er allerdings kein Deutsch, um meine Wortwahl machte ich mir daher wenig Sorgen.

»Ich glaube nicht ...«

»Was glaubst du nicht?«, fiel ich ihm ins Wort.

»Ich glaube nicht, dass die beiden gerade ficken.«

»Warum? Dafür ist er doch hier!«

»Schon, aber als ich los bin, um dich zu suchen, da war Sandra am Weinen. Ich glaube nicht, dass ihr noch danach zumute war.«

»Oh«, entfuhr es mir. Für einen Moment machte ich mir Sorgen um meine Frau. Wollte zu ihr eilen und sie trösten. Doch meine Wortwahl fiel anders aus. »Das hat sie sich wohl verdient.«

Helmut setzte sich auf den Stuhl neben mich. »Was ist los Peter? Ihr habt ... damit, doch bisher viel Spaß gehabt? Soweit ich es mitbekommen habe.«

»Bier?«, fragte ich ihn anstelle einer Antwort. Er nickte und ich bestellte uns zwei Bier.

»Ich bin aber nicht du«, gab ich zurück. Dabei sprach in mir sicherlich auch der Alkohol mit. »Ich will meine Frau auch mal für mich haben. Ich will nicht so enden wie du.«

»Wie ich?«, fragte ein leicht pikiert klingender Helmut.

»Tage oder Wochen ohne Fick leben müssen. Oder auch auf den Knien vor meiner Frau. Wie kannst du das nur machen? Ihre frisch gefickte Muschi ... ich kann das gar nicht aussprechen.«

Helmut blieb stumm. Er trank einige große Züge aus seiner Flasche.

»Irgendjemand wird das Gleiche über dich sagen«, warf er ein. »Wie kann er seine Frau nur andere Männer ficken lassen? Wie kann er nur dies tun? Wie kann man nur das tun? Spinnt der? Was soll der Scheiß? Lydia und ich machen was uns gefällt. Wir sind zwei erwachsene Menschen und sind niemanden außer uns selbst Rechenschaft schuldig.«

Zur Abwechslung wurde nun Helmut einmal böse. Ich war mir nicht ganz sicher, ob seine Wut sich nur auf mich richtete.

»Schon gut. Jedem das Seine«, versuchte ich ihn zu beruhigen.

»Du weißt nicht, wie das ist«, fuhr er ruhiger fort. »Ich kann nicht mehr anders. Es gibt für mich keinen Weg zurück mehr. Nur noch vorwärts ... nur noch mehr. Wenn ich daran denke, was mich als Nächstes erwartet, dann versucht mein Schwanz schon wieder hart zu werden.«

»Das wäre?«

»Das ist zwischen mir und Lydia. Aber ... ich kann nicht anders. Ich will es nicht, aber ich brauche es unbedingt. Es ...«

Helmut fiel es sichtlich schwer es genau in Worte zu fassen. Aber es wurde offensichtlich, dass er für immer in dieser Cuckold-Welt gefangen bleiben würde. Bestand für mich noch Hoffnung?

Wir blieben für einige Minuten stumm. Tranken schlückchenweise von unserem Bier. Ich überlegte, wie ich verhindern könnte, ein zweiter Helmut zu werden. Wie ich mich zumindest ein Stück weit behaupten könnte. Doch eines wurde auch mir klar. Ganz würden wir uns aus dieser Welt nicht mehr verabschieden können.

Für Sandra hatte sich eine Welt geöffnet, auf die sie nur schwer würde verzichten können. Frei heraus gesagt, waren dies große Schwänze. Dahinter steckte sicherlich noch ein wenig mehr. Doch jede Einzelheit ihrer Beweggründe konnte ich nicht entschlüsseln.

Seltsamerweise waren es auch für mich die großen Schwänze, die einen besonderen Reiz ausübten. Sie waren es, die ich in meiner Frau sehen wollte. Etwas, dass ich ihr nicht bieten konnte.

Sicherlich hätte einer von uns dem Treiben ein Riegel vorschieben können. Hätte ich verkündet, dass das Thema Cucky Club schlecht für unsere Ehe wäre und verlangt, dass wir das sofort stoppen, so hätte Sandra genau dies getan. Das Problem an der Sache war nur, dass es uns beide unglücklich gemacht hätte. Wer weiß wohin uns das auf Dauer geführt hätte. Ich bezweifelte, dass dieser Schritt wirklich gut für unsere Ehe sein würde. So schrecklich es für manche Menschen auch klingen mag. Sandra würde für uns beide auch weiterhin mit anderen Männern schlafen müssen. Sich dort Befriedigung holen.

Ich musste also versuchen, das Beste aus dem Cucky Club zu bewahren, ohne völlig die Kontrolle zu verlieren. Ich brauchte mehr Informationen. Mit Helmut hatte ich die bestmögliche Quelle neben mir sitzen.

»Du musst mir helfen«, eröffnete ich das Gespräch wieder und hatte sofort die Aufmerksamkeit von Helmut. »Ich muss wissen, was mich noch erwartet. Ich mich verstehen, warum du bedingte Dinge tust. Wenn ich das weiß, dann kann ich sie sicherlich auch abwehren.«

Helmut schaute mich unsicher an. Trotzdem fragte er nach, was ich wissen wollte.

»Deine frisch gefickte Frau lecken. Warum machst du das? Was gibt dir das? Wie hat sie dich dazu bekommen?«

Nachdenklich und unsicher schaute mich Helmut an. Durfte er mich nichts erzählen? Oder war es ihm zu peinlich?

»Ich habe meine Frau schon gefickt, als gerade ein Bull in sie abgespritzt hatte. Das ist okay, aber warum mehr?« Ich musste ihn zum Reden bringen.

»Es ist schmutzig ... also auf eine perverse Art. Erzähl das jemandem auf der Straße, und er wird schimpfen, wie man so etwas machen kann. Das ist aber nur ein kleiner Teil. Lydia ... sie will es. Viele Bulls - unser bevorzugte Bull - wollen es.«

»Viele? Wie viele?«

»Fast alle? Es wird von der Club-Führung erwartet, dass sie damit zumindest kein Problem haben.«

Club-Führung war ein schönes Wort, um nicht Victoria Paulsen zu sagen.

»Aber es ist so erniedrigend!«

»Das ist es! Genau das. Es ist eine Unterwerfungsgeste. Eine Erniedrigung. Ich kann einfach nicht anders - nicht mehr.«

Klang eigentlich ganz einfach. Ich wollte mich nicht erniedrigen lassen, also würde ich es sicherlich nie wollen. Doch die Erwartungshaltung machte mir Sorgen. Ich glaubte nicht, das Victoria Paulsen ein Mensch war, der Ruhe geben würde.

»Und was kannst ...«

»Da seid ihr ja«, erklang die Stimme von Robert Paulsen. Damit waren mir weitere Nachfragen versagt. In Anwesenheit von Victorias Ehemann würde ich das Thema nicht vertiefen. Sicherlich würde er alles sofort seiner Frau berichten.

»Bier?«

»Äh, nein. Solltest du nicht besser bei deiner Frau sein?«

»Die kann schon ohne mich ficken«, antwortete ich vielleicht leicht übertrieben gemein. Wenn er auch kein Bier wollte, so bestellte ich mir doch noch einen Whisky.

»Als wir los sind, um dich zu suchen, war sie in Tränen aufgelöst.«

Gut, das fand ich nicht so schön. Immerhin liebte ich diese Frau trotz allem. Helmut hatte mir auch schon Ähnliches berichtet. Doch ein paar Tränen hatte sie sich vielleicht sogar verdient.

Robert stand ungeduldig neben mir und drängte darauf, dass ich mich auf den Weg zurück in unsere Suite machte. Ewig konnte ich es wohl nicht aufschieben. Außerdem wollte ich meine Frau nicht zulange quälen. Der Gedanken, dass es ihr in diesem Moment schlecht ging, wollte mir dann doch nicht aus dem Kopf gehen.

Mit einem letzten großen Zug kippte ich den restlichen Whisky herunter und sprang vom Barhocker auf. Ich spürte, wie ich leicht schwindelig hin und her wankte. Der Alkohol war nicht ohne Folgen geblieben.

KAPITEL 3

Helmut und Robert begleiteten mich stumm zurück zur Suite. An der Tür blieben sie stehen und schauten zu, wie ich sie öffnete. Fragend blickte ich auf sie zurück, doch sie machten nicht den Anschein, als wenn sie ebenfalls eintreten wollten. Sie hatten ihre Aufgabe erledigt.

Durch den langen Flur schritt ich in Richtung unseres Schlafzimmers. »Peter«, erklang die gequälte Stimme meiner Frau und sie flog mir direkt in die Arme. Es folgten viele Worte. Das meiste ging aber in ihrem Schluchzen unter. Ich glaube, das Wort »Entschuldigung« herausgehört zu haben.

Ich legte meine Arme ebenfalls um Sandra herum. Einige Sekunden blieb ich stumm, dann versuchte ich, beruhigend auf sie einzureden. Dabei entdeckte ich Victoria. Sie saß auf dem Bett und beobachtete uns. Wie so oft fühlte sich ihr Blick berechnend an. Ich würde mir genau überlegen müssen, wie ich unser Cuckold-Leben in die Richtung lenkte, die ich mir selber wünschte. Ansonsten würde Victoria uns in die Richtung ihrer Ziele führen.

Langsam bewegten wir uns Richtung Bett. Sandra zog

mich mit auf das Bett und wir setzten uns. Victoria hingegen war aufgestanden. Doch, statt uns zu verlassen, setzte sie sich gegenüber von uns in einen Sessel.

»Was habe ich falsch gemacht?«, fragte Sandra. Fast wäre mir ein »ist die Frage ernst gemeint« rausgeplatzt. Doch ich wollte meine Frau nicht gleich wieder in Tränen sehen. So gerötet hatte ich ihr Gesicht noch nie zuvor gesehen. Das war kein Anblick der mir leichtfiel. An der Bar war diese Vorstellung aus der Ferne deutlich befriedigender gewesen.

»So hatte ich mir unsere zweite Woche nicht vorgestellt«, gab ich offen zu.

»Aber ich dachte … wir hätten so viel Spaß gehabt. Im Bett und Drumherum. Weit von zu Hause entfernt, wir hätten einfach nur … einfach nur Spaß haben können.«

»Du meinst, du hättest Spaß haben können. In meiner Vorstellung war ich der Mann, der sich mit dir in den nächsten Tagen vergnügen sollte. Nicht Pedro.«

»Aber das macht dir doch auch Spaß«, fragte sie unsicher nach. Vielleicht klang da auch ein bisschen Angst mit. Angst, dass ich unser Cuckold-Leben doch nicht akzeptieren wollte. Doch an dem Punkt war ich nicht. Es befriedigte auch einige meiner Bedürfnisse, die ich nicht mehr verleugnen konnte.

»Schon, aber manchmal habe ich meine Frau auch gerne für mich. Ohne unsere Kinder, ohne den Cuckold Club. Nur wir zwei. So hatte ich mir diese Woche vorgestellt.«

»Oh.«

Ich legte einen Arm um Sandra und zog sie an mich. Während viele Menschen von Alkohol eher auf Konfrontationskurs gebracht werden, machte es mich friedvoller. Ich war allerdings grundsätzlich kein Mensch für eine offene und harte Konfrontation. Eher für Diskurs und Versuche,

Menschen durch kluges argumentieren und taktieren auf meine Linie zu bringen.

»Schon gut. Ich weiß, dass du es gut gemeint hast. Aber hast du nicht erwartet, dass ich zumindest ein wenig eifersüchtig reagiere.«

»Ich mag das.«

»Was?«

»Ich mag es, wenn du eifersüchtig bist. Es zeigt mir, dass ich dir nicht egal bin. Dir wichtig bin und … es erregt mich auch, dass es dich eifersüchtig macht, mich mit anderen Männern zu sehen. Das du es trotz allem zulässt, ist ein schöner Vertrauens- und Liebesbeweis.«

»Oh«, kam diesmal von mir. »Ich dachte, für so etwas kaufen wir Männer Rosen ein«, schickte ich scherzhaft hinterher.

»Ich glaube, du hast uns Hotwifes noch nicht ganz verstanden«, meldete sich Victoria erstmals zu Wort. »Nur, weil wir Spaß bei anderen Männern suchen, sagt das nichts darüber aus, wie wichtig uns unsere Ehemänner sind. Ganz im Gegenteil. Zwar unterscheiden sich die Motivationen schon beträchtlich, doch kaum einer von uns bereitet die Einbindung unseres Mannes in die Spiele keine Lust. Dem einem mehr und dem anderem weniger. Das muss man über die Zeit herausfinden. Ich glaube, deine Sandra ist da eher an der oberen Spanne zu suchen.«

»Dafür hat sie mich aber noch nicht oft in den Club mitgenommen«, warf ich ein.

»So einfach ist das nicht«, lachte Victoria. Ich fürchtete, dass ihr gefiel, wie schnell sich die ernste Situation zu lösen begann. »Zwar kann es Spaß machen den Ehemann dabei zu haben. Doch umgekehrt muss es nicht unbedingt weniger sein. Auf die Dosierung kommt es an. Wenn es zur Selbstverständlichkeit wird, nimmt das auch dem Cuckold das Besondere.«

Dem konnte ich kaum widersprechen. Das langsame Einführen in diese Welt und das häufige Warten auf die Heimkehr meiner Frau, das waren Dinge, die meiner Erregung sicherlich nicht geschadet hatten. Man konnte durchaus auch die Frage aufwerfen, ob nicht auch genau dies der Plan dahinter gewesen war. Noch einmal mahnte ich mich zur Vorsicht gegenüber Victoria.

»Ich dachte, wir hätten Spaß genug?«, fragte eine unsichere Sandra. »Ich habe dich doch nicht vernachlässigt? Wir hatten doch mehr Sex als vorher?«

»Ja. Darüber kann ich mich wirklich nicht beklagen.«

»Es ist schon spät und der Abend war aufregend. Vielleicht sollten wir alle eine Nacht darüber schlafen. Dann könnt ihr in Ruhe überlegen, inwieweit ihr uns in der nächsten Woche ignorieren wollt.«

Dem stimmte Sandra zu und auch ich war froh dieses Thema für den Tag zu erledigen. Ich war Müde. Der Alkohol forderte seinen Tribut.

Victoria verließ uns und Sandra und ich machten uns bettfertig. Stumm lagen wir nebeneinander und starrten an die Decke. Langsam robbte Sandra an mich heran.

»Bist du mir noch böse?«

»Nein.«

»Du weißt, wenn du Stopp sagen würdest, dann wäre es sofort zu Ende. Du bist mir wichtiger als der nächste Fick mit einem Bull.«

»Ich weiß. Aber ich weiß auch, dass ich dir damit etwas Schönes wegnehmen würde. Dich damit nicht so glücklich machen könnte, wie ich es gerne habe. Und ja, ich habe durchaus auch meinen Spaß - meine Lust - an diesem Spiel.«

»Wir können die anderen ignorieren. Uns eine schöne Woche in absoluter Zweisamkeit machen?«

»Vielleicht«, antwortete ich. Doch ich war mir unsicher,

ob dies wirklich gelingen könnte. Jetzt wo drei Bulls und eine umtriebige Victoria an Bord waren.

Zwei Stunden später bemerkte ich, dass dies in der Tat ein schwieriges Unterfangen werden würde. Meine Blase hatte mich aus dem Schlaf geholt. Der Alkohol zeigte eine weitere Wirkung. Vorsichtig stand ich auf und schlurfte lautlos ins Bad.

Auf dem Rückweg blieb ich abrupt stehen und spitzte meine Ohren. Sex. Ich hörte recht eindeutige Geräusche. Scheinbar hatten unsere neuen Nachbarn ihren Spaß. In Florida waren die Gäste der Nachbar-Suite von Bord gegangen. Eine amerikanische Familie, mit der wir uns ein paar Mal nett unterhalten hatten. Unsere neuen Nachbarn schienen uns mit etwas anderem unterhalten zu wollen.

Die beiden nebeneinanderliegenden Suiten hatten eine große Besonderheit. Sie konnten an zwei Stellen miteinander verbunden werden. Bei den Balkonen ließ sich ein Zwischenstück entfernen, um sie so zu einem großen Balkon zu vereinen. Ich stand am zweiten möglichen Durchgang. Eine Tür direkt am Eingang. Diese konnte bei Bedarf von der Crew aufgeschlossen werden. So wurde unsere Luxus-Suite auch als Riesen-Luxus-Suite angeboten.

In diesem Augenblick war die Tür zwar verschlossen, aber für Geräusche aus der Nachbarsuite war sie trotzdem durchlässig. Worte konnte ich zwar nicht verstehen. Doch das Stöhnen war recht eindeutig. Hinzu kam ein rhythmisches Aufeinanderklatschen. Bei unseren Nachbarn ging es richtig zur Sache.

Ich spürte, wie sich mein Schwanz aufstellte. Mir war nicht so recht klar warum. Ich hatte schon sehr viel Erotischeres erlebt, als diese unterdrückten Geräusche.

Vielleicht hatte sich bei mir etwas aufgestaut und wollte jetzt unbedingt raus. Ich gab diesem Drang nach und schob meine Unterhose nach unten. So konnte mein Penis frei schwingen und meine Hand fand sofort ihr Ziel. Weiter zuhörend begann ich zu masturbieren. Meine Konzentration lag darauf, möglichst etwas zu verstehen. Doch das lauter werdende Stöhnen überlagerte alle Worte.

»Peter.«

Ich schreckte auf, war so mit mir beschäftigt, dass ich nicht bemerkt hatte, wie Sandra zu mir gekommen war. *Aufgeflogen.*

Sie brauchte nur eine Sekunde um die Situation zu erfassen. Unsere Nachbarin stöhnte einmal besonders laut. Mein frei schwingender Penis war ebenfalls nicht zu übersehen.

Die Mundwinkel von Sandra zeigten sofort nach oben. Ihre Hand ergriff meinen Schwanz und vertrieb meine eigene Hand.

»Ist mein kleiner Cucky ganz geil? Ist er ein kleiner Voyeur? Zuhörer?«

Ich antwortete mit einem Stöhnen.

»Bekomme ich keine Antwort? Ist mein kleiner Cucky geil vom Zuhören?«

Ihre Hand hatte ihre Bewegungen eingestellt und es war klar, was notwendig war, damit sie wieder in Bewegung kam. Sie ließ mir keine andere Wahl als zu bejahen.

»Ja«, kam leise über meine Lippen.

Sandra gab mir einen Kuss, während ihre Hand ihr Spiel fortsetzte.

Die Situation ließ ihre Laune nach einem schwierigen Abend sichtlich aufleben. Diese war unserem Leben in den letzten Monaten wieder deutlich ähnlicher. Langsam ließ sie sich auf die Knie nieder. Mein Penis verschwand zwischen ihren Lippen. Genau das hatte ich mir von der zweiten Urlaubswoche erhofft. Viel Sex mit meiner Frau. Mit zu den positivsten Errungenschaften des Cucky Clubs gehörte zweifelsohne, dass ich jetzt regelmäßig in den Genuss eines Blowjobs kam. Die viele Übung hatte auch der Technik von Sandra alles andere als geschadet.

Mit aller Ruhe widmete sie sich mir. Ein schneller Orgasmus schien nicht Teil ihrer Pläne zu sein. Ihre Zunge umspielte meine Eichel und fuhr seine Länge entlang.

»Komm«, forderte sie mich auf und stand wieder auf. Zog mich mit ins Bad. »Es wird Zeit, dich wieder zu enthaaren.«

Es war schon länger her, dass sie sich zusammen mit Victoria meiner Schambehaarung angenommen hatte. Danach hatte ich es noch ein paar Mal nachrasiert. Ließ es dann aber einschlafen. Ich fühlte mich ohne Schambehaarung unwohl. Es ließ meinen Penis nicht unbedingt größer wirken. Die Haare strahlten für mich außerdem Männlichkeit aus. Die meisten Bulls waren dort unten komplett rasiert. Doch im Gegensatz zu mir hatten sie auch einen langen und dicken Schwanz vorzuzeigen. Mehr Männlichkeit ging nun wirklich nicht.

Doch ich fügte mich der erneuten Rasur. Ich konnte verstehen, dass es für Oralsex angenehmer war. Selber mochte ich auch meine komplett rasierte Sandra.

Gekonnt befreite mich Sandra von meiner Behaarung. Mein Schwanz blieb dabei hart und wartete nur darauf, dass das Spiel weitergehen würde.

Fertig rasiert, ließ Sandra ihn auch gleich in sich verschwinden. Anschließend durfte ich etwas Neues erleben. Sie leckte meine Hoden, knetete sie ganz vorsichtig und nahm sie sogar ganz in den Mund und umspielte sie mit ihrer Zunge.

Dabei war sie äußerst vorsichtig. Ein paar Mal wurde es

unangenehm, doch zumeist empfand ich es als sehr erregend.

»Lass uns mal hören, ob nebenan noch die Post abgeht«, schlug sie vor. Unser Weg führte zurück an die Tür zur Nachbar-Suite. Für einen Moment dachte ich, dass dort Ruhe eingekehrt war, doch dann hörte ich doch wieder ein Keuchen. Dazu gesellte sich ein Stöhnen. Abgelöst wieder von einem Keuchen und dann wieder ein Stöhnen und auch das rhythmische Klatschgeräusch kehrte zurück.

Ich war leicht irritiert. Ich konnte die Geräusche nicht ganz zuordnen, aber ich hätte schwören können, zwei verschiedene Frauen stöhnen zu hören.

Sandra beendete meine Gedanken. Sie zog mich zurück zum Bett. Dort präsentierte sie mir ihre weitgespreizten Beine. Glücklich stürzte ich mich auf ihre Scham. Kurz mit dem Mund, aber dann mit meinem Schwanz. Einige schnelle kurze Stöße später, spürte ich, wie meine Eichel zunehmend sensitiv wurde. Ich wollte mein Tempo reduzieren, um nicht so schnell abzuspritzen. Doch Sandra verschränkte ihre Beine hinter mir und rief ein paar Mal »schneller« aus.

»Ich komm gleich«, versuchte ich sie davon zu informieren, dass dies nicht die perfekte Lösung wäre. Doch sie schien anderer Meinung zu sein. So spritzte ich in meine Frau ab und blieb erschöpft liegen.

»Entschuldigung«, kam wenig später über meine Lippen.

»Wofür?«

»Jetzt habe ich abgespritzt, aber du …«

»Schon gut. Das hatte ich auch nicht erwartet.«

Sie führte das nicht genauer aus, aber was wollte sie mir damit sagen? Das nach der Aufregung mein Orgasmus wichtiger war? Die Alternative gefiel mir im Vergleich dazu deutlich weniger. Legte sie keinen Wert auf einen Orgasmus durch mich?

»Aber was ist mit dir?«, fragte ich sanft und drückte ihr einen Kuss auf die Wange. Sandra schaute mich ernst an.

»Du weißt doch, dass ich ... von deinem Schwanz alleine ... nicht kommen kann.«

Das war in den letzten Monaten leider klargeworden. Statt vorgetäuschter Orgasmen musste ich jetzt mit dieser Wahrheit leben.

»Ich hätte dich lecken können?«

»Hättest du, aber jetzt magst du ja nicht mehr.«

Unwillkürlich musste ich nach unten schauen, zwischen ihre Beine. Sandra schien sie einladend noch ein wenig weiter zu öffnen. Doch vor wenigen Momenten hatte ich erst in sie abgespritzt. Viel war davon nicht zu sehen, nur ein leichtes Glitzern, das auch von ihr stammen könnte.

»Ich kann dich fingern?«, schlug ich vor.

»Warum nimmst du mich nicht in den Arm«, kam als Gegenvorschlag. »Ich möchte einfach nur in deinen Armen einschlafen.«

So machten wir es dann auch und beendeten einen ziemlich aufregenden Tag. Die Wogen hatten sich wieder ein wenig geglättet. Doch ich wunderte mich, wie wir die nächsten Tage verbringen sollten.

Vielleicht machte ich mir auch zu viele Sorgen. Das Kreuzfahrtschiff war riesig. Eine Kleinstadt mit 5.000 Passagieren. Hinzu kam eine Besatzung von 2.000 Männern und Frauen. Da sollte man sich doch erfolgreich aus dem Weg gehen können?

KAPITEL 4

Am nächsten Morgen blieb mir nicht viel Zeit, um über die Geschehnisse des Vortages nachzudenken. Als ich aufwachte, stand Sandra bereits frischgeduscht neben mir. Ich hatte deutlich verschlafen und musste mich beeilen, um das Frühstück noch mitnehmen zu können.

Schnell sprang ich unter die Dusche und zusammen eilten wir in das Restaurant unserer Wahl.

Die erste Woche unserer Kreuzfahrt hatte uns in die westliche Karibik geführt. In der zweiten Woche stand die östliche Karibik auf dem Programm.

Es war auch der Routenplan unserer zweiten Woche, der mich auf eine *spannende* Woche hatte hoffen lassen. Es standen nur drei Anläufe auf dem Programm. Dies waren San Juan in Puerto Rico, Saint Croix auf den Amerikanischen Jungferninseln und Basseterre auf St. Kitts. Hinzu kamen drei Seetage. Reichlich Zeit um Spaß in unserer Suite zu haben.

Aktuell war unser Schiff mit Volldampf auf dem Weg nach San Juan. Dort sollten wir gegen 15:30 Uhr anlegen.

Nach dem Frühstück spazierten wir zusammen an Deck.

»Sollten wir noch einmal über gestern reden?«, fragte Sandra mich. Uns blieb wohl keine Wahl. Wir mussten uns überlegen, wie wir mit unseren »Freunden an Bord« umgehen wollten.

»Sollten wir wohl.«

Wir suchten uns eine ruhige und windgeschützte Stelle.

»Es tut mir wirklich leid. Ich dachte wirklich ... ich dachte es wäre eine gute Idee.«

»Von Victoria«, ergänzte ich und bekam ein leichtes Kopfnicken.

»Es war gut gemeint«, gab ich ein wenig nach.

»Gut gemeint, ist nicht gut gemacht. Das sagst du sonst immer.«

»Sandra«, sprach ich sie an und schaute ihr in die Augen. »Es ist okay. Wir sind alle nicht perfekt, du dachtest, du würdest uns damit eine schöne Woche bescheren. Sie kann ja auch noch immer schön werden, nur ...«

»Nur?«

»Vielleicht ohne den Rest?«

»Was immer du möchtest.«

Hand in Hand spazierten wir weiter an der frischen Luft. Genossen den Blick aufs Meer. Es war noch viel Zeit bis zum Anlegen. Wir waren von vergnügten Menschen umgeben, das hob auch meine Stimmung stetig an.

»Hast du schon überlegt, was wir in San Juan machen?«

Für die Gestaltung unserer Landausflüge zeichnete ich mich verantwortlich.

»Die Altstadt soll sehr schön sein. Der Regenwald wäre auch interessant gewesen, aber wir gehen recht spät an Land. Vielleicht belassen wir es bei der Altstadt, dem Strand und vielleicht einer Fort-Besichtigung? Zu Abend suchen wir uns ein schönes Restaurant.«

»Klingt gut.«

Arm in Arm marschierten wir zurück zu unserer Suite. Bevor es an Land ging, blieb noch Zeit für ein wenig Sonne am Pool. Während ich unsere Suite aufschloss, öffnete sich die Nachbar-Suite. Ich ließ mir extra etwas Zeit. Sandra durfte als Erstes eintreten. Ich wollte wissen, wem ich da in vergangenen Nacht zugehört hatte.

Während Sandra bereits unser Schlafzimmer erreicht hatte, stand ich noch in der offenen Tür, als unsere Nachbarin auf den Gang trat. Lange pechschwarze Haare, braun gebrannt und große Brüste - Victoria Paulsen.

»Hallo«, erwiderte ich ihre Begrüßung mit einem Stottern und verschwand ohne ein weiteres Wort in unsere Suite. Sandra hatte nicht bemerkt, wer unsere Nachbarn waren.

Erschrocken erkannte ich, wem ich in der vergangenen Nacht zugehört hatte. Das erklärte wohl auch die zwei unterschiedlichen Frauen. Ich hatte Victoria und Lydia zu hören bekommen.

Ich fragte mich, ob ich Sandra in meine Entdeckung einweihen sollte. Entschied mich aber dagegen. Sie würde es vermutlich noch früh genug mitbekommen. Dieser Tag sollte nur uns beiden gehören. Ich wollte nicht das Risiko eingehen, dass sie unseren neuen Nachbarn einen Besuch abstatten wollte.

Wir verbrachten einige Zeit auf den Liegen am Pool. Zwischendurch kühlten wir uns ab, lasen ein Buch und aßen eine Kleinigkeit. Schon bald kam Puerto Rico in Sichtweite. Wir machten uns schnell für den Landgang bereit und beobachteten von der Reling, wie unser Schiff in den Hafen einfuhr und am Kai festmachte.

Wir gehörten zu den ersten an Land und machten uns direkt auf den Weg in die Altstadt.

Genauso hatte ich mir unsere gemeinsame Zeit vorgestellt. Vergessen waren die Geschehnisse vom Vortag.

Vergessen waren auch Victoria und die Bulls in ihrem Schlepptau. Die Welt bestand nur aus Sandra, mir und einem Pulk anonymer Touristen um uns herum.

Wir spazierten durch die Altstadt von San Juan. Ich hatte Meinungen gelesen, dass es die schönste Altstadt der Karibik sein solle, und konnte dem nur zustimmen. Auch die Strände konnten uns überzeugen.

Das Abendessen verbrachten wir in einem romantischen Fischrestaurant mit Meerblick. Sandra hatte darauf bestanden, dass es dieses Restaurant sein sollte. Eine eindeutige Geste der Wiedergutmachung in meine Richtung, denn ich war der große Fischliebhaber unter uns.

Wir waren mit den ersten Passagieren vom Schiff runter und am Ende hetzten wir auch mit den letzten Passagieren zurück an Bord. Es waren großartige sieben Stunden gewesen.

Das sollte aber noch nicht das Ende eines wunderbaren Tages gewesen sein. In aller Eile machten wir uns frisch und kleideten uns neu ein. Während unser Schiff aus dem Hafen auslief, standen wir pünktlich um 23 Uhr auf der Tanzfläche.

Ich bin nicht der größte Tanzfan. Aber in unseren Urlauben war es zu einer Selbstverständlichkeit geworden, dass ich Sandra jeden Tanzwunsch erfüllte. Sie liebte das Tanzen. In ihrer Jugend hatte sie sogar eine Tanzausbildung genossen. Das machte es mir ziemlich leicht. Ich musste mich einfach nur von ihr über die Tanzfläche führen lassen. Ihre Fähigkeiten kaschierten meine Unfähigkeiten perfekt.

Nach fünfzehn Minuten machten wir eine kurze Pause. Ein langer Tag lag hinter uns und wir brauchten beide ein kühles Getränk. Wir unterhielten uns entspannt über den Tag und kamen mit einem kanadischen Pärchen ins Gespräch.

Während sich unsere Frauen angeregt unterhielten, verschob sich meine Aufmerksamkeit auf das Geschehen im Hintergrund. Ich hatte Victoria und ihr Gefolge entdeckt. Zumindest ein Teil hiervon. Sie wurde von Lydia und den drei Bulls Pedro, Lamar und Tom begleitet. Robert und Helmut konnte ich nicht entdecken.

Genauso wie wir zuvor begannen sie mit einem Tanz. Meine Sandra fehlte der Gruppe offensichtlich. Ein Bull setzte immer aus. Sie wechselten aber regelmäßig durch.

Wir haben zwar das 21. Jahrhundert, aber eine weiße Frau mit einem schwarzen Mann fällt immer noch auf. Zumal sowohl die Frauen als auch die Männer ein optisches Highlight waren. Ich bemerkte durchaus einige interessierte Blick in ihre Richtung. Manchen mag auch aufgefallen sein, dass die Gruppe mit Männerüberschuss auskommen musste und die Tanzpartner fröhlich gewechselt wurden.

Meine Aufmerksamkeit war ganz auf dieses Schauspiel fixiert gewesen. Zwischendurch hatte ich nur kurze Blicke für meinen Gesprächspartner übrig und warf gelegentlich ein paar Worte ein.

Langsam löste sich mein Blick und schweifte mehr durch den Raum. An einem Tisch entdeckte ich Robert und Helmut. Auch sie beobachteten ihre Frauen. Ich konnte mir gut vorstellen, wie sie von dieser Vorstellung ihrer Frauen erregt wurden. Die Eifersucht musste in ihnen lodern. Ein immer wieder seltsames Gemisch aus sehr unterschiedlichen Gefühlen dürfte in ihnen vorherrschen. Eifersucht, Stolz, Liebe und natürlich auch Lust. Ich hätte mir vor ein paar Monaten kaum vorstellen können, dass man dies alles gleichzeitig fühlen könnte.

Ein vorsichtiger Blick hinter mich ließ mein Herz ein wenig tiefer rutschen. Auch meine Frau hatte Victoria, Lydia und die drei Bulls entdeckt.

Unweigerlich kam in mir die Frage auf, ob sie nicht lieber auf der anderen Seite stehen würde. Vielleicht ein Tänzchen mit Pedro wagen wollte. Ihr Blick schien darauf hinzudeuten. In meiner Eifersucht war ich aber auch schnell bereit, in diesen vieles hineinzuinterpretieren.

Unsere kanadische Bekanntschaft zog es zurück auf die Tanzfläche. Ich blieb neben Sandra stehen und wir schauten uns stumm an. Deutlich waren ihre leuchtenden Augen zu sehen. Ich war mir sicher, dass der Blick auf die andere Seite schon ausgereicht hatte, um sie zu erregen.

»Tja«, kommentierte ich in die Stille hinein. Irgendetwas musste ich in den Raum werfen. »Sie haben wohl ihren Spaß.«

»Scheint so«, kam vorsichtig zurück.

»Tanzen?«

Sandra nickte. Für Worte schien sie zu angespannt zu sein. Einmal mehr ließ ich mich von ihr über die Tanzfläche bewegen. Auch Victoria und Lydia wagten ein weiteres Tänzchen. Diesmal mit Lamar und Tom. Pedro blieb alleine zurück.

Wir beide konnten nicht anders, als ihnen immer wieder verstohlene Blicke zuzuwerfen. Das Wissen, dass die beiden Frauen hier mit ihren Bulls tanzten, während ihre Ehemänner nur zuschauen durften, gab der Situation eine besondere Schwere.

In meinem Kopf erweiterte sich die Situation noch. Hier tanzte nicht mehr ich mit Sandra. An meine Stelle trat Pedro. Unter den Blicken der Gäste und unseren kanadischen Bekannten tanzte sie mit einem muskulösen dunkelhäutigen Mann. Ein Mann, der nicht ihr Ehemann war.

Ich spürte, wie es in meiner Hose eng wurde. Diese Idee erregte mich sehr - ganz zu meinem Erschrecken. Zwar ging es nicht um handfesten Sex, aber es wäre eine Erniedrigung, die trotzdem ein neues Extrem erreichen würde.

Sandra und ich schwebten weiter über die Tanzfläche. Immer mal wieder kamen wir Victoria und Lamar sowie Lydia und Tom näher. Sie warfen uns begrüßende Blicke zu. Doch zu einem Wortwechsel kam es nicht. Es schien so, als wenn sie uns nicht enttarnen wollten. Es herrschte Waffenstillstand. So glaubte ich zumindest.

Leicht überraschend flanierte plötzlich Pedro mit Schwung an uns vorbei. Auch er schenkte uns ein kurzes Kopfnicken zur Begrüßung. In seinen Händen befand sich aber weder Victoria noch Lydia. Stattdessen eine uns unbekannte Blondine. Ich vermutete, dass sie sich an den gut aussehenden freien Mann herangemacht hatte. Vielleicht Hoffnung auf ein Urlaubsabenteuer hatte.

Die Hände meiner Frau fassten spürbar härter zu. Ihr Blick war noch immer auf Pedro gerichtet. Doch das Lächeln war aus ihr gewichen. Leicht belustigt realisierte ich, dass zur Abwechslung meine Frau eifersüchtig reagierte. Sie wollte Pedro nicht mit einer anderen Frau sehen. Irgendeiner unbekannten Schönheit.

Das wirklich Seltsame war jedoch, dass es mir ähnlich ging. Pedro sollte meine Frau anhimmeln. Sich mit ihr vergnügen. Es gab nichts, dass ihm diese Frau geben konnte, das meine Sandra nicht zu bieten hatte.

Standhaft bleiben. Bleib standhaft. Lass dich nicht in Versuchung führen. Du musst auch einmal Nein sagen können.

Demonstrativ zog ich Sandra von der Tanzfläche und gab ihr einen Kuss. Sie ließ sich leicht davon überzeugen, dass wir den Abend beenden sollten. Vielleicht, um Pedro nicht weiter mit einer anderen Frau sehen zu müssen.

Statt direkt in unsere Kabine zu gehen, beschlossen wir, noch einen nächtlichen Spaziergang zu unternehmen. Das Schiff pflügte gemächlich durch das Wasser. Für den nächsten Tag stand kein Landgang an. Erst übermorgen würden wir die Amerikanischen Jungferninseln erreichen. Vor uns sollte ein geruhsamer Tag stehen. An der Reling stehend und mit Blick auf den Mond sollte dieser Tag genauso ruhig zu Ende gehen.

»Ob sie noch immer tanzen?«, fragte Sandra in die Stille hinein.

»Vielleicht.«

»Es hat dich erregt?«

»Was?«

»Lamar, Tom und Pedro mit den Damen zu sehen? Während Robert und Helmut nur zuschauen durften.«

»Ich weiß nicht.«

»Peter?«, kam ungeduldig zurück. Sie wollte keine so ausweichende Antwort hören. Doch dabei blieb es nicht. Ihre Hand fasste in meinen Schritt. Durch den Stoff meiner Hose hindurch rieb sie an meinem Penis.

»Vielleicht?«

»Mir hat es auch gefallen. Auch wenn ich zugeben muss, lieber nicht in der Zuschauerrolle gewesen zu sein. Aber wir beide können auch noch ein wenig Spaß haben?«

Dagegen hatte ich wenig einzuwenden. Wir machten uns auf den Weg in unsere Suite. Hier ging Sandra gleich zur Sache. Nach zwei Minuten lagen wir nackt auf dem Bett und vergnügten uns.

Sandra strich mit ihren Brüsten über meine Brust. Ich konnte genau spüren, welchen Weg ihre harten Nippel nahmen. Mit einem Bein drückte sie gegen meinen Schwanz. Ihr Kopf näherte sich immer wieder meinem Mund an. Zufrieden schaute sie mich an. Genauso sollte diese Woche sein.

»Glaubst du, dass Pedro die kleine Blonde heute Nacht vernascht?«

Ich hatte gehofft, dass dieses Thema für den Abend erledigt war. Es war deutlich, dass ihr dieser Gedanke missfiel. Die Eifersucht in ihr war deutlich zu hören. Mein Penis zuckte kurz und zeigte gefallen an ihrer Eifersucht. Zur Abwechslung durfte sie einmal spüren, wie ich mich so oft fühlen musste.

»Was?«, kam von Sandra hinterher, bevor ich ihre Frage beantworten konnte.

»Du bist eifersüchtig«, gab ich leicht belustigt zurück.

»Meinst du?«

»Ja. Finde ich süß.«

»Aha?«

»Zur Abwechslung darfst du einmal erleben, wie ich mich ständig fühlen darf, wenn ich dich in den Armen eines Anderen sehe.«

»Aber was kann sie ihm bieten, dass ich nicht kann?«

»Wohl nicht viel. Abgesehen davon, dass sie verfügbar ist.«

Sandra setzte sich auf mich und schob ihren Körper etwas nach hinten. Mein steil abstehender Penis rieb über ihre Scham. In aller Ruhe schob sie sich über mich und steigerte meine Erregung. Es flutschte gut. Ganz offensichtlich war sie trotz ihrer Eifersucht sehr erregt. Oder vielleicht gerade wegen dieser?

»Hättest du mich gerne an ihrer Stelle gesehen?«

Noch ein paar Mal schob sie sich über meinen Penis, dann ergriff sie ihn und schob ihn in sich hinein. So blieb sie auf mir sitzen und schaute mich erwartungsvoll an. Sie wartete geduldig auf eine Antwort.

»Ja«, gab ich ehrlich zu. »Ich habe es mir vorgestellt.«

»Mmm. Das wäre geil gewesen. Ich in seinen Händen auf der Tanzfläche und du bei Robert und Helmut. Mein kleiner Cucky - ein lustvoller Zuschauer.«

Ganz langsam ritt Sandra auf mir. In Verbindung mit ihren Worten erreichte meine Erregung eine quälende Höhe. Doch zum Abspritzen würde es so nicht reichen. Ich war versucht, sie zu packen, umzudrehen und hart zu ficken. Doch ich wollte diesen Moment nicht zerstören. So quälend die langsame Erregung und Erniedrigung auch war, es fühlte sich trotzdem unglaublich gut an.

»Was unsere kanadischen Freunde bei dieser Entwicklung wohl gedacht hätten. Hätten sie uns für Perverse gehalten? Sie hätte sicherlich guten Grund gehabt auf mich neidisch zu sein. Pedro ist ein großer und starker Mann und außergewöhnlich bestückt. So sollte ein guter Bull sein.«

Sandra ließ meinen Schwanz aus sich herausflutschen. Vorsichtig wanderten ihre Finger an ihm entlang.

»Und du bist mein perfekter Cucky.«

»Warum?«, kam unbedacht aus meinem Mund geschossen. Ob ich die Antwort wirklich hören wollte? Sandra schaute mich zufrieden an.

»Dafür gibt es viele gute Gründe. Dein süßer kleiner Schwanz ist einer davon. Viel wichtiger ist aber, dass es dich geil macht, mich mit anderen Männern zu sehen. Zu sehen wie ein großer Schwanz immer wieder tief in mich eindringt. Oh, wie geil das ist.«

Bei ihren letzten Worten schob sie meinen Schwanz wieder in sich hinein. Ich hatte aber die leichte Vermutung, dass es in ihren Gedanken ein ganz anderer Schwanz sein könnte.

»Gibt dir meiner denn gar nichts?«, fragte ich enttäuscht nach.

»Oh, Schatz, du gibst mir so viel«, kam beschwichtigen zurück. »Du bist der Mann, den ich liebe. Der Mann, der mir eine Familie geschenkt hat. Mit dem ich alt und grau werden möchte. Aber auch der Mann, der mich meine Lust mit anderen Männer ausleben lässt, weil er mir selber nicht alles bieten kann. Der für meine Lust über seinen eigenen Schatten gesprungen ist.«

»Keine Sorge«, setzte sie ihre Rede fort. »Ich mag deinen Schwanz. Er ist ein schöner kleiner Schwanz. Er gehört mir ganz alleine. Es nützt aber nichts, Drumherum zu reden. Er reicht nicht aus, um mich zum Orgasmus zu bumsen.«

So war es leider. Das waren aber alles keine Neuigkeiten mehr. Insofern versetzten sie mich nicht in sonderlich getrübte Stimmung. Zumal mein »kleiner« Schwanz noch immer in ihr steckte und seinen Spaß hatte.

»Wir können noch so viel Neues erleben«, fuhr sie mit sichtlich leuchtenden Augen fort. »So viel Geiles von dem wir heute noch nicht einmal ahnen.«

Sandra lachte mich zufrieden an und beugte sich zu mir herunter. Es folgte ein langer Kuss. Auch sie war in dieser neuen erotischen Welt gefangen.

»Wir sollten Victoria mehr vertrauen. Sie hat uns schon so viel Gutes beschert. Meinst du nicht auch.«

Einmal mehr ritt sie schneller auf mir und ich spürte, wie sich mein Schwanz langsam abspritzbereit machte. Andernfalls hätte ich vermutlich Zweifel an ihren letzten Worten angemeldet.

»Ich liebe dich mein Cucky. Ich liebe dich Peter Neumann!«

Mit diesen Liebesbekundungen ritt Sandra noch ein Stück wilder auf mir.

»Komm in mir. Komm in deiner heißen Ehesau!«, rief Sandra aus. Mein Schwanz mochte ihr nicht genug geben können. Doch die Situation und die Gedanken an unser neues Sexleben schienen sie immens anzutörnen.

Mit einem lauten Aufstöhnen spritzte ich in meine Frau ab. Diese ließ sich davon nicht beirren und ritt ohne Erbarmen weiter. Ich spritzte weitere Male ab und bat Sandra ein wenig vorsichtig zu sein. Mein Schwanz reagierte jetzt sehr empfindlich auf jede Berührung.

Sie schob sich nach hinten von mir herunter und spreizte ihre Beine weit.

»Schau. Da ist er. Dein geiler Saft.«

Ich blickte zwischen ihre Beine. Aus ihrer feuchten Spalte lugte eine weißliche Flüssigkeit hervor - mein Sperma. Das meiste war wohl noch tiefer in ihr.

»Ein geiler Anblick?«, fragte meine Frau nach. Mit einem Finger strich sie durch ihre Scham und sammelte ein wenig Sperma auf. Sie führte diesen zu ihrem Gesicht und leckte ihn genüsslich ab.

Das war schon ein unglaublicher Anblick. Vor weniger als einem Jahr hätte sie sich nach den äußerst seltenen Blowjobs anschließend sofort den Mund ausgespült. Geschluckt hätte sie ohnehin nicht. Der Einfluss des Clubs war einmal mehr überdeutlich.

»Mmm. Dein Sperma mit meinem Muschisaft. Was ganz Besonderes. Steck mir einen Finger rein und gib mir mehr zum Schlecken.«

Angespannt folgte ich ihrer Aufforderung. Tief führte ich gleich zwei Finger ein und versuchte Sperma hervorzuholen. In jedem Fall waren sie anschließend sehr feucht. Ein wenig weiß deutete auch auf mein Sperma hin. Wirklich viel spritzte ich aber nur selten ab. Diesmal war ich aber durchaus großzügig gewesen. Offensichtlich hatte sich einiges bei mir aufgestaut.

»Gib sie mir«, forderte Sandra auf und zog meine Hand an sich heran. Genüsslich leckte sie meine Finger ab. Erst mit ihrer Zunge, dann ließ sie meinen Finger ganz in ihrem Mund verschwinden.

Mehrmals wiederholte sich dieses Spiel und ich benetzte meine Finger jeweils erneut mit dem Gemix unser beiden Säfte.

»Holst du einen feuchten Waschlappen aus dem Bad?«, fragte sie mich anschließend. Ich nickte und nutzte die

Gelegenheit, um meine Hände zu waschen. Anschließend säuberte ich ihre Scham mit dem Waschlappen.

Sandra kicherte. »Was?«, fragte ich irritiert.

Statt sofort zu antworten, drückte sie mich zurück aufs Bett. Überraschend küsste sie mich auf den Mund. Schmeckte ich da noch Reste meines Spermas? Oder war das nur ihr eigener Saft? Sie hatte sich ihre Lippen zuvor gut abgeleckt. Vermutlich war es reine Einbildung.

»Jetzt wo du mich da unten schon so gut saubergemacht hast, da kannst du mich doch sicherlich auch lecken? Ich habe mir doch hoffentlich eine Belohnung verdient?«

Ich starrte sie an. Mein Blick schwenkte zwischen ihren Schenkeln und ihrem Gesicht hin und her. Dazu blieb ich regungslos und stumm liegen. Sicherlich war nicht mehr viel meines Spermas zurückgeblieben. Doch es würde sich wohl kaum völlig verflüchtigt haben.

Keine Antwort war für Sandra wohl Antwort genug. Mit Schrecken beobachtete ich, wie sie sich meinen Körper hochrobbte. Ihre Knie direkt unter meinen Armen positionierte und ihre nasse Scham nur wenige Zentimeter über mir baumeln ließ.

»Komm Schatz, besorg es mir. Deine Lippen und deine Zunge können mir so vieles geben. Bitte. Für mich.«

Ich fragte mich, ob sie dabei nur über diesen Augenblick sprach. Dieses eine Mal. Doch näher konnte ich diese Gedanken nicht verfolgen. Langsam senkte sie ihre Schenkel hinab. Ihre Scham traf auf meinen immer noch geschlossenen Mund.

Sandra schob sich leicht auf und ab. Dabei verteilte sich ihr Schleim. »Komm Schatz, mach es mir. Lass mich explodieren.«

Vorsichtig öffnete ich meinen Mund. Ließ ein wenig ihres Saftes hinein. Meine Zunge schob sich leicht hervor. Langsam und prüfend ertastete sie meine Frau.

Irgendwo hatte ich mal gelesen, das Sperma salzig schmecken sollte. Jetzt versuchte ich zu erkennen, ob Sandra anders schmeckte. War da vielleicht ein leicht salziger Geschmack zu entdecken? Mehrmals dachte ich so, verwarf es dann aber doch wieder unsicher. Wenn, dann war in diesem Gemisch nicht mehr viel von meinem Sperma zurückgeblieben. So wenig, dass es keine Rolle mehr spielte. Zumindest versuchte ich, mir dieses einzureden und war darin ziemlich erfolgreich. Zur Sicherheit beschränkte ich mich aber auf ihre äußere Scham. Dort umspielte ich ihre Schamlippen und umkreiste ihren Kitzler.

Mit sinkender Besorgnis wurde meine Zunge aktiver. Widmete sich dem Ziel, meine Frau zum Explodieren zu bringen.

»Sehr gut, mein Schatz. Das gefällt deiner Hotwife.«

Sandra wurde deutlich aktiver. Vor allem lauter. Ihr schien die Arbeit meiner Zunge zu gefallen.

»Stell dir vor, wie es wäre, wenn ich jetzt gerade heimkommen würde. Frisch gefickt von Pedro. Seine heiße Ficksahne noch tief in mir ... nur für dich. Oh ja ... nicht aufhören ... mach weiter. Steck mir deine Zunge tief rein. Saug mich aus. Saug seinen Saft aus mir. Jaaaaa.«

Bei diesen Worten steckte meine Zunge nicht tief in ihr, sondern intensivierte die Arbeiten an ihrer Klit bis zum erlösendem Orgasmus. In diesem Fall war es nicht nur die Erlösung für Sandra, sondern auch für mich.

Während Sandra erschöpft neben mich fiel, blieb ich erschrocken liegen. Fragte mich, ob ich sie richtig gehört hatte. Wollte sie aus mir wirklich einen zweiten Helmut machen?

In diesem Moment umfasste ihre Hand meinen Schwanz. Zu meiner Überraschung stand er steil ab. Wie lange war das schon der Fall?

Langsam wichste sie mich. Ihr Blick zunächst nur auf meinen Schwanz fixiert.

»Ihm hat es gefallen«, sinnierte sie und blickte suchend zu mir hoch. »Und dir?«

»Ich lecke dich schon gerne, aber ...«

»Aber?«

»Aber ... wenn ... also, wenn du voll Sperma bist ... also.«

»Er findet den Gedanken aber scheinbar geil?«, fragte sie nach und nickte in Richtung meines Schwanzes.

»Er findet so vieles geil, dass er nicht geil finden sollte«, gab ich zurück und stöhnte auf. Ihre Hand packte fester zu und schob sich schneller auf und ab.

»Ich weiß, dass es einige Cuckolds im Club machen«, fuhr sie ernster fort. »Victoria hat es mir gezeigt. Und ... nun ja, irgendwie macht es mich immer ganz geil. Aber wenn du es nicht magst. Deine Entscheidung. Wir machen, nur was wir beide wollen. Okay?«

»So ist es.«

»Nur damit du es weißt«, fuhr sie fort und wichste mich deutlich schneller. »Solltest du es irgendwann wollen, dann musst du mich nicht um Erlaubnis bitten.«

Sandra masturbierte mich noch einmal schneller und ein klein wenig Sperma schoss aus mir hervor und landete auf ihrer Hand.

»Also, ich mag deine Ficksahne«, kommentierte Sandra abschließend und leckte mein Sperma von ihrer Hand.

Nacheinander verschwanden wir kurz im Bad. Sandra erinnerte mich daran, dass sie früh am nächsten Morgen an einem Fitnesskurs teilnehmen würde. Dann lagen wir schlafend im Bett. Ein weiterer verrückter Tag fand endlich sein Ende.

Zumindest Sandra schlief sofort. Ich brauchte noch ein

paar Minuten. Fieberhaft überlegte ich, ob dieser Tag nun gut oder schlecht für mich verlaufen war.

Standhaft wollte ich bleiben. Positiv gesehen hatte sich meine Sandra nicht mit einem anderen Mann vergnügt, sondern nur mit mir. Zumindest körperlich. In ihren Gedanken war ich eindeutig nicht der einzige Mann geblieben. Zudem hatte sie mir eine neue *Perversion* offenbart. Die hatte Victoria wohl nicht zufällig in ihrem Kopf platziert.

Zu Helmut wollte ich nun wirklich nicht degradiert werden. Doch warum hatte es mich so angemacht. Dieses unaussprechliche Spiel mit dem Sperma eines anderen Mannes.

Immerhin hatte sie mich an unsere wichtigste Regel erinnert. Wir machten dies zusammen und jeder von uns konnte zu jeder Zeit die Spiele stoppen. Ich hatte es also in der Hand und damit war die Frage eindeutig geklärt. Ich würde so etwas nie im Leben machen.

KAPITEL 5

Ich bekam am nächsten Morgen mit, wie Sandra aufstand und im Bad verschwand. Wenig später verabschiedete sie sich von mir mit einem Kuss.

Kurz versuchte ich, mich noch einmal umzudrehen. Doch an schlafen war nicht mehr zu denken. Die Sonne schien durch das große Balkonfenster bereits herein. Also machte ich mich auf den Weg ins Bad. Schnell war die Dusche und Morgenwäsche erledigt. In kurzen Hosen und guten deutschen Sandalen wollte ich mich auf unseren Balkon setzen. Nach ihrer Rückkehr wollte ich mit meiner Frau frühstücken gehen.

Der Balkon unserer Suite war so groß, wie einige der kleineren Kabinen insgesamt an Platz boten. Doch als ich nach draußen trat, fiel mir sofort auf, dass unser Balkon sich in seiner Größe gegenüber dem Vortag verdoppelt hatte.

Die Zwischenwand, die unseren Balkon von den Nachbarn trennen sollte, war verschwunden. Unser Balkon war mit dem Balkon der Nachbar-Suite zu einem Riesenbalkon vereint worden. Das bedeutete ungehinderten Zugang zur Suite von Victoria und ihrem Gefolge.

Ich reagierte wütend. Diesen Umstand hatten wir doch sicherlich einmal mehr Victoria zu verdanken.

Am liebsten hätte ich ihr das gleich deutlich gemacht. Doch ich brauchte einen Moment, um den Schritt von unserem Balkon auf ihren Balkon zu machen. Innerlich hielt mich etwas zurück. Mit kleinen und leisen Schritten schob ich mich vor. Lehnte mich ein Stück vor und schaute durch ihr Fenster. Vor mir lag das Schlafzimmer.

Das große Doppelbett war überbelegt. Gleich vier Personen tummelten sich hier. Victoria wurde von Lamar gehalten und Lydia fand sich in den Armen von Tom. Vom Rest fehlte jede Spur. Insbesondere das Fehlen von Pedro fand ich interessant. Sandra würde dies sicherlich nicht gefallen. Ließ es doch vermuten, dass er die Nacht doch mit der Blondine verbracht hatte.

Noch schliefen unsere Nachbarn tief und fest. Trotzdem konnte ich meinen Blick nicht abwenden. Alle vier schliefen nackt. Victoria und Lydia ließen sich gut anschauen. In meiner Hose regte sich bei ihrem Anblick sofort etwas. Auch die Morgenlatte von Lamar war nicht zu übersehen.

Alle machten einen recht wilden Eindruck. Scheinbar hatten sie lange gefeiert und ihren Spaß gehabt.

»Peter?«

Erschrocken drehte ich mich um. Aus unserer Suite erklang der Ruf meiner Frau. Ich zog mich auf leisen Sohlen zurück und trat über die Balkontür zurück in unser Schlafzimmer.

»Ich dusch mich noch schnell ab. Ich habe uns schon Frühstück bestellt. Das sollte gleich gebracht werden. Ich dachte mir, dass wir bei diesem herrlichen Wetter auch zu zweit auf unserem Balkon frühstücken können?«

»Äh, ich ...«

Ich kam zu keiner Antwort. Sandra war schon im Bad

verschwunden. Unsicher blickte ich zurück auf die Balkontür. Mit einem Frühstück auf dem Balkon konnte ich die Identität unserer neuen Nachbarn nicht länger geheim halten. Hätte keine Zeit den Rückbau der trennenden Balkonwand anzuordnen.

Wenig später klopfte es an der Tür und der Zimmerservice rollte einen kleinen gedeckten Tisch herein.

Eigentlich hätte ich nach den Absichten meiner Frau jetzt wohl den Tisch draußen decken sollen. Doch das konnte ich nicht.

»Gerade erst gekommen?«, fragte Sandra mir mit Blick auf den Tisch mit unserem Frühstück.

»Sandra. Wir können nicht auf dem Balkon frühstücken.«

»Warum?«

»Ähm, Victoria ist in der Nachbar-Suite.«

»Oh? Hm. Ich glaube sie sprach davon, die Suite haben zu wollen. Tut mir leid, das habe ich ganz vergessen. Aber was hat das mit unserem Frühstück zu tun?«

»Sie haben die Trennwand zum Nachbarbalkon entfernt«, gab ich unsicher zurück.

»Oh«, kam erneut. Es klang leicht entschuldigend. »Ist das so schlimm? Wir können doch trotzdem frühstücken? Später sprechen wir dann mit Victoria über die weitere Kreuzfahrt?«

»Ich weiß nicht.«

»Es tut mir leid«, entschuldigte sie sich einmal mehr und legte sich in meine Arme. »Ich weiß so hast du dir die zweite Woche nicht vorgestellt. Aber bisher haben wir doch viel Spaß gehabt, obwohl sie an Bord sind. Das wird sich nicht ändern. Komm.«

Sandra schob unser Frühstück auf den Balkon und ich folgte ihr lammfromm. Irgendwo hatte sie auch recht.

Wenn ich standhaft sein wollte, dann musste ich eine solche Situation meistern können.

Was ließ mich zaudern? Tief in mir drin fühlte ich mich gar nicht so standhaft. Es war anstrengend den Verlockungen unseres lockeren Sexlebens zu widerstehen. Nicht weniger schwierig war es, meine Sandra nicht in den Armen eines anderen Mannes sehen zu wollen.

Jetzt konnte ich nur hoffen, dass unsere Nachbarn noch eine Weile schlafen würden. Das Glück sollte mir nicht hold bleiben. Es dauerte nicht lange und Victoria trat zu uns nach draußen auf den Balkon.

»Guten Morgen ihr Beiden«, begrüßte sie uns mit einem breiten Lachen. Wir sprachen kurz über das Wetter. Das harmlose Thema tat der Atmosphäre sichtlich gut.

Mehrmals versuchte ich, mich zu sammeln und unseren fehlenden Balkontrenner anzusprechen. Gerade als ich endlich soweit war, folgte Lamar ihr auf den Balkon.

Victoria trug ein luftiges Kleid. Lamar nicht mehr als eine Shorts. Er stellte sich hinter sie und umklammerte sie. Seine Hände suchten ihre Brüste und begannen sie zu kneten. Dazu küsste er ihren Hals entlang.

»Komm Lamar. Nimm mich«, forderte Victoria ihn auf. Statt zurück in das sichere Zimmer zu gehen, blieben sie an der Reling stehen. Die Gefahr entdeckt zu werden, war jedoch gering. Der Balkon lief um eine Ecke herum und ermöglichte so einen Blick auf das Deck darunter. Von den Seiten war kein Einblick möglich.

Schnell war seine Shorts hinuntergeschoben und Sandra hielt ihr Kleid hoch. Von hinten schob Lamar seinen großen Schwanz langsam in Victoria hinein. Diese stöhnte wohlig auf. Langsam begann Lamar sie zu ficken.

Ich hatte Victoria schon bei einigen Dingen beobachtet. Unter anderem von meinem Beobachtungsposten als Voyeur. Doch aus dieser Nähe war es neu für mich. Ich bedauerte sogar, dass ich sie nicht ganz nackt zu sehen bekam.

Mein Blick saugte sich an den beiden fest. Die Hand meiner Frau schreckte mich aus meinen Gedanken hoch. Sie legte sich in meinen Schritt und bekam meinen harten Schwanz zu spüren. Ich schaute kurz zu ihr rüber und bekam dafür ein Lächeln zu sehen. Mit ihrem Kopf zeigte sie mir an, dass ich den Beiden weiter zuschauen sollte.

Das tat ich nur zu gerne. Einmal mehr war ich nur noch zum Teil Herr meines Tuns. Mein Schwanz steuerte meine Entscheidungen. Ohne Widerspruch ließ ich Sandra meine Hose öffnen. Das reichte ihr jedoch nicht. Sie streifte sie mir inklusive Unterhose herunter. Dazu musste ich kurz aufstehen. Als ich zurück auf Victoria schaute, musste ich ihren wissenden Blick zur Kenntnis nehmen.

Die Hand meiner Frau suchte anschließend wieder meinen Schwanz. Während wir den Fick vor unseren Augen zuschauten, wichste sie mich langsam. Bei dieser Geschwindigkeit würde ich jedoch ewig zum Abspritzen brauchen.

Ich blickte mich zu meiner Frau um und schaute sie auffordernd - fast flehentlich - an. Sie schüttelte nur vergnügt mit dem Kopf. Ich musste mich gedulden.

Während sich Victoria und Lamar weiter vergnügten, kam Lydia auf den Balkon. Sie begrüßte uns und gesellte sich zu uns. Leicht peinlich berührt, ließ ich mir von ihr die Hand geben. Dazu beugte sie sich zu mir herunter. Über meine Schulter hinweg schaute sie nach unten.

»Grüß mir auch den Kleinen da unten«, scherzte sie auf meine Kosten. Anschließend setzte sie sich auf einen freien Stuhl. Von dort konnte sie sowohl die Handarbeit meiner Frau, als auch den Fick von Victoria und Lamar beobachten. Von beiden machte sie reichlich Gebrauch.

Ich rutschte unruhig hin und her und kam einem

Orgasmus näher. Doch Sandra kannte mich zu gut. Sie wusste genau, wie weit sie gehen konnte, ohne mich kommen zu lassen.

Lamar war es, der als Erster abspritzen durfte. Während Victoria noch an der Reling stehen blieb, begrüßte er erst mich und dann Sandra. Letzte bekam einen kurzen Kuss auf den Mund.

Ich war sowohl peinlich berührt als auch erregt. Mein Schwanz lag noch immer in der Hand meiner Frau. Ganz langsam knetete sie ihn und hielt mich so in einem erregten Zustand.

Victoria hatte sich von hinten ficken lassen. Jetzt drehte sie sich um. Noch einmal zog sie ihr Kleid hoch. Damit offenbarte sie uns einen Blick auf ihre frisch gefickte Muschi. Diese stand noch leicht offen von Lamars großem Schwanz. Sein Sperma war nicht zu übersehen. Ein großer Tropfen wurde von der Schwerkraft langsam herausgezogen und würde bald Richtung Boden fallen. Wie die meisten Bulls spritzte er reichlich ab.

»Jemand Appetit?«, fragte eine vergnügte Victoria. »Einen Orgasmus könnte ich auch noch gebrauchen.«

Ihr fragender Blick führte durch die Runde. Erst auf Lydia, dann auf Sandra und schließlich auf mich. Erwartete sie wirklich, dass ich so etwas tun würde? Allein der Gedanke an eine solche Perversion ließ weiteres Blut in meinen Schwanz fließen. Ich glaubte, ihn im festem Griff meiner Frau, sogar pulsieren zu spüren.

Auch ihr Griff war beim Anblick vor uns noch ein wenig fester geworden. Ließ sie der Anblick einer vollgespritzten Muschi nicht mehr kalt?

»Lydia?«, kam nach langen Sekunden von Victoria. Unsere Nachbarin antwortete mit »gerne« und stand auf. Vor Victoria ging sie auf die Knie. Diese drehte sich so, dass wir ihr gut zusehen konnten.

In aller Ruhe und offensichtlich ohne Ekel leckte sie die äußeren Spermaspuren ab. Natürlich war sie aber auch eine Frau. Dazu noch eine Hotwife. Blowjobs waren für sie Alltag - ein Vergnügen. Sperma gehörte dazu.

»Stell dir vor Peter«, rief mir eine sichtlich erregte Victoria zu. »Stell dir vor, deine Sandra wäre hier zwischen meinen Beinen.«

Bei diesen Worten stoppte meine Frau kurz ihre Handbewegungen. Fuhr anschließend ganz langsam fort. Was mochte sie darüber denken, so etwas zu tun? Ich hatte von ihr noch keinerlei lesbische Gedanken zu hören bekommen. Alles schien sich nur um Schwänze zu drehen.

»Oder würdest du es lieber selber machen?«

Ich konnte zu diesen Worten kaum klare Gedanken fassen. Die qualvoll langsamen Masturbationsbewegungen meiner Frau verlangten alles von mir. Es fehlte nicht viel und ich hätte ihre Hand davon geschlagen, um mich mit einigen schnellen Bewegungen endlich selber zum Explodieren zu bringen.

Victoria vergrub ihre Hände im Kopf von Lydia. Diese schlürfte hörbar an ihr. Als wolle sie jeden kostbaren Tropfen Lamars aus ihr hervorholen. Ihre Zunge vertiefte sich in eine willige Victoria. Diese war zu keinen weiteren Worten in der Lage. Es dauerte nicht lange und sie kam endlich zu ihrem Orgasmus.

Die beiden Frauen setzten sich zu uns. Lydia mit einem deutlich verschmierten Gesicht.

Einmal mehr war alles völlig aus dem Ruder gelaufen. Ich schaffte es nicht, die Situation zu kontrollieren. Es schien, als wenn sich alles gegen mich verschworen hatte. Sogar meine eigenen Triebe.

Selbst ein Orgasmus schien mir nicht vergönnt zu sein. Mit steifem Schwanz saß ich auf dem Balkon. Ich wollte meine Unterhose und Hose wieder hochziehen, doch Sandra hielt mich davon ab.

»Lass ihn ein wenig an die frische Luft.«

Meinen nackten Schwanz zeigte ich hier wirklich ungern herum. Dazu war er zu klein. Drei Frauen die Größeres kannten und ein gut bestückter Bull konnten ihn betrachten. Sofern sie daran Interesse gezeigt hätten. So ungern ich ihn vorzeigte, die Nichtbeachtung schmerzte noch mehr.

Wir saßen da und tranken Kaffee und teilten unser sehr reichhaltiges Frühstück mit unseren Nachbarn. Lydia bestellte uns noch einmal Nachschub.

Zwischendurch bekam mein Schwanz doch immer wieder ein wenig Aufmerksamkeit. Erst war es die Hand von Sandra, dann zu meinem Schrecken die Hand von Victoria. Doch meine Frau störte sich daran nicht und ich war viel zu erregt, um mich noch an irgendetwas zu stören. Schließlich hatte meine Frau diese gesamte Situation zu verantworten.

Beim Kaffeeausschenken ließ es sich schließlich auch Lydia nicht nehmen und wichste mich ein paar Mal kurz.

»Süß«, flüsterte sie mir ins Ohr. Das hätte mich ärgern sollen. Diese weitere Erniedrigung. Eine offensichtliche Anspielung an meine unterdurchschnittliche Größe. Er hatte meiner Frau doch so lange gereicht? Es kommt doch nicht nur auf die Größe an?

»Wir wollen euch wirklich nicht länger von eurem Tagesprogramm abhalten«, verkündete Victoria für mich überraschend. »Falls ihr mal etwas Abwechslung voneinander sucht. Unser Teil der Suite steht euch jederzeit offen.«

Wir blieben alleine zurück. Ich trug meine Kleidung zurück in unsere Suite und wollte mich über meine Frau hermachen. Es wurde Zeit für meine überfällige Erlösung.

»Schatz?«, säuselte sie mich an. »Wäre es okay, wenn wir das auf später verschieben?«

»Was!?«

»Für mich?« Sandra drängte sich an mich. »Damit ich später einen schönen geilen Mann habe?«

Wie soll man bei solchen Worten Nein sagen?

Wir genossen die nächsten Stunden zu zweit. Es ist zum Glück schwierig, sich auf einem großen Schiff zufällig über den Weg zu laufen. Wir genehmigten uns eine Massage, lagen am Pool, hangelten uns durch den Klettergarten und ließen uns die Sonne auf den Bauch scheinen. Wir waren zurück im Zweisamkeits-Modus - so wie es schon die ganze Zeit hätte sein sollen.

Wenn da nicht die kleinen Quälereien von Sandra gewesen wären. Nur zu gerne fragte sie mich, ob ich noch ganz geil auf sie wäre. Zweimal fasste sie mir in unbeobachteten Momenten sogar in den Schritt.

Hinzu kam aber auch der Austausch von reichlich Zärtlichkeiten. Seien es Händchenhalten oder Küsse. Es war eine seltsame Situation. Sandra suchte meine Nähe und zeigte mir ihre Liebe. Gleichzeitig war mir aber auch klar, dass sie auch gerne einen Abstecher in die Suite von Victoria und Co gemacht hätte.

Auch jenseits von Sex hatte Sandra sich über die letzten Monate verändert. Sie war deutlich offener geworden. Wusste was sie wollte und ließ mich dies wissen.

Eine für mich eher unangenehme Variante war ihre Bitte, bis später auf einen Orgasmus zu warten. Ich würde nicht bestreiten, dass er dann im Ergebnis auch für mich explosiver sein würde. Aber die Geduld und Ausdauer zu warten, fiel mir schwer. Hätte ich die Gelegenheit dazu gehabt, hätte ich vielleicht selber nachgeholfen.

»Was hältst du davon, was Lydia gemacht hat?«, fragte sie mich beiläufig, als wenn es keine große Sache gewesen wäre. Sie meinte damit offensichtlich, wie sie am Morgen auf dem Balkon vor Victoria gekniet hatte.

»Wenn es ihr gefällt?«, fragte ich vorsichtig zurück.

»Du hättest also kein Problem damit, wenn ich ... was frage ich das überhaupt? Ihr Männer.«

Das kleine Zelt in meiner Badehose schien ihr deutlich anzuzeigen, was ich von der Vorstellung hielt. Meine Ehefrau bei sexy Spielen mit einer anderen Frau. Da würde ich nicht wegschauen.

»Und was ist mit dir?«

»Mit mir?«

»Würdest du eine der anderen Damen lecken?«

»Ist das jetzt eine Fangfrage?«

»Versteh mich nicht falsch. Du wirst nie eine andere Frau ficken. Unter keinen Umständen kommt dein Schwanz in den Mund, die Muschi oder den Po einer anderen Frau. Aber sollten deine Dienste in anderer Mission mal benötigt werden. Sei es um sie vor dem Akt feucht zu lecken oder hinterher zu säubern.«

»Sandra!«, fuhr ich dazwischen. »Ganz sicherlich werde ich ... so etwas nicht machen. Nicht wenn sie voll ... voll Sperma ist.«

»Okay«, beschwichtigte sie.

»Okay?«

»Alleine deine Entscheidung. Aber du hättest nichts dagegen, wenn ich für dich einspringen würde?«

»Nein«, gab ich noch einmal zu. »Mach was du willst ...«

»Würde es dich geil machen? Ich mit einer anderen Frau?«

»Ja, verdammt. Das weißt du ganz genau.«

»Bist du mir böse?«, fragte Sandra mich nach einigen Minuten der Ruhe.

»Warum sollte ich dir böse sein?«

»Weil Victoria an Bord ist und ich es nicht sein lassen kann, dich ein wenig zu reizen. Geil zu machen.«

»Es nervt mich ein wenig ... das Victoria an Bord ist. Aber ändern können wir es jetzt auch nicht mehr. Wir sollten aber überlegen, ob wir den Trenner wieder aufstellen lassen.«

»Muss das sein? War doch heute Morgen schön? Oder hat es dir nicht gefallen.«

»Schon. Irgendwie. Aber musst du mich immer gleich so vorführen?«

»Vorführen?«

»Meinen Penis. Musste ihn wirklich jeder sehen?«

»Warum schämst du dich für ihn? Ist doch ein schöner Schwanz. Mein Schwanz.«

»Danke, aber ...«

»Schatz, alle wissen, dass du keinen Monsterschwanz hast. Sonst wärst du kein Cuckold. Und schön ist er doch. Sehr gerade, und zwar nicht lang, aber doch schön fleischig dick. Ich fasse ihn gerne an und mittlerweile habe ich auch gelernt, wie schön er in meinen Mund passt. Das ist eine schöne Abwechslung zu den Riesenschwänzen. Lydia und Victoria haben ihn auch gerne angefasst. Wir sind doch eine große Gemeinschaft. Jeder darf seinen Spaß haben.«

»Jeder?«, fragte ich zweifelnd.

»Hey, ich habe nicht behauptet, dass dieser Spaß für jeden gleich aussieht«, lachte Sandra und ich musste ebenfalls schmunzeln.

»Was macht ihr bloß aus mir?«, fragte ich rhetorisch und bekam keine Antwort.

»Peter?«, fragte Sandra nach einer weiteren Pause. »Ohne dein Okay werde ich auf dieser Kreuzfahrt keinen der Bulls ficken. Die Entscheidung ob und wann liegt alleine bei dir. Okay?«

»Gut«, gab ich zufrieden zurück. Der leicht gequälte Blick meiner Frau deutete aber an, dass sie es lieber anders hätte.

Das war nicht so verwunderlich. Seit einiger Zeit durfte sie sich in jeder Woche mit einem Bull vergnügen. In unserer ersten Urlaubswoche war ihr das Angebot verwehrt. Jetzt waren zwar Bulls an Bord, aber sie wollte unseren Haussegen nicht gefährden. Ihre Vorfreude auf die zweite Woche musste in den ersten sieben Tagen groß gewesen sein.

Trotzdem musste ich es ihr verwehren. Nur so konnte ich ihr deutlich machen, dass auch meine Meinung zählt. Das auch ich hart bleiben konnte. Ich war mir sicher, dass Sandra es absolut ernst meinte. Ohne mein Okay würde sie mit keinem der Bulls intim werden. Sie war nicht meine Sorge.

Meine große Sorge war ich selber. Oft genug spürte ich die Erregung in mir. Die Lust meine Frau wieder mit einem anderen Mann zu erleben. Sie hemmungslos zu erleben. Es störte mich auch nicht, wenn sie dabei ein klein wenig gemein zu mir war. Davon hatte sie hier und da bereits einige kleine Anzeichen gezeigt. Diese Erniedrigungen hatten trotz allem immer einen liebevollen Unterton.

Kein Zweifel. In meinem Plan, nicht immer tiefer in die Cuckold-Welt zu driften, war ich selber der größte Schwachpunkt.

Ehrlich gesagt, war ich am späten Nachmittag ziemlich durcheinander. Meine sexuelle Anspannung begleitete mich fast ständig. Meine Gefühle gegenüber unserem Leben als Hotwife und Cuckold konnte ich nicht wirklich in geordnete Bahnen bringen. Ich wusste nicht so recht, wohin ich wollte. Wie viel ich zulassen wollte und ob ich überhaupt auf etwas davon verzichten konnte.

Sandra schien dies zu spüren. Sie hielt sich mit ihren sexuellen Reizen zunehmend zurück. Ermöglichte es mir, meinen Körper auf einen nur leicht erhöhten Erregungszustand zurückzufahren.

»Ich habe uns für heute Abend einen Tisch bestellt«, kündigte sie an. »Ein Tisch für Zwei«, präzisierte sie sich nach meinem fragenden Blick. »Ich möchte meinen Mann heute für mich alleine haben. Nur wir Zwei.«

Keine Victoria. Keine Bulls. Das hörte sich doch gut an. Mit den Kindern waren wir größtenteils in den Standard-Restaurants geblieben. Hier waren die Speisen und Getränke schon im Reisepreis enthalten. Wir hatten dies nicht getan, um Geld zu sparen. Hier wurde einfach eine entspanntere Atmosphäre geboten.

Doch zu zweit gönnten wir uns gerne einen besonderen Abend und zahlten dafür auch ohne zu zögern, einen guten Preis. Sandra hatte ein Steak-Restaurant ausgesucht. Sie wusste, wie sie mich in eine gute Stimmung bringen konnte.

Unser Gespräch fing harmlos an. Die erste Stunde ignorierten wir den Elefanten im Raum - Victoria und die Bulls. Es war ein amüsanter und romantischer Abend mit meiner Ehefrau. Dann sprach Sandra das Thema doch an.

»Ist alles zwischen uns okay?«, fragte sie mich. Ich wusste sofort, dass sie hiermit die Vorfälle der letzten drei Tage meinte.

»Ja.«

»Bist du mir noch böse?«

»Du weißt, dass ich dir nicht lange böse sein kann.«

»Ich liebe dich.«

»Ich liebe dich auch.«

Wir schenkten uns zu diesen Worten verliebte Blicke

und streckten uns über unseren Tisch hinweg für einen kurzen Kuss entgegen. Damit war das Thema auch schon wieder erledigt.

Zu unserem Essen hatten wir uns eine Flasche erstklassigen Rotwein gegönnt. Gut beschwipst entschlossen wir uns dazu, vor dem Schlafen gehen noch einen Spaziergang zu machen. Die frische Luft tat uns beiden gut.

Es war fast Mitternacht, als wir unsere Kabine betraten. Mit Küssen bewegten wir uns Richtung Bett.

»Warum machst du dich nicht im Bad frisch und gibst mir ein paar Minuten Zeit?«

Ich tat wie mir geheißen. Nach einigen Minuten erklang der Ruf meiner Frau. Ich trat aus dem Bad und marschierte einige Meter durch den Flur in unser Schlafzimmer.

Um ehrlich zu sein, hatte die ängstliche Seite in mir ein paar Befürchtungen gehabt. Hier trat ich in unser Schlafzimmer und Sandra vergnügte sich bereits mit einem der Bulls.

Stattdessen lag sie alleine auf dem Bett. Bei schummrigem Licht konnte ich sie in roter Reizwäsche betrachten. Diese bekam ich zum ersten Mal zu Gesicht.

Sofort machte ich mich über meine Frau her und wurde von ihr nicht weniger willig begrüßt. Die nächste Stunde war sicherlich eines unserer intensivsten sexuellen Erlebnisse in Zweisamkeit. In mir herrschte eine regelrechte Gier nach meiner Ehefrau. Auch ihr schien es nicht anders zu gehen.

»Wir sollten so einen Abend öfters machen. Das war wunderbar.«

»Das war es«, stimmte ich ihr zu. »Der ganze Abend.«

»Wir sollten wieder regelmäßiger eine Date-Night unternehmen.«

»Machen wir«, antwortete ich und küsste Sandra dazu zärtlich. Anschließend vergrub sie ihren Kopf an meiner Brust.

Ein anstrengender Tag ging zu Ende.

KAPITEL 6

Schon früh am nächsten Morgen liefen wir St. Croix an. Um halb acht standen Sandra und ich draußen auf unserem Balkon und schauten zu, wie sich unser Schiff der Insel näherte.

Die Balkontür unserer Nachbarn öffnete sich und Lydia trat auf den Balkon. Hinter sich schloss sie die Tür wieder. Wir wünschten uns gegenseitig einen »Guten Morgen«.

Während wir beobachteten, wie das Schiff an den Kai manövriert wurde, verabschiedete sich Sandra Richtung Bad. Sie wollte sich noch schnell für den Tag bereitmachen. Bald sollte es für uns an Land gehen.

Ich unterhielt mich mit Lydia über unsere Pläne für den Tag. Im Gegensatz zu uns wollten sie es sehr ruhig angehen lassen. Sandra und ich hatten hingegen einen regelrechten Abenteuertag eingeplant. Auf dem Programm stand für uns Kajak fahren und schnorcheln. Dazwischen hatten wir ein wenig Zeit für ein Mittagessen und Besichtigungen eingeplant. Am Schluss sollte uns auch noch ein wenig Zeit am Strand bleiben. Um 17 Uhr mussten wir zurück auf dem Schiff sein.

Genau als Sandra zurück auf den Balkon kam, trat auch Victoria auf diesen. Wir begrüßten auch sie, verabschiedeten uns aber sehr schnell. Es war Zeit für uns an Land zu gehen, um pünktlich unseren ersten gebuchten Ausflug antreten zu können.

»Sandra?«, rief Victoria meine Frau noch einmal zurück. »Lydia und ich haben für heute Abend einen kleinen Frauenabend geplant. Ein paar Cocktails trinken, quatschen und Spaß haben. Du bist natürlich auch eingeladen.«

»Mal schaun«, gab Sandra abwehrend zurück. »Wir haben unseren Abend noch nicht geplant. Vielleicht bin ich nach diesem Tag aber ohnehin platt und liege früh im Bett.«

Victoria nickte und gab sich zufrieden. Ich glaubte, aber richtig zu vermuten, dass sie auf eine positivere Antwort gehofft hatte. Ich wusste nicht, ob ich etwas gegen einen Frauenabend einwenden sollte. Freute mich aber daran, dass Sandra ihre Priorität auch weiterhin auf mich und unseren *gemeinsamen* Urlaub legte.

Unsere Kajak-Tour sollte drei Stunden dauern. Mit einer kleinen Gruppe ging es durch einen Mangrovenwald. Es war eine sehr gemischte Gruppe. Diese bestand aus zwei weiteren Pärchen, einer dreiköpfigen Männergruppe und zwei jungen Frauen. Zum Glück ausschließlich sportliche Menschen. So kamen wir zügig voran.

Nach der ersten Stunde gingen wir für eine Pause an Land. Hier fing ein Paar sehr schnell mein Interesse ein. Dabei war ich sicherlich nicht der Einzige.

Dieses Paar war allerdings keines der anderen Pärchen, sondern ein unerwartetes weiteres Pärchen unter uns - die beiden jungen Frauen. Ich schätzte sie auf Mitte Zwanzig.

Bis zu diesem Zeitpunkt hatte ich sie als zwei gute Freundinnen auf einem gemeinsamen Urlaub eingeschätzt. Doch jetzt hielten sie nicht nur Händchen, sondern gaben sich auch Küsse. Wir fanden uns offensichtlich nicht in Begleitung von drei Pärchen, sondern vier.

Wie auch einige andere konnte ich nicht anders, als den beiden jungen Mädels einige Blicke zuzuwerfen. Dabei unterschieden sich die Gedanken hinter den Blicken deutlich. Manche schauten fast lüstern zu, andere eher mit Missbilligung.

»Nur zugucken, nicht anfassen«, belustigte sich Sandra über mein Interesse an den beiden.

»Ich glaube nicht, dass die mich anfassen lassen. Du hättest aber vielleicht schon Chancen«, konterte ich.

»Das würde dir gefallen«, kam augenzwinkernd zurück.

»Ja«, versuchte ich durch entwaffnende Offenheit, unser kleines Spaßgespräch für mich zu entscheiden.

»Mal abwarten, was sich in den nächsten Tagen noch ergibt«, flüsterte Sandra mir ins Ohr und lief anschließend lachend voraus.

Ich blieb stehen und blickte ihr nach. Sandra drehte ihren Kopf noch einmal zu mir und gab mir einen Luftkuss. Ich schaute ihr verliebt hinterher. Der Stress und Ärger der letzten Tage war mittlerweile vergessen. Ich wusste Sandra in meiner Ecke. Vielleicht hätte sie trotzdem gerne eine schöne Stunde mit Pedro erlebt. Solche Gedanken nahm ich ihr aber nicht übel. Für mich zählten Taten und sie machte klar, dass sie für mich darauf verzichtete. Sie versuchte auch nicht, mich ständig vom Gegenteil zu überzeugen. Stattdessen genossen wir unseren Urlaub.

Nach drei Stunden fand unsere Kajak-Tour ihr Ende. Wir suchten uns ein Plätzchen fürs Mittagessen. Am Nachmittag gingen wir schnorcheln. Anschließend entspannten wir zum Abschluss unseres Landganges eine Stunde am Strand. Nach den vielen Aktivitäten eine gute Möglichkeit noch einmal herunterzufahren.

Hierbei zeigte sich einmal mehr die neue Offenheit

meiner Frau. Ohne Aufhebens präsentierte sie sich am Strand in einem knappen Bikini. Ich musste anerkennen, dass sie besser denn je aussah. Ich hätte schwören können, dass sie in den letzten Monaten sogar noch schöner geworden war. Ganz so, als wenn sie einige Extraschichten Sport eingelegt hatte.

Ich vermutete, dass ich auch hier den Grund im Cucky Club suchen durfte. Bei allem Spaß herrschte zwischen den Frauen sicherlich auch ein kleiner Konkurrenzkampf um die beliebtesten Bulls.

Zurück auf dem Schiff wollten wir uns als erstes Abduschen. Auf dem Weg in unsere Kabine liefen wir Helmut, Robert und Pedro über den Weg.

Pedro begrüßte besonders meine Frau sehr intensiv. Sprach dann jedoch mich an.

»Heute ist bei uns Männerabend. Falls Interesse besteht. Wir haben ein Whisky Tasting gebucht.«

»Wir denken drüber nach«, übernahm Sandra für mich die Antwort. Mit Whisky konnte man mich durchaus locken.

Zurück in unserer Kabine zog Sandra mich mit unter die Dusche. Von unseren vergangenen Kreuzfahrten waren wir kleine Duschen gewohnt. Diese gingen zudem sparsam mit Wasser um. Für Luxus-Suiten schienen aber andere Gesetze zu gelten. Hier fanden wir zusammen problemlos Platz.

Wie schon am Vorabend war es auch diesmal Sandra, die den Sex zwischen uns initiierte. Natürlich machte ich dabei nur zu gerne mit. Erst kniete sie vor mir und blies meinen Schwanz. Dann drehte sich das Spiel um und ich kniete vor ihr. Zwischendurch gab es Küsse und auch ihre Brüste bekamen von mir einige Aufmerksamkeit.

Am Ende fickte ich sie und wurde mit einem Orgasmus belohnt. Anschließend revanchierte ich mich bei ihr mit meinen Fingern und dem Strahl der Duschbrause.

Es war fast 19 Uhr, als wir nackt und erschöpft auf unserem Bett lagen. Wir erschraken beide, als es plötzlich an unserem Balkonfenster klopfte. Von dort lächelte uns Victoria an.

»Ich will nicht stören, aber Lydia und ich gehen gleich los. Bist du dabei Sandra?«

Sandra schaute mich fragend an. Ich konnte aber nur mit den Schultern zucken.

»Einen Moment. Wir überlegen kurz«, antwortete sie für uns und Victoria zog sich zurück.

»Was meinst du? Frauenabend für mich. Whisky für dich? Oder doch lieber gemeinsam?«

»Vermutlich könnte ich dir einen Abend mit den Damen gönnen«, antwortete ich in einem charmanten Ton.

»Und dich am Whisky laben«, kicherte Sandra. »Dann machen wir es so. Aber ... hm ...«

»Ja?«

»Was mache ich, wenn Victoria und Lydia mehr im Sinn haben?«

»Die Männer sind wohl alle beim Tasting?«

»Ja ... ich meinte ohne Männer. Nur wir Frauen miteinander.«

»Oh ... wenn du das möchtest?«

»Ich weiß es noch nicht«, gab sie zu. »Aber irgendwie sagt mir mein Gefühl, dass ich alles zumindest einmal ausprobieren sollte.«

»Schon okay. Ich kann nicht behaupten, dass die Vorstellung dich mit einer anderen Frau zu wissen, nicht etwas Erregendes hätte.«

»Man sieht es«, kicherte Sandra mit Blick auf meinen Schwanz. Mich bekümmerte so eine Kleinigkeit nicht mehr. Scheinbar war auch ich ein wenig offener geworden.

»Aber«, begann Sandra noch einmal vorsichtiger. »Sei mir nicht böse, aber ich würde es gerne ausprobieren ohne dich dabei zu haben. Ohne Männer dabei zu haben. Es macht mich auch so schon nervös genug.«

»Warum? Nach all dem was wir in den vergangenen Monaten schon getrieben haben. Da würde das jetzt auch nicht mehr besonders herausstechen.«

»Das stimmt wohl. Es macht mich aber trotzdem nervös. Das ist für mich doch totales Neuland.«

»Okay. Ich stell da keine Bedingungen. Wenn es dir gefallen sollte, werde ich davon sicherlich schon bald etwas zu sehen bekommen. Und wenn nicht, dann ist es eben erledigt.«

»Danke ... ich liebe dich.«

Sandra machte sich für den Abend fertig und ging rüber in die andere Suite. Bevor es in eine Cocktail-Bar ging, wollten die Damen zusammen zu Abend gehen.

Wir Männer hatten kein gemeinsames Abendessen geplant. Wir würden uns erst eine Stunde später zum Tasting treffen. Helmut fragte bei mir an, ob wir vorher noch eine Kleinigkeit essen wollten und ich ging gerne darauf ein.

Während wir auf dem Weg ins Restaurant waren, kam ich nicht umhin darüber nachzudenken, dass ich ihn endlich wieder für mich alleine hatte. Am ersten Abend hatte ich ihm noch einige Fragen stellen wollen. Dann war aber Robert dazwischengekommen. Nun stellte sich mir die Chance, vielleicht doch noch ein paar Informationen aus ihm herauszubekommen.

Wir setzten uns in einem Buffet-Restaurant in eine ruhige Ecke. Mehr als eine Kleinigkeit sollte es nicht werden.

»Und - was macht ihr so den ganzen Tag?« Mit diesen

Worten versuchte ich mich unauffällig, meinem gewünschten Thema zu nähern.

»Heute waren wir am Strand. Oft sind wir am Pool. Der Spa-Bereich hat es Lydia und mir auch angetan.«

»Hm.«

»Oder hat dich etwas Anderes interessiert?«, kam von Helmut ironisch hinterher. Ganz offensichtlich war ich durchschaut.

»Ich meine ... mit den ganzen Bulls an Bord?«

»Wenig überraschend gibt es für uns auch noch eine andere Beschäftigung.«

»Wie kannst du das so ... so entspannt sehen?«

»Warum nicht? Es passiert ja nichts, in das ich nicht eingewilligt habe?«

Ich konnte dazu nur mit dem Kopf schütteln. »Wie lange seid ihr denn schon dabei?«

»Fünf Jahre.«

»Schon so lange?«

»Das Interesse war schon länger da. Zwei oder drei Jahre zuvor. Wir waren mal in einem Swinger-Club zu Gast. Das war aber überhaupt nichts für uns. Über ein Forum sind wir dann in Kontakt zu Gleichgesinnten gekommen. Dort haben wir dann auch den Tipp mit dem Club bekommen. So haben die Dinge dann ihren Lauf genommen.«

»Lauf genommen ist gut ... ich meine ...« Ich schaute mich um und beugte mich automatisch vor. Leise fuhr ich fort. »Du leckst deine Frau ... nachdem ... na du weißt schon.«

»Creampie nennt man das auf Englisch, wenn die Muschi der Frau vollgespritzt ist. Haben wir im Deutschem glaube ich kein Wort für.«

»Aber ... also ich will jetzt nicht ... also jedem das seine ... aber ... ist das nicht irgendwie ... also ...«

»Peter - raus mit der Sprache. Wir stecken doch beide so tief drin, dass wir im Stande sein sollten, darüber zu reden.«

»Okay ... also ... ist das nicht irgendwie schwul?«

Statt wie erwartet, böse zu reagieren, nahm Helmut meine Worte mit einem Schmunzeln auf.

»Für mich nicht. Ich habe kein Interesse an Männern. Aber auch kein Problem mit welchen die das haben.«

»So war das auch nicht gemeint. Aber es ist schon irgendwie ... seltsam. Warum machst du das?«

»Schwer zu sagen. Ich habe mal zufällig in unseren Anfängen einen Mann beobachtet, der genau das gemacht hat. Bin später im Internet noch einmal darauf gestoßen. Dann habe ich angefangen zu suchen und einiges gefunden. Es hat mich nicht mehr losgelassen. Ich habe dann angefangen mir Bilder runterzuladen und Videos anzuschauen, die zeigen, wie Männer das machen. Oder auch einfach nur gut gefüllte Creampies zeigen. Es war drin in meinem Kopf und wollte nicht mehr raus.«

Ich lehnte mich in meinem Stuhl zurück und atmete tief durch. Ich wusste nicht so recht, was ich von seiner Erzählung halten sollte. Fragte mich, ob ich auf einem ähnlichen Weg, wie er einst war.

»Aber ist das nicht total erniedrigend?«

»Das ist es und genau das gibt dem Spiel auch eine besondere Richtung. Darüber so offen mit dir zu reden, ist auch erniedrigend ... und trotzdem ...«

»Erzähl mir nicht, dass du von deiner kleinen Erzählung hier einen Ständer bekommst?«

»Ich würde, wenn ich könnte«, antwortete er ominös.

Wenn er keinen Hochbekommen konnte, würde dies erklären, warum er so selten bei seiner Frau ran durfte. Er konnte einfach nur selten. Mir war dieses Thema aber zu heikel, um es anzusprechen. Wenn mein Schwanz seine

Dienste versagen würde, dann würde mich das schon sehr belasten. Das müsste nicht die ganze Welt erfahren.

Für uns wurde es Zeit den Weg zum Whisky Tasting anzutreten. Wir spazierten in aller Ruhe an den Ort der Verkostung. Eine kleine Bar war nur für diesen Zweck reserviert. Insgesamt zwanzig Plätze waren zu vergeben. Neben 18 Männer hatten sich immerhin 2 Frauen für die Verkostung interessiert.

Robert wartete mit den drei Bulls bereits auf uns. Nicht nur er, sondern auch Pedro, Lamar und Tom begrüßten mich mit einem festen Händedruck und sichtlich freundlich.

Ehe ich mich versah, war ich bereits auf einen Platz bugsiert. Ich sollte zwischen Pedro und Lamar sitzen. Ausgerechnet zwischen zwei Bulls.

Bis zu diesem Zeitpunkt war mein Kontakt zu den Bulls doch ziemlich überschaubar geblieben. Es war immer im Rahmen des Clubs mit den Frauen an unserer Seite gewesen. Jetzt waren wir eine reine Männerrunde.

Zunächst blieb ich eher still. Ich hatte mich eigentlich neben Helmut setzen wollen. Doch dieser saß am weitesten von mir entfernt. Mit ihm hätte ich schnell einen Gesprächsfaden aufnehmen können.

Vor allem Lamar band mich von Anfang an ins Gespräch ein. Es stellte sich heraus, dass er genauso wie ich ein Whisky-Liebhaber war. Pedro zeigte sich immerhin interessiert und zu gerne gab ich mein umfangreiches Wissen preis. So konnte nie eine seltsame Stille aufkommen.

Dafür sorgte auch der Whisky-Experte. Zusammen mit seiner Assistentin versorgte er uns mit Kostproben und erklärte die Hintergründe des jeweiligen Whiskys. Schnell merkte ich, dass er wusste, wovon er sprach und mein Interesse war geweckt. In kurzen Pausen unterhielten Lamar und ich uns immer wieder mit ihm. Er brannte genauso wie wir für Whisky und zeigte sich erfreut mit zwei Experten darüber sprechen zu können.

So saß ich zwischen zwei Bulls, die meine Frau bereits im Bett erleben durften und unterhielt mich mit Begeisterung über Whisky. Doch Gedanken an unser Leben als Cuckold und Hotwife kamen nur selten auf. Ich war zu sehr mit anderen Dingen beschäftigt.

Zwar gab es von den verschiedenen Whisky-Sorten immer nur Kostproben. Davon aber so viele unterschiedliche, dass wir nach einer Stunde schon leicht angetrunken waren. Vermutlich war es dies, dass mich in meiner Wortwahl ein wenig freizügiger machte.

»Die Assistentin unseres Experten könnte mir auch gefallen«, kommentierte Pedro die zweifellos hübsche schwarzhaarige Assistentin.

»Ja, die kann man sich ganz gut anschauen«, stimmte Lamar ihm zu. Er schaute mich dabei an und vermittelte mir das Gefühl, dass man auf Worte von mir wartete.

»Die ist ganz hübsch, aber ich hoffe doch, dass ihr sie nicht meiner Sandra vorziehen würdet.«

Die Worte waren aus mir herausgeschossen, bevor ich richtig darüber nachdenken konnte. Lamar und Pedro grinsten sich an.

»Keine Sorge. Deine Sandra ist meinem Schwanz jederzeit willkommen«, übernahm Lamar die Antwort.

»Wenn wir denn mal wieder ran dürfen«, fügte Pedro an.

»Das ergibt sich sicherlich früh genug«, wehrte ich mich. »Ihr habt mich auch ein wenig Überfallen.«

»Stimmt schon«, gab Pedro zu. »Aber wir sind davon

ausgegangen, dass du eingeweiht bist. Victoria hatte wohl anderes im Sinn. Manchmal irrt auch sie sich.«

»Schon gut«, gab ich zu erkennen, dass ich ihnen keine Schuld an der Situation gab. Diese hatten wohl nur Victoria und meine Frau zu tragen.

In diesem Moment meldete sich mein Smartphone durch ein Vibrieren. Die moderne Technik macht auch vor Kreuzfahrtschiffen nicht halt. Über eine App konnte ich mich an Bord mit meiner Frau austauschen. Hierfür stellte man Wlan zur Verfügung. Praktisch auf einem so großen Schiff.

Ich warf unauffällig einen Blick auf das Display.

Sandra: Sind auf den Weg in unsere Kabine. Victoria und Lydia zeigen mir ein wenig von ihren lesbischen Spielen.

Meine Vorstellung spielte natürlich gleich verrückt. Ich sah meine Frau schon zum ersten Mal in ihrem Leben zwischen den Beinen einer anderen Frau.

Zehn Minuten später erreichte mich eine weitere Nachricht. Diesmal war es nur ein Foto. Es zeigte, wie sich Lydia und Victoria küssten. Es folgten zwei weitere Bilder. Diese zeigten die beiden erst halb nackt. Anschließend bekam ich zu sehen, wie Lydia an Victorias Nippel saugte.

Sandra: Was meinst du? Soll ich es ausprobieren?
Peter: Deine Entscheidung.
Sandra: Würde es dich geil machen?

Diese Frage stellte Sandra einfach frei heraus und brachte mich damit in Zugzwang. Um eine klare Antwort kam ich nicht herum. Ich hielt diese aber bewusst kurz.

Peter: Ja.

Es folgten zwanzig Minuten Funkstille. In mir arbeitete es natürlich. Ich stellte mir vor, wie die Drei es wild miteinander trieben. Mein Schwanz wurde dabei unglaublich hart.

Dabei war ich hier im Whisky Tasting gefangen. Doch genauso wie ich meine Frau mit den Bulls beobachtete, würde ich sie auch einmal bei zärtlichem Lesbensex beobachten.

Dann ging es plötzlich Schlag auf Schlag. Innerhalb weniger Sekunden erreichten mich mehrere Bilder. Ich schaute sie mir in Ruhe an. Achtete aber genau darauf, dass sie niemand anderes zu sehen bekam.

Im ersten Bild bekam ich zu sehen, wie meine Frau und Victoria sich küssten. Im zweiten Bild kam Lydia als Gespielin hinzu. Man steigerte sich schnell. Das dritte Bild zeigte wie jeweils eine von ihnen eine Brust meiner Frau verwöhnte. Im vierten Bild lag Victoria zwischen den Beinen meiner Frau. Das letzte Bild zeigte dann den Kopf von Sandra zwischen den Schenkeln von Victoria.

Victoria: Na. Schön geil geworden? :-)
Peter: Das hat schon was.
Victoria: Deine Sandra war fürs erste Mal wirklich gut. Wir werden zusammen noch viel Spaß haben. Beim nächsten Mal vielleicht mit dir als Zuschauer?
Peter: Ich hoffe doch.

Unser Whisky-Tasting fand ein Ende. Der Abend aber noch nicht. Die Bar wurde mit dem Ende des Tastings wieder für die Allgemeinheit geöffnet. Es dauerte nur wenige Minuten und unsere drei Frauen stießen zu uns. Der Frauenabend schien nach den lesbischen Spielen beendet zu sein.

Natürlich kam ich nicht umhin, meine Sandra genau im Blick zu haben. Sie schaute mich verlegen an. Wir küssten uns zur Begrüßung, dann zog sie mich von meinem Stuhl hoch und Richtung Bar. Hier bestellte sie uns zwei Gläser Champagner.

»Alles in Ordnung?«

»Ja«, kam unruhig zurück.

»War es nicht gut?«

»Doch, doch.«

»Wie war es?«

»Anders ... ganz anders als mit einem Mann. Sanfter - denke ich.«

»Wiederholungswürdig?«

»Ja.«

»Du wirst mir aber jetzt nicht zur Lesbe?«, versuchte ich, die Atmosphäre ein wenig aufzulockern. Sandra machte noch immer einen recht angespannten Eindruck. Damit brachte ich sie zum Lachen.

»Keine Sorge. Es ist eine schöne Abwechslung, aber solange Frauen kein Penis wächst, wird es auch nicht mehr werden.«

»Es gibt doch Strapons?«

»Da hast du bei den Lesbenpornos offensichtlich etwas gelernt«, gab sie feixend zurück. Sie wusste zwar, dass ich gelegentlich Pornos schaute. Überraschte mich aber damit, dass sie auch genauer wusste, welche ich gerne schaute. »Vielleicht mal einen Versuch wert. Groß und hart ist für einen Strapon-Dildo ja leicht zu machen. Aber ich bin mir sicher, mir würde die Wärme fehlen ... und natürlich das Abspritzen. Einem Stück Plastik einen Blowjob zu geben, stelle ich mir auch nicht so spannend vor.«

Wir stießen mit den Champagnergläsern an. Die kleine Hemmung in Sandra schien sich gelöst zu haben.

»Du bist mir also nicht böse, dass ich meinen Spaß mit jemand anderem hatte?«

»Nein.«

Überraschend spürte ich die Hand von Sandra zwischen meinem Schritt. Sie knetete meinen harten Schwanz. »Die Vorstellung von mir mit einer Frau gefällt dir?«

»Ja.«

»Beim nächsten Mal darfst du zuschauen. Versprochen.«

»Mm. Da bin ich schon gespannt.«

»Das hast du dir verdient.«

Doch ich merkte, wie die Worte jetzt doch wieder deutlich unsicherer herauskamen. Sie blickte auf die andere Seite der Bar. Dort wo ich vor kurzem noch gesessen hatte. Neben den drei Bulls saßen dort nun auch Victoria und Lydia. Sie hatten sich jeweils neben Lamar und Tom platziert. Dort wo vor kurzem noch Robert und Helmut gesessen hatten. Mein Platz neben Pedro war hingegen leer geblieben.

Ich blickte mich um. Auf der anderen Seite der Bar entdeckte ich die beiden Verschwundenen - Robert und Helmut. Sie saßen auf Barhockern und unterhielten sich.

Mein Blick führte zurück zu meiner Frau. In der Zwischenzeit war sie noch ein wenig nervöser geworden. Ihre Hand hatte zwischenzeitlich meinen Schritt verlassen. Doch jetzt legte sie sich wieder auf meinen Schwanz. Dieser war noch immer hart. Sie ließ ihn jetzt sogar ein wenig pulsieren. Viel hätte es nicht gebraucht, um mir einen Orgasmus zu bescheren.

Ich schaute mich derweil nervös um. Doch niemand schenkte uns besondere Beachtung. Wir standen relativ sichtgeschützt in einer Ecke neben der Bar.

»Peter ... wir können jetzt ins Bett gehen. Vielleicht uns noch ein wenig miteinander vergnügen ... oder ...«

»Oder?«, fragte ich nach einige langen Sekunden der Stille nach.

»Oder wir haben noch ein wenig anderen Spaß.«

»Du meinst Cuckold-Spaß?«

»Ja.«

»Und wie sollte der Aussehen?«

Eigentlich hatte ich für den Rest unseres Urlaubes hart bleiben wollen. Mir mein Stück meiner Frau sichern wollen. Ihr kleines Abenteuer mit den Damen sah ich entspannt. Es fühlte sich unproblematisch an. Ich sah sie wohl nicht als Bedrohung an.

»Für den Anfang so, dass ich mich neben Pedro setze und du dich zu Robert und Helmut gesellst.«

»Hier in der Öffentlichkeit?«, fragte ich erschrocken nach.

»Warum nicht? Hier kennt uns niemand. Und wir werden nie wieder jemand nach dieser Kreuzfahrt zu Gesicht bekommen.«

Ich wollte wirklich hart bleiben. Doch so richtig hart war in diesem Augenblick nur mein Schwanz.

»Ich weiß nicht Sandra ... ich weiß nicht.«

»Ich weiß, dass ich einen Fehler gemacht habe«, gab sie zu. »Ich habe dir deine Woche genommen. Es tut mir leid. Ich dachte, es wäre eine gute Idee. Hab erwartet, dass wir beide daran unseren Spaß haben könnten. Aber hast du mich jetzt nicht genug bestraft?«

Zu diesen Worten machte sie einen süßen Schmollmund. Sie setzte diesen nur spärlich ein, aber sie wusste genau, wie mich dieser zum Schmelzen bringen konnte. Trotzdem wollte ich nicht so einfach aufgeben.

»Sicherlich war es eine Strafe ... dich nicht mit ihnen spielen zu lassen ... aber in der Zwischenzeit ...«

»Ja?«

»Meine Wut ist verflogen. Es ist jetzt mehr für mich selber. Um mir zu beweisen, dass mein Wort doch noch Gewicht hat. Dass ich nicht nur triebgesteuert bin.«

»Bist du das nicht?«, kam keck zurück und ihre Hand faste einmal deutlich fester zu. Dabei traf sie genau meine Eichel und ich musste ein Stöhnen unterdrücken.

»Mir musst du nichts beweisen«, fuhr sie fort. »Du bist

der Mann den ich Liebe. Immer lieben werde. Vielleicht sogar jeden Tag noch ein wenig mehr Liebe? Als du vor ein paar Tagen plötzlich fort warst, das war schrecklich. Ich hatte richtige Angst.«

»Das tut mir leid. Das wollte ich nicht.«

»Lüg doch nicht«, kam zurückgeschossen und wir mussten beide Lächeln. »Ich hatte es verdient ... aber was machen wir jetzt? Bist du auch die letzten Tage unserer Kreuzfahrt kein Cuckold - oder möchtest du vielleicht doch noch ein paar einzigartige Dinge erleben?«

»Soll deine Hand mir bei der richtigen Antwort helfen?«, fragte ich unsicher nach. Dies schien mir einmal wieder einer der besonderen Momente in unserer neuen Beziehung zu sein. Ein Punkt, an dem ich mich für zwei Richtungen entscheiden konnte.

Würde ich ihr das Spiel versagen, dann würde ich aufzeigen, dass auch ich die Situation unter Kontrolle halten konnte. Ganz klar Herr über bestimmte Grenzen sein konnte. Wenn ich jedoch in dieses Spiel einstimmen würde, wäre es eine nicht kleine Aufgabe. Mein kleiner Aufstand der letzten Tage - meine Rebellion - wäre dem Untergang geweiht.

Das hätte die Entscheidung eigentlich recht einfach machen sollen. Leider hatten meine beiden Köpfe aber sehr unterschiedliche Ansichten über die richtige Entscheidung. Der Kopf zwischen meinen Beinen, versuchte den Kopf oben, von einer ihm genehmen Entscheidung zu überzeugen. Dort hatte man allerdings durchaus einige Einwände vorzubringen.

So hatte Sandra angekündigt, dass ich noch *ein paar einzigartige Dinge erleben* könnte. Ob mir diese aber wirklich gefallen würden, blieb da erst einmal offen. Außerdem sollte ich hier öffentlich den Cuckold geben. Das war schon eine Spur härter für mich. Von Haus aus war ich ein

Mensch, der sehr darauf fixiert war, was andere über ihn denken.

Sandra schien zu spüren, dass ich mich schwertat. Die Massage meines Schwanzes durch die dünne Hose intensivierte sie deutlich.

»Schatz?«, fragte sie schmollend nach. Dabei spürte ich bereits, wie sich mein Penis abspritzbereit machte.

»Okay«, presste ich schließlich heraus. Zu meinem Orgasmus reichte es aber nicht mehr. Fast zeitgleich stellte ihre Hand ihren Dienst ein. Stattdessen fiel sie mir um den Hals und küsste mich überschwänglich.

»Danke. Ich liebe dich. Vergiss das nie. Egal wie wild wir es treiben. Ja?«

»Ich weiß. Ich liebe dich auch.«

»Guter Cucky. Dann geselle dich bitte jetzt zu Robert und Helmut.«

»Guter Cucky?«, fragte ich irritiert nach.

»Mein guter Cucky«, wiederholte sie ihre Worte. Kam dann ein wenig näher an mich heran. »Schatz«, begann sie und küsste mir neben das Ohr. Noch einmal fand ihre Hand den Weg an meinen Schwanz und drückte feste zu. Durch mich gingen unglaubliche Gefühle der Erregung. So sehr, dass es schon fast schwer zu ertragen war.

»Schatz«, begann sie noch einmal von vorne und schaute mich mit großen Augen an. »Ich würde mir von dir einen großen Gefallen wünschen. Wir sind hier am Ende der Welt. Außer unseren Freunden kennt uns hier niemand und wir werden niemanden sonst jemals wiedertreffen. Das ist der ideale Zeitpunkt, um uns einmal ganz auszuleben. Einfach nur Hotwife und Cuckold sein zu können. Können wir das machen? Nur heute Abend? Bitte?«

Und da war schon wieder dieser Schmollmund. Dieser half sicherlich. Doch ihre Hand in meinem Schritt war vermutlich die noch größere Hilfe. Die Erregung benebelte mein Entscheidungsvermögen beträchtlich. Ich war mir schon bewusst, dass sie mich hier absichtlich manipulierte. Da hatte sie sich scheinbar ein paar Finessen von Victoria abgeschaut.

»Okay«, willigte ich ein.

»Danke. Das wird toll.«

Sandra drehte sich um und ging schnurstracks Richtung Pedro. Sie setzte sich auf den Platz neben ihn - meinen ehemaligen Platz. Zur Begrüßung bekam er einen Kuss. Meine Augen schauten sich sofort verzweifelt um. Hatte jemand diesen Vorgang beobachtet? Zumindest Robert und Helmut hatten ihn sehr genau gesehen. Sie winkten mich zu sich rüber.

Dort sollte ich laut Sandra ohnehin sein. Also fügte ich mich.

»Alles gut?«, fragte Helmut mich sofort. Zumindest einer der sich um mein Wohlergehen sorgte.

»Geht so ... wie macht ihr das bloß?«

Zu dritt schauten wir zu den Anderen rüber. Es brauchte keine große Erklärung, was ich gemeint hatte. Wie konnten sie ihr Cuckold-Da seinCuckold-Dasein nur so ohne jede Verzweiflung hinnehmen.

»Man gewöhnt sich dran«, erklärte Robert. Er war schon so lange dabei. Für ihn gab es vermutlich kein anderes Leben mehr.

»Aber wir sitzen hier ein paar Meter von unseren Frauen entfernt. Jeder der besonders aufmerksam ist, wird schon erkannt haben, dass wir eigentlich zu ihnen gehören. Was müssen die denken?«

»Vermutlich halten sie uns für Perverse«, gab Robert lachend zurück. »Ist es peinlich? Ja. Selbst mich lässt das hier nicht kalt. Es ist ein besonderes Spiel, aber im Urlaub kann man ja auch einmal über die Stränge schlagen?«

»Nach mir wird verlangt«, verkündete Helmut und ich

beobachtete wie er an den Tisch rüberging. Kurz wurde gesprochen, dann kam er zurück zu uns an die Bar.

»Drei Bier, bitte.«

Ich erwartete, dass diese für uns sein würden. Doch zu meinem Erstaunen nahm er das Bier und ging damit zurück zum Tisch. Vor jedem der Bulls stellte er ein Bier ab.

Anschließend winkte seine Frau ihn heran und gab ihm einen Kuss. Schien sich damit für den Dienst zu bedanken, bevor sie ihn zurück zu uns schickte.

»Du kannst den Mund zu machen«, kommentierte Helmut mein ungläubiges Staunen.

»Was zum Teufel?«, entfuhr es mir.

»Im Club stehen wir doch auch oft hinter der Bar oder kümmern uns um den Garten«, kommentierte Robert trocken.

»Aber hier? Und was sind wir? Diener?«

»Immerhin hält er uns nicht für Sklaven«, bemerkte Robert verschmitzt in Richtung von Helmut. »Nein, das sind wir nicht«, beantwortete er meine großen Augen. »Diener? Vielleicht. Cuckold-Diener. Gefällt mir irgendwie. Wir bereiten unseren Frauen eine schöne Zeit. Gönnen ihnen diese schöne Zeit. Sie dürfen sich woanders etwas holen, dass wir ihnen nicht bieten können.«

»Das ist aber nicht nur ein Geben«, warf Helmut ein.

»Was du im Gegenzug bekommst, weiß ich schon. Wenn man es denn haben will«, warf ich wütend, aber vor allem noch sehr ungläubig zurück.

»Jedem das Seine, gilt da bei uns im Club. Jeder soll seinen Spaß haben. Das gilt auch für uns«, warf Robert ein. »Nutze die nächsten Tage. Probiere Dinge aus. Nichts wird passieren, was dauerhaft schlecht für dich ist. Natürlich kannst du jederzeit laut Stopp rufen. Aber viele Dinge muss man zumindest einmal ausprobieren, um beurteilen zu können, ob sie für einen selber erregend oder abstoßend sind. Ah, man verlangt nach mir.«

Ich schaute zum Tisch rüber und entdeckte die auffordernde Hand seiner Frau. Es folgte das gleiche Spiel, das zuvor Helmut mitmachen musste. Diesmal holte er für die Damen Getränke und auch seine Frau dankte es ihm mit einem Kuss.

»Nu guck nicht so dumm. Du bist als Nächstes dran«, flachste Helmut. Zuerst wollte ich mit ihm lachen, doch dann wurde mir bewusst, dass er es absolut ernst meinte. »Jetzt bist du damit dran den Tisch und deine Frau im Blick zu behalten.«

Das erklärte warum nach dem ersten Arbeitseinsatz Robert den Platz von Helmut eingenommen hatte. Ich hatte dem Tisch hingegen ganz bewusst den Rücken zugedreht. Ich wollte nicht ständig im Blick haben, wie meine Frau sich dort amüsierte.

»Ich ...« Mehr bekam ich nicht raus. Helmut hatte mich auf den Barhocker von Robert bugsiert und ich dabei keinen Widerstand geleistet.

»Wir sind doch alle total bescheuert«, kommentierte ich trocken und hatte damit zumindest die Lacher auf meiner Seite.

Trotz dieser Worte behielt ich den Tisch und meine Frau im Auge. Sie lachte viel. Schien glücklich zu sein. Ließ sich gerne von Pedro berühren. Aber auch selber suchte sie seine Nähe. Es dauert nicht lange und ein Arm von Pedro lag um ihre Schulter.

In mir rumorte es. Dieser Anblick war so unglaublich erniedrigend. In aller Öffentlichkeit zelebrierten sie ihre Beziehung. Pedro betrachtete ich mittlerweile als ihren Haupt-Bull. Sie schien sich besonders zu ihm hingezogen zu fühlen. Konnte er eine Bedrohung für mich sein? Eifersüchtig schaute ich zu, wie sie ihren Spaß zu haben schienen.

Bei all diesen Gedanken spürte ich deutlich, wie eng es in meiner Hose zuging. Die Sorge und die gesamte erniedrigende Situation tat meiner Lust keinen Abbruch. Es war zum Verrücktwerden.

»Peter, dein Einsatz.« Irritiert schaute ich zu Robert. Für einen Moment hatte ich mich ganz in meine Gedanken vertieft. Robert bedeutete Richtung Tisch und ich folgte seinem Finger. Meine Sandra winkte nach mir. Als sie erkannte, dass sie meine Aufmerksamkeit erlangt hatte, lächelte sie mich an.

Mit zitternden Beinen stand ich auf. Langsam bewegte ich mich auf Sandra zu. Ich wagte es nicht, meinen Kopf umherschweifen zu lassen. Ich wollte keinem anderem Menschen in die Augen blicken müssen. Wenn es auch nur ein Unbekannter gewesen wäre, die Vorstellung er würde erkennen, was hier ablief, empfand ich als eine extreme Schmach.

»Sandra«, sprach ich meine Frau nach meiner Ankunft an.

»Peter, mein Schatz«, grinste sie überglücklich zurück. Drängte dabei ihren Körper aber auch sichtbar näher an Pedro heran. Für mich irgendwie widersprüchliche Signale. »Ich hoffe, euch geht es drüben gut?«

»Ganz okay«, antwortete ich vorsichtig.

»Schön ... setz dich doch bitte für einen Augenblick zu mir.« Lamar war gerade Richtung Toilette verschwunden und sein Platz daher frei. Ich setzte mich auf diesen und wartete ab.

Ich schaute auf meine Frau und wurde überrascht, als plötzlich von der anderen Seite eine Hand in meinen Schritt fasste. Sofort flog mein Kopf in diese Richtung und ich starrte in die Augen von Victoria.

»Immer noch hart«, verkündete sie.

»Hab ich doch gesagt«, kam stolz von Sandra. »Mein Cucky ist mit Spaß dabei. Stimmt doch?«

Die Frage war an mich gerichtet. »Peter?«, folgte fragend, als ich eine Antwort schuldig blieb.

»Ich denke schon.«

»So ganz sicher scheint er sich aber nicht zu sein«, kam zweifelnd von Victoria.

»Vorhin hat er mir gesagt, dass er diese Nacht als Cuckold verleben möchte«, zeigte Sandra sich von dieser Beobachtung wenig beeindruckt. »Peter?«

»Ähm ... das habe ich.«

»Und jetzt? Peter? Immer noch dieser Meinung?«, fragte Victoria nach. Ich konnte mich nur verwirrt zu ihr drehen. Mir schienen hier die Rollen verdreht zu sein. Victoria stellte unser Spiel plötzlich infrage.

»Ich denke schon ... es ist alles so ... verrückt.«

Ich tat mich schwer damit offen zu reden. Auch weil hier neben Victoria und Sandra auch noch zwei Bulls und Lydia saßen.

»Ein verrücktes Abenteuer?«, warf Sandra ein.

»So kann man es wohl umschreiben«, gab ich zu.

»Aber offensichtlich auch geil?«, fragte Victoria nach und packte dazu bei meinem Schwanz noch einmal ordentlich zu.

»Uh ... ja?«

»Du wirst doch schon wissen, ob du geil bist?«, kam von Victoria zurück. »Er ist doch nicht zufällig so hart?«

»Es ist seltsam. Verrückt. Aber ja, ich bin es.«

»Geil?«, ließ Victoria nicht locker. Erröten konnte ich zu diesem Zeitpunkt wohl schon lange nicht mehr.

»Ja.«

»Punkt an dich Sandra. Du hast mich überzeugt. Dein Cucky möchte spielen. Das verspricht eine schöne Zeit für dich ... und für deinen Cucky. Ich denke, darauf sollten wir anstoßen. Peter. Bringst du uns bitte sechs Gläser Champagner.«

»Okay«, gab ich unsicher zurück.

Ich machte mich auf den Weg zurück an die Bar und gab meine Bestellung auf.

»Ich habe es ihnen gleich auf ein Tablett gestellt, dann ist es einfacher«, bekam ich vom Barkeeper zu hören. Dazu grinste er mich breit an. Zumindest einer hatte schon lange durchschaut, dass hier etwas Ungewöhnliches ablief.

Ich nahm das Tablett entgegen und brachte die Getränke an den Tisch.

»Peter«, rief Sandra mich zurück, als ich mich auf den Rückweg machen wollte. »Wir machen uns gleich auf den Weg in die Kabine. Du kannst dir sicherlich vorstellen, dass ich nach zehn Tagen Abstinenz ganz dringend etwas brauche.«

Ich blickte in die Runde und sah interessierte und abwartende Blicke.

»Das weißt du doch sicherlich?«, fragte Sandra noch einmal nach. Offensichtlich erwartete sie eine Antwort.

»Ähm ... natürlich.«

»Und was brauche ich so dringend?«

Ich hatte eine ungefähre Vorstellung davon, was sie von mir hören wollte. Doch konnte ich diese erniedrigenden Worte wirklich aussprechen? Ich spürte, wie es in meiner Hose pulsierte. Eine ungewöhnliche Mischung aus Schmerz und Erregung.

»Peter?«

»Einen ... Fick?«

Sandra lächelte.

»Nur einen Fick?«, fragte Victoria nach. »Oder einen besonderen Fick?«

»Mit einem Bull?«

»Richtig«, gab Victoria mir recht. »Ein Bull mit einem großem Schwanz, um es ganz präzise auszudrücken.«

»Warte bitte in unserer Kabine. Du kannst dir aber mit Robert und Helmut noch Zeit lassen und in Ruhe austrinken. Die beiden werden dann in der Kabine von Victoria erwartet.«

»Okay.«

Ich war froh endlich den Rückzug antreten zu können. Dort klärte ich die Beiden darüber auf, was als Nächstes geplant war.

Ein paar Minuten später verließen sie die Bar. Ich trank mein Bier in aller Ruhe. Robert und Helmut hatten es hingegen ein wenig eiliger.

»Sorry Peter, aber Helmut und ich haben noch eine interessante Nacht vor uns. Die würden wir gerne starten.«

Helmut stimmte ihm erwartungsvoll zu. Wenig später verabschiedeten wir uns an unseren Suiten-Türen voneinander.

Ich legte mich aufs Bett. Brauchte ein paar Minuten Ruhe. Doch die wollte mir mein Schwanz nicht gönnen. Er wartete schon zu lange auf Erlösung. Ich hatte meine Hand schon an meinen Reißverschluss angesetzt, als ich innehielt. Hatte ich da gerade ein Stöhnen vernommen?

Natürlich vergnügte man sich in der Nachbar-Suite. Unnötig leise rutschte ich vom Bett. Die Aussicht, einen Blick auf das Vergnügen meiner Frau werfen zu können, war einfach zu verlockend. Leise öffnete ich unsere Balkontür und schlich über unseren gemeinsamen Balkon zum Fenster.

Trotz der Verglasung und geschlossener Fenster hörte ich hier das Stöhnen meiner Frau sehr viel deutlicher. Doch mehr war mir nicht vergönnt. Die Gardinen waren zugezogen. Welch eine Enttäuschung.

»Peter«, erklang plötzlich hinter mir eine Frauenstimme

und brachte mich zum Erschrecken. Blitzschnell drehte ich mich um. In die andere Richtung auf unserer Seite des Balkons saß Victoria Paulsen in einer Ecke. Mit überschlagenen Beinen saß sie in einem Stuhl und blickte mich amüsiert an. Ganz so, als wenn sie nur auf mich gewartet hätte. »Setz dich bitte.«

Victoria musterte mich ausführlich, bevor sie wieder zu sprechen begann. »Geht es dir gut?«

»Ja.«

»Du hättest gerne einen Blick riskiert?«

Diesmal nickte ich nur zur Antwort. Es war zu offensichtlich, um es zu leugnen.

»Es ist nicht deine Entscheidung, wann du zuschauen darfst«, klärte Victoria mich auf. Darauf antwortete ich nicht. Ich konnte daran ohnehin nichts ändern. »Ich bin hier, weil ich mich vergewissern wollte, dass du für die nächsten Tage bereit bist.«

»Du machst dir Sorgen um mein Wohlergehen?«, lachte ich ein wenig zynisch auf.

»Das ist meine Aufgabe. Die nehme ich sehr ernst.«

»Wie gesagt, mir geht es gut.«

»Würdest du jetzt gerne deine Frau sehen?«, änderte Victoria plötzlich das Thema.

»Ja«, gab ich offen zu.

»Die Frage ist wie dringend? Was würdest du dafür tun?«

»Kommt drauf an.«

»Würdest du sie lecken?«

»Ich habe sie schon oft geleckt«, gab ich zurück. Doch natürlich ahnte ich bereits, dass sie etwas Bestimmtes im Hinterkopf hatte.

»Sauber lecken?«, präzisierte sie sich.

»Victoria«, gab ich gequält zurück.

»Wo ist das Problem?

»Das ist ... das ist ...«

»Schwul? Du leckst immerhin eine Frau. So schwul kann es wohl nicht sein.«

»Aber ...« Ich wusste nicht, was ich sagen sollte. Diese Vorstellung war so ungeheuerlich.

»Helmut macht es. Mein Robert macht es. Der Großteil der Club-Mitglieder macht es.«

»Und ich soll es auch machen.«

»Ich will ehrlich zu dir sein«, antwortete Victoria. »Ich werde nicht lockerlassen, bis du es zumindest einmal gemacht hast.«

»Warum?«

»Ihr Neu-Cuckolds seid für mich etwas Besonderes. Und das Sauberlecken ist für mich einfach die ultimative Cuckold-Handlung. Nachdem ich einen von euch bei seinem ersten Mal zugeschaut habe, laufe ich da unten eine Woche lang pitschnass rum, so geil macht mich das.«

Ich blieb stumm. Victoria schien sich ihres Erfolges ziemlich sicher zu sein.

»Ist es denn nie genug?«, wunderte ich mich.

»Jeder hat irgendwann genug«, sinnierte Victoria. »Das ist aber Sache von Sandra und dir. Mir liegen nur noch zwei Dinge am Herzen und das Lecken ist das Eine davon. Dann bist du mich nicht los, aber für mich ist dann die Zeit gekommen, loszulassen.«

»Das nächste Pärchen ruft?«, gab ich süffisant zurück.

»Du hast mich durchschaut«, kam von einer lächelnden Victoria zurück.

»Was ist denn das Zweite?«

»Möchtest du das wirklich wissen?«

»Vermutlich nicht.«

»Ich weiß nicht, ob du deine Sandra heute Nacht noch wiedersehen wirst. Die Arme war wirklich ziemlich ausgehungert und hat sich wie wild auf Pedro gestürzt. Lamar und Tom mussten ihm zur Hand gehen. Aber wir sind darüber eingekommen, dass du heute nicht leer ausgehen solltest. Für dich war es ein anstrengender Tag. Eine Belohnung hast du dir mehr als verdient. Interessiert?«

»Muss ich jetzt wirklich Ja sagen?«

»Ich nehme das mal als Zusage«, fuhr Victoria fort. »Wir dachten uns, dass du als Belohnung etwas Neues erleben darfst. Wir haben schon einiges zusammen erlebt, aber ich glaube, du hast mir und Lamar noch nicht zuschauen dürfen?«

»Nein«, stimmte ich ihr zu. Wohlwissend, dass dies eigentlich gelogen war. Von meinem Voyeur-Ausguck hatte ich sie einmal beobachtet.

»Dann werden wir das heute ändern.«

Wir gingen in die Suite. Victoria forderte mich auf, mich auszuziehen. Nach all dieser Zeit hatte ich vor ihr nichts mehr zu verstecken und tat mich nicht sonderlich schwer dieser Anweisung zu folgen.

»Ist der geil auf mich«, erfreute sie sich an meinem harten Schwanz. Victoria nahm ihn kurz in die Hand und wichste mich zweimal. Damit brachte sie mich sofort zum Aufstöhnen.

»Du kannst gleich, so viel an dir rumspielen, wie du möchtest. Aber kein Orgasmus bevor ich es dir erlaubt habe. Okay?«

»Okay«, gab ich willig zurück. Es sollte endlich losgehen.

»Leg dich aufs Bett. Ich hole Lamar.«

Es gefiel mir nur bedingt, mit ihnen auf dem gleichen Bett zu liegen. Es war allerdings ein ziemlich großes Bett.

Zwei Minuten später führte Victoria nicht nur Lamar in das Schlafzimmer, sondern an ihrer zweiten Hand fand sich ihr Mann Robert.

Lamar war nackt und ich konnte seinen beeindruckenden Penis begutachten. Victoria hatte die Zwischenzeit genutzt, um ihr Kleid zurückzulassen. In Seidenstrümpfen, Strapsen und einem Korsett bot sie einen spektakulären Anblick.

Robert setzte sich in einen Sessel, während Victoria und Lamar die andere Betthälfte einnahmen.

»Lass uns dem Kleinem eine geile Show bieten«, verkündete Victoria ihr Ansinnen.

Ohne Umschweife machte Lamar sich über Victoria her. Dabei gab er sich sichtlich Mühe, ihr Lust zu bereiten. Heiße Küsse, Spiele an ihren Brüsten und hungriges Kneten diverser Körperteile. Man schien es mit dem Hauptakt nicht eilig zu haben.

»Schau dir das Prachtexemplar an«, verkündete Victoria und hielt dabei den Schwanz von Lamar in ihren Händen. Sie küsste auf die Eichel und schleckte einem den ganzen Penis ab, bevor sie fortfuhr. »Wäre es fair, einer Frau so etwas vorzuenthalten? ... Peter?«

»Nein«, antwortete ich zaghaft.

»Richtig«, stimmte Victoria zu. Sie richtete sich auf und schob sich in die Mitte des Bettes. Mit ihrer freien Hand ergriff sie meinen Penis. Wichste mich ein paar Mal ganz schnell und hielt dann inne.

»Schau sie dir an«, forderte sie mich auf. Auf dem Bett liegend konnte ich unsere beiden Schwänze gut im Blick halten. Der Größenunterschied war überdeutlich. Das war schon irgendwie bedrückend.

»Das ist schon okay Peter ... du hast erkannt, was deiner Frau bei dir fehlt und schaffst Abhilfe.« Victoria schien meine Gedanken durchschaut zu haben.

Die Zeit der Worte war aber erst einmal vorbei. Der Schwanz von Lamar verschwand in Victoria. Wie in Trance beobachtete ich, wie sie ihn scheinbar mühelos immer tiefer in sich verschwinden ließ. Während sie Lamar einen

Blowjob gab, hielt ihre Hand meinen Penis fest umklammert.

Bei allem durcheinander in mir, so konnte ich meine immense Erregung nicht leugnen. Seit Stunden wartete ich auf Erlösung. Es war höchste Zeit.

Auch Victoria konnte ihr Spiel mit meiner Lust nicht weiter hinauszögern. Zu deutlich wurde ihre eigene Erregung. Aus nächster Nähe durfte ich beobachten, wie Lamar seinen Penis in ihr versenkte.

Es folgte ein wilder Fick. Zwischendurch spürte ich immer wieder die Hand von Victoria. Ihr Weg führte immer wieder zurück zu meinem Schwanz. Der konnte seine Erlösung mittlerweile kaum erwarten.

Unter lautem Stöhnen forderte Victoria Lamar auf, in sie abzuspritzen. Anschließend brauchten beide ein wenig Zeit, um sich zu beruhigen. Dann zog Lamar sich zurück und verschwand aus dem Zimmer.

Mein Blick hatte sich total auf die Scham von Victoria fixiert. Dort war das Sperma von Lamar nicht zu übersehen.

»Würdest du mich dort jetzt gerne lecken?«, fragte Victoria mich und erhielt dafür einen erschrockenen Blick. »So gern ich dir das auch zugestehen würde, das muss ich dir leider versagen, dein erstes Mal solltest du mit deiner Sandra erleben.«

»Nein, also ... ich will ...«

»Ist schon gut. Du willst nicht ... bla bla bla. Zum Glück kenne ich jemanden, der da ein wenig Einsichtiger ist und es gerne für mich macht.«

Ihr Blick richtete sich auf ihren Mann Robert. Dieser setzte sich sofort in Bewegung. Also tat es nicht nur Helmut, sondern auch Robert. Vielleicht hätte ich ernster nehmen sollen, dass es ein Großteil der Club-Mitglieder so machte. Das hatte ich mir kaum vorstellen können.

»Warte noch«, forderte sie ihren Mann auf und richtete

ihren Blick dann auf mich. »Knie bitte etwa auf meiner Brusthöhe«, verlangte Victoria von mir.

Ich tat wie mir geheißen. Victoria griff sofort nach meinem Schwanz. »Immer noch hart«, kommentierte sie süffisant.

Sie begann mit stetigen und schneller werdenden Wichsbewegungen. Brachte mich damit halb an den Rand des Wahnsinns. Ich musste endlich abspritzen. Wenn sie es jetzt nicht tat, dann musste ich selber nachhelfen.

»Schau ganz genau zu Peter. Dein erstes Mal aus der Nähe. Da kannst du noch was lernen.«

Ich konnte gar nicht anders, als auf ihre Scham mit dem hervorquellenden Sperma zu schauen. Robert wartete in nur wenigen Zentimetern Entfernung auf seinen Einsatz.

»Robert, bitte.«

Sofort kam seine Zunge hervor und fuhr einmal durch ihre Furche. Anschließend war ein großer weißer Klecks verschwunden. Er hatte es tatsächlich getan.

Das war aber nicht meine einzige Sorge. Victorias Hand hatte es an meinem Penis plötzlich sehr eilig. Viel fehlte nicht mehr und ich würde endlich abspritzen.

»Geil, oder?«, fragte Victoria rein rhetorisch in meine Richtung.

Robert stieß tief in seine Frau vor. Zusätzlich holte er mit einem Finger Sperma hervor. Ich konnte deutlich sehen, wie er es von seinem Finger ableckte.

Am Ende war es zwar ein Gemisch aus Lamar und Victoria. Trotzdem konnte ich nicht verstehen, wie er dies tun konnte. Dabei war er nicht einmal gleichgültig, sondern sogar eindeutig von Lust erfüllt.

Doch auch mir ging es als Zuschauer nicht anders. Natürlich konnte ich die Schuld auf die Hand von Victoria schieben, doch ein wenig nagte doch an mir, ob dieses perverse Spiel mir nicht doch Lust bereitete.

Einige Minute nachdem Robert damit begonnen hatte, seine Frau zu lecken, kannte ich kein Halten mehr. Die ganze Zeit hatte ich noch versucht, meinen Orgasmus zurückzuhalten. Doch dann ging es einfach nicht mehr. Ich spritze ab. Dreimal spritze es ordentlich auf den Bauch von Victoria. Diese schaute mich amüsiert an.

»Das reicht Robert«, verkündete sie sofort. »Du kannst gehen.«

Robert zog sich zurück und ich blieb alleine mit Victoria zurück. Ich legte mich zurück auf meine Betthälfte.

»Wie du siehst, ist da nix dabei. Ich hoffe, du siehst das bald ein. Für deine Sandra. Mein Cucky hat sich jetzt eine Belohnung verdient.«

Ich wusste nicht, was ich sagen sollte. Ehrlich gesagt hatte ich nicht das Gefühl um diesen Akt Drumherum kommen zu können. Victoria würde sicherlich nie aufgeben.

Victoria schwang sich aus dem Bett. »Das war ein anstrengender Tag für dich. Die nächsten Tage werden nicht einfacher. Warum versuchst du nicht, ein paar Stunden zu schlafen.«

Mit diesen Worten stolzierte sie aus dem Schlafzimmer heraus. Ich hörte, wie sich eine Tür öffnete und anschließend wieder verschloss. Für einen Moment fragte ich mich irritiert, ob sie draußen auf den Gang getreten war. Doch dann fiel mir ein, dass unsere Kabinen durch eine Tür verbunden waren. Ganz offensichtlich war auch diese aufgeschlossen worden.

KAPITEL 7

Ich tat mich schwer damit einzuschlafen. Die vergangenen Stunden wollten mir nicht aus dem Kopf gehen. Ich hatte vieles zu verarbeiten und zu verstehen. Wenig hilfreich war dabei meine mich nicht verlassen wollende Erregung.

Ich konnte nicht anders, als mir noch einmal Erleichterung zu verschaffen. Schnell pumpte ich. Stellte mir dabei vor, wie sich meine Frau nur wenige Meter von mir entfernt vergnügte. Wie Pedro, Lamar und Tom immer wieder tief in sie spritzten.

Am Ende und bei höchster Erregung stellte ich mir vor, wie sie ihre befleckte Scham auf mich herabsenkte. Das Sperma tropfte auf mich herab. Nach kurzem Zögern und Schaudern versenkte ich meine Zunge schließlich doch in ihr und saugte an ihrer Scham.

Ausgerechnet in diesem Augenblick kam ich zum Orgasmus.

Ich rollte mich zur Seite. Durch das halb geöffnete Fenster konnte ich das Meer hören. Ich fühlte mich ein wenig verloren. Vielleicht auch einsam. Hätte in diesem Moment gerne meine Frau an meiner Seite gehabt.

Im halb Dunklem blickte ich meinen Körper hinab. Blickte zitternd auf meinen Schwanz. Wenn es nach ihm ginge, gäbe es wohl nicht mehr viele Grenzen. Hatte ich schon verloren? Hatte ich jemals eine Chance gehabt?

Ich schlief ein. Es war meine Frau, die mich einige Stunden später weckte. Die erste Sonne schien bereits durch das Fenster hinein. Ich vermutete, dass es bereits auf 7 Uhr zugehen müsste.

Sie weckte mich nicht absichtlich, sondern als sie sich zu mir ins Bett legte. Schon aus Gewohnheit zog ich sie an mich und gab ihr einen schnellen Kuss auf die Lippen.

Erst dann musterte ich sie genauer. Ihr Haar war völlig durcheinander. Ihr ganzer Körper strahlte aus, dass sie eine lange Nacht mit viel Sex hinter sich hatte. Sie roch förmlich danach. Nach meiner kleinen Inspektion blickte ich in ihre Augen.

»Ich habe noch nicht geduscht«, erwähnte sie das Offensichtliche. »Ich dachte ... du möchtest mich vielleicht so ...«

»So?«

»Mich ficken? Oder ...«

»Oder?«

»Lecken?«

Ich blickte nach unten zwischen ihre Beine. Mein Blick blieb nicht unerkannt.

»Es ist schon eine Weile her. Es hat sich bestimmt schon verflüchtigt. Zumindest das Meiste.«

Diesmal war es ich, der dem Blick meiner Frau folgte. Dieser fiel auf meinen Schwanz, der sich entgegen meiner Anweisungen aufgerichtet hatte.

»Er möchte etwas, aber was möchte er?«, fragte Sandra sanft.

Das hätte ich auch gerne gewusst. Mein Herz pochte rasend schnell. Die Vorstellung etwas so Verdorbenes zu tun, schien mich anzutörnen.

Die Hände von Sandra strichen über meine Brust und streichelten mich. Müdigkeit war bei ihr nicht zu entdecken - eher Vorfreude.

»Ich lass dich mal Schnuppern«, kündigte sie plötzlich an. Zunächst schwang sie ein Bein über mich. Dann schob sie sich hoch zu mir, sodass ihre Knie links und rechts von meinem Kopf platziert waren. Ihre Scham hing über meinem Gesicht. Immerhin hielt sie noch einen guten Sicherheitsabstand.

Trotzdem dauerte es nicht lange und in meiner kleinen Höhle machte sich eine geruchsstarke Mischung breit. Roch es nach meiner Sandra oder doch mehr nach Mann? Wie oft hatten sie in den letzten Stunden in sie abgespritzt?

Mein Herz pumpte in unglaublichem Tempo und mein Schwanz entwickelte ein Eigenleben und zuckte von selber. Meine Augen waren ganz auf den Anblick vor mir fixiert.

Dann passiert lange gar nichts. Es herrschte Stillstand. Sandra wartete geduldig ab, wie ich mit der Situation umging. Ich wiederum war entscheidungsunfähig.

»Riechst du sie?«, brach Sandra das Schweigen. Ich saugte ein paar Mal Luft ein und bildete mir ein tatsächlich etwas zu Riechen. »Schatz? Riechst du sie?«, wiederholte Sandra ihre Worte.

Statt auf ihre Scham blickte ich weiter nach oben in die Augen meiner Frau. Ich nickte zweimal.

»Riecht gut, oder?«

Darauf antwortete ich nicht.

»Wenn du möchtest, dann kannst du mich jetzt lecken?«

Ich schluckte einmal und ließ meinen vor Erregung schmerzenden Schwanz auf mich Einwirken. Dann hob ich meinen Kopf an und leckte vorsichtig um die Scham meiner Frau herum. Erst links und dann rechts entlang ihrer Schamlippen.

»Oh ja«, hörte ich verzückt von oben.

Ich verlor langsam meine Zurückhaltung. Wagte mich weiter vor. Berührte ihre Schamlippen, küsste ihre Klit und leckte schließlich einmal durch ihre Spalte. Diese war sichtlich feucht.

Ich schmeckte immer wieder etwas salzigere Stellen. Doch ich war mir nicht sicher, ob dies wirklich der Fall war oder meine Vorstellung mir dabei nur einen Streich spielte.

Schließlich war es an der Zeit einen letzten Ort zu erkunden. Ich schob meine Zunge tief in die Spalte meiner Frau vor. Versuchte tief einzudringen. Dann passierte es. Es fühlte sich an wie eine kleine Explosion auf meiner Zunge. Meine Geschmacksnerven signalisierten aufgeregt, dass ich auf etwas sehr Salziges gestoßen war.

Wer weiß wie oft Sandra sich in der Nacht hatte von den Bulls nehmen lassen. Wie oft sie tief in sie abgespritzt hatten. Es war vielleicht wenig verwunderlich, dass doch noch etwas zurückgeblieben war.

Ich verlor in diesem Moment alle Zurückhaltung. Packte den Hintern meiner Frau und zog sie dicht an mich. Ließ meine Zunge verrücktspielen. Leckte und küsste sie immer wieder und versuchte, sie mit meiner Zunge zu ficken.

Trotz ihrer sicherlich anstrengenden und Orgasmusreichen Nacht brachte ich Sandra noch einmal zum Höhepunkt.

Anschließend lag sie erschöpft neben mir. Gab mir zärtliche Küsse und gestand mir einige Male ihre unendliche Liebe für mich.

Ein wenig surreal war das natürlich schon. Nach

diesem ewig langen und so verrückten Tag. Doch auch ich war mehr denn je von Liebe für meine Frau erfüllt.

»Jetzt wird es aber höchste Zeit, mich bei dir zu bedanken.«

Mit diesen Worten begann sie einen unglaublichen Blowjob.

Uns gegenseitig haltend schliefen wir anschließend ein. Ich war zu erschöpft für weitere Gedanken. Als ich wieder aufwachte, hatten wir bereits in Basseterre auf St. Kitts angelegt.

Durch die Balkontür konnte ich meine Frau beobachten. Sie saß alleine an einem gedeckten Tisch und blickte auf das Land hinaus. Ich sprang schnell unter die Dusche und gesellte mich dann zu ihr.

Die ersten Minuten am Frühstückstisch sprachen wir nicht über den vergangenen Tag.

»Ist alles zwischen uns okay? Ich habe hoffentlich nichts Dummes getan und du bist mir böse wegen gestern?«

»Ich bin dir nicht böse«, beruhigte ich sie als Erstes. »Ob es dumm war, weiß ich ehrlich gesagt nicht. Das war schon teilweise sehr ... extrem? Uns da öffentlich Diener spielen zu lassen?«

»Erniedrigend?«

»Ja.«

»Victoria meinte, das würde dir gefallen?«

»Ich weiß es nicht ... vielleicht hat es das sogar.«

»Wir müssen es nicht wiederholen ... aber ...«

»Aber du würdest schon gerne?«

»Im Club können wir es natürlich jederzeit machen, aber es ist schon etwas Anderes es hier in aller Öffentlichkeit zu machen. Trotzdem gibt die Entfernung zur Heimat Sicherheit.«

Ich trank meinen lauwarmen Kaffee.

»Und was machen wir heute?«, fragte Sandra mich.

»Als Ehemann und Ehefrau auf Urlaubsreise oder als Cuckold und Hotwife?«

»Ich braucht auch mal eine Pause. Heute Abend geht es weiter. Victoria hat zwar angeboten, dass wir sie an Land begleiten könnten. Sie besucht eine Freundin, die eine Hotelanlage führt - den Chastity Beach Club. Aber ich habe abgelehnt. Ich möchte den Tag lieber mit meinem Ehemann verbringen. Du hast doch sicherlich schon ein Programm für uns vorbereitet?«

Das hatte ich selbstverständlich. Wir waren spät dran und beeilten uns an Land zu kommen. Natürlich ging mir der Vortag nicht ganz aus dem Sinn. Doch die meiste Zeit konnte ich die Gedanken verdrängen und meine Urlaubslaune genießen.

Sandra war dabei sehr hilfreich. Sie war an diesem Tag unglaublich anhänglich. Sie wollte meine Hand nur ungern loslassen. Oder wollte alternativ, dass ich eine Hand um ihren Körper schlang. Auch mit Küssen hielt sie sich nicht zurück.

An diesem Tag kam sie mir, wie auf unseren ersten Urlauben vor. Ganz zu Anfang unserer Beziehung - damals noch ohne Kinder. In meiner Erinnerung hatte sie auf diesen Urlauben ein ähnliches Verhalten gezeigt. Ich genoss diese entspannte und bezaubernde Sandra. Die Sandra, die sich wie eine frisch Verliebte benahm.

Wir machten an diesem Tag eine kleine geführte Tour durch den Regenwald. Außerdem erkundeten wir Basseterre und tummelten uns eine Weile am Strand. Überpünktlich ging es zurück aufs Schiff. Zu mehr reichten unsere Kräfte nach einer anstrengenden Nacht nicht.

Zurück in unserer Suite begann Sandra mich zu verführen. Es dauerte nicht lange und wir lagen nackt auf dem

Bett. Zwar widmete sie sich auch immer wieder kurz meinem Penis. Doch so wirklich Fahrt nahmen wir nicht auf. Es war eher ein langer Austausch von Zärtlichkeiten.

»Du willst dich für später aufsparen«, kommentierte ich nach einer halben Stunde.

»Ist das so offensichtlich«, kam unsicher zurück. Sie fragte sich wohl, ob ich ihr dies übel nahm.

Ich war zu guter Laune, um so zu empfinden. Aber ich wunderte mich schon, ob ich ihr nicht böse sein sollte.

»Ich will aber nicht nur mich für später aufsparen«, lächelte sie mich spitzbübisch an. Dazu nahm sie meinen Schwanz in die Hand und massierte ihn wieder leicht. Mir entlockte sie damit ein zufriedenes Grunzen. Mehr entwickelte sich aber nicht.

Wir dösten eine Weile vor uns her. Gegen 19 Uhr wurden wir von Victoria geweckt. Sie klopfte gegen unsere Fensterscheibe.

»In einer halben Stunde gehen wir essen«, rief sie uns zu.

»Soll ich jetzt das Essen servieren«, belustigte ich mich und Sandra lachte mit mir.

»Ich glaube, dagegen hätte die Küche etwas. Wir gehen einfach nur alle zusammen Essen. Haben unseren Spaß und genießen den Urlaub.«

»Okay.«

»Die Spielzeit kommt dann noch früh genug«, orakelte sie.

Wir duschten schnell und warfen uns in Schale. Mit Interesse beobachtete ich, wie Sandra sich zurechtmachte. Sie schien an diesem Abend einiges aufbieten zu wollen. Ihr Dekolleté war beachtlich.

Während ich meine Schuhe anzog, strömten Victoria

und der Rest in unsere Suite. Mit leicht gequältem Blick beobachtete ich, wie Pedro meine Sandra in den Arm nahm und ihr einen Begrüßungskuss gab.

Victoria hatte für unsere große Gruppe einen Tisch reserviert. Wir saßen um diesen herum. Pedro und ich rahmten Sandra ein. Links von mir ging es mit Lamar, Victoria und Robert weiter. Uns gegenüber saßen Tom, Lydia und Helmut.

Es entwickelte sich ein ziemlich normales Abendessen. Es wurde geflachst und gelacht. Ich selber war wohl der Stillste von allen. Im Gegensatz zu mir schienen Robert und Helmut auch mit den Bulls fast normal reden zu können. Ich kam mir dabei immer ziemlich seltsam vor. Immerhin hatten sie sich bereits ausführlich mit meiner Frau vergnügt.

Um ehrlich zu sein, fehlte meine Redseligkeit wohl auch, weil ich ständig darauf wartete, dass etwas passieren würde. Dabei schaute ich auf die Möglichkeit mit Angst und sehnte sie trotzdem auch ein wenig herbei.

Nach rund neunzig Minuten wurde uns der Nachtisch serviert. In der Zwischenzeit war ich doch aufgetaut und unterhielt mich mit Lamar. Er erzählte von seiner Schulzeit und seinen Erlebnissen als Teil des Football-Teams.

Durch das Gespräch hatte ich mich von meiner Frau abgewendet. Da berührte mich plötzlich eine Hand im Schritt. Erschrocken blickte ich nach unten und entdeckte die Hand meiner Frau. Ich drehte mich zu ihr. Sie war allerdings ebenfalls von mir abgewandt und mit Pedro beschäftigt. Sie küssten sich ziemlich leidenschaftlich.

Ich konnte meinen Blick nicht abwenden und auch ihre Hand ließ nicht von mir ab. Nach langen Sekunden beendeten sie ihren Kuss und Sandra drehte sich zu mir. Ihre Hand drückte einmal in meinem Schritt fest zu.

»Alles gut bei dir?«, fragte sie mich. Mehr als nicken konnte ich nicht.

Im Anschluss an unser Essen sollte der Abend noch kein Ende finden. Wir gingen Tanzen. Im Gegensatz zum letzten Mal mussten wir Cuckolds aber nicht an einem Extra-Tisch sitzen. Stattdessen saßen wir alle zusammen. Sandra gewährte mir den ersten Tanz. Doch auch Lamar, Tom und besonders Pedro durften mit ihr tanzen.

Für die meisten Menschen waren wir vermutlich einfach nur eine Gruppe von Freunden, die zusammen viel Spaß hatten. Doch wer genauer hinschaute, bemerkte, dass Sandra mir gelegentlich kurze Küsse gab, während Pedro in den Genuss recht eindeutiger Zungenküsse kam.

Ich hielt die ganze Zeit nach unserer kanadischen Urlaubs-Bekanntschaft vom letzten Tanzabend aus. Zum Glück tauchten sie nicht auf.

Gegen 23 Uhr zog Sandra mich von meinem Platz hoch.

»Lass uns noch einen kurzen Spaziergang machen.«

Wir ließen den Rest hinter uns und flanierten auf der nächtlichen Promenade. Nach einigen Minuten blieb Sandra an der Reling stehen.

»Noch alles im grünen Bereich?«, fragte sie mich.

»Alles okay«, gab ich zu. »Manchmal anstrengend, aber zumindest bisher ist noch nichts Schlimmes passiert.«

Sandra stellte sich ganz dicht an mich ran und nahm meine Hand und legte sie um ihre Schulter.

»Der Abend geht natürlich erst noch richtig los«, fuhr sie fort. »Gleich fängt der spaßige Teil an. Ist das in Ordnung? Diesmal wieder mit dir. Ich weiß, du hattest dir von unserer zweiten Woche etwas Anderes erwartet. Mehr Zweisamkeit ... aber für die finden wir später sicherlich auch noch Zeit.«

Es gab kein Entkommen. Ganz davon abgesehen, war

mein Wunsch ihr zu entkommen, auch nicht sonderlich groß. Sie hatte am Vorabend ihre sexuelle Lust ausgelebt. Doch für mich war es auch schon eine Weile her, dass ich so erlebt hatte. Der Ausblick einmal wieder dabei sein zu dürfen, hatte schon etwas Schönes. Auch mich dürstete es nach diesen wilden Erlebnissen. Es bestand für mich kein Zweifel daran, dass es unmöglich war, unser Sexleben auf den alten Zustand zurückzufahren.

Ich drehte Sandra zu mir und drückte ihren Körper an mich. Vermutlich bekam sie dabei meinen Penis zu spüren.

»Ich liebe dich«, begann ich. »So schrecklich diese Cuckold-Spiele auch sein mögen, so schön sind sie auch. Ich muss damit leben, dass du auch andere Männer brauchst. Und selber muss ich auch damit leben, dass ich dich gerne in den Armen eines anderen Mannes sehe. Das ist immer noch sehr gewöhnungsbedürftig. Ich möchte mir immer wieder sagen, was für ein dummer Schlappschwanz ich doch sein muss …«

»Peter«, unterbrach Sandra mich. »Schatz. Du bist vieles, aber ganz sicher kein Schlappschwanz. Der wäre sicherlich schon lange getürmt. Wir machen, was uns beiden Spaß macht. Für Außenstehende mag es manchmal seltsam anmuten. Doch wir sind so stark und kümmern uns nicht darum. Wir sind ein liebendes Ehepaar … mein Mann ist kein Schlappschwanz …«

Sandra begann zu kichern. Einen Moment lang fragte ich mich, ob sie über mich lachte. Über ihren Schlappschwanz. »Was?«, fragte ich leicht böse.

»Schlappschwanz?«, fragte sie. »Mal im ernst. Dein Schwanz hat mittlerweile fast eine Dauer-Erektion. Schlapp ist da gar nichts.«

Das brachte auch mich zum Lachen und ich gab ihr einen verliebten Kuss. Wir küssten uns weiter. Spielten dabei mit unseren Zungen und begannen auch einige neckische Spielereien. Die Stimmung war wieder gelöster. Es war Sandra, die wieder ernst wurde.

»Der Rest ist wahrscheinlich schon ziemlich beschäftigt. Wir sollten sie, nicht zulange warten lassen.«

»Angst, dass für dich nichts übrig bleibt«, scherzte ich.

»Nach gestern Nacht weiß ich, dass das so schnell nicht passieren wird. Das ist aber noch etwas, dass ich ansprechen möchte ...«

»Ja«

»Heute Nacht - oder wohl eher am frühen Morgen - als ich ins Bett gekommen bin, da hast du mich ... mit deiner Zunge verwöhnt. Ich weiß nicht wie viel noch von ihnen zu schmecken war ... aber ... nachher nachdem Pedro mich ordentlich gefickt hat, dann werde ich dich fragen, ob du mich lecken möchtest. Ist das okay?«

Ich blieb stumm. Sie hatte zwar nicht genau ausgesprochen was ich lecken sollte, aber wir beide wussten natürlich genau, wovon sie sprach. Mir schien dies die ultimative Perversion zu sein. Ich wusste mittlerweile, dass zumindest Robert und Helmut es taten. Ein wenig hatte ich es selber am morgen schon getan. Ich wurde den Gedanken nicht los, dass der plötzliche salzige Geschmack auf meiner Zunge ein großer Tropfen Sperma gewesen sein musste.

»Peter?«

»Ich weiß nicht, das ist schwierig«, gab ich zu.

»Ich verstehe«, gab Sandra nach. »Vielleicht ein anderes Mal?«

Ich nickte stumm. *Vielleicht.*

Wir gingen Hand in Hand zu unserer Suite. Schon als sich die Tür hinter uns schloss, konnte ich unsere Nachbarn hören. Die Verbindungstür stand sperrangelweit offen. Man wartete scheinbar bereits auf uns.

Wir schritten durch den Flur ins große Schlafzimmer. Hier wurden wir von einem Haufen Nackter fröhlich begrüßt. Sandra warf sich sofort in die Arme von Pedro. An dessen Penis saugte gerade Lydia, während sie sich von ihrem nackten Mann zwischen den Beinen lecken ließ.

»Zieh dich bitte auch aus«, forderte Victoria mich auf. Pedro war bereits damit beschäftigt meine Frau zu entkleiden. Es gab keinen Grund der einzige Nackte zu bleiben. Außerdem hatte ich vor keinem der Anwesenden mehr etwas zu verbergen.

Victoria griff meinen steifen Schwanz und wichste ihn ein paar Mal. Dann machte sie sich auf den Weg zum Bett. Ehe ich mich versah, lagen drei nackte Frauen nebeneinander auf dem Bett. Der Rest stand um das Bett herum.

»Robert, würdest du mich bitte schön feucht lecken, damit Lamar mich schön ficken kann?«

Der Angesprochene schritt sofort zur Tat und versenkte seinen Kopf zwischen den Beinen seiner Frau.

»Helmut, würdest du mich bitte schön feucht lecken, damit Tom mich schön ficken kann?«

Die Szene wiederholte sich und Helmut versenkte seinen Kopf ebenfalls zwischen den Beinen seiner Frau.

Vollkommen automatisch richtete sich mein Blick auf meine Frau. Ich wusste, was jetzt kommen musste. Sandra blickte mir bereits in die Augen. Mir ging unser Gespräch durch den Kopf. Doch das »vielleicht ein anderes Mal« hatte sich auf eine andere Situation bezogen. Jetzt hätte ich kein Problem damit. Doch Sandra schien zunächst zu zögern.

Ich sah, wie Victoria ihre Hand nahm und drückte. Sandra schaute zu ihr und Victoria nickte ihr auffordernd zu. Anschließend blickte Sandra wieder auf mich.

»Peter, würdest du mich bitte schön feucht lecken, damit Pedro mich schön ficken kann?«

Ich wunderte mich, ob diese Situation von ihnen so abgesprochen war. Doch sehr viel mehr beschäftigte mich meine Aufgabe. Ich ging zum Bett rüber und spürte wie mein Schwanz hin und her schwang.

Zwischen den Beinen meiner Frau war bereits ein leichtes Glitzern zu entdecken. Ich schaute zu ihr hoch und ließ meine Zunge ein erstes Mal durch ihre Spalte fahren. Dafür bekam ich von ihr ein Lächeln geschenkt.

Ich bereitete meine Frau für ihren Fick vor. Dieser Gedanke fraß sich in meinem Kopf fest. Doch statt mich daran zu stören, animierte es mich, einen guten Job abzuliefern.

»Danke, das reicht«, meldete sich Victoria als erste wieder zu Wort. Lydia und meine Frau folgten. Mit Robert und Helmut verließ ich das Bett und trat zur Seite. Sofort übernahmen die drei Bulls. Auch diesmal war es wieder Pedro, der meine Frau beglücken durfte.

Mit seinen kräftigen Händen packte er meine Frau und zog sie an sich heran. Er gab ihr einige Küsse. Dann versenkte er ohne weitere Vorbereitung seinen Schwanz in meine Frau. Diese keuchte entzückt auf.

Für drei Paare nebeneinander reichte das Bett zwar problemlos aus. Mehr als Missionarsstellung ging allerdings nicht. Dies schien ihnen aber auch zu reichen.

Alle drei Frauen hatten sichtlich ihren Spaß und ließen sich von ihrem Bull hart und schnell ficken. Man schien sich diesmal keine Zeit lassen zu wollen.

Ich war natürlich vor allem auf meine Frau fixiert. Beobachtete wie der Schwanz von Pedro immer wieder tief in sie stieß und ihr deutlich sichtbare Lust bereitete.

»Wie ist der große Schwanz von Pedro?«, fragte Victoria sie.

»So gut, so gut«, stöhnte Sandra hinaus. In meinem

Kopf schwang dabei ein unterschwelliges »so groß, so groß« mit.

Victoria bedeutete mir, mich an ihre Seite zu stellen. Ungeniert ergriff sie meinen Schwanz und wichste ihn ein paar Mal.

»Ich darf doch«, fragte sie meine Frau erst danach um Erlaubnis. Wohl auch eher nur rhetorisch.

»Natürlich.«

»Und wie gefällt es dir Cucky?« Ganz langsam wichste sie mich wieder. Ich sah, dass die Frau von Helmut es mit ihrem Mann ähnlich tat. Robert musste selber Hand anlegen.

»Gut?«, antwortete ich.

»Ist es nicht schön, dass deine Frau endlich große Schwänze genießen darf?«

»Ja...ahh.« Mit einem Finger strich Victoria über meine Eichel und hatte mir damit die langgezogene Antwort entlockt.

Die Zeit für Gespräche schien vorbei zu sein. Die drei Ficks beschleunigten sich noch einmal. Trotzdem ließ die Hand von Victoria meinen Penis nicht los.

Als Erstes spritzte Tom ab. Es war ihm deutlich anzumerken, dass er in Lydia abspritzte. Zum Ende zog er seinen Schwanz aus ihrer hervor und spritzte noch zweimal mit großem Schub auf ihre Scham.

Auf Tom folgte Lamar. Auch er spritze erst in Victoria ab und zum Schluss auf ihre Scham.

Mein Blick war derweil bereits gespannt auf meine Frau gerichtet. Mit schnellen Stößen fickte Pedro noch meine Sandra. Doch dann hielt er plötzlich inne. Sein Schwanz lag nur noch zwei oder drei Zentimeter in meiner Frau. Auch er spritze in sie ab und genauso wie Tom und Lamar zog er seinen Penis hervor um noch auf ihre Scham zu spritzen.

Mein Blick glitt über die Scham der drei Frauen. Jede von ihnen war jetzt von eindeutigen Spermaspuren gezeichnet.

»Robert, würdest du mich bitte zum Orgasmus lecken. Den habe ich mir doch auch verdient?«

Bei diesen Worten von Victoria konnte ich ein Pulsieren meines Schwanzes nicht unterdrücken. Victoria hielt ihn noch immer und ich fürchtete, dass sogar sie dies zu spüren bekam.

Ich beobachtete mit großen Augen wie Robert wieder seine alte Position einnahm. Es ging zwar alles unglaublich schnell. Doch für mich lief es wie in Zeitlupe an. Ich beobachtete wie er seine Zunge ausfuhr und ein erstes Mal über die Scham seiner Frau leckte. Bei dem Anblick, den er mir bot, möchte ich ihm fast unterstellen, dass er dies mit großem Genuss tat.

Ganz langsam leckte er ihre Scham und das Drumherum. Seine Frau hatte ihn aufgefordert sie zum Orgasmus zu lecken. Doch er schien ihre Schamlippen zunächst zu meiden. Leckte bis zu ihren Schenkeln und auch den Bauch oberhalb ihrer Scham.

Er leckt überall, wo Lamar hingespritzt hat, fuhr es mir erkennend durch meinen Kopf. *Wie pervers!*

Mein Schwanz quittierte diese Erkenntnis mit einem weiteren Pulsieren.

»Helmut, würdest du mich bitte zum Orgasmus lecken. Den habe ich mir doch auch verdient?«

Mein Kopf flog zu Lydia - jetzt hatte sie die Worte wiederholt. Unwillkürlich schwenkte ich sofort auf meine Frau weiter. Ich erwartete, befürchtete und erhoffte, dass sie diese Worte als Nächste Benutzen würde. Doch sie blieb still. Ihr Blick richtete sich auf Helmut. Sie beobachtet, wie auch er seine Frau sauberleckte.

Robert war bereits einen Schritt weiter. Seine Zunge

pflügte ungeniert durch die Scham seiner Frau und teilte ihre Schamlippen. Ich beobachtete, wie er kurz innehielt. Mit seinen Fingern zog er die Schamlippen seiner Frau zur Seite. Dann schob sich seine Zunge in sie vor. Ich bekam zu sehen, wie er versuchte, sie mit seiner Zunge zu ficken. Er schlürfte auch immer wieder an ihr. Nach einer Weile nahm er auch einen Finger zur Hilfe und stieß mit diesem in sie vor. Leckte ihn zwischendurch immer wieder ab. Ich war mir ziemlich sicher zu wissen, was für Schleim sich darauf befand. Ein Mix aus den Säften seiner Frau und dem Sperma ihres Bulls.

Mein Blick führte wieder zurück zu meiner Frau. Ich bekam zu sehen, wie Victoria ihr auffordernd einen Arm in die Seite drückte. Dann flüsterte sie ihr etwas zu. Sandra schüttelte als Antwort mit dem Kopf.

Sie will nicht. Im ersten Moment dachte ich, sie wolle mir dieses Spiel nicht zumuten. Dann blickte ich in meiner Erregung klarer durch. Sie hatte mich an der Reling gefragt und ich hatte abgelehnt. Deutlich gemacht, dass ich zumindest derzeit noch nicht soweit war.

Ich weiß nicht, ob es seltsam ist. Doch ihre Rücksichtnahme empfand ich als großen Liebesbeweis. Das hört sich wirklich seltsam an. Man sollte meinen, es wäre eine Selbstverständlichkeit. Doch wir hatten in den letzten Monaten bereits viele Selbstverständlichkeiten durchbrochen.

Victoria flüsterte mit meiner Sandra. Anschließend richtete sie ihren Blick auf mich und stand vom Bett auf. Victoria Paulsen kann vermutlich gar nicht anders, als in jeder Lebenslage dominant zu wirken und die Zügel in der Hand zu halten. Jetzt nahm sie meinen Schwanz einmal mehr in die Hand. Gleichzeitig trat sie so dicht an mich heran, dass sie ihre großen Brüste auf meinen Oberkörper drückte.

»Sandra glaubt, du wärst noch nicht bereit?«, fragte sie mich. »Ich bin da anderer Meinung.«

Sie hatte es zwar nicht ausgesprochen. Aber es war klar, wovon sie sprach. Ich spürte, wie sie an meinem Penis zog und dabei einen Schritt rückwärts machte. Sie führte mich mit ihrem festen Griff an das Fußende des Bettes. Von hier blickte ich auf meine vor mir liegende Frau. Von hinten spürte ich, wie sich die Brüste von Victoria an meinen Rücken drückten.

»Peter, würdest du deine Sandra bitte zum Orgasmus lecken. Den hat sie sich doch auch verdient?«

Diese Worte hauchte Victoria mir ins Ohr. Um uns herum war es mucksmäuschenstill geworden. So musste auch meine Frau die Worte noch vernommen haben. Ihrem Blick nach zu urteilen, hatte sie diese gehört. Regungslos starrte sie mich an und unsere Blicke trafen sich ein weiteres Mal.

Plötzlich kniete ich auf dem Bett. Ob es vollkommen aus eigenem Antrieb war oder ein kleiner Schubs von Victoria involviert war, kann ich nicht mit Sicherheit sagen. Um mir solche Details zu merken, war ich zu aufgeregt. Mein Puls hätte sicherlich jeden Arzt in Panik versetzt.

Ich blickte auf die glitzernde Scham meiner Frau. In der Zwischenzeit war das Sperma zum Teil schon eingetrocknet. Ich näherte mich langsam der Scham meiner Frau. Diesmal vollkommen aus eigenem Antrieb. Die Welt um mich herum war vollkommen vergessen. Meine Welt bestand nur noch aus Sandra, mir und vor allem ihrer Scham.

Wenige Zentimeter von ihrer Scham entfernt, hielt ich inne. Ich war nun tief nach unten gebeugt. Aus diesem Winkel hatte ich einen deutlich besseren Blick auf den Eingang in ihr Heiligtum. Hier bekam ich einen zähflüssigen weißen Tropfen zu sehen, der sich unter der Schwerkraft langsam herausquälte und bald Richtung Bettlaken fallen würde.

Ich schaute diesem Spiel eine gefühlte Ewigkeit zu. Es war aber wohl weniger als eine Minute. Um mich herum sprach niemand ein Wort. Jeder wartete wohl gebannt ab, ob ich es tatsächlich tun würde. Wollte mich vermutlich auch nicht aus meiner Trance ins Hier und Jetzt zurückholen.

Dann passierte es. Der Tropfen begann sich von der Scham meiner Frau zu lösen. Immer schneller lief er nach unten und würde Richtung Bettlaken fallen. Ich hatte keine Zeit zum Nachdenken. Stattdessen handelte ich einfach. Meine Zunge fing ihn gekonnt auf.

Diesmal war ich mir sicher auf meiner Zunge eine salzige Geschmacksexplosion zu schmecken. Zwar hatte sich auch der Saft meiner Frau dazu gemengt, doch es war immer noch sehr viel Pedro zu schmecken.

Kurz hielt ich inne, dann leckte ich vorsichtig ein weiteres Mal. Diesmal gab es keinen Notfall. So leckte ich erst einmal von außen. Liebkoste ihre Schamlippen, spielte ein wenig mit ihrer Klit und glaubte überall das Sperma von Pedro zu riechen - zu schmecken.

Ich hatte den Kampf verloren - oder hatte ich gewonnen? Während ich meine Frau leckte, kam ich langsam zurück in die Realität. Merkte, dass es doch noch eine Welt um uns herum gab. Trotzdem hörte ich nicht aufzulecken. Stattdessen griffen meine Arme unter die Beine meiner Frau, umso mehr Kontrolle über sie zu haben und ihre Scham an meinen Mund drücken zu können.

»Geht doch«, hörte ich eine Stimme neben mir flüstern. Kurz blickte ich zur Seite. Victoria hatte sich neben mich auf das Bett gekniet und schaute mir lüstern zu.

Dies war es wohl, wofür sie lebte. Wohin sie uns die ganze Zeit treiben wollte. Sie erlebte durch ihre *Opfer* die ersten Monate als Hotwife und Cuckold immer wieder aufs Neue.

»Wenn du die Schamlippen deiner Frau etwas auseinanderziehst, und deine Zunge am Eingang zu ihrer Höhle bereithältst, um dort auf Schatzsuche zu gehen, dann könntest du eine schöne Überraschung erleben«, flüsterte sie mir gebannt zu.

Noch hatte ich es nicht gewagt in meine Frau vorzudringen. Die ersten - sicherlich größten - Spritzer hatte Pedro in Sandra abgeschossen. Was mochte ich dort vorfinden?

Doch die Aufforderung von Victoria reichte, um mir die letzte Zurückhaltung zu nehmen. Es gab kein Zurück mehr.

Der Geschmack verriet mir deutlich, dass meine Schatzsuche erfolgreich war. Zudem schien meine Frau gefallen an meinem Zungenfick zu finden. Mit ihrer Hand griff sie nach meinem Kopf und schob ihn noch dichter an sich heran. So presste sie auch meine Nase zwischen ihre Schamlippen. Doch ich störte mich daran nicht. Genoss vollkommen den Augenblick. Zumal auch mein Penis von einer Hand umspielt wurde.

»Stopp!«

Zu meiner Überraschung war es Sandra, die dieses Spiel plötzlich stoppte. Eigentlich hatte es erst mit einem Orgasmus enden sollen. Statt meinen Kopf an sich zu drücken, schob sie ihn plötzlich weg. Ich blickte zu ihr hoch. Sie lachte mich glücklich und zufrieden an. Ein Problem schien es nicht zu geben.

Sandra schob sich von mir weg und schwang sich mit Schwung vom Bett. Mit einem »komm« ergriff sie meine Hand und führte mich Richtung Flur. Bei Pedro machte sie einen kurzen Zwischenstopp.

»Gib uns 15 Minuten Vorsprung«, bat sie ihn und

küsste ihn auf den Mund. Dann zog sie mich weiter - zurück in unser gemeinsames Schlafzimmer.

Kichernd wie ein Teenager lief sie die letzten Meter zu unserem Bett und schmiss sich darauf. Spreizte dort ihre Beine weit auseinander.

»Fick mich!«, rief sie lustvoll aus.

Ich ließ mich natürlich nicht zweimal bitten und stürzte mich förmlich auf sie und schob meinen Schwanz in sie hinein. Dank Pedro war das ziemlich einfach, um nicht zu sagen, flutschig.

Es brauchte nicht viel, um mich zum Abspritzen zu bringen. Keine fünf Minuten wildes Ficken und ich spritzte in Sandra ab. Erschöpft drehte ich mich zur Seite.

Sandra drehte sich zu mir und legte ihren Kopf auf meine Brust. Von hier schaute sie zu mir hoch.

»Ich liebe dich«, hauchte sie mir zu. »Du bist unglaublich.«

»Unglaublich verdorben?«, fragte ich leicht ernüchternd mit Blick auf die Geschehnisse.

»Sind wir das nicht beide?«, fragte Sandra zurück und wollte damit offensichtlich meine Worte relativieren. »Ich weiß, dass das gerade nicht einfach für dich war. Ich wollte nach unserem Gespräch ... also ... es tut mir leid, wenn es zu viel war? Victoria kann manchmal ... wenn sie etwas will ...«

»An ihr ist eine Domina verloren gegangen«, unkte ich.

»Ich glaube, keine Domina kann mit ihr mithalten«, antwortete Sandra mit überzeugter Stimme. »Sie hat eine ganz andere Macht über Männer ... und uns Frauen.«

»Frauen?«

»Sie hat uns beide hierhin geführt ... zu diesem Spiel verführt. Uns verdorben.« Kurz lachte Sandra auf, dann wurde sie sehr ernst. »Bereust du es?«

Ich blieb zunächst stumm und dachte über die letzten Monate nach. Bereute ich es? Es gab vieles, dass ich mir niemals hätte vorstellen können. Der vernünftige Peter hielt mich für einen Dummkopf. Doch dieser Peter schien an Bedeutung zu verlieren - zumindest wenn es um unser sexuelles Vergnügen ging.

»Nein«, antwortete ich nach meiner Bedenkzeit kurz und knapp. Sandra schaute mich zufrieden an.

»Ich auch nicht«, lachte Sandra und schmiegte sich an mich.

»Jetzt bist du noch immer nicht gekommen«, meldete ich mich zu Wort.

»Das kann Pedro gleich übernehmen«, verkündete Sandra. Ich wunderte mich, ob sie wusste, dass diese Wortwahl auf mich erniedrigend wirkte. Nicht auf schlimme Art und Weise - sondern in der Form, dass mein Schwanz sofort darauf reagierte.

»Ich komme! Ich komme! Ich komme!«

Der Ruf war durch den Flur aus der Nachbar-Suite zu uns gedrungen. Ich schaute Sandra verwirrt an.

»Drüben spielt man das Ich-komme-Spiel«, amüsierte sich Sandra. »Wenn du dich erinnerst, dass haben wir auch schon mal miteinander gespielt.«

Das erschien mir schon eine gefühlte Ewigkeit her zu sein.

»Eigentlich wollte ich da nicht machen«, verkündete Sandra. »Erschien mir irgendwie unpassend für unseren Urlaub. Aber wo ich unsere Nachbarn jetzt höre ... hm ... Du darfst heute Nacht so oft kommen, wie du willst. Aber jedes Mal möchte ich deinen lauten Ruf hören. Wäre das Okay?«

Sandra schaute mich mit ihrem Schmollmund und großen Augen an. Wie konnte ich da ablehnen?

»Da ist noch was. Ich hätte gerne das Bett für Pedro und mich alleine.«

»Okay«, antwortete ich irritiert. Musste aber zugeben,

dass ich in der Vergangenheit auch selten das gleiche Bett mit ihnen geteilt hatte.

»Wenn du Schlafen möchtest, dann bitte im zweiten Schlafzimmer.«

»Du willst? Die ...«

»Ich möchte die Nacht mit einem anderen Mann verbringen. Die ganze Nacht. Macht dich das geil?«

Mit ihren letzten Worten ergriff sie an meinen Schwanz. Dieser hatte sich bereits wiederaufgerichtet.

»Scheint so«, gab ich resigniert zu.

Kurze Zeit später kam Pedro in unser Schlafzimmer. Ich schaute Sandra noch einmal an. Sie zog mich an sich heran und gab mir einen langen Kuss.

»Ich liebe dich«, flüsterte sie mir noch einmal zu. »Denke an das Spiel und habe eine schöne Nacht.«

Ich nickte zur Antwort nur und blickte in Richtung von Pedro. Mit einem Nicken begrüßten wir uns und ich stand vom Bett auf und trat zur Seite.

Pedro und Sandra ließen sich mehr Zeit denn je zuvor. Küssten, streichelten und vergnügten sich miteinander. Ich stand daneben und konnte nur zuschauen. Nach einer Weile setzte ich mich in einen Sessel.

Es tat weh, Sandra in einem so vertraut wirkenden Liebesspiel, mit einem anderen Mann zu sehen. Meiner Erregung tat dies aber keinen Abbruch. Ganz im Gegenteil - ich kam nicht umhin mit einer Hand nach meinem Schwanz zu greifen.

Langsam nahm ihr Spiel Fahrt auf. Sandra gab Pedro einen Blowjob. Es war schon ein besonderer Anblick, einen solch großen Schwanz ihre Lippen nach außen drücken zu sehen.

Dann begann der Hauptakt. Diesmal durfte ich zusehen, wie Sandra auf Pedro stieg. Es folgte ein wilder Ritt.

Auch meine Hand absolvierte mittlerweile einen wilden Ritt.

Von nebenan hörte ich ein weiteres dreimaliges »ich komme«. Es erinnerte mich schmerzhaft an den Auftrag von Sandra. Doch ich war schon viel zu weit, um auf einen Orgasmus zu verzichten. Ich rang noch mit mir, ob ich diese Worte sagen sollte. Doch ganz sicherlich würde ich nicht auf meinen Höhepunkt verzichten.

Sandra hatte ihre Lust förmlich herausgeschrien und sich vollkommen enthemmt gezeigt. Doch bevor sie oder Pedro kommen konnte, reduzierte sie ihr Tempo und ritt nur noch langsam auf ihm. Ihr Blick richtete sich auf meine Hand und ihre Arbeit.

»Schneller«, forderte sie mich auf. »Ich will dich kommen sehen ... dich kommen hören.«

Das war eine recht eindeutige Aufforderung. Sie alleine reichte schon fast, damit ich den letzten Schritt machen konnte. Nach einer halben Minute ihres Blickes kam ich.

»Ich komme!«, rief ich erlöst aus. »Ich komme!«, rief ich ein zweites Mal mit Zufriedenheit aus. »Ich komme!«, rief ich ein letztes Mal aus und sackte erschöpft zurück.

Während Sandra sich wieder Pedro zuwandte, begab ich mich beschämt Richtung des zweiten Schlafzimmers. Vor ein paar Tagen hatten hier noch unsere Kinder geschlafen.

Ich war noch immer nackt, daher schmiss ich mich kurzerhand erschöpft aufs Bett. Ich vernahm zwar noch immer die Lustgeräusche aus unserem Schlafzimmer und der Nachbar-Suite, trotzdem übermannte mich die Müdigkeit.

KAPITEL 8

Natürlich blieb es nicht aus, dass ich in der Nacht immer wieder durch eindeutige Geräusche geweckt wurde. Sowohl in der Nachbar-Suite als auch Pedro und meine Frau schien die Luft nicht auszugehen.

Das blieb natürlich auch bei mir nicht spurlos. Gegen 2 Uhr nachts machte ich mich mit einem Ständer auf den Weg Richtung Pedro und Sandra. Auf leisen Sohlen schlich ich mich an. Statt ins Zimmer zu treten, beobachtete ich sie aber nur heimlich. Pedro nahm meine Frau hart von hinten. Immer wieder klatschte er gegen ihren Po. Sandra schien wie von Sinnen zu sein.

Ich masturbierte im Gleichschritt mit den Fickbewegungen von Pedro und kam zusammen mit Sandra zum Orgasmus. Unbemerkt schlich ich mich anschließend zurück in das zweite Schlafzimmer.

Später wurde ich erneut geweckt. »Peter«, vernahm ich die Stimme meiner Frau. Langsam wachte ich auf. Sandra hockte neben mir. Ich spürte ihre Hand auf meinem Penis. Sie hatte ihn bereits in die Höhe steigen lassen.

»Sandra?«, gab ich zu erkennen, dass ich wach

geworden war. Das Licht war aus. Nur aus dem Flur fiel etwas Licht hinein.

»Ich habe da etwas für dich«, verkündete sie. Im nächsten Moment umfassten ihre Lippen bereits meinen Schwanz und begannen einen wilden und tiefen Blowjob.

Nach rund einer Minute verließ sie die Hocke und schwang sich aufs Bett. Plötzlich lag sie in der 69 auf mir. Ihre Schenkel senkten sich auf mich herab und ich bekam einmal mehr ihre nasse Scham zu spüren. Ihre letzte Runde mit Pedro schien noch nicht lange her zu sein.

Sandra wackelte einladend mit ihrem Po und drückte ihre Scham auf meine Lippen. Sicherlich auch unter dem Eindruck meiner Erregung fuhr ich meine Zunge aus und leckte sie ein weiteres Mal. Bekam Pedro ein weiteres Mal zu schmecken. Zumindest vermutete ich, dass es bei dieser Paarung geblieben war.

Es dauerte nicht lange und ich spritze in Sandra ab. Sie saugte mich förmlich aus. Ohne einen eigenen Orgasmus stieg sie von mir herunter.

»Schlaf gut«, verabschiedete sie sich mit einem Kuss und verließ das Zimmer wieder. Hinter sich schloss sie die Tür.

Es war spät am Morgen, als ich wieder aufwachte. Nach 10 Uhr sollte es bereits sein. Müde und kaputt setzte ich mich auf.

Eine weitere verrückte Nacht lag hinter mir. Eine Nacht, die mich noch mehr zum Cuckold gemacht hatte. In der Sandra die ganze Nacht mit einem anderen Mann verbracht hatte. Und ich Dinge getan hatte, die die meisten Menschen bestenfalls mit einem Kopfschütteln betrachten würden. Im Zweifel eher mit Ekel oder zumindest Unverständnis. Ich konnte es ja selber kaum verstehen.

Ich schleppte mich unter die Dusche. Versuchte durch das kühle Nass wieder klare Gedanken fassen zu können. Anschließend trat ich in unser eigentliches Schlafzimmer. Von Sandra und Pedro war keine Spur zu entdecken.

Ich blickte mich in aller Ruhe um. Versuchte Spuren ihres nächtlichen Treibens zu entdecken. Die Unterwäsche von Sandra lag noch auf dem Boden. Die Bettdecke lag unordentlich da, doch ihre Säfte waren längst eingetrocknet.

Unsere Zimmertür öffnete sich plötzlich und Sandra kam herein. Sie sah abgekämpft und verschwitzt aus. Natürlich hatte ich sofort recht eindeutige Gedanken dazu, von welchen Aktivitäten der Schweiß stammte. Doch sie klärte mich auf, dass sie im Fitnessstudio gewesen war.

Sie bat mich, Frühstück aufs Zimmer zu bestellen. Das konnte ich auch selber dringend gebrauchen. Es dauerte eine Weile, bis der Zimmerservice erschien. Sandra kam gerade aus der Dusche. Zusammen schoben wir den kleinen gedeckten Rolltisch nach draußen auf den Balkon.

Ich erwartete hier eine weitere mehr oder wenige angenehme Begegnung mit Victoria. Doch als ich auf den Balkon trat, stutzte ich und blieb unvermittelt stehen. Sandra lief von hinten auf mich auf. Ich drehte mich zu ihr um und ihr wurde klar, warum ich so stutzte.

»Ich habe den Balkontrenner wieder einbauen lassen und die Tür ist auch abgeschlossen«, klärte sie mich auf. »Ich denke, den Rest der Kreuzfahrt sollten wir gemeinsam genießen. Nur wir Zwei.«

Ich nahm Sandra in den Arm und gab ihr einen Kuss. Mehr als ein simples »okay« kam mir aber nicht über die Lippen. Ich war zu perplex. Hatte damit gerechnet, dass sie es nicht abwarten konnte wieder von Pedro genommen zu werden. Stattdessen rückte sie mich wieder in den Mittelpunkt - ihren Ehemann.

Zufrieden stellte ich fest, dass sie noch in der Lage war diese Priorität zu setzen. Sich Gedanken darüber machte, wie ich mich fühlte.

Die letzten 48 Stunden an Bord des Schiffes verbrachten wir in Zweisamkeit. Zwar sahen wir Victoria und den Rest zweimal. Doch wir schenkten uns gegenseitig wenig Beachtung. Sandra wandte sich beide Male sofort mir zu.

Wir nutzten die Zeit, um noch einmal alle Bordangebote ausgiebig in Anspruch zu nehmen. Wir schwammen und sonnten uns, verbrachten Zeit im Whirlpool, genossen eine Paar-Massage, hörten den Klängen einer Band zu und genossen viel zu viel gutes Essen.

Natürlich kamen wir auch nicht ohne Sex aus. Mein persönliches Highlight war, dass ich Sandra wieder einmal anal nehmen durfte. Eigentlich eine Praxis, die zukünftig den Bulls vorbehalten sein sollte. Doch Sandra zeigte sich jetzt weniger sicher, ob dies wirklich notwendig war. Zumindest an besonderen Gelegenheit sollte ich weiter in den Genuss kommen. Bisher durfte ich mich noch immer darüber freuen, dass ich der einzige Mann war, der sie so hatte verwöhnen dürfen.

KAPITEL 9

Ich stand alleine an der Reling und schaute zu, wie unser Kreuzfahrtschiff in den Hafen von Miami einlief. Eine denkwürdige Kreuzfahrt ging zu Ende. Die Auswirkungen würde ich sicherlich noch lange zu spüren bekommen.

Es klopfte an unsere Zimmertür. Sandra stand unter der Dusche und so marschierte ich hin, um zu öffnen. Vor mir stand Victoria Paulsen.

»Guten Morgen«, wünschte sie mir und spazierte an mir vorbei. »Sandra ist im Bad?«

»Ja.«

»Perfekt. Ich habe hier was für dich.«

Victoria hatte eine schwarze Ledertasche um ihre Schulter geschwungen. Sie nahm diese herunter und öffnete sie. Hervor kam ein Paket. Eingepackt in vollkommen schwarzes Geschenkpapier und verziert mit einer goldenen Schleife.

»Für mich?«, wunderte ich mich irritiert.

»Mach es bitte erst in der Heimat auf«, wies sie mich an. Ich blickte sie verwundert an. »Und vielleicht machst du es alleine auf - ohne deine Frau«, fügte sie an und machte dabei einen sichtlich selbstzufriedenen Eindruck.

»Gute Heimreise.«

Sie marschierte an mir vorbei und verließ unsere Suite. Ich begutachtete das Paket, aber es gab keinerlei Hinweise auf seinen Inhalt. Ich hörte wie die Dusche ausgestellt wurde, und blickte auf meinen Koffer. Schnell öffnete ich ihn und quetschte das Geschenk zwischen meine Kleidung.

»War jemand hier?«, fragte Sandra mich verwundert.

»Nur der Zimmerservice«, log ich.

Victoria, Lydia, Helmut und Tom wollten noch eine Veranstaltung in den Staaten besuchen. Soweit ich es heraushörte, ging es hier um Cuckolding. Pedro und Lamar würden ebenfalls noch eine Woche in den USA verbleiben. Sie besuchten ihre Familien.

So ging es für Sandra und mich alleine zurück in die Heimat. Wir waren trotz Urlaubsende guter Laune. Mir lag nur das Geschenk in meinem Koffer leicht im Magen. Welche Teufelei erwartete mich diesmal? Ging es um die von Victoria angekündigte letzte Tat in unserer Verführung zu Cuckold und Hotwife?

FÜR IMMER CUCKOLD?

BAND 5

KAPITEL 1

Eine Flugreise kann verdammt lang sein. Ganz besonders, wenn man einen sehr lebhaften Urlaub hinter sich hat.

Sandra und ich befanden uns auf der Rückreise von unserer Karibikkreuzfahrt. Für viele Menschen wären unsere Erlebnisse auf dieser Reise wohl einschneidend gewesen. Für uns waren es auch keine Kleinigkeiten. Und doch war es nur die Fortsetzung einer langen Reihe von sexuellen Praktiken, die nicht von der Masse der Menschen praktiziert oder akzeptiert werden.

Meine Frau vergnügte sich mit anderen Männern. Das kommt sicherlich nicht so selten vor. Doch meine Sandra musste dafür nicht fremdgehen. Sie hatte meinen Segen.

Zum Cuckold hatte sie mich gemacht. Immer tiefer waren wir in diese Welt hineingerutscht. Schuld an allem hatte eine Frau - Victoria Paulsen.

Sie betrieb den Cucky Club. Für sie scheint es ein Vergnügen zu sein, uns immer tiefer in diese Welt zu werfen. Uns immer neue Perversionen vorzuwerfen.

Vielleicht übertreibe ich. Das meiste war dann doch nur normaler Sex. Aber von der Sorte, den ich meiner Frau nicht bieten konnte. Mit den Schwänzen der Bulls konnte ich nicht mithalten. Doch oft wunderte ich mich, ob es nur daran lag. Wenn ich denn einmal meiner Frau zuschauen durfte, konnte ich nur staunen, mit welcher Energie der Bull und sie aufeinander losgingen.

Das faszinierte mich ungemein. Doch selbst konnte ich es Sandra nicht bieten. Ich hatte es versucht, aber das war einfach nicht ich. Wenn ich tollwütig über sie herfiel, fühlte ich mich bestenfalls lächerlich. Am Ende wurde es dann doch eher wieder die Kuschelsexvariante. In dieser wiederum hielt ich mich für ziemlich gut.

Aber ich konnte meiner Frau eben nicht alles bieten. Musste ihr einiges vorenthalten, wenn ich sie nur für mich behalten wollte. Ich glaube, so hatte Victoria Paulsen mich geknackt. Sandra war vermutlich einfacher. Am Ende war sie in diesem Spiel doch die große Gewinnerin.

Selbst für unsere neuen Verhältnisse hatten wir eine besonders stürmische Woche hinter uns. Zunächst hatte Sandra mich vor den Kopf gestoßen und ich musste erleben, wie drei Bulls in unsere Suite spazierten. Es hatte eigentlich unsere Woche werden sollen. Ich gebe zu, dass ich sie auch besonders als meine Woche angesehen hatte. Sandra ganz für mich alleine. Keine Kinder, Bulls oder Victoria Paulsen. *Pustekuchen!*

Am Ende hatte ich mich mit dieser Realität anfreunden müssen. Wie so oft hatte man mit mir leichtes Spiel. Zu leicht überließ ich meinem Schwanz die Entscheidungen. Er ist kein Riese, aber scheint meinem Gehirn dennoch reichlich Blut zu entziehen.

Vielleicht hätte ich anders entschieden, wenn ich gewusst hätte, was noch alles auf mich zukommt. Das meine Frau ohne meine Anwesenheit ihren ersten Lesbensex gehabt hatte, geschenkt. Zumindest war es für eine schöne Fantasie gut und früher oder später würde ich sicherlich auch einmal dabei sein dürfen. Da bin ich sehr simpel gestrickt, da würde ich sicherlich nicht Nein sagen können.

Aber hätte ich gewusst, welche Erniedrigungen ich über mich ergehen lassen müsste. Sogar freiwillig über mich ergehen lassen würde. Und ja, dabei sogar Lust empfunden hatte. Das waren die Dinge, bei denen dann jeder Otto Normalo nur noch mit dem Kopf schütteln würde.

Ich hatte mit Helmut und Robert quasi den Diener gespielt. In einer Bar unsere Damen und ihre Bulls mit Getränken versorgt. Dabei hatten uns reichlich Augenpaare beobachtet und sich wohl ihren Teil gedacht. Ich musste wohl froh sein, dass nur wenige von meiner anderen Erniedrigung wussten.

Ich hatte meine Frau geleckt. Das mag ein aufmerksamer Mann für seine Frau schon mal machen. Aber wohl kaum direkt nachdem ein anderer Mann auf oder in sie abgespritzt hatte.

Und jetzt wollte es nicht mehr aus meinem Kopf raus. Würde ich es wieder tun? Erwartete Sandra von mir eine Wiederholung? Sie hatte sogar angedeutet, dass ich es für die anderen Frauen im Club vielleicht auch machen könnte. Diese waren für mich eigentlich tabu, aber für diesen Fall machte man wohl gerne eine Ausnahme.

Sandra und ich hatten noch reichlich zu besprechen. Zurück in der Heimat mussten wir unser Leben wieder in geordnete Bahnen bringen. Dafür würden unsere Kinder schon von alleine sorgen. Zu Hause mussten wir nach außen den braven Anschein wahren. Daran würde niemand rütteln. Selbst Victoria war dies enorm wichtig. Zu viel Aufmerksamkeit sollte der Club dann wohl doch nicht bekommen.

Intime Gespräche waren uns jedoch nicht möglich. Ob im Flughafen oder Flieger überall umgaben uns viele

Menschen. Davon sicherlich einige Deutsche. Die mussten wirklich nicht wissen, was meine Frau und ich trieben.

So durfte ich mir reichlich Gedanken über unsere Situation machen. Ganz besonders das Geschenk von Victoria hielt sich hartnäckig in meinem Kopf. Ich hatte es schnell vor meiner Frau versteckt. Noch immer verpackt flog es mit uns gen Heimat. Was immer darin steckte, von Victoria Paulsen konnte man nur eine neue Teufelei erwarten.

Unser Flieger landete am Nachmittag in Frankfurt. Von dort nahmen wir den Zug Richtung Heimat. Am Bahnhof erwarteten uns die Eltern von Sandra zusammen mit unseren Kindern. Nach einer Woche Trennung war die Wiedersehensfreude groß.

Wir genehmigten uns ein Eis und erzählten von unserer zweiten Urlaubswoche. Dabei konnten wir natürlich nur sehr selektiv erzählen.

Nach der langen Reise war ich froh, als wir am Abend endlich unser eigenes kleines Haus betreten durften. Die Kinder rannten in ihre Zimmer. Zum ersten Mal waren meine Frau und ich wirklich ungestört.

»Stellst du die Koffer in der Waschküche ab? Das Auspacken und Waschen muss bis morgen warten.«

Das machte ich nur zu gerne. Brauchte ich doch auch eine günstige Gelegenheit das Geschenk von Victoria zu verstauen. Bevor ich es nicht selber begutachtet hatte, würde ich es sicherlich nicht meiner Frau präsentieren.

Ich brachte unsere Koffer in die Waschküche. Eine Ordnung gab es nicht. Sandra hatte unser reichliches Gepäck durcheinandergemixt in drei Koffern verstaut. Etwas ratlos überlegte ich, in welchem das Geschenk steckte. Ich wühlte notgedrungen ziellos drauf los. Schon bald hielt ich es in der Hand. Eine kleine Box, umgeben von schwarzem Geschenkpapier und einer roten Schleife.

Schwarzes Geschenkpapier - wer kommt auf solche Ideen? Moment! Schwarz ist schon richtig. Aber eine rote Schleife? War die nicht ... war die nicht goldfarben?

Verwirrt starrte ich auf die Box in meiner Hand. Ich war doch nicht wahnsinnig geworden. Die Schleife war goldfarben gewesen. In mir ratterte es auf Hochtouren. Am Ende konnte ich nur zwei Theorien vorweisen.

Entweder ich hatte mich getäuscht und die Schleife war wirklich rot gewesen, oder irgendwo in diesen Koffern wartete auf mich noch eine Box mit goldener Schleife. Das würden dann bedeuten, dass Victoria auch meiner Frau ein Geschenk überreicht hatte.

Am liebsten wäre ich sauer auf meine Sandra gewesen. Sie hatte mir diese Information vorenthalten. Ihrem eigenen Ehemann! Aber dann wäre dies natürlich ein klarer Glashaus-Fall gewesen.

Ich legte das Geschenk zur Seite und wühlte mich noch einmal durch die Koffer. Horchte dabei, ob meine Frau auf die Suche nach mir gehen würde. Doch für den Moment war sie beschäftigt und sorgte dafür, dass die Kinder ins Bett kamen.

Minutenlang wühlte ich mich durch die Koffer. Langsam begann ich zu glauben, dass ich mich getäuscht haben musste. Ich stellte meine Suche allerdings nicht ein. Dafür war ich viel zu wüst vorgegangen. Stattdessen startete ich einen zweiten sehr systematischen Suchvorgang. Koffer für Koffer.

Und dann bekam ich ein viereckiges Etwas zu packen. Ich zog es hervor und starrte entsetzt auf die goldene Schleife. Victoria hatte uns tatsächlich beide mit einem Geschenk bedacht.

Vielleicht hätte ich gleich in diesem Moment meine Frau konfrontieren sollen. Stattdessen packte ich ihr

Geschenk zurück in den Koffer und eilte mit meinem Geschenk in mein Büro.

»Peter?«, ereilte mich auf dem Weg dorthin bereits der Ruf meiner Frau. Doch ich musste zunächst die Box loswerden. Dabei hörte ich, wie Sandra bereits die Treppe hinuntereilte. Ich war so laut, dass sie sicherlich schnurstracks in mein Büro laufen würde. Schnell stopfte ich das Geschenk in eine Schublade und setzte mich auf meinen Bürostuhl.

»Peter«, erklang erneut der Ruf meiner Frau. Diesmal aber direkt neben mir. Sandra hatte sich im Türrahmen aufgebaut. »Du willst doch heute Abend nicht mehr arbeiten?«

»Also ich ... da sind bestimmt viele E-Mails.«

»Ich wüsste da etwas viel Besseres«, verkündete Sandra und machte zwei Schritte auf mich zu. Sie beugte sich zu mir herunter und gab mir einen Kuss. »Unser letzter Fick ist schon über 24 Stunden her.«

Es schien eine Nebenwirkung des Cucky Club zu sein, dass Sandra deutlich ordinärer und direkter über Sex und ihre Gelüste sprach. Ebenfalls eine dieser stetigen und schleppenden Veränderungen in unserem Leben. In diesem Augenblick aber sicherlich nicht zu meinem Nachteil.

Sandra setzte sich auf meinen Schoss und küsste mich. Einige Minuten später fanden wir uns zum ersten Mal seit zwei Wochen in unserem Ehebett wieder. Beide waren wir darauf bedacht dem Anderen eine schöne Zeit zu bescheren.

Ich konnte die Entspannung gut gebrauchen. Für eine kurze Zeit brachte Sandra mich auf vollkommen andere Gedanken. Zeigte mir zugleich, dass sie im Bett auch noch immer Gefallen an mir finden konnte.

»Das habe ich gebraucht«, kommentierte Sandra hinterher sehr offen.

»Da sind wir zwei.«

»War am Ende doch ein schöner Urlaub? Auch die zweite Woche?«

»Die hatte ihre Schwierigkeiten, aber nicht alles war schlecht.«

»Ich verspreche, sollten wir noch einmal einen solchen Urlaub unternehmen, dann spreche ich es vorher mit dir ab.«

KAPITEL 2

Wir waren an einem Sonntag nach Hause gekommen. Am Montagmorgen machte ich mich frisch an die Arbeit. Ich hatte zwar jeden meiner Kunden über meine Abwesenheit informiert. Naturgemäß waren aber doch einige E-Mails aufgelaufen. Zunächst wollte ich jedoch die laufenden Werbekampagnen prüfen. Vor mir lag ein Haufen Arbeit.

Sandra hatte noch zwei Tage Urlaub. Sie kümmerte sich zunächst um unseren großen Wäschehaufen. Ich kam nicht umhin darüber nachzudenken, ob sie die Zeit auch nutzte, um ihr Geschenk zu öffnen. Meines lag noch immer in der Schublade. Ich platzte vor Neugier. Zum Teil hielt mich meine Arbeit zurück. Außerdem hatte ich Sandra lieber aus dem Haus, wenn ich es öffnete. Ich wollte allerdings auch Victoria nicht den Sieg gönnen, dass ich mich wild darauf stürzte. Ich stellte mir vor, wie sie nur darauf wartete, dass ich es endlich öffnete.

Das war natürlich Quatsch, denn sie würde erst im Laufe der Woche aus den USA zurückkommen. Mit Helmut, Lydia und ihrem Mann trieb sie sich noch auf irgendeiner Veranstaltung rum.

»Ich bin einkaufen«, verkündete meine Frau gegen Mittag. »In unserem Kühlschrank herrscht gähnende Leere.«

»Mach das«, gab ich mich betont zurückhaltend. Genau darauf hatte ich gewartet.

Ich hörte genau zu, wie Sandra mit dem Auto vom Hof fuhr. Einen kurzen Moment überlegte ich, ob ich ihr ein paar Minuten Zeit geben sollte. Doch meine Neugier gewann. Ich öffnete die Schublade und holte das Geschenk hervor.

Mit zittrigen Fingern machte ich mich ans Auspacken. Die Schleife saß fest. Ich zog und zerrte an ihr. Ließ das Band Abdrücke in meine Finger drücken. Es nützte nichts. Ich brauchte eine Schere. Irgendwo auf meinem Schreibtisch sollte eine liegen. Doch es fand sich nichts. Schnell hetzte ich in die Küche und holte mir Ersatz.

Dabei ging mir wertvolle Zeit verloren. Wenn Victoria etwas erreicht hatte, dann das ich sehr gespannt auf den Inhalt war. Nach der Schleife hatte ich es eilig das Papier aufzureißen. Das ging zum Glück sehr einfach.

Ich blickte auf das Geschenk in meiner Hand. Eine Schatulle aus schwarzem Kunstleder. An der Oberseite fand sich eine goldfarbene Stickerei.

Für unser geliebtes Cucky Club-Mitglied Cuckold Peter Neumann

Ich musste schlucken und kurz innehalten. Man hatte mich mittlerweile einige Male als Cuckold bezeichnet, doch es hier in Schriftform auf der Box zu sehen, das fühlte sich sehr endgültig an.

Meine Neugier war natürlich noch immer nicht befriedigt. Was war in der Box? Ganz langsam öffnete ich sie.

Nein!, rief ich innerlich aus. *Das kann nicht Victorias Ernst sein.*

Ich konnte die Teile sofort identifizieren. Gesehen hatte

ich sie im Internet schon ein paar Mal. Allerdings hatte ich sie immer gleich weggeklickt. Damit konnte ich wirklich nichts anfangen. Vielleicht hätte ich nicht so ignorant sein sollen. Welch andere Teufelei hätte man von Victoria Paulsen auch erwarten sollen?

In der Schatulle fanden sich einige metallische Gegenstände. Sie glänzten im Licht sehr deutlich. Zusammengesetzt ergeben sie einen Käfig für den Penis.

Victoria will mich entmannen?

Das war vielleicht ein wenig übertrieben, aber so dachte ich im ersten Augenblick. Letzten Endes ging es darum, dass man über sein eigenes Einsatzgerät nicht mehr nach Lust und Laune verfügen konnte. Soweit hatte ich Einblick in dieses Objekt vor meinen Augen.

Ich nahm die Einzelteile aus der Schatulle heraus. Alle Teile waren aus Metall. Das größte in Penisform. Dazu ein paar kreisrunde Teile. Ich wunderte mich, wie es als Ganzes funktionieren sollte.

Das beiliegende kleine Schloss machte aber deutlich, dass man von der Funktionsweise überzeugt war. Kopfschüttelnd starrte ich es an und legte es zur Seite. Schaute mir das penisförmige Hauptteil noch einmal an. *Was zum Teufel?*

Ich entdeckte eine kleine Gravur: *Eigentum von Sandra Neumann*

Die Erniedrigungen seitens Victoria schienen keine Grenzen zu kennen. Glaubte sie wirklich, ich würde mich einfach wegsperren lassen? Und dann diese Gravur. Ich konnte nicht gegen ihren Inhalt argumentieren. Vielleicht nicht Eigentum, aber meine Frau durfte gerne Besitz von meinem Schwanz ergreifen. Doch sicherlich nicht so. Da würden wir nicht mitspielen.

Ich warf die Einzelteile zurück in die Schatulle. Beim Schloss hielt ich noch einmal kurz inne. *Victoria*, lachte ich innerlich auf. Wütend und belustigt zugleich. Sie musste mich für besonders blöd halten. Ein geöffnetes Schloss lag bei. Schlüssel fanden sich in der Schatulle hingegen nicht.

Zusammengepackt ließ ich die Box wieder in der Schublade verschwinden. Lehnte mich anschließend in meinem Sessel zurück.

Vermutlich wusste Victoria genau, warum sie noch in den USA verweilte. Ansonsten wäre ich gleich los und hätte ihr das Geschenk vor die Füße geworfen.

So konnte ich nur ausdruckslos auf meinen Bildschirm starren und mich zwischen den Beinen kratzen. Mein Schwanz genoss die Freiheit. Hart rief er nach Freiheit und Befriedigung.

Ich tat ihm den Gefallen. Schnell rutschte meine Hose nach unten. Ich wählte den erstbesten Porno. Eine Blondine - wie meine Frau - vergnügte sich mit einem Schwarzen. So einfältig kann ich sein, aber es verhalf mir zu einem schnellen Orgasmus. Denn trotz der ganzen Aufregung um Victoria hatte ich noch einige Arbeit zu erledigen.

KAPITEL 3

Ich erledigte meine Arbeit, meine Frau kehrte mit ihren Einkäufen zurück und die Kinder von ihren Spielgefährten.

Mir blieb dabei das Geschenk von Victoria sehr präsent im Kopf. Das musste ich erst einmal verarbeiten. Und während ich dies tat, wurde eine andere Frage immer stärker. Was versteckte sich in dem anderen Geschenk? Was hatte Victoria meiner Frau zukommen lassen?

Ich stellte sie mir in einem mittelalterlichen Keuschheitsgürtel vor. Das war belustigend, aber dafür reichte der Platz bei Weitem nicht. Vielleicht ein kleines Sex-Spielzeug? Oder würde sie etwas ganz Anderes wagen? Könnte sich in dem Geschenk der Schlüssel verstecken?

Sandra erwähnte ihr Geschenk mit keinem Wort. Sie zeigte sich stattdessen bester Laune. Sie schien sich wenig Gedanken über ihr Geschenk oder dessen Inhalt zu machen. Aus ihrer Sicht verlebten wir einen ziemlich normalen Wochenstart.

Am Abend saß ich vor dem Fernseher. Sandra legte sich zu mir.

»Schieb mal eine Hand unter meinen Slip«, verkündete sie amüsiert.

Meine Hand ging sofort interessiert auf Wanderschaft. Schob sich unter ihren Slip und durch ihre leicht feuchte Furche.

»Nicht vorne. Hinten«, grinste sie mich an.

Also ging die Reise weiter. Entlang ihrer Hüfte über ihre Pobacke. Ich hielt ihren straffen Po kurz in der Hand. Der gespannte Blick von Sandra ließ mich vermuten, dass ich noch nicht am Ziel angekommen war. Ich hatte jedoch eine Vermutung und diese bestätigte sich - ein Buttplug.

Es war nicht das erste Mal für sie. Wir hatten es aber ein wenig schleifen lassen.

»Damit du mich gleich noch schön nehmen kannst«, verkündete sie zu meiner Freude. »Und damit ich mich bald an etwas Größerem probieren kann.«

Das musste sie nicht näher ausführen. Sie wollte auch dort endlich einen Bull und seinen Schwanz spüren. Die letzte Enklave, die mir noch alleine gehörte, würde bald Geschichte sein. Damit hatte ich mich schon längst abgefunden. Immerhin hatte ich dank der Cuckold-Geschichte überhaupt Anal-Sex genossen. Und die Chancen standen nun doch recht gut, dass damit kein Schluss sein würde.

Unsere kleine sexuelle Revolution hatte also ihre Vor- und Nachteile. Zumindest für mich. Für Sandra konnte ich keine Nachteile entdecken.

An diesem Abend genoss ich unseren Sex einmal mehr. Drei Tage in Folge hatte ich meine Frau nicht mit jemandem Teilen müssen. Das hatte auch etwas Schönes. Ich spürte aber auch, wie ich darauf wartete, dass wieder etwas passieren würde.

»Das war gut«, kommentierte Sandra unseren Sex.

»Ja«, gab ich zufrieden zu. Erst vor drei Minuten hatte ich abgespritzt.

»Morgen geht es weiter?«, grinste Sandra mich an.

»Gerne.«

»Gut. Ich bin dann erst im Club und später machen wir zu zweit weiter.«

So hatte der Vorschlag in meinem Kopf nicht ausgesehen, aber warum nicht? Der Club war Teil unseres Lebens geworden und ich kam auch gerne als Zweiter bei ihr zum Zug.

Am nächsten Abend machte sich Sandra auf den Weg in den Club. Die Kinder waren bereits im Bett. Ich saß vor dem Fernseher und machte mir einmal mehr Gedanken. Durfte ich meiner Frau hinterherspionieren und suchen wo sie ihr Geschenk versteckt hielt?

Ich konnte mich nicht so recht entscheiden. Am Ende landete ich stattdessen vor meinem Computer. Ich wollte ein wenig Arbeit erledigen. Dann könnte ich am nächsten Morgen ausschlafen.

Stattdessen musste ich immer wieder auf die Schublade schauen. Dort lag die Box mit dem »Penis-Ding«. Ich war mir gar nicht so sicher, wie man es überhaupt nannte.

Auf Englisch war es irgendetwas mit »chastity« - Keuschheit. Mir lag das Wort Keuschheitsgürtel auf der Zunge. Aber es war doch kein Gürtel, meldete sich meine penible Seite zu Wort.

Ich versuchte mein Glück mit Google. Mein Interesse und Jagdinstinkt waren geweckt. »Peniskäfig« fiel mir als erstes in den Blick. Das umschrieb es ziemlich gut.

Ich war wütend auf Victoria Paulsen. Vor allem aber auch fassungslos. Was dachte sie sich nur dabei? Ich wollte mich damit nicht länger beschäftigen und machte mich auf den Weg ins Schlafzimmer.

Ich machte mich schon einmal bettfertig und wollte mir

die Zeit bis zur Rückkehr von Sandra mit einem Buch vertreiben. Mein Blick fiel aber immer wieder auf die Schränke. Könnte hier irgendwo das Geschenk von Victoria stecken?

Unser Schlafzimmer und mein Büro waren die besten Orte um Dinge vor den Augen unserer Kinder zu verstecken. Hier kamen sie nur selten rein und durchsuchten schon gar nicht die Schränke.

Am Ende wurde der Drang zu groß. Sandra würde wohl noch mindestens eine halbe Stunde auf sich warten lassen. In jedem Fall würde ich sie rechtzeitig zu hören bekommen.

Gleich als Erstes wagte ich einen Blick in ihre Schrankhälfte. Ich fand einige schöne Dinge, wie zum Beispiel ihre Reizwäsche. Aber nichts Ungewöhnliches.

Ich wandte mich um und ließ meinen Blick auf die Kommode fallen. Dort drinnen dürfte unter anderem Blacky stecken. Der große schwarze Dildo. Mit ihm hatten wir am Anfang unserer Entwicklung zu Cuckold und Hotwife herumgespielt. Der Bedarf nach Blacky war mittlerweile aber sehr gering. Sandra hatte fast ständig die Möglichkeit sich mit den echten Blackys dieser Welt zu Vergnügen.

Ich fand Blacky und anderes Spielzeug wie die Buttplugs. Ausgerechnet hier fand ich aber auch das Geschenk von Victoria. Sandra hatte es noch immer nicht ausgepackt. Die rote Schleife hielt es sicher verschlossen.

Das hielt mich aber nicht davon ab es genauer unter die Lupe zu nehmen. Könnte meine Vermutung richtig sein? Befand sich darin der Schlüssel für den Peniskäfig?

Ich wog das Geschenk in meiner Hand. Für einen einfachen Schlüssel war es schon ziemlich schwer. Vielleicht wenn die Schatulle besonders schwer sein würde. Ich war mir unsicher. Mit dem Schütteltest versuchte ich näheres herauszufinden. Ich hielt es dicht an mein Ohr und schüttelte das Geschenk erst vorsichtig und dann wilder hin und her. Irgendetwas war zu hören. Hellere und dunklere Töne. Hörte sich nicht unbedingt nach einem Schlüssel an. Könnte aber mehr als ein Objekt sein. *Wo ist das Röntgengerät, wenn man es mal braucht ...*

Ich gab auf und legte mich wieder ins Bett.

»Schatz?«, weckte mich die Stimme meiner Frau. Ich hielt mein Tablet noch in der Hand. War beim Lesen eingeschlafen. Beim Anblick meiner Sandra wurde ich aber gleich deutlich wacher. Sie hatte sich bis auf ihre Reizwäsche ausgezogen. Korsett, Strapse und Seidenstrümpfe. Für ihren ersten Club-Besuch in über zwei Wochen hatte sie sich ordentlich herausgeputzt. Wohl auch, weil die ihr am besten bekannten Bulls noch in den USA weilten. »Noch bereit für ein wenig Spaß?«

Die Frage war mehr als unnötig. Zumal ihre Hand bereits den Weg zwischen meine Beine gefunden hatte. Mein Schwanz reagierte sofort. Er war auf jeden Fall bereit.

Sandra wichste mich und lutschte kurz an meinem Schwanz. »Ich habe da noch was für dich.« Sie schwang sich auf mich und rutschte nach oben. Ihre Beine keilten meinen Kopf ein. Das sagte mir mehr als deutlich, was sie mit ihren Worten gemeint hatte.

Einmal mehr sollte ich ihre frischgefickte Muschi lecken. Zweimal hatte ich es auf der Kreuzfahrt gemacht. Sandra schien es zu einem Standardprogramm bei uns machen zu wollen.

Ich tat mich damit noch schwer. Dass sich meine Frau mit anderen Männern vergnügte. Das war einfach. Sie hinterher zu lecken und dabei auch den Bull zu schmecken zu bekommen. Das hätte beim Großteil der Gesellschaft wohl Ekel, Schrecken und Unverständnis hervorgerufen.

Sandra wusste aber genau, wie sie ihre Ziele erreichte. Sie beugte sich nach hinten und ergriff mit einer Hand meinen Schwanz.

»Wann immer du soweit bist. Zieh einfach mein Höschen zur Seite.«

Hätte sie mir einfach ihre Scham ins Gesicht gedrückt, das wäre einfacher gewesen. Diese kleine Handbewegung machte mich zu einem deutlich aktiver Beteiligten. Ich leitete es selber ein.

Im schummrigen Licht konnte ich nicht viel sehen. Doch der Geruch ihrer gemeinsamen Säfte stieg mir in die Nase.

Vorsichtig schob ich ihr Höschen zur Seite. Pikte mit meiner Zunge gegen ihre Scham. Meine Geschmacksnerven meldeten mir sofort einen eindeutigen Geschmack. Die Konsistenz der cremigen Flüssigkeit war ebenfalls eindeutig.

Ich spürte, wie mein Schwanz vor Erregung förmlich pulsierte. Er schien auf schmutzige Spiele zu stehen. Ich gebe ihm die Schuld daran, was als Nächstes geschah.

Bei den ersten beiden Malen hatte ich vor allem Vorsicht walten lassen. Ich wollte auch nicht den Eindruck hinterlassen, als wenn ich dies gerne tat. Diesmal ließ mir meine Lust keine andere Wahl. Nach einigen vorsichtigen Sekunden ließ ich meine Hemmungen fallen und fiel wild über die Scham meiner Frau her.

Lecken, saugen und zustechen. Meine Zunge, Lippen und Mund holten aus meiner Frau ein wildes Quieken hervor.

Zu einem Orgasmus ließ sie es allerdings nicht kommen. Sauber geleckt ließ sie sich von mir herab.

»Ich liebe dich«, ließ sie mich mit einem tiefen Kuss

wissen. Es folgte ein wildes Zungenspiel. Dabei schob sie sich auf mich. Mit einer Hand bugsierte sie meinen Schwanz in sich und richtete sich auf.

Es folgte ein wilder Ritt. Endlich durfte ich einmal wieder beobachten, wie ihre Brüste im Takt hüpften.

»Komm mein kleiner Hengst. Komm in mir«, forderte sie mich auf. Das reichte, um meine Erregung in einem finalen Orgasmus explodieren zu lassen.

»Schatz?«, fragte sie einige Minuten später.

»Ja?«

»Ich hoffe, es stört dich nicht, aber ich habe im Club ein nettes Pärchen kennengelernt. Sie haben gefragt, ob wir am Freitag zusammen ausgehen möchte. Ich habe zugesagt. Ich hoffe, das war okay?«

»Hm ... ein Pärchen? Was für ein ...« Sie meinte doch nicht einen Bull mit Hotwife? Das war zumindest meine Sorge.

»Ein ganz normales Pärchen. Sie sind verheiratet. Lisa und Jan.«

Ich gab meine Zustimmung. Auch wenn die natürlich nur noch eine Formalität war. Sandra hatte bereits Fakten geschaffen.

KAPITEL 4

Ich entwickelte eine tägliche Routine. Sobald meine Frau außer Haus war, warf ich einen prüfenden Blick in die Kommode. Doch sie schien keine Anstalten zu machen das Geschenk zu öffnen. Immer starrte mich diese rote Schleife an.

Das ärgerte mich ungemein. Selber hatte ich es nicht abwarten können in mein Geschenk zu schauen. Dessen schockierender Inhalt beschäftigte mich natürlich weiterhin täglich. Ich wusste aber nicht, wie ich damit umgehen sollte. Besseres als abzuwarten und es nach ihrer Rückkehr Victoria vor die Füße zu werfen, hatte ich nicht zu bieten.

Abgesehen von diesen Selbstzweifeln verbrachte ich eine ziemlich normale Woche zwischen Familie und Arbeit. Die Freitagnacht verbrachte unsere Tochter bei einer Freundin und unser Sohn bei meinen Eltern. Unser Abend mit dem mir völlig unbekanntem Pärchen stand nichts im Weg.

Sandra fing früh an und putzte sich heraus. Dabei nahm sie auch meine Hilfe in Anspruch. Ich durfte ihre Scham frisch rasieren.

»Schatz, bei dir sind auch schon wieder einige Stoppeln zu spüren. Es wäre am besten, wenn du dich zukünftig wöchentlich rasierst.«

Wie eine Bitte klang das nicht. Ich war noch immer zwiegespalten, was meinen nackten Schwanz anging. Zumindest ein wenig Behaarung gab mir ein gewisses Männlichkeitsgefühl. Auf der anderen Seite musste ich zugeben, dass es sich wunderbar anfühlen konnte, dort unten ganz nackt zu sein. Das gab den Berührungen meiner Frau ein gewisses Extra.

Am Ende fügte ich mich und rasierte auch mich zwischen den Beinen.

Fein herausgeputzt machten wir uns um 18:30 Uhr auf den Weg. Wir hatten für 19 Uhr einen Tisch für vier Personen reserviert. Viel hatte Sandra mir über Jan und Lisa nicht verraten.

»Hallo!«, begrüßte Jan uns in einem breitem eindeutig niederländisch klingendem Akzent. Dieser war wirklich unverkennbar. Dazu bekam meine Frau ein Küsschen auf jede Wange und ich einen festen Händedruck.

Geflissentlich gab ich auch seiner Frau ein Küsschen auf die Wange.

Schnell hatte Jan van der Meer das Gespräch an sich gerissen. Sehr viel extrovertierter konnte ein Mensch wohl nicht sein. Zusammen mit seiner Frau lebte er schon seit zehn Jahren in Deutschland. Beide hatten schon in der Schule ihre ersten deutschen Worte gelernt und sprachen hervorragendes Deutsch.

»Wie war eure Kreuzfahrt mit uns?«, fragte Jan meine Frau. Ich schaute sie leicht irritiert an. *Mit uns?*

»Wunderbar. Danke für die schöne Suite«, übernahm Sandra die Antwort.

Mir blieb nur zwischen den Zeilen zu lesen. Er musste in irgendeiner Verbindung zur Reederei stehen. Diese hatte in Frankfurt ihre Zentrale für das europäische Festland.

Meine Frau hatte einst erwähnt, dass wir die Hochstufung einem Club-Mitglied zu verdanken hatten. Wir saßen ihm wohl gegenüber.

Es dauerte nicht lange und Jan erzählte von seiner Arbeit. Bestätigte dabei meine Vermutung. Er leitete Marketing und Vertrieb für Kontinentaleuropa.

»Du machst Onlinemarketing?«, fragte er mich interessiert. Schnell waren wir in ein Gespräch über unsere Arbeit vertieft. Ein guter Teil seines Marketing-Budgets floss ins Onlinemarketing.

Im Gegensatz zu mir war er kein Spezialist für Onlinemarketing. Er traf die strategischen Entscheidungen und wies seine Mitarbeiter an. Neben Onlinewerbung verantwortete er auch Fernseh- und Printwerbung oder gänzlich andere Werbeformen.

Er kannte aber genug Stichworte und bald steckten wir tief in Diskussionen über häufige Fehler im Onlinemarketing.

Zum Glück hatten unsere Frauen selber ebenfalls genug zu diskutieren.

Zusammen verbrachten wir eine entspannte Zeit. Genossen das vorzügliche Essen und tranken guten Wein.

»Jetzt vergesst doch mal die Arbeit«, forderte Lisa ihren Mann auf. Meine Sandra schaute mich ebenfalls auffordernd an.

Nach zwei Stunden verließen wir das Restaurant. Von hier aus konnten wir das Haus von Jan und Lisa zu Fuß erreichen. Dort sollte ein Umtrunk folgen.

Sie hatten ein schönes großes Haus. Nicht so einsam gelegen wie unser Haus. Jan entfachte den Kamin. Die Stimmung war gelöst.

Jan nahm seine Frau in die Arme und tanzte bei

seichter Popmusik ein paar Kreise. Er entließ sie aus seinen Armen. Lisa setzte sich aufs Sofa. Jan wandte sich meiner Frau zu.

»Darf ich bitten.« Was ein Charmeur.

Sandra kam seiner Bitte sofort nach. Statt nur ein paar lockerer Kreise tanzten sie deutlich inniger miteinander.

Irritiert beobachtete ich, wie sich ihre Körper aneinanderdrückten, sie sich ein erstes Mal küssten und miteinander tuschelten. Sandra machte dabei einen äußerst zufriedenen Eindruck.

Der Song endete und Jan schaute meine Frau auffordernd an. Stellte dazu eine Frage, die sie mit einem Nicken beantwortete. Im Anschluss verließ sie an seiner Hand den Raum. Ich beobachtete wie sie die Treppe hochstiegen. Sandra wandte sich zweimal zu mir um und lächelte mich an. Winkte mir sogar kurz zu.

Sie verschwanden aus meinem Blick und ich konnte ihnen nur mit offenem Mund hinterherschauen. *Würde meine Sandra jetzt mit einem Cuckold ins Bett steigen? Schwer vorzustellen.*

Ich drehte mich zu Lisa um. Diese beobachtete mich amüsiert. Wenn meine Frau sich oben mit ihrem Mann vergnügen durfte, bedeutete dies dann, dass ich bei ihr ran durfte?

Ich würde meine Frau nie betrügen, aber mein Schwanz hatte zu dieser Vorstellung natürlich eine eigene Vorstellung.

Nachdem wir einen so entspannten Abend verlebt hatten, war ich auf diese Wendung überhaupt nicht gefasst gewesen.

Lisa bemerkte meine Irritation. »Ein wenig Spaß wird doch erlaubt sein?«

»Sicher«, gab ich überhaupt nicht sicher zurück.

»Mein Jan wird deiner Sandra eine schöne Zeit bereiten. Keine Sorge.«

Ich wunderte mich, wie das funktionieren sollte. Sandra belehrte mich wenig später eines Besseren. Deutlich war ihr stöhnen und ein »fick mich« zu hören.

»Warum kommst du nicht zu mir rüber? Ich hätte auch gerne eine schöne Zeit.«

»Also? Ich ... Das ... ähm.«

»Keine Sorge. Sandra weiß Bescheid und hat ihr okay gegeben.«

»Ähm ... wirklich?«

Am liebsten hätte ich selber nachgefragt, aber dafür schien es derzeit nicht der richtige Augenblick zu sein.

»Wirklich ... Komm.«

Mein Schwanz übernahm die Entscheidung. Im Zweifel hätte ich immerhin eine gute Ausrede. Wie hätte ich wissen können, dass es eine Lüge gewesen war?

»Unter mein Kleid bitte.«

Ich folgte ihrer Anweisung und schlüpfte mit meinem Kopf unter ihr Kleid. Im Dunklem tastete ich mich ihre Beine hoch. Küsste ihre Schenkel. Es drängte mich an ihre Scham. Meine Hand ertastete sie zuerst.

Oder hätte sie ertastet, wenn ihr der Weg nicht versperrt gewesen wäre. Zuerst glaubte ich, Gummi zu spüren, dann kaltes Metall. Meine Hand fuhr über den Bereich, hinter dem sich ihre Scham verborgen halten sollte. Macht dann Ausflüge nach links und rechts. Auch dort bekam ich in Gummi eingefasstes Metall zu spüren.

»Du kannst wieder auftauchen«, verkündete eine amüsierte Lisa.

»Was?«, waren meine ersten Worte zurück im schummrigen Licht ihres Wohnzimmers. Begleitet wurden sie von einem rhythmischen Klatschen aus dem ersten Stock.

»Sorry. Dass mit der Erlaubnis deiner Frau war gelogen.«

»Was?«, rief ich aus.

»Keine Sorge. Du hattest ja nie eine Chance sie zu hintergehen«, kam lächelnd zurück. Zu diesen Worten schlüpfte sie aus ihrem Kleid. »Ein wenig Spaß sei mir auch vergönnt. Du bist bei weitem nicht der Erste, der darauf reingefallen ist.«

Verblüfft schaute ich auf ihren Schambereich. Sie trug einen Keuschheitsgürtel.

»Aber? Warum? Dein Mann ist doch ... ist doch?« Mehr Worte brachte ich nicht hervor.

»Mein Mann ist ein Bull.«

Automatisch blickte ich Richtung Treppe. Man schien gerade eine Pause zu machen. Zumindest bekam ich nichts zu hören.

Ich blickte zurück auf Lisa. Verstört und fasziniert fing mein Blick wieder ihren Keuschheitsgürtel ein.

»Ich habe derzeit die Freude mich die einzige Cuckquean im Cucky Club schimpfen zu dürfen.«

»Die was?«

»Cuckquean. Die weibliche Variante von Cuckold.«

»Das heißt, du ...« Ich ließ mich ins Sofa fallen. Das war eine Entwicklung, die ich so nicht im entferntesten erwartet hatte. »Was genau bedeutet das?«

»Mein Mann vergnügt sich mit anderen Frauen. Ich aber nicht mit anderen Männern. Also wirklich das exakte Gegenstück.«

»Okay ... das ist ... das überrascht mich nun doch.«

»Du dachtest doch nicht, dass deine Frau da oben gerade einen anderen Cuckold ranlässt«, lächelte sie mich an.

»Das erschien mir schon irgendwie seltsam und überraschend.«

»Dafür war deine Frau doch auch viel zu laut«, witzelte Lisa und ich musste mit ihr Lachen. Passend stöhnte meine Sandra wieder auf.

»Und du trägst das Ding freiwillig?«

»Warum nicht? Ihr Cuckolds habt doch auch euren Käfig.«

»Ich nicht«, wehrte ich ab.

»Man sieht's«, kommentierte Lisa den Blick in meinen Schritt. Eine leichte Ausbeulung durch meinen erigierten Schwanz zeichnete sich dort ab.

»Warum sollte ich ihn nicht tragen? Ich bin meinem Mann treu und habe kein Interesse an anderen Männern«, nahm Lisa den Gesprächsfaden wieder auf.

Lisa saß mittlerweile nackt vor mir. Zumindest fast nackt. Sie trug natürlich noch den Keuschheitsgürtel. *Ist ein Keuschheitsgürtel ein Kleidungsstück?*, wunderte ich mich. Ungeniert spielte sie an ihren Brüsten rum.

»Warum packst du ihn nicht aus. Es drängt ihn doch in die Freiheit? Keine Sorge, ich werde ihn nicht berühren. Ich bin meinem Jan treu. Du wirst schon selber Hand anlegen müssen. Ich glaube, deine Frau ist heute Nacht auch anderweitig beschäftigt.«

Lisa wurde in ihrer Wortwahl ein wenig offensiver. Nach dem der Anfang gemacht war, glaubte sie wohl sich dies erlauben zu können.

Ich würde gerne sagen, dass ich der Aufforderung nicht gefolgt wäre. Doch es war zu schwer ihr zu Widerstehen. Mein Körper rief nach Befriedigung.

»Da ist ja der Kleine.«

Lisa schien ihren Spaß daran zu haben, mich mit Worten zu erniedrigen. Ganz kommentarlos wollte ich dies nicht hinnehmen. »Immerhin ist er in Freiheit.«

Während man sich oben wieder vergnügte, saß ich mit abstehendem Schwanz gegenüber von Lisa. Ich wollte ihr die Genugtuung eigentlich nicht geben. Doch am Ende war es mir unmöglich, nicht Hand anzulegen.

»Erlaubt sie dir, jederzeit nach Lust und Laune zu kommen?«, fragte sie interessiert.

»Natürlich.«

»Hm.«

»Was?«

»Nichts.«

»Raus damit.«

»Ihr seid ja noch recht neu im Club.«

»Und?«

»Vielleicht ist die richtige Antwort, dass du noch nach Lust und Laune kommen darfst. Für viele im Club gilt es nicht.«

Das war neu für mich. Sollten etwa viele der Cuckolds im Club einen Peniskäfig tragen? Wie hätte mir das entgehen können? Ganz so schwer wäre dies wohl nicht gewesen. Sonderlich oft sah ich die anderen Cuckolds nicht nackt.

»Sicherlich nicht die Mehrheit«, kam mir trotz dieser Überlegungen herausgeflogen.

Lisa schien darüber nachdenken zu müssen. Abwägend wippte sie ihren Kopf hin und her.

»Das ist schwer zu beurteilen. Es gibt die Gelegenheitsmitglieder, die kommen nicht so oft und stecken nicht in allen Spielereien so tief drin. Dann gibt es die Hardcore-Fraktion. Die lässt kein Spielchen aus, dass auch nur annähernd in den Cuckold-Fetisch hineinpasst. Im Vergleich zu dem was die so treiben, ist ein Keuschheitsgürtel nur am Rande erwähnenswert. Ist aber eine kleine Gruppe. Wenn ich schätzen müsste, würde ich sagen die Hälfte.«

»Die Hälfte!«

»So ungefähr. Die kann man aber auch wieder weit

unterteilen. Manche holen ihr Spielzeug nur nach Lust und Laune hervor. Andere leben es 24 Stunden am Tag.«

Wir blieben einen Augenblick still und hörten zu, wie man es oben wild trieb. Diesmal war auch ihr Mann deutlich zu hören.

»Unser Einsatz«, verkündete Lisa und stand auf.

»Was?«

»Jan ist gekommen«, teilte sie mir mit. Lisa ergriff meine Hand, lachte mich lustig an und zog mich mit Richtung Treppe. Ich wehrte mich nicht.

Gleich die erste Tür rechts stand offen und man konnte eine leise Unterhaltung hören. Mit einer Mischung aus Scham und Erregung folgte ich Lisa in das Schlafzimmer.

Jan und Sandra lagen nackt auf dem Bett. Beiden konnte man deutlich ansehen, dass sie sich recht wild miteinander vergnügt hatten.

»Das erste Mal mit einer Frau ist immer etwas ganz Besonderes«, kommentierte ein zufriedener Jan in meine Richtung. Ich nickte ihm zu. Mein Blick war allerdings an einen anderen Anblick gefesselt.

Neben ihm lag meine Frau. Ihr Po lag auf einem Kissen und dadurch leicht erhöht. Zwischen ihren Beinen sickerte das niederländische Sperma heraus.

»Lisa«, kam auffordernd von Jan an seine Frau.

»Sofort«, antwortete sie. Dann lehnte sie sich an mich und flüsterte mir ins Ohr. »Tut mir leid. Ich weiß du würdest jetzt gerne an deine Frau ran. Aber Jan und ich haben eine Abmachung. Das erste Mal mit einer neuen Frau darf immer ich als erste ran.«

Lisa strich über meinen Penis. Das für mich damit verbundene erregende Gefühl war schon fast eine Qual. Wortlos schaute ich zu, wie Lisa sich auf das Bett kniete. Nicht vor ihrem Mann, sondern gegenüber meiner Sandra. Nur mit dem Keuschheitsgürtel bekleidet krabbelte sie ein kleines Stück vorwärts. Umgriff dann mit ihren Händen die Knie meine Frau und hob sie ein Stück vom Kissen an.

Ich stand noch direkt an der Tür. Automatisch setzte ich mich in Bewegung und stellte mich neben das Bett. Was jetzt kam, musste ich gut im Blick behalten.

Lisa senkte ihren Kopf. Sie leckte in aller Ruhe einmal von unten startend durch die Scham meiner Frau. Ich konnte förmlich beobachten wie sich das Gemisch aus Sperma und den Säften meiner Frau auf ihrer Zunge versammelte. Dann war es verschwunden. Systematisch umlenkte sie die Scham meiner Frau. Machte sich dann daran tiefer in sie vorzustoßen und die verbleibenden Säfte aus ihr herauszusaugen.

Ich blickte in das Gesicht meiner Frau. Sie schaute mich mit sichtlicher Erregung an. Ihre Augen schauten tiefer und ich folgte ihrem Blick. Sie schaute zwischen meine Beine. Meine Hand hatte meinen Schwanz ergriffen und wichste ihn. Nur mit Mühe konnte ich ein Abspritzen vermeiden.

»Komm her Schatz«, forderte mich meine Frau auf. Sandra beugte sich zu mir an die Bettkante und ließ meinen Schwanz in ihrem Mund verschwinden. Es fühlte sich an, als wenn sie mich in den Wahnsinn treiben wollte. Ich brauchte nur wenige Sekunden, um in sie abzuspritzen. Sandra schluckte mein Sperma hinunter.

Anschließend holte sie Lisa zu sich hoch und gab ihr einen feuchten Kuss. »Danke, das hast du sehr gut gemacht.«

»Zu Diensten.«

»Könntest du deinen Mann bitte wieder für mich hart machen. Ich brauche noch eine zweite Runde. Er rammelt so gut.«

»Natürlich.«

Der kleine Austausch wirkte auf mich ein wenig seltsam. Gestelzt und auswendig gelernt. Wie ich später erfuhr, hatte Jan sie zuvor so instruiert. Das gehörte zum Spiel zwischen ihm und seiner Frau.

Lisa gab sich dem Schwanz ihres Mannes mit großer Intensität hin. Ihm schien dies wenig auszumachen. Ich hätte vermutlich nicht so viel Zurückhaltung aufbieten können. Zumal mein Schwanz schon wieder stand.

Sandra zog mich ein weiteres Mal an sich heran. Ich setzte mich zu ihr auf die Bettkante.

»Ein schöner Anblick oder?«

Ich nickte abwesend und mit großer Faszination. Bein Geben eines Blowjobs war Lisa wirklich eine Königin.

»Gleich darfst du zusehen, wie er mich nimmt ... und anschließend ... dann bist du an der Reihe.«

An der Reihe - ich vermutete, dass sie damit nicht meinte, dass ich sie dann ficken dürfte. Dann sollte ich die Lisa spielen und sie zwischen den Beinen lecken. Da war ich mir ziemlich sicher.

Hätte ich schreiend davonlaufen sollen? Die entschuldigenden Worte von Lisa, bevor sie sich über meine Frau hergemacht hatte, zeigten deutlich, dass sie ohnehin im Bilde war. Es schien im Club, wie so vieles, wohl keine sonderlich aufsehenerregende Praxis zu sein. Zumindest unter den alten Hasen.

Für mich war es aber nicht ganz so einfach. Insbesondere vor Zuschauern. Ich wusste aber auch, dass es kein Zurück mehr gab. Meine Erregung wollte es auch nicht mehr anders.

Jan hatte sich von seiner Frau genug heißmachen lassen. Zusammen mit Lisa setzte ich mich auf zwei Sessel. Diese standen *zufällig* in bester Zuschauerposition parat.

Dann ging alles nicht ganz schnell. Vielleicht musste mir Jan seine Ausdauer beweisen. Viele der Bulls zeichneten sich allerdings durch Ausdauer im Bett aus. Wer sich so oft mit einer anderen Frau vergnügen darf, hat es wohl nicht so eilig mit dem Orgasmus. Wir durften ihnen in einer Vielzahl unterschiedlicher Positionen zusehen. Abwechselnd sanft und hart. Zwischendurch wurde auch immer wieder geblasen und Sandra durfte sich an einem Orgasmus erfreuen. Laut ließ sie uns alle wissen, dass es so weit war.

Ich konnte nicht anders und spielte auch an mir selber herum. Kommen sollte ich allerdings nicht. Lisa forderte mich regelmäßig zu Pausen auf. Später sollte ich zu meinem Glück kommen.

Dann kündigte sich aber doch das Finale an. Das bereits bekannte Kopfkissen wurde ein zweites Mal unter den Po meiner Frau geschoben. Jan nahm sie ziemlich traditionell in der Missionarsstellung. Jetzt schien er es eilig zu haben und gab die Zurückhaltung auf. Nach wenigen Minuten ließ er sich von meiner Frau fallen.

»Peter«, kam auffordernd von Lisa. »Dein Einsatz.«

Wie auf Autopilot stand ich auf. Mein Schwanz schwang vor mir her. Ich machte einige Schritte und blickte zwischen die Scham meiner Frau. Auch diesmal sickerte wieder ein wenig Sperma heraus. Dazu hatte Jan zwei große Spritzer über die Scham meiner Frau verteilt.

»Peter ... nur für dich«, stöhnte meine Frau und spreizte ihre Beine noch etwas weiter. Ich kniete bereits auf dem Bett. Mein Blick blieb stumpf nach vorne ausgerichtet. Ich wollte weder Jan noch Lisa in die Augen schauen.

Wie zuvor Lisa griff ich unter die Knie meiner Frau. Ebenso leckte ich zu Beginn einmal von unten nach oben durch ihre Scham. Meine Frau drängte mir sofort entgegen. Stöhnte ein zufriedenes »ja« heraus.

Ich möchte nicht sagen, dass es zur Gewohnheit wurde, meine Frau nach ihrem Spaß mit einem anderem Mann zu lecken. Schwierig machten es diesmal aber vor allem die beiden neuen Zuschauer.

Dafür machte es Lisa mir ein wenig einfacher. Sie gesellte sich zu meiner Frau und küsste sie. Das törnte mich genug an, um mich mit besonderer Lust auf sie zu stürzen.

Aus den Augenwinkeln konnte ich beobachten, wie Jan seine Frau von dem Keuschheitsgürtel befreite. Wenig später steckte er bereits in ihr und legte einen wilden Fick hin, während seine Frau an den Brüsten meiner Frau saugte.

Jan kann sich sehr viel Zeit lassen. Diesmal ging es hingegen ganz schnell. Nach zehn Minuten spritzte er in seine Lisa ab. Diese hockte sich sogleich über das Gesicht meiner Frau.

Von unten beobachtet ich, wie meine Sandra ihre Scham mit ihren Fingern auseinanderzog. Auf unserer Kreuzfahrt hatte sie erste Erfahrungen in der lesbischen Liebe gesammelt. Dort zusammen mit Lydia und Victoria. Ich probierte währenddessen verschiedene Whisky-Sorten. Ihr hatte es wohl gefallen. Viel hatte ich davon aber nicht erfahren. Nun sollte sie aber selber zum ersten Mal eine frisch mit Sperma bespritzte Muschi lecken.

Das bereitete ihr sicherlich keine Sorgen. Im Gegensatz zu früher hatte sie dank dem Cucky Club mittlerweile sogar eine Vorliebe für Sperma entwickelt. Der Ekel von früher war verschwunden. Und so vertiefte sich Sandra recht schnell in Lisa.

»Mach mal Platz«, forderte mich Lisa auf und die beiden Frauen setzten dieses Spiel als 69 fort.

Plötzlich saßen Jan und ich auf den Sesseln. »Bier?«, fragte er mich. Ich bejahte und wir schauten den beiden Damen mit einem kühlen Weizenbier in der Hand zu.

»Da haben wir beide uns etwas Hübsches an Land gezogen«, kommentierte Jan ganz ungeniert.

Nach der kleinen Lesbeneinlage ging es für Lisa zurück in den Keuschheitsgürtel. Jan gesellte sich wieder zu meiner Frau.

»Komm«, forderte mich Lisa auf. »Ich zeige dir das Gästezimmer.«

Nach einem zustimmenden Nicken meiner Frau folgte ich ihr widerstandlos. Ich war ohnehin völlig erschöpft.

KAPITEL 5

Meine Frau hat sich noch bis spät in die Nacht mit Jan und wohl auch mit Lisa vergnügt. Ich bekam davon nichts mehr mit. Nicht nur weil ich im Gästezimmer war, sondern weil ich schon bald tief und fest schlief. Die Erschöpfung und vielleicht auch der Jetlag holten mich ein.

Am nächsten Tag ging es bester Laune nach Hause. Besonders Sandra schien mit dem Verlauf des Abends sehr zufrieden zu sein. Auch ich muss zugeben, dass es ein interessantes Erlebnis gewesen war. Wer hätte gedacht, dass auch Frauen mein Schicksal teilen konnten?

Wir holten unsere Kinder ab. Doch schon bald waren diese wieder ausgeflogen. Sandra und ich hatten das Haus für uns alleine.

Ein paar Gedanken über den letzten Tag musste ich mir dann doch machen. Sie waren nicht alle erfreulich. Ein Punkt sprang mich förmlich an und ließ mich innerlich zusammenzucken.

Konnte und wollte ich wirklich an einen Zufall glauben? Erst vor wenigen Tagen hatte Victoria mir einen Peniskäfig untergeschoben und jetzt verbrachten wir zufällig einen Abend mit einer Frau im Keuschheitsgürtel.

»Habt ihr gestern Nacht noch lange gemacht?«, fragte ich meine gähnende Frau.

»Wir hatten noch ein wenig Spaß«, gab sie lächelnd zurück. Ich hatte damit den Einstieg in dieses Thema geschafft.

»Wie hast du Jan und Lisa denn kennengelernt?«

»Im Club natürlich.«

»Einfach an der Bar?«

»Ist das wichtig?«

»Nur so ... ich meine, die beiden sind schon ungewöhnlich. Selbst für den Club.«

»Ja«, lachte sie. »Da ist das Spiel mal umgekehrt. Hat doch auch was.«

»Hm«, brummte ich zur Kenntnisnahme. Ich hätte erwartet, dass sie bei den ungewöhnlichen Dingen auch den Keuschheitsgürtel aufzählen würde.

»Stimmt was nicht?«, merkte sie meine Laune.

»War nicht etwas noch ein wenig ungewöhnlicher?«

»Ungewöhnlicher? Der Keuschheitsgürtel?« Sie hatte es also doch nicht übersehen.

»Ja.«

»Haben einige Männer im Club ja auch«, gab sie zu meinem Schrecken ganz offen zu. Nach den letzten Tagen ging ich davon zwar auch stark aus. Bisher hatte ich dafür aber noch keinen Beleg gesehen. Vor allem nicht für die von Lisa geschätzten fünfzig Prozent.

»Ich möchte nicht aufdringlich sein, aber ich muss meine Frage vom Anfang, noch einmal hervorholen. Wie hast du Jan und Lisa kennengelernt?«

»Warum?«

»Ich glaube nicht mehr an Zufälle. Nicht wenn Victoria Paulsen ihre Finger im Spiel haben könnte.«

»Victoria? Sie erwähnten, dass Victoria ihnen von uns erzählt hatte. Was für ein tolles Paar wir wären. Sie wollten uns unbedingt kennenlernen.«

»Fuck!«, rief ich aus. »Fuck!«

»Peter? Was ist los? Du machst mir Angst.«

Ich hielt kurz inne. »Tschuldigung. Einen Moment.«

Mit großen Schritten stürzte ich in mein Büro, riss die Schublade auf und nahm die Schatulle heraus. Zurück in der Küche schaute mich Sandra mit großen und ängstlich wirkenden Augen an. Ich setzte die Schatulle vor ihr ab.

»Ein kleines Abschiedsgeschenk von Victoria«, verkündete ich.

Sandra schaute interessiert auf die Box und nahm sie in die Hand. Öffnete sie vorsichtig. Ihr halb aufstehender Mund verriet mir, dass sie genau wusste, was da vor ihr lag.

»Dann war es wohl wirklich kein Zufall«, fand sie als erste ihre Sprache wieder.

»Nein.«

Sandra schaute nachdenklich auf den Tisch. Ihre Finger spielten mit dem Peniskäfig herum. Sie betrachtete die einzelnen Teile genau. Die kleine Gravur *Eigentum von Sandra Neumann* sollte ihr dabei nicht entgangen sein.

»Einen Moment«, verkündete sie schließlich und flitzte nach oben. Eine Minute später stolzierte sie mit ihrem immer noch verpackten Geschenk herein. »Ich habe von Victoria auch ein Geschenk bekommen.«

»Noch nicht geöffnet?«

»Es gab eine kleine Anweisung dazu«, gab sie verlegen zu.

»Eine Anweisung?«

»Ich sollte es erst öffnen, wenn du mir dein Geschenk zeigst.«

Ich hätte Victoria erwürgen können. »Was eine hinterhältige Schlange«, gab ich meine Meinung ganz offen preis.

»Sie spielt ihre Spielchen«, gab Sandra zu.

»Mach schon auf. Aber ich habe eine gute Vorstellung, was darin stecken wird.«

»Hast du?«

»Mein Geschenk enthält ein Schloss, aber keinen Schlüssel.«

»Hm.«

Sandra packte ihr Geschenk aus. Auch sie brauchte eine Schere, die ich ihr holte. Ich wollte endlich Antworten.

Ein zweites Mal kam eine Box hervor. Genauso wie meine Box fand sich auch auf ihrer Oberseite eine goldfarbene Stickerei.

Für unser geliebtes Cucky Club-Mitglied Hotwife Sandra Neumann

Mit meinem Kopf hang ich förmlich an der Schulter meiner Frau. Diese öffnete mir die Schatulle viel zu langsam. Endlich war sie offen.

Mein Blick viel sofort auf das größte Objekt. Ein großes glänzendes Herz. Dieses war an einer silbernen Halskette befestigt.

Kein Schlüssel? Kann das sein? Einfach nur ein Schmuckstück?

»Hübsch«, ließ Sandra verlauten. Damit hatte sie absolut recht. Es war eine hübsche Kette mit einem schön gearbeiteten herzförmigen Anhänger. Sandra nahm Kette und Anhänger aus der Schatulle.

»Da ist er ja.« Doch ein Schlüssel. In die Rückseite des flachen Herzens war eine Vertiefung eingearbeitet. Genau passend für einen Schlüssel. Dieser schien förmlich am Anhänger zu kleben. Mit ein wenig Kraft konnte Sandra ihn aber ablösen. »Magnetisch«, äußerte sie verwundert und ein wenig beeindruckt.

Selbst ich musste zugeben, dass es sich um eine ziemlich einfallsreiche Konstruktion handelte.

Ich ließ mich auf den Stuhl neben Sandra gleiten. Diese probierte derweil den Schlüssel aus. Er passte ins Schloss.

Während Sandra mit dem Peniskäfig herumspielte, fehlten mir die Worte. Sie versuchte offensichtlich zu verstehen, wie dieser funktionieren sollte.

»Was machst du da?«, fragte ich gereizt.

»Nichts«, antwortete sie und legte die Teile zur Seite. Blickte auf mich.

»Du glaubst doch nicht, dass ich mein bestes Stück darein stopfe?«

»Ich gehe davon aus, dass du …«, begann sie mit langsamen Worten. Ganz so als wenn sie sich noch zurechtlegen musste, was genau sie sagen wollte. Nach einer kurzen Pause begann sie von vorne. »Ich gehe davon aus, dass du nichts machen wirst, was du nicht auch machen möchtest.«

»Victoria!«, spie ich böse aus.

»Ich gebe zu, sie hat einmal mehr ein Spielchen mit uns gespielt. Ich sehe allerdings nicht, was daran so schlimm sein soll.«

»Was? Sie möchte mich in dieses Ding zwängen. Und was hat sie schon alles mit uns gemacht.«

»Zugegeben. Sie hat uns einen Weg vorgegeben. Aber wir sind immer noch selber über ihn geschritten. Sie hat vielleicht ein paar Fallen gestellt, aber am Ende haben wir uns freiwillig in diese gestürzt. Wir hätten auch über jede Einzelne hinüberspringen können.«

Es war schwierig, gegen diese Ansicht mit logischen Argumenten vorzugehen. »Wenn ich sie in die Finger bekomme.« Victoria würde an diesem Abend zurückkehren.

»Peter.«

»Was?«

Sandra stand auf und setzte sich breitbeinig auf meinen

Schoss. Drückte ihren Körper gegen mich und schaute mir in die Augen.

»Wir haben nie etwas gemacht, dass wir nicht wollten. Wir werden auch zukünftig nichts machen, dass wir nicht möchten. Wenn du nicht in den Peniskäfig möchtest, dann ist das Thema erledigt. Da spielt Victoria nun wirklich keine Rolle.«

Dabei drehte Sandra sich kurz zum Tisch um und blickte auf das genannte Objekt. »Du würdest ihn an mir gerne benutzen!«, warf ich ihr vor.

»Ich habe gerne mit dir Sex. Und vor allem auch häufig. Wir können beide nicht bestreiten, dass du in dem Punkt vom Club profitiert hast.«

Ich grummelte - aber es stimmte. Unser Sex war deutlich häufiger und auch aufregender geworden.

»Manchmal wünschte ich mir ...«

»Was?«

»Ach nichts.«

»Sandra.«

»Wir haben häufiger Sex, aber du legst häufig auch selber Hand an. Wenn du dich stattdessen für mich aufsparen würdest, dann hätte ich noch ein wenig mehr von dir. Ich mag es, wenn mein Mann in mir kommt. Aber ich glaube, wenn du nicht ständig masturbieren würdest, dann hätte ich dabei noch ein wenig mehr Freude.«

»Ich werde mich nicht in das Ding einsperren lassen!«

»Das meinte ich nicht. Aber könntest du nicht das Masturbieren sein lassen. Für eine Weile? Nur zum Ausprobieren.«

Sandra küsste mich. Ließ ihre Zunge auf mich los.

»Ich verspreche auch, dass du mit mir besonders viel Spaß haben wirst. Immer wenn du es nötig hast. Bitte?«

Was soll man in so einem Moment schon antworten. Insbesondere wenn die Frau auf einem sitzt.

»Fangen wir mit dem Spaß jetzt gleich an?«
Sandra grinste und zog mich mit nach oben.

KAPITEL 6

Nach dem Gespräch am Samstag hatte ich zumindest nicht mehr den ganz dringenden Bedarf, in den Cucky Club zu stürmen und mir Victoria vorzuknöpfen. Das hatte Zeit, bis wir uns das nächste Mal begegneten.

In der Zwischenzeit ließ meine Frau nicht viele Gelegenheiten aus, um mich darauf hinzuweisen, dass ich die Finger von meinem Schwanz lassen sollte. Es herrschte Masturbationsverbot.

Ich wusste nicht, wie meine Sandra sich das vorstellte. Wenn der Schwanz ruft, dann will er seinen Spaß haben. Sie hielt sich selber auch nicht zurück und besuchte in den nächsten Tagen mehrmals den Club.

Dabei muss ich ihr zu Gute halten, dass sie mich auch nicht zu kurz kommen ließ.

Ganz am Anfang konnte ich mich noch ein wenig Beherrschen. Verzichtete meiner Frau zu Liebe auf meine gewohnte Selbstbefriedigung. Ich weiß nicht, ob es schon zur Einstufung »sexsüchtig« oder vielleicht besser »Orgasmussucht« reicht. Es gab aber in meinem Leben nur äußerst selten Tage, an denen ich nicht zumindest einmal meinen Spaß haben musste. Gerne auch zwei- oder dreimal.

So verging eine ganze Woche. Der Peniskäfig landete in unserer Kommode. Auf Victoria traf ich nicht. Vermutlich wusste sie genau, dass ich schlecht auf sie zu sprechen war und vermied ein Aufeinandertreffen.

Sandra und ich vergnügten uns mehrmals. Außerdem trug sie oft den Buttplug. Ich würde wohl nicht mehr lange der einzige Mann sein, mit dem sie Analsex hatte.

Im Gegensatz zu mir war Sandra mehrmals im Cucky Club zu Besuch. Es kostete mich viel Zurückhaltung. Ich fragte sie aber nicht nach Gesprächen mit Victoria.

Am Samstagabend lagen wir im Bett. Sandra spielte mit meinem Schwanz herum.

»Wie oft hast du diese Woche masturbiert?«, fragte sie mich sehr direkt. »Sei ehrlich«, schoss sie gleich hinterher.

Diese Frage brachte mich ins Schwitzen. Ich wollte meine Frau nicht anlügen. Vermutlich hätte ich es auch nicht sonderlich glaubwürdig gemacht.

»Ein paar Mal«, gab ich zu. Das war schon fast eine Lüge. Allerdings zählte ich natürlich nicht mit. Ich hätte nur schätzen können.

Die Wahrheit war, dass ich in dieser Woche besonders häufig masturbiert hatte. Nicht am Anfang, aber ab Mitte der Woche war der Bann gebrochen. Die Aufforderung, auf Masturbation zu verzichten, war sehr kontraproduktiv. Sie forderte meine Lust förmlich heraus.

»Peter«, kam gespielt böse zurück. Selbst Sandra hatte wohl nicht erwartet, dass ich ganz darauf verzichten würde. »Dann hast du dir wohl eine Strafe verdient.«

»Strafe?«, lachte ich auf. »Bist du jetzt meine Domina?«

»Das würde dir gefallen, oder? Aber nein. Ich habe da etwas sehr viel Gemeineres im Kopf.«

Sandra stand auf und wühlte in unserer Kommode herum. Für einen Moment hielt ich es für möglich, dass sie den Peniskäfig hervorholen würde. Doch stattdessen hielt sie Seidenstrümpfe in der Hand.

»Hände über den Kopf«, forderte sie mich auf.

Ich folgte ihrer Anweisung. Ließ mich ohne Widerworte von Sandra ans Bett fesseln. Es war das erste Mal für uns. Gefesselt hatten wir uns noch nie gegenseitig. Ich war guter Dinge, dass die angekündigte Strafe eher zu meinem Vorteil verlaufen würde.

»Ist das okay? Bequem?«

»Ja. Das geht.«

»Gut«, lachte Sandra mich an. »Nun zu deiner Bestrafung.«

Mit einem Finger glitt sie an meinem Glied entlang. Umfuhr mit ihm meine Eichel. Anschließend wichste sie meinen Schwanz kurz. Ich stöhnte auf und Sandra lachte mich zufrieden an.

Eine halbe Stunde später hatte sie meinen Schwanz einige weitere Mal gewichst und mir kurze Blowjobs gegeben. Außerdem hatte ich ihre Scham lecken dürfen. Auf meinen Orgasmus wartete ich hingegen noch.

»Sandra?«

»Hm?«

»Bitte?«

»Bitte was?«

»Bitte lass mich kommen.«

»Das möchtest du gerne?«

»Bitte.«

»Nein.«

»Was?«

»Nein.«

»Sandra!«

»Ich habe eine Bestrafung angekündigt und die bekommst du gerade«, bestätigte sie meine Befürchtung.

»Oh Gott«, ließ ich los. Einmal mehr umspielte sie sanft meine Eichel. Zuvor hatte sie diese mit Spucke befeuchtet. Es war ein fast schmerzhaft erregendes Gefühl. Dem ich hilflos ausgesetzt war.

»Ich denke das reicht«, verkündete sie. Statt mich zu befreien, legte sie sich an meine Seite und deckte uns beide zu.

»Sandra? Die Fesseln?«

»Wenn du meinst.« Sandra befreite mich von ihnen. »Aber komme auf keine dummen Gedanken. Kein Orgasmus. Auch nicht durch Handbetrieb.«

Ich brauchte lange, bis ich endlich einschlafen konnte. Meine Erregung kam immer wieder zurück. Ich wollte Sandra aber nicht enttäuschen, so seltsam das auch klingen mag.

Am nächsten Morgen schien Sandra mich für das kleine Spiel belohnen zu wollen. Ich wachte auf und mein steifer Penis erfreute sich bereits an einem Blowjob. Mit vollem Mund schenkte sie mir ein Lächeln und gurgelte ein »Guten Morgen« heraus. Nach der vorhergehenden Nacht brauchte ich nicht lange, um zu kommen.

»So darfst du mich gerne öfters wecken.«

»Und so darfst du mich gerne öfters in den Tag kommen lassen. Nach deiner gestrigen Enthaltsamkeit durfte ich mich heute über besonders große Spritzereien freuen.«

Das kam leicht anklagend von meiner Frau. Ein weiterer Hinweis darauf, dass ich das Masturbieren lassen sollte. Ich fand das ein wenig viel verlangt. Auch wenn ich nicht bestreiten konnte, dass ich an diesem Morgen besonders kraftvoll abgespritzt hatte.

Am Montagabend war Sandra wieder im Cucky Club. Brachte mir anschließend ihr kleines »Geschenk« mit und ließ sich von mir lecken.

»Victoria hat uns zu Donnerstagabend in den Club eingeladen.«

»Traut sie sich endlich, mir gegenüber zu treten.«

»Du benimmst dich bitte. Sie hat nichts Falsches gemacht.«

Das sah ich anders, aber es nützte wenig darüber zu diskutieren. Trotzdem versprach ich meiner Frau keinen Aufstand zu machen. Was für mich allerdings nicht bedeutete, dass ich Victoria bei Gelegenheit nicht doch ein paar Worte sagen würde.

»Und spar dich für mich auf«, forderte Sandra mich noch auf.

Das klappte allerdings nur bis zum Dienstagnachmittag. Sandra war bei unserer Nachbarin. Lydia und Helmut waren mit Victoria aus den USA zurückgekommen. Sie hatten sicherlich einiges zu klönen. Ich nutzte die Freiheit für ein wenig Entspannung. Hose runter, einen netten Porno ausgewählt und es ging los.

»Peter!«

In meiner Tür stand meine Frau.

»Was machst du hier? Du bist doch gerade erst weg?«

»Und du musst gleich wieder loslegen. Kann man dir nicht eine Minute den Rücken zudrehen. Du musst doch zumindest mal drei Tage ohne deine Hand auskommen!«

»Das ist nicht so einfach«, wehrte ich mich.

»Du gibst dir besser Mühe. Ansonsten sollten wir doch

mal über die Lösung von Victoria nachdenken ... Wo ist der USB-Stick mit den Urlaubsfotos?«

Sandra nahm den Stick entgegen und verschwand wieder. Ich saß noch immer mit heruntergelassener Hose an meinem Schreibtisch. Die Lust war mir allerdings vergangen.

Meine fehlende Selbstbeherrschung ärgerte mich aber auch selber.

»Es tut mir leid«, entschuldigte sich Sandra am Abend für ihr Auftreten. »Ich hätte freundlicher sein können.«

»Mir tut es auch leid.«

»Ihr Männer seid halt schwanzgesteuert«, lachte sie. »Meistens macht es ja auch Spaß.«

»So sind wir wohl.«

»Aber Strafe muss trotzdem sein.«

Einmal mehr wurde ich ans Bett gefesselt und Sandra gab ihr Bestes, um mich diesmal noch ein Stück tiefer in den Wahnsinn zu treiben.

»Sandra. Bitte. Lass mich kommen.«

»Aber dann wäre es ja keine Strafe mehr«, kam süffisant zurück. Gleichzeitig strich sie qualvoll über meinen erigierten Penis.

»Bitte. Ich verspreche auch mich zukünftig besser zu beherrschen.«

»Verspreche nichts, dass du nicht halten kannst.«

Sandra legte sich an meine Seite und gab mir einen Kuss. Wir beide schauten hinab auf meinen Penis. Mit einer Hand ergriff sie meine Hoden und knetete sie ganz vorsichtig.

Als Nächstes überraschte sie mich. Sandra setzte sich auf mich und ließ meinen Schwanz in sich hineingleiten.

»Soll niemand sagen ich würde meinen Ehemann nicht umsorgen«, verkündete sie und begann einen langsamen Ritt.

Eilig hatte sie es immer noch nicht. Ich war aber optimistisch, dass ich diesmal kommen durfte.

»Ich hoffe einfach mal das Beste und gehe davon aus, dass du dich bis Donnerstagabend für mich aufsparen kannst.«

Eine Antwort wartete sie erst gar nicht mehr ab. Stattdessen begann sie mich wild zu reiten. Es brauchte nur eine Minute, um mich in sie explodieren zu lassen.

Erschöpft lag ich im Bett und ließ mir die Fesseln von Sandra abnehmen.

»Was erwartet uns am Donnerstagabend?« Ich hatte den Cucky Club seit fast vier Wochen nicht mehr betreten. Würde außerdem zum ersten Mal wieder mit Victoria in Berührung kommen. In mir machte sich langsam eine nervöse Anspannung breit.

»Nichts, was du nicht möchtest«, verkündete meine Frau mit einem Lächeln.

»Sandra«, quengelte ich.

»Okay. Kein Peniskäfig, wenn das deine Befürchtung ist. Keine Gemeinheiten. Wir werden Victoria und dem Club nur ein wenig zur Hand gehen.«

Das ließ noch viel Raum für Spekulationen, aber nach Wochen der Abstinenz war meine Neugier deutlich größer. Mit dem Club verband ich viel sexuelle Lust und Befriedigung. Bei aller Wut auf Victoria konnte ich darauf in meinem Leben auch nicht mehr einfach verzichten.

KAPITEL 7

Zu meiner eigenen Überraschung masturbierte ich in den zwei Tagen bis Donnerstag nicht. Sandra gab mir dazu auch keine Gelegenheit. Ich hatte das Haus nie für mich alleine.

Wir putzten uns für den Abend heraus. Durch den Club hatte Sandra selbst im Alltag weniger Probleme ihr Sex-Appeal zu präsentieren. Sie kleidete sich deutlich offener. Für einen solchen Abend setzte sie aber noch ein paar Stufen drauf.

Während Sandra sich noch fertig machte, begrüßte ich Lydia an der Tür. Sie würde einen Blick auf unsere Kinder haben. Wir hatten uns seit der Kreuzfahrt nur aus der Ferne gesehen. Sprachen zum ersten Mal wieder miteinander.

»Schon wieder im Alltagsstress angekommen?«

»Die Arbeit erledigt sich nicht von alleine.«

»War wirklich schön in der Karibik. Vielleicht sollten wir das mal wiederholen?«

»Hm«, brummte ich.

»Nicht unbedingt mit Bulls«, flüsterte sie mir amüsiert

zu. »Gerne auch mit den Kindern. Kann sich die Brut miteinander beschäftigen.«

»Vielleicht.«

»Wobei mit Bulls natürlich auch sehr lustig war. Das war für mich auf jeden Fall nicht der letzte Urlaub dieser Art … Und ihr helft heute Abend aus?«

»Schaut so aus.«

»Sie haben dich noch nicht eingeweiht?«, grinste Lydia mich an. »Keine Sorge. Nichts Wildes. Vielleicht ein wenig gewöhnungsbedürftig, aber, wenn man so etwas mag, ist es auch sehr erregend. Ich wäre zumindest auch gerne dabei gewesen.«

Sie wusste, wie sie mich neugierig machen konnte.

»Ah, schau an. Der kleine Mann ist auch schon voller Vorfreude.«

Ungeniert faste Lydia mir zwischen die Beine.

»Hat noch seine Freiheit.« Ich wunderte mich nicht, dass sie in das Thema Peniskäfig eingeweiht war. Vielleicht hatte Victoria sie frühzeitig eingeweiht. Spätestens Sandra würde mit ihr darüber gesprochen haben.

»Die wird er auch behalten.«

»Jedem das Seine. Mein Helmut gehört ganz mir.«

Sie sprach es zwar nicht direkt aus, aber zwischen den Worten gelesen, teilte sie mir mit, dass sein Penis hinter Gittern leben musste. Das passte allerdings auch gut zu einer anderen Information aus der Vergangenheit. Demnach durfte Helmut seine Lust nicht ganz so häufig ausleben.

Sandra kam in einem schönen Kleid zu uns herunter. Sie sprach kurz mit Lydia und wir machten uns auf den Weg.

»Möchtest du mir noch irgendetwas gestehen? Jetzt hast du noch die Möglichkeit?«, fragte ich auf der kurzen Autofahrt.

»Gestehen?«

»Welche Sauerei habt ihr für mich geplant?«

»Keine. Zumindest denke ich nicht, dass du es so beschreiben würdest. Ich würde jetzt nicht behaupten wollen, dass für dich jeder Moment einfach werden wird, aber deine Lust wird dich für alle schwierigen Augenblicke doppelt und dreifach entschädigen. Ich bin mir sicher, meinen Ehemann dafür gut genug zu kennen. Vertraust du mir?«

Ich brauchte Zeit für eine Antwort. Nickte dann zu einem leisem »okay«. Ein Zurück gab es für mich jetzt ohnehin nicht mehr. Dafür war es zu spät. Das galt sowohl für mein Cuckold-Dasein als Ganzes, als auch diesen speziellen Abend.

Robert öffnete uns die Tür. Dort trennten sich auch schon unsere Wege. Ich sollte in der Cucky Bar auf meinen Einsatz warten.

Die Bar war gut gefüllt. Ich erkannte einige Gesichter wieder. Es war allerdings Lisa van der Meer, die mir sofort ins Auge fiel. Sie winkte mich sogleich zu sich.

»Schön dich wieder zu sehen«, begrüßte sie mich.

Ich beließ es bei einem kühlerem »Hallo«. Immerhin erschien mir doch fraglich, ob sie mit Victoria unter einer Decke steckte.

Bei einem Bier meinerseits und Wein für Lisa wurde die Atmosphäre dann doch ein wenig lockerer.

»Hat er dich wieder verschlossen?« Mir war die Frage sofort peinlich. Lisa hingegen lächelte mich an.

»Du kannst ja einmal fühlen.« Damit erinnerte sie mich an meine erste Berührung mit ihrem Keuschheitsgürtel. Ich schüttelte mit dem Kopf. »Nicht?«

»Wie kann man so etwas nur tragen?«

Lisa drehte sich von der Bar zum Raum um. Ließ ihren Blick schweifen und drehte sich schließlich zu mir. »Ich kenne hier mindestens zehn Cuckolds, die zumindest gelegentlich einen Peniskäfig tragen. Viele von ihnen vermutlich sogar in diesem Augenblick.«

Ich musste mich, ob dieser Einschätzung noch einmal umdrehen und musterte die Anwesenden. Schaute in ihre Gesichter und manchen auch in den Schritt. Verräterische Spuren konnte ich nicht entdecken.

»Du glaubst mir nicht?«

»Ich weiß nicht. Es wird schon welche geben, aber so viele?«

»Rudi«, winkte sie den Barkeeper heran. »Trägst du gerade deinen Peniskäfig.«

»Hm? Natürlich.«

»Da hast du schon mal einen Kandidaten gefunden ... Peter hat Angst vor Peniskäfigen und glaubt mir nicht, dass viele der Anwesenden einen tragen oder dies zumindest gelegentlich tun.«

»Angst?«, fragte Rudi irritiert in meine Richtung.

»Angst ... weiß ich nicht, aber was soll denn so was. Wer will denn nicht frei sein?«

»Das muss jeder mit sich selber ausmachen«, gab Rudi seine Meinung gleich zu Beginn preis. »Für mich gehört es einfach dazu. Zu Hause zu sitzen und auf die Heimkehr meiner Frau zu warten. Dabei keine Möglichkeit zu haben mich selber zu befriedigen. Das ist auch ein wenig befreiend. Kann man sie so doch nicht enttäuschen.«

»Aber man kann doch nicht ständig so ein Ding tragen?«

»Ständig ... na ja, die gibt es auch. Kai dort hinten. Der trägt ihn fast immer. Wird nur einmal im Monat von seiner Frau in die Freiheit gelassen. Ihm gefällt es wohl so. Für mich wäre das nichts. Ich trage ihn nur, wenn meine Frau im Club ist. Egal, ob ich dabei bin oder zu Hause auf sie warte.«

»Hm.«

»Peter«, flötete plötzlich die Stimme von Victoria Paulsen. »Schön dich endlich wiederzusehen.«

»Mehr oder weniger«, gab ich grimmig zurück. Sie ließ sich davon aber nicht irritieren und lächelte mich weiter an. »Peter hilft heute zum ersten Mal bei der Anwerbung neuer Mitglieder«, verkündete sie an den Rest. Ich spitzte meine Ohren. Zum ersten Mal bekam ich Informationen zu diesem Abend im Cucky Club.

»Uns bleibt noch ein wenig Zeit. Warum setzen wir uns nicht.« Wir verabschiedeten uns von Lisa und Rudi. Ein paar Meter weiter fand sich ein leeres Sofa. »Du möchtest mir vielleicht etwas mitteilen?«

Ich gab Victoria für diese Bemerkung einen bösen Blick. »Was sollte das?«

»Was?«

»Das weißt du ganz genau. Das Geschenk.«

»Was war da noch mal drin?« Victoria schmunzelte. »Hab ich nicht mal gesagt, dass ich Angebote mache? Was ihr daraus macht, ist eure Sache. Das Geschenk ist eines dieser Angebote.«

»Und direkt hinterherkommt Sandra zufällig mit Jan und Lisa van der Meer ins Gespräch.«

»Hach. Zufälle gibt es im Leben. Das muss Vorhersehung sein.«

Ich schüttelte genervt den Kopf.

»Peter«, kam fast ein wenig bittend. Scheinbar war die Phase des lustig Machens beendet. »Du trägst ihn nicht, weil du es offensichtlich nicht möchtest. Wo ist das Problem? Naturgemäß wird man hier im Club häufig mit völlig neuen Dingen konfrontiert. Das ist wie ein Buffet. Man wählt, wozu man Lust hat.«

»Schöne Worte. Aber am Ende ist jeder hier für dich wohl nur ein Spielball.«

»Die Spiele sind beendet.«

»Beendet?«

»Zwischen uns. Der Peniskäfig war das letzte Bauteil. Jetzt seid ihr auf euch alleine gestellt. Natürlich begleite ich euch gerne weiter. Wir sind ja auch entfernte Nachbarn und ich klöne gerne eine Runde mit Sandra. Aber vor neuen Gemeinheiten meinerseits musst du dich nicht fürchten.«

»Und was ist mit heute?«

»Heute?«, lachte Victoria. »Na ja, ich hoffe, du legst Gemeinheiten nicht zu eng aus? Ein wenig Triezen wird doch noch erlaubt sein? Für kurze Augenblicke mag man es erniedrigend empfinden, aber am Ende wird es vor allem geil. Versprochen.«

Sollte ich Victoria glauben? Das Verrückte an dieser Situation war, dass ich es tatsächlich tat. Es passte gut zu ihren vergangenen Aussagen. Vermutlich würde sie sich jetzt neue Frischlinge auserwählen. Für sie begannen die Spiele von vorne.

Sie hatte mich einmal darum beneidet, dass ich so viele Dinge noch zum ersten Mal erleben durfte. Sie versuchte, durch ihre Einbindung diese ersten Male mitzuerleben. Man könnte wohl sagen, dass es ihr ganz persönlicher Fetisch war.

»Langsam wird es Zeit für deinen Einsatz«, verkündete Victoria. »Wir haben ständig Interesse seitens neuer Mitglieder. Wer es heute hierhergeschafft hat, ist schon einmal erfolgreich durch die Vorauswahl gegangen. Dabei sortieren wir viele Kandidaten aus. Dem musstet ihr euch nicht stellen, wenn man von meiner persönlichen Begutachtung während des Straßenfestes absieht. Die Interessenten kommen aus den unterschiedlichsten Bereichen. Für euch ist das Thema Cuckold natürlich total neu gewesen, das war auch besonders reizvoll. Die meisten können mit dem

Wort aber schon etwas anfangen. Unser kleiner Club hier spricht sich in entsprechenden Kreisen von alleine herum.«

Man konnte Victoria ansehen, dass sie stolz auf ihre Leistung war.

»Viel wirst du gar nicht tun müssen. Sandra weiß Bescheid. Folge einfach ihren Kommandos ... Er ist schon bereit.« Bei ihren letzten Worten legte Victoria ihre Hand ungeniert in meinen Schritt. »Ich bin mir ziemlich sicher, dass Sandra dich gerne einmal in einem Peniskäfig sehen würde. Das wäre auch was für unsere Interessenten. Aber soweit bist du noch nicht ... oder? ... Scheinbar nicht.«

Mein Blick hatte Victoria für eine Antwort gereicht.

Wir verließen zusammen die Cucky Bar und gingen ein Stockwerk höher. Victoria öffnete eine der vielen Türen. Es war einer der größten Räume in dieser Etage.

Als Erstes bekam ich Pedro zu sehen. Er lag nackt auf dem Bett. Sein Schwanz bereits hart.

»Unterhalte dich doch kurz mit Pedro«, forderte mich Victoria auf.

Ich leistete ihr Folge. Auf der anderen Seite des Raumes entdeckte ich insgesamt fünf Person. Neben meiner Frau schienen zwei Pärchen zu stehen.

»Hallo«, begrüßte Victoria sie. »Willkommen im Cucky Club. Wir haben als Teaser eine kleine Show vorbereitet. Nichts Außergewöhnliches. Insbesondere für euch. Ihr habt ja schon die ein oder andere Erfahrung gesammelt.«

Victoria pries ihren Club weiter an. Ihr schienen diese Gäste wichtig zu sein. Rein äußerlich sahen sie nach Geld aus. Die Männer machten auf mich den Eindruck Managertyp. Die Frauen waren vom Typ »verhindertes Modell«.

Pedro wechselte ein paar Sätze mit mir. Er merkte aber schnell, dass meine Aufmerksamkeit woanders lag.

»Schatz«, begrüßte mich meine Frau und nahm mich in den Arm. »Kann es losgehen.«

»Ähm. Vermutlich schon?«

»Stör dich nicht an den Zuschauern. Wir machen einfach unser Ding. Okay?«

Ich nickte. Sandra gab mir einen kurzen Kuss auf die Wange und trennte sich dann von mir.

»Zieh dich bitte nackt aus und setzte dich in den Sessel. Und lass deinen Schwanz in Ruhe.«

Ohne ein Wort tat ich wie Sandra mir aufgetragen hatte. Es war mir schon peinlich, mich vor diesen Fremden auszuziehen. Ganz besonders, weil sie auch den großen Schwanz von Pedro im direktem Vergleich zu sehen bekamen. Das hinderte mein bestes Stück aber nicht daran, sich sogleich aufzustellen.

Die nächsten Minuten spielte ich keine Rolle. Ich war nur ein weiterer Beobachter. Sandra und Pedro vergnügten sich miteinander. Zu Beginn wie ein zärtliches Liebespaar. Dieser Anblick bereitete mir immer besondere Bauchschmerzen. Für Zärtlichkeiten und Liebe machen sah ich mich zuständig. Die Bulls waren für das Rein-Raus zuständig.

Zu meiner Überraschung tat sich auch auf der Gegenseite etwas. Die Damen hatten sich oben rum freigemacht und ihre Männer vergruben sich in ihren Brüsten.

Victoria winkte mir derweil zu und verließ den Raum.

Auf dem Bett erhöhte sich das Tempo stetig. Sandra trug ihr Kleid noch um die Hüften. Pedro befreite sie von diesem. Ihr Höschen folgte.

Damit erlebte ich eine weitere kleine Überraschung. In ihrem Poloch steckte ein Buttplug. Allerdings nicht der mir bekannte. Es wirkte von außen fast so, als wenn ein Kristall in ihr steckte. Ich konnte mir aber gut vorstellen, wie sich dieser in ihr ausdehnte. Dann wird sie jetzt wohl Pedro als ersten Bull ranlassen, erkannte ich konsterniert. Meine Zeit als einziger Mann mit Analsexzugang würde beendet werden.

»Peter?«, kam von meiner Frau und sie suchte Blickkontakt. »Du darfst jetzt an dir rumspielen. Aber kein Orgasmus!«

Ich interpretierte das »darfst« als ein »sollst« und legte mit ein wenig Verzögerung los. Unseren Zuschauern warf ich dabei lieber keinen Blick zu. Ich fühlte mich von meiner Frau schon ein wenig dominiert. Immerhin gab sie die Anweisungen und ich folgte ihr willfährig.

Während Pedro meine Sandra von hinten nahm - allerdings noch in ihre Muschi - bekam ich eine Bewegung aus der anderen Richtung mit.

Unsere Beobachter zeigten sich einmal mehr sehr aktiv. Die Männer legten ihre Kleidung ab. Ich wollte eigentlich nicht hinschauen. Mich interessierte aber doch, wie diese beiden Cuckolds dort unten ausgestattet waren.

Dann bekam ich allerdings eine Überraschung zu sehen. Am liebsten hätte ich laut und verzweifelt »Victoria!« ausgerufen. Bei beiden steckte der Schwanz in einem Peniskäfig.

Sie schienen mir nicht so hochwertig zu sein, wie der von Victoria. Statt Metall wurde hier nur Plastik eingesetzt. Einer der beiden viel mir besonders ins Auge. Hier wurde rosafarbenes Plastik verwendet. Sehr viel erniedrigender konnte es aus meiner Sicht nicht werden. *Victoria kennt sicherlich reichlich Wege*, korrigierte ich mich sofort.

»Schöne Peniskäfige«, tat Sandra ihre Meinung ganz offen kund. »Mein Peter konnte ich von ihnen noch nicht überzeugen.«

Ich warf ihr einen gequälten Blick zu. Sandra zeigte ein kleines entschuldigendes Schulterzucken. Mir schien es aber eher aussagen zu wollen, dass ich mit solchen Worten leben musste.

All dies hielt meine Hand in keinster Weise davon ab, weiter zwischen meinen Beinen aktiv zu bleiben. Notgedrungen variierte ich das Tempo. Kommen durfte ich immer noch nicht. Wie so häufig, schadete die Entwicklung meiner Erregung nicht. Was man nicht haben darf, möchte man bekanntlich umso stärker haben.

Für mich herrschte einmal mehr akute Reizüberflutung. Ich wusste gar nicht, wo ich hinschauen sollte. Da waren die beiden hübschen Ehefrauen und ihre frei liegenden Brüste. Ich konnte auch nicht anders, als meinen Blick gelegentlich über die Peniskäfige ihrer Ehemänner gleiten zu lassen.

Immerhin sah ich zum ersten Mal einen Mann, der so etwas tatsächlich trug. Bisher hatte ich nur ganz kurze Einblicke von Bildern und Videos erhalten. Mir schien es so, als wenn ihre Penisse aus ihrem Käfig drängten. Musste dies nicht schmerzhaft sein?

Mein Hauptaugenmerk lag jedoch auf meiner Frau. Pedro nahm sie gewohnt ausdauernd von hinten. Mich interessierte aber nicht nur wie sein Schwanz in sie hineinglitt und meine Frau jedes Mal erfreut aufstöhnte. Auch der Kristall in ihrem Po zog mich magisch an.

Sandra durfte sich schließlich über einen Orgasmus freuen. Dabei ließ sie alle Hemmungen fallen und teilte uns durch laute Schreie mit, wie es ihr gerade erging. Offensichtlich ziemlich gut.

Anschließend war Pedro an der Reihe. Sandra gab ihm erneut einen Blowjob. Statt seinen Saft einfach nur zu schlucken, erlebte ich jedoch ein weiteres erstes Mal.

Mit geöffnetem Mund und ausgestreckter Zunge erwartete meine Sandra seinen Orgasmus. Eine Szene, die ich so schon in einigen Pornos zu sehen bekommen hatte.

Wir Zuschauer bekamen zu sehen, wie das Sperma von Pedro in einem Strahl herausgeschossen kam. Er versuchte zu zielen. Doch die Wucht war zu viel. Die ersten beiden Spritzer gingen quer über ihr Gesicht. Sogar ihre Haare bekamen ein wenig ab. Der Rest landete dann aber auf der Zunge und im Mund von Sandra. Diese nahm es freudig auf.

Erschöpft ließen sich beide ins Bett sinken. Sandra sammelte das Sperma von ihrer Stirn und rund um ihre Nase ein und schleckte es von ihren Fingern ab.

Von hinten hörte ich ein Tuscheln. Unseren Zuschauern gefiel die Show scheinbar.

Sandra stand auf und kam zu mir. Sie setzte sich auf meinen Schoss. Allerdings so, dass mein steifer Schwanz nicht in sie eindringen konnte.

»Alles klar?«, fragte sie mich leise.

»Ich denke schon.«

»Du denkst schon?«

»Victoria hatte angekündigt, dass ihre Spielereien beendet seien. Und dann setzt sie mir hier die beiden mit ihren Käfigen vor.«

»Sehen wir es als krönenden Abschluss.«

»Hm.«

»Du hast gesehen, was in meinem Po steckt?«

»Das Glitzern ist nicht zu übersehen.«

»Spricht was dagegen, wenn Pedro?« Sie stellte die Frage sehr verkürzt. Wir wusste aber beide, was noch hätte folgen können.

»Nein.«

»Danke.«

»Es ist dein Po.«

»Keine Sorge. Es bleibt auch deiner.«

»Hm.«

»Das gefällt dir?«

»Natürlich. Es ist ein schöner Po.«

Sandra lachte zufrieden. Dann überraschte sie mich mit

einem Kuss. Auf ihren Lippen konnte ich noch ein wenig Pedro schmecken. Ihr ganzes Gesicht roch nach Mann.

»Uh.«

»Das war doch jetzt kein Problem«, lachte sie. »Du hast mich oft genug danach geleckt.«

»Ähm ... na ja.«

»Keine Sorge, nachher darfst du auch noch so ran, wie du es gewohnt bist.«

»Muss das sein?«

»Warum nicht?«

Ich nickte in Richtung unserer Zuschauer.

»Aber für sie machen wir das doch«, erklärte Sandra, ganz so, als wenn ich eine dumme Frage gestellt hätte. Gleichzeitig richtete sie sich auf. Sie ging allerdings nicht zurück zu Pedro, sondern wandte sich unseren Gästen zu. Sie unterhielten sich kurz. Allerdings zu leise für mich, um mithören zu können.

Pedro schien schließlich genug Pause gehabt zu haben. Sandra krabbelte zurück aufs Bett. Gab seinem Schwanz einen kurzen Kuss und drehte sich dann zu mir um.

»Schatz, würdest du uns bitte zur Hand gehen?«

»Ähm ... okay?«

»In der Schublade findest du Gleitgel. Endlich ist es soweit. Darauf haben wir doch so lange gewartet. Pedro nimmt mich endlich auch in mein letztes Bull-freies Loch.«

Sprach da wirklich meine Frau zu mir? Verwirrt starrte ich sie an. Sie schaute mich ungeduldig an. Dann ging mir ein Licht auf. Das gehörte zur Show für unsere Gäste. »Peter?«

»Äh ... ja, sofort.«

Ich fand in der Schublade das angesprochene Gleitgel. Pedro saß auf dem Bett. Sandra gab ihm einen feuchten Blowjob. Dazu streckte sie ihren Po in die Höhe.

Vorsichtig zog ich den Buttplug heraus. Ihr Poloch

stand noch kurz einen Spalt offen. Großzügig verteilte ich das Gleitgel.

»Fick mich mit deinem Finger, damit ich rundherum gut geölt bin. Pedro ist deutlich größer als du. Das wird nicht einfach.«

Da war wieder einmal der Hinweis auf den nicht unbedingt kleinen Größenunterschied. Immerhin steckte ich nicht in einem Peniskäfig, wie die beiden Cuckolds am Ende des Raumes.

»Du kannst auch mehr als einen Finger benutzen.«

Ich nahm einen zweiten Finger hinzu und bald auch noch einen dritten. Der Buttplug hatte gute Vorarbeit geleistet und das Gleitgel tat sein Übriges.

»Peter, ich denke das reicht. Bitte noch einen langen Streifen auf Pedros Schwanz. Von der Wurzel bis zur Spitze.«

So Nahe hatte ich noch nie an einem Penis ranmüssen. Mir blieb aber keine Wahl. Zumal ich Sandra dieses Erlebnis gönnte und mich darauf freute zuschauen zu dürfen.

Sandra übernahm das Verteilen des Gleitgels. Pedros großer Schwanz glänzte förmlich.

Meine Frau blieb so liegen. Ihr Kopf lag auf dem Bett und ihr Po in die Höhe gestreckt. Pedro kniete sich hinter sie.

»Peter, kannst du bitte meine Pobacken auseinanderziehen.«

Ich tat nichts lieber. Einen besseren Blick auf das Geschehen konnte ich gar nicht bekommen. Auch der versammelte Rest schob sich näher an das Bett heran. Jeder wollte miterleben, wie Pedro in sie eindrang.

Er setzte seinen Penis an die Rosette meiner Frau an. »Bitte vorsichtig«, ließ diese mit leicht ängstlicher Stimme verlauten.

»Keine Sorge. Das ist nicht mein erstes Mal.« Ich wunderte mich, ob er damit generell Analsex meinte oder das Einweihen einer Frau in diese Spielart.

In jedem Fall zeigte er sich wirklich sehr rücksichtsvoll. Sein Penis presste gegen die Rosette und diese öffnete sich. Zunächst nur ein klein wenig, doch das Gleitgel half enorm. Sandra stöhnte mit einer Mischung aus Schmerz und Lust auf.

Für einige Sekunden steckte nur der Kopf von Pedros Penis in ihr. Er ließ ihr ein wenig Gewöhnungszeit. Dann schob er sich tiefer hinein. Ich wunderte mich, wie weit er gehen würde. Könnte wirklich sein ganzer Schwanz in Sandra verschwinden?

Schon bald hatte er die Hälfte erreicht. Ich machte große Augen.

»Peter, beschreib es mir. Wie sieht es aus?«

»Ähm ... wunderschön.«

»Details.«

»Pedro steckt bis zur Hälfte in dir.«

»Oh, die Hälfte erst? Mehr.«

»Das könnte ein wenig viel werden. Zumindest beim ersten Mal«, schaltete sich Pedro an.

»Ich melde mich, wenn es zu viel wird.«

»Okay.«

Statt gleich weiter in sie vorzudringen, begann Pedro aber mit einem Fick. Damit kam Sandra überraschend gut klar. Er wurde immer schneller und meine Frau schien es zu genießen.

Pedro tippte mich mit einer Hand an. »Das Gleitgel bitte.«

Dieses stand auf dem Nachtschränkchen. Ich holte es ihm. Er ließ dies sehr großzügig von oben zwischen die Pobacken meiner Frau laufen. Auch sein Schwanz bekam von oben aus eine nicht wirklich gut gezielte

Ladung ab. Das Bett würde anschließend ziemlich versaut sein.

Für Pedro schien dies die Vorbereitung auf den nächsten Schritt zu sein. Er versuchte jetzt tiefer in Sandra vorzudringen.

»Dreiviertel«, kommentierte ich atemlos. Sandra nahm es mit Besorgnis auf. Gleichzeitig schien sie aber ihr Ziel unbedingt erreichen zu wollen. Da kann sie durchaus hartnäckig sein. Sie drückte sich sogar selber Pedro entgegen. So schafften sie auch noch das letzte Stück.

»Drin. Alles drin.« Ich war ein wenig schockiert. Konnte kaum glauben, dass dies wirklich möglich war. Das meine Frau es getan hatte.

»Danke für deine Hilfe, Cucky. Zur Belohnung darfst du dich wieder hinsetzen und dir einen schönen Orgasmus bereiten.«

»Danke«, flog mir automatisch heraus. Mein harter Schwanz sehnte sich nach Erlösung.

Ich setzte mich und legte sofort los. Zwei Minuten später spritzte ich ab.

»Das ging schnell«, feixte meine Frau.

Einige Minuten später hatten auch Pedro und Sandra genug. Sie wuschen sich kurz und bereiteten sich auf einen abschließenden Fick vor. Sandra ritt wild auf ihm. Ihren Körper den Club-Interessenten zugewandt. Hier knieten die Männer vor ihren Frauen und durften mit ihren Zungen für Befriedigung sorgen.

Pedro spritzte schließlich in Sandra ab. Diese rutschte nach vorne von ihm herunter. So lag sie noch immer zwischen seinen Beinen.

»Peter. Dein Einsatz«, verkündete sie selbstbewusst.

Ich wusste ganz genau, was sie von mir erwartete. Mittlerweile hatte ich es so häufig gemacht. Doch nur selten vor Zuschauern.

Diese gaben mir aber nicht unbedingt das Gefühl, dass ich vor ihnen etwas Verbergen musste. Sie schienen selber sehr offen zu sein.

»Du wirst immer besser mit deiner Zunge«, lobte mich meine Frau.

Dann fand unsere Vorführung ihr Ende. Sandra schickte mich in die Cucky Bar. Selber kümmerte sie sich um die Gäste.

KAPITEL 8

Dieser Donnerstagabend mit unserer Vorführung für Club-Interessierte mag wie viele andere Abend im Cucky Club wirken. Doch er markierte einen besonderen Moment.

Sandra war auch weiterhin regelmäßig im Club und hatte ihren Spaß. Doch im Gegensatz zur Vergangenheit war ich jetzt ein deutlich regelmäßigerer Gast. Es verging keine Woche, ohne dass Sandra mich mit in den Club nahm.

Gemessen an unserer Lust wären wir durchaus noch häufiger dort gewesen. Allerdings war uns auch wichtig andere Dinge in unserem Leben nicht schleifen zu lassen. Freunde, Arbeit, unsere Eltern und natürlich ganz besonders unsere Kinder. Wir bekamen diesen Spagat aber sehr gut hin.

Damit lernte ich auch die anderen Club-Mitglieder besser kennen. Das galt ganz besonders für die Cuckolds. Zum Teil auch für die Frauen. Zwischen den meisten Bulls und uns Cuckolds schien eher eine Barriere zu liegen. Für sie waren wir sicherlich auch nicht so interessant. Wobei ich mit unseren drei Kreuzfahrt-Bulls Pedro, Lamar und Tom auch kleine Unterhaltungen führte.

Der Cucky Club hatte seinen Platz in unserem Leben gefunden. Der fiel sicherlich nicht klein aus. Ich konnte mich manchmal aber auch nicht des Eindrucks erwehren, dass wir die Ruhe vor dem Sturm erlebten. Das doch irgendwann noch einmal etwas kommen würde. Victoria doch noch einmal aktiv werden könnte.

Sie verbrachte zumindest verdächtig viel Zeit mit meiner Frau. Regelmäßig besuchte sie uns. Sandra wiederum war oft im Club zu Gast.

Mit Freude begrüßte ich den April. Endlich konnte ich wieder in die Pedale treten. Über den Winter hatte ich dies sehr selten getan. Nur wenn ich unbedingt rausmusste und Bewegung brauchte. Bei lauwarmen Frühlingswetter und Sonnenschein machte es gleich dreimal so viel Spaß.

»Ich fahr los«, verkündete ich Victoria und Sandra. Sie saßen auf unserer Terrasse und genossen die Sonne.

Ich wollte an diesem Tag ordentlich Gas geben und entschied mich daher für mein Rennrad. Schon nach einem Kilometer fand meine Ausfahrt jedoch ein vorzeitiges Ende. Ich hatte einen Platten. Für mich ging es zurück nach Hause.

Fünfzehn Minuten nach meiner Abfahrt stellte ich mein Fahrrad auf unserer Auffahrt ab. Ich wollte mich gleich an die Flickarbeiten machen und anschließend mein Mountainbike für eine Tour nutzen.

Ich war für solche Fälle vorbereitet. Mein Flickmaterial lagerte ich in meinem Büro. Bevor ich mit der Arbeit begann, wollte ich mein Leid Victoria und Sandra klagen. Ich fand allerdings nur eine leere Terrasse vor. *Vergnügen sich wohl im Club*, vermutete ich.

Ich kramte in meinem Büro nach meinem Flickmaterial und lief durch unseren Flug zurück zur Haustür.

»Ah! Ja!« Die Geräusche waren mehr als eindeutig und kamen aus dem ersten Stock. Ich blieb im Flur stehen und hörte ihnen zu.

Zunächst glaubte ich, dass sie einen Bull aus dem Club zu uns hatten kommen lassen. Ich bekam aber nur Victoria und Sandra zu hören. Vergnügten sie sich miteinander?

Wenn es ein Bull gewesen wäre, hätte ich mich vielleicht mit Zuhören begnügt. Doch die beiden würde ich nur zu gerne bei lesbischen Spielen beobachten. Meiner Sandra schaute ich natürlich immer gerne zu. Victoria Paulsen konnte zwar eine Nervensäge sein, ihre Anziehungskraft auf mich konnte ich allerdings ebenfalls nicht bestreiten.

Schritt für Schritt schlich ich über die Treppenstufen nach oben. Wir hatten eine Treppe aus Stein. Knarzende Treppenstufen machten mir keine Sorgen. Der Hall meiner Schritte dafür schon.

»Jaaa!«, hörte ich laut von meiner Frau. Noch bevor ich unsere Schlafzimmertür erreichte, durfte sie sich über einen Orgasmus freuen. *Verdammt.*

Ich stand direkt neben der Tür. Drinnen war es still. Ich traute mich in dieser Situation nicht, einen Blick zu wagen. Ich vermied jede Bewegung und versuchte ruhig zu atmen.

»Du bist so gut mit deiner Zunge«, lobte Sandra den Einsatz von Victoria.

»Du wirst auch immer besser.«

»Ich gebe mein Bestes. Vielleicht bin ich irgendwann so gut wie Peter.«

Es folgte gemeinsames Gekicher. »Dafür bekommen wir im Vergleich zu ihm wohl zu wenig Übung«, gab Victoria zu bedenken. »Ich freue mich, dich ... euch als Nachbarn zu haben. Ein paar mehr Freunde konnten Robert und ich gebrauchen. Wirkliche Freunde.«

»Freunde mit gewissen Vorzügen?« Wieder wurde gelacht. »Schon Wahnsinn, wie schnell sich die Dinge verändert haben. Hätte mir vor einem Jahr jemand gesagt, dass ich mit anderen Männern Sex haben werde ... und dann auch noch die Anzahl. Ich hätte ihn sofort einweisen lassen.«

»Und dann hoffentlich auch noch viel guten Sex?«

Sandra lachte nur zur Antwort. Worte brauchte es wohl nicht.

»Und wie läuft es zwischen Peter und dir?«

»Zwischen Peter und mir? Wie soll es da laufen? Ich denke bestens. Warum?«

»Nichts Bestimmtes. Ich habe da nur immer gerne einen Blick drauf. Nicht jeder Mann kommt mit seiner neuen Rolle so gut klar. Und sie sind ja nicht immer so gut darin, ihre Gefühle zu zeigen. Wobei ich bei Peter eigentlich keine Bedenken habe. Er ist ein Cuckold durch und durch. Schon seltsam ...«

Victoria verstummte. Nicht nur mich, sondern auch meine Frau drängte es zu wissen, was so seltsam war. »Seltsam? Was ist seltsam?«

»Der Peniskäfig ... habt ihr ihn noch?«

»Er liegt hier in der Kommode.«

Ich hörte, wie Sandra sich vom Bett schwang. Mein Fluchtreflex ließ mich einen Fuß anheben. Dann hatte ich meine Nerven wieder im Griff. Dem Gespräch nach zu urteilen, würde Sandra nur an die Kommode direkt neben unserem Bett treten.

Ein Rollgeräusch machte dann auch deutlich, dass ich recht gehabt hatte. Dazu hörte ich ein metallisches Klirren.

»Ein schönes Stück oder?«, fragte Victoria. »Eine Sonderanfertigung für Club-Mitglieder.«

»Man sieht schon, dass es kein Billigprodukt ist.«

»So teuer sind die für uns gar nicht. Wir haben ein Club-Mitglied, das die Herstellung übernimmt.«

»Du hast aber auch alles abgedeckt.«

»Der Club bezahlt sich nicht von alleine.«

Es folgte Stille. »Victoria?«, durchbrach Sandra diese als Erste. »Meinst du wirklich, Peter würde es tragen wollen?«

»Bisher scheinbar nicht ... das ist schon ein wenig enttäuschend. Ich verstehe nicht warum. Ich war mir sicher, dass er kein Problem damit hätte, seine Orgasmen an dich auszuliefern. Ist ja nicht so, dass er mit dir keinen Volltreffer gelandet hat. Manch andere Hotwife in unserem Club ist beim Sex mit ihrem eigenem Mann recht sparsam. Peter bekommt von dir doch eigentlich alles, was er sich wünschen kann.«

»Und trotzdem kann er nicht die Finger von sich lassen«, kam mit leichter Enttäuschung von meiner Frau. Damit sorgte sie bei mir für ein besonders schlechtes Gewissen. Nicht wegen meiner regelmäßigen Masturbation, sondern weil in ausgerechnet diesem Augenblick eine Hand in meinem Schritt lag und durch die Hose meinen Schwanz massierte. Das Zuhören hatte mich erregt. Am liebsten hätte ich ihn rausgeholt und genau das getan, was sie enttäuschte.

»Das ist schon schade. Ich meine ... hm ... ich könnte versuchen ihm den Peniskäfig noch einmal näher zu bringen. Aber eigentlich hatte ich schon verkündet, dass es von mir keine weiteren Spiele geben wird.«

»Bitte Victoria.« *Meine Frau will mich wirklich unbedingt in diesen Käfig sperren*, ging mir erschrocken durch den Kopf.

»Meinst du nicht, dass du mit ihm einfach offen über deine Wünsche sprechen solltest? Ihm ist doch sonst auch sehr an deiner Lust gelegen.«

»Das will nicht. Ich will, dass er es möchte. Nicht, dass er es nur für mich macht. Wenn ich ihn wirklich darum bitten würde, könnte ich ihn davon wohl überzeugen. Aber zu welchem Preis? Am Ende hasst er mich noch dafür. Es ist alleine seine Entscheidung. Ich kann mich da nicht einmischen.«

»Kopf hoch. Er sieht im Club ja reichlich Männer mit Peniskäfig. Außerdem liegt hier sein Exemplar. Vielleicht überlegt er es sich doch noch anders. Vielleicht nicht heute oder morgen, aber ihr habt doch noch viel Zeit.«

»Das stimmt. Danke.«

»Keine Ursache.«

Ich hörte deutlich einen Kuss. Sicherlich ein feuchter Zungenkuss. Die Liebesspiele schienen wieder zu starten. Zu gerne hätte ich endlich einen Blick riskiert. Doch nach dem Gehörten trat ich lieber den Rückzug an. Der Zeitpunkt war ideal. Ihre Aufmerksamkeit lag wieder auf ihrem Spiel. Nach all dem Gehörten wollte ich keinesfalls entdeckt werden. Das hätte nur ein unangenehmes Gespräch zur Folge gehabt.

Ich flüchtete nach draußen. Mein nicht geflicktes Rennrad schob ich zurück in die Garage und setzte mich auf mein Mountainbike. In einem angenehmen Tempo radelte ich die Straße hinunter.

Sie will mich tatsächlich einsperren. Ich hätte nicht gedacht, dass meiner Frau dies von so großer Bedeutung war. Sie hatte mich in den letzten Wochen zwar gelegentlich darum gebeten, nicht mehr zu masturbieren, und meine Kräfte nur auf sie zu verwenden. Wirklich ernst genommen hatte ich das aber nicht. Ich hatte es versucht. Am Ende musste ich jedoch einsehen, dass ich mich gegen meine Lust nicht wehren konnte.

Interessiert nahm ich auch zur Kenntnis, dass Victoria sich scheinbar wirklich zurückgezogen hatte. *Ob sie wohl der Bitte meiner Frau nachkommen wird? Wird Victoria noch einen Anlauf versuchen und mich von einem Käfig für meinen Schwanz überzeugen wollen?*

Ich konnte nur abwarten. Viel mehr interessierte mich

in diesem Augenblick, wie sich die beiden miteinander vergnügt hatten. Darauf hätte ich wirklich gerne einen Blick erhascht.

Zwei Stunden später kam ich wieder zu Hause an. Sandra lag vor dem Fernseher.

»Hallo Schatz«, begrüßte sie mich. »Wie war deine Ausfahrt?«

»Sehr schön.«

»Hier war es auch sehr schön. Du hast was verpasst.«

»Hab ich?«

»Victoria und ich hatten unseren Spaß ... wenn du verstehst, was ich meine.«

»Ah ... irgendwann lasst ihr mich aber mal dabei sein?«

»Wenn du schön artig bist?«

»Dafür lohnt es sich wohl.«

Mein Rennrad reparierte ich erst am nächsten Tag.

KAPITEL 9

Der Peniskäfig war in den nächsten Tagen sehr präsent in meinem Kopf. Ich konnte einfach nicht verstehen, warum es ihr wichtig war. Am Ende suchte ich mein Glück bei Google: *Warum will meine Frau mich in einen Peniskäfig stecken.*

Angeblich 36.700 Ergebnisse. Die Titel auf der ersten Seite ließen darauf schließen, dass dieses Thema nicht nur mich bewegte.

Sie waren für einige Lacher gut: *Hilfe! Der Mann meiner Freundin trägt einen Keuschheitsgürtel. Ist das normal?*

Eine verdammt gute Frage. Daneben gab es aber auch viele Diskussionen. Viele Ahnungslose mussten ihren Senf dazu geben. Mich interessierten vor allem die Erfahrungsberichte. Zwar konnte man sich nie sicher sein, ob diese echt waren. Es fanden sich allerdings nur positive Meinungen.

Bei manchen Berichten musste ich schon mit dem Kopf schütteln. Wer lässt sich über ein Jahr permanent einsperren? Der Arme kommt nur zum Duschen und gelegentliche Spiele raus. Er sprach von seiner Schlüsselherrin. Soweit wollte ich dann doch nicht gehen. Zumindest nicht gedanklich. Nachdem Sandra mich ein paar Mal ans Bett gefesselt hatte, konnte ich sicherlich nicht behaupten, dass wir noch nie BDSM ausprobiert hatten. Das war auch ganz nett gewesen, aber wesentlich mehr musste für mich nicht sein.

Sandra hatte mit ihren Befürchtungen wirklich recht gehabt. Das Wissen, dass sie mich gerne in einem Peniskäfig sehen wollte, ging mir nicht mehr aus dem Kopf. Ein Teil von mir drängte danach, ihren Wünschen nachzugeben. Sie glücklich zu machen.

Auch in den nächsten Wochen besuchte ich regelmäßig den Cucky Club. Es ereignete sich aber wenig Neues. Ein paar interessante Dinge bekam man dort natürlich immer zu sehen. Daran hatte ich mich aber gewöhnt. Verfolgte es aber trotzdem jedes Mal mit großem Interesse.

Anfang Mai saß ich in der Cucky Bar. Meine Frau befand sich auf der anderen Seite des Gebäudes. Tanzte vermutlich gerade mit einem der Bulls. Meist traf sie sich mit Pedro.

»Hallo«, erklang eine Frauenstimme mit eindeutigem holländischem Akzent. »Sehen wir uns auch einmal wieder.« Zur Begrüßung herzte mich Lisa van der Meer. »Wir hätten uns schon längst wieder einmal treffen sollen.«

Wir unterhielten uns zunächst ganz entspannt. Mehr über Privates und wenig über den Club. Mich drängte es dann aber doch zu einem bestimmten Thema.

»Du trägst deinen Gürtel wieder?«

»Verschlossen und gesichert. Hier kommt keiner ohne Genehmigung meines Mannes rein«, amüsierte sie sich. »Peter, was stimmt nicht?«, folgte nach kurzer Pause. Es war wohl ziemlich deutlich, wie schwer ich mich mit dem Thema tat.

»Sandra möchte, dass ich auch einen trage ... also die Variante für Männer.«

»Das ist nicht ihre Entscheidung. Du solltest dich von ihr zu nichts zwingen lassen. So funktioniert das nicht. Das wird hier im Club auch nicht geduldet.«

»Nein, nein, so ist das nicht. Wir haben in den letzten Wochen gar nicht darüber geredet. Ich habe sie ... ähm ... du kannst das doch für dich behalten?«

»Natürlich. Wir Cuckolds und Cuckqueans müssen doch zusammenhalten.«

»Ja ... also ... ich habe sie belauscht. Ein Gespräch mit Victoria. Da hat sie davon gesprochen, dass sie den Peniskäfig gerne ausprobieren würde. Sie weiß nicht, dass ich zugehört habe. Sie möchte es auch nicht ansprechen, weil sie Angst hat, ich könnte es nur für sie machen. Ich soll es selber wollen.«

»Das hört sich schon besser an. Und jetzt weißt du nicht, was du machen sollst? Es hat sich doch nichts geändert. Immer noch alleine deine Entscheidung. Mach es nicht von deiner Frau abhängig, sondern davon, ob es für dich eine Spielart ist, die du gerne ausprobieren möchtest. Man kann ja auch jederzeit abbrechen.«

»Ja, sicherlich ... ich weiß bloß nicht. Will ich es wirklich selber oder doch nur, um Sandra glücklich zu machen. Vielleicht habe ich auch am meisten Angst davor, dass es mir gefallen könnte. Ich schaffe es einfach nicht, mir meiner Meinung sicher zu sein.«

»Hatte Victoria dir nicht den Peniskäfig geschenkt? Probiere es doch einfach mal heimlich aus? Verschaffe dir einen Eindruck. Ganz ohne Druck.«

»Ich muss zugeben, dass ich manchmal in die Kommode schaue und mir den Peniskäfig anschaue. Der Schlüssel liegt auch direkt daneben, das wäre kein Problem. Aber ... ich weiß nicht, ob ich das kann.«

»Warte kurz. Ich habe da was für dich.«

Lisa stand auf und lief an eine Garderobe direkt neben der Tür. Von dort holt sie ihre Handtasche. Neben mir sitzend durchsuchte sie diese. »Irgendwo hatte ich hier doch noch welche ... ah, da.«

»Was ist das?« Lisa hielt ein Plastikteil in den Händen. »Ein Schloss aus Plastik? Macht das Sinn?«

»Das macht sogar sehr viel Sinn. Das hier sind Einwegschlösser. Wenn die einmal zu sind, kannst du sie nicht aufschließen. Gibt ja auch keinen Schlüssel. Zum Öffnen musst du sie durchschneiden. Geht kinderleicht. Muss man sich auch keine Sorgen machen, dass der Schlüssel verloren gehen könnte.«

»Okay?«

»Jan und ich benutzen die gerne, wenn er mal über Nacht weg ist und mich verschließen möchte. Dann komme ich auch ohne Schlüssel im Notfall noch aus dem Keuschheitsgürtel raus.«

»Schlau ... aber wie will er das kontrollieren. Kann ja auch ein neues Schloss sein?«

»Jedes Schloss hat eine siebenstellige Zahl aufgedruckt und ist damit eindeutig identifizierbar.«

»Vertrauen ist gut, Kontrolle ist besser. Nicht schlecht.«

»Hast du nicht gesagt, dass deine Frau am nächsten Mittwoch nach Köln zur Messe muss? Deine Chance für einen Test.«

Ich blickte auf die drei Schlösser in meiner Hand. Lisa würde von Mittwoch bis Freitag in Düsseldorf sein. Vielleicht war das wirklich die Möglichkeit, die ich brauchte, um meinen Fragen auf den Grund zu gehen.

KAPITEL 10

Am Mittwochabend saß ich auf unserem Ehebett. Ich hatte gerade Textnachrichten mit meiner Frau ausgetauscht. Sie würde noch mit ihren Arbeitskollegen Essen gehen. Vielleicht auch noch ein paar Cocktails genießen.

Sie würde es sicherlich nicht übertreiben. Am nächsten Morgen musste sie wieder früh aus den Federn.

Ich hatte den ganzen Tag auf diesen Moment gewartet. Ihm entgegengefiebert. Meiner Frau hatte ich schon eine gute Nacht gewünscht. Das Haus lag bereits ruhig da. Der Fernseher lief zwar, aber ich hatte den Ton ausgestellt.

Ich öffnete die Kommode und blickte von oben hinab. Die Einzelteile des Peniskäfigs lagen vor mir. Vorsichtig nahm ich sie heraus, fast so, als wenn ich Angst hätte, mich an ihnen zu verbrennen. Dabei war das Metall eher kühl.

Mit zitternden Händen zog ich mich aus. Hielt das leicht gebogene Hauptteil des Peniskäfigs neben meinen Schwanz. *Das könnte ein Problem werden.*

Vielleicht war das sein Versuch, sich gegen das Einsperren zu wehren. Wahrscheinlicher ist wohl, dass der Ausblick mich tatsächlich erregte. Mein Schwanz hatte damit begonnen sich aufzustellen. So würde ich ihn nie hineinbekommen.

Zunächst überlegte ich, dass ich mir dann wohl einen *Zwirbeln* müsste. Aber ich machte mir Sorgen, dass ich danach keine Lust mehr auf den Käfig hatte. Ich wollte ihn endlich ausprobieren und es hinter mich bringen.

Ich legte mich aufs Bett, schaltete den Ton des Fernsehers wieder an und versucht mich vom Fernsehprogramm ablenken zu lassen. Gar nicht so einfach, wenn man dies nackt tut und neben einem ein Peniskäfig liegt. Zumal er bei mir noch steifer wird, wenn ich ihn unbedingt loswerden möchte. *So wird das nichts.*

Manchmal hatte ich das Gefühl, dass er endlich schrumpfte. Doch sobald ich daran dachte, fuhr er wieder hoch. Kälte müsste ihn doch schrumpfen?

Ich zog meine Hose wieder an und machte mich auf den Weg in die Küche. Der Kühlschrank bot einige Möglichkeiten. Aber richtig kalt war es dort nicht. Am Ende entschied ich mich für eine Tüte Erbsen aus dem Gefrierschrank. Ich trug sie nach oben und spürte die Kälte in meine Finger aufsteigen. Mein Schwanz schien schon alleine aus Angst vor dem Kommenden ein wenig zusammenzuschrumpfen.

Es half tatsächlich. Innerhalb kurzer Zeit schrumpfte mein Penis auf Normalgröße. Ich schaute mir derweil den Peniskäfig an. Ich hatte die letzten Tage genutzt und mich mit dem Thema auseinandergesetzt. Aus Videos glaubte ich zu wissen, wie man ihn anlegte.

Dann mal los Cuckold, rief ich meinen Mut herbei. Einen Ring um Hoden und Schwanz. Der zweite von Boden mit dem gebogenen Hauptteil draufstecken. Das klang so einfach und hatte in den Videos noch einfacher ausgesehen. Jetzt brauchte ich aber doch meine Zeit.

Doch irgendwann saß alles perfekt. Mit einer Hand

hielt ich den Peniskäfig geschlossen. Es fehlte nur noch ein letzter Schritt - das Schloss.

Auf dem Nachtschränkchen lagen meine beiden Optionen. Das Schloss von Victoria und die Einwegschlösser von Lisa. Ich hatte den Schlüssel. Ich könnte genauso gut das abschließbare Schloss verwenden. Trotzdem entschied ich mich für ein Einwegschloss. In mir trug ich den absurden Gedanken, ich könnte den Schlüssel verlieren.

Ich zog die Plastikschlaufe durch die Schließvorrichtung. Sie verband die Einzelteile des Peniskäfigs unwiederbringlich miteinander. Nun brauchte es eine Schere, um mein Gefängnis zu öffnen.

Mit einer Hand umfuhr ich Schwanz und Hoden. Der Peniskäfig saß überraschend fest. Rauszwängen konnte ich mich daraus nicht.

Ich lag stumm auf dem Bett und schaute meinen nackten Körper hinab. Das sollte es jetzt sein?

Mit Schwung verließ ich das Bett und mein Schwanz inklusive Peniskäfig wippte hin und her. Der Peniskäfig war nicht schwer, aber das zusätzliche Gewicht merkte ich schon. Es war ungewohnt. Ich stellte mich gegenüber unserem bodenlangen Spiegel. Den hatte meine Frau unbedingt haben wollen und nutzte ihn auch zum größten Teil. Nun konnte ich mich in ihm betrachten.

Völlig nackt - bis auf dieses Ding zwischen meinen Beinen. Das war schon gewöhnungsbedürftig. In mir breitete sich nun doch eine leichte Erregung aus. Der erste Schreck über meine Tat war überwunden.

Mein Penis wurde steif - oder zumindest versuchte er es. Schnell drängte er gegen die nahen Wände seines Gefängnisses. Weiter ging es für ihn nicht. Es fühlte sich unangenehm an. Ich hatte befürchtet, dass es schmerzvoll werden könnte. Doch dies war nicht der Fall.

Und jetzt? Ich blickte mich um. Normalerweise hätte

ich die Zeit genutzt und masturbiert. Irgendeinen Porno auf unserem Fernseher geschaut. Doch das machte so wenig Sinn. Sollte ich meinen Test schon abbrechen? Zumindest eine Stunde wollte ich durchhalten. Die Zeit würde ich schon brauchen, um mir ein Urteil bilden zu können.

Ich legte mich wieder aufs Bett und deckte meinen nackten Körper zu. Ein Krimi sollte mir dabei helfen auf andere Gedanken zu kommen. Das funktionierte nicht wirklich gut. Der Peniskäfig war einfach noch zu neu - zu ungewohnt. Immerhin erschlaffte mein Penis wieder.

So schlief ich ein. Zwei Stunden später wurde ich von einem Klingeln geweckt. Mein Smartphone lag neben mir. Ein Anruf von meiner Frau.

»Hallo«, meldete ich mich verschlafen.

»Oh, habe ich dich geweckt?«, entschuldigte sie sich.

»Ich bin wohl eingeknickt. Der Fernseher läuft aber noch. Was gibt es so spät noch?«

»Ich wollte nur deine Stimme hören.«

»Wie war dein Abend?«

»Sehr schön. Der Chef war sehr spendabel und hat ein gutes Essen ausgegeben. Anschließend haben wir uns ein paar Cocktails gegönnt.«

»Schön.«

»Jetzt bin ich hier ganz alleine.«

»Bist du das?«

»Ich könnte dich jetzt wirklich gebrauchen. Ich bin es gar nicht mehr gewohnt, ohne einen Mann auskommen zu müssen. Und das gleich für drei Tage«, kicherte sie. In der Heimat hatte sie mehr als genug Auswahl. Entweder sie hatte ihren Spaß mit mir oder suchte sich im Club Aufregung und Befriedigung. Das konnte sie sich in Düsseldorf nicht leisten. Gegenüber ihren Arbeitskolleginnen musste sie die gute Ehefrau spielen. »Ich dachte, wir könnten noch ein wenig Spaß haben?«

Telefonsex - das hatte wir so direkt noch nicht gemacht. Verdammt, ging es durch meinen Kopf. Mein Schwanz regte sich und erinnerte mich an sein Gefängnis. Sollte ich mich schnell befreien oder das Interesse meiner Frau zurückweisen?

»Könnten wir«, antwortete ich verhalten. »Ich wollte eigentlich versuchen, mich bis Freitag für dich aufzusparen.«

Ich war ein wenig stolz auf mich. Mit dieser Antwort hatte ich die Entscheidung an sie abgegeben.

»Oh ... da bin ich ja ein wenig enttäuscht, aber vor allem sehr stolz auf dich. Das machst du für mich? Glaubst du, dass du das Schaffen kannst? Sonst kommst du ja eher selten einen Tag ohne aus.« Sie sprach es nicht direkt aus. Aber sie meinte ohne Masturbation und insbesondere Orgasmus.

»Für dich«, antwortete ich verliebt.

»Danke. Ich lass mich am Freitag überraschen. Dann will ich aber eine ehrliche Antwort, ob du es geschafft hast oder nicht.«

»Bekommst du.«

»Dann will ich dich nicht länger von deinem Schlaf abhalten. Ich habe morgen auch einen verdammt langen Tag vor mir. Ich muss gleich ab 8 Uhr auf der Messe sein und die letzten Vorbereitungen an unserem Stand machen.«

»Gute Nacht mein Schatz. Träum was Schönes.«

»Ich weiß schon wovon. Gute Nacht.«

»Verdammt!«, sprach ich leise aus. Langsam sickerte in mich ein, was ich gerade getan hatte. Ich wollte bis Freitag für meine Frau keusch bleiben.

Sie würde erst spät am Abend oder in der Nacht zurückkommen. Ich hatte noch rund 48 Stunden vor mir. Wie sollte ich das bloß schaffen?

Ich habe keine andere Wahl. Ich habe es Sandra versprochen. Ich will sie nicht enttäuschen.

Der Peniskäfig sollte mir dabei helfen mein Versprechen einzuhalten. Er musste mir helfen. Ansonsten würde ich schnell schwach werden und meine Sandra enttäuschen. Damit hätte ich immerhin gleich einen Langzeittest durchgeführt.

KAPITEL 11

*E*in Schmerz riss mich aus dem Schlaf. Ich brauchte einen Augenblick, um zu verstehen, was passierte. Mein erigierter Penis versuchte aus seinem Gefängnis zu entkommen. Der Grund dafür war ganz profan. Ich hatte eine Morgenlatte.

Vielleicht auch dank des Schmerzes erledigte sich das Problem recht schnell. Im Halbdunkeln tippelte ich in unser Bad.

Wie erleichtert man sich denn mit so einem Ding? Irritiert schaute ich nach unten. Die Öffnung unten war schon groß genug. Mir blieb keine Wahl. Vorsichtig versuchte ich, mich zu erleichtern. Das klappte dann doch relativ gut.

Mir war nicht danach, mich wieder ins Bett zu legen. Ich stellte mich unter die Dusche. Einmal mehr wunderte ich mich, wie dass mit dem Käfig funktionieren sollte. Zog es dann einfach kompromisslos durch. Den Duschstrahl hielt ich einfach drauf. Anschließend versuchte ich, mich dort unten bestmöglich abzutrocknen.

Ich hatte noch eine halbe Stunde, bevor die Kinder aufstanden. Bei einem Kaffee las ich die aktuellen Nachrichten. Dabei versuchte ich den Peniskäfig zu vergessen. Das gelang mir zumindest phasenweise.

Nachdem ich die Kinder auf den Weg zur Schule gebracht hatte, konnte ich mich endlich an die Arbeit machen. Wie so häufig kamen bei mir Gedanken sexueller Art auf. Doch diesmal verschwanden sie ziemlich schnell wieder. Ich konnte mir keine Erlösung bereiten. Zumindest solange ich nicht das Einwegschloss durchtrennen wollte. Ich hätte nur eine Schere aus der Küche holen müssen. Doch dieses kleine Hindernis reichte schon aus, um mich im Zaum zu halten.

Zwischendurch wechselte ich einige Nachrichten mit meiner Frau. Sie schickte einige Fotos von der Messe und wir unterhielten uns über Banalitäten.

Gegen Mittag klingelte es an der Tür. Es war noch zu früh für die Kinder. Ich erwartete die Post. Stattdessen stand Lisa van der Meer vor mir.

»Hallo, ich hoffe, ich störe nicht?«

»Nein ... nicht, aber?«

»Warum bin ich hier? Ich musste es einfach wissen«, nahm sie mir meine Frage ab.

»Wissen?«

»Ob du ihn trägst.«

»Oh.«

Lisa ging an mir vorbei ins Haus. Schaute sich dabei interessiert um. Sie war zum ersten Mal hier. »Und?«

»Ähm ...«

»So wie du druckst, trägst du ihn? Kann ich ihn sehen?«

»Also, ich weiß nicht, ob das eine gute Idee ist?«

»Warum? Weil wir uns noch nie nackt gesehen haben? Keine Sorge. Ich bin ebenfalls sicher verschlossen. Genaugenommen deutlich Sicherer als du.«

»Hm.«

Wir gingen ins Wohnzimmer. Lisa setzte sich hin. Ich

hingegen blieb unsicher stehen. Konnte mich nicht entscheiden, ob ich sie einen Blick riskieren lassen wollte.

»Bitte?«

»Okay«, gab ich mit einem Stöhnen nach. In meiner Hose regte sich bereits etwas. Mein Schwanz freute sich auf die Zuschauerin.

Ich ließ meine Hose runterfallen und zog meine Unterhose runter. Lisa klatschte freudig in die Hände.

»Wie lange schon?«

»Seit gestern Abend.«

»Und? Wie ist es?« Sie schien deutlich aufgeregter zu sein, als ich.

»Gewöhnungsbedürftig.«

»Gut oder schlecht?«

»Ich war so dumm, Sandra zu versprechen, bis zu ihrer Rückkehr enthaltsam zu sein. Ich habe nicht wirklich eine Wahl, wenn ich das Schaffen möchte.«

»Das war aber keine Antwort auf meine Frage. Gut oder schlecht?«

»Weder noch?«

»Aha?«

»Ich meine meistens spüre ich ihn nicht. Aber manchmal kann es schon schmerzhaft sein. Heute Morgen hat es mich unschön geweckt?«

»Die Morgenlatte?«

»Ja.«

»Damit haben viele am Anfang Probleme. Man gewöhnt sich aber schnell daran. Oder sagen wir besser - er gewöhnt sich schnell daran.«

Bei ihren letzten Worten zeigte sich auf meinen eingesperrten Penis.

»Dann wirst du es wohl Sandra erzählen?«

»Wie kommst du darauf?«

»Du trägst ihn jetzt seit gestern Abend. So schlimm scheint es nicht zu sein?«

»Das nicht, aber ... ich habe schon so viel aufgegeben. Ist irgendwann nicht genug?«

»Aufgegeben? So siehst du das? Hast du wirklich etwas Aufgegeben oder hast du nicht viel mehr, sehr viel hinzugewonnen? Von einem so regen Sexleben können die meisten Männer in deinem Alter doch nur träumen. Und deiner Sandra ist es wirklich wichtig, dass du auch deinen Spaß hast. Die wird dich nicht einfach verschließen und nie wieder rauslassen. Geht es nicht viel mehr nur um dich, wenn du dir Sorgen um den Peniskäfig machst?«

»Nur um mich? Das ist absurd.«

»Um dich und deine flinke Hand«, ergänzte Lisa sich.

»Ich ...« Mir fehlten die Worte. Nach ihrer Meinung wehrte ich mich gegen den Käfig, weil ich dann nicht mehr beständig masturbieren konnte. Ich brauchte einen Moment. Musste dann aber zugeben, dass dies wirklich einer der Gründe war. Ich brauchte einfach meinen täglichen Orgasmus und hatte mich über die Jahre daran gewöhnt.

»Dachte ich es mir«, schloss Lisa aus meiner Wortlosigkeit einfach ihre eigenen Schlüsse. »Ihr Männer könnt einfach nicht die Finger von eurem Spielgerät lassen.«

»Und selber?«

»Mein Jan sorgt für genug Abwechslung bei mir. Was soll ich da ständig selber Hand anlegen? Ich spar mich lieber für die besonderen Augenblicke auf.«

Wir unterhielten uns noch über Alltagsthemen. Ich war froh, dass sie sich auf den Weg machte, bevor die Kinder nach Haus kamen.

»Noch eine schöne enthaltsame Zeit bis Freitag«, wünschte sie mir zum Abschied.

KAPITEL 12

Den Rest des Tages war ich mit den Kindern und meiner Arbeit beschäftigt. Das gab mir zu meinem eigenen Glück keine Zeit zum Nachdenken. Natürlich spürte ich, dass in meiner Hose etwas anders war. Doch ein kleiner Gewöhnungseffekt hatte sich schon eingestellt.

Am Freitagabend lag ich im Bett. Mein Smartphone klingelte - Sandra.

»Hallo Schatz«, begrüßte ich sie.

»Hallo mein Lieblings-Cucki. Wie klappt es mit der Enthaltsamkeit.«

»Bisher gut.«

»Wirklich?«

»Ja.«

»Hm. Dann wirst du die letzten 24 Stunden wohl auch noch schaffen?«

»Ich bin optimistisch.«

»Da bin ich mal gespannt. Wann hast du das letzte Mal nach 72 Stunden Pause abspritzen dürfen?«

»Ist schon ein paar Tage her«, gab ich zu. Wollte aber nicht genauer werden. Ich wusste es selber nicht so genau.

Mein Tipp wäre zwei Jahre gewesen. Da hatte mich die Grippe tagelang flachgelegt.

»Darf ich eine Fontäne erwarten?«

»Haha.« Es war ein Witz, aber ich konnte heraushören, dass sie sich wirklich freute.

»Da ist noch was«, begann meine Frau vorsichtig.

»Aha?«

»Ich habe eine Anfrage von Lisa bekommen?«

»Lisa?«, fragte ich erschrocken zurück.

»Ja. Sie wollte wissen, ob du ihr am Freitagabend im Club zur Hand gehen kannst.«

»Da kommst du nach Hause.«

»Aber erst spät. Das wird sicherlich fast Mitternacht. Mir würde es schon gefallen, wenn du dich erst im Club richtig heißmachen lässt. Da muss ich mir auch keine Sorgen machen, dass es zu viel wird für dich und du deine Enthaltsamkeit vorzeitig beendest.«

»Wenn du meinst«, gab ich vorsichtig zurück. »Wozu braucht Lisa mich denn?«

»Nur zur Aushilfe. Sie veranstaltet am Samstag eine kleine Show. Dafür müssen ein paar Dinge vorbereitet werden.«

KAPITEL 13

Ob ich wollte oder nicht. Aus meiner Aufgabe als Aushilfe für Lisa kam ich nicht mehr raus.

Ich fand es schon ein wenig hintertrieben, dass sie meine weit entfernte Frau fragte. Immerhin hatte sie zur Mittagszeit mir gegenüber auf dem Sofa gesessen. Was mochte sie im Schilde führen?

Außerdem musste ich mir langsam überlegen, wie ich mit dem Thema Peniskäfig umgehen wollte. Ich konnte ihn natürlich einfach zurück in die Schublade legen. Sandra musste von meinem kleinen Experiment nie erfahren.

Mir widerstrebte es, sie anzulügen. Aber das würde ich in diesem Fall nicht tun. Ich würde ihr nur nicht davon erzählen. Fand ich auch nicht schön, aber es war eine Variante, die ich von Anfang an in Betracht gezogen hatte.

Die einzige Alternative dazu war, dass ich mit ihr über meine Erfahrung mit dem Peniskäfig sprach. Dazu musste ich mir allerdings zunächst im Klaren sein, was ich von ihm hielt. Ich fühlte mich für die Beantwortung dieser Frage noch nicht bereit.

Ich brachte am Freitag die Kinder wieder auf den Weg zur Schule und widmete mich meiner Arbeit. Wieder ging mir mein Gefängnis nicht aus dem Kopf. Trotzdem oder vielleicht auch gerade deswegen bekam ich ziemlich viel erledigt.

Gegen Mittag klingelte es einmal mehr an der Tür.

»Lisa«, begrüßte ich meinen Gast eisig.

»Hallo, Peter«, kam betont freundlich zurück.

»Was hast du dir dabei gedacht?«

»Ich kann Hilfe gebrauchen.«

»Dann hättest du mich gestern auch erst selber fragen können.«

»Hätte ich, aber dann hättest du sowieso erst deine Frau um Erlaubnis gefragt. Jetzt habe ich uns das erspart.«

»Wozu brauchst du mich überhaupt?«

»Nichts Großartiges. Ich organisiere einmal im Monat im Club einen Themenabend.«

»Und das Thema wäre?«

»Nicht so wichtig«, grinste sie mich an. »Ist auch erst am Samstag. Wir kümmern uns nur um die Vorbereitungen.«

»Hab ich eine Wahl?«

»Nein«, lachte sie mich an.

»Noch immer dort unten verschlossen?« Ich schaute sie nur schief an und beantwortete so die Frage. »Willkommen im Club.«

»Im Club?«

»Der Keuschheitsträger.«

»Da bin ich mir noch nicht so sicher.«

»Aber du überlegst ernsthaft.« Ich zuckte nur unwissend mit den Schultern.

»Wie spät brauchst du mich heute Abend?«

»19 Uhr?«

»Um 22 Uhr würde ich gerne wieder zu Hause sein.«

»Wird schon passen.«

. . .

Am Abend machte ich mich auf den Weg in den Club. Dort war wirklich die Hölle los. An einem Wochenende war ich noch nie hier gewesen. Zumindest nicht am Abend. Ich hätte mir denken können, dass es dann besonders voll war. Das würde am Samstagabend sicherlich nicht anders sein.

Ich war froh noch einen Parkplatz fernab der Straße zu finden. Die Nachbarn sollten unser Auto besser nicht hier entdecken.

Auf dem Weg in den Club traf ich bereits auf die ersten Menschen. Ich beließ es bei einer freundlichen Begrüßung. Für mich ging es direkt in die Cucky Bar. Lisa saß an der Bar und wartete auf mich.

»Ein Bier für meinen Gehilfen, bitte«, rief sie Rudi zu.

»Das muss nicht wirklich sein. Können wir nicht gleich loslegen?«

»Hab dich nicht so. Wir haben Zeit genug. So lange werden wir nicht brauchen.«

Ich bedankte mich bei Rudi für das Bier und genehmigte mir einen großen Schluck.

»Den hast du doch jetzt gebraucht«, kommentierte Lisa. »Wie war dein Tag im Peniskäfig.«

»Ähm«, kam mir unsicher raus. Darüber musste ich wirklich nicht so öffentlich sprechen, auch wenn natürlich gerade hier sehr viele Gleichgesinnte zu finden waren. Es war mir trotzdem ziemlich peinlich. »Ich habe es überlebt.«

»War doch eine schöne Zeit? Endlich kannst du deiner Sandra berichten, dass du für sie enthaltsam warst.«

Ich murrte mir eine Antwort zurecht. Wir kamen zum Glück auf andere Themen zu sprechen.

»Dann machen wir uns mal langsam auf den Weg.«

Ich folgte Lisa die Treppe hoch. Doch diesmal verschwanden wir nicht hinter eine der Türen. Stattdessen ging es eine weitere Treppe hinauf. Unbekanntes Gebiet für mich. Was hielt man hier versteckt?

Das war auf den ersten Blick überraschend undramatisch. Hinter einer Tür versteckte sich ein riesiger Raum. Er musste mindestens die halbe Etage einnehmen.

»Tada - die Spielwiese«, verkündete Lisa. Ich musste den Raum erst einmal in Augenschein nehmen. Er wirkte für den Club ein wenig unspektakulär. »Nicht gut?«

»Nein ... doch ... ich weiß nicht. In der Mitte ist einfach nur diese riesige ... Spielwiese?« Umgeben von viel Freiraum fand sich in der Mitte eine kreisrunde Fläche. Ich schätzte ihren Durchmesser auf rund zehn Meter. Dort könnten einige Menschen Platz finden.

»Braucht man wirklich mehr?«, kicherte Lisa. »Keine Sorge, wir sorgen jetzt für einige spannende Extras.«

Wir begannen damit, die Spielwiese mit einem frischen Laken abzudecken. Das konnte nur eine Spezialanfertigung sein. Bestimmt hatte Victoria dafür ein passendes Club-Mitglied parat.

Auf der anderen Seite des Raumes fand sich eine Bar. Lisa überprüfte die Vorräte und schickte mich los. Rudi versorgte mich unten mit ihren Bestellungen.

»Und jetzt die Matten«, verkündete Lisa.

Auf beiden Seiten der Spielwiese legten wir jeweils drei Gummimatten ab. Auffällig war das deutlich erhöhte Kopfteil. Wer immer hier liegen würde, hätte so einen besseren Blick auf das Geschehen in der Mitte.

»Du wunderst dich, was die Matten sollen?«

»Die Spielwiese ist doch schon riesig?«

»Die sind für uns.«

»Für uns?«

»Cuckolds und Cuckqueans.«

»Sollen das die Zuschauertribünen sein.«

»So ungefähr.«

»Lass mich raten. Es wäre kein Cucky Club-Event, wenn es nicht noch ein paar Extras gäbe.«

»Genau. Die erfahren allerdings nur die Gäste.« Die Antwort präsentierte sie mir mit einem Zwinkern. Ich verstand es als kleine Herausforderung. Würde ich mich trauen daran teilzunehmen. »Ich habe Sandra und damit natürlich auch dich bereits eingeladen.«

»Davon hat sie mir nichts erzählt?«

»Ihr erfüllt die Voraussetzungen nicht.«

»Die da wären?«

»Nur Keuschheitsträger.«

»Oh ... okay.« Das erklärte dann wohl, warum Sandra mir nicht einmal von dieser Einladung erzählt hatte. Sie wollte meine Entscheidung für den Peniskäfig nicht beeinflussen.

»Das war es auch schon«, verkündete Lisa das Ende unserer Arbeiten. »Wie wäre es mit einem Bier zum Abschluss?«

»Sandra müsste bald zu Hause sein«, warf ich ein. Eigentlich hatte ich noch gut zwei Stunden Zeit. Ich wollte aber nicht zu spät nach Hause kommen. Zumal ich noch eine Entscheidung bezüglich des Peniskäfigs treffen musste.

»Ein Bier!«

»Okay.«

Wir stiegen die Treppe in den ersten Stock hinab. Auf dem Weg zur Treppe ins Erdgeschoss begegnete uns eine kleine Gruppe. Wir nickten uns kurz zu, während sie in eines der Zimmer verschwanden.

An der Bar versuchte Lisa, mich noch einmal nach dem Peniskäfig zu befragen. Sie wollte wissen, welche Entscheidung ich getroffen hatte.

»Ich weiß es nicht so wirklich. Ich denke, ich werde ihn erst einmal an seinen Platz zurücklegen. Noch einmal in Ruhe und ohne Druck darüber nachdenken.«

»Schade.«

»Ich würde es für Sandra machen. Ich kann mich aber beim besten Willen nicht darauf einigen, wie ich selber darüber denke.«

»Das wirst du so schnell auch nicht«, warf Lisa ein. »Das gehört halt dazu. Wie bei der ganzen Cuckold-Geschichte. Dieses, man will es nicht, aber es macht einen doch so unglaublich geil.«

»Ja, ja. Ich weiß es auch nicht.«

Mittlerweile hatte ich schon ein zweites Bier getrunken. Lisa hatte mich länger aufgehalten, als mir lieb war.

»Ich muss wirklich los.«

»Aber nicht mehr mit dem Auto«, forderte Lisa mich auf.

»Ach verdammt.« Ich war bei solchen Dingen auch jemand, der sich streng an die Regeln hielt. Immerhin würde ich die Strecke in wenigen Minuten zu Fuß zurücklegen können.

»Viel Spaß mit deiner Sandra«, gab sie mir mit auf den Weg. Ich war mir sicher, dass ich diesen haben würde. Nach 72 Stunden ohne Orgasmus könnte ich vielleicht keine Fontäne hervorbringen. Für ein paar kraftvolle Spritzer und eine zweite Runde sollte es aber mindestens ausreichen.

KAPITEL 14

Nach einem strammen Marsch lief ich die Auffahrt zu unserem Haus hoch. Der Bewegungsmelder sprang an und leuchtete mir den Weg. Der Rest unseres Haus lag weiterhin im Dunkeln. Ich machte einen kurzen Abstecher in die Küche und trank einen großen Schluck Wasser.

Zeit dieses Ding von mir runterzunehmen.

Mit einer Schere bewaffnet eilte ich die Treppe hinauf. Aus unserem Schlafzimmer leuchtete es schummrig. Ich hatte wohl vergessen, eine Leuchte auszuschalten.

Damit hatte ich unrecht. Erstarrt blieb ich stehen. Auf unserem Ehebett lag meine Frau. Sie strahlte mich förmlich an und streckte ihre Armen aus. *Seh ich nicht gut aus?*, schien sie mir damit sagen zu wollen.

Sandra hatte sich für unser Wiedersehen richtig in Schale geworfen. Seidenstrümpfe, Strapse und ein Korsett bekleideten sie.

»Hallo«, kam mir leicht entgeistert über die Lippen.

»Schatz.«

»Was machst du denn schon hier?«

»Das klingt aber nicht so begeistert.«

»Ich bin nur überrascht«, gab ich zurück. Eine Lüge war das nicht. Wobei ich mit der Überraschung wenig Probleme gehabt hätte, wenn sich zwischen meinen Beinen nicht noch ein fremdes Objekt befunden hätte.

»Lisa hat mir ein wenig Zeit erkauft.« *Verdammtes Biest!* »Nach deiner Enthaltsamkeit hast du dir eine Überraschung verdient ... du hast es doch geschafft und bist auf der Zielgeraden nicht noch schwach geworden?«

»Ich habe mich 72 Stunden für dich gequält.«

»Und das ganz ohne Peniskäfig. Ich bin so stolz auf dich.«

Oh, Gott, ging mir durch den Kopf. *Was mach ich jetzt bloß?*

Mit einer Ausrede kurz ins Bad zurückziehen, erschien mir die naheliegendste Idee. Dort könnte ich mich von dem Peniskäfig befreien und ihn in einem der Schränke verstecken.

Die Alternative war Ehrlichkeit. Die große Frage war, ob ich damit nicht das Tor weit aufreißen würde. Sandra könnte schnell erwarten, dass ich solche Aktionen wiederholte. 72 Stunden Enthaltsamkeit waren für mich machbar. Das hatte ich mir gerade selber bewiesen. Aber wenn sie auf die Idee käme, mich für eine Woche zu verschließen?

»Na komm, Schatz. Nimm dir, was du dir verdient hast.«

»Nur einen Augenblick«, verkündete ich und machte einen Schritt Richtung Badezimmer. Sandra schaute mich enttäuscht an. Ich blieb stehen. So aufgeregt war ich selten zuvor gewesen. »Sandra?«

»Ja?«

»Ich habe etwas getan ... probiert ... die letzten Tage.«

»Aha?« Sandra schien sich nicht sicher zu sein, ob nun Gutes oder Schlechtes kommen würde.

»Ich musste es einfach selber für mich in Ruhe ausprobieren. Ich habe noch keine Entscheidung getroffen, was ich davon halten soll.«

»Spann mich nicht so auf die Folter.«

Ich antwortete nicht. Stattdessen begann ich mich auszuziehen. Dabei ließ ich mir Zeit. Schuhe, Hemd, Hose, Socken. Am Ende stand ich nur noch in Unterhose vor meiner Frau. Ich musste meinen ganzen Mut sammeln, um mich von dieser zu trennen.

»Oh. Du hast ...« Zur Abwechslung erlebte ich meine Frau sprachlos. In ihren Augen konnte ich ihre Faszination entdecken. Wenn ich jetzt noch einen Rückzieher machen wollte, hätte ich gerade einen dummen Fehler gemacht. Sie würde mehr hiervon wollen. Das machte ihr Blick mir sofort deutlich.

»Es war die beste Möglichkeit ihn in Ruhe auszuprobieren.« Das klang fast entschuldigend.

»Und? Wie ist er? Komm näher«, kam aufgeregt zurück.

»Deshalb hast du die 72 Stunden geschafft?«

»Vermutlich schon.«

Ich trat ans Bett heran. Sandra griff sofort nach meinem eingesperrten Schwanz. Wog meine Hoden in ihren Händen. Es war eindeutig klar, was sie von meinem Gefängnis hielt.

»Er wird hart ... wie fühlt sich das an?«

»Es schmerzt ... ein wenig. Man gewöhnt sich daran.«

»Was ist das?« Sandra hatte das Plastikschloss entdeckt.

»Lisa hat es mir geschenkt. Ich war mir unsicher, ob ich das Metallschloss verwenden sollte. Dieses kann einfach mit einer Schere durchtrennt werden.« Ich hielt noch immer die Schere in der Hand und schnippte zu meinen Worten einmal in die Luft.

Mein Schwanz reagierte auf die Berührungen und die Situation. Drängte gegen sein Gefängnis.

»Übernimmst du die Ehre und befreist mich?«

Ich übergab die Schere an Sandra. Die schaute mich von unten an. »Würde es dir etwas ausmachen, wenn wir damit noch ein paar Minuten warten? Ich verspreche, dass ich dich dann befreie. Ich möchte nur den Anblick noch ein wenig Genießen.«

Ich nickte. War mir aber trotzdem unsicher, ob ich das wirklich wollte. Es fühlte sich wie der Start zu mehr an.

Sandra machte aus ihrer Faszination für den Peniskäfig keinen Hehl. Mir gegenüber hatte sie sich bisher zurückgehalten. Aus dem mitgehörten Gespräch mit Victoria wusste ich, dass sie mich nicht beeinflussen wollte. Diese Überlegung schien nun aber keine Rolle mehr zu spielen. Immerhin hatte ich mir den Peniskäfig selber angelegt. Außerdem hatte er den von ihr erhofften Erfolg gebracht. Ich hatte auf Masturbation verzichtet. Hatte ich damit mein Schicksal selber besiegelt?

Wir genossen die Zeit mit leichten Streicheleinheiten und vielen Küssen. Ich saugte an den Brüsten meiner Frau und schon bald fand ich mich zwischen ihren Beinen wieder. Sandra drehte mich so, dass wir in der 69 lagen. Ich hätte mir in diesem Moment einen Blowjob gewünscht. Aber dieser war natürlich nicht möglich. Ich konnte nur vermuten, dass Sandra sich den Käfig einfach genauer anschauen wollte. Ich spürte immer wieder ihre Finger.

Bevor sie einen Orgasmus bekam, schob sie mich von sich runter.

»Zeit für deine Belohnung.« Endlich griff sie nach der Schere. Bevor sie das Schloss durchtrennte, schaute sie noch einmal zu mir. »Danke für dieses Erlebnis.« Dann durchtrennte sie es und begann damit mir den Peniskäfig abzunehmen. Mein Schwanz reagierte sofort und stellte sich auf.

Die nächsten Minuten genoss ich meine Freiheit. Viel über meine Frau her und legte einen wilden Fick hin. Nach drei Tagen Aufstauung war es mir aber unmöglich, mich lange zurückzuhalten. Ich spritzte mehrmals in sie ab. *War es mehr als sonst?*

»Das war wunderbar«, kommentierte Sandra. Zumindest sie war sehr zufrieden. »Du warst so wild und ungezähmt. So bist du nicht oft. Der Orgasmusverzicht scheint mir nicht ohne Wirkung geblieben zu sein.«

Nach einer Pause starteten wir eine zweite Runde. Nach einem nicht mehr ganz so ungestümen Fick ließ Sandra mich in ihren Mund abspritzen. Natürlich sorgte auch ich für einen Orgasmus bei ihr.

Anschließend lagen wir erschöpft nebeneinander und kuschelten.

»Das war eine schöne Überraschung.« Die Worte hätten eigentlich von mir kommen können. Doch sie kamen von Sandra und meinten eindeutig den Peniskäfig. »Meinst du, du kannst ihn wieder tragen.«

»Vielleicht.«

»Vielleicht jetzt?«

»Sandra. Ich war gerade drei Tage eingesperrt.«

»Aber da war ich nicht dabei«, quengelte sie. »Bitte Schatz.« Sie warf sich förmlich an mich ran. Drückte ihre Brüste an meinen Oberkörper und gab mir einen Kuss auf die Wange. »Keine Sorge. Ich werde dir deine Orgasmen nicht wegnehmen. Ich verspreche dir hoch und heilig, dass du von mir nicht weniger Orgasmen erwarten darfst.«

»So passt er ohnehin nicht rein«, kommentierte ich meinen Zustand. Das Gespräch hatte meinen Penis dazu gebracht, sich wieder aufzustellen. *Vielleicht aus Angst?*

»Vielleicht kann ich da helfen?«

»Lass dich nicht aufhalten.«

Statt sich auf mich zu stürzen, zog Sandra mich mit ins Bad. Nach einer frischen Rasur gab es für mich unter der Dusche einen Blowjob.

»Wir beeilen uns besser, sonst ist er gleich wieder steif.«

Scheinbar hatte Sandra mir die Entscheidung abgenommen. Vermutlich hatte sie meine Worte für eine Zustimmung gehalten. Ich wehrte mich nicht. Sie war zu glücklich und ich hatte gerade reichlich Erlösung bekommen. Drei Tage Quälerei für drei tolle Orgasmen. Ich konnte mich eigentlich nicht beschweren.

Ich beobachtete wie Sandra das Schloss aus der Kommode hervorholte. Ich ließ es einfach geschehen. Beobachtete wie sie mir den Peniskäfig ansetzte. Nur noch das Schloss fehlte. Doch dann stoppte sie.

»Würdest du bitte das Schloss schließen?«

»Ich?«, fragte ich verwundert zurück.

»Als Beweis, dass du es wirklich willst.«

Ich führte meine leicht zitternde Hand nach unten. Das Schloss hing bereits an der vorgesehenen Stelle. Ich musste es nur noch zuschnappen lassen. Das war es mit meiner Freiheit. Diesmal konnte ich mich nicht mit einer simplen Schere befreien.

Demonstrativ hing Sandra sich den Schlüssel um den Hals. Lächelte mich zufrieden an. »Ich liebe dich.«

KAPITEL 15

Am nächsten Morgen weckte mich einmal mehr meine Morgenlatte. Der kurze Schmerz war schnell überstanden. Ich erleichterte mich im Bad und legte mich anschließend wieder ins Bett.

»Alles okay?«

»Geht schon.«

»Macht er dir Probleme?« Sandra griff dazu zwischen meine Beine und umfasste den Peniskäfig.

»Es ist gewöhnungsbedürftig, aber alles okay.«

Sandra legte sich an meine Seite. Kuschelnd blieben wir lange liegen und dösten vor uns hin. Um 10 Uhr wurde es Zeit aufzustehen. Sandra holte uns schnell Brötchen. Anschließend gingen wir zusammen einkaufen. Das Wetter war gut und wir beschlossen am Nachmittag zu grillen. Kurz nach Mittag holten wir die Kinder von meinen Eltern ab.

Verteilt über den ganzen Tag zeigte Sandra große Zuneigung. Ich konnte mir gut vorstellen, warum sie dies tat. Doch sie sprach den Peniskäfig nicht einmal an.

»Ist mein Tiger bereit für eine weitere Runde?«

So begrüßte sie mich am Abend im Bett. Es war ein

befreiendes Gefühl, als sie mich aufschloss. Den Peniskäfig abnahm und sofort ihre Lippen über meinen wachsenden Penis stülpte. Freiheit und Lust!

Der Sex war bombastisch. Sandra ging ab wie eine Rakete. Zwischendurch ließ sie sich reichlich Zeit. Ließ mich mehrmals kurz vor einem Orgasmus hängen. Doch im Ergebnis erhöhte dies nur den Druck in mir. Dieser entlud sich in zwei Orgasmen.

Danach konnte ich Sandra nicht verwehren, mich wieder einzusperren. Natürlich bereute ich es manchmal. Zweifelte an meinem Verstand. Doch am Ende hatte ich mich zweimal an grandiosem Sex erfreuen dürfen. Was will man mehr?

»War gut?«, fragte mich meine Frau.

»Ja ... sehr gut. Du warst heute aber richtig gierig?«

»Ich weiß, dass du mich brauchst. Du kannst ja zwischendurch nicht mehr selber nachhelfen.«

»Morgen ist er wieder heiß auf dich.«

»Hm ... Schatz ... ich kann auch nicht jeden Tag. Ich würde auch gerne mal wieder in den Club. Aber ich habe dir ja etwas versprochen.«

»Hast du?«

»Du kommst mit dem Peniskäfig nicht kürzer als zuvor. Einen Moment.«

Sandra lehnte sich an den Rand ihrer Bettseite und kramte in ihrem Nachtschränkchen. Hervor kam ein kleines Heft.

»4,8 Orgasmen pro Woche. Aufgerundet 5.«

»Was ist damit?«

»Die bekommst du garantiert jede Woche. So wie ich es dir versprochen habe.«

»Ich versteh nur Bahnhof?«

»Ich habe die letzten Wochen penibel Buch geführt. Jeden Orgasmus von dir verzeichnet. Zumindest diejenigen, die in meiner Anwesenheit erfolgt sind. Im Durchschnitt waren es die genannten 4,8 pro Woche.«

Was zum Teufel? Sie hat darüber Buch geführt, wie oft ich mit ihr gekommen bin. Ich schaute nach unten. Mein Blick folgte ihr. Dort steckte mein eingesperrter Schwanz unter der Bettdecke.

»Versteh ich das richtig. Ich soll nur fünf Orgasmen pro Woche bekommen?«

»Mindestens«, korrigierte sie mich. »Die sind dir garantiert. Auf die ein oder zweimal, die du ohne mich Spaß gehabt hast, wirst du doch wohl nicht bestehen? Ich meine, wir haben doch gerade gezeigt, dass die doppelt und dreifach zurückgezahlt werden.«

Meinte sie ein- oder zweimal ernst? Schon vor dem Cucky Club war diese Zahl höher ausgefallen. Ich schätzte die Anzahl meiner Selbstbefriedigung auf siebenmal. Im Schnitt einmal pro Tag. Machte insgesamt rund zwölf Orgasmen pro Woche. Das war vermutlich durchaus ganz stattlich. Wie konnte ich meinen Hunger da plötzlich mit nur noch fünf Orgasmen pro Woche befriedigen?

»Ich weiß nicht. Der Peniskäfig ist eine schöne Erweiterung, aber reicht es nicht, wenn wir ihn nur gelegentlich hervorholen?«

»Meinst du?«, kam enttäuscht zurück. »Wollen wir es nicht zumindest ausprobieren?«

Wie so oft gewann meine Frau. Ich blieb zumindest für den Augenblick im Peniskäfig gefangen. Ich wusste auch selber nicht, was ich wollte. Es hatte schon seine spannenden und erregenden Aspekte. Trotzdem würde mir meine Gewohnheit sicherlich schon bald fehlen.

Am Sonntagnachmittag standen Victoria und Paul vor der Tür. Sandra hatte sie zum Restegrillen eingeladen. Sandra hatte wieder einmal viel zu viel Fleisch eingekauft.

Später saßen wir entspannt auf der Terrasse. Ich hatte

ein Bier in der Hand. Paul und meine Frau spielten mit den Kindern Federball.

»Du hast es also endlich gemacht?«

Ich warf einen Blick zur Seite. Ich konnte mir denken, worauf sie ansprach, wollte es ihr aber nicht bestätigen.

»Was hat dich überzeugt? ... Peter?«

»Ich weiß es nicht. Ich will es mit Sicherheit nicht ... und dann ist da die andere Seite. Warum müssen wir immer so zwiegespalten sein?«

»Das ist der halbe Spaß. Uns Frauen geht es auch nicht immer anders. Besonders am Anfang. Immerhin steigen wir mit einem anderen Mann ins Bett. Das geht gegen alle Konventionen, die uns die Gesellschaft beigebracht hat.«

»Ihr habt es aber auch schwer.«

»So viele Männer zu beglücken, ist gar nicht so einfach«, lachte sie. »Du kannst stolz auf deine Frau sein.«

»Haha.«

»Immerhin wird sie dir auch zukünftig viel Aufmerksamkeit schenken. Das war ihr sehr wichtig. Da leben andere Paare ihre Cuckold-Beziehung ganz anders aus.«

»Wie zum Beispiel Helmut.«

»Es kommt schon mal vor, dass er eine ganze Woche verzichten muss. Das wird es bei dir wohl nicht geben. Sandra nimmt die fünfmal und deine Lust sehr ernst. Hat dabei aber auch ihren eigenen Spaß.«

Sie schien Victoria wirklich über jedes Detail informiert zu haben.

Es blieb dabei, dass ich den Peniskäfig beständig trug. Gelegentlich durfte ich morgens ohne Duschen. Allerdings immer unter Aufsicht meiner Frau. Ich fragte sie, ob das wirklich nötig wäre. »Sicher ist sicher«, war ihre lapidare Antwort.

Sie hielt ihr Versprechen penibel ein. Fünf Orgasmen pro Woche waren das Minimum. Die bekam ich auf sehr unterschiedliche Art und Weise. Selber Hand anlegen musste ich dazu aber nie.

Ich arrangierte mich mit der Situation. Ich hatte ein wenig Freiheit verloren. Dafür war mein Leben um einen diffusen Lustgewinn bereichert. Oft saß ich bei der Arbeit. Irgendeine Kleinigkeit erregte mich. Statt mir einen Porno zu suchen und für Entspannung zu sorgen, musste ich da durch. Mit jedem Tag ging dies ein wenig schneller. Mein Körper lernte, dass es sich nicht lohnte dauergeil zu sein.

In der ersten kompletten Woche durfte ich mich über sechs Orgasmen freuen. Es folgten fünf und in der dritten Woche sogar sieben Orgasmen. Sandra gab mir keinen Grund für Beschwerden.

Am Montag der vierten Woche weckte mich meine Frau. Sie nestelte zwischen meinen Beinen und war gerade dabei den Peniskäfig zu entfernen. *Das wird ein schöner Wochenstart.* Ich bekam von ihr einen sehr erfüllenden Blowjob.

Das war für Sandra aber noch nicht genug. Natürlich wollte sie auch ihre eigene Befriedigung. Nach einer Pause war mein Schwanz wieder bereit. Ich fickte sie zu einem Orgasmus und auch ich durfte ein zweites Mal kommen.

Am späten Vormittag saß ich an meinem Computer. Ich hatte mich durch mein Standardprogramm zum Wochenstart gearbeitet. Als Nächstes würde ich mich mit der Anfrage eines potenziellen Neukunden befassen.

Zuvor wollte ich mir in der Küche noch einen frischen Kaffee holen. Während ich an der Maschine stand, umfasste meine Frau mich von hinten. Drückte ihren Körper an mich. Durch mein dünnes T-Shirt spürte ich ihre

Nippel. Ihre Hand schob sich in meinen Schritt. Ihre Lippen saugten an meinem Hals.

»Sandra?«

»Ich brauche dich jetzt. Für eine kurze Pause hast du doch sicherlich Zeit?«

Konnte ich da wirklich Nein sagen? Wir verschwanden für eine schnelle Nummer in unserem Schlafzimmer.

Am Nachmittag erschien meine Frau ein weiteres Mal in meinem Büro. Diesmal brachte sie mir einen Kaffee. Wieder zeigte sie sich sehr anhänglich.

»Weißt du. Wir hatten noch nie auf deiner Arbeit Sex.«

»Dafür im gleichen Haus«, setzte ich entgegen.

»Das ist nicht das Gleiche.« Ihre Hand fand einmal mehr den Weg zwischen meine Beine. Sie öffnete meinen Reißverschluss und schob sie hinein. Dazu küsste sie mich.

»Sandra?«

»Nur kurz. Du kannst gleich weiterarbeiten. Wenn du magst, kannst du auch dabei weiterarbeiten … oder dir einen deiner Pornos anschauen.«

Sandra ließ sich zu Boden gleiten und krabbelte unter meinen Schreibtisch. Von dort zog sie mir meine Hose runter und befreite meinen Penis einmal mehr. Trotz seiner regen Beschäftigung an diesem Tag spritzte ich schon bald in sie ab.

»Das war interessant«, urteilte Sandra, nachdem ich wieder verschlossen war.

Am Abend ging ich ein wenig früher zu Bett. Ich wollte noch ein paar Dinge durchlesen. Während ich las, machte sich auch Sandra bettfertig. Sie holte etwas aus ihrer Kommode.

»Arme, bitte nach oben.«

Sie hielt Seidenstrümpfe in der Hand. Wollte mich einmal mehr ans Bett fesseln. »Bist du sicher?«

»Ja.«

»Aber wir haben heute ...«

»Arme nach oben.«

Ich folgte ihrer Anweisung und ließ mich ans Bett fesseln. Statt lange zu warten, legte sie einen wilden Ritt hin. Schon bald erlebte ich den vierten Orgasmus des Tages.

»Da hättest du dir das Fesseln aber auch sparen können«, kommentierte ich anschließend.

»Meinst du? Glaubst du, wir sind schon durch?«

»Sind wir nicht, aber ... Nein? Du ... Nein.«

»Mir wäre es am liebsten, wenn wir heute dein fünftes Mal in dieser Woche erledigen. Aber wenn du eine Pause brauchst, dann verschieben wir das auf morgen früh.«

»Und dann?«

»Dann hast du einige Tage Orgasmuspause.«

Sandra spielte bei diesem Gespräch bereits wieder mit meinem Schwanz. Dieser war zwar ziemlich erledigt, doch der Ausblick, dass ich tagelang keinen weiteren Orgasmus haben würde, hatte auf ihn einen seltsamen Effekt. Es wirkte eher lustfördernd, statt ihm Angst zu machen.

Sandra masturbierte meinen Schwanz mit ihrer Hand. Dabei schauten wir uns in die Augen. Ich wollte nicht kommen, während sie versuchte, das genaue Gegenteil zu erreichen.

»Schatz ... jetzt mach es dir doch nicht so schwer.«

»Du bist so ein Biest.«

»Ich hoffe doch, ein heißes Biest?«

»Mmm ... so einfach mach ich es dir nicht.«

»Das wäre ja auch langweilig.«

Sandra beeilte sich nicht einmal. Sie ritt kurz auf meinem Schwanz, gab mir einen Blowjob und brachte ihre Hände wieder zum Einsatz.

»Oh«, stöhnte ich auf.

»Wird es Zeit für das große Finale?«

Das Finale war ein Blowjob. Sandra wusste, dass sie alles geben musste. Immerhin würde es das fünfte Mal an einem Tag sein. Am Ende hatte ich aber keine Chance.

»Man merkt, dass du ausgepumpt bist«, lachte meine Frau anschließend. »Viel ist da nicht mehr gekommen.«

Bevor sie mich von den Fesseln löste, setzte sie mir den Peniskäfig wieder auf.

»Und jetzt?«, fragte ich anschließend.

»Jetzt wirst du dich in Geduld üben müssen. Spätestens nächste Woche gibt es für dich den nächsten Orgasmus.

»Du bist so gemein«, spielte ich ihr quengelnd vor. Wirklich große Sorgen machte ich mir aber nicht. Sie hatte mich an diesem Tag ordentlich ausgepumpt. Da würde ich doch wohl ein paar Tage ohne Sex auskommen.

Wie sich in den nächsten Tagen jedoch zeigte, musste ich gar nicht ohne Sex auskommen. Vielleicht wäre das sogar die leichtere Variante gewesen. Sex hatten wir - Orgasmen hatte aber nur einer von uns.

Schon am Dienstag präsentierte Sandra sich besonders aufreizend. Am Abend wurde sie dann besonders amourös. Ich dachte schon, ihr Spiel würde ein schnelles Ende haben. Stattdessen wollte sie nur mit mir Kuscheln und Küsse austauschen. Das machte sich natürlich bei mir bemerkbar. Ein großes Problem war es aber auch nicht.

Am Mittwoch sonnte sie sich auf unserer Terrasse. Mehrmals bekam ich sie in ihrem knappen Bikini zu sehen. Am Ende wollte sie diesmal mehr. Ich durfte sie mit meiner Zunge beglücken.

Am Donnerstagabend war sie im Club. Natürlich nicht ohne, dass sie sich anschließend noch an mich ranmachte und sich einen weiteren Orgasmus durch meine Zunge wünschte.

Ihr Spiel änderte sich auch am Freitag nicht. Immer wieder zeigte sie sich in aufreizenden Posen. Wollte mich regelmäßig Küssen und am Abend vor dem Fernseher von mir festgehalten werden.

Im Bett ging es diesmal besonders langsam zur Sache. Wir küssten uns lange. Ich beglückte ihre Brüste. Meine Zunge fand ihre Klitoris.

Schließlich fesselte sie mich einmal mehr ans Bett und öffnete endlich den Peniskäfig. Mein Schwanz freute sich unglaublich, zurück in die Freiheit zu dürfen. Noch sehr viel mehr freute ich mich darüber, dass mein Warten ein vorzeitiges Ende haben würde. Vier Tage ohne Orgasmus hatte ich wirklich lange nicht mehr erlebt.

Sandra spielt mit meinem Schwanz. »Ziemlich hart, der Kleine«, kommentierte sie seinen Zustand. Langsam ritt sie auf mir. Auch ihre Hand kam wieder zum Einsatz. Ihre Zunge umspielte meinen Peniskopf. »Schön geil?«

»Oh, ja ... bitte.«

»Weißt du, dass deine Ehefrau ziemlich gemein sein kann?«

»Nein?«

»Doch.« Sandra sprang auf und lief aus unserem Schlafzimmer. Eine Minute später kam sie mit einer Kühlpackung zurück. Diese hielt sie direkt an mein Gemächt.

»Was wird das?«

»Einen Moment.«

Mein Schwanz schrumpfte zurück auf Normalgröße. Erschrocken und sprachlos beobachtete ich, wie sie ihn zurück in sein Gefängnis bugsierte.

»Warum?«, fragte ich sie, nachdem sie die Fesseln gelöst hatte.

»Weil es geil ist? Keine Sorge. Morgen Abend gehen wir gemeinsam in den Club. Ich verspreche dir, dass du dann auch einen Orgasmus bekommst. Aber ich möchte meinen Mann schön geil mit in den Club nehmen.«

Diese Aussicht ließ mich verstummen. Ich konnte auch

nicht bestreiten, dass sie mir bereits wieder Erregung bereiteten. Ich ging gerne mit meiner Frau in den Cucky Club. Zwar hatten viele der Erlebnisse auch eine erniedrigende Seite. Insgesamt hatte der Club unser Leben aber bereichert. Das wollte ich nicht bestreiten.

KAPITEL 16

Wir verbrachten einen ruhigen Samstagmorgen. Frühstückten im Kreis der Familie. Anschließend machte ich mit den Kindern eine kleine Fahrradtour. Beide hatten wir für die Nacht bereits untergebracht. Unserem Besuch im Club stand nichts im Wege.

Frühzeitig begann Sandra, sich zurechtzumachen. Sie nahm mir den Peniskäfig ab, damit ich mich dort unten unter ihrer Aufsicht noch einmal frisch rasieren konnte. Anschließend ging es aber zurück in mein Gefängnis.

Sandra hatte sich für den Abend neue Dessous gekauft.

»Lack und Leder? Wirst du jetzt zur Domina?«

»Nein Danke. Auf Schmerzen austeilen, stehe ich nicht. Da hast du die falsche Frau geheiratet.«

»Ich habe mich nicht darum beworben. Aber eine Domina teilt ja nicht nur Schläge aus. Ans Bett wurde ich schon gefesselt und den da unten hast du ja auch eingesperrt.«

»Wir wäre es mit Herrin?«

»Macht das einen Unterschied zu Domina?«

»Herrin deines Schwanzes?«

»Das passt erschreckend gut.«

Sandra nahm mich in den Arm und gab mir einen Kuss. »Wir machen nie, was uns beiden nicht Spaß macht. Vergiss das nie. Okay?«

»Natürlich.«

»Ein Wort von dir und der Peniskäfig landet im Müll.«

»Es ist in Ordnung. Wenn sie diese Woche auch sehr unregelmäßig verteilt sind, kann ich mich doch nicht über die Menge meiner Orgasmen beklagen.«

Diese Worte meinte ich durchaus ernst. Zwar hatte ich im Vergleich zu vorher jede Woche einige Orgasmen weniger. Aber so wirklich fehlte mir die Masturbation nicht. Vielleicht war mein wahres Sexleben dafür zu reichhaltig geworden. Vor allem auch zu abwechslungsreich. Damit konnte kein Film mithalten. Die Realität ist am Ende doch besser als jeder Film.

Für den Moment brachte mir der Anblick meiner Frau einen pochenden Schwanz ein. Ich konnte nur hoffen, dass ich an diesem Tag wirklich noch einen befreienden Orgasmus erleben würde. Ansonsten würde mich der Anblick meiner Frau umbringen. Das ganze Blut in mir drängte schon jetzt in meinen Penis.

Sandra sah unglaublich aus. Sie trug ein hautenges Lederkorsett. Ihre Brüste waren nicht bedeckt, sondern nur mit Lederriemen eingerahmt. Seidenstrümpfe mit Strapshalter und ein Leder-Tanga rundeten das Bild ab.

»Wow«, kam mir über die Lippen. Sie holte auch noch ein hautenges Lederkleid hervor. Auch dieses war neu. Für einen kurzen Moment musste ich überlegen, wie viel Geld sie für die ganzen Sachen wohl ausgegeben hatte. Musste dann aber feststellen, dass mir dies gerade ziemlich egal war.

Zum Abschluss gab es noch hochhackige und fast knielange Lederstiefel. Auch diese bekam ich zum ersten Mal zu sehen.

Fertig angezogen, drehte sich Sandra vor mir. »Wie gefällt dir mein neues Outfit?«

»Heiß ... ich hätte nicht gedacht, dass ich auf Leder stehen könnte ... aber ... heiß ... verdammt heiß.«

Sandra lachte zufrieden. Fertig war sie natürlich noch lange nicht. Frisur, Fingernägel und Make-up wollten noch gemacht werden. Eine halbe Stunde später konnte es endlich losgehen.

Helmut und Lydia nahmen uns die kurze Strecke mit dem Auto mit. Unsere Nachbarin hatte sich ebenfalls herausgeputzt. Konnte aber natürlich nicht mit meiner Frau mithalten.

Im Club führte der Weg von Sandra und Lydia an die Bar und zu den anderen Annehmlichkeiten. Helmut und ich machten uns auf in die Cucky Bar. Später sollte sich unser Weg wieder vereinen.

»Weißt du, was heute geplant ist?« Mein Versuch mehr zu erfahren blieb erneut erfolglos. Helmut wollte mir keine Auskunft geben. Das gab mir schon zu denken. »Was Schlimmes?«, hakte ich noch einmal nach.

»Nichts, was ich nicht auch machen werde«, gab er mir verschmitzt zurück.

»Na, das ist aber beruhigend.«

»Hallo, ihr Zwei«, begrüßte uns eine Frauenstimme von hinten und legte dabei ihre Arme über unsere Schultern. Zusätzlich drückte sie ihre Brüste gegen unsere Rücken.

»Lisa.«

»Bereit für einen großartigen Abend?«

»Wenn ich wüsste, was mich erwartet. So bleibt erst einmal abzuwarten, wie großartig er wird.«

»Es geht in den zweiten Stock«, teilte sie mir lachend mit.

»Deine Veranstaltung?«

»Exakt.«

»Was erwartet mich dort? Welche Sauereien hast du geplant?«

»Nicht so neugierig. Wo würde denn da die Spannung bleiben?«

»Ich habe im letzten Jahr genug Spannung für den Rest meines Lebens gehabt.«

»Ganz abgesehen von der Spannung dort unten?«, witzelte Lisa zurück.

»Guten Abend«, begrüßte uns eine weitere Stimme. Ich drehte mich zu Victoria Paulsen um. »Es ist so weit. Geleitest du sie nach oben und kümmerst dich um alles?«

»Natürlich«, antwortete Lisa. »Dann mal los in den Spaß.«

Ich wusste nicht, was ich von der Situation halten sollte. Was erwartete mich? Ich erinnerte mich noch einmal an meine Aufbauhilfe zurück. Vier Wochen war diese her. Die große Spielwiese ließ ein Gruppenerlebnis erwarten.

Mit zittrigen Füßen stieg ich die Treppe hinauf. Im dritten Stock trafen wir auf drei weitere Cuckolds. Frauen oder Bulls waren noch nicht in Sicht.

Dafür war mir der Aufbau sehr bekannt. Die große kreisrunde Spielwiese in der Mitte. Drumherum lagen mehrere Matten mit erhöhtem Kopfteil.

»Bitte ausziehen«, forderte mich Lisa auf. Helmut war bereits dabei. Er schien nicht zum ersten Mal dabei zu sein.

Mit einem mulmigen Gefühl machte ich mich ans Ausziehen. Ich zeigte ungern meinen Peniskäfig. Auch wenn die bisher Anwesenden darüber bereits informiert waren. Wenig überraschend trug auch Helmut einen Peniskäfig.

»Bitte hinlegen«, bedeutete Lisa mich. Helmut lag bereits. Zwei weitere Cuckolds wurden von Victoria in den

Raum geführt. Ich hatte den Eindruck, dass auch sie zum ersten Mal dabei waren. Sie wirkten interessiert und ein Stück unsicher. Ziemlich genauso, wie ich mich fühlte. Victoria erklärte ihnen, was sie zu tun hatten.

Ich lag bereits auf der Matte. Lisa machte sich an den Ecken zu schaffen. Ehe ich mich versah, hatte sie bereits meine erste Hand an die Matte gefesselt.

»Muss das sein?«

Das war Lisa nicht einmal eine Antwort wert. Unbeirrt setzte sie ihre Arbeit fort. Schnell war auch meine zweite Hand gefesselt. Ich wehrte mich nicht. Doch hier machte sie noch nicht halt. Auch meine Füße wurden an die unteren Ecken gefesselt. Damit ergab ich ein schönes X.

Die anderen Cuckolds erlebten das gleiche Schicksal. Am Ende waren wir sechs an Matten gefesselte Cuckolds.

»Kann losgehen«, verkündete Lisa in Victorias Richtung.

Beide Frauen verschwanden daraufhin und ließen uns Cuckolds alleine zurück. »Und jetzt?«, fragte ich in die Stille hinein.

»Geht bald los«, antwortete Helmut. »Mach einfach mit.«

»Bei den neuesten Schweinereien?«, führte ich seinen Satz als Frage fort.

»Es wird auch Spaß machen.«

Wir mussten einige Minuten warten, dann führten Victoria und Lisa eine größere Gruppe aus Frauen und Männern hinein. Ich suchte nach meiner Sandra und fand sie schnell. Pedro und Hugo führten sie in den Raum. Insgesamt schien es mehr Bulls als Frauen zu geben.

»Willkommen beim Treffen der anonymen Keuschheitsträger. Heute begrüßen wir drei Neulinge in unserem Kreis. Andreas, Robert und Peter. Willkommen und viel Spaß in den nächsten Stunden. Sie werden wahrscheinlich anstrengend, dafür aber auch sehr erfüllend.«

»Warum beginnen wir nicht mit einem leichten Aufwärmprogramm. Hotwifes, steigt auf eure Cuckolds!«

Sandra kam zu mir rüber. Sie entledigte sich schnell ihres Leder-Tangas und ließ dann ihre Scham auf mein Gesicht nieder. Die Aufgabe war klar und ich ließ meiner Zunge freien Lauf. Schnell wurde meine Frau feucht.

»Wer soweit ist, darf sich gerne einen Bull suchen.«

Sofort hob Sandra sich von mir. Offensichtlich war sie soweit. Statt sich sofort auf den Weg zu machen, kniete sie sich zunächst neben mich.

»Soweit alles gut?«, fragte sie mich leise ins Ohr.

»Ja.«

»Sollte eine der anderen Damen, die Dienste deiner Zunge benötigen, dann zögere bitte nicht. Du hast meinen Segen. Das ist doch kein Problem?«

»Ähm ... nein ... meinst du wirklich?«

»Ja, bitte.«

Ich nickte zur Antwort und Sandra stand auf. Pedro und Hugo warteten schon auf sie. Erste Paare hatten sich bereits auf der Spielwiese eingefunden. Küsse wurden ausgetauscht und Blowjobs gegeben. Das galt sehr schnell auch für Sandra.

»Peter«, erklang hinter mir - Victoria. »Wenn du bitte so freundlich wärst.«

Ohne auf eine Antwort zu warten, stellte Victoria sich über mich. Senkte sich dann langsam auf mich hinab. Ihre Knie lagen neben meinem Kopf. Im Gegensatz zu meiner Frau schaute sie nicht Richtung Spielwiese. Sie hatte sich so positioniert, dass sie runter auf mein Gesicht schauen konnte.

Den letzten Schritt machte Victoria jedoch nicht. Wenige Zentimeter von mir entfernt, hing ihre Scham und wartete auf mich. »Peter«, erklang ihre auffordernde Stimme.

Sollte ich das wirklich tun? Meine Frau hatte mir extra die Genehmigung gegeben. Die Scham vor mir wirkte sehr einladend. Es würde schon interessant sein, diese mit meiner Zunge berühren zu dürfen. Schmecken zu dürfen.

Ich gab mir einen Ruck und küsste sanft und vorsichtig auf die Scham von Victoria Paulsen. Ließ meine Zunge hervorgleiten und fuhr einmal durch ihre feuchte Furche. Der Bann war gebrochen. Ich stürzte mich jedoch nicht wild auf sie, sondern genoss jeden Augenblick.

Sicherlich würde ich es meiner Frau nicht gestehen, aber es erregte mich, eine andere Frau zu befriedigen. Stetig steigerte ich mich und gab meine Zurückhaltung auf.

Victoria hielt mich die ganze Zeit fest im Blick. Es hatte sicherlich einen Grund, dass sie sich so schnell auf mich gestürzt hatte. Sie wusste ganz genau, dass sie für mich seit Langem die erste andere Frau war. Nach meiner Frau war sie erst die Zweite, die ich oral verwöhnte. In diesem Augenblick durfte sie durch mich, eines ihrer geliebten ersten Male erleben.

»Danke Peter«, bekam ich am Ende zu hören.

Damit gab sie mir endlich wieder den Blick auf das Geschehen frei. Ich hatte schon hören können, dass es wilder zu ging. Meine Augen wussten gar nicht, wohin sie schauen sollten. Überall wurde gefickt. Ich fand meine Sandra. Sie ritt auf Pedro und versuchte dabei Hugo einen Blowjob zu geben. Was durch ihre Bewegungen ziemlich schwierig war.

Ich konnte meinen Blick noch kurz über die restlichen Spiele schweifen lassen, dann wurde mir der Blick einmal mehr verdeckt. Eine mir unbekannte Frau ließ sich wortlos auf mich nieder. Sie drückte ihre Scham förmlich in mein Gesicht. Das war wohl ihre Aufforderung zu starten.

Mir blieb gar keine andere Wahl und ich wiederholte meinen Dienst und sorgte auch bei ihr für eine feuchte Erregung. Bald verließ sie mich und suchte sich auf der Spielwiese einen Bull.

Ich bekam die ersten Orgasmen zu hören. Auch Pedro spritzte mit seinem tief in Sandra steckendem Schwanz ab. Erschöpft blieb meine Frau noch einen Moment auf ihm liegen. Sie drehte sich ein wenig zur Seite und schaute zu mir. Ein glücklicher Blick.

Ich sah neben mir eine Bewegung. Helmut lag direkt neben mir. Lydia stand schon halb über ihm. Auf ihrer Scham sah ich Spermaspritzer. Diese ließ sie auf ihren Mann hinab. Dieser machte sich sogleich ans Werk.

Ich blickte wieder nach vorne. Sandra stand bereits vor mir. Auch sie ließ sich auf mich nieder. Ihre Scham hing über mir. Einmal mehr wusste ich, was von mir erwartet wurde. Ich brauchte ein wenig Überwindung. Hier vor all den Menschen war es mir doch unangenehm. Vor allem sehr peinlich. Auch wenn sie sich daran wohl kaum störten. Für sie war es Normalität.

Am Ende fügte ich mich, wie so oft zuvor. Bereute es hinterher kein Stück.

Wieder beugte sich Sandra zu mir hinunter. »Danke Peter. Wenn eine der anderen Damen diesen Dienst braucht. Würdest du es dann bitte auch machen?«

Diesmal blieb Sandra neben mir knien und wartete auf eine Antwort. Ich brachte kein Wort hervor, nickte jedoch. Das reichte ihr.

Sie hob eine Hand und schaute auffordernd auf die Spielwiese. Schien jemandem heranzuwinken. Ich folgte ihrem Blick. Auf wen anderes als Victoria Paulsen hätte er führen können? Diese schaute mich durchdringend an. Zeigte dann auf ihre deutlich mit Sperma gefüllte Scham und anschließend auf mich. Fragte mich mit einem Nicken und Grinsen, ob ich es wollte. Gänzlich unbewusst antwortete ich mit einem Nicken. Erst anschließend wurde mir durch ihr noch breiteres Grinsen bewusst, was ich getan hatte.

Victoria nahm dies als Startzeichen schnell zu handeln. Wie beim ersten Mal kniete sie sich über mich. Wollte mir wieder zuschauen. Diesmal blieb meine Frau ebenfalls neben mir knien. Auch sie wollte es sehen. *Was für perverse Damen*, ging mir durch den Kopf.

Der Anblick ihrer leicht offenstehenden Schamlippen, ihr feuchtes Glitzern und ein leichter weißer Tropfen in ihrer Öffnung. Scheinbar war auch ich ein wenig pervers. Zumindest spürte ich, wie mein Schwanz sich gegen sein Gefängnis wehrte.

Mit meiner Zunge fuhr ich ein erstes Mal zwischen ihren Schamlippen hindurch. Ich stellte mir vor, wie Sandra und Victoria sich zufrieden anschauten. Traute mich selber aber nicht, nach oben zu schauen. Zu peinlich wäre mir dieser Moment gewesen. Mein Blick richtete sich stur auf meine Aufgabe.

Ich stocherte mit meiner Zunge in Victoria herum. Spürte, wie mir eine salzige Masse in den Mund tröpfelte. *Peter Neumann - was ist nur aus dir geworden?* Doch ich war unfähig und überhaupt nicht willens etwas zu ändern.

»Das war eine schöne erste Runde«, verkündete Lisa. »Die Bar ist jetzt besetzt und das Buffet wird aufgebaut.«

Von meinem Platz auf der Matte beobachtete ich, wie sich die Damen und Bulls an der Bar unterhielten, tranken und eine Kleinigkeit aßen.

Nach einer Weile gesellten sich einige Frauen zu ihren Männern - auch meine Sandra. Sie hockte neben mir und fütterte mich von ihrem Teller. Genehmigte mir einen Schluck von ihrem Getränk.

»Alles gut soweit?«

»Bisher schon ... aber was soll noch kommen.«

»Geht gleich weiter. Es wird interessant. Ich hoffe für uns beide, dass du dir viel Mühe geben wirst.«

»Bei?«

»Lass dich überraschen.«

Einige Frauen und Bulls vergnügten sich bereits wieder auf der Spielwiese. Allerdings nur zurückhaltend. Gefickt wurde noch nicht.

»Ich hoffe, es hat allen gemundet. Wir starten jetzt in Runde 1 von 'Wie lange noch Schatz'. Eine kurze Erklärung für unsere Neulinge. Wir veranstalten einige Spiele. Es obliegt eurer Performance, wann ihr das nächste Mal aus eurem Peniskäfig für einen Orgasmus entlassen werdet. Der letzte Platz muss volle vier Wochen warten - bis zum nächsten Treffen. Für den zweitletzten Platz werden es dann immerhin noch drei Wochen werden, zwei Wochen für den Drittschlechtesten und eine Woche für den Viertschlechtesten. Dem Teilnehmer auf dem zweiten Platz werden gar keine Restriktionen auferlegt. Für den ersten Platz gibt es gar ein ganz besonderes Schmankerl. Vier Wochen kein Peniskäfig. Na, ist das nicht Reiz genug eine, gute Leistung abzuliefern?«

Reiz genug? Ich hatte vor allem den Horror vor Augen. Vier Wochen ohne Orgasmus? Würde meine Sandra dies wirklich in Erwägung ziehen?

»Runde 1«, verkündete Lisa. »Der Geschmackstest. Wer schafft es, seine Frau durch Lecken zu erkennen?«

Wir bekamen die Augen verbunden. Sechs Frauen durften wir für jeweils sechzig Sekunden kosten. Anschließend sollten wir raten, welche unsere Frau war.

Ich versuchte meine Frau nicht am Geschmack, sondern am Gefühl zu erkennen. Zum Beispiel an der Größe ihrer Schamlippen. Das war verdammt schwierig.

Zwei konnten ihre Frau gleich im ersten Versuch erraten. Ich brauchte drei Versuche und belegte damit nur den vierten Platz.

»Das war ein interessanter Anfang. Ich möchte unseren Neulingen aber anraten, sich ein wenig mehr ins Zeug zu legen. Es könnte sonst ein wenig dauern bis zum nächsten Orgasmus.«

Bevor es mit dem zweiten Spiel weiterging, beschäftigte man sich anderweitig. Ich konnte nur nach meinem Gehör urteilen, dass es gut zur Sache ging.

»Kommen wir zum zweiten Spiel. Auch diesmal dürft ihr mit der Zunge ran. Ihr habt es allerdings nicht gänzlich selber im Griff, sondern seid auf die Gutmütigkeit eurer Frau angewiesen. Wer seine bessere Hälfte am schnellsten zum Orgasmus leckt, geht als Gewinner vom Feld.«

»Bitte die Positionen einnehmen und erst auf mein Kommando starten. Wer möchte, kann seinem Mann die Augenbinde abnehmen.«

Sandra wollte offensichtlich. Sie nahm mir die Augenbinde ab und schaute mich an. Gab mir einen kurzen Kuss. »Bitte gib dein Bestes, Schatz. Ich würde dich nur ungern mehrere Wochen einsperren.«

»Du würdest wirklich ...« Ich ließ die weiteren Worte unausgesprochen.

»Es liegt alleine an dir.«

An Motivation fehlte es mir auf jeden Fall nicht. Sandra positionierte sich über mir. Ich schaute auf ihre sichtlich feuchte Spalte. Sie hatte sich wohl zwischenzeitlich mit den Bulls vergnügt.

»Auf die Plätze, fertig, lecken!«

Ich gab mein Bestes und leckte meine Frau wie ein Irrer. Einmal mitten durch ihre Spalte. Dann konzentrierte ich mich vor allem auf ihre Klit. Ich musste doch in der Lage sein, meine Frau schnell kommen zu lassen.

Sechs Minuten brauchte ich. Für mich eine verdammte

Ewigkeit. Ich hörte zuvor viermal andere Frauen ihren Orgasmus herausschreien. Wie konnte man nur so schnell sein? Auch Helmut schlug mich und brachte seine Lydia schnell zum Orgasmus. Am Ende wurde ich nur Fünfter.

»Noch ist alles offen«, tröstete mich meine Frau. Viel Hoffnung hatte ich allerdings nicht mehr. Es schien alles gegen mich zu laufen.

Wieder wurde eine Pause gemacht. Man vergnügte sich an der Bar. Anschließend wurde einige Blowjobs gegeben. Es ging ein wenig ruhiger zu.

»Kommen wir zum großen Finale. Die gute Nachricht zuerst. Fünf von euch Cuckolds dürfen sich auf einen sicheren Orgasmus freuen. Wenn ich die Damen bitten dürfte, die Schwänzchen auszupacken.«

Sandra und die weiteren Frauen nahmen uns die Peniskäfige ab. Sofort ragte mein Schwanz in die Höhe.

»Das Spiel ist sehr simpel. Eure Frauen bringen euch zum Orgasmus. Welcher Mann am schnellsten ist, darf sich über den Sieg freuen. Die beiden bisherigen Spiele entscheiden, wann ihr ins Rennen starten dürft. Nachdem der erste Platz gestartet ist, darf der Rest in Abständen von jeweils zwanzig Sekunden folgen.«

Ich war nur noch auf dem fünften Platz. Würde also erst achtzig Sekunden nach dem Erstplatzierten starten dürfen. Könnte ich so überhaupt noch Boden gut machen? Mein harter Schwanz war guter Dinge. Ein Rundumblick zeigte jedoch, dass es der Konkurrenz nicht anders ging. Trotzdem - ein paar Minuten würde es doch sicherlich schon dauern, um zu kommen.

Sandra kniete neben mir. Zusammen schauten wir zu, wie das erste Paar startete.

»Soll ich es auch mit der Hand und dem Mund versuchen. Oder willst du einen Fick?«

»Nein, nein. Hand und ein wenig Zunge vielleicht? Ein

Fick dauert zu lange. Da ... da spüre ich nicht genug«, gab ich zu und spürte förmlich, wie ich rot anlief. »Bitte Sandra, bitte mach es schnell.«

»Ich weiß nicht. Vielleicht möchte ich ja, dass du letzter wirst?« Sandra grinste mich an. Bekam dann aber wohl doch ein schlechtes Gewissen. »Keine Angst. Ich gebe mein Bestes.«

Die weiteren Teilnehmer starteten und Sandra kniete sich zwischen meine Beine. Ihre Hände lagen knapp über meinem Schwanz und warteten auf den Start.

»Cuckold Peter«, rief Lisa aus. Das Startsignal für Sandra. Sofort schnappten ihre Hände nach meinem Schwanz.

Unglücklicherweise hörte ich in diesem Augenblick bereits die ersten verräterischen Orgasmusgeräusche eines Konkurrenten. *Scheiße!* Der erste Platz war schon vergeben.

Die Hände von Sandra flogen hoch und runter. Ihr Mund fand meinen Peniskopf. Sie hielt sich nicht zurück und gab ihr Bestes. Ich spürte, wie meine Lust sich auftürmte. »Ja!«, hörte ich Helmut ausrufen. Damit musste ich den zweiten Platz abschreiben. Der dritte Platz folgte nur wenige Sekunden später. Wie kann man so schnell kommen?

Das restliche Feld tat sich deutlich schwerer. Ich blickte mich ängstlich um. Nur wir drei Neulinge kämpften noch um die Plätze.

»Komm Schatz. Du schaffst das«, forderte Sandra mich auf. Dazu beschleunigten ihre Hände noch einmal das Tempo. »Du willst doch nicht letzter werden. So lange will ich nicht auf dich verzichten. Eingesperrt in diesen engen Käfig.«

Das wollte ich nun wirklich nicht. Es kam schon ein wenig unerwartet. Doch plötzlich strömte die Lust aus mir heraus. Mein Schwanz zuckte wild und spritzte.

Sandra beugte sich zu mir vor und gab mir einen Kuss. »Immerhin noch Vierter geworden.«

Immerhin? Das bedeutete zwei Wochen Peniskäfig. Zwei Wochen kein Orgasmus. Natürlich musste ich das nicht akzeptieren. Doch diese Option stellte sich mir für keinen Augenblick. Ich würde meine Niederlage akzeptieren. Das war Teil des Spiels. Ein Spiel, dass ich auch selber lieben gelernt hatte. Dem ich mich ausgeliefert hatte. Ich konnte nicht mehr daran rütteln. Peter Neumann war zu hundert Prozent ein Cuckold.

Während der Großteil sich zu weiteren Spielen in der Mitte einfand, begann meine Frau mir die Fesseln zu lösen. »Wir machen uns auf den Heimweg.«

Das irritierte mich. Besonders das ich mich anziehen sollte, aber sie mir den Peniskäfig nicht aufsetzte. Stattdessen steckte sie die Einzelteile achtlos ihn ihre Tasche.

Wir verabschiedeten uns kurz. Victoria bot an, dass uns Robert nach Hause fahren könnte. Sandra wollte die kurze Strecke aber lieber zu Fuß zurücklegen.

KAPITEL 17

Ich atmete die kühle Nachtluft ein. Mein Penis genoss die Freiheit. Lange würde sie wohl nicht anhalten.

»Wie war der Abend?«, fragte mich meine Frau.

»Interessant.«

»Das erste Mal eine andere Frau geleckt. Wie war das für dich?«

»Nicht so gut wie du.«

»Du weißt, was Frauen hören möchten«, antwortete sie verschmitzt und hielt mich an. Sandra zog mich an sich heran und gab mir einen Kuss. »Mir hat der Abend gefallen. Es waren schöne Spiele. Wie hat dir das Ergebnis gefallen?«

»Ich wäre lieber Erster geworden«, gab ich kühl zurück. Der Gedanke an die Folgen meiner Niederlage schmerzte.

»Das kann ich mir denken. Zwei Wochen kein Orgasmus ... glaubst du, du kannst das überstehen.«

»Ich werde wohl müssen.«

»Du nimmst das so hin?«

»Ja.«

»Warum?«

»Ich weiß nicht. Mir gefällt es nicht, aber es gehört dazu. Es fühlt sich falsch an, es nicht zu akzeptieren. Ich kann nicht anders«, gab ich zu.

»Du bist mein Cuckold.«

»Ich bin dein Cuckold«, wiederholte ich ihre Worte. Sandra lachte mich zufrieden an und gab mir einen Kuss.

»Dich wird es vermutlich trotzdem freuen zu hören, dass die Spiele getürkt waren. Zu Hause wirst du mich erst einmal ordentlich ficken dürfen.«

»Was?«

»Möchtest du nicht?«

»Doch! Aber ... getürkt?«

»Ihr drei Neulinge hattet nie eine Chance. Es war von Anfang an abgemacht, dass ihr die drei Plätze am Ende einnehmen würdet. Ein kleines Spiel mit euren Gefühlen. Eine schöne kleine Qual, so wie euch es wohl gefällt?«

»Hm.«

»Froh?«

»Ja«, gab ich offen zu.

»Eine kleine Warnung. Nur weil es diesmal ein Fake war, muss es dies beim nächsten Mal nicht wieder sein. Vier Wochen ohne Orgasmus würde ich weder dir noch mir zumuten. Aber eine Woche finde ich, wäre schon ein angemessener Einsatz. Zumindest für den Anfang.«

Ich muss zugeben, dass mir der Gedanke zu gefallen begann. Meine Orgasmen als Spieleinsatz. Das Risiko für eine Woche im Peniskäfig gefangen zu sein, ließ meinen Schwanz gleich noch ein wenig mehr anschwellen.

Zu Hause vergnügten wir uns tatsächlich noch miteinander. Ich hätte nach diesem Abend nicht unbedingt erwartet, dass Sandra dazu noch genug Energie hatte. Sie hatte sich aber extra mit den Bulls zurückgehalten und Energie für mich aufgespart. Das fand ich sehr süß.

Unser Sex hatte sich über die letzten Monate verändert.

Sandra war deutlich offener geworden. Ich sehr viel mehr darauf fixiert, ihr eine schöne Zeit zu bereiten. Oft war dies kein simpler Fick. Mit meinem Vorspiel und romantischen Gesten konnte und wollte ich Sandra von meinen besonderen Fähigkeiten überzeugen. Hier hatte ich eine Chance die Bulls zu übertrumpfen.

Dicht aneinandergeschlungen schliefen wir ein. Zum ersten Mal seit einigen Wochen verbrachte ich eine Nacht ohne mein Gefängnis zwischen den Beinen.

»Bist du bereit?«, fragte Sandra mich am nächsten Morgen. Dazu wedelte sie mit dem Peniskäfig herum.

»Ich bin bereit.«

Ich wusste nicht, welche Erlebnisse mir der Cucky Club noch bescheren könnte. Vor uns langen sicherlich interessante Jahre. Mit würde noch so manche süße Qual bevorstehen. Da war ich mir absolut sicher.

Ich hatte aber auch gelernt, dass ich meiner Frau voll vertrauen konnte. Sie machte sich genug Sorgen darum, wie es mir mit dem Club und unseren Spielen erging. So konnten wir diesen neuen großen Teil in unserem Leben gemeinsam genießen.

Würde ich für immer ein Cuckold bleiben? Daran hatte ich wenig Zweifel.

NACHWORT

Danke! Ich hoffe, dieses Buch hat dir gefallen.

Amazon-Bewertungen sind natürlich immer gerne gesehen und helfen mir enorm weiter. Gerne kannst du mir per E-Mail oder über meine Webseite mitteilen, was du von diesem Buch hältst.

Auf den nächsten Seiten folgen noch interessante Buchempfehlungen.

AutorDavidSilver@gmail.com
david-silver.net

WELLEN DER LUST

Christoph und Katharina Meister sind seit zehn Jahren ein glückliches Paar. Die letzten drei davon verheiratet. Doch etwas ärgert sie. Ihre besten Freunde - ein befreundetes Ehepaar - macht sich seit fast zwei Jahren ziemlich rar in ihrem Leben.

Fast jedes Wochenende fahren sie an die niederländische Küste. Dort haben sie ein Ferienhaus. Doch auf eine Einladung warten Chris und Katie vergebens. Unverhofft kommt diese dann doch noch. Ihre Freunde sind für drei Monate in den USA. Das Ferienhaus steht ihnen solange zur Verfügung.

Zumindest einen Blick möchten sie wagen. Was ist die weite Anreise wert? Schnell lernen sie die niederländischen Bekannten ihrer Freunde kennen.

Dies sind drei Ehepaare und drei schwarze Männer. Über allem thront Luis. Ein großgewachsener, durchtrainierter und äußerst vermögender Schwarzer. Schnell macht er gegenüber Chris klar, dass er nur auf seine Zustimmung wartet, um sich an seine Ehefrau heranzumachen. Luis hat keine Zweifel daran, dass Katie seinen Qualitäten nicht widerstehen könnte.

Für Chris stehen schwierige Entscheidungen an. Wohin werden ihn und seine Frau die Wellen der Lust treiben?

Wellen der Lust ist bei Amazon erhältlich.

LUSTVOLLE EIFERSUCHT

Frank und Julia Fischer sind für ihre Karriere nach Frankfurt gezogen. Der Computer-Nerd kann immer noch kaum fassen, dass er seinen Jugendschwarm zu seiner Ehefrau machen konnte.

Im Bett ist Frank ein zärtlicher und fürsorglicher Liebhaber. Immer um die Befriedigung seiner Frau bemüht. Diese liebt seine Qualitäten und sehnt sich doch nach mehr Abwechslung. Gerne würde sie dem Mann die Führung überlassen. Doch dominantes Auftreten liegt ihrem Ehemann nicht.

Frank hatte schon immer Angst, seiner Julia nicht zu genügen. Er würde alles tun, um sie glücklich zu machen. Doch würde er auch das Undenkbare akzeptieren?

Als mit Diego Garcia ein alter Bekannter zurück in das Leben von Julia tritt, stehen sie schon bald vor einer schwierigen Frage. Diego Garcia verkörpert all das, was Julia sich wünscht, zu erleben.

Frank ist hin und hergerissen zwischen Eifersucht und seinem eigenen Lustempfinden. Er hat Angst vor den Folgen möglicher außerehelicher Aktivitäten seiner Frau. Zugleich muss Frank erkennen, dass diese Aussicht in ihm - trotz oder gerade wegen dieser Angst - eine zunehmende Erregung erzeugt.

Lustvolle Eifersucht ist bei Amazon erhältlich.

DIE CUCKQUEAN UND IHR EHEMANN

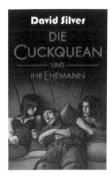

Karina und Thomas haben sich das perfekte Leben aufgebaut. Sie sind verheiratet und besitzen eine kleine Villa mit Pferdestall. Doch in der Firma laufen die Geschäfte schlecht. Thomas droht seine Arbeit zu verlieren. Damit würde ihr Leben wie ein Kartenhaus zusammenfallen. Schon bald könnten sie die Kredite für ihren kleinen Traum nicht mehr bedienen. Sie würden alles verlieren.

Die Lösung ist einfach. Thomas darf seinen Arbeitsplatz nicht verlieren. Die deutsche Niederlassung wird von Michelle Bonnet geleitet. Thomas arbeitet oft mit der Tochter des Firmengründers zusammen. Ihre schützende Hand könnte ihn vor einer Entlassung bewahren. Seine Frau drängt ihn dazu, ihr Komplimente zu machen. Sie lässt die andere Frau auch mit ihrem Ehemann tanzen.

Karina war schon immer der Meinung, dass die Französin mit ihrem Mann flirtet. Nach einiger Zeit muss auch Thomas einsehen, dass sie recht hatte. Michelle will mehr von ihm. Sehr viel mehr! Je mehr sie ihr bieten, je sicherer sollte sein Job werden. Doch auch Michelle Bonnet kann dieses Spiel spielen.

Wie weit werden Karina und Thomas gehen, um seinen Job und damit auch ihren Traum zu sichern?

Die dreiteilige Serie "Die Cuckquean" ist ebenfalls bei Amazon erhältlich.

Copyright © 2019 David Silver

1. Auflage

ISBN: 9781075562891

Druck: Amazon

Bilderrechte: DragosCondreaW, FXQuadro

Alle Rechte vorbehalten.

Impressum

JS Veröffentlichungen

Kämpestr. 1 4 4

26871 Papenburg

E-Mail: mail@david-silver.net

Printed in Poland
by Amazon Fulfillment
Poland Sp. z o.o., Wrocław